KB139044

LA LITTÉRATURE FRANÇAISE

CAMILLE LAURENS

FILLE

1984BOOKS

AMBASSADE
DE FRANCE
EN CORÉE
Liberté
Égalité
Fraternité

주한
프랑스
대사관

문화과

Cet ouvrage, publié dans le cadre du Programme
d'aide à la Publication Sejong, a bénéficié du soutien de
l'Institut français de Corée du Sud – Service culturel
de l'Ambassade de France en Corée.

이 책은 프랑스 해외문화진흥원의 출판번역지원프로그램의 도움을 받아 출
간되었습니다.

여자

카미유 로랑스 지음 · 임명주 옮김

화자가 자신이었던 어린 여자아이와 자신이 된 여성의 입장에서 여성에게 주어지는 전형적인 운명을 이야기하는 뛰어난 소설이다. - LE FIGARO

카미유 로랑스는 공공연한 흑백논리를 벗어나 섬세하면서도 정치적 역량을 놓치지 않는 인상적인 글을 우리에게 선사한다. 그녀는 보편적이면도 중요한 작품 안에서 말의 힘으로 사회 전체를 위한 의식을 열며 더 공정한 세계를 창조한다. - ACTUALITTE

유쾌한 농담을 두려워하지 않는 섬세함, 세계를 헤아릴 때의 전제 조건인 언어에 대한 성찰, 부드러움으로 전복되는 이해의 불완전함. 이 새로운 소설은 그녀에게서 우리가 좋아하는 본질을 담고 있다. - LIBÉRATION

카미유 로랑스는 『여자』를 통해서 자신의 세대에게 남자가 아닌 것이 의미하는 바를 거칠게 그리고 명료하게 노출한다. - LE SOIR

일러두기

- 주석은 모두 옮긴이주다.
- 본문의 대화체는 원문의 표기를 그대로 따랐다.
- 원문에는 표기되어 있지 않지만 필요하다고 판단된 경우 ' '로 표기했다.

경이로운 나의 딸에게

I

1.

"딸입니다."

말로 시작되었어. 빛이 그랬던 것처럼. 어둠이 그랬던 것처럼. 너의 탄생은 하늘이 생기고 땅이 생긴 천지 창조와 닮았어. 말이 있자 사방이 둘로 나뉘고 사람들이 갈라지고 시간이 분리되었지. 하지만 너도 금방 눈치챘듯이 그 말은 신의 입에서 나온 것이 아니라 성아가타 병원 벽시계가 5시 15분을 가리킬 때 조산사 카트린 베르나르 수녀의 입에서 나온 것이야. 카트린 수녀가 그 말을 미리 준비한 것은 아니야. 수녀는 원하는 것도 없고 결정 권한도 없어. 또 수녀여서 그 문제에 대해 특별한 의견도 없지. 그렇다고 달라지는 것은 없어. 카트린 수녀가 그렇게 말했고 너를 세상에 내놓으면서 너의 이름을 불러주었다는 사실에는 변함이 없지. 새하얀 베일을 쓴 신의 처녀 신부가 신의 결정을 대신 공표하고 너를 탄생시키고 너에게 이름을 붙여 준 거지. 너는 말에서 태어나 장미처럼 입 속에서 꽃을 피웠어. 하지만 너는 아직 아무것도 아니야. 겨우 주어만 있고 존재하기 위해 애를 쓰고 있는 중이야. 그래서 아직 '나는 존재한다'라고 말할 수 없고 누구도 너를 두고 '여자

아이가 존재한다'라고 말하지 못하지. 과거형으로 '여자아이가 존재했다' 또는 부정관사를 써서 '한 여자아이가 존재했다'라고도 할 수 없어. 너는 불특정한 존재가 아니니까. 너는 특정되지 않은 채 태어난 것이 아니라 이미 여성형 'e'가 붙어서 태어난 거야.* 물론 묵음이지만 많은 것을 말해 주는 'e'야. 네가 특정된 존재라는 것은 여러 사실이 말해 주고 있어. 딸로 태어났고 딸이라고 말해졌고 그 말은 공기를 타고 퍼져 나가 물병, 비좁은 침대, 십자가, 흰 병실 벽에 가서 부딪혔어. 너의 탄생은 신비롭지만 특별할 것은 없었어. 너는 아무렇지 않게 태어났어. 자연스럽게 밀려 나와 분리가 된 거지. 그런데 어디에서 분리가 된 거지? 아침이 있고 저녁이 있고 저녁은 아침이 되고 아침은 다시 저녁이 돼. 하지만 너는 그렇지 않아. 너는 변하지 않아. 너는 그렇게 태어났어. 요정이 요람에 몸을 기울이고 아기를 축복하는 시간은 지났고 미사도 끝났어. 너는 고개를 숙인 채 세상에 나왔고 해방이 된 네 인생은 자유로운 공기 속에서 펼쳐질 거야. 자유로운 공기? 말이 그렇다는 거지 자유로울 수는 없어. 낮이든 밤이든, 아침이든 저

---

* 프랑스어에서 남성 형용사를 여성 형용사로 만드는 방법 중 가장 흔한 것이 남성 형용사에 'e'를 붙이는 것이다. 여기서는 여자는 태어날 때부터 여자로 특정된다고 말하기 위해 쓰인 문장이다.

녁이든 한 번 정해진 것은 이제 절대 변하지 않을 테니까. 너는 목이 터져라 울었어. 진실은 냉혹하고, 그 냉혹한 진실이 너의 폐를 채웠지. 각운은 여성형이었어.* 네 안에서 분리되는 거친 느낌이 만들어지고 너는 뭔가 나뉘는 것을 느꼈어. 그게 다야. 자르고 잘려져 둘이 되었지. 태어나면서 너는 당연히 너처럼 딸인 엄마의 몸에서 분리되었고 동시에 딸이라 불리지 않는 모든 인류로부터도 분리된 거야. 딸의 반대말은 당연히 언급되지 않았지만 병실의 공기 중에 조용히 떠다니며 허공에서 섬광처럼 번쩍였지. 배아, 태아, 아기… 이때까지 성별은 아들의 편이었어.** 불과 몇 초 전에는 딸이나 아들 모두 가능했지. 남성형 주어를 쓰게 될지 여성형 주어를 쓰게 될지 누구도 알 수 없었어. 이제 너의 날개는 잘리고(날개가 아니면 무엇이겠니?) 너는 로빈슨 크루소보다 더 혼자가 되었어. 운명의 주사위는 태반과 함께 던져졌지. 남자로 태어났다고 전해지고, 한 아들의 아버지라고 믿어지는 신이 주사위를 던졌어. 딸입니다.

---

* 고전시에서 각운은 남성형 각운과 여성형 각운으로 나뉘는데 단어가 묵음 'e'로 끝나면 여성형 각운이다. 여기서는 딸이라는 것을 비유적으로 표현한 것이다.
** 프랑스어에는 모든 명사에 남성 또는 여성의 성(性)이 있다. 언급되어 있는 단어는 모두 남성형이다.

"딸입니다."

네 인생의 시작을 알리는 목소리는 무덤덤했어. 일을 무사히 끝냈다는 느낌 정도라고나 할까. 카트린 수녀는 근무 시간이 아닐 때 술을 조금 마시기는 했지만 일에 영향을 줄 정도는 아니었어. 지금까지 배 속에 있는 아이들을 받으며 얼마나 많은 여자들이 엄마가 되는 것을 도와주었을까? 그런데 아무리 생각해도 카트린 수녀가 아들을 선호하는지 딸을 선호하는지는 알 수가 없어. 잘해야 양면적인 감정일 것 같아. 남자아이는 언제나 구유에 있는 아기 예수와 예수의 탄생 그리고 자신이 하는 일의 존엄성을 떠올리게 했고, 여자아이의 경우는 몸이 낯설지 않았고 씻기는 것도 훨씬 수월했거든. 카트린 수녀는 자신이 오랜 시간을 들여 아기의 성기를 씻는다고 생각했어. 남자아이의 성기는 몸에 비해 거대해. 아기 몸을 보면 호르몬으로 잔뜩 부풀어 있는 성기밖에 보이지 않지. 그런데 여자아이의 성기는, 우습게 들릴지 모르지만 잘 보이지 않아 덜 부끄러웠어. 주님, 저의 생각을 사하여 주십시오.

"딸입니다."

카트린 수녀의 말이 도달하는 곳에 네 부모님이 서

있었어. 네 부모님은 '딸입니다'라는 말의 수신자인 동시에 책임자이고 딸을 만든 사람들이며 문제를 일으킨 장본인들이야. 수녀의 말을 듣는 바로 그 순간 네 엄마와 아빠는 어떤 반응을 보여야 할지 몰랐어. 하지만 그 순간 중요한 건 그게 아니야. 어떤 반응을 보였냐는 것은 중요한 게 아니지. 비록 나중에 자신들의 분노와 서운함을 묻어 버리고 실패 요인을 분석하고 서로에게 책임을 떠넘기긴 했지만. '딸입니다'는 엄마 아빠에게는 새로운 소식이었어. 아기를 기다리는 동안, 그러니까 너를 기다리는 동안 네가 아들인지 딸인지 몰랐었거든. 엄마 아빠는 번뜩이는 모니터에서 네가 엄마 배 속의 어둠을 뚫고 손으로 액체공기를 휘젓고 있는 모습을 보지 못했어. 흰 가운을 입고 모니터를 유심히 살피고 있는 의사를 보고 있었거든. 의사의 입에서 나올 결정적인 말, 하지만 항상 모호한(의사들의 직업적 양심 때문이겠지) 말에 귀를 세우고 말이야. 자기들 마음대로 해석해서 흥분하기도 했어. (저렇게 잘 움직이는 것을 보니 분명…) 엄마 아빠가 목매달고 있었던 신탁 또는 가능성이 높은 진실은 '딸입니다'가 아니고 그것의 신중한 동의어이며 대략의 유사어인 '아무것도 보이지 않습니다'였어. 하지만 의사는 있어야 할 자리에 있어야 할 것이 없다는 말을 엄마 아빠에게 해 주지 않았어. '아무것도 보이지 않습니다'는 '딸입니다'라는 뜻이야... 아무것도 볼 것이 없습니다. 가던 길 가세요, 딸이에요. 네 엄마와 아빠는 이런 소리를 원하지도 않았지만 듣지도 못했지. 1959년에는 아들인지 딸인지 알수 있는 기계가 존재하지 않았거든. 음경에 반사된 음파를 픽셀화해 눈에 보이게 하는 것은 상상의 영역이었고 당시 기술은 아직 욕망과 좌절의 음파를 기록하지 못했어. 그래서 양수에서 헤엄치고 있는 아이의 모습을 영상으로 포착하지 못했지. 네가 두 손과 두 발을 휘두르고 발로 하늘과 땅을 찌르고 있는데도 말이야. 서스펜스는 마지막까지 계속되었어. 임신 중에 보이는 여러 신호도 소용이 없었어. 입덧이 없으면 아들이고 심하면 딸이고, 성욕이 높으면 아들이고 낮으면 딸이고, 짠 것이 먹고 싶으면 아들이고 단것이 먹고 싶으면 딸이고(여자들이 단것을 좋아하는 것은 다 알잖아?), 배가 축구공같이 생겼으면 잘생긴 아들을 낳을 것이고 럭비공같이 생겼으면 고추 없이 태어난다고 하잖아. (1925년 관중이 꽉 들어찬 스타디움에서 뉴질랜드 국가대표팀과 경기를 할 때 멋진 페인트 모션을 보여 준 네 할아버지는 말도 안 되는 소리라고 하셨을 테지.) 더 비밀스러운 가설도 있어. 라마즈 호흡 연습 중에 산모의 입에서 입으로 전해진 것인데 수정이 될 때 오르가슴을 느끼면 아들을 낳고 그렇지 못하면 딸을 낳는다는 거야. 그 말을 듣고 네 엄마는 걱정을 했지.

'딸입니다'에는 다른 소식도 들어 있었어. 네가 첫 딸이 아니라는 거야. '딸입니다'는 네가 딸이라는 것 말고도 '또' 딸이라는 의미도 가지고 있지. 너는 작은 딸이었어. 네 부모님은 둘째 딸이라고 부르는 것을 좋아하지 않았지. 셋째 딸이 존재하게 될까 봐 두려웠거든. (결과적으로 소용이 없었지만.) 너는 딸일 뿐 아니라 또 딸이었던 거야. 네 언니는 너보다 먼저 태어났어. (곧 알게 될 거야.) 너는 태어나면서 언니에게 언니라는 이름을 선물했어. 너의 탄생으로 너와 네 언니는 딸이라는 이름 말고 언니와 여동생이라는 이름도 얻게 되었지. (너도, 언니도, 그 누구도 원치 않았지만.) 네 언니는 신의 은총을 입었는지 주저 없이 세상으로 나왔어. 그래도 엄마 아빠는 언니에게 클로드*라고 이름을 지어 주었어. 자신들은 아들을 상상하고 기다리고 기대했다는 것을 신에게 알려 주기 위해서 말이야. 그런데 너는… 둘

---

* 클로드라는 이름은 여자 이름도 되고 남자 이름도 된다. 엄마, 아빠는 남자를 기대하며 클로드라고 지은 듯하다.

째인 너는 부모를 당황시켰지. 또 다른 딸이었고 또 한 번의 실망이었거든. 엄마 아빠는 너를 기다리지 않았어. 네 언니 때문에 왕의 선택을 받지 못했지만 너 때문에 여왕의 선택도 받지 못하게 됐어.* 너는 공주가 아니었어.

그래도 네 아빠는 병원에 왔어. 너무 초조해서 가만히 기다리지 못하고 네가 태어나는 것을 봐야 했거든. 68혁명이 일어나기 10년 전인 그때만 해도 아기 아빠가 분만실에 있는 것은 상상할 수 없는 일이었어. 남자들은 산모의 벌어진 자궁이나 똥 냄새와 피 냄새가 섞여 있는 진통, 아기가 나올 때 산모가 지르는, 죽어 가는 동물의 것과 같은 단말마의 비명에서 가능한 한 멀리 떨어져 있어야 한다고 사람들은 생각했지. 남자들이 충격을 받을 것이라고 하면서 말이야. 심지어 성불능까지 올 수 있다고 했어. 그래서 남편들을 성불능으로부터 보호해야 하고 부부가 서로 혐오하게 되는 것을 막아야 했지. 하지만 예외적으로 네 아빠는 분만실 출입이 허용되었어. 분만실에 들어올 만큼 네 아빠가 강하다고 판단했기 때문이야. 사실 네 아빠는 여기 의사들

* 첫 아이가 아들이고 둘째가 딸이면 왕의 선택이고 첫 아이가 딸이고 둘째가 아들이면 여왕의 선택이라고 말한다.

과 한 식구나 다름이 없지. 치과의사였거든. 벌어진 입과 피가 섞여 있는 점액질에 익숙해서 그런 것을 봐도 끄떡없었지. 또 잇몸을 하도 많이 봐서 쭈글쭈글한 산도를 보고 기절을 한다거나 끔찍한 모습에 영원히 거세될 위험도 없었어. 네 아빠는 매일... 잠깐! 네 아빠는 치과의사가 아니잖아! 아무 말이나 하면 안 되지! 치과의사는 갈리오 선생이었어. 방금 전 네 아빠가 조산사 휴게실 근처에서 마주친, 담배를 피우고 있던 갈리오 선생 말이야. 나중에 이가 나기 시작했을 때 너도 갈리오 선생에게 치료를 받으러 갔잖아. 그리고 갈리오 선생이 담배를 입에 문 채 안고 있었던 아들 제롬은 중학교 3학년과 4학년* 때 너와 한 반이었고. 너에게 못된 장난을 서슴지 않았던 그 멍청이가 너와 한날 태어난 너의 가짜 쌍둥이였어. '이성'이라는 표현이 틀리지 않을 정도로 '다른' 아이였지. 아무튼 네가 태어난 그 순간, 그 멍청이는 성아가타 병원에서 너보다 15분 먼저, 좀 더 크게 태어난 갈리오 선생의 자랑스러운 아들이었어. 그래, 네 아빠는 치과의사가 아니라 잔 다르크가街에 있는 병원의 일반의야. 네 아빠는 네 이름을 진작 생각해 놨어. 장 마티유! 장은 할아버지 이름이고 마티유

---

* 프랑스 학제는 초등학교 5년, 중학교 4년, 고등학교 3년으로 되어 있다.

는 아빠의 이름이야. 자신의 집안 남자들에게 경의를
표하기 위한 것이기도 하지만 복음서 중 가장 아름답
고 개신교의 근간인 요한복음과 마태복음을 기리기 위
한 것이기도 했어. 곧 아기가 나올 것 같다는 소식을 전
해 듣고 네 아빠는 만사 제쳐 놓고 성아가타 병원으로
달려갔지. 하지만 나올 기미가 안 보여 돌아갔다가 새
벽 5시쯤 다시 병원에 왔어. 새벽녘 공기는 XY 염색체
의 기운을 내뿜고 있었지. 이번에는 될 것 같았어. 이번
에는 아들일 것 같은 느낌이 왔어. 그러니 옆에 있어야
지. 아빠는 병원 복도에서 갈리오 선생을 만나 축하 인
사를 건네고 분만실로 뛰어 들어갔어. 네가 어둠에서
빠져나오려고 한 순간이었는데 카트린 수녀는 아빠의
갑작스러운 출연을 마뜩잖게 생각했어. 옷을 벗다가
들킨 사람처럼 앞치마로 몸을 가리고는 얼른 아빠를
정신이 없는 엄마 옆으로 보냈지. 그 사이 아빠는 너의
머리통을 살짝 훔쳐봤어. 카트린 수녀의 차가운 대접
에도 아빠는 기분이 나쁘지 않았어. 자리를 비켜 주는
것이 당연하잖아. 정수리에 머리카락이 몇 가닥밖에
없는 것을 보니 아들이 틀림없었어. 오십이 넘어 완전
히 대머리가 되기 전에 탈모로 고생을 좀 할 것 같다고
농담을 했지만 웃는 사람은 없었어. 엄마는 진통 때문

에 제정신이 아니었어. 배 속에 있는 네가 엄마를 난도 질했지. 그런데 엄마는 한 번도 너에게 출산의 고통에 대해 말한 적이 없었어. 말로 표현할 수 없는 그 고통을 잊어버렸거든. 몸은 고통보다 쾌락을 더 잘 기억해. 자연은 그렇게 잘 만들어졌어. 너도 여자면 피할 수 없는 극도의 고통을 꽤 어린 나이에 알게 될 거야. 아빠는 침대가에 서서 산소와 애정 부족으로 고통받고 있는 엄마의 코에 얹어져 있는 산소마스크를 건성으로 붙잡고는 목을 쭉 빼고 고군분투하고 있는 카트린 수녀를 쳐다봤어. "자, 한 번 더 힘을 줘요! 자, 호흡하세요." 자, 처음부터 다시 시작이에요. 계속 힘을 줘요. 어깨가 나오고 있어요! 수녀는 얼마나 많은 아이를 말로 출산했을까? 출산이 임박하자 아빠는 신생아가 겪는 일시적 호흡 정지 상태를 겪었어. 목이 조여 오고 말이 안 나오고 벼랑 끝에 서 있었어. "뭐예요?" 엄마가 숨을 크게 몰아쉬고 물었어. 하지만 아직 알 수 없었어. 마지막으로 한 번 더 힘을 줘야 했지. 고약한 냄새 때문이었을까? 아빠 얼굴이 일그러졌어. 아빠는 한 번도 믿음을 가진 적이 없었을까? 뭐예요? 이번에도 틀렸어.

조산사가 너를 엄마의 배 위에 올려놓았을 때 아빠의 입에서는 안녕이라는 말이 나왔지만 눈은 너의 외음부로 향했어. 의심의 여지 없이 확실했어. 너는 울음을 터뜨렸고 아빠는 기계적인 웃음을 보이고는 뒤로 물러섰지. 네 목청은 대단했어. 울음소리만으로는 알 수 없을 정도였어. 3.9킬로그램, 52센티미터, 화통을 삶아 먹은 목소리. 거의 아들이나 마찬가지였어. 아빠는 병실을 나갔어. 갑자기 피곤이 밀려와서 서 있기도 힘들 지경이었거든. 집으로 돌아가 잠깐 눈을 붙이는 게 좋을 것 같다고 생각했지. 탯줄을 자르고 젖을 물리고 아기 몸을 씻기고… 자신이 할 수 있는 일은 없었고 게다가 4시간 후면 진료를 시작해야 했거든. 병원에서 아빠는 아르데슈에 있는 친척에게 전화를 했어. 말이 잘 안 나와 목을 가다듬어야 했지. "딸이에요… 네, 네, 딸도 좋죠." 드디어 딸이라는 말이 세상 밖으로 나왔어! 준비했던 샴페인은 그대로 차 안에 남겨질 거야. 아들이었다면 물에 둥둥 떠 있는 근사한 고추를 보고 싶어서 첫 목욕을 지켜봤을 테지만 딸은… 볼 것이 없잖아. 그렇다고 네 아빠가 불행하다고 생각한 것은 아니야. 단지 행복을 느끼기에 뭔가, 아주 작은 뭔가가 부족했을 뿐이지. 그뿐이야. 네 아빠는 갈리오 선생을 마주칠까 봐 거의 벽에 붙어서 병원을 빠져나왔어. 하지만 주차장에서 딱 부딪히고 말았지. "어떻게 됐어요? — 딸이에요.

— 네… 딸도 좋죠!"

"딸입니다."

네가 이 말을 들은 것은 의심의 여지 없이 확실하지만 잘 생각해 보면 그 말이 네가 들은 첫말은 아닐 수도 있어. 신생아는 아무것도 보지 못하지. 본다고 해도 시력이 아주 약하기 때문에 태어나서 무엇을 봤는지 정확히 알 수 없어. 하지만 신생아가 아무것도 듣지 못한다고 말하는 사람은 없어. 아기는 세상에 나오기 몇 달 전부터 엄마 배 안에서 소리를 듣는다고 해. 배 속에서 나는 꾸르륵 소리와 양수의 웅웅거리는 소리로 변형되기는 하지만 엄마의 목소리(목소리의 진동이라고 해야 할까?), 아빠가 엄마 배를 톡톡 치는 소리, 크게 틀어 놓은 음악 소리 등을 구분한다고 해. 물론 네 아빠의 경우는 네가 배 안에 있을 때 너와 대화를 시도하지는 않았어. 성격상 모르는 사람과 대화를 하는 스타일이 아니거든. 또 네가 바흐의 칸타타나 모차르트의 소나타를 들었을 가능성도 아주 적어. 네 아빠는 임산부가 자고 있을 아주 늦은 시간에 음악을 들었거든. 엄마는 아빠가 집에 없는 낮에 음악을 들었어. 엄마는 네가 태어난 전해前에 크게 히트한 플래터스의 〈온리 유〉를 좋아헸는데 출시되는 날 싱글 음반을 사서 무한 반복해서 들었지. *You're my dream come true, my one and only you...* 도리스 데이의 노래도 있었어. *Qué será, será, whatever will be, will be...* 어쩌면 '딸입니다'라는 최초의 말을 듣기 전에 이미 엄마 배 속에 있을 때 너는 마치 수영장 물속에서 듣는 소리처럼 웅웅거리는 영어 몇 마디를 감지했을 수도 있어. 나중에 번역가가 되었을 때 너는 그 노래를 프랑스어로 번역하기도 했지. 당신은 내 꿈을 현실로 만들어 주었소. 그리고 귀마개를 한 것처럼 둔하게 울리는 스페인어도 들었을 수 있어. *될 대로 되라지(우리가 미래를 어떻게 알겠어).* 아기의 탄생이라는 행복한 사건에 더 적절한 말은 '될 대로 되라지'보다는 다음 가사인 '우리가 미래를 어떻게 알겠어'가 되겠지? 그런데 꿈꿔 왔던 일은 일어나지 않았어. 현실에서 일어난 일은 겨우 너였어. 너뿐이라는 거지. 온리 유... 6개월 동안 너는 무럭무럭 자랐어. 청각도 발달해 들을 준비가 되었지. 먼저 너의 미래에 대한 후렴구를 듣다가 외부 세계와의 경계에서 잔잔한 수면 위로 비스듬히 던진 돌이 퐁당 빠지는 소리('딸입니다') 그리고 이어지는 통통통 튀기는 소리('딸도 좋아', '다음에 아들 낳으면 되지', '딸 키우기가 더 수월해', '다른 방법을 쓰면 돼')

를 들었어.

너는 할머니가 선물한 배냇저고리에 꽁꽁 싸여 있었어. 할머니는 감히 운명에 도전할 수 없어 하얀색을 선택했지. 산부인과 신생아실에 누워 있는 두 신생아 이야기에 대해 들어 본 적이 있어? 그러니까 두 아기가 나란히 누워 있었어. 한 아기가 옆 아기에게 물었지. "넌 뭐야? 여자야 남자야? ─ 몰라. ─ 잠깐!" 질문을 한 아기가 옆 요람의 이불을 들춰 보고는 말했어. "넌 남자야. ─ 어떻게 알아? ─ 양말이 파란색이잖아!" 네 가족은 조심했어. 마음은 굴뚝같았지만 조심하는 마음에 배내옷을 하늘색으로 하지 않았어. 아기방도 연보랏빛으로 칠하지 않았고 벽의 장식띠도 군청색으로 칠하지 않았어. 파란 하늘을 보며 인내하라!* 김칫국 먼저 마시면 안 되잖아. 그렇다고 분홍색, 연어색, 베이지색, 이런 색도 선택하지 않았어. 심지어 연한 미색도 거부하고 눈처럼 하얀 순백색을 선택했지. 과연 이 하얀색 위로 운명과 염색체는 붉은색(피)을 뿌릴 것인가 아니면 파란색(왕)을 뿌릴 것인가! 이야기를 만드는 것은 자연의 섭리지 희망 사항이 아니야. 출산 선물은 조심할 필요가 없

---

* 폴 발레리의 시 「종려나무, Palme」에 나오는 시구.

었어. 토끼 인형, 딸랑이, 모자, 면수건 모두 분홍색이었어. 그레이스 켈리가 레니에 공과 결혼한 후에 입었던, 그리고 전 세계 여자들이 다 따라 입었던 그 드레스와 똑같은 분홍색이야. 기저귀를 여미는 옷핀조차도 분홍색이었지. 맞아! 너는 천 기저귀와 일회용 기저귀가 겹치는 역사적인 순간에 태어났어. 너를 너무 옛날 사람처럼 보이게 했나? 미안해! 하지만 하얀색 배내옷은 좋은 생각이 아니었어. 네 엄마가 마음고생을 좀 했거든. 할머니가 6개월 넘게 만든 배냇저고리, 속싸개, 스웨터, 양말 모두 하얀색이었는데 그것이 이상하기도 하고 재밌기도 했는지 길에서 만난 사람들, 아파트 이웃들, 아빠의 환자들 모두 '아들이에요, 딸이에요?' 또는 '아들 이름이 뭐예요?'라고 물었던 거야. 엄마는 질문을 받을 때마다 아들이 아니라 딸이라고 대답을 해야 했어. 그런데 떡두꺼비 같은 너를 보고 아무리 딸이라고 해도 믿지 않는 사람들이 있어서(참, 기가 막혀서) '아니라니까요. 정말 딸이라니까요!'라고 소리를 질러야 할 때도 있었지.

아빠는 고추 없이 태어난 너의 출생을 신고하기 위해 아침 일찍 시청으로 향했어. 하지만 담당자 앞에 섰는데 이름이 생각나지 않는 거야. 만약을 위해서, 혹시

나 해서, 일이 잘못될 경우를 대비해서 생각해 둔 여자 이름이 있었거든. 뭐였지? 네 대모의 이름인 쥘리에트 였나? 아니야. 절대 안 돼. 쥘리에트는 항상 로미오에게 매달려 있잖아. 아무것도 달려 있지 않지만! 하하! 쥘리에트는 고추가 없는 존재이고 자신이 아닌 것에 대한, 자신이 가지고 있지 않은 것에 대한 기다림이야. 그리고 평생 여자아이를 뜻하는 접미사 '에트'를 달고 살아야 해. 여자애이고 소녀이고 계집애이고 쥘리의 영원한 소녀 버전이야. 또 발코니지기이며 불운한 시인의 빈약한 시야. 반대로 주인공 로미오는 그 빈약한 시에서 자신의 부재로 빛을 발하지. 그런데 성이 바라케*라는 사실을 잊지 말아야 해. 네 아빠는 'R'이 두 개라고 항상 강조하지. 그래야 한 쌍이 된다며. 장 마티유 바라케! 성이라면 바라케 정도는 되어야 하지. 남자답잖아. 하지만 쥘리에트 바라케는… 너무 유명한 이름이라 고민스럽고 또 로미오 어딨느냐고 놀림을 좀 받을 것 같아. 그러면 나탈리는 어떨까? 안니! 소피! 묵음 'e'로 끝나는 이름의 퍼레이드가 시작됐어. 마르틴! (또 없나?) 아! 자닌! 별로야. 조제트? 안 돼! (휴우!) 아빠의 머리가 뒤

---

* 주인공 가족의 성은 Barraqué이다. 발음이 같은 형용사 baraqué는 '건장하다'라는 뜻을 가지고 있다.

죽박죽이 되었어. 그 와중에 얼마 전 극장에서 본 영화가 생각났어. 마릴린 먼로와 로런스 올리비에가 주연한 〈왕자와 무희〉. 마릴린 먼로가 무희로 나오지. 마릴린은 어떨까? 프랑스식으로 끝에 'e'를 추가하는 거야. 괜찮지? 그런데 네가 못생겼다면 어떡하지? 남자의 손에 꼭 찰 만큼 몸이 잘 발달하지 않으면 어떡하지? 마릴린은 쉬운 이름이 아니야. 아주 부담스러운 이름이지. 가슴도 엉덩이도 부담스러워야 가능한 이름이잖아. (더구나 바라케라는 성과 전혀 어울리지도 않고. 그러고 보면 네 아빠가 완전히 바보는 아니었던 모양이야.) 스타일은 다르지만 쥘리에트처럼 이목을 끄는 이름이지. 그럴 바에는 카르멘도 나쁘지 않을 것 같아… 엄마는 뭐라고 할까? 엄마 이름이 시몬느인데 요람에 있는 아기에게 경쟁자를 만들어 주는 것은 아닐까? 가만있어봐… 왕자의 이름은 어떨까? "아기 이름이요!" 담당 직원이 재촉했어. 로런스 올리비에… 네 아빠가 로런스 올리비에 닮았다는 소리를 꽤 들었거든. (숀 코네리를 닮았다는 소리도 들었고 가끔 타이론 파워 얘기도 나왔어.) 로런스 올리비에는 네 아빠처럼 머리가 갈색이고 눈썹이 진하고 목사의 아들이고(성공회 목사이기는 하지만) 천재적인 영화배우야. (심지어 로미오도 연기했어.)

동성애자라는 의혹도 있었는데… 네 아빠는 무시했어. 루머 같은 것은 믿지 않으니까. "로랑스*입니다." 로랑스는 라틴어 라우루스에서 왔어. 월계관이라는 뜻이야. (네 아빠가 어원에 일가견이 있는 사람은 아니지만, 의사여서 모든 식물의 라틴어 학명은 알고 있었어.) 너는 머리에 월계관을 쓴 고대 그리스 운동선수나 로마의 호민관이 될 거야. 너는 스파르타쿠스이고 로미오이고 케사르이고 아폴로이며 너만 괜찮다면 나폴레옹이 될 거야. 내 딸아, 그래! 너는 왕자가 될 거야! 적어도 영국에서는! 월계관을 쓴 영원한 승자lauréat, 로랑스! 네가 원한다면 'e'가 붙은 승자lauréat.e로 불러주겠어. (출생신고하는 날 네 아빠는 매우 너그러웠어. 하지만 60년이 지난 후에는 입에 거품을 물었지. '포괄적 표기?** 남성형에 여성형이 포함되어 있는데 무슨 거지발싸개 같은 소리야!')

나중에 아빠가 네 언니 클로드를 데리고 병원에 왔어. 클로드는 네가 집으로 올 것이라는 것을 몰랐고 사

---

* 로런스의 프랑스식 발음
** 언어에서 남녀평등 정신을 구현하기 위해 포괄적 표기법 운동이 대두되고 있다. 남녀가 섞여 있을 때 남성형 주어, 형용사를 써서 남녀를 모두 대표하는 것이 규칙이다. 하지만 포괄적 표기법을 따르면 남성형 'lauréat'를 'lauréat.e'라고 써서 여성도 포함시켜 표시해야 한다.

람들이 너를 보고 왜 그렇게 흥분하는지 이해할 수 없었지. 너는 알베르 큰 삼촌을 닮았어. 입이 말이야. (불쌍하기도 하지.) 코는 할머니 마르셀을 닮았고. (다행이야.) 발은 태어난 지 12시간 반 된 아이치고 굉장히 컸어. 그리고 이유는 알 수 없지만 눈은 작고 치켜 올라갔어. 얼굴 한가운데 그어진 두 줄의 선. 너는 동양 사람 같았어. (몽고증 그런 것은 아니고!) "그래서 제가 카트린 수녀에게 물었잖아요. 왜 내 딸이 중국 사람처럼 생겼냐고." 아빠가 사람들을 웃기려고 농담을 했어. (아니, 시청에서 아기 이름을 기억하지 못했다는 사실을 잊게 하기 위해서야.) "수녀가 신생아 황달, 유전, 신의 뜻, 뭐 이런 말들을 하더라고요. 납득이 안 돼서 계속 물고 늘어졌죠. 그러니까 한다는 말이 '다른 요인*이 있을 수도 있겠네요…' 이러더라고요. 그래서 내가 '하! 내 그럴 줄 알았어!'라고 했다니까요."

모두 웃었어. 왕할머니만 빼고. (왕할머니는 그 우체부가 누군지 확인하려고 우체국에 갈 것이 분명해.) "로… 랑스(썩은 물)**? 플로랑스가 더 낫지 않을까?" 할머니가 인상을 찌푸리며 말했어. "플로… 랑스(썩은 물

---

* 요인이라는 뜻의 'facteur'에는 우체부라는 다른 뜻도 있다.
** L'eau rance. 썩은 물. 여주인공의 이름 로랑스와 발음이 같다.

결)라고요?" 아빠도 할머니를 흉내 냈지. 플로랑스라 니? 이탈리아 도시 이름으로 하자고? 월계관을 잃어서 는 안 되지. 그런 이름으로는 남자들처럼 월계수를 모 아 머리 위에 써야 하는 지상명령을 받지 못할 테니까. 그럴 수는 없지. "그래도 내 럭비팀에 들어오려면 좀 더 있어야 할 거 같은데" 할아버지가 너의 팔뚝을 만지며 말했어.

너는 딸이야. 그렇다고 비극은 아니야. 찢어진 눈을 가졌지만 여기는 중국도, 인도도 아니니까. 인도에서 는 '딸입니다'라는 말을 할 수가 없어. 아기가 태어나기 전에 성별을 알려 주면 3년 징역형과 만 루피 벌금형에 처해질 수 있거든. 또 태아의 성별을 알아내 낙태를 하 려는 목적으로 초음파 검사를 할 수도, 요구할 수도 없 어. 여자아이들이 너무 많이 죽어 나가고 있기 때문이 야. 얼마나 많은 수정란들이 제거되었는지 총각들만 사는 마을이 한둘이 아니거든. 신부를 구할 수 없을 정 도로 딸들을 다 죽인 거야. 초음파 기계가 개발되기 전 에는 딸은 태어나자마자 죽임을 당했어. 네가 인도나 중국에서 태어났다면 너도 아마 죽었을 거야. 그래도 루앙에서는 그렇게까지는 하지 않아. 우리는 딸도 사 랑하거든!

물론 정반대인 곳도 있어. 멕시코 오아하카 계곡에서 사는 사포텍인들은 딸이 태어나면 잔치를 벌인다고 해. 이곳에서는 여자가 가장이고 아이들은 엄마의 성을 따르지. 남자는 번 돈을 부인에게 가져다줘야 하고 부인이 돈을 관리해. 물론 멕시코의 일이야. 그것도 멕시코 전체가 아니라 눈곱만큼 작은 지역에서 그렇다는 거야. 그럼, 프랑스에서는? 네 엄마는 은행 계좌를 개설할 수 없었어. 수표에 서명할 수도 없고. 네 아빠의 동의 없이는 직장도 가질 수 없었지. 물론 네 엄마는 일을 하지 않았어. 대신 요리를 하고(가정관리학교를 나와 요리를 아주 잘했어) 테니스를 치고(잘 쳤어) 체스를 두었지(나쁘지 않았지). 테니스는 네 아빠가 탐탁지 않게 생각해서 문제가 좀 있었는데, 시합이 있는 일요일이면 네 엄마가 급하게 저녁 식사를 차린 후 짧은 스커트 테니스복으로 갈아입고 나가 버렸거든. 그래서 혼자 일요일 정찬을 먹어야 했지. 네 엄마는 얼마 안 가서 자신에게 도통 관심이 없는 네 아빠 몰래 정부를 만들었어. 정부를 두는 것이 여자가 남자와 동등한 자유를 확보할 수 있는 프랑스 방식이야. *Only you* 소리는 점점 더 작아지고 *and you, and you.* 뛰는 놈에게는 나는 놈이 있고 남편에게는 적이 되어 버린 아내가 있었지.

"딸입니다."

말로 시작되었어. 빛이 그랬던 것처럼. 어둠이 그랬던 것처럼. 빛을 덮어 버린 어둠처럼.

너는 이 말을 카트린 수녀의 입을 통해서 가장 먼저 들었어. 이후에도 창백한 얼굴로 전화 수화기를 들고 너의 출산 소식을 알리는 네 엄마의 입을 통해서 여러 번 들었지. 하지만 무슨 뜻인지 몰랐을 거야. 당연히 몰랐지. '딸'이라는 단어는 너에게 아무런 의미가 없었거든. 물론 엄마의 전화 통화에서 간간이 들리는 '아들'이라는 단어 역시 의미가 없었지. 하지만 여러 말 가운데 처음 들은 '딸입니다'라는 말이 얼마나 중요한지 차차 알게 될 거야. 그리고 '딸입니다'는 '~입니다'라는 종결형 어미 때문에 중립적인 관찰, 사실을 말하는 것 같지만 사실은 너와 세상과의 관계 그리고 알게 모르게 너의 운명을 말해 주는 것이었어. '딸입니다'는 일차적으로 아들이 아니라는 뜻이었지. 하지만 '딸입니다'의 진정한 의미를 알기 전에 너는 다른 말을 먼저 배워야 했어.

너는 네 가족을 만났어. 듣는 것으로 시작해서 보고 만지면서 가족을 발견해 나갔지. **엄마**가 가장 먼저

였어. **엄마**라는 말은 네가 가장 먼저 배운 말이고 동시에 여자의 이름이기도 해. 네가 아들이었어도 **엄마**라는 말을 가장 먼저 했을 거야. 아기들이 더듬더듬 엄마를 먼저 말하고 다음에 **아빠**를 말한다는 것은 증명된 사실이지. 아들이든 딸이든 아기는 가장 먼저 엄마를 좋아하게 돼. 사랑은 기본적으로 여자야. 회의주의자들은 아기들이 처음으로 하는 말이 엄마인 것은 발음하기 쉽기 때문이라고 주장하지. '으음' 소리는 엄마의 젖을 찾는 아기의 입술이 자연스럽게 만들어 내는 소리고, 양순음 자음은 배고픈 아기의 웅얼거림과 똑 맞아떨어진다는 거야. 그래서 엄마는 '맘마, 맘마' 밥 달라는 소리일 뿐이고 가슴을 찾는 행위가 소리로 표현된 것이라는 거고. 사랑은 기본적으로 젖가슴이고 그 이상도 그 이하도 아니다! 맞아! 하지만 여자의 젖가슴이야. 둥글고 젖이 가득 들어 있는 젖가슴은 아기의 배를 부르게 해 줘. 그런데 너는 그 젖가슴이 아빠에게는 없다는 것을 곧 알게 될 거야. 아니, 벌써 알고 있을 거야. 아빠가 너를 안아도 흰 와이셔츠 속에는 먹을 것이 없어. 완전히 평평하지. 넥타이를 치워도 아무것도 없어. 어쩌면 그래서 너를 거의 한 번도 안아 준 적이 없었는지 몰라. 네가 아들이었으면 자주 안아 주었을까? 그렇지

33

는 않았을 거야. 아들이든 딸이든 침을 질질 흘리는 갓
난아기를 네 아빠가 자주 안아 주었을 리 만무해. 게다
가 남자아이들은 자주 안아 주면 안 돼. 오냐오냐해서
키우면 물렁해지니까. 그래도 네가 아들이었으면 자
주 안아 주지 않았을까? 반면 엄마는 항상 네 곁에 있
었지. 네가 울면 엄마가 나타났어. 배고프면 가슴을 열
었고 오줌을 싸면 기저귀를 갈아 주었고 고약한 냄새
가 나면 향수를 뿌려 주었고 이가 간지러우면 기린 장
난감을 입에 물려 주었고 어둡다고 무서워하면 작은
전등을 켜 주었어. 엄마는 이 일들을 아주 신속하게 수
행했지. 그런데 아빠는 아무것도 해 주지 않는다는 것
을 너는 금방 눈치챘어. 엄마는 작은 목소리로 다정하
게 말하고 뽀뽀, 까꿍, 우리 아기, 우쭈쭈 이런 말을 하
고 또 자장가도 불러 주었어. 반면 엄마 목소리보다 더
굵은 목소리는, 그러니까 몸에 굴곡이 없고 털이 나 있
고 목에 뭔가 툭 튀어나온 것이 있는, 바지를 입은 사람
의 몸에서 나오는 소리는 항상 뭔가를 물어봤어. 아기
는 괜찮아? 와이셔츠는 어딨어? 저녁은 다 됐어? 기본
적으로 아빠의 목소리는 물어보고 엄마의 목소리는 대
답을 하지. 엄마의 몸은 항상 너와 붙어 있고 함께 움직
여서 너는 엄마의 품에서 부엌, 욕실, 방을 탐험할 수 있

없어. 그런데 아빠의 몸은 다른 곳, 문 너머 보이지 않는 곳에 있었어. 아빠의 목소리는 너에게 말을 건넨 적이 없었지만 가끔 너에 관해 말을 하기는 했어. 엉덩이 홍반, 유축기, 백신 부족 등 과학적인 용어가 등장했어. 엄마의 목소리를 듣고 있으면 단어와 물건이 그리고 감각과 몸짓이 연결되어 있는 것을 알 수 있어. 맘마, 목욕, 뽀뽀, 따뜻해, 코 자자, 사랑해… 아빠는 곁에 없었고 부재를 의미했지만 엄마는 늘 곁에 있었어. 네가 엄마를 찾을 때 엄마가 오지 못할 경우 다른 목소리가 달려왔어. 가슴이 있고 치마를 입은 사람들의 목소리였어. 할머니 또는 왕할머니 또는 작은할머니 또는 지네트 아줌마라는 이름을 가진 사람들이지. 다정하고 자상한 목소리들이었고 역시 여자의 목소리들이었어. 그래서 사랑은 곁에 있는 것이고, 곁에 있는 사람은 여자이고, 여자는 사랑이라는 삼단논법이 아주 어려서 너의 머리에 각인되었어. 그런데 네 언니 클로드는 예외였어. 치마를 입고 날카로운 목소리를 가졌지만 자주 보이지 않았고, 보일 때도 너는 편안함을 느끼지 못했어. 그래서 네 언니가 진짜 여자인지 확신이 서지 않았지. 확인이 필요한 사항이야.

여자와 관련해서 이상한 것이 하나 있어. 너는 여자

아이야. 동시에 너는 아빠의 여자아이(딸)이며 또 엄마의 여자아이(딸)야.* 그러니까 너의 성별과 너의 핏줄은 다르지 않고 모두 '여자'야. 여자(딸)는 너의 존재, 너의 조상, 너의 소속, 너의 정체성을 말해 주는 유일한 단어이고 영원히 그럴 거야. 여자는 영원히 가족에 종속되어 있고 절대로 벗어날 수 없게 되어 있어. 반대로 갈리오 선생에게는 사내아이와 아들이 있지. 프랑스어 사전에 너를 지칭하는 말은 하나밖에 없지만 제롬은 두 개를 가지고 있어. 이 현상은 네가 나이를 먹어도 변하지 않아. 네가 어른이 되면 너는 '여자'가 되고 또 '누구의 부인'이 되지.** 너를 지칭하는 유일한 단어는 너의 억압상태를 지속적으로 강조하고 있어. 언제나 너는 네 부모나 네 남편, 누군가와 연결되어 있는 거지. 반면 남자는 독립적으로 존재해. 프랑스어가 그렇게 생겨먹었어. 좀 더 크면 너는 여학생반과 남학생반으로 나뉘어 있는 유치원에서 '남성형이 여성형에 우선한다'라는 문법을 배우게 될 거야. 앞으로 문법을 익히게 될 테지만 너는 첫날부터 알고 있었어. 네가 잘 이해하지 못해도 상관없어. 목사님이 비유를 들어 설명해 줄 테니

---

* 프랑스어에서 여자아이와 딸은 'fille' 한 단어를 사용하지만 남자아이와 아들은 각각 'garçon'과 'fils'로 구분되어 있다.
** 성인 여성, 부인, 아내는 'Femme'이라는 한 단어를 사용한다.

까. 하느님이 아담을 창조했다. 하지만 혼자인 것이 안타까워 아담의 갈비뼈에서 뼈 하나를 빼내어 하와를 뚝딱 만들었다. 그러니까 하와는 남자의 상체 한구석에서 태어났다! 아홉 살이 된 너는 자신을 배추나 장미꽃으로 상상할 수도 있었고 황새가 물어 가져다줬다는 이야기도 그러려니 했지만, 남자의 뼈로 만들었다는 것은 받아들일 수 없었어. 너무 심하잖아! 너와 언니는 교리문답 교육을 받으러 가는 길에 웃음을 터뜨렸어. "그러면 아담은 갈비뼈가 하나 없는 거야? 우리 조상에게 하자가 있다는 소리네! 남자들이 좋아하지 않을 것 같은데!" 열여섯이 되어 서약식을 할 때 무대 뒤에서 네가 동료 예비 신자들에게 물었어. "얘들아, 하나님이 아담을 왜 먼저 만들었는지 아니? 보통 걸작을 만들기 전에 습작을 먼저 만들잖아." 모두 깔깔깔 웃었지. 목사님은 네가 올해 영성체를 받을 준비가 되어 있지 않다고 선언했어. 너는 다음 해에도 세례를 받지 않았고 그다음 해에도 받지 않았어. 그리고 그다음 해에도… 예수는 응석받이 아들이고 너는 눈곱만치도 관심 없었어. 너무 많이 간 것 같아. 다시 아기 시절로 되돌아가서!

  네가 태어난 지 몇 주가 지났어. 이제 너는 병원이

아니라 집에 있고, 언니 클로드는 네가 엄마 젖을 빨고 있는 것을 못마땅하게 쳐다보고 있었어. 아기 침대를 들여다보고 억지웃음을 짓고 있지만 언제라도 서슴지 않고 네 눈에 대바늘을 꽂고 말 거야. 엄마가 너를 지키고 있는 것이 얼마나 다행인지 몰라. 너는 날마다 죽을 힘을 다해 젖을 빨았어. 입이 욕망할 때마다 엄마 품에 안겨 마르지 않고 샘솟는 하얀 액체를 들이마시는 것보다 더 좋은 것은 없었지. 너를 감시하고 있는 언니와 네 시야를 온통 채우고 있는 분홍색을 제외하면 너의 삶은 만족스러운 것이었어. 하지만 이 행복은 4개월밖에 가지 못했어. 태어난 지 4개월 정도 되었을 때 이유는 알 수 없지만 엄마는 네 입에 작은 구멍이 난 고무꼭지를 물려 주었고 그 구멍에서 나오는 젖은 맛이 달랐어. 무엇보다도 엄마가 옆에 없었어. 할머니나 가정부 지네트 아줌마가 거실에서 너에게 젖병을 물리는 동안 엄마는 너와 떨어져 전화기를 붙들고 있었지. 아예 보이지 않을 때도 있었어. 하루에 네 번 너에게 젖을 물려서 가슴이 망가지는 것을 더는 두고 볼 수 없었던 것일까? 엄마가 아름답지 않으면 무슨 일이 생기는 거야? 흉하게 생긴 여자에게는 안 좋은 일이 일어나는 거야? 가슴의 문제가 아니라면 수유 의무에 해방되어 좀 더 자유로워지고 싶은 것은 아니었을까? 그런데 엄마는 일을 하지 않잖아. 아이 둘을 키우고 집안일을 하는 것은 일이 아니야. 누구나 다 아는 사실이지.

사실은 다른 이유가 있었어. 엄마가 또 임신을 한 거야. 뭐라고? 또 임신을 했다고! 그래. 엄마가 수유를 하는 동안에는 임신이 안 된다는 네 아빠의 말을 철석같이 믿었던 거야. (네 아빠는 모르는 것이 없어. 인체의 기능에 대해 다 알고 있지. 물론 여자의 몸도 잘 알고 있고.) 모유 수유가 배란을 늦춘다는 것은 1 더하기 1은 2만큼 확실하다고 했어. 어이가 없어서! 정말 네 아빠는 세계 최고의 피임 권위자였어! 아니면 아무도 모르게 당장 아들을 낳겠다는 야심을 가지고 있었는지도 몰라. 어쨌든 네 엄마는 한숨 돌릴 겨를도 없이 또 임신을 해야 했어. 물론 너에게 발언권이 있었던 것은 아니지만 너는 그렇게 갑작스럽게 젖을 떼야 했고 엄마의 젖과 품을 뺏기고 말았어. 엄마는 여전히 네 곁에 있었지만 쉬어야 했지. 할머니들이 엄마가 아기를 가졌기 때문이라고 했어. 사실이 아니잖아! 엄마가 너를 데리고 있지 않은데 무슨 소리야! 너는 카펫에서, 아기 침대에서, 흔들 요람에서 잊혀져 갔어. 너무 혼란스러웠고 너 자신이 버려진 인형처럼, 신상품에 밀린 철 지난 상품처럼 느껴졌어. 너에게 무슨 문제가 있었던 것일까? 뭐가 부족했던 것일까?

어느 금요일 오후에 양수가 터졌어. 네 엄마는 가족의 친구인 앙드레 아저씨와 영화관에 있었는데 다행히 앙드레 아저씨에게 차가 있어서 바로 병원으로 갈 수 있었어. 네 아빠는 병원에 가지 않고 진료를 계속했어. 다만 전화로 자신의 소망을 숨기며 조심스럽게 물었어. 뭔가요? 딸입니다.

딸이 셋? 맙소사…

아기의 이름을 가엘Gaëlle이라고 지었어. 아들일 경우는 철자를 Gaël이라고 쓰기로 했지. 원한다면 딸이라도 그렇게 쓸 수 있어.(그냥 아무 말 하지 마. 네 엄마와 아빠는 프로이트를 읽은 적이 없으니까.) 하지만 그 이름은 출생 신고서에만 적혀 있고 불린 적은 한 번도 없었지. 아기는 태어난 다음 날 세상을 떠났거든. "고 콩알만 한 게 불쌍하기도 하지…" 할아버지가 슬퍼했어. 물론 너는 무슨 일이 일어났는지 전혀 몰랐지. 할머니 할아버지가 너를 돌봤고 또 '죽음'이라는 말을 몰랐기 때문이야. 13개월 된 아기가 어떻게 알겠어. 죽은 동생에 대한 기억은 없지만 **검은 방**은 기억하고 있어. 그곳은 할머니 집 복도 끝에 있는 작은 방인데 창문도 없는 골

방이어서 **검은 방**이라고 불렸지. 잡동사니들을 모아 놓은 방이야. 너는 거기에 괴물들이 살고 있다고 믿었고 그곳을 지날 때는 언제나 앞만 보고 뛰어갔지. 한 번도 그 앞에서 멈춘 적이 없었어. 그런데 그 검은 방이 네 머릿속에도 있었어. 1960년 11월 15일, 가엘이 성아가타 병원에서 창백하게 숨을 멈춘 날 네 머리에 있는 검은 방에는 이미 잡동사니들이 자리하고 있었지. 다 먹지 못한 젖병들, 클로드 언니의 뜨개바늘, 울고 있는 엄마, 턱을 움찔거리는 아빠… 하지만 가엘은 그곳에 당당하게 자리를 잡았어. 칠흑 같은 어둠도 무서워하지 않고 말이야. 그렇게 가엘은 옷장의 아이가 되었어. 무서운 푸른 수염에게 희생된 아이들 말이야. 너는 검은 방문에 붙어 있는 '이곳에 죽은 여자들이 있다'라는 명판을 읽지 않고 앞만 보고 전속력으로 달렸어. 글을 배우고 나서도 한참 읽지 않았지. 네가 가엘을 죽여서 가엘이 거기 있는 걸까? 네가 가엘이 죽기를 바라서 가엘이 죽은 것은 아닐까? 어찌나 가엘이 죽기를 바랐던지 너는 네 욕망이 가진 힘에 공포를 느꼈어. 여동생? 그럴 순 없어! 너의 화려한 시절은 끝장나고 너는 짓밟히고 말 거야. 검은 방에 웅크리고 있던 너의 증오는 행동으로 표현되는 힘을 가지고 있었어. 네 입에서 엄마의 젖

41

꼭지를 빼앗았으니 여동생은 끌려 내려와야 하고, 엄마의 품에서 너를 떼어 냈으니 죽어야 했어. 그렇게 나쁜 생각들을 절구에 넣고 열심히 찧고 빻아서 마침내 하늘이 너의 소원을 들어준 거야. 덜 기괴한 시나리오도 있어. 다시 말해 엄마가 셋째 아이를 원하지 않았을 수도 있다는 거야. 앙드레 아저씨에게 한눈에 반한 지 얼마 지나지 않은 때라 타이밍이 나빴던 거지. 아니면 네 아빠가 원하지 않았을 수도 있어. 아빠는 살아 있는 가엘을 보지 못했는데 서둘러 아기를 볼 필요를 못 느꼈던 것 같아. 셋째 딸은 환영을 받을 수 없잖아. 세 번째 딸이며 막내딸인 가엘에게는 좋지 않은 생존 환경이었어. 아무도 원하지 않아 조용히 사라질 수밖에 없는 운명이었던 거지. 엄마 아빠는 너와 클로드에게 알리지도 않았어. 아기는 자신에게 정해진 길을 갔고 너는 가엘을 보러 검은 방에 가지 않았어. 딸 둘이면 됐어. 잘 된 거야. 콩알만 한 아기는 그렇게 **퇴장**한 거야. 너는 어른이 된 후 아주 오랫동안 빵이나 케이크, 치즈 같은 것을 자를 때 콩알만큼 따로 잘라 한쪽에 놔두곤 했어. 조금 있다 네가 먹더라도 말이야. 왜 그랬는지 정확하게 설명할 수 없지만 멈출 수가 없었지. 네 질투가 죽음을 불러서인지 아니면 엄마 아빠에게서 죄책감을 물려

받아서인지 모르겠지만, 너는 가엘을 기리고 기억하고 싶었나 봐. **콩알만 한 음식**은 천사를 위해, 가엘을 위해 남겨둔 몫, 그런 것이었어.

이제는 네가 울어도 아무도 오지 않아. 너는 자라면서 점점 작아졌어. 가족들을 귀찮게 하고 싶지 않았고 또 아무도 너를 신경 쓰지 않는다는 것을 확인하는 것도 싫었거든. 너는 잘 울지 않는 아이, 아무것도 원하지 않는 아이가 되어 버렸어(밥만 제시간에 준다면). 엄마 아빠는 매일 장례식에 간 사람 얼굴이었어. 너는 매일 산 채로 땅에 묻혔지. 그럴 만했어. 네가 아들이어야 했는데. 그러면 딸만 있는 엄마 아빠에게 큰 위로가 되었을 거야. 네 동생은 한 번 죽었지만 너는 날마다 죽었어. 더 이상 너를 봐주지 않는 엄마의 눈으로, 더 이상 아들을 기대하지 않는 아빠의 좌절로, 언제가 너에게 뜨거운 맛을 보여줄 것이라 벼르고 있는 언니의 질투로 너는 날마다 죽었어. 심지어 동생의 죽음으로도 너는 죽었어. 동생을 대신할 수 없다는 이유로 말이야. 어린 네가 너무 가여워... 엄마 아빠가 다시 삶을 되찾으려고 애쓰는 동안 할머니와 할아버지가 너에게 숨을 불어 넣어 주지 않았다면 너의 어린 시절은 죽음밖에 없었을 거야. 네 할머니는 외동딸이었어. 할머니의 엄마도 외동딸이었지. 할머니의 엄마는 외동딸일 뿐 아니라 미혼모였고 네 할머니를 혼자 키웠어. 그래서 할머니들에게 딸만 있는 것은 문제가 되지 않았어. 설사 딸이 여럿 있다고 해도 모두 유일한 존재잖아. 유일하고 할머니들처럼 특별하지만 동시에 비슷하기도 해. 딸들은 할머니들과 같은 운명을 가지고 태어나잖아. 하지만 그녀들 앞에는 수많은 가능성이 놓여 있어. 어떤 미래가 펼쳐질지 누가 알겠어? 왕할머니와 할머니에게 딸은 여자의 미래였어. 딸은 자신들의 미래였고 또 자신들을 비춰 주는 거울이었지. 그것이 두 여자를 버티게 했어. 할머니들이 투표를 할 수 있게 된 지는 겨우 10년밖에 안 됐어. 그런데 아직 한 번도 투표를 할 용기를 내지 못했지. 하지만 자신들도 바라는 것이 있어서 너에게 대리 투표권을 주었어. 아가야, 너는 특별한 존재야. 하지만 줄에서 벗어나면 절대 안 돼. 항상 사람들을 상냥하게 대하고 얌전하게 처신해야 해. 어떻게 될지 모르잖니.

어릴 적 네 사진을 보면 부모님이 많이 나아진 것 같이 보여. 스틱스강에서 살아 돌아온 거야. 저승으로 가는 배가 엄마 아빠를 강가에 그냥 내려 주었어. 엄마가 카메라 렌즈를 향해 활짝 웃고 있어. 사진을 찍은 사

람이 앙드레 아저씨였을까? 너는 앉아 있는 엄마 옆에
서서 방긋 웃고 있네! 올라간 광대 때문에 눈이 더 작아
보여. 정말 중국 아이 같아. 레이스가 달린 짧은 원피스
를 입고 양말을 신었는데 종아리가 튼튼한데! 네가 수
영복을 입고 있는 사진도 있어. 타올 재질로 수영복 하
의만 입고 아빠 옆에 서 있는 사진이야. 아빠는 삼각 수
영복을 입고 있고 너와 똑같은 수영복을 입은 네 언니
가 그 옆에 서 있군. 클로드와 너는 둘 다 머리를 아주
짧게 깎았고 딱 벌어진 어깨를 가졌어. 그래서 잔잔하
게 일렁이는 바다를 배경으로 바위 위에 서 있는 너희
세 사람이 건장한 아빠와 아들들 같아 보여. 너는 더 어
렸을 때보다는 살이 빠졌지만 여전히 통통한 편이었
어. 네가 통통한 것이 이상해서 아빠는 간식으로 뭘 먹
이는지 할머니에게 물어봤지. 음식을 준비하는 것은
여자 소관인데 갑자기 사위가 참견하는 것이 못마땅했
지만 할머니는 바나나 네 개에 크림과 설탕을 넣어 으
깨서 준다고 대답했어. 여자들이 단것을 좋아하는 것
은 다 아는 사실이잖아. 안 그래? 그래도 아빠는 네가
돼지가 되는 것을 두고 볼 수가 없었어. 건강에 안 좋
을 뿐 아니라 남편을 찾는 데도 좋지 않으니까. 이름이
바라케라고 해서 파리 중앙시장에서 일하는 남자들처

럼 건장해야 한다는 뜻은 아니야. 아빠는 할머니의 말을 듣지 않고 바나나를 먹지 못하게 했어. (자기에게 고마워해야 한다고도 했지.) 덕분에 살이 빠졌지만 아빠가 붙여 준 별명 배불뚝이는 계속 붙어 다녔어. 네 아빠는 말을 함부로도 하지만 문법에도 맞지 않았어. 네가 여자니까 여성형 형용사를 썼어야지. 참새처럼 빼빼한 클로드도 얼마 안 있어 너를 엉뚱이라고 부르기 시작했어. 엉뚱이. 엉덩이가 뚱뚱한 아이! 너는 분홍빛 통통한 엉덩이와 불룩 튀어나온 배를 가진 꼬마였지. 분홍색은 날씬해 보이게 하는 색은 아니지만 아직 거울을 볼 나이는 아니니까 상관없었어. 너는 네 살이었어.

네 살인 너는 벌써 6개월 전부터 유치원에 다니고 있었어. 언니가 유치원에 매일 다녀서 너도 가고 싶어 했고(유치원에 다녀오면 언니가 잘난 척을 하는 것이 부러웠거든) 유치원에서도 네가 용변을 가릴 줄 알아서 받아 주기로 했어. 사실 첫해는 거의 잠만 잤어. 너에게 읽어 주기 시작한 동화에 나오는 것 같은 작은 침대들이 있는 방에서 혼자 잠을 잤지. 백설 공주처럼 난쟁이들 침대에서 자고 있다가 깨면 언제 잠이 들었는지, 무슨 꿈을 꾸었는지 기억이 나지 않았어. 네 어린 시절도 그랬어. 아무것도 기억나지 않는 긴 잠 같은 것이었어. 섬광처럼 번뜩이는 이미지, 몇 개의 단어가 다였지. 그렇게 긴 시간이 어떻게 지나갔는지 모른다는 것이 이상하고 두렵기까지 했어. 어쨌든 목격자들만이 자신들의 기억으로 너의 망각을 채워 줄 수 있었어. 하지만 그들의 기억 역시 구멍이 나 있고 서로 달랐지. 몇 장의 흑백사진도 도움이 되었어. 그렇다면 목격자들은 어떻게 증언하고 있지? 네가 잘 자고, 잘 먹고('그것 하나는 잘했지!' 네 아빠의 증언이야) 거의 울지 않고 방긋방긋 잘 웃는 완벽한 아기라고 했어. 모델이 될 만한 완벽한 아이였다고 말이야. "슈퍼모델이라는 뜻은 아니고! 안 그래, 배불뚝이?" 이번에도 아빠는 농담하는 것을 잊지 않았어. "수줍음을 많이 탔어." 이것은 엄마의 증언이야. 너는 아주 어려서는 낯을 많이 가렸지만 조금 크더니 사교적이 되었어. 더 커서는 호기심이 매우 왕성한 아이가 되었지. 그런데 문제는… 잘 토라진다는 거야. 정말 잘 토라졌어. 클로드는 싫다고 말할 수 있는 나이가 되면서는 발을 마구 구르면서 소리를 질렀는데, 너는 아무 말도 하지 않고 그냥 토라졌어. 클로드는 사내아이처럼 거칠고 말을 잘 안 들었는데, 너는 서너 살 때 화가 나면 한쪽 구석으로 가서 토라져 있었어. 전형적인 여자아이였지. 그리고 네가 너무 심심해해서 유치원에도 일찍 보냈는데, 너는 이미 또래들보다 말을 아주 잘했어.

너는 또래들보다 말도 잘하고, 단어와 사람들에 관심이 많았어. 그리고 사실이든 지어낸 것이든 이야기를 아주 좋아했지. 게다가 기억력도 뛰어나서 인생의 첫 기억이 만들어지는 그 시기를 기억하고 있잖아. 그러니 지금부터는 네가 직접 너의 이야기를 들려줄 수 있을 것 같아. 너의 어린 시절은 어땠어?

2.

    나의 첫 기억은 비명과 함께 시작되었다. 잠의 망각이라는 악몽에서 갑자기 깨어날 때 지르는 소리 같은 것이다. 엄마, 아빠, 클로드 언니 그리고 나, 우리 가족은 코트다쥐르에 있는 라방두 마을 해변 호텔 방에서 함께 자고 있었다. 아빠와 언니, 내가 수영복을 입고 있는 사진이 라방두에서 찍은 것이다. 한밤중이었다. 나는 벽에 붙어 있는 아기용 침대에서 자고 있었고 엄마와 아빠는 맞은편에 있는 큰 침대에서, 언니는 작은 침대에서 자고 있었다. 나는 엄마의 비명에 잠에서 깼다. "아아악! 누구야! 여기 누가 있어!" 어둠이 그러했듯 이 기억 역시 말로 시작되었다. 그날 저녁 일어난 무단침입 사건으로 나는 내 기억 속으로 들어갔다. 엄마의 비명에 아빠가 일어났다. 방문은 열려 있었고 복도 끝에서 우당탕 소리가 났다. 아빠가 방을 나갔다가 중얼거리며 돌아왔다. 침입자는 사라지고 없었다고 했다. 침대에 앉아 있던 엄마는 맨 가슴에 주먹 쥔 손을 올려놓고 가쁜 숨을 가다듬었다. 몹시 더운 밤이었고 창문 밖에는 유령들이 꼼짝 않고 서 있었다. 나는 무서워 몸을 떨었다. 무슨 일이 일어났는지 이해할 수가 없었다. 누가 엄마를 죽이려 한 것일까? 아니면 나를? 내가 다칠 수도 있었을까? 어떤 남자한테? "아무것도 아냐. 호텔 쥐새끼야. 아무것도 훔치지 못하고 도망갔어." 쥐새끼? 나를 안심시키려고 아빠가 그렇게 말한 것일까? 벌레들처럼 구멍 속을 돌아다니고 쓰레기 더미에서 사는 쥐? 너무 빨라서 잡을 수 없고 안 다니는 데가 없는, 그 더럽고 징그럽고 긴 꼬리를 가진 쥐라고? 모두 다시 잠을 잤다. 하지만 나는 또 누가 들어올까 봐 두려워 잘 수가 없었다. 엄마 침대로 가서 엄마 옆에 눕고 싶었다. 하지만 말이 나오지 않았다. 어쨌거나 아빠가 허락할 리 없었다.

나의 두 번째 기억은 그다음 날 일어난 일에 관한 것이다. 아니, 전날 일어난 일일 수도 있다. 아빠가 고무보트와 노를 샀다. 아빠는 해변에서 꽤 멀리 떨어져 있는 알리바바의 동굴로 나를 데려갔다. 십 분 정도 열심히 노를 저어 가면 이끼로 뒤덮인 갈색의 기암괴석이 나타났다. 도둑들이 이 바위 동굴 속에 보물을 숨겨 놓았는데 '열려라, 참깨'라고 말하고 동굴 안으로 들어갔다. 내가 동굴에 들어가서 보물을 가져가자고 했더니 아빠가 안 된다고 했다. 안에 도둑들이 있으면 위험하

---

* 호텔 투숙객 물건을 훔치는 도둑을 '호텔 쥐'라고 부른다.

고 또 도둑들이 없다고 해도 그건 절도 행위라고 했다. 도둑의 물건을 훔치는 것도 도둑질이니까 동굴 안으로 들어가는 것은 금지였다. 우리는 보트를 타고 여러 번 바위 동굴에 갔지만 보석은 한 번도 보지 못했다. 흔들리는 보트 안에서 나는 눈을 부릅뜨고 반짝반짝 빛나는 금덩이는 없는지 갈라진 바위틈으로 열심히 찾았다. 하지만 동굴 안이 너무 어두워서 아무것도 보이지 않았다.

아빠는 언니와 나를 한 명씩 따로 데려갔다. 한 번도 같이 데려간 적은 없었다. 만약 보트가 뒤집히거나 팔에 튜브를 차고 있다고 해도 갑자기 바람이 빠지면 우리가 물에 빠져 죽을 수 있기 때문이다. 그럴 경우 아빠는 우리 둘 다 구할 수 없어서 한 명을 선택해야 할 수도 있다. 아빠는 모든 것을 생각하는 사람이다. 죽음의 경우는 특히 그렇다. 어쩌면 가엘을 떠올리며 이런 생각을 했는지도 모른다. '여자애들은 죽는다.' 만약 우리 둘 중 하나가 아들이었다면, 아빠는 우리를 함께 데려갔을지도 모른다. 남자는 강해서 언제나 빠져나올 수 있으니까. 무엇보다도 우리 둘 중 하나가 아들이었다면, 물에 빠졌을 때 아빠는 주저하지 않을 것이라고 나는 생각했다. 누구를 구해야 할지 알고 있으니까.

우리가 묵은 호텔의 이름은 심해잠수정이었다. 호텔 로비에 심해잠수정 모형과 복잡한 조립도가 전시되어 있었는데 아빠는 조립도를 한참을 들여다봤다. 나는 그런 아빠가 이해되지 않았다. 아빠는 심해잠수정을 손가락으로 가리키며 이것을 타면 아주 먼 바다 아주 깊은 곳까지 갈 수 있고 덕분에 다른 어느 곳에서도 볼 수 없는 놀라운 발견이 가능하다고 설명했다. 자신이 잠수정을 타고 바닷속을 탐험하는 상상을 하는 것 같았다. 그것이 느껴졌다. 그런데 나는 툭 튀어나온 잠수정의 현창이 죽은 생선의 눈 같다고 생각했다. 심해잠수정이라는 말도 너무 어려웠다. '깊은 바다로 가는 배'라는 뜻인데 말하기가 쉽지 않았다. 심 해 잠 수 정! 하지만 나는 한 번도 그 말을 잊은 적이 없다. 심해잠수정은 60년대 초에 아주 유행이었다. 사람들이 잠수정의 최대 잠항 기록을 신경 쓸 정도로 관심이 높았다. 어렸을 때 쥘 베른의 소설을 섭렵한 아빠는 트리에스테호와 아르키메데스호의 심해 탐험에 열광했다. 내가들은 첫 이야기들은 아빠가 들려준 것이다. 『해저 2만 리』와 『알리바바와 40인의 도둑들』이 나의 네 살 여름날을 장식했다. 나는 문어와 잠망경에 매료된 척했다. 언니 역시 그랬다. 언니는 진심이었을 수도 있다. 하지만 나는 이야기를 읽어 주는 아빠의 목소리 빼고는 전혀 흥미를 느끼지 못했다. 뭔지는 정확히 꼬집어 낼 수 없지만 그 이야기들에 내가 관심을 가질 만한 것이 없었기 때문일 것이다. 여자가 나오지 않아서였을까? 아빠가 들려주는 이야기에는 여자가 없었다. 아빠가 신나서 들려주는 이야기 속에는 우리가 존재하지 않았다. 우리는 없었다. 당연했다. 어떤 여자가 해저 2만 리까지 내려가서 기계와 씨름하고 괴물과 싸우겠는가? 그런데 남자들은 왜 여자가 나오지 않는 이야기들을 그렇게 좋아하는 걸까?

엄마와 언니에게 오래전 라방두에서 보냈던 여름휴가를 기억하는지 물은 적이 있다. 그해 여름이 나처럼 엄마와 언니 인생의 첫 기억이 아니라고 해도 우리 가족이 함께 보낸 유일한 휴가였고, 또 그 후 한 번도 함께 여행을 간 적이 없어서 정확히 기억하고 있을 것이라고 나는 생각했다. 엄마는 기억하는 것이 별로 없었다. 자전거를 탔고, 내가 해변에서 배꼽이 보이게 배를 툭 내밀고 아이스크림을 먹었고, 내 것을 다 먹고 나면 다른 사람들 아이스크림을 핥고 다녔는데 귀여워서 아무도 뭐라고 하지 않았다고 했다. 그것이 다였다. 언니 역시 호텔 쥐새끼를 전혀 기억하지 못했다. 내가 쥐

얘기를 꺼내자 엄마와 아빠가 그것을 하고 있었던 것이라고 나를 놀렸다. 비명은 내 상상에서 나온 것이고 내가 내 인생 최초의 기억을 절도와 강간[*] 장면으로 조작하고 있다고 했다.

그럴 수도 있다. 어쩌면 내가 있지 않았던 장면의 목격자가 되고 싶었는지도 모르고 내가 어디서 왔는지에 대한 기억의 구멍을 메울 필요가 있었는지도 모른다. 어쨌든 침입자에 대한 공포는 세월이 흐른 후에도 내 몸에 문신처럼 남아 사라지지 않았다. 그래서 보물이 숨겨져 있는 비밀 해안의 동굴 입구를 떠올릴 때면 그 공포가 내 귀를 뚫고 지나갔다. 5년 전, 나는 피에르와 라방두에 갔다. 피에르는 그때 내가 미쳐 있었던 미친놈이다. 우리는 해수욕장을 찾았지만 찾지 못했다. 심해장수정이라는 이름을 가진 호텔도 없었다. 알리바바의 동굴이 있는 바위도 찾지 못했다. 놀랍게도 라방두에는 아예 해안 절벽이 없었다. 모두 내 상상이었단 말인가? 수면 위를 미끄러져 가는 보트도? 심해를 탐험하는 잠수정도? 나의 기억인지 아니면 나의 상상인지 모를 것이 내 머릿속을 어지럽게 했다. "네 살 때부터 이야기를 지어내기 시작한 거군. 조숙한 아이였나

---

[*] 절도 'vol'와 강간 'viol'은 발음과 철자가 비슷하다.

봐." 맛조개 껍데기로 모래를 파면서 피에르가 결론을
내렸다.

그렇다. 나는 여자아이치고 조숙했다. 아니, 여자아
이라서 조숙했다. 나는 몸을 움직이는 것보다 말을 잘
했고, 달리는 것보다 듣는 것을 잘했다. 그리고 술래잡
기를 하는 것보다 글자를 가지고 노는 것을 더 좋아했
다. 사람들이 말하기를, 말은 아주 어려서부터 몸을 제
한하는 것을 배우는 우리 인간이 가진 특권이라고 했
다. 말은 우리의 노틸러스호이고 탐험해야 할 심해였
다.

유치원에서 자지 않을 때는 눈으로 언니를 찾았다.
하지만 언니는 나를 무시했다. 언니가 자기 친구들에
게 귓속말을 하면 친구들은 나를 보며 깔깔거렸다. 언
니는 얼마 안 있어 다른 학교로 가서(맞은편에 있는 초
등학교로) 하굣길에만 볼 수 있었다. 내가 아직 숨 쉬고
있는 것이 못마땅했는지 나만 보면 인상을 찌푸렸다.
내가 쉴 새 없이 유치원에서 무슨 일이 있었는지 조잘
대는 것도 싫어했고, 자기와 똑같은 옷을 입고 있는 것
도 싫어했다. 언니는 외동딸이고 싶었는데 어디서 볼
이 통통한 아이가 쌍둥이처럼 차려입고 나타났으니 미

워할 만했다. 나도 그랬다. 나도 내 친구 자닌처럼 외동
딸이면 얼마나 좋을까 생각했다. 언니와 나는 자주 옷
을 똑같이 입었다. 똑같은 옷을 두 벌씩 사는 것 같지만,
사실은 옛날에 양재사였던 할머니가 원단 두 마를 사
서 치마나 원피스를 두 벌씩 만들어 주셨다. 꽃무늬 원
피스, 주름치마 원피스, 분홍색 리본이 달린 원피스, 그
런 것들이었다. 딸이 둘이어서 옷본이 하나만 있으면
되니까 경제적이었다. 남자아이 옷은 본도 다르고 옷
감도 다르다. 언니는 내가 존재하지도 않는 것처럼 어
깨를 쫙 펴고 앞서 걸었다. 입에 손가락을 대고 휘파람
을 불기도 했다. 내가 천천히 가자고 짜증을 내면 요조
숙녀 났다고 놀렸다. 나는 언니가 무엇을 원하는지 알
았다. 언니의 목표는 외아들이 되는 것이었다.

내 인생 초기에 남자는 아빠의 이야기 속이나 엄마
의 대화에서 간간이 등장할 뿐, 거의 존재하지 않았다.
사촌들은 아직 태어나지 않았고 이웃은 눈에 띄지 않
았으며 엄마 아빠는 친구들이 없었다. 특히 아들이 있
는 친구들과는 전혀 교류하지 않았다. 유치원은 한 건
물이었지만 남학생반과 여학생반으로 나뉘어 있고 놀
이터도 남학생과 여학생이 노는 시간이 달랐다. 많지
는 않았지만 남학생과 여학생이 만나는 경우도 있었

다. 오전에 밍밍한 우유 급식을 받을 때나 인형극을 볼 때 그랬다. 인형극을 볼 때 남자애들이 냐프롱의 계략을 기늘에게 알려 주려고 소리를 고래고래 지르는 바람에 여자애들이 울음을 터뜨리기도 했다. 하지만 남자애들은 소리 지를 필요가 없었다. 옆으로 살짝 가서 무대 뒤를 보면 여자 선생님 두 명이 줄이 달린 인형을 움직이면서 남자 목소리를 내고 있다는 것을 금방 알 수 있기 때문이다. 〈관찰 1.: 여자는 원하면 언제나 남자가 될 수 있다.〉 포크댄스 시간에도 남학생과 여학생이 만날 수 있었다. 청소년 체육 사무국의 지침에 따르면 포크댄스는 남녀 학생의 우정을 돈독히 하고 운동신경을 발달시키는 데 기여한다고 되어 있다. 포크댄스 시간은 남자에 대한 여러 미스터리를 풀 수 있는 좋은 기회였다. '남자란 무엇인가?' 그리고 여기서 파생된 '남자면 더 좋은가?'라는 신랄한 질문이 기회가 있을 때마다 자연스럽게 제기되었다. 첫 질문은 유치원의 구조에 관한 것이었다. 남학생과 여학생의 교실과 놀이방은 화장실을 사이에 두고 분리되어 있는데, 남자 화장실 출입문에는 두 다리가 있는 사람이 그려져 있고 여자 화장실 문에는 치마를 입은 사람이 그려져 있었다. 그런데 다리는 없었다. 당연히 우리는 남자 화장실에 들어갈 수 없었지만(왜?) 빼꼼히 열려 있는 남자 화장실 문 사이로 들여다보면 차이가 한눈에 들어왔다. 일단 내부가 파란색으로 칠해져 있었다. 그리고 한쪽 벽에 키 낮은 조그만 변기들이 쭉 세워져 있고 남자아이들이 거기에 오줌을 쌌다. 아니, 오줌을 싸려고 낑낑거렸다. 그래서 가끔 선생님들이 도와주기도 하고 꾸중을 할 때도 있었다. 〈관찰 2. 남자는 우리와 달리 서서 오줌을 싼다.〉 물론 남자들이 서서 오줌을 싸는 것은 진작 알고 있었다. 아빠가 차에서 내려 멀리 있는 나무 앞으로 가서 무슨 비밀 이야기를 하듯 서 있는 것을 본 것이 한두 번이 아니다. 아빠는 차를 운전하다가도 아무데나 차를 세우면 되었다. 하지만 우리 여자들은 신경써야 할 것이 한두 가지가 아니다. 오줌을 누려고 쭈그려 앉으면 개미와 벌레들이 다리로 기어올라 온다. 그래서 언제나 오줌을 참으려고 했지만, 참기 힘들면 차를 세워 달라고 할 수밖에 없었다. (여자들은 왜 그렇게 오줌을 자주 싸느냐고 아빠가 짜증을 냈지만.) 하지만 일반화해서는 안 된다. 테레즈 아줌마가 있으니까. 여름이면 언니와 나는 할머니 할아버지와 함께 오베르뉴 지방 라쇼 마을에 있는 할아버지의 고향 집에서 보냈다. 테레즈 아줌마는 할아버지 집 근처에 사는 농부였다. 할머니가 뭐라고 했지만 우리는 날마다 테레즈 아줌마 집에 가서 설거지를 도왔다. 아줌마는 아들만 셋인데다 내가 보기에 아줌마의 남편은 집안일에 손가락 하나 꿈쩍하지 않는 것 같았다. 아저씨와 아들들은 축사와 들에서 일하고 테레즈 아줌마는 소들을 위풍산으로 몰고 가서 풀을 뜯게 했다. 페르방슈, 마르게리트, 미뇬, 마르키즈, 프뤼넬… 소들은 모두 여자 이름을 가지고 있었다. 젖소들이니까 당연했다. 테레즈 아줌마는 젖소들을 구분하는 방법과 소들을 모을 때 지르는 소리를 우리에게 알려 주었다. 소들이 우리가 명령하는 대로 하면 정말 신이 났다. 산만한 소들이 우리 소리에 따라 움직이는 것을 보면 신이 된 것 같은 느낌도 들었다. 언니와 나는 테레즈 아줌마를 따라 신선한 풀을 찾아 산으로 올라갔다. 하지만 경사가 가팔라서 나는 잘 쫓아가지 못했고 그럴 때면 언니는 늘 '엉뚱이! 빨리 와!'라고 소리를 질렀다. 테레즈 아줌마는 가끔 돌투성이 산길을 올라가다가 속도를 늦추고 여러 겹의 치마를 들추고는 서서 오줌을 누었다. 다리도 거의 벌리지 않았고 강아지 발토처럼 다리를 들지도 않았다. 소가 싸는 것처럼 오줌이 콸콸 쏟아졌다. 오줌이 돌 위로 떨어져 흘러내려 가는 소리도 소 오줌 소리 같았다. 아줌마는 오줌을 싸면서도 말을 멈추지 않았고, 그렇게 일이 다 끝나면 바로 출발했다. 언니와 내가 가장 놀랐던 것은 아줌마가 팬티를 입고 있지 않았다는 사실이었다. 아줌마는 팬티를 입고 있지 않다는 것을 숨기지 않았고 부끄러워하지도 않았다. 소들이 걸으면서 똥을 싸는 것과 뭐가 다른가. 할머니는 테레즈 아줌마가 시골 사람이라서 그런다고, 시골 여자들은 짐승들처럼 그런다고 했다. 아니면 관찰 1에서 보았듯이 여자는 원한다면 언제나 남자처럼 할 수 있을 수도 있다. 한번은 테레즈 아줌마가 나보고 서서 오줌을 싸 보라고 해서 그렇게 했는데 양말이 다 젖고 말았다. 도시에서 자란 여자아이에게는 쉬운 일이 아니었다. 그 말은 남자는 시골에서 자랐든 도시에서 자랐든 물렁한 쿠션에 달린 작은 관의 도움을 받아 사전 경고 없이 물을 사방으로 흩뿌릴 수 있다는 뜻이다. 브뤼노라는 나보다 다섯 살 어린 사촌이 있었는데 그 아이를 보고 내 직감이 맞았다는 것을 알게 되었다. 브뤼노는 나와 언니 그리고 내 인형에게는 없는 대롱을 가지고 있었다. 기린 인형 소피도 대롱이 없고, 목욕할 때 본 엄마도 털 속에 대롱은 없었다. 심지어 곰 인형 테디도 가지고 있지 않았다. 고모는 보잘것없는 그것을 거실에 있는 크리스털 샹들리에를 닦듯이 아주 조심조심 씻었다. 또 '귀여운 **나의** 작은 새'라고 사랑스럽게 부르기까지 했다. 나의 작은 새? 고모한테는 없으면서! 고모 것은 날아가 버렸나? 〈관찰 3. 새로운 발견 I : 그렇다! 그것, 남자들의 그것. 별 볼 것 없는 그것에 뭔가 있다. 여자에게는 없다. 여자는 아무것도 가지고 있지 않다.〉

그런데 남자들은 그것을 어디에다 쓰는 것일까? 오줌 쌀 때 앉지 않고 서서 싸는 것 말고 다른 용도가 있나? 그리고 서서 싸면 더 좋은가? 물론 야외에서는 모르겠지만 서서 싸는 것이 오히려 불편할 것 같은데. 나는 텃밭에서 호스로 실험을 해 봤다. 호스를 다리 사이에 끼고 밭 여기저기에 물을 주었다. 감자에도 물을 주고 토마토에도 물을 주고 언니에게도 물을 뿌렸다. 언니는 호스를 빼앗으려고 나를 쫓아다녔다. 나는 호스를 내 맘대로 휘둘렀다. 재밌었다는 사실만은 인정해야겠다. 나는 여자 친구들과 잘 지냈다. 유치원에서 우리는 모두 똑같았다. 함께 놀고 함께 노래를 불렀다. 내가 낮잠을 자면 친구들은 내가 깰까 봐 소리를 내지 않으려고 조심하며 방을 나갔다. 모두 착했다. 내 머리카락을 일부러 잡아당긴 아이들이 한두 명 있었지만 아이들의 엄마가 학교에 와서 사과를 한 후로는 그러지 않았다. 여자들과 있으면 평화로웠다. 여자는 평화와 잘 어울렸다. 어쨌든 유치원에서는 그랬다. (집에서는 좀 달랐지만..) 남자아이들의 경우는 눈에 띌 때만 생각했는데, 한 번 하면 아주 깊게 했다. 네 살 때부터 일곱 살 때까지 잔 다르크 유치원을 다니는 동안 나는 남자에 대한 지식을 완벽하게 쌓을 수 있었다. 특히 포크댄스 시간은 그야말로 보물 창고였다. 우리는 어른들처럼, 엄마와 아빠처럼 남자와 여자가 짝을 이루어 춤을 추었다. 남자의 손을 잡고 남자와 말을 하고 남자가 무엇인지 이해할 수 있는 좋은 기회였다. 나는 금방 고정 댄스 파트너를 만들었다. 빠른 노래든 느린 노래든 그 아이와만 춤을 췄다. 이름은 자크, 여섯 살이고 손이 하나밖에 없었다. *나의 작은 새, 아이고 다쳤고나! 아이고 다쳤고나!*

정확히 말하자면 손 하나는 베이지색 플라스틱으로 된 것이었다. 내 인형 벨라의 몸처럼 딱딱한 것이어서인지 그리 낯설지는 않았다. 게다가 자크는 다른 남자애들처럼 이상하지 않았고 또 열심히 스텝을 밟았다. 나는 자크가 손이 하나여서 좋았다. 내가 강하게 느껴지기 때문이었다. 자크는 손이 하나지만 나는 두 개

---

* 프랑스 전래 동요.

여서 자크를 도와줄 수 있었다. 그러니까 자크에게는 근심이 있었고 내가 그 근심을 덜어 줄 수 있었다. *나의 작은 새, 금방 낫게 해 줄게! 금방 낫게 해 줄게!* 비록 구두가 아니라 실내화를 신고 춤을 췄고 자크가 손으로 나를 리드할 수는 없었지만, 우리 두 사람은 자세가 정말 좋았다. 리드는 내가 했다. 내가 춤을 리드했고 내가 기사*였다. 〈관찰 1 : 여자는 원하면 언제나 남자가 될 수 있다.〉 자크는 내가 자신의 플라스틱 손을 스스럼없이 잡아서 좋아했고 나를 보면 항상 웃었다. 그리고 유치원이 끝나면 교문으로 달려가 자기 엄마에게 나를 소개했다. 〈관찰 4 : 여자는 남자에게 잘해 준다. 남자가 원한다면.〉 *빨리 나아 결혼하고파요. 빨리 나아 결혼하고파요.* "네 남자 친구니?" 엄마가 자크를 보고 물었다. "눈이 참 예쁜 아이구나." 자크는 앙드레 아저씨처럼 파란 눈을 가졌다. 아저씨와 꼭 같은 파란색이었다. 그래서 자크의 눈이 예쁘다고 말한 것일까?

남자아이들을 관찰할 수 있는 또 다른 곳은 학교 앞 광장이었다. 놀 것이라고는 미끄럼틀과 두 사람이 앉을 수 있는 그네 말고는 아무것도 없는 곳이었는데 남자아이 두 명이 자주 그네에서 놀았다. 두 아이는 그네

---

* 춤을 출 때 남자 파트너를 기사(cavalier)라고 한다.

에 앉아서 비행기 타기를 했지만 절대 이륙은 하지 않았다. 정말 짜증이 났다. 하루는 내가 좋은 생각을 짜냈다. 동글동글하고 매끄러운 작은 돌을 사탕 비닐에 싸서 그 아이들에게 그네와 맞교환하자고 제안했다. 처음에는 무슨 꿍꿍이가 있는 것은 아닌가 머뭇거리다가 나의 제안을 받아들이고 그네에서 내려왔다. 곧 돌이라는 것을 알아채고 화를 냈지만, 자닌과 나는 벌써 그네를 굴리고 있었다. 그 후에 일어난 일이 더 재밌다. 며칠 뒤에 그네에 또 그 아이들이 앉아 있었다. 우리는 다시 사탕을 내밀었다. 아니! 이번에는 절대 속지 않을 것이라고 했다. 아이들은 우리를 잘 알고 있었다. 하지만 우리는 진짜 사탕이라고 맹세했다. 지난번은 미안했고 다시는 그런 일이 없을 것이고 이것은 진짜 사탕이라고 말했다. 그것을 증명하기 위해 남자아이들 앞에서 우리는 사탕 하나를 까서 먹었다. "자, 이제 화해하자!" 두 아이는 서로 쳐다봤다. 말은 하지 않았지만 서로 합의를 봤는지 그네에서 내려왔다. 우리는 얼른 그네에 올라탔다. "그럴 줄 알았어…" 또 속은 것을 깨닫고 두 아이는 분통을 터뜨렸지만 우리는 배꼽을 잡고 웃느라 그 아이들이 하는 얘기가 들리지 않았다. 〈관찰 5 : 그것이 있다고 남자가 여자보다 더 영리한 것은 아니다. 오

히려 그 반대다.〉 하지만 이것은 잠정적인 결론일 뿐이
다. 아무리 생각해도 남자아이들이 그렇게 바보일 리
가 없다. 우리가 눈치채지 않게 잘해 주고 싶었는지도
모른다. 그래서 우리가 속여도 모른 척하고 기꺼이 바
보가 된 것이다. 우리들 마음에 들고 싶다는 욕망을 인
정하는 것보다 우리 속임수에 넘어가는 것을 택한 것
이다. 〈관찰 6 : 남자는 속으로는 여자들 마음에 들고 싶
어 한다.〉 결과적으로 남자는 생각보다 훨씬 복잡하다.
더 깊이 파 볼 것!

　　남자를 알 수 있는 또 다른 방법은 엄마 아빠를 관
찰하는 것이다. 엄마 아빠는 성인이 된 후 쭉 함께 산
남자와 여자가 아닌가. 언뜻 보기에는 그리 유쾌한 모
습은 아니다. 나는 아빠에 대해서 아는 게 별로 없다. 농
담할 때 빼고는 잘 웃지 않는다는 사실 말고는. 그런데
엄마를 보고는 절대 웃지 않았다. 엄마와 아빠는 한 방
을 쓰고 밥을 같이 먹었지만 말은 안 했다. 돈이나 우리
얘기 말고는 대화하는 법이 없었다. 아니면 갑자기 들
이닥친 영국 사람들에 대해 이야기했는데, 우리는 그
들을 실제로 본 적이 없었다. 엄마 아빠는 친구가 많지
않았다. 있는 친구도 두 사람의 친구가 아니라 각자의
친구들이었다. 아빠는 더 이상 엄마 마음에 들고 싶어

하는 것 같지 않았다. 백설 공주와 왕자님처럼 키스하지도 않았고 함께 춤추는 것도 보지 못했다. 하지만 내가 정말 궁금했던 것은 사촌 브뤼노처럼 아빠의 두 다리 사이에도 우스꽝스러운 그것이 있는지였다. 아빠에게 그것이 있다는 것이 너무 말이 안 돼 내 눈으로 직접 봐야 믿을 수 있을 것 같았다. 아빠는 일요일에 샤워를 했다. 샤워가 끝나면 허리에 타올을 두르고 욕실에서 나와 식탁을 지나 아빠 방으로 들어갔다. 언니와 나는 식탁 밑에 숨어서 타올 속을 들여다보려고 있는 대로 몸을 비틀었다. 하지만 실패했다. 엄마는 예쁜 옷을 입고 화장하는 것을 좋아했다. 토요일이면 아침에 미용실에 가서 머리를 하고 오후에는 할머니와 함께 쇼핑을 하러 갔다. 양팔 가득 쇼핑백을 들고 돌아와서는 거울 앞에서 옷을 입었다. 엄마는 자주 미용사가 아무 것도 모른다고 투덜거리며 투구처럼 부풀린 머리를 다시 빗질하곤 했다. 그다음에는 손톱에 매니큐어를 발랐고, 다 바른 후에는 할머니와 차를 마시면서 이런저런 이야기를 했다. 옷이나 앙드레 아저씨, 그런 얘기였다. 엄마는 유행에 민감하고 날씬하고 우아했다. 그렇다고 코딱지를 파서 의자 밑에 붙여 놓지 않는다는 뜻은 아니다. 엄마는 할머니 돈으로 쇼핑을 했다. 아빠가 돈 쓰는 것을 좋아하지 않았기 때문이다. 내가 이해하기로는 아빠는 옷이나 파마, 마스카라 같은 불필요한 것에 돈 쓰는 것을 싫어했다. 아빠의 아빠는 시계 수리공이었고 아빠는 의사이기는 하지만 루앙에서 가장 보잘것없는 병원을 운영하고 있어서 벌이가 시원치 않았다. 그러니까 내가 말하고 싶은 것은 아빠의 집안은 돈과는 거리가 멀다는 사실이다. 아빠는 언니와 나한테도 박하게 굴었다. "이 분홍 원피스는 엄청나게 비싸겠군. 누가 보면 부잣집 자식들인 줄 알겠어!" 언니도 같은 분홍 원피스를 가지고 있었지만 내가 훨씬 잘 어울렸다. 원피스를 입고 엄마처럼 거울 앞에서 빙빙 돌았다. 하지만 아빠가 좋아하지 않는 걸 보니 내가 잘못 생각한 것은 아닐까?

어느 날 저녁, 아저씨 두 사람이 우리 집을 방문했다. 식탁에서 한 아저씨가 아빠에게 이것저것 질문을 했고 다른 아저씨는 가방에서 꺼낸 서류에 표시를 했다. 계산해 보니 1964년 총인구 조사였던 것 같다. 내가 여섯 살 때였다. 나는 부끄럼을 많이 탔지만, 호기심이 발동해서 소파 뒤에 숨어 아빠와 아저씨들이 하는 이야기를 들었다. "아이들이 있습니까?" 아저씨가 아빠에게 물었다.

"아뇨. 딸만 둘입니다."

3.

　나는 언니 옆에서 글을 같이 배워서 여섯 살 때부터 읽을 줄 알았다. 나는 글보다 그림을 더 무서워했다. 책 표지에 마녀가 그려진『백설 공주』는 너무 무서워 장식장 위로 던져 버렸지만, 대부분 슬픈 이야기인 안데르센의 동화는 읽고 또 읽었다. 나는 울기도 잘했다. 하지만 뭐라고 하는 사람은 없었다. 여자들은 울어도 되기 때문이다. 나는 아무도 들어 주는 사람 없는데 '성냥 사세요'를 외치며 추위와 무관심 속에서 죽어 가는 성냥팔이 소녀가 되었다가, 연약한 엄지 공주가 되었다가, 왕자 곁에 있고 싶어 자신의 목소리를 포기하고 또 왕자를 구하기 위해 기꺼이 자신의 목숨까지 희생하는 인어 공주가 되었다. 엄마는 틈이 나면『잠자는 숲속의 공주』를 내게 읽어 주었다. 내가 가장 좋아하는 순간은 왕자에게 키스를 받은 공주가 깨어나서 입을 열 때다. "왜 이렇게 오래 걸렸죠?" 나는 그녀가 공주로서 마땅하다는 듯이, 주저하지 않고 명령하듯 왕자를 나무라는 것이 재밌다고 생각했다. 공주 말이 맞는다. 왕자이고 말까지 있는데 100년이나 걸렸으니 오래 걸리긴 오래 걸렸다. 하지만 여자들은 필요하다면 기꺼이 기다린다. 사랑을 받으려면 참고 기다려야 한다. *언젠가 왕 자님이 오실 거야. 언젠가 우리는 사랑을 하게 될 거야.* 내가 태어나서 영화관에서 처음 본 영화에 나오는 노래다. 백설 공주가 부른 그 노래는 약속이었다. 약속은 지켜진다. 왕자님은 꼭 올 것이고 기다리면 되었다. 물론 왕자를 찾으러 나서는 여자도 있다. 유리 구두를 신고 앉아 왕자가 오기만을 기다리지 않는 부류의 여자들이다. 어린 소녀 게르다는 눈의 여왕의 포로가 된 친구 카이를 구하러 맨발로 넓은 세상으로 나갔다. 게르다가 온갖 난관을 뚫고 이야기 마지막에 드디어 카이를 만났을 때는 영원이라는 시간이 흐른 뒤였다. '째깍! 째깍! 소리를 내며 돌아가는 시곗바늘은 여전했지만 게르다와 카이는 할머니 방 안으로 들어서는 순간 자신들이 어른이 되었다는 것을 깨달았다.' 나는 이야기의 마지막 부분을 외우고 있었다. 엄마가 동화를 읽어 줄 때면 마지막은 항상 내 차지였다. 마지막에 세월이 흘렀다고 말하는 것과 두 사람의 미래를 알려 주는 것이 좋았다. 하지만 인생은 길고 사랑은 멀리 있다! 서둘러 길을 떠나야 하나? 여자가 앞에 서서 걸어야 하나? 아니다. 기다리는 것이 낫다. 엄마가 커튼 뒤에 숨어서 앙드레 아저씨가 오는지 살피는 것처럼. 그가 왔다. 어느 순간 그가 거기에 있었다. 100년은 순간이었다.

클로드 언니는 동화를 별로 좋아하지 않았다. 동화를 좋아하는 나를 애 취급하기까지 했다. 언니는 사촌인 코린과 함께 할머니의 아파트 서재에서 놀았다. 우리 아파트와 할머니 아파트는 문 하나로 연결되어 있어서 우리는 자주 들락날락거리며 놀았다. 아빠는 코린에게 이불이라는 별명을 붙여 주었는데 언제나 이불을 들고 다녔기 때문이고 또 배불뚝이가 아니기 때문이기도 했다. 언니와 코린은 내가 서재에 못 들어오게 나를 문밖으로 밀어냈지만 그래도 나는 꾸역꾸역 안으로 들어갔다. 두 사람은 책장에서 두꺼운 백과사전을 꺼내 고추, 금동이, 덜랭이, 찌찌 같은 징그러운 단어들을 찾았다. 백과사전에는 나오지 않는 단어들이었다. 언니들이 미웠는데 아주 고소했다! 사전에는 지지*라는 말만 나왔다. '프랑스에서 흔히 볼 수 있는 파란색과 회색 털을 가진 작은 새.' 이상한 색깔이다. 파란색은 당연했지만 회색이라고? 덜랭이는 언니와 나밖에 모르는 단어였다. 내가 자닌에게 덜랭이를 알려 주었을 때 자닌은 어깨를 으쓱했다. "잠지를 말하는 거야? — 나는 조개라고 하는데!" 코린은 조개라고 했다. "보지라고 하

---

* zizi. 어린 남아 성기를 가리키는 말. 멧새라는 뜻도 있다.

는 거야." 지네트 아줌마는 보지라고 했다. 사람마다 그것을 부르는 이름이 모두 달랐다. 물론 그것의 반대되는 것 역시 이름이 많았다. 나중에 아빠가 거실 탁자에 놔둔 서류에서 '성'이라는 단어를 발견하고 사전에서 그 단어를 찾은 적이 있다. (아빠는 남성이라고 적힌 칸에 표시를 했다. 남성 밑에 여성 칸이 있었다.) '성sexe'이라는 말은 '자르다'라는 뜻의 라틴어 '세카레secare'에서 기원한다고 되어 있었다. 거기서 동사 '자르다scier', '절단하다sectionner' 그리고 명사 '전지가위sécateur' 같은 단어들이 파생되었다. 그렇다. 모든 것이 확실해졌다. 남자의 자지를 '자르면sexe-tionner' 여자가 되는 것이다. 그런데 언제, 어디서 내 고추가 잘린 거지? 지독하게 아팠을 텐데. 피도 엄청나게 났을 것이고. 자전거 타다가 넘어져 무릎에 피 나는 것하고는 비교가 안 될 정도로 많이 흘렸을 것이다. 흉터도 있다! 가랑이 사이에 가늘게 금이 가 있지 않은가. 나는 자지가 잘린 적이 있는지 기억해 내려고 애썼다. 기억이 나지 않았다. 그런데 잘리지 않고 가지고 있는 사람들은 뭐지? 누가 결정하는 거지? 아빠는 절대 아닐 것이다. 결론적으로 여자는 상처가 난 남자다! 플라스틱 손을 가지고 있는 자크처럼 말이다. 도대체 남자가 무슨 잘못을 했기에 여자가 되는 벌을 받은 거지? 나는 답을 알지 못하고 할 말도 없다. 내가 남자였던 기억은 없지만 마음 한구석에서는 놀랄 일이 아니라는 생각이 들었다. 가끔 내가 남자로 느껴졌기 때문이다. 진짜 남자라고 생각하지는 않았지만, 핑크색과 원피스를 좋아하는 것 빼고는 남자와 다를 게 없었다. 남자들은 짓궂게 장난을 하고 한시도 가만히 있지 못하고 큰 소리로 웃는다. 나는 서서 오줌 싸는 것 빼고(사실 나는 이것도 가능하다) 남자들이 하는 것은 다 할 줄 안다. 단지 하고 싶지 않을 뿐이다.

나는 혼자 있을 때는 책을 읽었다. 혼자 있을 때가 많았고 그 시간을 이야기로 채웠다. 인형을 앉혀 놓고 이야기를 들려주는 것도 좋아했다. 내가 가장 좋아하는 이야기는 『소공녀』다. 예쁘고 영리한 사라라는 여자아이가 주인공인 이야기다. 사라는 상류층 기숙 학교에서 살다가 아빠가 돌아가신 후, 고아가 되고 가난해진다. 최고 우등생이었던 사라는 기숙 학교에서 쫓겨나 학교 다락방에서 지내며 먹을 것을 구걸하며 살아야 했다. 그러던 어느 날, 다락방에 멋진 가구와 음식이 가득 차 있는 것을 보고 깜짝 놀란다. 어떻게 가능했는지 모르겠지만 벽난로에는 불이 활활 타오르고 있었다. 사라는 이렇게 놀라운 일이 어떻게 일어났는지, 누가 그랬는지 도무지 이해할 수 없었다. 가구와 음식을 창문으로 들여왔을까? 아니면 지붕으로? 나도 모른다. 이야기 마지막에 이르러서 사라에게 후원자가 있었다는 것이 밝혀진다. 후원자는 물론 남자였다. 나는 밤마다 소공녀가 되는 꿈을 꿨다. 항상 같은 꿈이었다. 꿈은 잠들기 전에 시작되어 잠이 든 후에도 이어졌다. 나는 좋은 집에서 살았다. 평민 공주이기 때문에 왕궁은 아니었다. 하지만 벽장이나 옷장, 냉장고의 문을 열고 물건을 꺼내면 그 물건은 다시 채워졌다. 그냥 똑같은 것이 아니라 더 예쁘고 더 맛있고 내가 꼭 갖고 싶어 하는 것으로 대체되었다. 매일 밤 나는 새 옷을 입고 뱅뱅 돌았고 머랭과 사탕을 먹고 에나멜 구두를 신었다. 이 꿈은 어린 시절 내내 나와 함께 했다. 꿈은 내 모든 걱정거리를 날려 버렸고 나는 부족한 것 없이 행복했다.

학교에 가지 않을 때는 할머니 집에 갔다. 문 하나만 열면 할머니 아파트였다. 할머니는 오전에는 항상 집에 있었다. 반면 할머니의 엄마인 왕할머니는 매일 아침 집을 나서서 9시에 **가게**에 도착했다. 왕할머니는 향수 가게를 했는데 직원도 두 명이나 두었다. 그중 한 명인 르네는 가끔 일요일에 집에 와서 같이 식사를 하기도 했다. 왕할머니의 머리는 보랏빛 기운이 약간 도는 백발이다. 4대가 함께 사는 집안의 여자들 중 가장 나이가 많은 왕할머니가 일해서 돈을 버는 유일한 사람이라는 것을 아무도 이상하게 생각하지 않았다. 아빠는 왕할머니를 좋아하지 않았다. 왕할머니가 아빠를 좋아하지 않았을 수도 있다. 뭐가 맞는지는 모르겠지만 하여튼 아빠는 우리가 식탁에 앉을 때면 왕할머니처럼 일을 해야 한다는 말을 자주 입에 올리곤 했다. 엄마가 새 립스틱을 사기라도 한 날이면 아빠는 기어코 엄마의 눈에서 눈물을 쏙 빼놔야 직성이 풀렸다. 그리고 언니와 나에게는 왕할머니처럼 꼭 직업을 가져야 한다고 입이 닳도록 말하고 또 말했다. 미용사든 선생이든 간호사든 무엇이든 간에 직업을 갖는 것이 매우 중요하고 온종일 집에서 손가락이나 빨 생각을 하면 절대 안 된다고 했다. 이 말을 하면서 엄마를 곁눈질하는 것도 잊지 않았다. 우리 아빠는 부자가 아니었지만 내가 알기로 엄마의 아빠는 부자였다. 우리가 사는 아파트와 가지고 있는 차는 모리스 할아버지가 마련해준 것이다. 아빠의 병원도 할아버지의 결혼 선물이었다. 루앙에서 가장 작고 단골 환자도 없었던 병원이라고 해도 말이다. 병원은 지참금이었다. 할머니가 그 단어를 말하는 걸 들은 적이 있다. 나중에 몰리에르 희곡

75

에서도 봤다. 남편을 쉽게 찾으라고 여자에게 주는 돈이 지참금이다. "그러면 사랑해서 결혼하는지 돈 때문에 결혼하는지 어떻게 알아요?" 내가 물었다. "사랑한다고 해서 돈을 안 보는 게 아니고 돈을 본다고 해서 사랑하지 않는 게 아니란다." 할머니가 대답했다. 엄마는 왕을 아빠로 둔 동화 속 공주님처럼 부잣집 외동딸이었지만, 언니와 나는 결혼할 때 아무것도 받지 못할 것이다. 그것이 엄마와 우리의 다른 점이다. 우리 아빠는 부자가 아니고 우리는 지참금을 받지 못할 것이 분명했다. 어떤 직업을 가진 백마 탄 왕자님을 만나게 될지 모르지만, 왕자님은 아무것도 하지 않고 자신이 나타나기만을 기다리는 철없는 여자를 아내로 고르지는 않을 것이다. '잠자는 숲속의 공주? 들어 본 적 없는데요. 관심 없습니다!' 배불뚝이 아이는 절대 마법 냉장고를 갖지 못할 것이다. '알았니? 알았어요. 정말? 알았다니까요!' 그런데 아빠는 엄마가 가져온 지참금 덕을 보지 않았나? 이런 걸 보면 아빠는 전혀 논리적이지 않다. 아빠는 돈이 행복을 가져다주지는 않아도 행복해지는 데 도움이 된다고 자주 말하지만, 전혀 행복해 보이지 않았다. 언니와 나는 어른이 되면 돈이 아니라 우리 자신만을 사랑하는 사람을 만날 수 있을까? 아니면 평생 사랑을 받지 못하고 살까? 이 질문 때문에 나는 괴로웠다. 돈도 없는데 사랑도 받지 못하면 어떻게 될까? 꿈이 있어 다행이었다. 그리고 맨날 노털러스호에 처박혀 사는 아빠가 딸들의 미래를 어떻게 알겠는가?

모리스 할아버지도 보기 힘든 건 마찬가지였다. 할아버지는 플라스틱 공장 사장님이고 럭비 클럽도 소유하고 있어서 쉴 새 없이 일만 했다. 그래서 집은 항상 우리 여자들 차지였다. 할머니는 매일 시간표대로 하루를 보냈다. 아침 식사가 끝나면 먼지떨이와 주황색 걸레를 들고 방마다 돌아다니며 청소를 하는 것으로 하루를 시작했다. 가정부를 둘 수도 있었지만, 그러면 아침에 할 일이 없다고 할머니는 싫다고 했다. 나는 할머니의 철저함에 감탄했고 성실함에 감동했지만, 동시에 두렵기도 했다. 나도 어른이 되면 할머니처럼 될까 봐, 밖에서 인생이 펼쳐지는 동안 안에서 같은 동작을 무한반복하고 끊임없이 다시 시작하는 그런 사람이 될까 봐 두려웠다. 그런데 할머니의 규칙적인 일상에는 위로를 주는 뭔가가 있었다. 할머니는 자신이 해야 할 일을 분명히 알았고 그 일에서 장점을 보았다. 나도 그랬다. 모든 것이 깨끗하게 정돈되어 매일 새것으로 되살아나는 것 같았다. 할머니는 먼지 추적자였다. 우리는 모두 언젠가 먼지가 될 것이다. 견진 성사 때 목사님이 그렇게 말씀하셨다. '너는 흙이니 흙으로 돌아갈 것이니라.' 누구도 피할 수 없다고 했다. 그래도 할머니는 애를 썼다. 빗자루로 죽음을 쓸어 내고 장식장 위에 내려앉은 주검들을 닦아 내며 생명을 유지하려고 노력했다. 한편으로는 할머니가 돌아가시면 이 모든 것이 멈추지 않을까 두렵기도 했다. 이렇게 힘든 일을 할머니 말고 누가 계속할 수 있겠는가? 내가 물려받을 생각은 없었다. 물론 할머니가 도와달라고 한 적도 없었다. 할머니는 나에게 집안일을 가르쳐 주지 않았다. 공주들의 운명은 집 밖에 있기 때문이다. 남자들처럼. 그래서 나는 청소하는 할머니를 졸졸 따라다니며 이야기를 들려주었다. 계집애가 하루 종일 쫑알거린다고 가끔 핀잔을 주기도 했지만 할머니도 내 얘기를 좋아했다. 할머니를 쫓아다니는 것이 싫증 나면 연결문을 열고 우리 아파트로 갔다. 그곳에는 엄마가 있었다. 엄마도 집안일을 하긴 했지만 열심히 하지는 않았다. 엄마는 스물아홉이었고 진짜 인생은 집 밖에 있었다. 엄마는 소고기 스튜나 사과 파이를 오븐에 넣어 놓고 11시쯤 소시지 한 쪽에 와인 한 잔을 마시며('볼 터치 대신' 이라고 했다) 앙드레 아저씨 전화를 기다렸다. 아저씨는 부동산 중개인이었는데 손님에게 집을 보여 주는 사이사이에 엄마에게 전화를 했다. 부인이 들을까 봐서였다. 아저씨가 사랑 표현을 할 수 없어서 엄마는 조금 답답하다고 했다. 청소를 마치고 몸을 씻은 후에 우리 아파트에 온 할머니에게 그렇게 말하는 것을 들은 적이 있다. 엄마는 전축에 레코드판을 올려놓고 음악을 들었다. 아빠는 전축이 고장 날까 봐 자기가 없을 때 우리가 사용하는 것을 싫어했다. 엄마는 페툴라 클라크 노래에 맞춰 트위스트를 췄다. 언니와 나도 엄마 손에 이끌려 함께 춤을 췄다. 할머니는 분홍색 안락의자에 걸터앉아 우리가 춤추는 것을 물끄러미 바라보기만 했다. 우리가 춤추는 것이 보기 좋았을 수도 있고 아니면 같이 추고 싶었는지도 모른다. 지금 생각해 보면 그때 할머니의 나이는 겨우 마흔여덟이었다. 엄마는 사샤 디스텔과 리샤르 앙토니의 노래도 들었다. *당신이 없는 세상에서 나는 살 수 없어요. 당신을 사랑해요. 당신이 생각하는 것보다 훨씬 더 사랑해요. 당신 없이는 한순간도 살 수 없어요.* 엄마는 보통 이쯤에서 앙드레 아저씨와 아빠 얘기를 또 하기 시작했다. 아빠를 마티유라고 이름으로 부르며 안 좋은 소리를 했다. 마티유는 지독한 구두쇠고, 마티유는 자기와 말도 하지 않고, 마티유는 부부 생활에도 관심이 없고… 가끔 할머니가 애들 앞에서 그런 소리 하지 말라고 눈을 흘겼지만 엄마는 상관하지 않았다. 아빠 이름이 마티유라는 것을 우리가 모른다고 생각한 모양이다. 우리를 바보로 아는 건가? 내가 싫어하는 노래도 있었다. 후렴구가 정말 바보 같은 노래였다. *따님을 빌려주세요. 허락해 주시겠어요?* 여자가 도서관의 책인가? 빌리게? 여자는 물건이 아니다. 그리고 여자는 돌려주는 것이 아니라 간직해야 한다. 하여튼 동화책에서는 그랬다. 이 노래를 부른 가수는 아다모다. 아담의 이탈리아 이름. 인류의 첫 남자가 저런 멍청이라니…

책을 읽지 않을 때는 인형과 놀았다. 나는 벨라를 작은 유모차에 싣고 아파트 곳곳을 돌아다녔다. 벨라는 나처럼 금발이고 파란 눈을 가졌는데 우리는 정말 자매처럼 보였다. 생일도 같았다. 나는 항상 예쁜 옷이나 곱슬머리에 어울리는 머리띠를 벨라에게 선물했다. 하루는 우리 식구 모두 앙드레 아저씨 집에 갔다. 아저씨 집에도 우리 또래 아이 둘이 있었다. '딸 하나, 아들 하나.' 엄마가 그렇게 말했다. 또박또박 말하는 엄마의 목소리에서 슬픔이 묻어났다. 나는 벨라를 데려갔다.

크리스티안은 열 살로 클로드 언니와 동갑이었고 질베르는 나보다 어렸다. 질베르가 오줌을 쌀 때는 아직도 누군가 도와줘야 했다. 우리 모두 질베르를 데리고 화장실에 갔다. 우리 여자 셋은 오줌싸고 있는 질베르를 보고 낄낄거렸고 그러면 아이는 얼굴이 빨개졌다. 질베르는 승강기와 나선형 램프가 있는 주차 타워 장난감을 가지고 있었다. 우리가 녹색 자동차 심카 1000을 세게 굴리는 것을 아주 싫어했는데 클로드 언니는 들은 척도 하지 않았다. 크리스티안은 인형을 많이 가지고 있었다. 벨라보다 훨씬 예쁘고 말도 하고 팔도 움직이는 인형들이었다. 물이 담긴 젖병을 물리면 오줌을 싸는 것도 있었다. 이상한 점은 아무 때나 그 인형들을 가지고 놀 수 없다는 거였다. 인형을 가지고 놀고 싶으면 크리스티안은 엄마에게 허락을 받아야 했다. 우리가 있을 때는 대개 허락해 주었는데 크리스티안의 엄마가 커다란 열쇠로 장식장 문을 열면 황홀한 세상이 펼쳐졌다. 선반에 근사한 인형들이 반듯이 쭉 세워져 있고 그보다 작은 인형들은 예쁜 가구로 장식된 집에 들어 있었다. 분홍색 거울, 화병, 머리빗, 보석도 있었다. 내가 꿈꾸어 왔던 인형들이었다. 크리스티안의 엄마가 그 많은 인형 중에 하나를 꺼냈다. 딱 하나, 우리는 그것을 한두 시간만 가지고 놀 수 있었고 다시 장식장에 넣어야만 했다. 크리스티안은 울먹였지만 크린스티안의 엄마는 눈 하나 꿈쩍하지 않았다. "인형을 망가뜨려서는 안 돼!" 그런데 질베르의 장난감은 모두 자기 방에 있었다. 공, 자동차, 레고 심지어 세발자전거도 방에 놔두었다. 남자아이들의 장난감은 '튼튼하기' 때문이었다. 여자는 인형과 같아서 연약하고 긴 치마를 입어야 하며 더러워져서는 안 되었다. 게다가 내가 이상하다고 생각한 것이 또 하나 있었는데, 질베르가 방귀를 뀌면 어른들은 재밌다고 웃었지만 우리가 방귀를 뀌면 지저분하다고, 참아야 한다고 꾸중을 했다. 여자는 쉽게 더러워질 수 있었다. 우리는 거의 매주 주말에 앙드레 아저씨 집에 갔다. 아저씨 집은 루앙에서 차로 15분 정도 떨어져 있는 시골에 있었다. 크리스티안의 인형이 장식장에서 나오지 못하면 우리는 벨라를 가지고 놀거나 미라벨 자두잼 병으로 가게 놀이를 했다. 가끔 질베르가 손님 역할을 했는데 모노폴리 지폐 뭉치를 가져와서 물건을 샀다. 여름휴가가 시작되기 전 어느 일요일, 나는 크리스티안 방에 벨라를 두고 나왔다. 내가 차안에서 징징거렸지만 아빠는 인형 때문에 되돌아갈 수는 없다고, 보름 후에 찾으면 된다고 했다. 보름 후, 다시 앙드레 아저씨 집에 갔을 때 나는 이방 저방 돌아다니며 벨라를 찾았다. 하지만 벨라는 없었다. 크리스티안의 엄마가 벨라를 다른 인형들과 함께 장식장에 넣어 두었을지도 몰랐다. "아니!" 크리스티안의 엄마가 차분하게 말했다. 장난감이 필요한 가난한 사람들에게 주려고 가톨릭 자선단체에 기부했다고 했다. 나누면서 살아야 한다면서. 엄마는 아무 말도 못 하고 앙드레 아저씨를 쳐다봤고 아빠는 곤란한 표정을 지었다. 아빠는 프로테스탄트*이면서도 한 마디 항의도 하지 않았다. "질베르의 장난감을 주지 그러셨어요?" 언니였다. 언니가 이렇게 멋져 보인 적이 있었던가! 고약한 크리스티안의 엄마가 나에게 몸을 휙 돌리면서 말했다. "그러니까 네가 인형을 잘 챙겼어야지. 네가 버렸잖아. 네 탓이야."

집으로 돌아가는 차에서 내가 어찌나 심하게 울었던지 엄마가 항복하고 말았다. "이제 그만해. 새로 하나 사 줄게. ─ 걸핏하면 사는군." 아빠가 짜증을 냈다. "실비 말이 틀리지 않아. 우리 집 여자들은 정말 나눌 줄 몰라." 엄마는 입을 다물었다. 나눌 줄 모른다고? 엄마는 앙드레 아저씨를 나눠 갖는 것에 진력이 났는데! 내

---

* 개신교도. 항의하는 사람, 반대하는 사람이라는 뜻도 가지고 있다.

울음소리가 더 커졌다. 나는 새 인형이 필요하지 않았다. 내가 원하는 것은 벨라였다. 나눌 줄 모른다는 말과 인형을 빼앗겨 자동차 뒷자리에서 울고 있는 어린 여자아이의 모습은 오랫동안 내 머릿속을 떠나지 않았다. 여덟 살이든 아니든 어려운 것은 나누는 법을 배우는 게 아니라 잃는 법을 배우는 것이다. 여자들은 어려서부터 불쾌한 일을 강요받고 잘해 보려고 매달려 보지만 대개 성공하지 못한다. 그래서 여자들이 우울한 것인지 모르겠다. 패배를 강요받는 것을 거부해서 그런 것일 수도 있고, 패배할 줄 알면서도 패배하기를 거부해서 그럴 수도 있다.

목요일은 학교 수업이 없는 날이었다. 엄마는 테니스 클럽에 우리를 데려가고 싶지 않아 했고, 또 소공녀가 고아가 되기 전 발레를 배웠다는 것을 내가 알고 있었기에, 엄마는 우리를 루앙에서 가장 유명한 마르티네 발레 학교에 등록시켰다. 발레 수업은 쉽지 않았다. 같은 스텝을 끊임없이 반복해야 하고 자세를 교정해야 했다. "4번 자세! 4번 자세!" 막대를 손에 든 마르티네 선생님은 팔이 동그랗지 않다고, 발이 턴 아웃되지 않았다고, 무릎이 너무 뻣뻣하다고 소리를 질렀다. 나는 동작이 우아하고 자세가 좋은 편이었다. 라루스 그림

사전을 머리 위에 얹고서, 턱을 고정한 채 거울에 비친 내 눈을 똑바로 쳐다보며 교황처럼 아주 진지하게 걷는 연습을 했다. "턱 고정!" 마르티네 선생님이 말했다. 나는 소공녀처럼 행동했다. 노는 시간에도 얌전히 있는 나를 보고 친구들은 잘난 체하는 새침데기라고 불렀다. 나와 달리 언니는 운동신경이 뛰어났다. 특히 재주넘기를 잘했는데 내가 재주넘기를 하다가 커다란 엉덩이 때문에 고꾸라졌을 때 언니가 배꼽을 잡고 웃었다. "클로드는 유연하고 로랑스는 우아합니다." 마르티네 선생님은 할머니에게 우리를 파리 오페라단에 소개하고 싶다며 그렇게 말했다. "그러면 너희 둘을 합하면 완벽한 제1 무용수가 되겠네!" 할아버지가 우리를 놀렸다. 파리 오페라단에 우리를 소개한다고? 그곳에 가는 것이 내 꿈이기는 하지만 언니는 빼고 엄마와 할머니하고만 가고 싶었다. 정말 가고 싶기는 한데, 사실 무섭기도 했다. 아빠가 싫어해서 우리 집에는 티브이가 없었다. 그래서 아빠 몰래 할머니 집에서 드라마 〈행복한 시절〉을 모두 봤다. 파리 오페라단 소속 발레 학교 학생들에 관한 이야기인데 해피 엔딩으로 끝나기는 하지만 학생들 사이의 시기와 질투가 난무하는 드라마였다. 좋은 역할을 차지하기 위해 못된 음모를 꾸미는 학생도 있었다. 생각해 보면 질투, 시기, 음모가 없는 여자 이야기를 본 적이 없는 것 같다. 자매 이야기도 마찬가지다. 항상 마녀처럼 악독한 여자나 뱀처럼 사악한 자매가 나온다.

여자들 이야기가 나왔으니 말인데 왕할머니는 사위가, 그러니까 모리스 할아버지가 집에 늦게 들어오는 이유를 알고 있었다. 회계사와 늦게까지 할 일이 있거나 럭비 선수들의 사기를 북돋아 줘야 하기 때문이 아니었다. 왕할머니가 나름대로 뒷조사를 한 결과 할아버지가 바람이 난 것을 알게 되었고 할머니에게 그 사실을 알렸다. 할아버지가 만나는 여자는 가끔 왕할머니 향수 가게에 분을 사러 오는 뚱뚱한 금발 머리 여자였는데, 할아버지가 그 여자와 기차역 부근 식당에서 저녁 식사를 하고 시트로엥 DS를 타고 어디론가 가는 것을 왕할머니가 보게 됐다. 또 여자가 할아버지에게 카페를 차려 달라고 한 사실도 알게 되어 할머니에게 알리기로 결심한 것이다. 할머니가 이것저것 물었다. 그런데 목소리가 내가 알던 할머니 목소리가 아니었다. "그 여자… 예뻐요? 나이는 몇이에요? 혼자 살아요? 모리스가 그 여자를 진짜 좋아하는 것 같아요? ─ 화냥기가 질질 흐르는 헤픈 여편네야!" 머리를 금발로 물들이고 할아버지의 돈을 노리는 상스러운 여자라고 왕할머니는 대답했다. 창녀, 작부, 매춘부, 화냥년... 왕할머니는 뜻을 알 수 없는 단어들을 쭉 늘어놨다. 나는 바비 인형을 손에 쥐고 소파 뒤에 숨어서 듣고 있었는데 나중에 몰래 나가서 그 말들을 사전에서 찾아봐야겠다고 생각했다. 단순한 바람이 아니라면, 할아버지가 이혼이라도 하자고 하면 어떡하냐고 할머니가 눈물 바람을 하자 왕할머니는 어깨를 으쓱하고는 한마디 했다. "말도 안 되는 소리 작작 해! 그냥 여편네라니까!"

발레 수업을 받는 여자아이들은 대체로 착했다. 하지만 선생님께 칭찬받으려고 자세를 취할 때 거울을 보고 미소를 짓는 아이들이 있긴 했다. 나도 활짝 웃었다. 연한 분홍색 튀튀가 미치도록 좋았기 때문이다. 모슬린 스커트는 요정의 모자처럼 예뻤고 발레 슈즈는 새틴처럼 부드러웠다. (내 바비 인형도 튀튀가 있다. 물론 바비 인형은 나보다 훨씬 예쁘고 엉덩이도 작지만.) 발레 수업에 쥘리앙이라는 아이가 있었는데 유일한 남자였다. 수업을 참관하러 온 엄마들은 쥘리앙을 이상한 눈으로 쳐다봤다. 수줍음을 많이 타고 레오타드와 회색 타이츠를 입고 있어서 몸매가 더 가늘어 보이는 아이였다. 마르티네 선생님은 쥘리앙의 타이츠 위로 봉긋하게 올라온 부분을 가끔 세미콜론이라고 불렀다. 남자의 그것을 뜻하는 또 다른 이름이었다. 나는 머리에 담아 두었다. "쥘리앙! 세미콜론을 보호해야지!" 우리가 다리를 드는 동작을 할 때면 선생님은 그렇게 소리를 지르고 이상하게 웃었다. 연말에 성인반 공연에서 남자 무용수들을 본 적이 있었는데 언니와 나는 깜짝 놀랐다. 다리 사이에 있는 것이 산처럼 엄청나게 컸기 때문이었다. 하지만 실제로는 남자의 그것이 아니라 그것을 보호하기 위해 무언가로 덮은 것이라고 했다. 여자들은 아무것도 없다. 그러니까 보호해야 할 것이 없다. 여자들 가슴도 봉긋하게 솟아 있지만 남자들의 그것처럼 약해 보이지는 않는다. 여자들도 브래지어로 가슴을 보호하기는 한다. 안에 철사가 끼어 있기는 하지만, 우리는 하루빨리 브래지어를 하는 날이 오기를 애타게 기다렸다. 왕할머니는 브래지어를 고래*라고 불렀는데 왜 그런지는 모르겠다. 쥘리앙은 우리와는 다른 동작을 연습했다. 클래식 발레에서 남자의 역할은 여자를 들거나 지지해서 빛나게 해 주는 것이라고 선생님이 설명했다. "인생에서처럼." 선생님은 엄마

---

* baleine에는 '고래'라는 뜻 외에도 (고래수염으로 만들었던) 코르셋 받침살을 뜻하기도 한다.

들 쪽을 보고 인상을 썼다. 엄마들은 웃었지만 나는 이해할 수 없었다. 그렇게 조그만 쥘리앙이 배불뚝이인 나를 어떻게 든다는 것인지. 시간이 지나면 알게 되겠지. 나는 배가 많이 나와 허리도 많이 휘었다. 엄마는 나를 처음에는 병원에 데려갔다가 나중에는 물리치료사에게 데려갔다. (물리로 치료한다는 건가?) 하지만 마르티네 선생님은 문제 될 것이 없다고 했다. 의료계에서는 척추전만증이라 부르겠지만 무용계에서는 우아한 자세라고 부른다며 발레리나의 척추가 활처럼 휜 것은 아주 좋은 것이라고 말하고는 내 엉덩이를 힐끔 쳐다봤다. 부활절 방학이 시작되었다. 언니와 나는 청소년 캠프로 가는 버스에 타고 있었다. 그런데 버스 문 앞에서 쥘리앙이 캠프에 가지 않겠다고 엄마를 붙잡고 울면서 소리를 질렀다. 다른 아이들은 쥘리앙이 계집애처럼 운다고 키득거렸지만 나는 웃지 않았다. 첫째, 나도 계집애였기 때문이고 둘째, 나도 쥘리앙처럼 엄마를 부르며 안 가겠다고 울부짖고 있었기 때문이다. 하지만 나의 울부짖음은 내 몸 안에 숨겨져 있어 밖에서는 보이지 않았다. 쥘리앙은 사람들이 볼 수 있도록 소동을 일으켰지만 나는 아무도 보지 못하게 속으로 은밀히 저항했다. 우리를 차에 실어 보낼 순간만을 기다리는 엄마에게 졸라 봤자 아무 소용이 없다는 것을 알고 있었기 때문이다. (해 봤는데 소용이 없었다.) 지금부터 2주는 엄마에게는 우리 없이 보낼 신나는 시간이었고, 우리에게는 엄마 없이 보낼 너무 긴 시간이었다. 할 수 없이 캠프 가이드가 쥘리앙을 번쩍 들어 차 안으로 억지로 밀어 넣었다. 쥘리앙은 발버둥 쳤지만 결국 버스 유리창에 코를 박고 눈물을 강물처럼 쏟아 내는 신세가 되었다. 내가 갖지 못한 용기를 가진 쥘리앙이 대단해 보였다. 쥘리앙은 자신의 감정을 밖으로 표현하는 용기를 가졌다. 그러면서도 이유는 잘 모르겠지만 우습게 보인 것도 사실이다. 나는 쥘리앙이 우는 모습을 보면서 남자들에 대한 의문이 생겨 내가 우는 것도 잠시 잊었다. 지금까지 들은 것과는 달리 남자들도 감정적이 될 수 있다는 말인가? 자존심보다 사랑을 더 중요하게 생각하는 남자들이 있다는 말인가? 이 질문이 계속 내 머릿속을 맴돌았다. 캠프에서 돌아온 날 가족이 함께 점심 식사를 하는 자리에서 나는 쥘리앙의 대성통곡 사건에 대해 말했다. 아빠는 진보주의자였기 때문에 식탁에서 아이들이 말하는 것을 당연하게 생각했고 그래서 식사할 때 우리가 얘기하는 것을 뭐라 하지 않았다. 아빠는 남자들에 대해서 알고 있으니까 분명 이것에 대한 답을 알고 있을 것이었다. 엄마도 캠프가는 날 쥘리앙이 운 것을 봤고, 자세히 기억하고 있었다. "아! 정말 아들들이란. 잠시도 엄마 치마폭을 못 벗어난다니까…" 엄마가 한숨을 내쉬었다. 엄마가 아들과엄마 사이를 깊게 알 리는 없겠지만 짐작을 한 모양이었다. "그 아이가 너희랑 발레를 한다고?" 아빠가 오렌지 껍질을 벗기면서 무심하게 물었다. "페달이 되려고 그러나?" 나는 아빠 맞은편에 앉아 눈을 동그랗게 떴다. 페달? 여기서 자전거 페달이 왜 나오는 거지? "내말은… 내가 보기에 크면 타타*가 될 가능성이 있다는 거야." 숙모? 친척과는 또 무슨 상관이야? "아니, 타타는여성적인 사람을 말하는 거야." 여성적? 나는 새로운낱말이라면 사족을 못 썼다. "여성적인 사람이란 여자처럼 행동하는 사람을 말해." 아빠는 나에게 무언가를가르치는 것을 항상 뿌듯하게 생각했다. 나는 알았다고 고개를 끄덕였다. '여자처럼'은 긍정적인 말이 아니었다. 나는 쥘리앙이 어떻게 행동하는지 주의 깊게 관찰한 적이 없고 클로드 언니의 행동과도 비교해 본 적이 없었다. 어느 날 언니가 샤워를 하고 있을 때 허벅지

---

* 타타(Tata)에는 숙모, 아줌마라는 뜻과 함께 동성애의 여자역을 가르키는 속어로도
사용된다.

에 불그스레한 줄이 여럿 나 있는 것을 엄마가 발견했다. 마르티네* 선생님이 이름값을 하려는 듯 말을 잘 듣지 않는 언니가 고집을 피울 때 막대로 때린 자국이었다. 엄마는 이렇게 때리는 것이 당연한 것인지(고통 없이 아름다워질 수 없으니까) 아니면 훈육의 범위를 벗어난 가혹 행위인지 확신이 서지 않았다. 마티유는 어떻게 생각할까? 마티유는 고기 스튜가 너무 짜다고 생각했고 또 발레 선생이 가학 취미가 있는 작자 같으니 딸들이 당장 발레를 그만둬야 한다고 생각했다. 내가 보기에 아빠는 우리가 타타가 되는 것을 바라지 않는 것 같았다. 춤은 여성적이니까. 아빠는 피아노도 여성적이라고 생각했는지 내가 피아노 배우는 것도 싫어했다. 학교에서 피아노 연주회가 있던 날, 나는 너무 감동을 받아서 그 연주자처럼 연주하고 싶다는 강한 욕망에 휩싸였다. 연주자는 눈을 감고 피아노를 연주하다가 가끔 곱슬한 머리를 흔들었다. 음악에 완전히 심취한 모습이었다. 틀림없이 그 사람도 타타일 것이다. 그런데 아빠도 우리가 잠든 저녁이면 자주 그런 음악을 들었다. 피아노나 오르간 연주곡 같은 슬픈 음악이었다. 하지만 아빠는 타타가 아니니까 같은 음악은 아닐

---

* 마르티네(martinet)에는 채찍이라는 뜻도 있다.

것이다. 아빠는 음악을 듣지 않을 때는 추리 소설을 읽었다. 책 표지에 비키니를 입은 여자들이 나오고 배에는 과녁이 그려진 그런 책들이었다. 제목도『파나마에서 온 여인』『잔지바르 소동』『불가리아 표범』같이 우스꽝스러웠다. 다 읽고 나면 할아버지에게 빌려주었다. 할아버지도 여성적인 사람이 아니다. 젊었을 때는 럭비 국가 대표였고 국제 경기에도 참가했다. 그런데 한쪽 무릎을 세우고 한 손을 럭비공 위에 올려놓고 찍은 할아버지 사진들을 보면 손이 가늘고 예뻤다. 엄청나게 굵은 허벅지와 단단한 턱을 가진 프롭*의 손이 아니었다. 하지만 할아버지에게 그런 말은 하지 않았다. 할아버지는 이제 루앙 럭비 클럽 소유주가 되었고 티브이에서 파이브 네이션스 경기 중계가 있는 날이면 옛 동료 선수 십여 명이 거실에 모여 함께 경기를 봤다. 할머니는 쟁반 가득 맥주를 담아 거실로 조심스럽게 들여놓고 얼른 나왔다. 담배 연기로 가득 찬 거실에서 욕하는 소리, 환호하는 소리, 투덜대는 소리가 불쑥불쑥 새어 나왔다. 불투명한 거실 유리문으로 검은 그림자들이 움직이는 것이 보였다. 그림자들은 가만있다가 갑자기 자리에서 튕겨 나듯 일어나 두 팔을 하늘로 올

* Prop. 럭비에서 포워드 포지션 중 하나.

렸다. 맥주를 병째 마시기도 하고, 가끔 맥주잔이 깨져 카펫이 얼룩질 때도 있었다. 그럴 때면 부엌에 있던 왕 할머니는 거친 말로 불평을 해 댔다. 나는 복도에서 서 성거리면 안 되었다. "절대 들어가면 안 돼." 할머니가 주의를 주었다. 나도 그러고 싶은 마음은 전혀 없었다.

어쨌든 나의 예술가 경력은 여덟 살 무렵 끝이 났 다. 발레도 안 되고 피아노도 안 되었다. 하지만 독서는 가능했다. 물론 만화는 제외였다.『아스테릭스』(라틴어 를 배울 수 있으니까),『럭키 루크』(카우보이는 타타가 아니니까),『땡땡의 모험』(이제는 고전이 되었으니까) 은 괜찮았다. 땡땡의 경우는 가만히 생각해 보면 약간 타타 같은 면이 없지 않지만 아독 선장이 위스키를 많 이 마시니까 남자답다고 할 수 있다. 언니는 발레를 그 만둔 것에 크게 상관하지 않았다. 언니는 연극을 더 좋 아했다. 그해 크리스마스 때 언니는 티브이 연속극〈 기사 티에리〉에 나오는 의상과 소품을 주문하고 나에 게 티에리의 연인 이자벨의 의상을 주었다. 언니와 나 는 드라마에 나오는 여러 장면 중에서도 기사 티에리 가 이자벨을 구해 주는 장면을 주로 재현했다. 언니는 위기의 순간 짠하고 나타나 나를 구해 주고 잘난 체하

며 볼에 내 키스를 받았다. 그러면서도 내 금발 머리 위
에 얹힌 금발 가발 매무새를 고쳐 주는 것도 잊지 않았
다. 장 클로드 드루오가 기사 티에리를 연기했는데 몸
에 딱 달라붙는 타이츠를 입은 모습이 아주 멋졌다. 언
니도 멋졌다. 다리 사이에 아무것도 없었지만 그래도
멋졌다. 가끔 언니를 놀려 주려고 나는 장난으로 노래
를 부르기도 했다. *티에리 기사는 바보 멍청이, 비닐로
만든 새총을 가지고 다닌다네, 할인점에서 샀다네, 서
푼짜리라네, 서푼짜리라네.* 집에 아무도 없을 때는 분
홍 타이츠를 꺼내 입고 거울 앞에서 스텝을 연습했다.
하지만 마음이 안 좋았다. 절대 제1무용수가 되지 못하
겠지?… 그런데 춤에 대한 나의 열정이 완전히 사그라
들게 된 사건이 생기고 말았다. 초등학교 1학년 말 학예
회에서였다. 선생님이 무용 안무를 짰는데 여자아이들
은 분홍색 화관이 달린 꽃이나 나비 역할을 맡았다. 자
닌과 나는 나비였다. 내게 선택권이 있었다면 꽃을 했
을 것이다. 의상도 더 예쁘고 많이 움직일 필요 없이 아
침 햇살에 기지개만 켜면 되니까. 나비 의상도 나쁘지
않았다. 할머니가 얇은 새턴으로 만들어 주었는데 알
록달록하고 반짝이가 붙어 있어서 꽤 예뻤다. 더듬이
는 선생님이 철사로 만들어 우리 머리에 고정시켜 주

었다. 나비들은 장미꽃 주위를 날아다니다가 꽃잎에 몸을 숙인 다음에 무대 중앙으로 가서 천막 아래 앉아 있는 수많은 학부모와 학생들을 정면으로 보고 맴을 돌면 되었다. 자닌과 나는 맴을 돌았다. 한참 돌고 있었는데 갑자기 우리의 더듬이가 서로 얽히고 말았다. 우리는 더듬이를 풀려고 서로 밀고 당기며 몸부림을 쳤지만 소용없었다. 우리는 나비가 아니라 뿔이 얽힌 염소가 되어 버렸다. 결국 선생님이 우리를 무대 아래로 끌어 내렸다. 자닌과 나는 학부모들의 웃음소리와 첫줄에 앉은 남학생들의 조롱을 들으며 우리 스스로 얽힌 더듬이를 풀어야 했다. 나는 수치심으로 몸이 마비되었다. 수치심은 새로운 발견이었다. 내 몸을 한 번에 집어삼켜 버리는 감정이었다. 남학생들의 비웃음에 나 자신이 너무 초라하게 느껴졌다. 수치심은 그리 오래 가지 않았지만 다시 돌아왔다. 나를 조롱하던 남학생들이 꿈에 나타난 것이다. 남학생들이 나를 내려다봤다. 나도 내 몸 밖으로 나와 나를 내려다봤다. 여자아이가 고개를 숙이고 날개를 파닥거린다. 덫에서 벗어나려고 몸부림을 치지만 소용이 없다. 한 번 더 몸부림을 친다... 다시 한 번 더... 점점 힘이 빠지고... 포기하고 만다. 이것이 여자와 나비의 운명일까?

4.

그 아이가 누구인지 알 것 같다. 커 가는 아이에게
서 마치 거울을 보는 것처럼 내 모습이 보였다. 하지만
그 일은 내가 아니라 다른 아이에게 일어난 일이다. 내
게 일어난 일이라면 나는 그 일을 말할 용기를 낼 수 없
었을 것이다. 아이는 토끼장에서 토끼에게 당근 줄기
를 주고 있었다. 체크무늬 반바지에 분홍색 반팔 셔츠
를 입고 있었는데 정확히 몇 살인지는 모르겠다. 아마
도 열 살 정도 됐을 것이다. 아이가 할아버지 모리스 없
이 라쇼에서 보낸 첫 여름 방학이었으니까. 그가 살아
있었다면 감히 누구도 그런 짓을 할 생각을 못 했을 것
이다. 그보다 더 늦게 일어난 일도 아니다. 왜냐면 열한
살이던 해, 아이는 늘 아팠다. 그해 내내 아이의 피부는
신음했고 몸은 비명을 질렀다.

남자는 모리스 할아버지의 형인, 펠릭스였다. 아
이는 엄마가 그러는 것처럼 그 남자를 큰할아버지라
고 불렀다. 아이는 그를 여름휴가 때 라쇼에서만 봤다.
여름이 되면 어른들이 '우리 가문의 고향'이라고 부르
는 라쇼에 노인이고 아이고 할 것 없이 모두 모여 휴가
를 보냈다. 친척들을 생각하면 아이는 유모차 안에 들

어 있는 인형들처럼 방안에 빽빽하게 모여 있는 사람들을 떠올렸다. 그 사람들 한가운데 아이가 있었다. 아이는 큰할아버지를 별로 좋아하지 않았다. 조금 이상했기 때문이다. 그는 저녁에 카드를 하러 오곤 했다. 아이는 침대에 웅크리고 앉아 어른들이 밤늦게까지 카드치는 소리를 들었다. 꽉 닫히지 않은 문틈 사이로 어른들이 부엌 전등불 아래서 웃고 떠드는 것이 보였다(아이의 엄마가 카드를 치는 날에는 승리는 항상 그녀 차지였다. 그녀는 카드를 아주 잘했다). 그는 카드를 하러 올 때면 밭에서 기른 호박이나 상추를 가져왔다.

그날도 그의 손에는 채소가 들려 있었다. 그는 아이에게 가까이 오라고 손짓을 했다. 마르셀에게 채소를 주러 왔다고 했다. 아이는 자신 앞에서 할머니를 마르셀이라고 부르는 것이 예의가 아니라는 것을 알고 있었다. 하지만 아무 말 하지 않았다. 그가 기분 나빠할 테니까. 마르셀은 아이의 할머니 이름이다. 그녀는 과부가 된 후로 검은 옷만 입었고, 웃지도 많이 먹지도 않았다. "로랑스! 이리 오너라." 펠릭스는 파란색 작업복에 고무장화를 신고 있었고 흙 묻은 손으로 삽을 들고 있었다. 아이는 토끼장 걸쇠를 내리고 그에게로 갔다. 그가 마음에 드는 채소를 고르라고 했다. 아이는 벌레가 안 먹은 가장 좋아 보이는 채소를 손가락으로 가리켰다. 그가 아이 뒤로 가서 자신의 발 옆에 삽을 꽂았다. 삽이 아이보다 더 컸다. 아이는 자신의 할아버지가 직접 깎아 만든, 여름마다 자신이 얼마나 컸는지 보려고 키를 재고 표시를 했던 막대기가 생각났다. 그가 아이의 엉덩이를 만졌다. 아이는 뒤를 돌아보고 싶었다. 그도 아이를 놀리는 것일까? 클로드가 아이를 엉뚱이라고 놀리는 것을 알고 있는 것일까? 하지만 아이는 뒤를 돌아볼 수가 없었다. 테레즈 아줌마가 토끼 가죽을 벗길 때처럼 그가 자신의 목을 거세게 붙잡고 있었기 때문이었다. 테레즈는 한 손으로 토끼의 목을 붙잡고 다른 손으로 가죽을 잡아당겼다. 그러면 피와 털이 뒤엉키면서 가죽이 벗겨졌다. 펠릭스가 아이를 헛간 벽으로 밀었다. 아이의 코가 벽에 닿았다. 한 손으로는 여전히 아이의 목덜미를 잡고 다른 손으로 아이의 반바지 단추를 풀었다. 손이 팬티 속으로 들어갔다. "오, 아직 털이 안 났구나!" 그는 손가락을 아이의 다리 사이로 집어넣고 억지로 벌리려고 힘을 썼다. "곧 끝날 거다." 아이의 몸이 뒤뚱거렸다. 그가 잡고 있지 않았다면 넘어졌을 것이다. "너도 좋지? 그렇지? 좋아하지? 여자들은 다 좋아하거든." 그가 아이의 엉덩이에 자신의 몸을 바싹 붙이고 신음 소리를 냈다. 아이는 등에서 칼이 느껴졌다. 테레즈가 토끼를 자를 때 쓰는 그런 칼이었다. 길 아래서 트랙터가 커브를 돌아 들어오는 소리가 들렸다. 다리 사이에 있던 손가락이 경련을 일으켰다. 그것이 아이를 아프게 했다. 그는 급히 손가락을 빼고 아이의 반바지 단추를 잠갔다. 흙이 묻어 있던 그의 손에 갈색 얼룩이 묻어났다. 그는 아이를 번쩍 들어 공사 중인 담벼락 위에 올려놓았다.

"여기 가만히 있어. 알았지!"

죽어 가는 토끼처럼 아이의 심장이 마구 뛰었다. 그가 식어 버린 아이의 살갗을 갈기갈기 찢어버릴 것만 같았다.

아이는 가만히 있었다.

어른 말을 들어야 했다.

말을 듣지 않으면 언짢아할 것이고

또 화를 낼 것이다.

그리고 벽이 너무 높았다.

아이는 가만히 있었다.

펠릭스가 돌아왔다. 햇볕에 다리가 따가웠지만 아

이는 꼼짝하지 않고 기다렸다. 그는 테레즈 아줌마 집에 커피를 마시러 간다며 같이 가자 말하고는, 아이를 들어 올려 삽을 꽂듯이 땅에 내려놓았다. 아이는 옆에서 같이 걸었다. 다리에 힘이 생겼다. 농장에서 테레즈 아줌마와 함께 있으면 안전하리라 생각했다.

테레즈는 커다란 장작 난로에 커피 주전자를 올려놓고 데우고 있었다. 그녀의 남편인 로제는 창고에 트랙터를 들여놓고 와서 의자에 털썩 앉았다. 작업복에는 마른 거름이 잔뜩 붙어 있었다. 볼이 불그죽죽한 그가 무뚝뚝한 얼굴로 아이를 슬쩍 쳐다봤다. "로랑스가 큰하아버지 하고 왔고나! 머 마시어 왔누?" 테레즈가 웃으며 아이를 반겼다. 그녀는 이가 많이 없어 말을 할 때 발음이 샜다. 그녀의 큰아들과 며느리도 있었다. 두 사람은 축사에서 일하는데, 젖을 짤 때 아이들이 왔다 갔다 하는 것을 좋아하지 않았다.

아이는 난로 옆에 있는 테레즈 아줌마 곁으로 가고 싶었다. 그녀가 '자궁적출 수술' - 아이는 그게 무슨 병인지 몰랐지만 그것 때문에 지금 젖소들은 산 아래에만 머물렀다. - 을 받은 후로는 자주 보지 못했다. 하지만 펠릭스는 아이가 식탁을 돌아 테레즈에게 갈 틈도 주지 않고 아이의 팔을 잡아당겨 자기 옆에 앉히고는 아이의 속옷 깊숙이 손을 집어넣었다. 맞은편에 앉아 있던 테레즈 식구들은 놀란 듯 모두 가만히 앉아 아이의 옷 속에 있는 손과 아이의 얼굴을 번갈아 쳐다봤다. 아이는 꼼짝하지 않고 그냥 앉아 있었다. 어른들이 아무 말 하지 않은 것을 보면 별일이 아닌가 보다고 생각했다. 아이 앞 식탁 위에는 흙이 묻은 채소가 놓여 있었다. 펠릭스는 아무 말 없이 커피를 마셨다. 왼손으로 커피에 브랜디 한 방울을 타는 동안 오른손으로는 자신의 바지 주머니라도 되는 것처럼 주물럭거렸다. 어른들은 그를 신경 쓰지 않고 아이만 뚫어져라 쳐다봤다. 눈으로 못된 계집애라고 말하고 있었다. 테레즈의 눈빛도 달라졌다. 한 번도 본 적이 없는, 웃을 때 입술이 삐뚤어지는 그녀의 며느리 눈처럼 매서운 눈빛이었다. 어른들이 자신을 못된 아이라고 생각한다는 것을 아이는 알 수 있었다. 그런데 못된 아이라고 생각하면서 왜 아무 말도 하지 않는 걸까? 아이는 누구를 보고 미소를 지어야 할지 알 수가 없었다. 강아지 발토가 아이의 무릎을 쿵쿵거리다가 신발 끈을 물고 잡아당겼다. 기절하면 여기서 벗어날 수 있을까? 하지만 아무 일도 일어나지 않았다. 오후는 계속되었다. 아이는 인형처럼 의자에 가만히 앉아 있고 누군가의 손이 사람들이 보는 앞에서 자신의 팬티 속을 쑤시고 있었다. 커피 향에서 수치심이 묻어났고 강아지 냄새에서 두려움이 풍겼다. 마침내 펠릭스가 부엌 문턱에서 아이의 엉덩이를 툭 치면서 놓아주었다. "이제 그만 집에 가야지. 안 그러니?" 마치 아이가 자신을 충분히 귀찮게 했다는 말투였다. 테레즈는 고개를 푹 숙인 채 식탁을 훔치고 로제는 모자를 다시 쓰고 뒷덜미를 만지작거리며 자신의 바지 앞섶을 내려다봤다. 할머니 집으로 돌아오는 길에 아이는 쐐기풀밭 속으로 걸어 들어가 그 위에서 펄쩍펄쩍 뛰며 채소를 짓밟았다. 채소에서 초록색 피가 흘러나왔다.

아이는 더 이상 반바지를 입지 않았다. 토끼를 보러 가지도 않았고 채소도 먹지 않았다. 어른들이 걱정을 하기 시작했다. 어느 날 아침, 아이는 할머니 방에 들어가 다 털어놓았다. 아이의 할머니는 빗질하던 손을 멈추고 몸을 낮춰 아이의 어깨를 잡았다. "방금 한 말 다른 데 가서 하면 절대 안 돼! 알겠니? 절대 안 돼!" 침대 위에 펼쳐져 있는 노란색 두꺼운 솜털 이불은 어디 주름 한 군데 잡힌 곳 없이 팽팽하게 당겨져 있었다. 얼마나 오랜 시간과 공을 들였을까. 가구는 얼굴이 보일 정도로 반짝반짝 윤이 났다. '절대'라는 말이 옷장처럼 무겁게 아이를 짓눌렀다. 할머니는 다시 걸레질을 시작했다. 문지르고, 문지르고 또 문질렀다. 정말 먼지 하나 남기지 않을 기세였다.

그날 저녁 어른들은 카드를 하지 않았다. 엄마와 할머니와 왕할머니가 부엌 식탁에 앉아 있었다. 마을 아래쪽에 사는 할머니의 사촌 뤼스 할머니와 할아버지의 동생 베르트 고모할머니도 있었다.(펠릭스 큰할아버지의 동생이라는 것을 아이는 금방 알아차렸다.) 고모할머니는 전혀 여성스럽지 않았다. 심지어 코밑에 수염까지 났다. 가족회의가 열렸다. 아빠는 루앙에 있으니 가족회의라기보다는 여자들의 회의라고 아이는 생각했다. 아이의 아빠는 절대 라쇼에 오지 않았다. 아무도 아이에게 무슨 일이 있었는지 물어보지 않는 것으로 보아 아이의 할머니가 이미 자초지종을 설명한 모양이었다. 그런데 이 일이 아이가 아니라 가족에게 일어난 가족의 문제처럼 보였다. 아이 엄마는 아이에게 아프지 않았냐고 피는 흘리지 않았냐고 묻고는 더 이상 입을 열지 않았다. 딱히 답을 기다리거나 걱정하는 눈치는 아니었다. 익숙한 일이기라도 한 것처럼. "끝까지 가지는 않았을 거야." 베르트 고모할머니는 손으로 코를 비틀면서 조카 손녀를 쳐다봤다. 아이가 입은 장미 꽃 무늬 잠옷 속에 무엇이 있는지 살피는 것 같았다. 그 날의 테레즈 아줌마 눈빛처럼 매서웠다. 클로드는 할머니들이 모인 것이 엉뚱이 때문이라는 것을 눈치채자마자 부엌에서 나와 자기 방으로 돌아갔다. 흥얼거리는 소리, 공기돌이 서로 부딪히는 소리가 방에서 새어나왔다. 가끔 공기돌이 마룻바닥에 세게 부딪혀 큰 소리가 나기도 했는데 그럴 때면 아이의 엄마가 소리를 질렀다. "클로드! 좀 조용해! 아무 소리도 안 들리잖아! ― 당연히 끝까지 가지 않았지. (무엇의 끝을 말하는 걸까?) 그냥 만지작거리기만 했을 거야. 어찌 되었든 더 이상은 안 돼." 아이의 할머니가 말했다. "부인 때문에 그래요. 조슬린 형님이 자궁적출 수술을 한 후부터 저런다니까요." 사촌 할머니가 나름의 이유를 댔다. (자궁 적출 수술? 테레즈 아줌마처럼?) "자궁적출이 뭐예요?" 아이는 그때까지 아무 말 없이 뜨개질만 하고 있던 왕할머니의 귀에 대고 물었다. "다 들어내는 거야." 왕할머니가 아랫배 쪽을 가리켰다. 아이는 배를 움켜쥐었다. 구토가 나올 것 같았다. "너는 하는 거 아냐. 바보같이. 늙은이들이 하는 거야." 왕할머니는 아이의 팔을 살짝 치며 안심시켰다. "수술하고 나서는 형님이 오라버니를 아예 보려고 하질 않아요. 밤마다 오라버니는 형님 꽁무니만 따라다니고 형님은 오라버니 피해서 도망 다니고... 그러니 오라버니가 살 수가 있어야 말이죠. 남자들이 원래 그렇잖아요. 우리가 어떡하겠어요! 남자들은 잠자리를 해야 한다니까요. — 그만해요! 자, 이제 우리 어떡해요?" 아이의 할머니가 고모할머니 말을 막았다. "내가 오라버니에게 조용히 말해 볼게요. 그만두라고 말이에요. 그리고 로랑스야, 누구한테도 말하면 안 돼. 알았지? **더러운 빨래는 집에서 빨아야 하는 거야.** 밖으로 나가면 안 돼. 알겠지? 싹 잊어버려! 입을 아예 꿰매 버리라고. 절대 말하면 안 돼! 알았지? 아이고, 조슬린 형님이 알면 죽는다 그럴 거야. 안 됐어... 몸도 안 좋은데."

아이의 엄마가 아이를 방까지 데려다주었다. 그녀는 침대가에 앉아 아이의 이마에 오랫동안 입을 맞추었다. "아무 일도 없을 거야. 이제 자도록 해. — 엄마, 칼은 어떡해요? 칼에 대해선 말 안 했잖아요? 내가 말한 걸 알면 나를 칼로 찌를지도 몰라요. — 칼이 아니야. 걱정하지 않아도 돼. 너를 해치지 않을 거야. 이제부터 네가 할 일은 큰할아버지를 보면 피하는 거야. 보인다 싶으면 다른 데로 가면 돼. 그러면 너를 괴롭히지 못할 거야. 조슬린 할머니도 알지 않아도 되고."

아이는 엄마의 입술을 느끼며 눈을 감은 채 알았다고 대답했다. "관심 끄니까 좋냐?" 불이 꺼지자마자 클로드가 쏘아붙였다. "큰할아버지가 나도 만졌어. 하지만 난 너처럼 난리 안 쳤어. 그냥 변태 할아버지일 뿐이야. 아직 가슴도 안 나온 게!"

아이는 잠이 오지 않았다. 칼이 아니라면 뭐지? 피범벅이 된 잠지가 보였다. 의사들이 갈색 얼룩으로 뒤덮인 손으로 수술을 하고 있었고 할머니들은 실과 바늘을 들고 입술을 꿰매고 있었다. 아이는 베르트 고모할머니가 한 말을 떠올렸다. 더러운 빨래는 집에서 빨아야 하는 거야. 이상한 말이다. 그날 밤 수염 난 여자들이 거름이 잔뜩 묻은 바지를 빨랫방망이로 내리쳤다.

그 일이 있은 뒤로 집안 여자들은 부엌에서 마편초차를 마시며 스크래블을 했다. 방에 있으면 할머니들이 작게 말하는 소리가 들렸다. 아이는 『팡토메트』를 읽었다. 해결하지 못 하는 일이 없는 영리한 여자아이의 이야기였다. 어느 날 저녁, 불을 끄고 자리에 누웠는데 펠릭스 큰할아버지의 웃음소리가 들려 아이는 겁에 질렸다. "10점!" 그가 소리쳤다. 다음날 식탁 위엔 술병이 놓여 있었다. 스크래블보다 카드가 더 재미있는데 카드를 하려면 한 사람이 더 필요했다. 그래서 그가 온 것이었다.

아이의 아빠는 아무것도 몰랐다. 휴가를 마치고 루앙으로 돌아온 뒤에도 아무도 얘기해 주지 않았기 때문이다. 할 생각도 없었을 것이다. 할머니는 할아버지가 앉았던 안락의자에 앉아 티브이를 봤다. 펠릭스 큰할아버지가 아니고 왜 아이의 할아버지가 죽은 것일까? 심지어 큰할아버지가 나이도 더 많은데. 아이의 할머니는 할아버지가 기차역에서 어느 아주머니의 무거운 가방을 들어 주다가 네 번째 심장마비가 와서 세상을 뜬 것이라고 아이에게 설명했다. 할아버지는 예순네 살 나이에 심장마비를 세 번이나 겪고 나서도 여자에게 환심을 사고 싶어 했다. "이렇게 나를 혼자 두고 가 버리다니. 치마만 둘렀다 하면 사족을 못 쓰니… 남자들은 하나같이 왜 그 모양인지." 할머니의 목소리가 염소처럼 떨렸다.

5.

　백마 탄 왕자님이 꿈에서 사라졌다. 마법의 집도 없어졌다. 이제 아이의 꿈에는 벌레가 기어 다니고 거미와 바퀴벌레가 우글거렸다. 아이의 몸 여기저기에 구멍이 나 있다. 그 구멍으로 벌레들이 몸 안으로 들어갔다. 아이의 악몽에는 항상 뭔가가 우글거렸다. 아이는 왕할머니가 보는 연예 잡지에서 두통이 심한 여자의 이야기를 읽은 적이 있었다. 이 여자는 수년 동안 두통으로 고생했는데 엑스레이를 찍어보니 머리 안에서 집게벌레가 발견되었다. 머리 안에 있던 벌레가 여자의 부비강을 갉아 먹어서 머리가 아팠던 것이다. 시골 풀밭에서 낮잠을 자다가 코로 벌레가 들어갔을 수도 있다고 기사에 적혀 있었다. 이 글이 아이의 머리에서 떠나지 않았다. 아이는 매일 밤 어둠 속에서 자신의 몸 안으로 아무것도 들어가지 못하도록 코를 막고 입을 다물고 허벅지와 엉덩이에 힘을 주는 연습을 했다. 거의 강박적으로 이 연습에 매달렸다. 한 번은 화장실 변기에서 죽어 있는 생쥐를 발견한 적이 있었다. 그날 이후 아이는 화장실에 갈 때 꼭 책을 들고 갔다. 날아다니거나 움직이거나 기어 다니는 것이 변기 안에 들어가지 못하도록 앉기 전에 변기를 책으로 세게 내리쳤다. 아이는 변기에 앉아서 다리 사이로 자신의 눈이 물 위를 둥둥 떠다니는 것을 상상했다. 그 두 눈을 통해 입을 벌리고 있는 구멍이 보였다. 공포심에 소리를 지르고 싶었지만 입이 꿰매져 있어 벌어지지 않았다. 얼마 안 있어 아이는 변비 치료를 받아야 했다. 진단서에 '고질적 변비'라고 쓰여 있었다. 처음으로 언니가 아니라 자신이 고집 센 아이가 되었다. 좌약과 관장기를 썼다. 증상보다 치료가 더 고약스러웠다. 아이는 모든 입구와 모든 출구를 막을 수 있는 마개를 갖는 것을 꿈꿨다. 자신의 몸은 통로가 아니었다. 그 무엇도 통과되어서는 안 되었다.

아이는 더 이상 원피스 잠옷을 입지 않았다. 언니에게서 파자마를 빌려 입었다. 팬티도 갈아입지 않고 몸도 씻지 않았다. 목욕을 해야 할 때는 옷을 벗지 않고 욕조에 걸터앉아 수도꼭지를 틀어 놓고 씻는 시늉을 했다. 음식을 씹을 때는 절대 입을 크게 벌리지 않고 손으로 가렸다. 또 이가 썩지 않도록 열심히 양치질을 했다. 치과에 가서 갈리오 선생님 앞에서 입을 벌리기 싫었기 때문이었다. 산책하지도 않았고 풀밭에서 구르지도 않았다. 그리고 벌레가 야기하는 모든 위험에 대해 공부했다. 왕할머니가 작은 벌레들은 자기보다 큰 것을 잡아먹지 않는다고 말했지만, 아니다. 작은 벌레들이 더 영리하다. 벼룩은 살을 뚫고 들어가서 신경에 구멍을 내고 몸을 마비시킨다. (아이는 라쇼에서 발토의 엄마가 그렇게 죽은 것을 본 적이 있다.) 음료수를 마시다가 실수로 말벌을 삼키면 말벌이 내장을 쏘아 사람이 죽을 수 있고, 개미도 여럿 있으면 사람의 몸을 갉아먹어 사람이 텅 빈 가죽 부대나 바람 빠진 풍선처럼 된다. 그렇기 때문에 절대 뚫고 들어가지 못하게 해야 한다. 그렇다! 아이는 뚫리지 않는 사람이 될 것이다.

그해 겨울, 아이의 가랑이에, 팬티 고무줄이 지나가는 자리에 커다란 종기가 생겼다. 아이는 아파서 더는 버릴 수 없을 때까지 엄마에게 말하지 않았다. 고름이 차서 당장 수술을 해야 했다. 아이의 아빠가 직접 수술을 하기로 했다. 의사니까. 아빠가 아이의 가랑이 사이로 손을 집어넣어 부어오른 종기를 메스로 절개하자 하얀 고름이 흘러나왔다. 아이가 움직이지 못하도록 엄마가 아이의 두 팔을 붙잡았다. 아이는 아프다고 목놓아 울었다. "금방 끝날 거야. 아무것도 아냐." 엄마의 말에 무슨 소리냐고 아빠가 나무랐다. 종기는 목숨을 잃을 수도 있는 매우 심각한 병이고 이렇게 될 때까지 왜 아무 말 안 했냐고 모녀를 다그쳤다. 아이는 울기만 했다. 아빠가 서혜부에 거즈를 올려놓자 금방 피로 물들었다. 붕대로 거즈를 고정했는데 매일 갈아야 했다. "너도 생리하냐?" 얼마 전부터 생리를 시작한 클로드가 물었다.

클로드는 생리를 시작하기는 했지만 다시 아기가 되었다. 어느 날 학교에서 들것에 실려 집으로 왔다. 걷지 못했다. 프랑스어 수업이 끝나고 일어났는데 다리가 후들후들 떨리고 서 있을 수가 없어서 쓰러졌다고 했다. 열네 살 중학생은 다시 아기가 되어 업혀 다녀야 했다. 둘째 딸의 종기 위기에서 벗어나자마자 큰딸이 걷지 못하게 되었으니 부모의 걱정이 이만저만이 아니었다. 혹시 자신들의 관심을 끌려고 그러는 것은 아닌지 의심하기도 했다. 그즈음 아이들은 부모의 관심을 끌기가 쉽지 않았다. 늘 싸웠기 때문이다. 두 사람은 딸들이 귀가 없다고 생각했는지 심한 말을 서슴지 않았다. 그래도 클로드의 병 덕분에 적어도 2주 동안은 조용히 지냈다. 병원에서 검사를 받았지만 별다른 이상이 없다는 것이 전문의의 소견이었다. 앙드레 아저씨도 엄마에게 같은 말을 했다. "아무것도 아니야. 학교 가기 싫어서 꾀를 부리는 거라고." 하지만 클로드는 일으켜 세우면 울면서 주저앉았다. 다리 전문의에게도 갔다. 흉측하고 거창한 신발도 제작했는데 세 번밖에 신지 않았다. (청구서를 받아 본 아빠는 정형외과 의사가 될 걸 그랬다고 투덜거렸다.) 신발도 소용이 없었다. 여전히 걷지 못했다. 어느 날 저녁, 클로드가 울고불고 난리를 쳤다. 죽고 싶다고 너무 불행하다고 자신의 볼을 할퀴면서 방바닥을 데굴데굴 굴렀다. 그리고 아빠에게 다시는 엄마에게 아무짝에도 쓸모없는 사람이라고 말하지 말고 자기한테도 게으름뱅이라고 부르지 말 것을 요구했다. 거실 소파에 메로빙거 왕조의 왕처럼 누워 맹세를 시켰다. 아빠는 큰딸이 하라는 대로 다 했다. 이제부터는 큰딸을 더 잘 보살필 것이며 세상 그 누구보다도 가장 사랑할 것이라고(클로드 자신도 믿지 않았지만) 맹세했다. 다음 날 클로드는 일어나 걸어서 학교에 갔다. 크리스마스 때 아빠는 클로드에게 레이싱 트랙 24를 선물했다. 부녀는 함께 거실 카펫 위에 르망 24 자동차 경주 서킷을 흉내 낸 금속 환상 트랙을 조립해 놓고, 매일 12시에 〈1,000프랑 퀴즈쇼〉라는 라디오 프로그램이 끝나면 원격 조정기를 거칠게 흔들며 포뮬러 1 경주를 했다. 아빠는 파란색 차였고 클로드는 빨간색 차였다. 급커브에서 가끔 차가 트랙을 벗어나기도 했다. 오후 수업과 왕진이 다시 시작될 때까지 두 사람의 웃음소리가 끊이질 않았다. 클로드는 아빠와 함께 자동차 경주를 하는 것을 대단하게 생각했고 동생에게 한 번도 자리를 양보한 적이 없었다. "엉뚱이가 카레이서?" 클로드가 거드름을 피웠다. 클로드는 아빠가 자기에게 꼼짝 못 한다고 생각했지만 착각이었다. 얼마 안 있어 아빠는 다시 엄마에게 소리를 지르기 시작했고 저녁에는 아무 말 없이 집을 나갔다. 아빠는 약속을 지키지 않았다. 그저 큰딸을 달래기 위한 거짓 약속일 뿐이었다. 19세기 파리 살페트리에르 병원에는 아이의 언니처럼 아무 이유 없이 몸이 마비되거나 말을 못 하거나 눈이 안 보이는 여자들이 있었는데 이런 여자들을 '히스테리' 환자라고 불렀다. 듣기 좋은 말이 아닌 히스테리의 어원은 '자궁'이다. 사실 그 여자들에게는 아무것도 없었다. 그것이 문제였다. 남자들에게는 있는데 왜 여자들에게는 없는가! 이 다름이 여자들을 좌절시켰다. 자신에게는 없다는 사실을 받아들일 수 없고 또 없는 이유를 알 수 없어 여자들의 몸과 마음이 뒤틀린 것이다. 아이는 루앙 시립 도서관에서 히스테리에 대한 정보를 모두 얻었다. 하지만 왜라는 물음에 대한 답은 찾을 수 없었다.

종기가 곪은 자리가 아물기 시작하자마자 더 이상 아무도 아이에게 신경을 쓰지 않았다. 그 사이에 아이의 언니가 부모님의 관심을 낚아채는 데 성공했다. 다행히 아이에게는 친구 자닌이 있었다. 하지만 아이는 자닌에게 아무것도 말하지 않았다. 혼자만 알고 있어야 한다는 것을 눈치로 알았기 때문이다. 더러운 빨래인 경우에는 더욱 그랬다. 세탁 불가인 빨래는 말할 것도 없다. 자닌과 아이는 고학년이 되었다. 자닌은 남학생 운동장에서 놀고 있는 아이들을 보고 이러쿵저러쿵 평가하는 것을 좋아했다. 남학생들은 미친놈들처럼 뛰어다니고 총싸움을 하고 팔을 휘두르며 칼싸움 흉내를 냈다. 그러지 않을 때는 남학생 운동장과 여학생 운동장 사이에 쳐 있는 철조망으로 와서 여학생들에게 말을 걸었다. 자닌은 고무줄놀이나 땅따먹기를 하다가 멈췄다. 그럴 수밖에 없었다. 남학생들이 '여우들'이라고 소리를 질렀다. 자닌은 '늑대들'이라고 되받아쳤다. 아이는 뒤로 물러났다. 하지만 남학생들이 자닌이 아니라 자신에게 관심이 있다는 것을 알고 있었다. 겨울 스키캠프에서 아이가 리프트를 타려고 무거운 스키를 들고 낑낑거리고 있으면 언제나 스키를 들어 주겠다고 나서는 고학년 남학생들이 있었다. 한 번은 심지어 고등학생처럼 보이는 남학생이 몽셰리 초콜릿을 아이에게 준 적이 있다. 그것을 보고 있던 스키캠프 가이드가 다른 가이드에게 뭐라고 했다. "어쭈, 요것들 봐라. — 그러게. 그런데 너무 어려. 열한 살이야. — 더 좋은 거 아냐?" 첫 번째 가이드가 킬킬거렸다. 아이는 그 사람들이 무슨 얘기를 하는지 정확히 이해하지 못했지만 계속 웃는 얼굴을 했다. (언제나 웃는 얼굴을 해야 한다고 왕할머니가 말했다.) 그러면서도 경계를 늦추지 않았다. 숙소에 돌아와서 그 일을 떠올릴 때면 가끔 두려움으로 몸이 조여 왔다. 또래 남자애들은 아무렇게나 행동하는데 자신은 왜 항상 조심해야 하는가? 아이가 남자애들에게 유일하게 부러운 것은 구슬치기였다. 남자애들처럼 빨갛고 파랗고 노란 유리구슬을 손에 넣고 굴리고 싶었다. 하지만 여자는 구슬치기를 하면 안 되었다. 원래부터 그랬다. 아이는 옆집에 사는 친구 조엘을 좋아했는데 조엘조차도 못된 남자애가 되었다. 어느 날 그 아이가 집 마당에서 개구리 한 마리를 잡아 꽁무니에 빨대를 꽂고 입으로 바람을 불고 있는 것을 본 적이 있다. 개구리를 터뜨려 죽이려 한 것인데 개구리가 반쯤 죽자 개미집으로 던져 버렸다. 조엘은 웃지 않고 찡그렸다. 그 얼굴이 낯설었다. 아이는 두 손으로 눈을 가렸다. 한기를 느꼈다. 자신이 개구리처럼 느껴졌다. 개구리는 왕자님으로 변하지 않았다. 그것은 다 지어낸 얘기다.

아이는 공부를 잘했다. 항상 1, 2등이었다. 2등이 되는 것을 견디지 못했고 자신을 제외한 다른 여학생들은 모두 경쟁자였다. 늘 이겨야 했다. 아이는 다른 아이들보다 문제를 더 빨리 풀면(자주 그랬다) 덧옷과 치마와 팬티 속에 가지런하게 조여져 있는 여학생들의 음부를 상상했다. 머릿속으로 줄을 맞춰 놓여 있는 책걸상처럼 친구들의 음부의 금이 한 줄로 정렬되어 있는 모습을 상상했다.(책상에는 잉크병을 놓을 수 있는 구멍이 있고 잉크병에는 서전메이저 펜대가 꽂혀 있었다.) 여러 겹의 옷으로 가려져 있고 책걸상처럼 질서정연하게 반복되는 비밀스러운 모티브에 아이는 매료되었다. 눈에 보이는 평범한 세상은 금지되어 있는 어두운 세상의 또 다른 모습이고, 세상에서 오로지 자신만 그 사실을 알고 있는 것 같았다. 성기가 옷에 가려져 보이지 않는 것처럼 생각도 보이지 않는다는 사실이 아이에게 미묘한 쾌락을 선사했다. 5학년 때 학교 운동장에서 놀고 있는 금발 머리 1학년 여자아이가 눈에 들

117

어오기 시작했다. 아이는 달가워하지 않는 자닌을 꼬셔(자닌은 휴식 시간에 남학생들을 골리며 놀고 싶어 했다) 이름이 루이제트인 금발 머리 여자아이에게 말을 걸러 갔다. 처음에는 사소한 것부터 시작했다. 사탕을 가져오라고 하거나 노래를 해 보라고 시켰다. 루이제트는 말을 잘 들었다. 다음에는 휴식 시간마다 운동장의 특정 장소로 오라고 했다. 그리고 같은 반 학생들과 노는 것을 금지했다. 팬티를 입지 말고 학교에 오라고 한 적도 있다. 말을 듣지 않거나 선생님이나 부모님에게 이르면 고문을 해서 혼내 주겠다고 협박도 했다. 루이제트가 울 때도 있었지만 오히려 그것이 몸을 달아오르게 해서 좋았다. 그런데 어느 날 루이제트와 만나기로 한 운동장 화장실 근처에서 루이제트가 아니라 투르니에 선생님이 아이를 기다리고 있었다. 선생님은 루이제트를 괴롭히는 것을 당장 멈추지 않으면 퇴학을 시키겠다고 경고했다. 다시는 루이제트에게 말을 걸어서도, 가까이 가서도 안 된다고 했다. 투르니에 선생님은 전에는 볼 수 없었던 단호한 얼굴로, 공부를 잘하는 아이 앞에서는 한 번도 보여 주지 않았던 얼굴로 경고를 했다. "공부를 잘한다고 해서 아무 짓이나 해도 되는 줄 아니? 부끄러운 줄 알아라!" 금발 머리 천사를 사슬로 묶어 놓고 선생님에게 일러바쳤다고 때려 주면 어떨까? 아이는 선생님이 시키는 대로 했지만 천사처럼 생긴 금발 머리 여자애에 대한 집착이 쉽게 가시지 않았다. 학년이 끝나면 아이는 중학교에 입학한다.[*] 머리로 계산을 했다. 루이제트가 중학교에 와서 다시 괴롭힐 수 있으려면 몇 년이 걸릴까? 하지만 루이제트가 중학교에 올 때면 자신은 졸업을 하고 다른 동네에 있는 고등학교에 입학하게 되어 만날 수 없다. 그렇다면 투르니에 선생님이 존재하지 않는 곳에서 금발 머리에 대한 영향력을 되찾을 수 있는 유일한 방법은 유급밖에 없었다. 루이제트를 잃을 수는 없었다. 아이는 유급을 하기로 결심했다.

루이제트를 다시 만나게 되는 날을 기다리는 동안 아이는 세귀르 백작부인의 『소피의 불행』을 열심히 읽었다. 소피를 못된 딸이라고 혼내는 장면에서 소피의 엄마는 투르니에 선생님의 얼굴을 하고 있었다. 아이는 책에 나온 삽화들을 열심히 들여다봤다. 특히 치마를 걷어 올리고 몸을 숙여, 맨 엉덩이를 높이 올려든 채 벌을 받는 장면을 깊이 연구했다. 아이는 학교에서 한 번도 벌을 받아 본 적이 없었다. 교실 벽을 보고 벌을

---

[*] 프랑스는 초등학교가 5년제, 중학교 4년제 고등학교 3년제로 되어 있다.

서고 있는 아이들이 약간 부럽기도 했다. 저녁에 잠들기 전, 받아쓰기 시험에서 빵점을 받아 쉬는 시간에도 노새 탈을 쓰고 있는 자신을 계속 떠올렸다. 모두 아이를 조롱하며 손가락질했고 아이는 고개를 숙인 채 울먹였다. 꿈을 꾸자마자 아이는 바보가 되어 종이박스를 머리에 쓰고 사람들의 조롱을 받으며 거리를 돌아다녔다. 하지만 어느 날 밤 더 좋은 꿈을 꿨다. 교실에서 일어난 일이다. 투르니에 선생님이 아파서 남학생반 선생님이 예외적으로 5학년 남녀 합동 수업을 하기로 했다. 실물 교육* 수업이었다. 보통 실물 교육의 주제는 이슬, 증기, 호두 그런 것이다. 지난주에는 계란이었다. 난황, 알부민, 난각막, 기실 등에 대해 배웠다. 오늘의 주제는 여자다. 남학생반 브렁 선생님은 분필로 칠판에 '여자'라고 쓰고는 뒤를 돌아 학생들을 둘러봤다. 선생님의 눈길이 아이에게서 멈췄다. "칠판 앞으로!" 아이는 일어서서 분단 사이를 걸어 앞으로 나갔다. "덧옷 벗어!" 아이는 고개를 숙이고 신발에서 눈을 떼지 않은 채 덧옷 단추를 풀었다. "치마 올리고 팬티 내려!" 남학생들이 웃음을 터트렸다. 여학생들도 키득거렸다. "빨리! 빨리! 느림보 같으니!" 선생님은 아이를 재촉하고는

---

* 실제 사물을 만지거나 관찰하여 학습하도록 하는 교육.

갑자기 아이의 팬티를 발목까지 끌어 내리고 아이의 등을 눌러 상체를 숙이게 했다. 교단 위에 있는 아이의 몸은 반으로 접혀 엉덩이가 하늘을 보고 치마는 머리 위로 넘어가고 팬티는 발목에 걸쳐 있었다. 선생님이 눈에 보이는 여러 부분을 지휘봉으로 가리키며 명칭을 말했다. 그리고는 학생들에게 한 줄로 나와서 엉덩이와 항문을 가까이에서 관찰하도록 지시했다. "조용하지 못하겠니?" 아이가 치마를 뒤집어쓴 채 울먹이자 선생님은 아이의 발을 들어 팬티를 빼내 아이 입속에 집어넣었다. 그리고는 재갈이 물린 아이를 일으켜 세워 몸을 앞으로 돌리게 하고 실물 수업을 계속했다. 남학생들이 다시 줄을 서서 몸의 앞부분을 관찰했다. "가슴이 없잖아. ─ 그래. 하지만 엉덩이는 커." 아이는 어깨를 들썩거리며 흐느꼈다. "말을 잘 듣지 않는 아이로군. 네가 반에서 1등이라면서?" 선생님은 이렇게 말하고 칠판 왼쪽, 지도가 걸려 있는 고리에 아이의 두 팔을 묶고 치마를 올려 머리 위로 넘겼다. 몸에 걸치고 있는 것은 상의 속내의밖에 없었다. 그것도 배꼽 위까지 말려 올라가 있었다. 어깨가 프랑스 지도를 건드렸다. 아이는 숨을 쉴 수가 없었다. 종이 울렸다. "자, 교실 밖으로!" 선생님은 큰소리로 수업 종료를 알리고 호루라기를 회색

덧옷 주머니에 넣고 교실을 나갔다. 아이는 팬티를 입에 물고 두 팔이 묶인 채 교실에 남아 있었다. 보통 이 순간 자고 있던 아이의 배와 허벅지에서 강력한 파도가 휘몰아친다. 그러면 정신이 혼미해지고 모든 감각이 사라지는 경험을 하게 된다. 극히 짧지만 아주 강렬한 순간이다. 수치심마저 기분을 좋게 한다. 팬티 고무줄 아래 종기가 남긴 흉터를 긁다가 얻은 쾌락이었고 허벅지를 조였다가 풀기를 반복해서 발견한 새로운 세상이었다! 절대 실패하는 법이 없었다. 팬티를 입에 물고 있는 아이, 줄을 서서 바라보고 있는 시선, 이런 이미지가 정지 화면처럼 머리를 스치면 여지없이 그 느낌이 올라오고 점점 강해지다가 폭발했다. 어떨 때는 '팬티'라는 단어만으로도 족했다. 가끔 머리가 터질 것 같을 때도 있어서 이러다 죽는 것은 아닌가 걱정이 되기도 했다. 하지만 그래도 죽지 않는다는 것을 알았고 다음 날 저녁 다시 시작했다. 집에 혼자 있을 때는 낮에도 했다.

아이는 언니와 한방을 썼다. 두 사람은 잠들기 전에 어둠 속에서 자주 얘기를 나누었다. 아이는 다시 걸을 수 있게 된 언니에게 실물 수업의 마법을 설명하려고 애썼다. 자신이 알리바바의 동굴이나 문지르기만 하면 되는 알라딘의 요술램프같이 대단한 것을 발견했고 언니도 알게 되면 자신을 더 이상 아이 취급하지 않으리라 생각했다. 언니에게 동굴 문을 열 수 있는 주문을 알려 주기 전에 아이는 아무에게도 말하지 말라고, 특히 엄마와 아빠에게 절대 말하지 말라고 당부했다. 언니는 그러겠다고 약속했지만, 아이의 발견에 별다른 반응을 보이지 않았다. "아무 느낌 없는데. — 그래? 다시 해 봐. 잘 문질러 봐. — 소용없어. 어휴, 짜증 나! 말도 안 되는 소리 그만해. 근데 그게 실물 수업이랑 무슨 상관이야? 네가 계란이야?" 어둠 속에서 낄낄거리는 웃음소리가 들렸다. "한마디로 나는 사물이고, '나'라는 사물이 쾌락을 느낀다는 거지. 무슨 말인지 알겠어? — 계란이 쾌락을 느낄 수 있어? 엉뚱아, 엉뚱한 생각 그만하고 잠이나 자. 나 잔다, 배불뚝이!" 아이는 더 이상 고집하지 않았다. 자신만 아는 비밀인가? 자신만 소유하고 있는 재능인가? 예전에 꾸었던, 물건이 계속 채워지는 집 꿈과 비슷하지만 달랐다. 초콜릿이나 에나멜 구두는, 원하기만 하면 매일 얻을 수 있는 이 강렬한 쾌락과 비교가 안 되었다. 그렇다면 자신은 특별한 여자란 말인가?

저녁 식사 시간 전에 아이의 집을 찾은 두 명의 여

자 손님은 아이가 특별하다고 생각하는 것 같았다. 손
님들은 심리상담사로, 두 달 전에 잔 다르크 초등학교
학생들을 대상으로 실시했던 테스트 결과를 토대로 연
구를 진행하고 있다고 했다. 두 사람은 스스럼없이 집
구경을 해도 되냐고 묻고는 '딸들의 방'으로 들어갔다.
"그러니까 로랑스는 자기 방이 없는 거군요?" 둘 중 더
어려 보이는 여자가 스프링 노트에 메모를 하며 말했
다. "저기 책장에 있는 책은 로랑스 것인가요? 로랑스
는 평소에 책을 많이 읽나요? 특별히 병을 앓은 적은
없었나요? 가족들 간에 문제는 없나요? (아뇨, 그런 적
없어요.) 아버님의 직업은 어떻게 되시죠? 어머님께서
는 일은 안 하시죠? 아이들을 직접 키우시나요? 이제
아이들을 내보내 주시겠어요? 부모님들과 따로 할 얘
기가 있어서요. — 엉뚱이가 이상한 짓 한 거죠? 사고
쳤어요?" 클로드는 신이 난 듯 보였다. 하지만 아이들
은 거실에서 쫓겨났다. 무슨 일인지 궁금했지만 거실
문은 바로 닫혔다. 다행히 벽에 귀를 대고 있으면 안에
서 하는 소리를 들을 수 있었다. 아이는 겁이 났다. 경찰
이면 어떡하지? (수학 시험을 볼 때 커닝을 한 적이 있
었다. 어려운 문제였는데 시험지에 지우개로 지운 답
이 잘 지워지지 않은 채로 남아 있어 그것을 베껴 적은

적이 있었다.) 손님 중 한 명이 엉덩이를 언급했다. 심장이 쿵쾅쿵쾅 뛰기 시작했다. 심리상담사들이니까 자신의 머릿속에서 일어나고 있는 일, 자신의 비밀스러운 꿈을 알고 있는 것은 아닐까? 그런데 그것이 아니었다. 심리상담사는 아이의 부모에게 아이큐 즉, 아이의 지능지수에 대해 설명하기 위해 온 것이었다.* 아이의 아이큐가 매우 높았다. 특히 언어 이해 지표가 월등했고 시공간 지표는 그보다 약간 떨어졌다. 어쨌든 아이의 아이큐는 테스트에 참여한 루앙 초등학생들 중에서 최고였다. "남학생도 포함해서요?" 아이의 아빠가 놀라서 물었다. "네, 모든 학생이 같은 검사를 받았어요. — 아, 그렇습니까? 그렇군요… — 로랑스가 질문지에 나중에 전시회 도우미가 되고 싶다고 썼어요. 예상하지 못한 답인데요. 혹시 이유를 아시나요? — 파리 자동차 박람회에서 봤나 봅니다. 같이 갔었거든요. 제가 자동차광이라서요. 아마 화장을 하고 유니폼을 입은 도우미들이 좋아 보였나 봅니다. 사실 도우미들이 아주 예쁘잖아요. — 아직 어리니까 그럴 수도 있겠죠. 하지만 더 큰 일을 꿈꿀 수 있지 않을까요. 더 좋은 직업 말이에요. —

---

* 프랑스어로 아이큐(IQ)는 퀴이(QI)라고 한다. 엉덩이를 뜻하는 퀼(cul)과 발음이 비슷하다.

물론이죠. 저는 딸들에게 일을 해야 한다고 항상 말합니다. 그런데 검사 결과를 보면 로랑스가 제 병원을 물려받기는 힘들지 않을까요? ― 여학생들이 대체로 문학에 강하긴 하죠. 그런데 아시겠지만 여자 의사들이 점점 많아지고 있어요. ― 물론 그렇죠. 하지만 로랑스 같은 경우는, 예를 들어서 공항 안내 데스크에서 일하면 아주 좋을 것 같아요. 여자들이 외국어를 공부하면 쓸데가 많잖습니까? 러시아어, 중국어 이런 거 하면 일을 금방 찾을 수 있을 겁니다. ― 장녀는 몇 살이죠? 열네 살인가요? 로랑스처럼 공부를 잘하나요? 둘 사이는 좋은가요? ― 아니에요. 클로드는 게을러요. 아주 최소한의 것만 합니다. 아무것도 하지 않고 빈둥거리는 것만 좋아해요. 그리고 둘은 뭐 아시겠지만 원래 계집애들이 그렇잖습니까. 늘 티격태격하죠. 머리끄덩이를 붙잡고 싸울 때도 있어요. 심하게 싸울 때는 이 계집애들이 정말 미친 게 아닌가 한다니까요. 휴우! 정말 심리상담이 필요할 정도예요."

클로드는 '게으르다'라는 말에서 더 이상 듣지 않고 방으로 가 버렸다. 아이의 경우는 '계집애'라는 단어였다. 계집애라는 말을 듣는 순간 몸이 경직되었다. 아이는 화장실로 달려가 문을 잠갔다. 왜 모르는 사람 앞에서 자기 딸들을 모욕하는 것일까? 아이는 계집애라는 말이 욕이라는 것을 알았다. 하지만 손님들은 아무 말 하지 않았고 시간을 내줘서 고맙다는 말만 하고 집을 나갔다. "학생들도 잘 있어요!" 복도에서 소리가 들려왔다.

아이의 엄마는 심리상담사들이 방문을 하는 동안 한 번도 입을 열지 않았다. 아이는 누굴 닮아서 아이큐가 높은 것일까? 애 아빠를 닮아서일 것이다. 그렇게 영리한 사람은 아니지만 그래도 의사가 아닌가… 자신은 가정전문학교를 다녔다. 그녀가 학교를 다닐 때만 해도 결혼한 여자는 남편의 동의 없이 직업을 가질 수 없었지만, 이제는 법이 바뀌었다. 그리고 무엇보다 남편에게 매달 생활비를 달라고 하기 싫어서, 아니 구걸하기 싫어서 돈을 벌고 싶었다. 그녀는 남편이 당직일 때 자주 병원 일을 도왔다. 덕분에 환자들의 병과 치료법을 잘 알고 있었다. 하지만 남편을 돕는 것은 일이 아니다. 직업이 아니라는 얘기다. 게다가 학위도 없잖은가. 어쨌든 로랑스가 지능이 높은 것은 이해가 되지 않았다. 어쩌면 그녀의 아버지에게서 물려받았을지도 모른다. 엔지니어들은 모두 머리가 좋지 않던가!

계집애. 이 말이 자꾸 생각나 아이를 괴롭혔다. 계집애는 욕이다. 물론 계집애garce는 사내아이garçon의 여성형일 뿐이지만 여성형이 되면 가치가 떨어지고 권위가 상실된다는 것을 아이는 언제부턴가 알고 있었다. 사내아이는 사실이고 계집아이는 가치 판단이다. 사내아이가 계집아이가 되면 나쁜 뜻이 된다. 말은 힘을 가지고 있다. 아이는 바로 시립 도서관으로 가서 계집애라는 단어를 찾았다. 시간만 나면 도서관으로 달려가서 시간을 보냈다. '엘라가발루스 황제는 사슴 두 마리로 마차를 끌게 했다. 어떤 때는 개 네 마리가 끌었고, 또 어떤 때는 벌거벗은 계집 네 명이 끌기도 했다.' 아이는 우연히 몽테뉴 책에서 발견한 이 글을 자신의 문장집에 포함시켰다. 아이는 격정을 불러일으키는 문장들을 모아 인기 가요 순위처럼 자신이 좋아하는 순위를 매겼다. 몽테뉴의 문장은 좋은 문장이었다. 세귀르 백작부인의 문장들보다 훨씬 자극적이다. 여자들이 몸에 줄을 매단 채 네발로 기어가고, 짐승들이 채찍질을 당하고… 아이는 말이 뱉어 내는 이미지를 상상했다. 그 이미지에 자신도 있었다. 계집애가 된다는 것은 쾌감을 즐기는 것이다. '쾌감: 육체적으로 정신적으로 만족을 느끼는 감정.' 아이는 쾌감이라는 단어를 쥐스틴인지 쥘리에트인지 하는, 제목이 여자 이름인 소설에서 처음 발견했다. 아이는 도서관에서 온갖 종류의 책을 빌렸다. 병렬적 독서 방식이지만 그것을 관통하는 하나의 주제는 흰 가운을 입은 의사가 간호사와 결혼하고, 고아 소녀가 역경을 딛고 행복을 찾고, 알리스나 팡토메트라는 이름을 가진 소녀들이 미스터리를 해결하고 여왕에게 열렬히 사랑을 받는 것이었다. 우연히 서가에서 수집한 비밀스러운 문장들과는 달랐다. 아침과 밤처럼 완전히 달랐다. 하지만 이 두 세계는 서로 공존했다. 평행하는 세계이지만 매우 실재하는 세계이기도 했다. 아이는 두 세계 모두 믿었다. 아이는 사물이며 동물이고, 하트 여왕이며 공주이고, 우상이며 노예였다. 모욕을 당하면서도 사랑을 받고, 멸시당하면서도 최우수 학생이었다. 아이의 인생 전체가 책 속에 펼쳐져 있었다. 아이는 열두 살이었다.

6.

아이는 열두 살이 되었다. 클로드는 열다섯이었고 남학생들로부터 편지를 받기 시작했다. 가슴이 어떻다는 둥, 스케이트장 탈의실에서 만나자는 둥 그런 내용의 편지였다. 물론 편지는 중간에서 아이의 아빠가 가로챘다. 그는 점점 커 가는 딸들에게 인생이 무엇인지 알려 주는 것이 자신의 의무라고 생각했고 이제 그 의무를 다할 때가 되었다고 여겼다. 우선 딸들에게 육체관계가 무엇인지 가르치기로 했다. 그는 종이에 그림을 그렸다. 세면대 도면 같았다. 육체관계를 하기 위해서는 남자와 여자가 있어야 한다. 성교라고도 하는데 라틴어 코이레(coire)에서 왔고 '함께 걷는다'라는 뜻이다. (『아스테릭스』에는 코이레 같은 라틴어는 나오지 않는다.) 여기서 딸들이 다른 무엇보다도 새겨들어야 할 것은 남자와 같이 걸으면 안 된다는 거였다. 여자와 남자는 절대 함께 걸으면 안 된다! 묻지도 말고 따지지도 말고 절대 안 된다! (그러면 왜 함께 걷는다고 하는 거지?) 어쨌든 지금은 안 된다. (그럼 언제?) 어른이 되어서 결혼을 하고 남편이 생기면 달라진다. 그때는 여자와 남자가 함께 걸을 수 있다. 아니 남자와 함께 걷

130

는 것이 여자의 의무가 된다. 이 말을 하면서 그는 식탁을 치우고 있는 아이의 엄마를 슬쩍 쳐다봤다. 듣고 있었는지 모르겠지만 그녀도 이미 알고 있는 사실일 테니까 상관없었다. 어쨌든 지금은 함께 하려는 남자들은 무조건 피해야 한다. 남자들은 여자들에게 함께 걷자고 요구할 것이다. 남자들의 머릿속에 그것밖에 없기 때문에 여자들이 버려야 한다. 가장 좋은 방법은 아예 남자들을 무시하는 거다. 남자들이 말을 걸어도 대꾸하지 말고 편지를 보내도 답장을 하지 않으면 된다. 쳐다봐서도 안 된다. 그리고 어떤 경우에도 여자는 남자와 단둘이 있어서는 안 된다! "알밤이 뜨거워지면 터지거든." 비유가 이상했지만 어쨌든 요지는 조심하지 않으면 자신도 모르는 사이에 성교가 바로 옆에 와 있게 된다는 것이었다. "남자들은 성교를 왜 하고 싶어 하는데요? — 좋으니까 그렇지…" 클로드의 질문에 아빠가 머뭇거리며 대답했다. "여자는 안 좋아해요?" 클로드가 놀라 물었다. 그러고는 동생을 곁눈으로 쳐다봤다. 이미 실물 수업을 받은 엉뚱이 요조숙녀는 다 알고 있는 듯한 표정으로 아빠의 얘기를 듣고 있었다. "여자는 달라." (그건 다 안다.) 여자들은 처음에 불편함을 느낀다. 성교는 음경이라고도 불리는 남자의 성기(연애편지를 꽤 받아본 클로드는 페니스, 고추, 지지라고 하고 사드 후작 책을 꽤 읽어 본 아이는 대물, 봉, 기둥이라고 하는)가 질이라고 불리는 여자의 구멍(보리, 조개, 비너스의 신전, 자연의 제단)에 삽입되는 것을 말한다. 그런데 질 입구에는 처녀막이라고 불리는 막이 있다. 처녀막이라는 말에는 결혼이라는 뜻도 있다. (말도 안 돼.) 페니스가 삽입되면 처녀막이 찢어지고 피가 흘러나온다. 처음에만 그렇다. (아빠가 딸들을 안심시켰다.) 처녀여서 피가 나오는 것이다. 여자는 처음에는 모두 처녀다. "그래! 가장 좋은 예가 잔 다르크야. 우리가 루앙에 산다는 것을 잊으면 안 되지. 성처녀 잔 다르크라고 하잖니. 성처녀와 숫처녀는 같은 말이고 순수하다는 뜻이야. ─ 그러면 처녀의 반대말이 창녀예요? ─ 아빠가 말할 때는 가만있어. 그리고 그런 말 하면 안 돼! 첫 경험을 하면 처녀성 잃게 되는 거야. 첫날밤에 처녀성을 잃는 거지. ─ 아파요? ─ 그렇게 아프지 않아. (아빠는 모르는 것이 없다.) 잠깐 불편할 뿐이야. ─ 마개는 왜 따는 거예요?"* 아이의 질문에 아빠가 웃음을 터뜨렸지만 아주 틀린 말도 아니다. 첫날밤 남편이 아내의 마개

---

* 처녀성을 잃는 것은 '데퓌슬라주, dépucelage'인데 아이가 마개를 따는 '데캅쉴라주, décapsulage'로 잘못 들은 것이다.

를 따는 것으로 자신이 첫 남자라는 것을 확인할 수 있으니까. 남편은 자신이 첫 남자이기를 원한다. 아이는 미간을 찌푸렸다. 그러니까 자신이 언젠가, 아빠가 위궤양이 생기기 전에 마시곤 했던, 거실에 아무렇게나 버려둔 맥주병 같은 존재가 될 것이라는 말인가? "그러면 남편이 처음이라는 것은 어떻게 알아요? ─ 남편이 처음인지는 중요하지 않아. 오히려 처음이 아니어야 해." 여자에게 중요한 것은 처녀성이고 남자에게 중요한 것은 경험이다. 남녀 관계에서 남자와 여자가 중요하게 생각하는 것은 다르다. 여자는 모를수록, 남자는 많이 알수록 더 좋다. 그것이 법칙이다. 여자는 적게 알수록 더 존중받는다. (쥐스틴은 예외다. 아빠가 모든 여자를 아는 것은 아니다.) 당연히 결혼 첫날밤을 어떻게 치러야 하는지 남편이 알아야 하기 때문이다. 반면 아내는 그냥 가만히 있으면 된다. 결과적으로 결혼은 실물 수업과 비슷했다. "질문 있니? ─ 아뇨, 없어요."

답은 『성생활 안내서』에서 찾을 수 있었다. 클로드가 가명으로 주문한 것인데, 아이는 아빠가 말한 것 중 이해할 수 없었던 오르가슴, 음순, 자위(아이의 말이 맞았다! 자위라는 것이 존재했다) 같은 단어들을 열심히 찾았다.

자매는 아빠가 자신들의 처녀성에 집착하고 있다는 것을 곧 눈치챘다. 순결 때문이 아니었다. 아빠는 개신교도이고 개신교에서는 동정녀를 그리 중요하게 여기지 않으니까. 교리문답 때 아이가 받은 인상이 그랬다. 사실 아이의 아빠가 집착하는 것은 딸들의 처녀성이 아니라 임신 여부였다. 그러니까 딸들이 옷장 서랍에 인형을 가지고 있지 않은지, 찬장에 갈비를 숨겨 두었는지, 허파가 붓지는 않았는지, 9개월 동안 부기로 고생을 하고 있지 않은지, 공에 바람을 채웠는지, 공이 둥글어졌는지, 진열대를 세웠는지, 녹슨 못에 찔렸는지, 연필을 빨았는지, 물건을 받았는지, 뼈를 삼켰는지, 고추 수프를 먹었는지, 알을 품고 있는지, 찻잔에 스푼을 그대로 놔두었는지* 노심초사한 것이다. 딸이 아니라 짐덩이들이었다. 어떻게 해야 할지 확신이 서지 않았다. 딸들을 휘어잡아 꼼짝 못 하게 하는 것이 좋은지 아니면 좋게 말로 하는 것이 좋은지 선뜻 결정을 내릴 수가 없었다. 어느 쪽도 잘 되지 않았다. 특히 큰딸이 문제였다. 브래지어를 착용하고 생리를 하기 시작하면서부터 아빠가 화장실에 노크 없이 들어가기라도 할라치면 비명을 질렀다. 둘째는 뭐 아직 아이니까… 참, 한 가지

---

* 모두 임신을 뜻하는 프랑스어 표현이다.

잊고 딸들에게 얘기하지 않는 것이 있다. 생리를 한다
는 것은 임신을 하지 않았다는 증거다. 여자는 달의 영
향을 받는다. 생리 주기도 달의 주기를 따라간다. 28일
주기 30일 주기 그런 말을 하지 않는가. 여자들은 달의
영향을 받아 기분이 죽 끓듯 하고 광인이라는 말도 달
에서 왔다. 여자들은 자연의 지배를 받고 있어서 완전
히 자유롭지 못하다. 이 말에 클로드는 낄낄거렸고 아
이는 얼굴을 찡그렸다. 아빠는 '달처럼 둔하다'라는 말
을 자주 했다. 달의 지배를 받는 것은 좋지 않은 모양이
다. "그럼 남자는 태양이에요?" (*태양 때문에 앞길이 훤
한 청년이라고 말하는 건가?*) "아니. 남자는 자연에 굴
복당하지 않아. 오히려 자연을 굴복시키고 지배하지.
남자들이 피를 흘릴 때는 싸울 때뿐이야. (*정말? 남자들
도 코피 흘리는데! 학교에서 무릎만 까져도 학교가 떠
나가도록 우는 남자애를 많이 봤는데!*) 여자들은 주기
와 생리의 이치를 받아들여야 하고 그래서 규칙적이어
야 해. 그것이 자연의 법칙이야. 그 말은 절대 늦으면 안
된다는 거야!" 늦는 것 = 임신 = 터진 알밤 = 창녀. 이
것이 아빠의 논리였다. 아이는 부엌 벽에 걸린 벽시계
의 추가 왔다 갔다 하는 것을 불안하게 쳐다봤지만 얼
마 지나지 않아 자매는 늦는다는 말로 농담을 하기 시

작했다. 나 늦는 것 같아, 나 늦었어, 너 얼마나 늦었니?
"애들아! 결론은 아주 간단해. 다시 정리하면 행동거지
를 얌전히 하고 아빠 말을 잘 들으면 아무 문제없어! 여
자들은 생리를 하고 규칙을 따르면 돼.* 그렇게만 하면
돼."

　밤에는 갈수록 꿈의 시나리오가 풍성해졌다. 실물
수업의 새 주제는 알밤이었다. 선혈이 낭자한 장면이
펼쳐졌다. 갑자기 칼이 나타나서 병마개를 따고 알밤
을 터뜨리겠다고 위협했다. 아이는 피가 나도록 놔두
었다. 여름마다 라쇼에서 돼지 피를 사발에 받아 순대
만드는 것을 봤는데 사다리에 묶여 피를 흘리고 있는
그 새끼 돼지가 생각났다. 손과 발이 굵고 거친 밧줄로
사다리에 묶인 채 아이는 무기력하게 사람들이 던진
물건에 맞고 손가락질 당하고 벌레들은 아이의 몸을
먹었다. 고통받는 아이에게 사람들이 순대를 만들고
있냐고 조롱했다. 낮에는 답을 알 수 없는 수많은 질문
들이 샘물처럼 끊임없이 솟아났다. 남자와 여자가 때
가 되었을 때(다시 말해 결혼을 했을 때) 같이 걷고 성
교를 하게 된다. 거기까지는 이해했다. 그런데 이 이야

---

* 불어로 생리와 규칙은 같은 단어 'règles'이다.

기에서 사랑은 어디쯤 있는 것일까? '사랑을 나눈다'고 말하는데 왜 그런 거지? 아빠가 말한 것과는 무슨 관계가 있을까? 파이프 사용법에 사랑 고백도 포함되어 있을까? 관계를 갖다, 잠자리를 하다, 배가 맞다, 떡을 치다… 그것을 뭐라고 하든 도대체 언제 '그래요, 결혼해요. 그래요, 당신을 사랑해요. 그래요, 나도 원해요' 이런 말을 하는 것일까? 연인들은 어떻게 성교를 할까? 아이는 사랑을 나눈다는 것이 무슨 의미인지 알았지만 사랑이 무엇인지는 몰랐다. 누군가 좋아하면 그것이 사랑인지 어떻게 알지?…

물론 아이는 소설을 많이 읽었지만 사드 후작이 사랑에 대해 가르쳐 준 것은 별로 없었다.『오총사의 모험[*]』에서 앤이 사촌인 줄리언에게 사랑을 약간 느끼기는 하지만 그렇다고 이야기가 크게 달라지지는 않는다. 아이는 책장에서 기 데 카르가 쓴『소녀와 환희[**]』를 꺼냈다. 이 소설을 선택한 이유는 제목이 신비롭기도 하지만 소녀와 환희를 연결시켰기 때문이다. 흔히 있는 일이 아니다. 그런데 책을 읽다 보니 슬픈 이야기였다. 청소년 도서를 제외하고 환희에 찬 여자가 나오는 책

---

[*] 『The famous five』(1942-62) 에니드 블라이튼(Enid Blyton)의 연작 청소년 모험 소설 (총 21권).

[**] 『Filles de joie』(1959), Guy des Cars

은 찾을 수 없었다. 그런데 아이는 더 이상 청소년 도서를 읽지 않았다. 할리퀸 시리즈를 전부 사서 열심히 읽었지만 거기서도 눈을 번쩍이게 할 만한 것은 찾지 못했다. 아이는 가난한 여인이 아니고 또 아무리 눈을 씻고 둘러봐도 주위에 백만장자는 없었다. 위대한 사랑을 하기 위한 조건이 충족되지 않았다.

아이는 중학생이 되었다. 남녀공학이 된 지 그리 오래되지 않은 학교였다. 아이의 엄마도 그 학교에 다녔는데 그때는 여자중학교였다. 교문 위에는 여전히 여자중학교라는 명판이 붙어 있었다. 남학생의 수는 여학생보다 적었지만 보기에는 더 많아 보였다. 남학생들은 운동장에서 장난을 하고 소리를 지르고 여학생들 머리를 잡아당겼다. 수업 시간에는 공부도 못하면서 주저하지 않고 손을 들어 바보 같은 소리를 했다. 가는 종아리가 다 보이는 반바지를 입고 키득키득 웃고 있으면 정말 우스꽝스러웠다. 하지만 자신들이 그런지조차 몰랐다. 또 목소리는 어떤가? 낮게 깔렸다가 느닷없이 치솟고, 통제가 안 되었다. 이런 애들이 자연을 지배한다고?

일요일에는 스케이트장에 갔다. 아이는 가슴이 납작했다. 바비 인형의 가슴을 갖기를 소원했지만 시작이 좋지 않았다. 그래서 언니에게 빌린 브래지어를 하고 그 안에 솜을 집어넣었다. 아이에게는 바비의 가슴은 없었지만 바비의 긴 금발 머리는 있었다. 그 금발 머리로 납작한 가슴을 가렸고 단 1센티미터도 자르려 하지 않았다. 몇몇 남자아이들이 스케이트를 같이 타자고 접근하기도 했다. 그런데 링크를 돌다 보면 자꾸 클로드 언니에 대해서 물었다. 하나같이 바보 같았지만 개중에는 전기 자전거를 가지고 있는 애들이 있어 자전거를 타고 루앙을 벗어날 수 있어 좋았다. 링크에 들어설 때 손을 내미는 애들도 있었다. 아이가 손잡기를 거부하면 다른 여자에게로 미끄러져 가면서 한마디를 했다. "못생긴 게 잘난 척하기는!" (아이는 자신이 예쁘다는 것을 알기 때문에 그런 소리를 들어도 아무렇지 않았다.) 아이의 이름을 아는 애들은 '바라케는 빨래판!'이라고 놀리기도 했다. (이것은 좀 아팠다. 그래서 더 거만하게 웃어 주었다.) 아이는 언니에게서 남자를 빼앗거나 멀어지게 하기 위해서 언니에게 관심을 보이는 남자애들에게 집중했다. 클로드는 이제 동생을 엉뚱이라 부르지 않고 요조숙녀라고 불렀다. 하지만 진짜 내숭을 떠는 사람은 클로드 자신이었다. 스쿠터를 받으려고 교회에서 세례를 받았고 또 수련회에 가서는 예비 신자들 중 가장 잘생긴 루이와 알밤을 거의 구울 뻔하기도 했다. 『성생활 안내서』와 함께 매트리스 밑에 숨겨 놓은 클로드의 일기장에 그 일들이 적혀 있었다. 첫영성체 때 아이의 아빠 쪽 친척들이 아르데쉬에서 성처녀처럼 하얀 옷을 입은 클로드에게 주려고 기도문과 선물을 잔뜩 들고 왔다. 루앙 시내에 있는 큰 레스토랑에서 축하연을 했는데 아이의 아빠는 자신의 딸들을 잘 알지도 못하는 친척들에게 '내 딸들'이라는 말을 여러 번 했다. 샴페인을 많이 마셔서인지 기분이 좋아 보였다. "비가 오는 날 수녀 두 명이 마들렌 광장 건물 처마 아래서 비를 피하고 있었어요. 그런데 수녀들 옆에 망사스타킹에 미니스커트를 입고 화장을 진하게 한 직업여성이 벽에 기대어 있는 것이 아니겠습니까? 수녀 한 명이 그 여자를 쳐다보고는 머뭇거리다가 한마디 했어요. '잠깐 실례할게요. 저기… 뭐 좀 물어봐도 될까요? 얼마 받으세요?' '숏타임이요? 특별 서비스 없고요? 200프랑이에요.' 창녀가 이렇게 대답하지 않았겠어요? 그러니까 질문을 한 수녀가 다른 수녀를 돌아보고는 '자매님, 제가 그랬잖아요. 신부님이 우리를 속이고 있다고요. 겨우 초콜릿이 뭐예요!' 이렇게 말을 하는 겁니다." 가톨릭 교도들을 조롱하는 이야기였지만 아이의 개신교 친척들은 웃지 않았다. "여보, 그만 해요. 애들도 있는데." 아이의 아빠는 아내의 말을 듣지 않았다. "여자와 수영장의 공통점은? 모르겠어요? 레옹 삼촌, 포기하시는 거예요? 아무도 모르나 보군. 공통점은 그 안에서 노는 시간에 비해 값이 너무 비싸다는 겁니다! — 애들이 듣고 있다니까요!" 이번에는 개신교도들도 숨이 넘어갈 정도로 웃었다. 아이는 자신들을 때로는 가톨릭 기숙학교 학생처럼 대하다가도 때로는 군대 내무반 동기처럼 대하기도 하는 아빠를 이해할 수 없었다. 자신에게 딸밖에 없다는 것을 인정하면서도 아들을 포기하지 못한 것이 분명했다. "애들도 사는 것이 무엇인지 배워야지!"

산다는 것.

그렇게 사는 것이다.

웃고 이야기하고.

그러면 사랑은?

아이는 아직도 답을 찾지 못했다. 의문만 커져 갔다. 하루는 왕할머니에게 사랑에 빠지는 것이 어떤 느낌이냐고, 사랑에 빠졌는지 어떻게 알 수 있느냐고 물었다. 하지만 왕할머니는 답을 줄 수 있는 적당한 사람이 아니었다. 어린 나이에 남편 없이 딸을 낳은 미혼모가 아니던가. 새까맣게 타서 아무도 먹고 싶어 하지 않는 알밤이라고나 할까. 향수 가게를 하기 전에 양재사로 일했던 왕할머니는 어린 증손녀에게 들려줄 말이 있었다. 첫째, 항상 외모에 신경 써라! 남에게 잘 보이기 위해서거나 허영심 때문이 아니다. 싸구려 장신구로 마구 치장하라는 것이 아니라 외모를 깔끔하게 가꾸라는 뜻이다. "옷을 잘 다려 입고 깨끗한 속옷을 입고 양말을 신어야 해. 혹시라도 사고가 생기면 남 보기에 민망하잖니." 남 보기에 민망하지 않다는 것은 한 마디로 얼굴을 붉힐 일 없이 누구에게나 자신을 내보일 수 있는 상태를 말한다. 죽어서도 남에게 잘 보여야 한다. 두 번째로 왕할머니가 손녀에게 들려주고 싶은 말은 첫 번째 조언을 잘 새겨들어 스물다섯 이전에 꼭 결혼을 하는 것이다. "스물다섯이 될 때까지 시집을 못 가면 볼장 다 본 거야. 노처녀가 되는 거지. ─ 노처녀요? ─ 그래. 평생 혼자 살다 죽는 거지. 독신으로 말이야. 양재사들은 11월 25일 날 노란색과 초록색 모자를 만들어서 썼어. 그날이 양재사들의 수호성인인 성녀 카타리나 축일이거든. 모자를 쓰고 남편을 보내 달라고 기도를 한단다. 하지만 너는 예쁘니까 그런 걱정을 할 필요는 없어."

외모에 신경을 써라. 오케이. 결혼을 해야 한다. 그 것도 스물다섯 이전에. 역시 오케이. 하지만 사랑은? 사랑하는 사람은?

그것은 엄마에게 물어봐야 한다. 아이의 엄마는 늘 창가에서 시간을 보내고 새 옷을 입고 거울에 비친 자신의 모습을 감상하고 이탈리아어를 배웠다. (이탈리아어가 '사랑의 언어'이기 때문이다.) 전화가 오면 하던 일을 멈추고 전화를 받으러 갔다. 가끔 울기도 했다. 그러니 분명 사랑이 뭔지 알고 있을 것이다.

그녀는 알고 있었다. 사랑이 무엇인지 알았다. 하지만 사랑에 대해 묻기에는 너무 늦어 버렸는지도 모른다. 그녀는 남편에게 매달 돈을 구걸하는 것에 지쳐 무역회사에서 일자리를 얻었고 앙드레와 카프리로 여행을 떠났다. 하지만 그의 아내가 셋째 아이 질을 낳은지 얼마 안 되어 카프리 여행은 곧 끝장나고 말았다. 그녀는 라디오에서 소개한 책들을 샀다. 에블린 쉴르로의 『현대 사회에서의 여성』 그리고 브누아트 그루와 프랑수아즈 사강의 소설책들이었다. 앙드레 수비랑의 『현대 여성에게 보내는 공개 편지』도 샀는데 이유는 저자의 이름이 앙드레였기 때문이고 또 우울증약을 끊고 싶었기 때문이었다. 그 책의 표지에는 이렇게 쓰여 있었다. '20세기 여성들은 정신적으로 심각한 위험에 직면해 있다. 자신이 아이, 부엌, 교회에 국한된 삶을 살았던 과거의 여성이 아니라는 것은 잘 알고 있지만 그렇다고 미래의 여성이 누구인지 아는 것도 아니기 때문이다.' 그녀는 여전히 약을 먹었다. 잠을 자기 위해, 불안을 없애기 위해, 통증 때문에… 이유는 많았다. 남편이 처방전을 써 주었다. 그가 처방전을 잊기라도 하는 날이면 어김없이 비명을 지르며 발코니로 뛰어갔다. "아무도 나를 사랑하지 않아! 죽고 싶어!" 발코니 난간을 붙잡고 소리를 질러대는 엄마를 보고 놀란 딸들이 뒤따라 뛰어갔다. "엄마! 엄마! 왜 이래? 엄마, 이러지 마. 어서 안으로 들어와. ─ 여보! 도대체, 왜 그래? 그날이야?"

아이는 중학교 2학년 때 라신과 코르네이유를 배웠다. '사랑을 하면 죽음을 생각한다.' 엄마에게서 느낀 이 직감을 라신과 코르네이유에게서 확인받았다. 라신과 코르네이유가 물론 희극은 아니지만, 읽고 있으면 죽음을 생각하지 못하게 하는 뭔가가 있었다. 그것은 시이며, 운율이며, 반복의 즐거움이며(되돌아오는 것, 반복하는 것은 즐거움을 준다), 소리이며, 말이며, 희망이다. '사랑했어요. 주인님, 당신을 사랑했어요. 당신에게

144

사랑받고 싶었어요.' 루이즈 라베의 소네트도 배웠다. '나는 살고, 나는 죽고, 나는 불에 타고, 나는 물에 빠진다.' 아이는 열 번이고 스무 번이고 큰소리로 낭독하며 사랑의 언어에 스며들었다. 운율법, 구성체계, 수사법도 알게 되었다. 법칙, 규칙, 반복되는 것은 아름답고 시적이다. 그래서 달을 따라가는 여자들은 경이롭다. 아이는 노래를 듣고 시를 읽으며 눈물을 흘렸고 자신이 직접 시를 써 보기도 했다. 자닌의 집에 놀러 가면 자닌이 정기 구독하는 음악잡지 『안녕, 친구들!』을 읽었다. 자닌은 클로드 프랑수아와 조 다상의 사진을 잡지에서 오려 노트에 붙이고 그 옆에 노랫말을 적었다. 한번은 자닌이 조니 할리데이의 음반을 빌려줘서 집에 가져와 들은 적이 있었다. 노래를 듣고 나서 음반을 치우는 것을 잊어버렸는데 나중에 그것을 발견한 아빠가 음반을 박살낼 뻔했다. 노랫말이 외설적이라고 했다. '외설적(형용사): 성적인 성질을 가진 그림이나 행동을 과도하게 표현하는 것.' 아이는 놀랐다. 조니 할리데이가 사드 후작보다 외설적이라는 말인가? 아이와 자닌은 자닌의 집에 있는 테파즈 턴테이블에서 실비 바르탕의 노래도 들었다. '남자아이처럼 긴 머리를 하고, 남자아이처럼 가죽점퍼와 목걸이를 하고, 남자아이처럼 두꺼운 가죽 벨트를 맸지만.' 잡지 속 실비 바르탕은 양손을 허리에 얹고 커다란 오토바이 위에 멋지게 앉아 있었다. 하지만 노래는 이렇게 끝나고 만다. '하지만 나는 아직 어린 소녀, 당신이 원하는 것이라면 무엇이든 좋아요, 그것이 더 좋아요. 랄라라' 하지만 아이와 자닌이 가장 원했던 것은 『스위트 마드무아젤』 잡지에서 주최하는 콘테스트에서 1등을 하는 것이었다. 1등상을 받으면 클로드 프랑수아의 저택에 초대받을 수 있었다. '나의 스위트 캔디, 캔디, 너의 입술은 달콤해, 너의 달콤한 입술은 우리의 키스를 감미롭게 해, 오! 너의 살결, 오! 너의 입술, 정말로 달콤해' 아이와 자닌은 하리보 딸기 젤리를 입안에 잔뜩 넣고 클로드 프랑수아의 노래를 따라 했다. 그러면 입술이 빨갛고 달콤해지기 때문이다… 아니다. 몇 주 전부터 자닌은 살을 빼려고 단 것을 전혀 입에 대지 않고 있었다. 스위트 마드무아젤로 뽑히려면 살을 빼야 했다. 자닌은 살을 빼야 한다는 말을 입에 달고 살았다. 아이는 하리보 딸기젤리를 봉지째 받아 들고 집으로 돌아왔다. 집으로 돌아오는 길에 실비 바르탕의 노래가 입에서 맴돌았다. '나는 아직 어린 소녀. 랄라라' 저녁에 침대 안에서도 노래를 읊조렸다. 알 수 없는 무언가가 마음에 걸렸다.

메트로놈과 같은 정확성과 관련해서 아직 아이의 수도관이 터지지 않고 있었다. 의사는 아이가 아직 다 자라지 않은 것 같다고 했다. 얼마나 자라야 다 자란 거지? 아이는 학교에서 거짓말을 했다. 엄마와 언니가 하는 말을 흉내 내 친구들이나 체육 선생님에게 아픈 소리로 몸이 불편하다거나 배가 아프다고 했다. "그래서? 그거 한다고 높이뛰기 못하는 학생은 한 번도 본 적이 없어!" 체육 선생님은 클로드가 수업 면제 확인서를 내밀 때면 가끔 화를 내기도 했다. "자기가 뭘 안다고 그런 말을 하는 거야! 웃기는 선생이네!" 회사에 다니면서부터 엄마는 거친 말과 웃긴 말을 자주 했다. 그 선생님은 매달 배를 잡고 데굴데굴 구르는 자닌에게도 연기 그만하라며 통지서에 '잦은 무단결석'이라고 적었다. 자닌은 먹지 않으면 생리를 하지 않게 된다는 것을 어디서 읽은 후부터 점심 식사가 끝나면 화장실에 가서 입안에 손가락을 집어넣고 다 토했다. 하지만 생리는 멈추지 않았다. 대신 좀 더 날씬해졌다. 아이는 반대로 생리가 시작하기를 바라며 많이 먹었다. 친구가 지독한 생리통을 앓는 것을 보면 생리를 하는 것이 전혀 부럽지 않았지만, 언니가 자신을 애 취급하는 것에 무척 짜증이 났다. 아이는 어렸을 때 엄마가 비데에서 피를 씻어 내고 다리 사이로 길쭉하고 불편해 보이는 천을 집어넣는 것을 본 적이 있다. 나중에는 언니처럼 봉지 안에 든 기다란 면 생리대를 썼다. 자전거를 타다가 넘어져 무릎에서 피가 날 때처럼 붉은 피였지만 더 끈끈하고 공기와 접촉하면 갈색으로 변했다. 정육점 냄새가 나기도 하고 시든 꽃 냄새가 나기도 했다. 어떤 때는 구토를 일으킬 정도로 역할 때도 있었다. 생리는 매달 하는데 한 번 하면 5일 정도 한다. 매달 자전거를 타다가 넘어진다고 생각해 보라! 당연히 거즈가 많이 필요했다. 엄마가 약국에서 생리대를 사 왔다. 비용이 만만치 않게 들었다. 아빠는 부인과 딸 둘을 키우려면 팔이라도 하나 팔아야 할 판이라고 투덜거렸다. 가끔 보면 아빠가 생리대를 확인하는 것 같기도 했다. 특히 클로드의 생리대를 신경 썼는데 아이는 아빠가 생리대 개수를 세고 있는 것을 본 적도 있었다. 생리대 사용량을 감시한 것이다. 엄마는 작은 상자 안에 든 것을 사기도 했다. 탐폰이라는 것이었다. 하지만 딸들은 탐폰을 하면 안 되었다. 모르는 사이에 처녀막이 다칠 수 있기 때문이다. 처녀막을 다쳤다가는 첫날밤에 큰일이 날 수도 있다. 만약 펠릭스 큰할아버지가 아이의 알밤을 터뜨렸다면 할머니들이 아빠에게 말을 했을 것이고, 그러면 아빠는 외설적이라며 난리 쳤을 게 분명하다고 아이는 생각했다. 하지만 다행히 아이는 아직 마개를 가지고 있었다. 그런데 마개가 있는데 어떻게 생리혈이 처녀막을 통과해서 흐를 수 있는 거지? 어쩌면 처녀막은 완전히 막혀 있는 것이 아닐 수도 있겠다고 아이는 생각했다. 아무튼 자연은 완벽하다고 하니까…

고추와 조개처럼 생리도 부르는 말이 엄청나게 많다. 아주 재밌다. 예를 들어 엄마와 아빠가 싸울 때면, 아빠는 언제나 마지막에는 꼭 '영국 놈들이 상륙했어*?'라고 물어본다. 영국 사람들을 로스트비프**라고 불러서인가? 아빠는 '피오줌 싼다'라는 표현도 썼다. 병원에 온 위급한 환자에 대해 말할 때도 '아주 피오줌을 쌌더군'이라고 했다. 그 말을 듣고 아이는 피가 오줌이 나오는 곳에서 나오는 것이라는 결론을 내렸다. 하지만 태어나면서부터 피를 싸는 것이 아니라 어른이 될 때까지 기다려야 한다. "너도 곧 다 큰 처녀가 될 거야." 할머

* 1815년 나폴레옹 군대가 워털루에서 패배한 후 영국군이 프랑스에 들어와 1820년까지 점령했다. 이때 영국군의 군복이 선명한 붉은색이었다.

** 프랑스인들이 영국인을 부르는 별명이다. 불어로 로즈비프(rosbif)라고 하며 점령기에 기원한 이름이어서 부정적인 의미로 쓰이고 있다. 로스트비프는 영국의 상징이기도 하며 겉은 갈색으로 익히고 속은 피가 나올 정도로 설익게 요리한다. 창백한 영국인들이 프랑스에 와서 햇빛에 얼굴이 빨갛게 된 것을 보고 로즈비프라고도 한다.

니는 그렇게 말했다. 피를 생각하면 역겨웠지만, 다른 아이들처럼 빨리 하고도 싶었다. 언니와 엄마처럼 되고 싶었고 다 큰 여자들이 말하는 것처럼 말하고 싶었다. '나 그날이야', '너 빨간 날이야?', '그 아이 빨간 편지 받았데', '우리 모두 그거 해', '너희들 피어어드하는 거야?' '여자들이 미키마우스, 이자벨, 양귀비꽃, 곰을 가지고 있다', '영국 놈들이 상륙했다', '붉은 산에서 부모님이 오셨다', '추기경이 오셨다', '붉은 군대가 쳐들어왔다', '케첩을 먹었다', '우리 고양이 코가 깨졌다', '울타리를 붉은색으로 칠했다', '루비로 월급을 받았다', '홍합 토마토소스 요리를 하고 있다', '딸기 퓌레를 만들었다', '붉은 생선을 요리하고 있다', '달을 경배하고 있다', '홍해를 건너고 있다', '이모가 빨간 옷 입고 오셨다', '힘든 주', '피 터진 날', '배 아픈 날', '안 좋은 날', '비밀스러운 날', '쉬는 날', '아픈 날'…

"그래, 다 좋은데, 너희는 한 달에 5일만 고생하면 되지만 우리는 매일 면도를 해야 하고 군대도 가야 해!" 자닌의 사촌이 그렇게 말했다. 자닌의 사촌은 나중에 크면 아이와 결혼하고 싶어 했다.

어느 날 아침, 아이는 길을 걷다가 까무잡잡한 남자

와 몸을 스치는 일이 있었다. 남자는 손으로 아이의 엉덩이를 쥐고 손톱으로 꽉 누르며 아이의 귀에 대고 뭐라고 한 뒤 자기 갈 길을 갔다. 아이는 길 한가운데서 꼼짝할 수가 없었다. 숨도 쉬기 힘들었다. "아랍 놈이야." 이 상황을 처음부터 지켜보고 있었던 신문가판대 주인이 그렇게 말했다. "크루이들*이라서 그래. 오입쟁이들이라고." 아이는 그 두 단어가 무슨 뜻인지 몰랐고, 백과사전에서도 찾을 수 없어 아빠에게 물었다. "그런 말을 써서는 안 돼. 비속어야. 저속한 말이라는 거지. 분명 알제리 사람일 거야. 얼마 전부터 르노자동차가 클레옹 공장에 알제리인들을 마구 데려왔거든. 모두 가족을 놔두고 와서 프랑스에는 부인이 없어. 자기들 부인이 보고 싶어서 손을 함부로 놀린 거야. 그런데 매춘부들조차 그 사람들을 안 받는다고 하더라고. (아빠는 이 말을 하고 크게 웃었다.) 누가 매독 검사하러 병원에 왔는데 아주 단호하게 그러는 거야. '나도 자존심이 있어요!' — 앞으로 어떻게 해야 해요? — 그냥 길 건너서 가. 대낮에는 큰일이 일어날 위험은 없어. 너 옷은 뭐 입었어? 저녁에는 밖에 나가지 말고. 가장 확실한 방법은

---

* crouille. 아랍어의 '형제(huya)'라는 말에서 기원한 것으로 북아프리카 출신 이민자들을 낮춰 부르는 인종차별적 표현이다.

이상하다 싶은 남자가 보이면 길 건너서 가면 돼."

아이는 생각에 잠겼다. (매춘부와 매독은 비속어가
아닌가?) 저녁 식사가 끝나자 아이의 아빠는 딸들을 거
실로 불러냈다. 딸들에게 기본적인 호신술 동작 몇 가
지를 알려 주기 위해서였다. 먼저 상황을 설정했다. "그
러니까 내가 나쁜 놈인 거야." 아빠는 클로드의 팔을 붙
잡았다. "자, 나를 뿌리쳐 봐! 아니, 하는 척하란 말이야.
알았지?" 아빠는 얼굴을 찡그렸다. 클로드는 이 놀이를
정말 좋아했다. "무릎으로 급소를 가차 없이 가격! 그러
면 나쁜 놈은 한동안 땅바닥에서 일어나지 못할 거야."
클로드는 신이 났다. "로랑스, 잘 봤지? 남자의 급소를
제대로 겨냥하면 돼. 너도 해 볼래? 고환에 대고 퍼억!"
아름답고 푸른 도나우강 선율을 배경으로 아이는 알았
다고 대답했다. 하지만 연습을 하고 싶지는 않았다. 아
빠하고는 더더욱 싫었다. 어쨌든 남자의 약점이 어디
인지 또 어떻게 해야 고통을 줄 수 있는지 알게 되어 안
심은 되었다. 거기를 맞으면 정말 아프다고 들었다. 하
지만 꿈에서는 남자의 급소를 칠 수가 없었다. 그렇게
할 생각조차 나지 않았다. 나쁜 놈이 꿈에서 복수를 하
는지 꿈에서는 항상 나쁜 놈이 승리했다.

드디어 아이가 생리를 시작했다. 또래보다 거의 1

년이 늦었다. 아이는 안심했다. "우리 딸이 드디어 40년 형을 선고받았네!" 엄마가 웃으면서 말했다. 하지만 눈은 웃지 않았다. "드디어 하는 거야? 이제 꼬맹이가 아닌 거야? 어른이 된 것을 환영한다, 엉뚱아!" 엄마가 클로드를 나무랐다. 자닌이 병원에 입원한 후로 엄마는 언니에게 동생을 엉뚱이라 부르지 말라고 주의를 주었다. 자닌은 아예 아무것도 먹지 않았다. 아무도 몰랐다. 몸무게가 30킬로그램밖에 나가지 않았고 학교도 더 이상 가지 않았다. 어쩌면 죽을지도 몰랐다. 병문안은 금지였다. 자닌의 엄마조차 딸을 보지 못하는 것 같았다. 슬픈 소식이었다. 자연과학 시간에 개구리의 생식기관에 대해 배웠다. 여기서 한 가지 짚고 넘어가야 할 것은 두꺼비는 개구리의 수놈을 이르는 말이 아니다. 대부분 그렇게 생각하지만 잘못 알고 있다. 암두꺼비는 크라포드crapaud이고 암개구리는 그르누이유grenouille이다. 동물이든 사람이든 생식을 담당하는 것은 암놈(여자)이다. 묵음 'e'가 큰소리를 내며 활약하고 있는 것이다. 생식이라는 말은 재밌는 표현이다. 죽음의 반대말이다. 그렇다고 복사기처럼 똑같이 찍어 내는 것은 아니다. 바보같이 똑같은 물건을 계속 생산하는 기계가 아니라는 뜻이다. 가끔 남자도 만든다.

아이는 중학교가 재미없었다. 하지만 프랑스어 수업만은 예외여서 코르네이유와 라신의 비극의 여주인공이 되는 상상을 하고 라마르틴의 시를 혼자 낭송하며 사랑의 언어에 푹 빠져들었다. 체육과 기술을 제외하고 선생님은 모두 여자였다. 남자 선생님들은 학생들을 절대 이름으로 부르지 않고 성으로 불렀는데 가끔 마드무아젤을 붙여 놀리기도 했다. 중학교 2학년 때 르나르 선생님이 여학생들에게 양재를 가르쳤다. 여학생들은 앞치마와 노란 술이 달린 벨벳 옷걸이를 만들었고 뜨개질, 시침질, 옷단 만드는 법을 배웠다. 르나르 선생님은 가끔 학생들에게 자신의 셔츠 단추를 달아달라거나 넥타이를 다림질하라고 시켰다. "마드무아젤 바라케, 수업이 재미없나? 수업이 끝나면 교무실로 오도록!" 실습실 한쪽에서는 남학생들이 전기 회로나 엔진의 도면을 놓고 씨름을 했다. 체육 시간에는 남학생은 축구를 하고 여학생은 평균대를 했다. 여자 선생님이 여학생들을 지도했는데 몸무게가 100킬로그램이 넘는 늙은 노처녀였다. 그리고 너무 오래전 일이어서인지 생리에 대한 이해도가 높지 않았다. 나이가 들면 생리를 하지 않는다고 들었다. 포환던지기에서는 여학생은 3미터를, 남학생은 5미터를 던져야 했다. 처음부터 그것이 규칙이었다. 아이는 팔 힘이 강했지만 3미터를 넘기지 않으려고 조심했다. 이름이 이름인지라 놀림을 받을 것이 뻔했기 때문이었다. 꿈에서 르나르 선생님이 실물 수업을 했다. "바라케! 칠판 앞으로!" 선생님이 반 학생들이 다 보는 앞에서 피가 철철 흐를 때까지 아이의 맨엉덩이를 회초리로 때렸다. 이유는 아이가 꿰맨 선생님 바지 앞섶 단추가 다시 떨어졌기 때문이었다.

7.

아이는 수영장 잔디에 누워 혼자 책을 읽고 있었다. 클로드는 진즉에 친구들과 어디론가 사라져 버렸다. 여전히 외동딸인 척했다. 친구 자닌은 그해 봄 하늘나라로 떠났다. 죽을 때 몸무게가 28킬로그램이었다. 살을 빼려고 했는데 목숨을 뺏기고 말았다. 열네 살 때였다. 인생이 무엇인지 몰랐고 무료함과 두려움이 구분되지 않던 시절이었다. 수영장의 폐장을 알리는 종이 울렸다. 아이는 책에서 눈을 떼고 위를 올려다봤다. 몇 미터 앞에서 한 남자아이가 옷을 입고 있었다. 처음 보는 아이였다. 바지를 다 입고 한 손에 폴로셔츠를 든 채 저물기 시작한 해를 바라보고 있었다. 아이는 남자아이의 등을 봤다. 가죽 벨트를 차고 있어 잘록해 보이는 허리에서부터 어깨까지 근육이 나팔 모양으로 잘 발달되어 있었다. 소설에서 읽은 한 구절이 갑자기 아이의 목을 뜨겁게 했다. 여왕이 자신이 사랑하는 기사 트르스탕을 묘사하는 구절이었다. '넓은 어깨와 호리호리한 허리...' 바로 그 아이였다. 소설 속의 트리스탕 기사가 루앙의 생상스 수영장에 나타난 것이다. 소설 표지의 장식 대문자를 감상하듯 남자아이를 보면서 아이는 호

흡이 가빠졌다. 열이 오르는 듯하다가 갑자기 오한이
나고 가슴에 돌덩이가 얹힌 듯 갑갑했다. 심장이 마구
뛰었다. 그 순간 남자아이가 돌아섰다. 가슴에 갈색 털
이 나 있고 열일곱, 열여덟쯤 되어 보였다. 아이는 놀랐
다. 두 사람의 눈이 마주쳤다. 남자아이가 손을 들어 인
사를 했다. 하지만 아이는 고개를 돌렸다. 모르는 사람
이 아닌가. 그러지 말아야 했나? 남자아이는 스포츠백
을 집어 들고 가 버렸다. 아이는 뒷모습을 지켜봤다. 등,
어깨... 달려가서 그 아이를 멈춰 세워 뒤에서 껴안고 팔
과 목을 만질 수 있었으면! 남자아이가 자신을 받아들
이고 반갑게 맞이하고 원하고 요구했으면! 아이는 벼
락을 맞은 것처럼 타올 위에 누워 꼼짝할 수 없었다. 목
이 말랐다. 전에는 전혀 느껴보지 못했던 감각이 피부
아래서 느껴졌다.

그러곤 잊어버렸다.

그러던 어느 날 그때 느꼈던 황홀한 감각이 다시 찾
아왔다. 순결하고 새롭고 생동하는 느낌, 멈췄다가도
움직이고 철철 넘치다가도 바짝 말라 버리는 감정이었
다. "여자아이에게 이보다 더 좋은 선물은 없을 거다."
할머니가 아이 생일에 모리스 베자르 발레단 공연 티
켓을 선물했다. 아이는 발레와 멀어졌었다. 여전히 발

레리나를 꿈꿨지만 발레단의 생쥐와는 아무 상관 없는 삶을 살고 있었다. 그런데 갑자기 한 남자 무용수가 튀어나와 모든 공간을 점령하는 사건이 발생하고 말았다. 아이는 하의만 입고 눈화장을 진하게 한 남자 무용수를 넋을 놓고 쳐다봤다. 두 번째 줄에 앉아 있는 아이의 가슴에 그의 가슴이 와서 겹쳐졌다. 아이의 눈에는 온통 그 사람, 호르헤 돈밖에 보이지 않았다. 20년 후 호르헤 돈은 에이즈로 세상을 떠나게 되지만 그날 저녁 그는 스물이었다. 아이는 그가 근육질이면서 화장을 하고, 건장하면서 섬세하고(아빠는 여성적이라고 말했을 것이다), 긴 속눈썹을 가졌지만 다리 사이에 콘을 넣고 있어서 좋았다. 남자가 여자의 반대가 아니라 남자 안에 여자가 있고 남자 안에 여자가 포함되어 있다는 것이 좋았다. 아이는 이 남자가 자신에게는 기회라는 것을 깨달았다. 그럼에도 남자는 여전히 가슴 시린 미스터리였다. 남자의 아름다움은 화살이 되어 아이의 가슴에 날아와 박혔고 남성적인 흔적은 아이의 배에 문신으로 새겨졌다. 영원히.

그날 이후 모든 것이 달라졌다. 밤에는 여전히 실물 교육이 있었지만 낮에는 새로운 지식으로 넘쳐났다. 아이는 교육의 대상인 사물일 뿐 아니라 여자였고 지금은 남자가 사물이 되었다. 아이는 남자를 배우고 싶었다. 그들의 어깨와 상체에 대해 알고 싶었다. 가슴, 어깨, 근육, 남자… 이 말들은 아이에게 새로운 감정을 불러일으켰다. 아직 이름이 없는 이 감정은 다른 말들에 묶여 있고 다른 이미지들에 연결되어 있는 밤들의 고독한 폭발이 아니라 하나의 약속이었다. 물론 누가 한 약속인지, 어떤 약속인지는 모른다. 동화책에 나오는 왕자님들이 한 약속인가? 그럴 수도… 하지만 지금 그는 나체이고 그의 존재와 부재가 만들어 내는 달콤하고 쓰라린 고통이 아이의 옆구리를 파고들었다. 그의 가슴은 아이의 심장을 쥐어짜고 그의 등은 아이가 욕망하는 대상을 보여 주었다. 그렇게 해서 아이는 쾌락을 알게 된 후 몇 년이 지나 욕망이라는 것을 발견하게 되었다. 결핍은 아이를 살아나게 했고 밤은 시들게 했다. 쾌락은 아이를 사라지게 했고 욕망은 생명력을 불어넣었다. 쾌락은 짧고 욕망은 무한하다. 모든 것을 빼앗긴 삶, 무無로 가득한 죽음. 아이는 무를 알았으니 이제 모든 것을 정복하는 일만 남았다. 그런데 욕망은 정확히 무엇일까? 아빠가 한 실물 수업에는 설명이 없었다. 햇살은 눈부시게 부서지고 풀밭은 푸르렀다. 지금은 아무도 없지만 언젠가 백마 탄 왕자님이 꼭 올 것이다. 아이는 백설 공주가 부른 노래를 잊지 않고 있었다.

너는 그 아이를 기억하니? 갑작스럽게 분출된, 태어나서 처음 경험한 욕망을 기억하니? 물론이다. 나는 기억하고 있다. 갑자기 새로운 세계가 형태를 갖추고 의미를 갖게 되었고 그 세계에서 남자는 여자를 위해 존재했다. 물론 남자는 여자와 다르다. 다르기 때문에 남자는 도전이고 모험의 대상이었다. 그들은 젊고 아름다웠다. 근육은 울퉁불퉁 꿈틀거리지만 두 눈에는 불안이 서려 있었다. 오만하게 웃을 때조차 불안이 스쳐 갔다. 남자의 몸에 내 몸을 밀착시키는 것보다 세상에 더 급한 것이 있었을까? 불안과 도취가 공존했고 영리하면서도 무지했던 시절이었다. '주인님, 당신과 저를 갈라놓는 저 수많은 바다를 어떻게 감내해야 할까요?'* 갑자기 모든 것이 분명해졌다. 거리를 완전히 없애야 한다. 그렇게 하면 된다. 소개해 줄 만한 사람에서 소개를 받는 사람으로 지위를 바꿔야 한다. 그래서 소개를 받기로 했다. 어떻게? 다행히 언니가 아는 것이 많았다. 언니는 열일곱이고 남자 친구도 있었는데 언니 눈에 새 남자가 들어와서 헤어질 참이고 그래서 남자 친구

* 베레니케 4막 5장.

를 나에게 넘기기로 했다. "둘이 잘 맞을 수도 있잖아."
언니가 갑자기 나에게 관심을 보이기 시작한 것이 느
껴졌다. 언니를 되찾은 것은 무시할 수 없는 부차적인
소득이었다. "이름은 로맹이고 대단한 애는 아니지만
키스는 잘해." 하지만 나는 지금까지 남자애들과 시시
덕거린 적이 없어서('시시덕거린다'는 엄마가 쓰던 말
이다) 키스를 어떻게 하는 줄 몰랐다. 하지만 그건 중요
하지 않았다. 언니가 알려 주면 되니까. 언니는 소파에
앉아 나를 옆에 앉히고서는 내 어깨를 붙잡고 자기 혀
를 내 입안으로 밀어 넣었다. 나는 너무 놀라 몸을 뒤로
뺐다. "너 진짜 순진한 거야 아니면 순진한 척하는 거
야? 원래 혀를 집어넣는 거야. 안 그러면 그게 애들끼
리 하는 뽀뽀지 프렌치 키스냐? 나는 시시한 거 안 해!"
나는 다시 언니 옆으로 가서 앉았다. 언니가 다시 시작
했다. 혀를 굴렸다. 나는 내 혀를 어떻게 해야 할지 몰라
그냥 가만있었다. "너도 굴려. 그러면 돼. 아니야! 그냥
가만있어. 저절로 되니까." 나는 집중했다. 어떻게 작동
하는지 이해되기 시작했다. 기분이 좋았다. "좋아! 그만
하면 됐어. 로맹에게 전화한다!"

로맹은 그리 잘생기지 않았고 딱히 스마트하지도
않았지만, 작은 오토바이를 가지고 있어서 상관없었

다. 나는 열네 살이었고 로맹은 열아홉 살이었다. 우리는 오토바이를 타고 전속력으로 노르망디 숲으로 달려가 나무 울타리 아래서 정신없이 키스를 했다. 로맹에게 여자와 자 본 적이 있는지 물었다. 그렇다고 대답했다. 날씨가 좋으면 로맹은 상의를 벗고 풀밭에 누워 일광욕을 했다. 그래서 나는 날씨가 좋기만을 기도했다. 그의 등은 하얗고 매끈했다. 너무 하얗고 매끈해서 남성미가 떨어지기는 했지만 그래도… 로맹이 내 블라우스 단추를 풀려고 했다. 나는 두 손으로 가슴을 붙잡았다. 그러니까 가슴이 있을 것으로 추정되는 곳을 붙잡고 안 된다고 했다. 하지만 그것은 좋다라는 의미였고 또 내가 아직 실물 수업이 더 필요하다는 것을 로맹이 이해해 주기를 바란다는 의미였다. 그런 의미에서 나는 한 번 더 안 된다고 했다. 말을 들어 주는 것에서도 쾌락을 느낄 수 있을까? 로맹은 안 된다는 소리를 듣자마자 단추를 풀던 손을 멈추고 나를 안심시키려는 듯 블라우스 앞섶까지 반듯하게 정리해 주었다. 내 의견을 존중하고 또 내가 너무 어리기 때문이라고 했다. 자신이 내가 키스한 첫 남자라는 것에 만족하고 나의 뚜껑을 따는 것은 목표하지 않았다. 내가 키스한 첫 사람이 그가 아니라 클로드 언니라는 것은 말하지 않았다.

키스 덕분에 언니와 나는 친해졌다. 우리는 서로 비밀을 털어놓기 시작했다. 어느 일요일 아침 나는 언니 무릎에 앉아 언니와 작은 소리로 이야기를 나누고 있었다. 우리는 아직 잠옷을 입고 있었다. 그때 왕할머니가 노크하지 않고 우리 방으로 들어왔다가 우리를 보고 얼굴을 찡그렸다. "계집애들끼리 무슨 짓이야! 그러면 안 돼!" 왕할머니는 내 팔을 잡아당겨 언니와 떼어 놓았다. 언니는 웃음을 터뜨렸다. "그럼, 남자와 여자는 괜찮아요? 남자랑 하면 괜찮아요?" 언니는 복도까지 왕할머니를 졸졸 따라다니며 놀렸다.

아저씨들이 문제였다. 서른이 넘은 남자들 말이다. 학교 앞에 그런 남자들이 있었다. 꾸깃꾸깃한 바바리코트를 입고 우리가 지나가면 코트를 벌려 손톱만 한 고추를 쭈욱 잡아당겼다. 가끔 교장 선생님이 나와서 팔을 휘두르며 쫓아내기도 했지만 계속 나타났다. 호기심이 많은 몇몇 아이들은 너덧 명씩 어깨동무를 하고 바바리맨에게 달려들기도 했다. 나는 길을 건너 피했다. 물론 번데기는 칼이 아니라는 것을 알고 있었지만 그래도 케케묵은 공포가 다시 일렁거렸다.

나는 키스를 할 줄 알게 되면서부터는 활용할 기회가 생기면 절대 놓치지 않았다. 같은 반 친구 실비와 함께 라붐 파티를 찾아다녔다. 실비의 두 살 많은 언니 비비안이 우리를 파티에 데리고 갔다. 클로드 언니는 절대 그런 일이 없었다. 파티에는 우리보다 나이가 많은 남자들이 왔다. 심지어 운전 면허증을 가지고 있는 남자들이나 기타리스트들도 있었다. 실비와 나는 코르덴 바지에 스웨이드 단화를 신고 페루 전통 망토를 걸치고 머리를 흔들며 춤을 췄다. 우리는 제일 잘생긴 남자와 키스를 하기 위해 여자가 남자에게 춤을 신청할 수 있는 슬로우 댄스 타임을 기다렸다. 여름에 실비와 비비안은 대학 입학시험을 치른 비비안의 친구들과 함께 쿠탱빌에 있는 할머니 집 정원에서 텐트를 치고 야영을 하기로 했다. 나도 고등학교 입학시험을 아주 좋은 성적으로 통과해서 아빠는 실비의 할머니가 집에 있다는 사실을 확인하고 놀러 가는 것을 허락했다. 물론 잠은 집에서 자는 것이 조건이었다. 텐트 안에서 사내아이들과 뒤섞여 자는 것은 절대 안 되었다. "알밤이 뜨거워지면 터지는 거야. 알겠어?" 아빠는 실비 할머니에게 전화를 걸어 브리핑을 했다. 할머니는 '네, 네, 물론이죠'를 연발했지만 원래 잘 듣지 못하는 데다가 때마침 보청기 건전지도 떨어져 아빠의 말을 전혀 듣지 못했다. 바로 옆에서 알밤이 터진다 해도 할머니는 모를 것이었다.

나는 고속버스에서 내려 배낭을 메고 해수욕장으로 향했다. 내가 도착했을 때 비비안의 남자 친구 제라르가 언니에게 선블록 로션을 발라 주고 있었다. 옆에서는 남자들 세 명이 얘기를 하고 있었고 친구 실비와 실비의 사촌 카트린은 바다로 수영을 나가고 없었다. 비비안이 나를 남자들에게 소개했다. "내 여동생 친구 로랑스야." 프랑크, 에르베, 다니엘이라는 이름을 가진 남자들이 '안녕'이라고 말하며 나를 한 번 슬쩍 쳐다보고는 원래 하던 일로 돌아갔다. 지나가는 여자들의 외모를 평가하고 있는 중이었다. "엉덩이는 괜찮은데 얼굴이 영 아니군. ─ 머리에 봉지를 쓰고 다니면 되지 않을까? ─ 봤어? 가슴이 완전히 빨래판이야!" 나는 옷을 벗었다. 속에 수영복을 입고 왔다. 할머니가 수영복 안에 솜으로 된 캡을 달아 주었다. 유방암에 걸린 후에 할머니도 캡을 만들어 달고 다녔다. 다만 물에서 나올 때는 남들이 보지 않도록 조심스럽게 물 먹은 캡을 잘 짜줘야 한다. 캡이 스펀지처럼 물을 흡수해서 내 가짜 가슴이 두 배로 커지기 때문이다. 남자들이 외모 비평을 멈췄다. 내가 바다를 향해 걷고 있을 때 등 뒤에서 남자들의 시선이 느껴졌다. 수치심은 어느새 다른 감정에 자리를 내주었고 걸음걸이는 당당해졌다. 언니가 보는 시사만평 잡지 『샤를리 에브도』를 보면 올린스키가 그린 여자들은 모두 엉덩이가 컸다. 그렇다면 커다란 엉덩이는 장점이라는 말인가? 어떤지 보려고 허리를 약간 돌려 봤다. 태양이 남자들 마음에 들고 싶은 욕망으로 뜨거워진 내 몸을 더 뜨겁게 달구었다.

프랑크가 첫 목표물이었다. 녹색 눈과 윤기 나는 갈색 머리가 마음에 들었다. 남자답게 보였다. (남자는 갈색 머리, 여자는 금발 머리 아닌가?) 남자답다는 말은 나를 두근거리게 했다. 항상 머릿속으로 그 말을 되뇌었다. 우리는 이틀 동안 모래사장에서 키스를 하며 시간을 보냈다. 셋째 날에는 모두 영화를 보러 갔다. 사람들이 프랑크와 우리 사이에 앉았다. 프랑크는 아무 말 하지 않았다. 내 생각에는 프랑크가 일부러 맨 가 좌석에 앉은 것 같았다. 나는 반대편 끝에 앉았고 내 옆에 에르베가 있었다. 그가 마음에 들었다. 잘생기지 않았지만 기타를 멋있게 연주했고 루앙에서 밴드 활동도 하고 있었다. 영화를 보고 있는데 에르베가 내 손을 잡았다. 나도 손가락을 움직여 깍지를 끼었다. 우리는 키스를 했다. 에르베가 내 어깨와 허벅지를 만졌다. 내가 기타가 된 것 같았다. 잠시 후 에르베가 몸을 왼편으로 돌리더니 프랑크를 향해 고개를 끄덕거리며 엄지손가락을 치켜들었다. 불빛이 희미했지만 다 보였다. 이건 뭐지?… 다음 날 나는 다니엘을 보러 텐트로 갔다. 다니엘은 법과 대학에 합격했고 새 학기를 미리 준비하기 위해 민법 책을 읽고 있었다. 책을 읽으면 긴장이 풀린다고 했다. 그는 윗옷을 벗고 누워 있었다. 나는 그의 둥근 어깨에 입을 맞추었다. 우리는 오후 내내 이야기를 나누고 손을 잡고 해수욕장으로 갔다. 다니엘은 착했다. 재밌고 머리도 좋았다. 하지만 술을 많이 마시는 것이 흠이었다. 손에 맥주 캔이 들려 있지 않을 때를 본 적이 없었다. 술을 마시는 것은 남자다워 보이지만 마시다 보면 이상해지는 것 같았다. 밤에는 다니엘의 텐트에서 함께 잤다. 그는 나의 머리와 목과 가슴을 애무했다. 다니엘이 나를 껴안을 때 가끔 칼이 느껴지기도 했다. 내 허벅지에서 길고 단단한 칼이 느껴지면 나는 화들짝 놀라 몸을 뺐다. 다니엘은 아무 말 하지 않았다. 걱정하지 않아도 된다고 말할 때도 있었다. 한번은 모두 모여 카드를 쳤는데 프랑크와 에르베가 서로 짜증난다는 듯한 눈빛을 교환했다. 고소했다!

집으로 돌아가는 날 아침(나는 겨우 일주일을 허락받았다. 다른 사람들은 더 오래 있었다) 다니엘이 실비의 할머니 집에서 꽤 떨어져 있는 사구로 나를 데려갔다. 느낌이 이상하다 싶었는데 두 사구 사이에 프랑크와 에르베가 화난 얼굴로 앉아 있었다. 나는 뒤돌아서 다니엘을 찾았지만 벌써 사라지고 없었다. 내가 가려고 하자 두 사람이 내 팔을 붙잡고 억지로 바닥에 앉혔다. "우리를 엿 먹이겠다 이거야? 네가 뭐라도 되는 줄 알아?" 프랑크가 먼저 입을 열었다. "우리가 변태로 보이냐? 우리가 여자한테 당하는 바보로 보여?" 에르베가 모래를 한 주먹 집어 나를 향해 뿌렸다. 나는 남자들을 보지 않고 사구의 능선을 감상했다. 다니엘이 정말 나를 놔두고 도망간 것일까? "난 너희들을 바보로 생각하지 않아." 내가 거만하게 대답했다. "한 주에 세 명하고 놀아났잖아! 그건 뭐라고 하는데? — 나는 내가 원하는 사람과 데이트를 할 뿐이야. 나는 내가 하고 싶은 대로 해! — 그래, 바로 그거야. 우리를 바보로 만드는 것이 네가 원하는 거야. — 사람을 바보 취급한 것은 바로 너희들이야." 나의 실루엣이 그 아이들 머리 위로 올라왔다. 나는 백조의 호수를 추는 것처럼 턱을 들고 목을 길게 뺐다. "영화관에서 너희들끼리 눈빛을 교환하는 걸 내가 못 봤을 것 같아? 너희들이 놓은 덫에 너희가 걸려든 거야. 그래서 화가 난 거고! — 잘난 척 그만

해! 네가 우리를 가지고 놀았으면서 우리 탓이라고 하는 거야?" 프랑크가 씩씩거렸다. "프레베르의 시 알아?" 나는 시를 암송하기 시작했다. *그게 나야. 나는 그렇게 생겨 먹었어. / 나는 웃고 싶으면 목젖이 보이도록 웃어. / 나는 나를 좋아하는 남자가 좋아. 그게 잘못이야? / 좋아하는 남자가 매번 다른 것은 / 매번 다른 남자가 좋기 때문이야. / 그게 나야. 나는 그렇게 생겨 먹었어. / 뭘 원하는 거야? 내게 뭘 원하는 거야?* 에르베가 시선을 떨궜다. 내가 시를 암송한 것에 감명을 받았나? 더 할 말이 없었던 나는 기회다 싶어 자리에서 일어났다. 프랑크가 부들부들 떨면서 내 발목을 잡았다. "그 시에 나오는 여자는 창녀야! 에르베, 얘가 지금 창녀 얘기를 우리한테 낭송한 거야! 그러고는 좋다고 저러는 거야! 좋아! 네가 창녀라면 너를 창녀 취급해도 되는 거지? 여러분, 로랑스가 영업을 시작했답니다. 할인 행사 한답니다! ─ 그만해! 그만 보내 줘" 에르베가 프랑크를 저지했다. "뭐야, 발 빼는 거야? 애한테 인생이 뭔지 가르쳐 줘야 하잖아!" 내 심장이 마구 날뛰며 줄 위를 걷고 있었다. 두려움은 줄을 타는 곡예사였다. 인생이 뭔지 가르쳐 준다고? 내 발목을 잡고 있던 프랑크의 손이 풀렸다. 나는 앞으로 걸어갔다. 다리가 후들후들 떨렸

169

지만 당당하게 걸었다. 사구 뒤쪽에 다니엘이 앉아 있었다. 나는 그 앞을 지나갔다. 탑에 갇혀 있는 공주처럼 아무 말 하지 않았다. 다니엘이 나를 따라왔다. "친구들이 너에게 못된 짓을 하면 가만 놔두지 않았을 거야. 그래서 여기서 기다리고 있었어. ― 애초에 왜 나를 여기로 데려왔어?" (왜 소환했냐고 물어야 했나?) 나는 다니엘을 보지 않고 바다를 바라봤다. 드넓고 자유로워 보였다. "너의 해명을 듣고 싶어서 그런 거야. 그게 다야. 거절할 수가 없었어… 아무튼 잘 끝났잖아. 내가 있으니 걱정 마. ― 내 아빠라도 되는 거야?" (바보 같은 소리! 아빠도 그럴 권리는 없어!) "네 아빠는 아니지만 네 남자 친구잖아. 우리 사귀는 거 맞지?" 나는 아무 말 없이 사구를 쳐다보았다. 인생을 가르쳐 준다… 그 주에 내가 찍은 사진들은 대부분 쿠텡빌 해변을 따라 펼쳐져 있는 사구 사진들이었다. 사구와 사구 사이에는 풀이 나 있었고 사람들이 그 풀을 밟고 지나갔다. 여자의 몸을 생각나게 했다.

다니엘과 6개월 동안 같이 다녔다. 다니엘은 나와 관계를 갖고 싶어 했다. 하지만 말만 했지 행동으로 옮기지는 않았다. 나는 다니엘에게 기다리라고 했고 그는 계속 재촉했다. "도대체 언제 하고 싶은 거야?" 다니엘이 모르는 것이 두 가지가 있었다. 그러니 시작부터 안 좋았다. 첫 번째는 아빠의 철학인 알밤 이론이다. 아빠는 결혼할 때까지 내가 처녀이기를 바랐고 나는 아빠의 뜻을 따랐다. 나는 복종하는 것을 좋아한다. 거역하는 것이 두렵다. 두 번째는, 내가 중요하게 생각하는 것은 내가 뭘 원하느냐가 아니라 내가 뭘 해야 하느냐였다.

학교의 적극적인 권유로 부활절 방학 때 나는 런던으로 어학연수를 떠났다. 유학원에서 알려 준 홈스테이 주소로 나를 소개하는 편지를 보내고 부활절 방학이 시작되는 날, 시험공부를 하는 다니엘을 뒤로하고 무거운 마음으로 런던행 기차에 올랐다. 우리는 워털루역에서 내렸다. 런던에서 부모가 되어 줄 홈스테이 가족들이 플랫폼 끝에서 학생들을 기다리고 있었다. 학생들이 하나둘씩 홈스테이 가족과 인사를 하고 역을 빠져나갔다. 어느새 플랫폼은 텅 비고, 나와 내 트렁크만 덩그러니 남았다. 'How do you do?' 나는 기계적으로 런던에서의 첫 영어 수업을 시작했다. 'How do you do?' 정말 바보 같은 소리다. 'How do you do'는 '안녕하세요'가 아니라 글자 그대로 번역하면 '당신은 어떻게 합니까'가 아닌가. '우리는 어떻게 합니까?', '나는 어떻게 할까요?' 워털루역 플랫폼에서 나는 혼자 어떻게 할 것인가? 열여섯 살 고등학생인 나는 나폴레옹이 패배한 전투 이름을 딴 기차역에 홀로 덩그러니 서 있었다. 결국에는 유학원 담당자가 서류를 들고 내게 다가와서 이름을 물었다. "로랑스 바라케예요." 로-랑스. 썩은 물. 폐수, 오수. 나는 속으로 되뇌었다. 유학원 직원은 다시 플랫폼 끝으로 가서 돌아가야 할지 남아야 할지 머뭇거리고 있는, 몸이 비대한 부부와 몇 마디를 나눈 뒤 함께 웃는 얼굴로 돌아왔다. "이분들은 피터, 에이미… 여기는 로렌스." 우리는 화해를 하듯 악수를 했다. 약간의 오해가 있었다. "영국에서 로렌스는 남자 이름이거든요. 배우 있잖아요? 로렌스 올리비에, you know…" 그러니까 유학원 직원에 따르면 부부는 남학생을 기다리고 있었던 것이다. 내가 괜찮다고 말했다. 엄마와 아빠도 남자아이를 기다렸었다. 익숙한 일이다. 물론 이 말은 하지 않았다. "상관없잖아요? 어른이든 아이든 남학생이든 여학생이든 다 같잖습니까?"

그런가?

나는 조용히 차 뒷좌석에 올라탔다. 당황한 얼굴의 피터 아저씨는 룸미러로 나를 힐끔힐끔 쳐다봤고 에 이미 아주머니는 전방만 주시했다. 부부는 런던 동부에 있는 개인 주택에서 살았다. 집 안에 들어서자마자 에이미 아주머니가 힘없는 목소리로 2층을 향해 소리를 질렀다. "Helen! Come down! Laurence is there." 나도 트렁크를 내려놓고 계단을 올려다봤다. 달달한 음악이 계단 손잡이를 타고 흘러 내려왔다. 음악을 배경으로 계단 상단에 반짝이 하이힐 하나가 나타나고 뒤이어 다른 발과 검은 스타킹으로 감싼 다리가 허공을 가르면서 바닥에 안착했다. 다리 위로 레이스 치맛자락이 살랑거렸다. 붉은색 매니큐어가 발린 손이 계단 손잡이를 쓸며 내려왔다. 카바레 무용수가 등장하듯 아주 천천히. 옷이 꽉 끼는 엉덩이, 가는 허리, 쟁반 위에 놓여 있는 성아가타의 두 젖가슴처럼 뷔스티에가 받치고 있는 새하얀 가슴, 우아한 목, 미소를 머금고 있는 놀라울 정도로 하얀 치아… 마침내 얼굴 전체가 나타났다. 물망초를 닮은 헬렌의 파란 눈이 내 눈과 마주치자마자 빛을 잃고 말았다. "Helen, Laurence is a girl!" 피터 아저씨가 나를 가리키며 계단 한가운데 화난 얼굴로 돌처럼 굳어 있는 딸에게 말했다. 아저씨의 목소리에서 실망감과 조롱이 동시에 묻어났다. 나는 미안한 마음을 담아 인사를 했다. 누가 나를 트렁크에 실어 어디로

173

라도 보내 주었으면 싶었다. 하지만 그럴 수는 없으니 인사를 해야 했다. "How do you do?" 나는 미녀에게 무릎 한쪽을 살짝 구부려 경의를 표하고 'how do you do?'라고 물었다. '이렇게 아름다워지려면 어떻게 하면 돼?' 나보다 나이가 조금 더 많은, 열일곱이나 열여덟 정도되어 보였다. 헬렌은 내 인사에 답하지 않고 계단을 뛰어 올라갔다. 음악도 멈췄다. 잠시 뒤 헬렌은 청바지와 낡은 티셔츠로 갈아입고 부엌으로 내려와 당근을 썰었다. 헬렌은 남학생을 기다렸다. 프랑스 남자... 프렌치 러버... 그런데 내가 온 것이다. 여자가.

야한 옷, 싸구려 장신구, 립스틱... 여자들이 남자를 유혹하기 위해 이런 우스꽝스러운 짓을 한다는 것을 알고 나는 놀라고 당황했다. 나도 여자이기는 하지만 한 번도 이런 것들을 해 본 적 없고 누가 나에게 사 준 적도 없었다. 엄마는 내가 화장을 하거나 장신구로 치장하는 걸 좋아하지 않았다. 당연히 아빠는 더 싫어했다. 한번은 클로드 언니가 볼 터치를 한 적이 있었는데 아빠가 광대가 될 거냐고 놀렸다. 그런데 지금 나는 헬렌의 요란스러운 치장이 만들어 낸 매력에 감동하고 흥분했으며 호기심까지 일었다. 그렇다면 남자들은 우리 여자들을 유혹하기 위해서 뭘 하지? 나는 생각했다. 하지만 아무 것도 떠오르지 않았다. 남자들은 자신의 모습을 있는 그대로 보여 줘도 된다. 그들은 별다른 장식 없이 그대로의 모습으로 사랑받는다는 것을 믿어 의심치 않는다. 내가 여자이기는 한 걸까? 나는 발가락에 페디큐어도 바르지 않고 화장도 하지 않는다. 겨드랑이를 면도하는 것도 싫어한다. 남자들은 겨드랑이털을 밀지 않는다. 엄마도 그렇다. 그런데 헬렌은 겨드랑이를 면도할 뿐만 아니라 반짝이가 들어 있는 파우더를 바르기까지 했다. 아침에 샤워를 한 후, 목욕탕의 희미한 불빛 아래서 머리를 질끈 동여매고 턱에 단단히 힘을 준 채 거울을 보고 있노라면 무성한 눈썹과 화장을 안 한 나의 맨얼굴에 아빠의 얼굴이 겹쳐졌다. 내 얼굴에 남자 얼굴이 있었다. 화장이라도 좀 해야 하는 건 아닌지 걱정이 되기도 했다.

내 방과 헬렌의 방은 서로 마주하고 있었다. 나는 헬렌이 드나드는 것을 유심히 관찰했다. 하루는 밤에 헬렌이 미니스커트와 브이자로 파인 탱크톱을 입고 취해서 들어오는 것을 봤다. 바깥의 기온이 12도인데 영국 여자들은 감기는 걸려도 야한 옷은 포기할 수 없는 모양이었다. 나는 이런 가장무도회가 혐오스러우면서도 동시에 그 옷차림에 반응하고 싶고 헬렌이 기다리는 사람이 되고 싶어졌다. 알밤 철학은 내게 남자와의 성교를 허락하지 않았지만, 동성과 함께 걷는 것과 관련해서는 명시적인 언급이 없었다. 영어로 내 생각을 분명히 표현하기 힘들어 헬렌에게 말을 걸기가 어려웠다. 우리 둘이 얘기를 나눌 수 있다면 얼마나 좋을까! "Why aren't you a boy? — I'm sorry, I'm going to change, I promise."

런던을 떠나기 전날 나는 헬렌에게 금팔찌를 선물했다. 정성을 다해 골랐다. 헬렌이 나를 좋아해 주기를, 나를 안아 주며 용서한다고 말해 주기를 정말로 바라며. 하지만 헬렌은 여전히 나를 못 본 척했다. 내가 여자인 것이 용서가 되지 않은 모양이었다. 나는 그렇게 무시당하고 상처받은 가슴을 안고 영국을 떠났다. 런던에 있었던 15일 동안 나는 아무도 모르게 남자 로렌스였다. 가슴이 납작하고 덩치가 큰 남자, 월계관이 없는 여자 안에 살고 있는 보이지 않는 남자였다. 월계관이 없는 패배자 로렌스.

그로부터 몇 주 후, 나는 대학교 기숙사 방에서 한 여대생에게 수학 과외를 받고 있었다. 확률 문제를 열심히 풀고 있었는데 여대생이 갑자기 입고 있던 인디언 망토를 벗더니 내 손을 잡아 자신의 가슴에 가져다

댔다. 나는 손가락 끝에 힘을 주어 가슴을 눌렀다. 녹아 버린 버터처럼 부드럽고 물컹했다. 30초 정도 지났을까, 여대생이 짜증을 내며 소리쳤다. "뭐 하는 거야! 그만해! 그건 애무가 아니고 만지는 거지! 지금 건강검진 하는 거야? ― 죄송해요… 죄송해요. 난 여자 안 좋아해요. ― 여자를 안 좋아한다고?" 나는 내 물건을 챙겨 도망치듯 기숙사 방을 빠져나왔다. 여대생이 계단까지 쫓아 나왔다. "여자를 안 좋아한다고? 무슨 소리야! 너도 여잔데!" (수학 시험을 잘 보기는 틀렸다!)

런던에서 돌아왔더니 다니엘이 새 여자 친구가 생겼다고 고백을 했다. 이름은 카린이고 대학교 1학년생이며 대마초를 피우고 처녀성에 목매지 않는 여자라고 했다. 창녀란 얘기였다. 나는 속으로 그렇게 생각했다. 왕할머니라면 쉬운 여자라고 했을 것이다. (나는 까다로운 여자다.) 언젠가 아빠도 언니에게 창녀라고 소리를 지른 적이 있었다. 점심을 먹으면서 라디오 프로그램 〈천 프랑 퀴즈쇼〉를 듣는 중이었다. ('파리의 모토는 무엇입니까?') "내 딸은 창녀다!" 아빠가 화장실 변기에 콘돔이 둥둥 떠 있는 것을 본 것이다. ('거친 파도에 침몰하지 않는다 입니다!') 사회자가 무식한 참가자를 향해 큰 소리로 정답을 말했다. "난 창녀가 아니에요! 돈을 받지 않거든요!" 언니가 일어나며 소리쳤다. 아빠도 일어났다. 아빠의 턱이 떨렸다. 아빠가 언니의 뺨을 때렸다. 언니의 뺨이 푸릇하게 올라왔다. 언니가 밖으로 나가고 엄마는 냅킨을 아빠 접시에 던지고 언니를 따라갔다. 나도 일어섰다. "넌 가만있어. 꼼짝하지 말고!"

나는 다시 앉았다.

그 일이 있고 석 달 뒤에 나는 처음으로 관계를 가졌다. 갈리오 선생님의 치과 진료 의자에서, 선생님의 가족이 2층에서 잠을 자는 동안 일을 치렀다. 우연히 제롬을 길에서 만났다. 성아가타 병원에서 같은 날 태어난 나의 가짜 쌍둥이이며 중학교 때 나를 괴롭혔던 삐쩍 마른 아이. 7월이었다. 제롬은 흰색 러닝셔츠를 입고 있었고 키가 190센티미터 정도 돼 보였다. 내가 알기로 제롬은 중학교 3학년 때 엄마가 시켜서 유도를 했었다. 유도는 남자아이들을 진정시키는 데 좋은 운동이라고 갈리오 선생님이 마취도 하지 않고 내 이에 드릴을 들이대면서 엄마에게 말한 적이 있다. "어허, 엄살 그만 부려!" 갈리오 선생님이 나를 타박했었다. "이제 다 컸잖아. 잠깐 참으면 돼. 그리고 하나도 안 아프다는 거 다 알고 있거든! 그래도 입을 안 벌리는군!" 라며 누구에게 하는지 모를 소리를 했었다. 아무튼 지금은 밤이고, 나는 두루마리 휴지를 급하게 떼어 엉덩이 밑에 깔았다. 휴지에 피가 조금 묻어 나왔다. 정말 잠깐 참으면 되었다. 심지어 아주 잠깐이었다. 나는 어스름한 불빛 아래 소독약 냄새를 맡으며 한쪽 팔을 타구 위에 올려놓고 진료 의자에 앉아 있었다. 치과용 드릴의 금속성 실루엣과 벌레의 다리처럼 생긴 모양새 그리고 내 손 아래에 있는 제롬의 울퉁불퉁한 등, 이 모든 것이 나를 사로잡았다. 내 입을 벌리기 위해 제롬의 아빠가 내 턱 사이에 집어넣은 차가운 기계의 기억 역시 나를 흥분시켰는지도 모르겠다.

내 알밤이 터지는 소리를 못 들은 아빠는 내가 언니처럼 되는 것을 막기 위해 나를 예의 주시하고 있었다. 그래서 아주 조심해야 했다. 전기 자전거를 타고 수 킬로미터 가서 바라케라는 이름을 모르는 약사에게 언니 이름으로 받은 처방전으로 피임약을 샀다. 언니는 대학 입학시험을 치른 다음, 바로 캐나다로 떠났다. 루앙을 떠날 수 있다면 어떤 공부라도 상관없었다. "언제 돌아올 거야? ― 절대 안 와!"

고등학교에 입학해서 나는 연극반에 가입했다. '록

산'이나 '베레니케'를 해 보고 싶었지만, 〈아내들의 학교
〉의 아네스를 연기했다. 선생님이 내 연기를 칭찬했다.
"자연스럽게 연기하는 것이 아니라 진짜 순진한 처녀
같은데!" 골판지로 만든 발코니에서 애인인 오라스를
애타게 기다리는 내 연기를 보고 한 말인데 약간의 조
롱이 섞인 것을 눈치채지 않을 수 없었다. 선생님은 그
순진한 처녀가 1655년에 발간된 프랑스 첫 리버틴 소설
『아내들의 학교』를 이미 3년 전에 읽었고, 아네스와는
다르게 남자들이 소변을 보는 그 물건의 명칭이 음경
이고 때로는 남근, 자루, 물건, 투창, 사랑의 창으로 불리
기도 한다는 사실을 알고 있음을 몰랐다. 나는 '사랑의
창'이 마음에 들었다. 정복자 전사와 사랑의 감정이 이
상적으로 대비를 이루며 결합되어 있어 감동을 불러일
으켰다. 반면 '자루'는 부끄럽기는 하지만 즉각적인 흥
분을 불러일으키는 효과가 있다. 칼자루, 도낏자루, 삽
자루…

　제롬이 나와 결혼할 것이라고 했다. 내가 자신의 운
명의 여자라며. 처음으로 남자의 입에서 나를 여자라
고 하는 소리를 들었다. 나는 아직 학생인데… 여자라는
소리를 듣기에는 아직 어린데… "중학교에 올라간 지 얼
마 안 돼 운동장에서 너를 봤어. 그때부터 너를 좋아했

어. 중3 때 제2외국어로 러시아어를 선택한 거 알지? 너와 같은 반에서 수업을 들으려고 그랬던 거야. 그거 알았어? — 아니! 그러면서 왜 나만 보면 못 잡아먹어서 안달한 거야? 네가 정말 미웠어. 내 머리카락을 잡아당기고 학교 식당에서는 나를 밀치고 바보 같은 소리나 하고 그랬잖아. 휴식 시간에 네가 나를 밀어서 넘어진 적이 있었잖아. 무릎을 세 바늘이나 꿰맸어! — 그래, 나도 알아. 네가 좋아서 그랬어." 아이를 셋 낳자고도 했다. 가능하다면 아들 하나 딸 둘! 그러면 완벽하겠지만 그렇게 되지 않아도 괜찮다고 했다. "얼마나 귀여울까! 벌써 눈앞에 어른거려." 벌거벗은 채 나를 껴안고 있는 제롬은 신이 나서 떠들었다. 우리가 살 집도 벌써 생각해 두었다며 집 도면을 그려서 내게 보여 주었다. 건축가 같았다. "이거 봐! 여기가 게임룸이야. 여기에 탁구대와 미니 축구장을 놓을 거야. 인형극 극장도 만들까? 네가 이야기를 써. 우리 아이들 앞에서 공연을 하자!" 믿기 힘들겠지만 제롬은 '우리 아이들'이라고 말할 때 몸을 부르르 떨기까지 했다. 제롬은 내가 완전히 자기 사람이고 자기에게서 도망칠 수 없다고 생각하는 것 같았다. 내가 엄마가 되는 것은 기정사실이 되었다. 하지만 나는 머리를 허리까지 길게 기른 열일곱 살 소녀였다. 그리고 다른 게임을 더 좋아했다. 학교 운동장에서 남학생들이 윗옷을 벗고 핸드볼을 했다. 슛을 할 때면 까무잡잡하게 탄 팔의 근육이 불끈 솟았고, 땀에 젖은 어깨는 탐스러운 사과처럼 윤기가 흘렀고, 골을 넣은 후에는 승자의 미소를 띠고 하이 파이브를 했다. 나는 남자들의 힘, 아름다움, 눈부신 피부에 매료되어 유리창에 코를 박고 한없이 쳐다봤다. "로랑스 바라케! 수업에 집중 안 하지!" 연극반에서는 1학년 남학생들 얼굴에 여드름이 나기 시작했고 수염을 기르는 애들도 있었다. 어린 고양이는 죽어 땅에 묻혔다.* "아! 몰리에르! 좋아, 아주 좋아." 아빠도 몰리에르는 인정했다. 집에 데려다주겠다는 제롬에게 그냥 내일 보자고 말했다. 제출할 리포트가 있어서 도서관에 가야 한다는 핑계를 댔다. 학교 휴게실에서는 축제 준비가 한창이었다. 벽난로에서는 불이 활활 타올랐다. 군밤의 계절이 돌아왔다.

언제부터 이상했는지 정확히 모르겠다. 대학 모의고사가 끝난 후에 상그리아를 마시고 토했을 때? 아니면 사촌에게 피임약을 줬을 때인가? 하지만 분명한 것

---

* <아내들의 학교> 2막 5장에 나오는 아녜스의 대사로 순수의 시대는 끝났다는 의미.

은 늦었다는 것이다. 그것도 아주 많이. 새벽에 화장실
에서 임신 진단 테스트를 한 결과도(아빠에게 들키지
않을까 벌벌 떨면서 화장실에서 나왔다) 머리로 날짜
를 재빨리 계산한 결과도 늦었다는 것을 확인해 주었
다. 또 진단기에 나타난 두 줄의 선 문제를 해결하기에
도 늦었다. 낙태를 합법화하는 시몬 베유법이 두 달 전
에 통과되었지만, 여기 의사들이 모두 바라케라는 이
름을 알고 있기 때문에 루앙에서 낙태 수술을 받는 것
은 불가능했다. 다니엘에게 전화를 했다. 다니엘은 파
리에서 공부를 하고 있었고, 안 본 지도 아주 오래되었
지만 달리 다른 방법이 없었다. 법대생이니까 내가 어
디를 찾아가야 할지 말해 줄 수 있을 것 같았다.

　다니엘은 내 전화를 반갑게 받아 주었다. 나보고 에
믈락에 찾아가 보라고 했다. "에믈락? ─ 그래. 낙태와
피임 자유화 운동본부야. 너만 좋다면 우리 집에 있어
도 좋아. 몽파르나스에 살고 있어." 다니엘은 여전히 카
린과 사귀고 있었지만 같이 살지는 않았다. 사르트르
와 보부아르가 자신들의 롤모델이라고 했다. 우연이기
도 하고 필연이기도 하다며. 나는 그러냐고 하고 말았
다. 파리는 사람을 변하게 한다. 다니엘은 당당하고 자
신감이 넘쳐 보였다. 파리는 루앙에서 기차로 1시간 20

분밖에 떨어져 있지 않지만, 대여섯 번 가본 것이 전부였다. 한 번은 일곱 살 땐가 할아버지, 할머니와 파리 오페라 극장에 갔었고 또 한 번은 아빠와 자동차 박람회에 갔었다. 여름방학 때 라쇼에 갈 때마다 리용역에서 기차를 갈아탔기 때문에 리용역은 다른 어느 곳보다도 친숙했다.

에믈락에서 면담을 했다. 상담사는 깐깐해 보였다. 마흔 살은 넘지 않은 것 같은데 화장을 전혀 하지 않아서 엄마보다 나이가 더 많아 보였다. 하지만 상담이 시작되자 부드러운 목소리에 마음이 놓였다. 상담사는 낙태 수술 받을 곳을 알려 주고, 서랍에서 투명한 플라스틱 노즐을 꺼내 수술이 어떻게 진행되는지 단계별로 자세하게 설명했다. 나는 듣지 않았다. 알고 싶지 않았다. 모든 것이 그냥 빨리 끝나기만 바랐다. 책상 오른쪽 벽에 '내 몸은 나의 것'이라고 적힌 플래카드가 붙어 있었다. 검은색 절연 테이프를 잘라 붙여 글자를 만들었는데 테이프가 군데군데 떨어져 있었다. "아직 19세가 안 되었네요? 문제가 있어요… 19세 미만은 부모의 동의가 필요합니다." 나는 하얗게 질렸다. "안 돼요. 불가능해요. ― 어머니도 안 되나요?" 나는 고개를 가로저었다. 엄마에게 말한다는 것은 상상할 수도 없었다. "경험상 어머니들은 생각하는 것보다 훨씬 이해를 잘 해 줘요. 학생의 어머니 세대는 낙태하는 여자들에 대해 알고 있어서 이해해 주실 거예요. 여기 동의서가 있어요. 어머니와 잘 말해 보도록 해요. 두 분 중 한 분만 서명하면 되니까. ─ 알겠습니다. 그렇게 해 볼게요."

에믈락으로부터 안내받은 테른 병원의 의사는 산부인과 전공 인턴이었다. 나는 엄마의 서명을 허위로 기재한 동의서를 내밀었다. 아빠 서명까지 흉내 낼까 하다가 손이 너무 떨려 그만두었다. 아빠를 배신하는 것이 몹시 두려웠다. 의사는 처음부터 다시 설명했다. 그도 서랍에서 플라스틱 노즐을 꺼냈다. 한마디 할 때마다 '알겠어요?'라고 물었다. 의사는 설명을 다 마치고 일주일 후로 수술 날짜를 잡았다. 법으로 7일 동안 유예기간을 두고 있으니 그동안 잘 고민해 보라고 했다. "차분히 생각할 시간을 가질 수 있으니 운이 좋은 거예요. 알겠어요? ─ 네. ─ 아빠와 의논했어요? ─ 아빠요? ─ 네. 아기 아빠 말이에요. 다른 대안은 없을까요? ─ 아니요."

내가 가지고 있는 다른 대안은 제롬과 미키스였다. 미키스는 그리스에서 프랑스어를 배우러 우리 학교에 온 교환 학생이었다. 여기서 자세한 얘기는 하지 않겠다.

"한 가지 걸리는 게 있어…" 바닥에 책상다리로 앉아 대마초를 입에 물고 맥주 캔을 따고 있는 다니엘에게 내가 말했다. "의사가 나한테 아기 아빠와 의논했냐고 묻더라고… — 그래서? — 아기라는 말이 이상하게 들렸어. — 인공 임신 중절인데 아기라고 하면 바보 같은 소리지. 아기는 실재하지 않아. 그래서 부모도 없는 거야." 이유는 모르겠지만 다니엘의 대답이 썩 마음에 들지 않았다. "더 이상한 것은… 내 몸 안에 아기가, 아기가 될 수도 있는 무언가가 있다는 사실에 든든해졌다는 거야. 이유는 모르겠지만 자신감이 생겼어. 이 느낌을 어떻게 설명해야 할까… 강해진 느낌이랄까? 그러면서도 아이를 갖지 말아야겠다는 생각이 들었어. 난 절대 아이를 갖지 않을 거야. — 왜? — 글쎄… 자유롭고 싶어. 계속 연극을 하고 희곡을 쓰고… 내 인생을 살고 싶다고 할까." 다니엘이 감동을 받은 것 같았다. 지금까지 우리는 한 번도 관계를 갖지 않았지만 때가 때이니만큼 나는 대화 주제를 바꿨다. "에믈락이 페미니스트 단체야? 아는 단체야? 엠엘프* 브로슈어를 받았어. 이 일 끝나면 가입할까 생각 중이야. 여자들끼리 연대를 해야 하

---

* MLF(Mouvement de libération des femmes) : 여성해방운동. 1970년 창설.

지 않겠어? — 맞아. 에믈락은 페미니스트 단체야. 좋은 활동을 많이 하고 있어. 하지만 이제 좀 진정할 필요도 있어. 낙태와 피임을 할 권리를 쟁취했잖아. 브래지어를 태우거나 남자들과 전쟁을 치르는 시대는 끝났다는 거지. 이제는 남성과 여성의 화해와 조화를 목표로 삼아야 해. — 하지만 여전히 남자가 더 강하잖아. 남자들에게는 지배 본능이 있고 그 피해는 우리 여자들이 받고 있어. 나만 해도 루앙에서조차 밤늦게 걸을 때는 두려움을 느껴. 그래서 손가락 사이에 열쇠를 하나씩 끼워 넣어 브래스 너클을 만들고 다녀. 남자들은 그런 거 안 하잖아. 그렇잖아? — 그렇지. 하지만 우리 남자들도 두려워. 믿을 수 있을지 모르겠지만 두려운 것은 여자나 남자나 마찬가지야. 우리는 유치원 다닐 때부터 기대에 미치지 못할까 두려워하며 살았어. 항상 경계하고 싸우고 울지 않으려고 이를 앙다물고 여자들에게 잘 보이려고 했어. 용기를 내지 못할까 봐, 누가 센지 보여 주기 위해 싸워야 할까 봐, 더 센 사람이 되지 못할까 봐 두려웠다고. 커서는 발기되어야 할 순간에 발기가 되지 않을까 봐, 끝까지 가지 못할까 봐, 창피를 당하지는 않을까 봐 두려워한다고! 정말이야. 남자 역할을 하는 것도 절대 쉽지 않아."

7일간의 유예 기간 동안 나는 루앙으로 돌아와 도서관에서 페미니즘에 관한 책을 여러 권 빌려 읽었다. 오후 내내 거실 소파에 누워 잠옷도 갈아입지 않고 책만 읽었다. "좀 일어나! 누가 보면 임신한 줄 알겠다." 엄마의 농담에도 나는 책에서 눈을 떼지 않았다. 초기 운동가들이(초기라고 해 봐야 시작된 지 불과 5, 6년밖에 되지 않았다) 페미니즘에 대한 격렬한 거부 반응을 증언한 책이었다. 그녀들은 폭언과 폭력에 시달렸고 직장과 가정, 사회에서 끊임없이 위협을 받았으며 쌍년, 레즈비언, 욕구 불만인 여자 취급을 받았다. '여자와 말의 차이가 뭔지 아세요?' 엠엘프 시위에 관한 다큐멘터리에서 한 행인이 이렇게 물었다. '똑같아요. 둘 다 타면 됩니다!' 아빠가 맨날 하는 스타일의 농담이지만 갑자기 불쾌하게 느껴졌다. 그래도 웃음은 나왔다.

전신 마취를 선택하지 않았다. 수술하고 당일 퇴원하고 싶었고 또 비용도 약간 덜 들었다. (다니엘이 돈을 빌려줬다.) 수술하는 동안 정신을 잃고 싶지 않은 것도 있었다. (수술 도중 죽을 수도 있지 않은가.) "많이 아플 거예요." 의사가 경고했다. "출산과 맞먹을 정도로 말이에요. 학생에게 효과적인 비교는 아니지만. 물론 나한테도 그렇고." 나는 의사의 말에 놀라지 않았다. 생명을

주든 거두든 고통은 똑같을 거라고 혼자 생각했다. 둘
다 고독을 요구하니까.

　의사는 수술 도구를 확인하면서 내가 무슨 공부를
하고 싶은지 물었다. 받침대에 다리를 올려놓은 채, 대
학 입학시험을 통과하면 이날코INALCO 동양어대학에
서 공부를 할 생각이고 통역사가 되려고 한다고 대답
했다. 또 연극에도 열정이 있어서 몰리에르의 〈아내들
의 학교〉 공연도 했다고 말했다. 고등학교 때 배웠겠지
만 잘 기억하지 못할까 봐 아녜스 역할을 했다고도 덧
붙였다. "저기, 제 꿈은요…" 나는 흥분했다. "자! 이제 그
만 하시고. 시작하겠습니다." 나는 입을 다물었다. 수다
를 떤 것 같아 창피했다. 나는 어떤 상황에서도 잘난 척
을 해야 하는 모양이다.

　수술이 끝난 후 다른 여자들 사이에서 몇 시간 동안
누워 있었다. 두 여자가 울먹였다. 처음에는 간호사들
이 여자들을 위로하다가 잠시 후 의사가 와서 침대가
에 앉아 여자들을 웃게 하려고 애썼다. 나는 아무것도
느끼지 못했다. 모든 감정이 빠져나가고 텅 비어 있는
느낌뿐이었다. 어떤 생각도 어떤 고통도 없었다. 데리
러 올 사람이 있느냐고 간호사가 물었다. 그렇다고 대
답했다. 병원을 나서자마자 담배에 불을 붙였다. 걸으

면서 담배를 피웠다. 파리에서도 여자들이 나를 곁눈질했다. 오늘 밤은 다니엘의 아파트에서 잘 것이다. 지하철 안은 사람들로 발 디딜 틈이 없었다. 군중이 주는 익명성에 기분이 좀 나아졌다. 무슨 일이 있었던 거지? 아무 일도 없었다. 지하철 안에 있는 셀 수 없이 많은 사람들처럼 나는 추상적인 존재가 되었다. 서로를 누르고 있는 몸은 단단하고 무관심한 덩어리일 뿐이다. 오늘 실물 수업의 주제는 공허다.

다니엘이 아파트 현관문을 열어 주었다. 인터폰으로 괜찮냐고 물었다. 나는 4층까지 기다시피 올라가 집 안으로 들어갔다. 라디오에서 제퍼슨 에어플레인의 노래가 흘러나왔다. *Don't you want somebody to love, don't you need somebody to love.* 코트를 벗어 복도에 있는 옷걸이에 걸었다. 어스름한 불빛에 희끄무레한 것이 번뜩였다. 코트 아랫단까지 뭔가 흘러내린 자국이었다. 뭔지 보려고 손을 가져가다가 바로 멈췄다. 정액이었다.

II

"아들이에요.

보세요. 여기요. 보여요?"

너는 보고 있었어. 번뜩번뜩 빛을 발하는 모니터 화
면 속 다리 사이로 작은 뭔가가 까딱거리고 있는 것에
정신을 빼앗긴 채 쳐다보고 있었지. 그래, 너는 뭔가 봤
어. 뭔가 있었어. 모니터를 가만히 보고 있던 네 남편의
눈가도 촉촉해졌어. 자랑스러워하는 것 같았어. 그런데
네가 아니라 자신이 자랑스러웠던 거야. 잘 보면 알아
차릴 수 있었겠지만 너는 보지 못했지. 스스로를 자랑
스러워한 건 실은 너도 마찬가지였어. 네 몸 안에 **아들**이
들어 있다는 것을 믿을 수가 없었지. 그 단어는 너의 트
로피였어. 너는 너와 다른 성을 가진 인간을 만들어낸
강력한 힘을 가진 사람이 된 거야. 믿기 힘들 정도로 대
단했지. 클로드 언니는 딸을 둘 낳았어. 형부에게 아들
이 있지만 그건 다른 거지. 친아들이 아니잖아. 게다가
언니네 가족은 캐나다에 있고 프랑스에 절대 오지 않
을 거야. 그런데 너는 이곳 루앙에 있고 네가 태어난 곳
에서 아이를 낳을 거야. 아빠가 생각났어. 아빠가 아주

좋아하실 거야. 한 세대를 건너뛰었지만 마침내 네가 소원을 이루어 드린 거잖아. 아빠는 아들은 가질 수 없었지만 손자는 갖게 된 거야. 네가 아빠에게 손자라는 귀여운 인형을 안겨 준 거지. 아빠가 네 아들을 품에 안고 있는 모습을 상상했어. 아빠는 네가 어릴 때 봤던 서킷 24를 아직도 보관하고 있었어. 차고 선반 제일 높은 곳에 있는 것을 네가 본 적이 있었지. 아직도 가지고 있다니 믿을 수가 없었어. 이사할 때도 버리지 않고 가지고 다닌 거야. 드디어 선반에서 서킷 24를 꺼내 건전지를 끼우고 거실 카펫 위에 설치하겠지? 네가 아빠를 기쁘게 해 드린 거야. 잠깐, 너무 앞서가는 거 아냐?

아냐! 아빠는 기뻐했어. 네가 가져온 초음파 사진을 보고는 눈을 찡긋하며 이렇게 말했잖아. "내 딸이 불알이 달렸다는 것을 진작에 알았다니까!" 아빠와 너는 웃음을 터뜨렸어. 너와 불알이라니! 너는 이 역설에 우쭐했어. 네가 아들을 임신한 첫 여자는 아니지만 네 자신이 너무 자랑스러웠어. 아들을 가진 것은 대단한 일이잖아. 세상을 다 가진 것처럼 말이야. 너는 배를 당당하게 내밀었어. 이제 배불뚝이는 조롱의 대상이 아니라 존중의 대상이 된 거야. "내 덕분인 거 알지?" 나중에 남편과 단둘이 있었을 때 네 남편은 아들을 임신한 것이다 자기 덕분이라고 우쭐했어. 병원 대기실에서 찢어서 가져온 육아 잡지의 기사를 보여 주면서 말이야. 아기의 성을 결정하는데 성관계의 질 역시 중요하다. 여성이 오르가슴을 느끼면 질의 수축이 활발히 일어나서 빠른 정자가 더 빨리 난자에 도달하게 한다. 반대로 여성이 오르가슴을 느끼지 못하면 딸을 임신할 확률이 더 높다. "자, 누구 덕분이지?" 너희 부부는 크게 웃었어. 하하하. 남자가 여자보다 더 빨리 달리는 건 사실이지. 너는 다정하게 남편을 껴안으며 말해 주었어. "물론이야. 자기 작품이야." (그래도 40인의 도둑들의 자발적인 기여 역시 무시할 수 없지. 40인의 도둑들이 너를 납치해 알리바바의 동굴에 가두었다고 상상했잖아. 하지만 도둑들을 너희 부부의 기쁨과 연결시키는 것은 삼갔어.)

네 부모님은 아직까지 헤어지지 않고 같이 살고 계셔. 부부 사이는 아무도 모르는 것이기는 하지만, 누구도 기대하지 않았지. 앙드레 아저씨는 부인이 둘째 아들을 낳자 가정을 지키는 것을 선택했어. 네 아빠는 엄마의 요리를 좋아했고, 엄마는 단순히 트윈 베드 구매를 조건으로 혼인 계약 연장에 동의했어. "자네, 아들이라서 좋은가?" 아빠가 격앙된 목소리로 네 남편에게 묻자 엄마가 한마디 했어. "중요한 것은 모두 건강하다는 거예요. 딸도 좋아요. 우리 두 딸이 그 증거예요." 엄마는 이렇게 말하고 너의 팔을 살짝 쳤지. "내 인생에서 업적이라고 부를 만한 게 있다면 바로 내 두 딸이에요." 엄마는 다른 생각을 하고 있는 것 같았어. 가엘을 생각했을까? 너는 테른 병원을 떠올렸어. 아주 오래전에 네가 아이를 원치 않았을 때 말이야. 처음 한동안은 아들이었는지 딸이었는지 궁금하기도 했지. 그래도 아기 얼굴은 절대 상상하지 않았어. 아기에게 생명을 부여하는 것 같아서 말이야. 하지만 이제는 잊을 수 있게 됐어. 결혼을 했고 로랑스 바라케가 아니라 로랑스 샤르팡티에로 살고 있으니까. 그런데 운명의 장난일까? 샤르팡티에라는 남성형 성姓이 네 귀에 거슬렸어. 뭔가 덜컥거리고 애매했어… (안타깝게도 너는 너의 성性과 일치되는 성姓을 갖지 못했어. 물론 샤르팡티에의 여성형인 샤르팡티에르라는 단어는 존재하지 않지만.) 너는 크리스티앙을 파리에서 열린 축제에서 만났지. 크리스티앙은 네 할아버지처럼 퐁에쇼세 토목학교를 다닌 엔지니어였어. 엄마처럼 테니스를 잘 쳤고 비행기 조종사 자격증도 가지고 있었지. 얼마 전 루앙 비행장에서 땄다고 했어. 공학도이지만 너와 만난 날 저녁, 너에게 롱사르의 시「귀여운 아가씨, 장미꽃을 보러 갑시다」를

197

암송해 주었지. 그것이 네 마음에 쏙 들었어. 사실 네가 조금 서두른 면도 없지 않았어. 왕할머니에게 성카타리나 모자를 쓰지 않겠다고 약속했다며 웃으면서 변명을 하기도 했지. 농담처럼 말했지만 어느 정도 진심이기도 했어. 노처녀가 되지 않기 위해 스물다섯이 되기보름 전에 결혼을 했거든. 결혼을 하고 너희 부부는 몇 년 동안 계속 여행을 하며 인생을 즐겼지. 서둘러 아이를 가질 필요성을 느끼지 못했던 거야. 대학에서 외국어를 공부하는 동안 너는 희곡 한 편과 소설 한 편을 썼어. 하지만 재능이 부족하다는 것을 깨닫고 작가가 되기를 포기했지. 대신 너의 재능은 다른 사람의 재능을 살려 주는 데 있었어. 크리스티앙은 키가 크고 갈색 머리에 남자다웠어. 너보다 네 살 많은 그를 너는 참 좋아했지. 너희 두 사람은 잘 맞았어. 싸우는 일도 거의 없었고. 그런데 단 한 번 네가 뺨을 맞은 적이 있었지. 머리가 돌아갈 정도로 세게 맞았어. 두개골 안에서 뇌가 흔들리는 것 같았어. 너는 크리스티앙과는 끝났다고 생각했지. 망막이 찢어져서 레이저로 수술을 받아야 했고 목의 통증이 한참 갈 정도로 후유증이 심했지. 하지만 너는 그를 용서했어. 네가 화를 돋운 면이 없지 않았거든. 괜한 질투가 아니라는 것을 증명하기 위해 크리스리앙의 손지갑을 뒤졌잖아. 네가 대학을 졸업한 후 너희 부부는 루앙으로 내려와서 정착하기로 결정했어. 파리보다 생활비가 덜 들고 또 네 남편도 네가 부모님과 가까이 있으니 출장을 가도 마음이 편할 테고 말이야. 잘 생각해 보면 오래전 제롬이 꿈꿨던 인생을 네가 살고 있다는 것을 알 수 있을 거야. 네가 한때 조롱했던 삶 말이야. 너는 3개 언어 통번역사로 일을 했는데 임신을 하면서 번역에 집중하기로 했어. 그러면 돌아다닐 필요도 없고 집에서 네 아기, 첫 아이, 장남을 돌보는 데 신경을 더 많이 쓸 수 있으니까.

임신 5개월 때 초음파를 찍었어. 그런데 담당 의사인 뒤베크 선생은 태아의 성별을 알려 주려 하지 않았지. 경험상 아기의 성별이 부모가 원하는 것이 아니면 출산이 힘들어진다는 거야. 무의식적으로 산모가 출산을 거부라도 하는 것처럼 말이야. 그래서 척추 마취나 제왕 절개를 해야 할 경우가 많다고 했어. 다행히 너는 네가 원하는 아들을 가졌으니 잘된 거지. 그런데 너는 한 번도 아들을 원한다고 말한 적이 없었고 또 아들 낳는 데 좋다는 식이 요법도 하지 않았지. 물론 고민을 하기는 했지만 말이야. 그래서 얼마 있다가 아기 크기를 잴 때 뒤베크 선생이 너에게 특별히 조심하지 않고 귀띔을 해줬지. "로랑스! 아기가 프롭이 될 것 같은데!" 너는 뛸 듯이 기뻤지만 놀라지는 않았어. 단지 이 기쁜 소식을 할아버지에게 전할 수 없어서 마음이 안 좋았어. 그래, 꼭 럭비를 시켜야지. 속으로 결심했어. 하지만 할아버지처럼 윙을 할 거야. 프롭보다 덜 위험하잖아. 크리스티앙은 아기에게 복싱을 시키겠다고 했어. 벌써 차고 천장에 샌드백을 매달아 놓고 아들과 같이 치는 모습을 상상하는 것 같았어. 네 아들은 잘생기고 키가 크고 날쌔고 수염을 멋지게 기른 복서가 될 거야. 물론 비행기 조종도 배울 거야. 이제 할 일은 남편의 부조종사가 될 아들의 이름을 짓는 거야. "트리스탕? 가브리엘? 니콜라?" 너희 부부는 배 속의 아기에게 말을 걸기 시작했어. 배에 귀를 대고 아기가 무슨 얘기를 하는지도 들었어. 아기는 『땡땡의 모험 : 신기한 별똥별』에서처럼 모스 부호로 대답했지. 물어볼 때마다 대답이 달랐지만 말이야. 너와 남편, 배 속의 아기, 세 사람 모두 만화책에 나오는 북 치는 토끼들처럼 네 배꼽에 꼭 붙어 있는 것이 너무 귀여웠어. 어느 날 남편이 가브리엘은 안 된다고 했어. "가브리엘은 안 되겠어! 딸이라면 모를까. 여자 가브리엘은 L이 두 개니까 괜찮지만 미래의 파일럿에게 L이 하나밖에 없으면 큰일이지.[*] 가엘처럼? 그런 생각이 들었지만 웃으면서 남편의 말에 동의해 주었어. 너는 남자 이름도 되고 여자 이름도 되는 이름은 좋아하지 않았어. 남편에게는 말하지 않았지만. 게다가 가브리엘은 너무 여성적인 이름이야. 엘로 끝나잖아.[**] 너는 남자다운 이름이 좋았어. 거기다 여성형이 없는 이름이라면 금상첨화지. 제롬, 티에리, 브뤼노, 아르튀르 같은 이름 말이야. 아주 확실하고 분명한 이름들. "당신 제정신이 아니야. 당신 아들 때문에 정신이 나갔어." 남편이 '당신 아들'이라고 했을 때 너는 가슴이 벅차올랐어.

임신 7개월 때쯤 부모님이 너를 보러 왔어. 할 말이 있다면서. 아버지가 뒤베크 선생에 대해 아주 안 좋은 소리를 들은 모양이야. 뒤베크 선생이 술에 취해 병원에 와서, 수술은 말할 것도 없고 분만조차 제대로 못 한 적이 한두 번이 아니라는 거야. 그럴 때마다 동료 의사가 급하게 대신했고 그래서 나이가 사십인데도 경험이 많지 않다는 거지. 또 일하면서 긴장을 많이 하고 거기다가 생리라도 하는 날이면… 한마디로 못 미덥다고 했

---

[*] 남자 이름은 Gabriel, 여자 이름은 Gabrielle로 적는다. 발음은 같다. 알파벳 'L'과 날개를 뜻하는 'aile'의 발음이 같다.

[**] 3인칭 여성 대명사 'elle'의 발음이 '엘'이다.

어. 너는 아버지의 말을 듣고 새파랗게 질렸어. 웃을 기분이 아니었어. 어떻게 해야 하지? 뒤베크 선생을 안 지 3년밖에 안 되었지만 매우 만족하고 있었거든. 친절하고 세심하고 가끔 네 이름을 부르면서 다정하게 대해 줬잖아. 뒤베크 선생 전에는 보나르 선생에게 진찰을 받았는데 안타깝게도 네 할아버지처럼 63세에 심장 마비로 세상을 떠났어. 보나르 선생님은 별난 의사였어. 그 나이에도 하는 행동은 여전히 의예과 학생이었지. 진료가 끝나면 야한 농담을 하지 않고서 환자를 보내는 일이 없었거든. 아빠가 생각나기도 해서 너는 그냥 웃고 넘겼지. 보나르 선생님은 성의학자이기도 했어. 만족스러운 성관계를 통해 행복한 부부 관계를 유지하자는 것이 그의 철학이었어. 책상에 놓인 브로슈어에 그렇게 적혀 있는 것을 봤거든. 보나르 선생의 아내가 비서로 일했는데 그의 성 치료 역량에 의문이 들 정도로 너무 무뚝뚝한 여자였지. 너는 부부 관계 관련해서 그에게 상담하는 일이 생기지 않도록 매우 조심했어. 그래도 의사는 네가 남편에게 잘하는지, 잘하려고 노력은 하고 있는지 알아내려고 이것저것 질문을 했어. 너는 대답하지 않았지만 그렇다고 질문을 막지도 않았어.

"두 금발 아가씨 얘기 아시나? 이 두 아가씨가 아무 것도 없는 깡시골 한복판에 있는 나이트클럽에서 춤을 추다가 집에 가려고 밖으로 나왔어. 잔뜩 취한 데다가 집이 아주 멀어서 데려다줄 사람이 필요했는데 아무도 없었던 거야. 그래서 걸어서 가기로 했지. 터벅터벅 걷고 있는데 한 아가씨가 갑자기 멈췄단 말이지. 같이 걷고 있던 친구가 없어져 버린 거야. 밤새 찾다가 들판 한가운데 뭔가 보이지 않겠어? 세상에 친구가 무릎을 꿇고 젖소의 젖을 열심히 빨고 있지 뭐야! 그래서 물었지. '아니, 여기서 뭐 하고 있어?' 그랬더니 뭐라고 대답한 줄 아나? '더 이상 못 걷겠어. 다섯 중에 그래도 하나는 차가 있을 거 아냐.'" 너는 의사의 기분이 상할까 봐 할 수 없이 웃었어. 너는 항상 사람들의 기분을 맞춰 주려고 애썼지. 또 처방전도 받아야 하고… 한번은 검사 결과를 기다리고 있었는데 늦어져서 의사가 연구소에 독촉 전화를 한 적이 있었지. 신호가 가는 내내 보나르 선생은 무영등 아래서 다리를 벌리고 누워 있는 너를 쳐다봤어. 의사가 그 자세로 꼼짝하지 말고 가만있으라고 했거든. "그럼, 그동안 뭐 하고 있으라는 거야? 환자가 지금 엉덩이에 검사경 꽂고 기다리고 있는데!" 보나르 선생은 환자가 옷을 벗고 있다는 사실은 안중에도 없고 수화기에 대고 상스러운 소리를 계속해 댔어. "배달 기사한테 보낸다고? 알았어, 알았어. 5분 후에 도착한다고? 그럼, 그동안 우리는 뭐하지?" 보나르 선생이 너를 보고 윙크를 했어. 너도 어색하게 웃어 줬지. 보나르 선생이 죽고 여자 의사가 산부인과를 인수했을 때 너는 걱정하지 않았어. 그 여의사에게 잘 보여야 한다는 의무감을 느끼지 않아도 돼서 좋았거든. 그런데 이제 와서 임신 중에 또 의사를 바꿔야 한다고? 안 좋은 징조면 어떡하지? 너는 불안했어. 임신한 후로 너는 부쩍 미신에 신경이 쓰였거든.

"걱정하지 마. 나한테 해결책이 있어. 여기 앉아봐. 설명해 줄게." 너를 의자에 앉히려고 아빠가 네 손을 잡고 끌어당겼어. 너는 급히 손을 뺐어. 아빠를 사랑하지만 신체 접촉은 견디기 힘들었거든. 너는 반점이 있는 피부만 봐도 질색을 했어. 반점을 보면 이를 앙다물고 다리에 힘을 줘야 했지. 본능적인 혐오감 같은 거랄까? 바퀴벌레나 거미를 보고 팔짝 뛰는 것처럼 말이야. 내색하지는 않았지만 정말 괴로웠지. 검버섯 역시 똑바로 보지 못했어. 할머니가 무덤가에 핀 꽃이라고 불렀던 검버섯을 볼 때마다 너는 죽었고 피부에 흩뿌려져 있는 거무스레한 얼룩은 네가 누워 있는 관이 되었어.

아빠는 해결책으로 샤를 게리를 제안했어. "샤를 게리는 타고난 의사야. 능력 있는 의사라고. 뭐 임신이 병은 아니지만." 엄마도 한마디 거들었어. 네 부모님은 샤를 게리의 부친 로베르 게리 박사와 잘 아는 사이였어. 게리 박사는 지금은 은퇴했지만 성아가타 병원에서 산과 전문의로 오랫동안 근무했었지. 아들인 샤를 게리와도 친분이 있었어. 네 아빠가 휴가 갈 때 그 젊은 의사에게 병원을 여러 번 맡겼었거든. 명석한 의학도였고 릴 종합 병원에서 수련의 과정을 수료했고 지금은 루앙으로 돌아와 아버지의 뒤를 이어 성아가타에서 근무하고 있어. 한마디로 앞길이 훤한 젊은이라는 거지. "샤를 게리라면 걱정할 일이 없어. 눈 딱 감고 맡겨도 돼. ─ 실력만 출중한 게 아니라 얼굴도 잘생겼어. 너도 보면 알 거야."

임신 7개월인데 모르는 의사에게 분만을 맡겨야 하나? 너는 불안했어. 뒤베크 선생에게는 또 뭐라고 말해야 하지? 그런데 너에게 선택권이 있기는 한 거야?

샤를 게리는 거만하고 차가운 사람이었어. 그것도 네가 바라케 선생 딸이어서 나름 신경을 써 준 거였어. 그렇지만 너는 초산이어서 아는 것도 없고 걱정도 너무 많아서 질문을 쏟아 내지 않을 수 없었지. 아기가 너무 크지 않은가요? 제왕 절개가 필요할까요? 척추 마취는 어떻게 하는 거죠?... 첫째, 태아가 너무 큰 것이 아니라 네가 너무 큰 거였어. 그러니 다이어트를 해야 하고, 둘째, 제왕 절개는 실력이 없거나 휴가를 가야 하는 게으른 의사들이나 하는 거고 자신은 훨씬 큰 태아도 자연 분만한 적이 많다고 했어. 또 여자들이 잊어버리는 경향이 있는데 자연 분만은 정말로 자연스러운 것이며 분만의 고통 역시 자연스러운 것이라고도 했지. 마지막으로 개인적으로 너에게 척추 마취를 권유하고 싶지 않다고 했어. 척추 마취를 하고 후회하는 산모들이 실제로 많다는 거야. 자신의 인생에서 가장 중요한 순간을 온전치 않은 정신으로 보내고 싶은 산모가 어디 있겠냐는 거지. 대부분 후회한다는 거야. 살면서 여자들이 출산 때 말고 큰 용기를 내야 할 때가 많지 않으니까.

"의사가 태아라고 했어요. 내가 아기라고 하니까 짜증을 냈다고요." 저녁에 아버지와 통화하면서 너는 울먹였어. "참, 여자들은 자기 좋을 대로 해석한다니까! 낙태할 때는 '태아'라는 말이 아무 문제 없었잖아? '배아'도 괜찮고 '수정란'도 괜찮더니 갑자기 왜 '아기'라고 하는 거야?" 하지만 네가 울음을 터뜨리자 아빠가 꼬리를

206

내렸어. 임산부는 심리적으로 매우 취약하다는 것을 의대 첫해에 배웠거든. 네 아빠는 가볍게 웃으며 말하기 시작했어. "로랑스, 내가 설명해 줄게. 태아가 정확한 용어야. 정확한 의학 용어라는 거지. 네가 의료인이 아니라서 충격을 받은 모양인데 의료인에게는 일반적인 용어야."

너는 엄마와 신생아 용품을 사러 가서 하늘색 배내옷을 여러 벌 샀어. 엄마가 하얀색 우주복도 선물해 줬지. 계산을 하려고 기다리는데 생각에 잠겨 있던 엄마가 말했어. "있잖니… 내가 아들을 낳았다면 모든 게 좀 더 쉽지 않았을까 해. 네 아빠가 정말… 정말 좋아했을 것 같아… 그랬다면 나를 좀 더 사랑하지 않았을까? 아들을 낳았다면 말이야. 분명 그랬을 거야."

출산 예정일이 보름이나 남았는데 갑자기 진통이 시작됐어. 또 투명한 액체가 다리를 따라 흘러내렸지. 시카고로 출장을 떠난 남편은 주말이 지나고서 올 예정이었어. 이른 아침이라 바깥은 아직 어둑했어. 엄마에게 전화를 했지. 엄마는 너를 35년 전에 네가 태어난 성아가타 병원으로 데리고 갔어. "아! 여기 정말 싫어!" 병원 안으로 들어서자마자 엄마가 얼굴을 찡그리며 그렇게 말했지. 너는 몸이 뜨거워졌고 겁이 났어. 이곳은 엄마에게는 너를 고생스럽게 낳은, 안 좋은 기억이 서려 있는 곳이었지. 그렇지만 너는 오로지 한 가지만 생각했어. 날짜, 네 아들이 태어날 날짜... 오늘. 내 아들. 너는 이 단어들을 끊임없이 되뇌었어. 이 말들은 네 머릿속에서 메아리처럼 울려 퍼졌지. 내 아들... 아직 한 번도 말해 본 적이 없어서 입 밖으로 소리를 내는 것이 어색했어. 말들도 새로 태어났거든.

네 몸이 뜨거웠어. 열이 39도까지 올라갔거든. 모니터에서는 아기의 심장이 뛰고 있었어. 이삼일 전부터 아기 심장이 뛰지 않는 것 같아 걱정했는데 안심이 됐지. 애가 너무 커서 숨 쉴 공간이 부족해 그런 거라고 아버지는 말했어. 이제 성아가타 병원에는 수녀 조산사는 없어. 너를 받았던 카트린 수녀는 오래전에 세상을 떠났고 조산사들은 수녀 베일 대신 분홍색 천 모자를 쓰고 일했지. 야간 근무조와 주간 근무조가 교대하는 시간이라 병원이 부산스러웠어. 너는 분만 대기실에 들어갔고 엄마는 로비로 내려가서 입원 수속을 하고 아빠에게 전화를 했어. 너는 그렇게 혼자 남겨졌어. 시카고는 너무 멀고 네 남편은 일이 다 끝나야 올 수 있을 거야. 진통 때문에 너무 고통스러웠어. 출장 가기 전에 남편이 정한 이름이 질이었는지 아르튀르였는지 생각이 나지 않을 정도로 고통이 심했어.

네가 대기실에서 혼자 진통과 싸우고 있는 동안 주간 조산사가 담당 의사 샤를 게리에게 산모가 열이 있고 감염이 의심되니 조치가 필요하다고 보고했어. 그는 곧 가겠다고 했어.

사실 그 시간에 샤를 게리는 자고 있었어. 그래서 조산사의 전화에 짜증이 났지. 그날은 월요일이었는데, 네가 전날 일요일에만 진통이 왔어도 자기가 당직이 아니니까 아무것도 결정할 필요가 없었는데 귀찮게 된 거야. 조산사 로즐린의 목소리가 다급했지. 샤를 게리는 결정을 내려야 하는 상황을 극도로 싫어했어. 자신의 성격과 맞지 않았고 습관이 안 되어서 결정을 내려 할 상황이 오면 항상 괴로워했거든. 의대에 간 건 아버지 때문이었지. 멀리 가서 식물을 키워 향수를 만드는 것이 그의 꿈이었는데 말야. 어렸을 때는 정원에서 딴 꽃과 풀을 섞어서 새로운 향을 만들어 어머니의 목에 묻혀 주곤 했어. 그런데 현실은 피 냄새와 똥 냄새와 소독약 냄새를 맡으러 가야 한다는 거지. 이제는 고약한 그 냄새가 자신의 인생이 된 거야. 그는 침대에서 일어나 커피 머신을 작동시키고 라디오를 켜서 뉴스와 일기예보를 들었어. 노르망디에 눈이 내릴 거란 소식이 있었지. 빵에 버터를 발라 세 개나 먹은 후에 천천히 샤워를 하고 옷을 입었어. 한참 넥타이를 고르다가 이혼한 부인이 위자료 문제로 남긴 매정한 음성 메시지를 떠올렸어. 15년 전 의대에 들어간 첫날 아버지의 친구이며 실력자인 고베르 교수는 학생들을 앞에 두고 이렇게 연설을 했었지. "오늘 여러분은 여러분이 그토록 꿈꾸었던 목표로 가는 기나긴 여정 초입에 들어섰다. 짐작하겠지만 경쟁이 험난할 것이다. 최근 통계 수치 하나를 알려 주겠다. 여기 대형 강의실에 모여 있는 학생들 중 단 14%만이 의사가 된다. 하지만 여학생들은 안심해도 된다. 끈기 있게 버티기만 한다면 여학생 중 50% 이상이 의사 부인이 될 테니까." 유머를 이해하지 못한 몇몇을 제외하고 모두 웃음을 터뜨렸지. 샤를 게리는 고베르 교수 연설의 요지를 이해했어야 했어. 하지만 어리석은 탓에 큰 값을 치렀지. 경력에 문제만 되지 않는다면 여자들을 별로 좋아하지 않는다는 것을 인정했을 거야. 여자들을 이해할 수 없었어. 도대체 여자들이 원하는 것이 뭘까? 사랑? 돈? 안정? 성관계? 연애? 여전히 수수께끼이지만 그렇다고 더 깊이 알고 싶은 마음도 없었어. 산모들의 튼살이나 보랏빛 점막은 구토를 일으키게 할 뿐이었어. 하지만 아무에게도 말하지 않았지.

전날 그는 어머니를 모시고 미사에 갔다가 부모님 집에서 점심 식사를 했어. 일요일마다 하는 행사였지. 어머니가 뿌린 겔랑의 샬리마르 향수가 일요일 미사에는 너무 요란하다고 생각했어. 성아가타는 어떤지 아버지가 물었어. 그가 성아가타 병원에서 업무를 본 지 이제 몇 달 됐거든. 게리 박사는 재킷 깃에 달린 레지옹 도뇌르 훈장을 손으로 만지면서 자신의 경험을 조언이랍시고 끝없이 늘어놓았어. 그는 무능한 젊은 의사들에게 화가 난다고 했어. 좋은 의사가 되려고 노력하기보다는 대출을 갚으려고 돈 버는 데만 혈안이 된 의사들 말이야. 새로운 생명을 세상에 내놓는 것보다 더 위대한 소명이 있을까? 그래서 아들에게 이 위대한 길을 선택하라고 어느 정도 강권했고 또 아들을 성아가타 병원에 추천했지. 아들이 약간 소극적이기는 하지만 어쨌든 좁은 문을 뚫고 살아남았고, 딸도 의료인의 길을 걷고 있었어. 현재 간호사로 일하고 있고 심장 전문의와 결혼했거든. 게리 박사는 젊은 의사들이 결기가 없다고 또 한 번 열을 냈어. 결기가 없어서 제왕 절개와 척추 마취를 남용한다고 말이야. "샤를, 너는 그렇지 않지?" 게리 박사가 양고기 한 덩이를 더 자신의 접시에 옮기며 말했어. "여보, 7시간 조린 양고기가 성공적이야. 아주 맛있어." 그의 아내는 미소를 지으며 빵에 십자가를 그었어.

샤를 게리가 병원 주차장에 도착한 건 10시쯤이었어. 사무실로 올라가서 가운을 입고 복도에서 조산사들에게 인사를 한 다음 지난주에 출산을 한 자신의 유일한 산모를 보러 가는 것으로 일을 시작하기로 했어. 산모와 시시한 농담을 하면서 시간을 끌었지. 산모가 아기와 함께 사진을 찍자고 했을 때 기꺼이 눈웃음을 짓고 포즈를 취하며 기뻐하는 아빠의 역할을 대신했어. 지난주에 태어난 아기는 순산이어서 그가 할 일은 거의 없었거든.

드디어 샤를 게리가 바쁜 걸음으로 분만 대기실로 들어왔어. 바람이라도 분 것처럼 가운 앞섶이 휘날리더니 안에 입은 회색 양복이 보였어. 10시 30분. 네가 대기실에 들어온 지 3시간이나 지난 시점이었지. 너는 땀으로 온몸이 축축했지만 조산사들을 귀찮게 하기 싫어서 불평을 하거나 물을 달라고 하지 않았어. 샤를 게리가 조산사들에게 부탁하지 그랬느냐고, 그런 일을 하려고 있는 사람들이라고 나무라듯 말했어. 의사는 네

다리를 받침대에 올리고 검진을 하고 모니터의 곡선을 관찰했어. 의사 뒤에 서 있던 조산사 로즐린은 너에게 미소를 지어 보였지만 얼굴에는 걱정이 서려 있었지. "항생제를 처방할까요?" 로즐린이 제안했어. "좀 더 보죠. — 제왕 절개를 해야 되겠죠? 그렇죠?" 로즐린은 멈추지 않았어. "그럴 수도… 좀 더 보죠. — 하지만…" 그가 로즐린을 노려봤어. 그러고는 아무 말 없이 나가 버렸지. 너는 두려웠고 진통도 너무 심했지만 지금은 사람들의 관심을 끌 때가 아니라 생각해서 그냥 견뎌 냈어. 너는 그 앞길이 훤한 젊은이를 믿었고 너도 곧 앞길이 훤한 젊은이를 낳을 것이기 때문이었지. 앞길이 훤한 젊은이의 심장이 지문이 잔뜩 묻어 있는 모니터에서 뛰고 있잖아. 엄마는 아기가 나올 것 같으면 전화하라고 당부한 뒤 집으로 돌아갔어. 시카고에서는 크리스티앙이 프랑스로 돌아오는 비행편을 찾고 있었고.

정오에 샤를 게리가 다시 병실을 찾았을 때 너는 온몸으로 진통을 견뎌내고 있었어. 창자가 뒤틀리는 고통이었지만 엄마가 되기 위한 위대한 고통이라고 생각했어. 하지만 가능하다면 척추 마취 주사를 맞고 싶었어. 네가 주사를 놓아 달라고 애걸하거나 고집을 피우지 않았는데도 샤를 게리는 네 말을 다 듣지도 않고 손을 가로저었지. "안 돼요. 안 됩니다. 감염의 위험이 있어요. 그리고 얼마 안 남았어요. 자궁 경부가 열렸고 태아 머리가 보이기 시작했습니다. 그래서 지금은 제왕절개도 생각할 수 없습니다. 힘을 내세요! 조금만 더 참아요! 1시간 이내로 아기가 나올 겁니다! 자! 이제 산모도 기운 좀 써야죠!"

그로부터 3시간 후 너는 조산사와 무슨 일을 하는지 알 수 없는 세 남자가 보고 있는 가운데 출산을 하고 있었어. 아무도 너에게 그 사람들이 누구인지 말해 주지 않았지. 그들은 발가벗겨진 너의 음부 주위로 둥글게 서 있었어. 한 사람은 나비넥타이를 하고 있었는데 힘을 주는 사이사이 너는 그 사람이 우스꽝스럽게 생겼다고 생각했어. "로즐린! 손이 작으니까 한번 해 봐요." 갑자기 샤를 게리가 이렇게 말하고는 로즐린에게 자리를 내주고 네 다리 사이에서 사라졌어. 손이 큰 사람이 왜 산부인과 의사가 된 거지? 하지만 이 의문은 바람과 함께 사라져 버렸어. 네 뇌에 산소 공급이 안 되어 순간 눈앞이 캄캄해졌거든. 네가 정신을 잃을 찰나, 모든 것이 새까매지는 순간, 몸에서 아기의 몸이 소리 없이 천천히 빠져나가는 것이 느껴졌어. 너는 아기의 몸을 하나도 놓치지 않고 느끼려고 애썼어. 머리, 다리,

뒤꿈치. 네 아들이었어… 정신이 돌아왔을 때 네 머리에 가장 먼저 떠오른 것은 잡지에서 본 핑크색 원피스였어. 소매에 레이스가 달린 예쁜 옷이었는데 옷걸이에 걸려 있는 모습이 눈에 아른거렸어. 그 원피스를 입고 부드러운 파란색 니트 유아복을 입은 아들을 안고 있으면 정말 눈이 부실 거야. 그 모습을 사진으로 찍어 아이의 탄생을 알리는 카드에 붙여 사람들에게 보내야지. 그런 생각을 했어.

네가 분홍 원피스를 입은 네 모습에 감탄하고 있는 동안 사람들은 하나둘씩 자리를 떴어. 도망치듯 말이야. 아무 말도 없이. 정신을 차렸을 때 분만실에는 너 혼자만 남아 있었어. 그런데 아무 소리도 들리지 않았어. 이상하지 않아? 지금쯤이면 아기가 네 가슴 위에서 울고 있어야 하는 거잖아. 아기가 엄마 배에서 나오면 바로 산모의 젖가슴 위에 올려놓는 것이 정상 아니야? 아기를 씻기고 몸 치수를 재기 위해 데려간 건가? 도통 알 수가 없었어. 첫 출산이잖아. 엄마가 미리 알려 줬으면 좋았을 텐데. 너는 아기 울음소리를 찾아 지친 몸을 움직였지만 여전히 아무 소리도 들리지 않았어. 사람도 아무도 없었어. 남자는 울지 않는다는 말이 생각났어. 그래서 아기가 울지 않는 것일까?

실은 아기는 네 몸 밖으로 나오자마자 조산사의 손에서 소아과 의사의 손으로 넘겨진 거야. 샤를 게리는 당황했어. 그냥 퇴근하고 싶었어. 이제 신생아의 미래는 자신의 손을 떠났고 자신이 할 수 있는 일은 아무것도 없으니까. 그는 사무실로 돌아가서 책상 서랍에 항상 보관하고 있는 페퍼민트 오일을 꺼내 향기를 맡은 후, 아버지에게 전화를 했어. "네... 운이 없게도 사고가... 분만실에서 문제가 생겼어요. 아뇨! 전혀 예측하지 못했어요. 문제가 뭔지 모르겠어요. 견갑난산일 수도 있고 태아 곤란증이나 무산소증일 수도 있고... 모르겠어요... 아뇨. 아직 죽지 않았어요. 소아과 의사가 보고 있는데 아프가 점수가 매우 낮아요. 구급차를 불렀어요. 네? 산모요? 산모는 왜요? 바라케 선생 딸이에요. 제가 가끔 가서 일한 일반의 딸이에요. 네, 네. 물론 가 볼 거예요. 전화드릴게요. 뭐라고요? 서른다섯에 초산이에요. 네, 알겠어요. 맞는 말씀이에요. 그렇게 할게요. 좋은 생각이에요."

그가 돌아왔어. 분만실에는 땀과 피로 범벅이 된 너말고는 아무도 없었어. 네가 아직 분만실에 있다는 것을 의사가 잊고 있었던 걸까? 아기는 어떠냐고, 왜 아기가 울지 않느냐고 네가 물었어. 지금 의사들이 아기

216

를 돌보고 있고 곧 아기를 보게 될 거라는 말이 되돌아왔어. 그게 다였어. 로즐린이 문 사이로 머리를 내밀고는 안으로 들어왔어. 눈 아래가 거뭇하니 많이 지쳐 보였어. 그녀는 너에게 눈길 한 번 주지 않고 의사에게 귓속말을 하고는 바로 나가 버렸어. "다시 꿰매겠습니다." 네 다리 사이에서 그가 표정 없는 얼굴로 침울하게 실을 잡아당기는 것이 느껴졌어. 아주 잠깐이었지만 익숙한 이 행동에 너는 안심했어. 전등불 아래서 바느질을 하고 있는 왕할머니의 얼굴이 떠올랐기 때문이야. 아무것도 느껴지지 않았어. 전혀 아프지 않았어. 너는 눈과 귀밖에 없었거든. 망루 지기처럼, 총안 감시병처럼, 눈과 귀만 세우고 있었지. 너는 존재하지 않고 귀만 살아 있었어. 그런데 한 남자가 네가 누워 있는 침대 아래서 바느질을 하고 있는 거야! 샤를 게리가 자기 아버지의 조언대로 너에게 이쁜이 수술을 하고 있었던 거지. 무엇을 하는지 너에게 설명도 해 주지 않고 말이야. 너도 머리가 너무 복잡해서 물어볼 정신이 없었지. 실은 질이 너무 많이 찢어져서 입구를 조여 줘야 할 필요가 있었어. 네 남편과 성생활을 금방 다시 시작할 수 있게 말이야. 너한테도 좋은 거잖아. 네 나이도 벌써 서른다섯이고 아이를 가지려면 서둘러야 하니까. 이해할 수 있겠지?

의사가 너에게 잘 설명해 주었다면 이해했을 수도 있었을 거야. 다 너를 위한 것이고 너를 위한 최선이었다고 말이야.

갑자기 흰옷을 입은 여자가 네 머리맡에 나타났어. 루앙 종합 병원 소아과 의사라고 자신을 소개하며 성 아가타 병원의 요청으로 아기를 루앙 종합 병원으로 긴급 이송할 거라고 했어. 여의사는 요람에 있는 아기에게 말하듯 너에게 몸을 숙여 말했어. 얼굴이 거의 맞닿을 정도로 가까이 말이야. 늘어난 모공, 다크서클, 피곤의 흔적 그리고 젊음이 보였어. 그녀는 한 손으로는 너의 손을 잡고 다른 손으로는 땀으로 머리카락이 붙어 있는 너의 이마를 쓰다듬으며 부드러운 목소리로 이렇게 말했지. "아기를 제가 데려갈 거예요. 아들이에요. 알고 있었나요? 아기가 좋지 않아요. 너무 늦게 숨을 쉬었어요. 건강하게 엄마 품에 돌아올 수 있도록 최선을 다하겠습니다. 하지만 확률이 그렇게 높지 않다는 것을 말하지 않을 수 없네요. 그러니까… 확률이 높지 않다는 것은… 아기가 살… 그러니까… 아기가 엄마 품으로 돌아올 가능성이…" 여의사가 어떻게 말을 끝맺어야 할지 몰라 난처해하는 것 같아 네가 눈을 깜빡거려 알

앉다는 표시를 했지. 여의사 눈가에 맺힌 눈물이 너무 고마웠어. 네가 타인으로부터 받을 수 있는 것은 눈물 밖에 없었던 거야. 여의사가 아기 이름이 뭐냐고 물었어. 너는 고개를 저었어. 아기 이름을 몰랐거든. 아기 이름을 부를 기회가 있을까? 너는 의사가 물론이라고, 아기 이름을 부를 수 있을 것이고, 아기가 돌아와서 집 마당을 뛰어다닐 것이라고 말해 주기를 바랐어. 하지만 의사는 너의 대답만 기다렸어. 서둘러야 했어. 남편과 정한 이름이 있었는데 그것을 말하고 싶지 않았거든. 그래서 다른 이름을 찾았지. 다른 아기의 이름, 네 아기가 아니라 죽을 수도 있는 아기의 이름을 주기로 했어. 네 대답을 기다리고 있는 여의사의 눈이 슬퍼 보였어. 여의사는 자신의 귀를 너의 입 가까이 갔다 댔어. 너는 비밀을 털어놓듯 입을 달싹거렸지. "트리스탕, 트리스탕이에요. ─ 트리스탕." 여의사는 그 이름을 듣고 사라졌어.

시간이 얼마나 흘렀을까. 너는 시간의 관 속에 누워 있어서 시간이 가는 것을 느낄 수 없었어. 나비넥타이가 분만실로 들어왔어. 침대 가까이 오더니 팔을 몸에 딱 붙이고 장난감 병정처럼 멈춰 서서 발뒤꿈치를 붙이고 차렷 자세를 취했어. "아기가 죽었습니다." 너는 나비넥타이와 눈을 맞추려고 그의 눈을 찾았지만, 나비넥타이는 네 손을 한 번 잡고는 뒤돌아 나가 버렸어. 너는 나비넥타이가 던져 주고 간 문장 하나를 받아 들고 다시 혼자가 되었어.

아기가 죽었다... 어떤 아기를 말하는 거지? 이름도 모르고, 아들인지 딸인지도 모르고, 부모가 누구인지도 모르고... 도대체 누구지?... 그 아기는 네가 품에 안을 수 없는 아기였어.

시간이 흘렀어. 너는 여전히 전쟁터 같은 피 묻은 시트 위에 쓰러져 있고 머리에서는 어리석은 생각들이 스멀스멀 올라오다가 이내 사라졌어. 잊고 있었던 낙태의 기억도 되살아났어. 18년 전 낙태 수술이 끝난 뒤에도 회복실에서 두세 시간 누워 있었지. 지금처럼 혼자였어. 제롬에게 알리지 않았거든. 수치심과 후회가 슬픔을 덮어 버렸는데 너에게는 너무 큰 형벌이었지. "죄송해요." 조산사가 위로를 해 주었어. "애야, 어떻게 된 거니?" 네 아빠의 얼굴이 일그러졌어. 아빠는 샤를게리와 얘기하고 싶었지만 월요일 오후에는 개인 진료가 있어서 만나지 못했어. 엄마는 다른 시간대에 있는 사람처럼 아무 말이 없었고... 무슨 말을 할 수 있었겠니? 저녁 식사로 햄과 마카로니가 나왔어. 어렸을 때 네가 좋아하던 음식이지. 아빠는 이럴 때일수록 잘 먹어야 한다고, 자신들이 얘기를 하는 동안 억지로라도 먹으라며 계속해서 음식을 권했어. 너는 할 수 없이 포크와 나이프를 들고 빵과 햄을 자르기 시작했어. 아주 열심히 잘랐지. 잘게 잘린 음식 조각들이 접시를 벗어나서 침대로 뚝뚝 떨어졌어. 부모님이 걱정스러운 눈으로 서로를 쳐다봤어.

드디어 네 남편이 병원에 도착했어. 어두운 얼굴로 몸을 떨며 병실에 들어서자마자 너를 껴안고 울음을 터트렸지. 숨을 쉬기 힘들 정도로 너를 꽉 껴안았어. 너희 부부는 그렇게 서로를 붙들고 한참을 흐느꼈어. 그러다가 갑자기 크리스티앙이 일어나더니 병실 한쪽으로 가서 벽에 등을 기대고 혼자 우는 거야. 너는 남편이 우는 것을 처음 봤어. 어찌나 서럽게 울던지 네 아빠는 사위를 위로해 줄 수밖에 없었어. "힘을 내야지." 어린 나이에 부모를 잃은 남편은 장인의 따뜻한 모습에 무너져 네 아빠 품에서 목 놓아 울었어. 네 아빠는 사위의 등을 두드리며 위로해 주려고 노력했지. "자네, 힘을 내게." 남편의 울음소리는 더 커졌어. 그러자 아빠가 네 남편의 어깨를 붙잡고 일으켜 세우며 말했어. "어허! 이러면 안 돼!" (결혼하고 처음으로 아빠가 네 남편에게 말을 놓았어!) "자, 힘을 내! 사내답게 굴어!" 아빠는 붙잡고 있던 사위의 어깨를 벽으로 밀어붙였어.

너는 두 사람을 물끄러미 쳐다봤어.

그런데 왜 여자답게 굴라는 말은 하지 않지?

다음날 루앙 종합 병원의 제안으로 크리스티앙과 너는 아들을 보러 병원 지하에 있는 영안실에 갔어. 샤를 게리가 반대했지만 2시간 외출 허가를 받았지. 아기를 다 보고 영안실을 나서는 순간, 다시 돌아가서 마지막으로 한 번 더 아들을 안아 주고 싶었어. 귀에 대고 뭐라고 말해 주고 싶었어. 하지만 그럴 수 없었어. 영안실 직원이 유리문을 붙잡고 있는 너를 보며 손가락을 가로저었지. 이틀 후 장례식 날 아침, 마침내 병원을 떠날 수 있게 되었어. 신생아들의 울음소리와 엄마들의 웃음소리를 들으며 억지로 휴식을 취해야 했던 그곳을 영원히 떠날 수 있게 됐지. "휴식을 취해야 합니다. 몸이 많이 약해졌어요. 움직이면 안 됩니다." 샤를 게리가 너를 정말 걱정한 것일까? 결국 그는 퇴원을 허락했어.

너에게 퇴원 서류를 작성하게 하고 네가 서명하는 것을 물끄러미 쳐다봤지.

남편은 입관식에 가야 해서 대신 부모님이 너를 데리고 묘지에 가기로 했어. 두 분이 병원 로비에서 너를 기다리고 있었는데 플라스틱 의자에 등을 보이고 앉아 있어서 네가 오는 것을 보지 못했지. "안됐어. 그 사람 마음이 얼마나 안 좋을까." 너는 걸음을 멈췄어. 부모님이 남편 얘기를 하고 있었어. 항상 그랬어. 이런 상황에서도 너는 뒷전이었어. 너는 누구에게도 중요하지 않았어. "이제 시작인데 이런 안 좋은 일이 생기다니… 안됐어. 정말 아직 앞날이 창창한데… ─ 그러게요. 너무 잘하려고 한 것 같아요. 스트레스가 심했나 봐요. ─ 나중에 편지라도 써야겠어. 누구에게나 일어날 수 있는 일인데 마음고생할 필요가 없잖아. 그런 일을 당할 만한 사람이 아닌데. 게리 박사에게도 전화 한 통 넣어야겠어. ─ 그래요. 이 고비를 넘기는 데 도움이 될 거예요."

너는 몸이 마비라도 된 것처럼 꼼짝할 수가 없었어. 누구에게나 일어날 수 있는 일이라고요? 나에게 일어난 일이에요! 나, 로랑스, 당신 딸에게 일어난 일이라고요! 도움이 필요한 사람은 나예요. 나는 그런 일을 당할 만한 사람인가요? 너는 아빠에게 따지고 싶었지만 어떻게 말을 해야 할지 몰랐어. 프로테스탄트는 아빠에게 물려받은 공허한 말에 불과했고, 사람들이 너의 말에 귀를 기울이게 하는 방법은 아무도 가르쳐 주지 않았어. 너는 네가 직접 짠 파란색 배내옷, 파란색 코팅이 된 건강 수첩, 트리스탕이라는 이름이 적힌 파란색 신생아 팔찌가 들어 있는 가방을 든 채 뒷걸음으로 병원 로비를 빠져나갔어. 우리는 죽음을 항상 여성으로 표현하지만* 너는 네 아기가 청기사라는 것을 알았어. 너의 청기사는 매일 말을 타고 네 눈앞을 질주했지. 그런데 날이 갈수록 청기사의 눈에서 조금씩 빛이 사라져 갔어.

땅속에 두 개의 작은 하얀 관이 나란히 놓여 있었어. 가엘과 트리스탕은 어린 신랑 신부 같았어. 장례를 마치고 집으로 돌아오자마자 남편은 바로 시카고로 다시 떠났어. 너무 중요한 계약이어서 어쩔 수 없었지. 그런데 저녁에 샤워를 하는데 아랫배에서 뭔가 묵직한 것이 내려오는 것이 느껴졌어. 힘을 한 번 주니까 젤라틴 뭉텅이가 다리 사이로 쑥 빠지면서 발아래로 툭 떨어졌어. 그야말로 공포 영화의 한 장면이나 다름없었

---

* 죽음 'mort'는 여성형 명사다.

어. 비명을 질렀지만 너는 혼자였고 아무도 듣는 사람이 없었어. 아무도 달려오지 않았어. 너는 맨몸으로 뛰어나가 떨리는 손으로 수화기를 들고 아빠에게 전화했지. 의사니까 너를 도와줄 수 있을 거라고 생각했어. "진정해. 너무 흥분한 것 같다. 무슨 말을 하는지 전혀 못 알아듣겠어." 너는 마음을 좀 진정시키고 그 물컹한 뭉텅이에 대해 설명했어. 피 묻은 고무 해파리처럼 생겼고 가장자리는 미역처럼 구불구불하다고. "태반 같아요." 너는 태반 외에 달리 생각할 수 있는 것이 없어서 그렇게 말했어. "태반이라니, 말도 안 돼. 그것은 불가능해! ─ 가능해요! (임신 출산 책에 그려진 그림을 너는 기억하고 있었거든.) 태반이 아니라면 뭐겠어요? 그럼 내 자궁이라도 떨어진 거예요!" 너는 아빠에게 소리를 지르고 말았어. "로랑스, 그만해. 바보같이 굴지 말고. 너는 잘 모르잖아. 태반일 리가 없어! 소리 지르지 말고 그만 진정해! ─ 그럼 뭔데요? ─ 나도 모르지만 하여튼 태반은 아냐! 내가 금방 갈 테니까 소금물에 담가놔."

20분 후에 아빠가 도착했어. 젤라틴은 유리병 안에 담겨 있었고 너는 머리에서부터 발끝까지 온몸을 덜덜 떨고 있었지. 아빠는 유리병을 눈 가까이 올려 내용물을 살폈어. "내가 말한 대로야. 태반이 아니야. 이것은…
이것은 말이야…" 적당한 말이 생각나지 않았나 봐. "…
흔한 융모성 물질이야… — 융모성 물질이요?" 너는 두
팔로 네 허리를 감쌌어. "지금 의학 강의를 할 수는 없
고. 설명이 간단치 않아. 하지만 걱정하지 않아도 돼. 아
무것도 아냐. 다 정상이야. 내일 병원에 가서 조산사에
게 자궁 검사 한번 받아 봐. 그러면 될 거야. 이만한 게
다행이라고 생각해라." 아빠는 네가 무슨 말을 꺼내기
도 전에 유리병을 열어 안에 든 것을 변기에 버리고 물
을 내렸어.

　"분명히 태반이었어요. 의심의 여지가 없습니다." 그
날 저녁 아빠는 로베르 게리 박사와 통화를 했어. "제대
로 된 태반이었습니다. 무슨 일이 있었는지 모르겠지
만 아드님이 제 딸이 출산하는 동안 실수를 한 것 같습
니다. 제왕 절개를 해야 하는데 샤를이 거부했다고 하
더군요. 그리고 그 후에도… 아니, 어떻게 출산이 완료됐
는지 확인조차 하지 않았는지 이해가 안 됩니다. 정말
큰 실수를 한 겁니다! 초짜도 그렇게 하지는 않았을 거
예요. — 저도 이해가 안 갑니다. 신생아가 사망해서 제
정신이 아니었나 봅니다. 생각을 똑바로 하지 못했어
요. — 다행히 제 딸이 아기 장례를 치르느라 걸어 다녀

서 망정이지 계속 누워 있었으면 태반이 자궁에 계속 있었잖겠습니까? 패혈증이 뭡니까, 심하면... 아시잖아요! ― 정말 죄송합니다... 그런데 따님이... 그러니까 따님이 고소 생각이 있는지... ― 그 문제는 걱정하지 않으셔도 될 것 같습니다. 이미 얘기가 됐습니다. 사위가 진료 기록부 감정을 의뢰할 것입니다만 태반이라는 말은 어디에도 없을 거예요. 의사 협회까지 올라가지 않을 겁니다. ― 정말 감사합니다. 같은 의사로서 이해해 주셔서 어떻게 고마움을 표시해야 할지 모르겠습니다. ― 아기가 살아 돌아올 것도 아니고... 아드님을 위해서입니다. 제가 아드님을 잘 압니다. 똑똑한 젊은이죠. 앞으로 배워야 할 것도 많고... 기회를 줘야 하지 않겠습니까?"

게리 박사와 통화를 하고 아빠도 한숨을 돌릴 수 있었어. 죄책감도 조금 덜 수 있었고. 이 문제가 의사 협회까지 올라간다면 어떤 사실이 밝혀질지 누가 알겠니! 두 달 전에 네 부모님이 시청 공원을 산책하다가 샤를 게리를 우연히 만난 거야. 네 부모님은 젊은 의사를 다시 보게 돼서 아주 반가워 했어. 특히 엄마는 그를 키가 크고 잘생긴 의사라고 기억하고 있었는데 여전히 멋지다고 속으로 생각했어. 서로 안부를 물었지. 샤를 게리는 얼마 전에 루앙에 돌아왔는데 환자가 없어서 힘들다고 했어. 게다가 이혼한 지 얼마 안 되어 돈이 필요하고 그래서 환자를 빨리 찾아야 한다고 했지. 네 부모님은 전도유망한 젊은 의사에게 도움을 주고 싶어서 너를 그리로 보내면 어떨까 생각했어. 하지만 네가 거절할 수도 있으니까 함부로 말할 수는 없었지. 그래서 방법을 찾아야 했어. 엄지 공주 이야기처럼 그날 저녁에 벌써 네 부모님은 거실에 앉아서 배신을 모의했어. 하지만 엄지 공주와는 달리 너는 문 뒤에 숨어서 부모님이 너를 배신할 묘책을 모의하는 소리를 듣지 못했어. 부모님이 뒤베크 선생이 알코올 중독자라는 말을 지어내고 있을 때 너는 그 자리에 없었지.

보름 후 너희 부부는 부모님 댁에서 함께 저녁 식사를 했어. 식사가 끝나고 엄마는 자러 가고 세 사람만 거실에서 티브이를 켜 놓고 위스키를 마시고 있었지. 네 남편이 술잔을 원수처럼 노려보다가 갑자기 이상한 말을 하기 시작했어. "생각을 해 봤는데, 그놈을 없애는 방법을 찾았어! — 그놈?" 너는 남편을 쳐다봤어. 눈 밑이 거뭇하고 턱에서 경련이 일 정도로 이를 꽉 다물고 있었어. "그 개자식 말이야." 너와 네 아빠는 놀라서 서로 쳐다봤어. 크리스티앙은 여전히 술잔에 눈을 고정한 채 한마디를 더 했어. "물론 잡히지는 않을 거야." 잡히지 않을 거라고 말하면 네가 안심할 거라고 생각한건가? "그 개자식 때문에 감옥에 갈 수는 없지. 안 되고말고." 크리스티앙은 그렇게 말하고 입을 다물었어. 증오와 살인 충동에도 불구하고 술기운이 올라와서 분노가 약간 진정되었나 봐. "이를테면 병원에 가서 모두 퇴근할 때까지 기다렸다가 그 자식을 죽이는 거야. 그러고 나서 비행장으로 재빨리 가서 비행기를 몰고 이에르나 아작시오까지 가는 거야. 그러면 내 알리바이가만들어지는 거지." 너는 어이가 없었어. 어떻게 반응해야 하나 생각하는 동안 아빠가 치고 들어왔어. "아니지.알리바이가 안 되네. 생각해 보게. (장례식 후로 아빠는사위에게 다시는 말을 놓지 않았어.) 비행장에서 착륙을 하려면 신고를 해야 할 것 아닌가. 경찰에게 금방 잡히고 말 거네." 아빠 덕분에 크리스티앙의 현재형 망상이 조건형으로 자연스럽게 넘어갔어. "아니네, 아냐. 어떻게 해야 하냐면 내가 하는 걸세, 내가. 오토 클럽 회원중에 조르주라는 사람이 있는데 그 사람한테 페라리를 빌려서 아무도 모르게 주차장에 숨겨 놓는 거야. 그래서 그놈을 총으로 쏜 다음에 페라리를 몰고 바로 벨기에나 네덜란드로 가는 거지. 시속 200킬로미터로 밟고 말이야. 내가 범죄 현장에 있었다는 것을 아무도 믿지 못할 거야. — 글쎄요... 과속 단속 카메라에 잡히지 않을까요? 안 잡힐 수가 없죠..." 네 남편은 회의적이었어. "아니야. 단속 카메라가 어디 설치되어 있는지 미리 조사해서 여정을 짜면 되네. — 다 좋은데요... 고속 도로로 가지 않으면 속도를 낼 수 있을까요? 아마 110도 넘기 힘들 겁니다. — 페라리야! 농담하는 건가? — 하지만 반사 신경이 좋아야 하는데 나이도 있으시고 시력도 안 좋으시고... — 작년에 내가 몬테카를로 랠리에 나간 것 아나? 자네가 몰라서 그러는데 나 아직 살아 있네!"

너는 두 사람을 한참 쳐다봤어. 누구 고추가 더 큰지, 누구 장난감이 더 큰지 서로 비교하며 신나서 떠드는 남자애들이었어. 애초에 무엇 때문에 이 대화를 시작하게 됐는지도 잊어버리고 로켓이나 해저 잠수정을 타고 전속력으로 달려가서 경주마, 레이스 카, 군마로 갈아타고 유일한 목표, 즉 가장 강한 자가 되는 목표를 쟁취하기 위해 싸우는 거지. 강한 자보다 더 강한 자가 되어야 하거든. 그런 남자들은 너를 슬프게 하고 너를 화나게 하고 너를 저버렸어. 이제 너에게는 남편도 없고 아빠도 없어. 너는 길을 잃고 헤매고 괴물에게 몸이 갈기갈기 찢겼지만 어떤 왕도, 어떤 왕자도 너를 구하러 오지 않았어.

트리스탕이 죽고 몇 주 지나서 의료 감정 보고서를 받았어. 보고서 서문에 '의사에게는 치료할 의무가 있지만 치료 결과를 책임질 의무는 없다'라고 쓰여 있었어. 보고서가 내린 결론은 의료 과실이 아니라 기회 손실이었어. 제왕 절개를 했으면 아기를 살릴 기회가 있었을 텐데 제왕 절개를 하지 않아서 손실을 입었다는 뜻이야. 기회 손실… 그것이 결론이었어. 너는 이 말의 무게를 가늠해 봤어. 그 무게가 너를 짓눌렀어. 주사위를 한 번만 던진다고 해서 기회가 없는 것은 아니야.* 그런데 출산하던 날 너에게는 기회가 없었어. 바로 그거야. 전혀 없었는지 아니면 조금은 있었는지 알 수는 없지만, 어쨌든 기회가 없었던 거야. 너는 속물들의 제단에 못 박혀서 발걸이에 다리를 올리고 의사들에게 제물로 바쳐졌어. 네 몸은 무영등 태양 아래서 갈기갈기

---

* Jamais un coup de dés n'abolira le hasard. 스테판 말라르메의 시(1897년)의 제목. 직역하면 '한 번의 주사위가 기회(행운)를 없애지는 못하리라.'이다. 주사위를 한 번 던져도 운이 좋으면 성공할 수 있다는 뜻이지만, 여기서는 잘못 걸리면 단 한 번 시도에도 불운해질 수 있다는 뜻이다.

찢겨 나갔지. 무엇과도 비교할 수 없이 잔인한 시나리오의 실물 수업이었어. 네가 상상하지 못한 시나리오... 그런데 기회 손실은 어제오늘의 얘기가 아니야. 아주 오래된 것이어서 다른 세상 다른 시대에 일어나는 일로 오해하지. 하지만 여기, 지금, 우리가 있는 곳에서도 기회 손실이 발생하고 있어. 선택권이 없는 사람, 이용당하는 사람, 거짓의 노리개, 음모의 대상, 암묵적 합의의 희생자, 자신의 운명과 삶과 희로애락이 자신도 모르게, 자신과 상관없이, 자신의 뜻에 반하여, 부모, 선생님, 남자들에 의해 결정되는 사람이 되는 것이 기회 손실이야. 그러니까 너도 알겠지? 여자가 되는 것은 기회 손실이야.

너는 병원에 갈 준비를 했어. 트리스탕의 진료 기록을 받아 가라고 병원에서 연락이 왔지만 미루다가 결국 약속을 잡았지. 아침 안개가 낀 루앙은 중세 도시 같았어. 갑옷을 입은 동정녀 잔 다르크가 말을 타고 나타난다고 해도 이상하지 않을 날이었어. 모르는 의사가 너를 맞았어. 일종의 조정자로 네가 질문이 있을 경우 대답을 해 주는 임무를 맡은 사람이지. 너는 태반이 어떻게 생겼는지 물었어. 의사는 너의 질문을 이상하게 생각하지 않고 그림을 하나 보여 주었어. 혈관, 태아 정맥, 융모막… 너는 아무 말 하지 않고 아빠가 변기에 넣고 내려 버린 태반을 떠올렸어. 의사는 이런저런 얘기를 하면서 너의 경우가 '귀한 임신*'이라고 했어. 정확한 뜻은 모르겠지만 '아들을 임신했다'라는 뜻은 아니겠지. 물론 그런 뜻은 아니지. 누구도 아들을 임신한 것이 귀한 임신이라고 대놓고 말하지는 않거든. 하지만 그것 말고 다른 뜻을 생각할 수 있을까? 불안 때문인지 배가 살짝 아파 왔어. 너 자신도 네가 귀한 임신의 열매가 아니라는 것을 잘 알고 있지. 앞으로 어떻게 될지 걱정이 된다고 말했더니 의사는 미소를 지으면서 진료 기록을 봤을 때 아이를 더 낳는 데** 문제가 없을 것 같다고 친절하게 대답해 주었어. 너는 아무 말 하지 않았어. 아이를 더 낳는다… 표현 방식일 뿐이잖아. 문법적으로 남성형이 여성형에 우선하니까. 아이를 더 낳는다… 너는 다른 아이를 원하지 않았어. 네가 원한 건 그 아이였지.

의사가 봉투 하나를 집어 들었어. 그 봉투에 병원 측에서 찍은 트리스탕의 사진이 들어 있다고 했어. (의

---

* 'précieux', '귀한'이라는 뜻의 형용사를 쓰지만 실제는 유산, 합병증 등 위험한 임신을 말한다.

** 원문에서 아이를 남성형으로 썼다.

사가 트리스탕이라는 이름을 말해서 가슴이 철렁했어.)
사진은 너에게 주려고 한 것이지만 지금 당장 볼 필요
는 없다고 했지. 하지만 너는 보겠다고 했어. 의사가 봉
투를 너에게 내밀었고 너는 그것을 받으려고 팔을 뻗
었는데 타이밍이 맞지 않아 봉투가 땅에 떨어지고 말
았어. "아! 떨어졌네요." 너는 봉투를 주우려고 무릎을
구부려 몸을 낮추었어. 아기의 무덤가에서 잡초를 뽑
을 때처럼 말이야. 그런데 트리스탕이 거기 있었어. 사
진이 아니라 아기의 몸이 말이야. 너를 사랑하고 또 네
가 사랑한 아기가. 아기도 아니고 유령도 아니고 진짜
사내아이도 아니고 순수한 영혼도 아니었어. 분명한
외형이 없는 존재, 얼굴도 없고 나이도 없는 환영이었
지만 거기, 그 자리에 있었어. 너를 사랑하고 또 네가 사
랑한 아기가. 확실했어.

　"다른 아이는 필요 없어요. 나는 이 아이가 필요해
요. 트리스탕이 필요해요."

　너는 차 시동을 끄고 전날 번역 때문에 읽었던 마르
셀 프루스트의 글을 떠올렸어. 화자는 돌아가신 할머
니를 한동안 잊고 있었는데 몸을 낮춰 구두끈을 풀려
고 하는 찰나 할머니가 생각난 거야. 예전에 화자가 피
곤에 지쳐 앉아 있을 때마다 할머니가 몸을 낮춰 화자

의 구두끈을 풀어 주었지. 구두끈을 풀기 위해 몸을 낮추는 그 행동으로 할머니에 대한 기억과 한없는 사랑이 되살아난 거야. 너도 바닥에 떨어진 사진을 줍기 위해 몸을 낮추면서 책의 그 구절을 떠올렸고 동시에 부활, 아니 '생과 사의 매우 낯선 모순', 눈에 보이지 않는 아기가 되살아난 거야. 다시 올 거야. 걱정 마. 이 순간이 다시 올 거야. 트리스탕이 다시 너를 찾아올 거야. 끝이 아니야. 트리스탕을 다시 보게 될 거라고 약속해. 너는 트리스탕을 이 세상에 순간적으로 존재하게 할 수 있을 거야. 다만 트리스탕이 다시 나타나도록 유도하거나 소환해서는 안 돼. 은총은 자연스럽게 내리는 것이니까. 조심하지 않으면 휙 하고 사라져 버릴 거야. 집에서 쉬고 있을 때, 길을 걸을 때, 버스를 탔을 때, 혼자 있을 때, 사람들 사이에 있을 때, 뭔가를 집으려 할 때, 구두 스트랩을 채우려고 무릎을 구부릴 때, 그 순간 기도한 것도 생각을 한 것도 아닌데, 아무것도 하지 않았는데 갑자기 천사가 나타나지. 눈에 보이지 않는 아기, 네 아기, 트리스탕이. 네 아들이 네 가슴에 좀 더 있으려고 다시 돌아온 거야.

III

"딸입니다."

임신 5개월 때 초음파를 찍었다. 남편은 중국 출장 중이어서 전화를 했다. 덤덤하게 결과만 알리려 했지만 그러지 못했다. "실망했어요? — 전혀! 딸도 좋아. 내 말은 아들만큼 좋다고."

나는 복도 끝에 있는 방으로 갔다. 서랍장 제일 아래 칸에는 트리스탕에게 입히려고 사거나 내가 직접 짠 옷들이 들어 있었다. 버려야 할지 그대로 놔둬야 할지 결정하지 못하고 아직 거기 그대로 둔 것이었다. 나는 무릎을 꿇고 앉아(안녕, 내 아가!) 작은 니트 모자를 집어 들었다. 똑같은 모자가 하나 더 있는데 왜 두 개를 만들었는지 기억이 나지 않지만 그때 아기 옷을 모두 두 벌씩 준비했었다. 아기 신발도 실내복도 두 벌이었다. 쌍둥이라도 낳는 것처럼. 임신 초기에 살아 있는 아기가 죽은 아기의 옷을 입어도 되는지 생각해 본 적이 있다. 입은 것은 아니고 입히려고 했던 옷이기는 하지만 슬픔이나 불운을 물려줄 위험은 없을까? 얼굴이 어두운 아이들을 보면 죽은 형제의 이름을 물려받은 경우가 종종 있다. 반 고흐도 죽은 채로 태어난 형 빈센트의 이름을 물려받지 않았던가. 나는 반 고흐의 원시적인 파란색과 희망을 부정당한 노란색 그리고 마지막 날들을 떠올렸다. 이제 딸을 임신한 것을 알게 되었고 (트리스탕, 내가 기다리는 아가는 네가 아니란다) 여자아이가 남자아이의 옷을 입어도 괜찮을지 걱정이 되기 시작했다. 불경한 일은 아닐까? 돈 좀 아끼겠다고 너무 인색한 것은 아닌가? 아이 성장에 해가 되지는 않을까? 아기에게 못 할 짓은 아닐까? 필요 없는 이 옷들을 버리고(트리스탕, 네가 다시 돌아오는 것은 아니잖니?) 서둘러 새 옷을 준비해야 하지 않을까? 하지만 결국 아무것도 버리지 못하고 정성스럽게 접어 다시 서랍장에 넣어 두었다. 거울에 내 모습을 비춰 봤다. 눈이 퀭하고 배는 벌써 타원형 공 모양으로 불러 있었다. 사춘기 시절 거울을 보면 가끔 내 얼굴에서 아버지의 얼굴을 볼 때가 있었다. 아버지를 많이 닮아 남자처럼 생긴 것이 못마땅했지만 한편으로는 아버지가 진짜 아버지라는 것에 안도하기도 했다. 나는 의심의 여지 없이 내 아버지의 딸이었다. 2년 전부터는 내 얼굴에서 트리스탕이 보였다. 옛날 인형처럼 두 볼이 창백한 내 아들이 내 얼굴에 있었다. 나는 분명 내 아들의 엄마였다. '트리스탕, 엄마는 너를 기다리고 있지 않아. 여자아이를 기다리고 있어.' 나는 여전히 내 아들에게 말을 걸지만 이제 혼자가 아니었다. 트리스탕도 그것을 알았는지 내 기억 속에서 자기 몸을 웅크려 몸을 아주 작게 만드는 것이 느껴졌다. 내 몸 안에는 태아 하나와 유령 하나가 살고 있었다. 내 몸의 절반은 요람이고 절반은 무덤이었다. 배 속에서 누군가 말을 그만하라고 발을 뻥 찼다. 발로 서랍을 차서 닫는 것처럼 말이다. 나는 얼굴을 찡그렸다. '트리스탕, 네 여동생이야.' 나는 웃으면서 배꼽에 손을 가져갔다. 아직 태어나지도 않은 것이 성격이 장난이 아니었다.

밤에, 특히 남편이 집에 없을 때 나는 식은땀을 흘리며 깨어나곤 했다. 잘할 수 있을지 자신이 없었다. 딸들이 엄마를 꼭 좋아하는 것은 아니잖은가. 분명 아들은 나를 좋아할 것이다. 아니, 나를 좋아했을 것이다. 사내아이들은 모두 엄마에게 꼼짝 못 하고 또 세상에서 가장 사랑하는 여자가 엄마가 아닌가! 그런데 딸은… 반대는 어떨까? 그러니까 엄마는 딸을 좋아할까? 나는 언제나 엄마를 좋아했다. 엄마는 나를 좋아했을까? 잘 모르겠다. 엄마가 나에게 사랑한다고 말한 적이 언제였는지 기억조차 흐릿하다. 나는 어떤 삶을 사는 여자가 될까? 나 자신이 아무것도 할 줄 모르는 쓸모없는 사람처럼 느껴졌다. 나는 실패하고 말았다.

2년 전부터, 특히 내가 임신을 하고부터 남편은 자주 집을 비웠다. 남편은 회사에서 이인자가 되어 아주 바빴고 부부 관계도 소원해졌다. 관계를 가질 때마다 고통이 너무 심했다. 엄마를 통해 문제를 보고받은 아버지는 그것이 정상이라고 말했다. "회음 절개술을 하면 그래. 정상적인 현상이야." 그럴 수도... 그런데 정상적인 현상이면 아파도 되는 건가? 그래서 남편에게 성교하는 날을 정하자고 했다. (엉뚱하게 성교라는 단어가 입에서 튀어나왔다.) "뭐? 아예 교미라고 하지 그래? — 체온을 재서 배란기 4일 동안에 (관계, 사랑 놀이, 포옹을) 하자는 거지. — 필요할 때만 하자는 거지!" 남편이 빈정거렸다. 내가 얼마나 고통을 겪고 있는지는 몰라주고 내가 불감증이 있다고 짜증을 내는 남편이 원망스러웠다. 아무도 내가 아파한다는 것을 인정하지 않으려 했다. 지금도 마찬가지다. 여자들은 아무것도 아닌 일로 불평한다고 생각한다. 나는 점점 더 시 번역을 멀리하고 두꺼운 과학 관련 서적만 번역했다. 내 고통을 번역하는 것이 너무 고통스러웠기 때문이었다. 어렸을 때는 늦는 것이 두려웠는데 이제는 달력만 쳐다 보고 늦기만을 손꼽아 기다렸다. 질서와 정확성이 지배하는 삶을 살면서 늦기만을, 생리가 멈추기만을 바라며 2년의 세월을 보냈다. 내 임신 소식이 전해지자 모두 한숨을 돌렸다. 남편은 나를 이해하지 못했다. 내가 혼자 울고 있을 때면 소리를 질렀다. "왜 그러는 거야? 내가 아기 만들어 줬잖아! 그래, 안 그래?" 남편은 너무 안이했다. 아기는 언제나 죽을 수 있다. 나는 나이를 먹었고 더 이상 불멸을 믿지 않았다. 그리고 아기를 잃은 엄마에게 영원이란 없다. 예전에 본 영화가 자주 생각났다. 제목은 기억나지 않지만 출산 전에 항상 뜨거운 물을 준비하라고 말하는 장면이 있는 그런 영화 중 하나였다. (왜 뜨거운 물을 준비하라고 하는지 그때는 몰랐다.) 영화에서 의사는 정신없는 남편에게 산모를 구하겠느냐 아니면 아기를 구하겠느냐고 물었다. 자주 그 장면이 떠올랐다. '아니면'이라는 접속어가 내 어깨를 짓눌렀다. 남편이 누구를 선택했는지 기억이 나지 않지만 선택한 사람이 남편이었다는 것은 기억하고 있다. 아버지는 별것 아니라고 했다. (의과 첫해 교과서에 나올 정도니까.) 우울증이라고 했다. 우울증은 입덧, 호르몬 불균형, 비타민과 마그네슘 섭취처럼 산모라면 누구나 겪거나 챙겨야 할 아주 흔한 것이라고 했다.

알리스는 루앙 종합 병원에서 태어났다. 남편은 복도에서 기다렸다. 나는 남편이 분만실에 있는 것이 싫어서 여자들만의 시간을 갖고 싶다고 농담처럼 말했고 남편 역시 같이 있는 것을 고집하지 않았다. 5개월 때 초음파를 찍고 나서 아기 이름을 알리스라고 지었다. 남편은 아기가 우리를 경이로운 나라로 데려다주기를 바랐고, 나는 남자들이 아니라 토끼들이 아기 요람을 지켜 주길 바랐다. 알리스는 3.8킬로그램의 건장하고 예쁜 아이로 태어났다. 아기도 나도 아픈 데는 없었다. 태어난 지 1시간밖에 안 된, 요람에 누워 있는 알리스는 발그레한 장밋빛의 건강한 아이였다. "아이쿠! 스타킹 모델은 되기 힘들겠는걸! 다리가 돼지 뒷다리처럼 아주 튼튼해!" 배내옷을 입고 꼼지락거리는 알리스의 다리를 만지며 남편이 말했다. 아버지가 웃었다. "엄마를 닮았나 보군. 로랑스가 어렸을 때 별명이 뭐였는지 아나? 내가 신경을 써서 다행이지, 자네, 코끼리랑 결혼할 뻔했네!"

내가 잠옷 앞섶을 들썩거리자 아버지와 남편이 조심스러워하며 밖으로 나갔다. 하지만 젖이 나오지 않아 그럴 필요가 없었다. 젖이 나오지 않는다는 것을 간호사들이 알아차리는 데 사흘이나 걸렸다. 알리스가 내 젖가슴에 붙어서 아주 열심히 빨았기 때문에 젖이 나오지 않는다는 것을 아무도 몰랐다. 아무것도 나오지 않기 때문에 아기가 그렇게 열심히 빤 것이고, 그렇게 젖을 빤 후에는 지쳐서 깊이 잠들었다. 마치 배부른 아이처럼. 하지만 몸무게가 다 말해 주었다. 알리스는 쇠약해지고 있었다. 그래서 젖병을 물려야 했다. 아버지는 못마땅해했다. 병문안을 올 때마다 초유와 모유가 신생아의 건강에 필수적이라는 것을 조산사를 증인 삼아 설교하며 좀 더 애써 보라고 압력을 가했다. '좀 더 애써 보렴...' 어떻게 애를 쓰라는 거지? 아버지는 심지어 남편까지 자기편으로 끌어들이려 했다. "요즘 여자들은 가슴 망가지는 것만 신경 쓴다니까. 정말 한심해!" 하지만 남편은 아버지의 말에 아무런 대꾸를 하지 않고 내 팔을 쓰다듬었다. 더 이상 부부 관계를 하지 않아도 남편은 내 가슴이 망가지는 것은 싫었던 게 아닐까. 나도 알리스에게 분유를 먹이는 것이 속상했다. 나는 자기 아기조차 먹이지 못하는, 제대로 된 몸을 가지지 못한 무능한 엄마였다. 혹시 무의식적으로 내가 알리스를 죽이려고 한 것은 아닐까? 먹이다, 죽이다... 결국 비슷한 말이 아닌가?* 광기 어린 생각이 내 머릿속을 맴돌다가 아무 설명 없이 썰물처럼 빠져나갔다. 죽음이 같이 놀자고 내 아기의 요람을 발로 툭툭 차고 갔던 것이다. 나중에 알리스가 울고 있을 때 엄마가 내게 조언을 했다. "밤에 아기가 운다고 안아 줘 버릇하면 안 돼. 네가 너무 힘들어. 또 젖이 안 나오니까 일어나서 분유를 타야 하잖니. 아기들은 울면 뭐가 나온다는 것을 금방 배워. 남자애들보다 여자애들이 더 그래."

엄마가 그걸 어떻게 알아요? 그렇게 묻고 싶었지만 나는 아무 말 하지 않았다.

이제 모두 한시름 놓고 안심했다. 하지만 나는 그렇지 못했다. 밤에 잘 수가 없었다. 내가 잠에 굴복해 아기를 보지 못하는 동안 아기가 죽을까 봐 두려웠다. 불안이 나를 갉아먹었다. 알리스의 목숨은 내가 잠을 자느냐 자지 않느냐에 달렸지만 잠의 유혹을 뿌리치기가 너무 힘들었다. 나는 어떻게 해야 엄마가 되는 줄 몰랐고, 되지 못했다. 우리 엄마는 어떻게 엄마가 되는 줄 알았고, 되었다. 가엘이 죽은 후에도 그랬다. 어떻게 한 거지? 나도 엄마처럼 항우울제 알약들을 삼켰다. 산후 우울증 전문가를 찾기도 하고 출산과 모성애에 관한 책

---

* 먹이다 'nourrir', 죽이다 'mourrir'. 발음과 철자가 비슷하다

을 읽기도 했다. 나는 비교하고 자책했다. 내 아기와 내
가 어떻게 살 것인지 앞이 캄캄했다.

　하루는 기진맥진한 상태에서 알리스가 우는 소리
를 들었다. 한밤중이었는데 어디가 아프거나 배가 고
파서 오열하는 것이 아니라 외로워서 낑낑거리는 소리
였다. 아니면 외로운 건 나였나? 남편은 세상모르고 자
고 있고 나는 그날 밤도 거의 눈을 붙이지 못했다. 처음
에는 남편도 나보다 더 자주 깨서 알리스에게 젖병을
물리고는 했는데 언제부턴가 알리스를 내게 슬쩍 떠넘
기기 시작하더니 암묵적으로 인수인계가 이루어졌다.
밤에 우는 소리가 나면 나는 아기에게 달려갔다. 엄마
의 충고를 듣지 않고 아기가 울면 언제나 두려움에 떨
면서 달려갔다. 어떤 수면제도 나를 잠들게 하지 못했
다. 어떤 수면제도 바스락거리는 소리와 안 좋은 일의
위협으로부터 내가 휴식을 취할 수 있는 순간을 제공
해 주지 못했다. 생명은 꺼진다. 이것이 내가 아는 전부
였다. 그날 밤도 소리가 들리자마자 벌떡 일어나 아기
방으로 달려갔다. 침대 가까이 가자 토끼 전등의 푸르
스름한 불빛 아래서 알리스가 꼬물거리고 있었다. 나
는 어둠과 불빛의 경계에 서서 '엄마 여깄어'라고 속삭
였다. 딸에게라기보다는 나 자신에게 한 말이었다. 몽

유병 환자처럼 사는 나를 안심시키기 위해서였다. 내가 불빛 안으로 들어오자 알리스가 갑자기 움직임을 멈췄다. 토끼 옷을 입은 아기는 쌔근쌔근 잘 자고 있었다. 동화에서처럼 샘물을 들여다보듯 나는 아기를 내려다봤다. 아기의 몸이 샘물처럼 살랑거렸다. "맘맘마… — 그래, 엄마 여깄어. — 맘맘마…" 아기가 팔을 움직이며 웅얼거렸다. "엄맘마…" 아! 나는 몸을 더 숙였다. "엄맘마…" 한 달 전쯤 알리스는 처음으로 '또'라는 말을 했다. 또 콩포트 달라고, 또 안아 달라고 또, 또, 또라고 했지만, 엄마는 처음이었다. 새로 태어난 말. 신생어. 말과 함께 엄마가 생겨났다. 갑작스러운 분절음이었고 잘 들리는 속삭임이었다. 나는 알리스의 엄마다. 이 사실은 말이 되어 입 밖으로 나와 뿌리를 내리고 가지들을 무성히 키웠다. 얼마나 비옥한 땅인가! 알리스의 두 눈이 내 눈에 와서 박혔다. 아직 많은 것을 보지 못하는 어린 눈은 따스하고 영리하고 빛을 발하고 풍부한 감정을 가졌다. 진실로 황홀했다. 그래, 엄마 여기 있어. (사랑은 곁에 있어 주는 것이 아닌가!) "엄맘마 — 그래, 내 딸. — 엄맘마 — 그래, 내 딸." 알리스는 노래하는 것처럼 웅얼거리고 웃었다. 진짜 웃었다. 알리스와 나는 푸르른 밤에 함께 웃었다.

어제저녁 18개월이 된 알리스가 하늘을 가리키며 '달'이라고 말했다. 오늘 아침에는 쥐똥나무 가지가 탁탁 부딪히고 있는 유리창에 코를 대고 '바람'이라는 말을 반복했다. 요술을 부리는 요정 같은 목소리로 관사 없이 단어를 말했다. 아이의 입에서 말이 나오는 순간 사물이 실제로 나타날 것 같았다. 평소처럼 나는 아이를 베이비시터인 조엘의 집에 데려가기 위해 일찍 깨웠다. 조엘은 세 살과 네 살짜리 아들이 있고 지금은 셋째를 임신 중이었다. 내가 알리스에게 초록색 옷을 입히려고 팔을 옷소매에 집어넣으려는 순간 알리스가 팔을 흔들어 댔다. 처음이 아니었다. 알리스는 기저귀만 두른 채 도망을 갔다. "시러 언피쯔!" 알리스가 단호한 목소리로 원피스 입는 것을 거부했다. "시러 언피쯔!" 알리스는 발을 구르며 한 번 더 말하고 목마에 올라탔다. 나는 원피스를 들고 쫓아갔다. 시간이 없었다. 하지만 알리스는 내게서 옷을 빼앗아 벽을 향해 던졌다. 모래를 한 주먹 집어 세게 뿌리듯 단호하게 던졌다. 알리스가 나를 보고 웃었다. 좋아서 웃는 것이 아니라 '언피쯔'를 입지 않으려는 자신의 의지가 관철되기를 기다리며 웃는 웃음이었다. "알리스, 이러다 늦겠다." 나는 바닥에 내팽개쳐진 원피스를 포기하고 멜빵바지와 스웨터를 입혔다. 알리스가 노래를 불렀다.

네 살 생일 때 알리스는 할머니에게 카우보이 옷을 선물해 달라고 요구했다. 아빠와 함께 티브이로 서부 영화를 보더니 카우보이가 되고 싶었나 보다. 모자가 약간 크다 싶었는데 위풍당당하게 모자를 머리 뒤로 넘기고 부츠 뒤꿈치를 부딪쳐 박차에서 달가닥 소리가 나게 했다. 내가 알리스의 부인이 되었다. 나는 우리가 낳은 열두 마리의 곰돌이 인형을 먹이기 위해 벽난로에서 케이크를 굽고 있었다. "부인, 안녕하시오!" 알리스가 심각한 얼굴로 바람처럼 부엌으로 들어왔다. "금방 가야 하오. 할 일이 많거든. ─ 이리로 와서 반죽 이기는 것을 도와주세요." 하지만 알리스는 내 말을 끝까지 듣지 않고 거실 전기스탠드에 묶여 있는 목마에게로 달려갔다. 알리스는 벽등을 고치고 있는 아빠에게 큰 걸음으로 가서 한 발을 들어 다른 발에 탁 붙이고는 손을 관자놀이에 갖다 댔다. "샤르팡티에 대위! 문제가 생겼다. 인디언들이 쳐들어왔다. ─ 장군님! 더 큰 문제가 있습니다." 남편은 한 손에 드라이버를 들고 진지하게 경례를 올린 후에 다급한 목소리로 보고했다. "그래?" 알리스가 턱을 쳐들고 눈썹을 찌푸렸다. "네! 장군님! 아주

심각한 문제입니다. 장군님을 사랑합니다! ─ 아빠! 그
렇게 하면 어떡해!" 알리스가 아빠를 툭 쳤다. 두 사람
은 배를 잡고 웃었다.

　우리는 데잘루에트 광장에 놀러 갔다. 겨울이었다.
골목길에는 아직 약간의 눈이 쌓여 있었다. 알리스는
파란 털 점퍼를 입었는데 니트 모자 위로 점퍼에 달린
모자를 또 썼다. 남편은 비행장으로 떠나기 전, 그런 알
리스를 보고 정원 장식용 난쟁이 인형같다고 말했다.
알리스는 미끄럼틀에서 노는 것 같더니 바로 구름사다
리로 가서 봉에 매달려 그네처럼 몸을 흔들었다. 알리
스는 남자애들을 관찰했고 그대로 따라 했다. 어찌나
경이로운 눈으로 쳐다보던지 나는 민망해서 눈을 돌리
고 말았다. 하지만 알리스는 나를 쳐다보지도 않았다.
남자애들처럼 엄마는 안중에도 없는 것처럼 행동했다.
알리스는 몸을 휙 굴려 거꾸로 매달렸다가 다시 몸을
굴려 봉을 붙잡고 한 칸씩 손쉽게 매달려갔다. "아들이
참 잘하네요. 몸을 아주 잘 써요. 우리 애는 너무 느리거
든요." 같은 벤치에 앉아 있던 아이 엄마가 내게 말했다.
나는 살짝 미소를 지어 보였다. (갈래머리를 모자 밖으
로 뺄 걸 그랬나?) 입안에서 '딸이에요'라는 말이 만들
어졌다가 이에 부딪혀 혀 밑에서 녹아 사라졌다. 대신

내 입에서 '고맙습니다'라는 말이 나왔다.

　네 살 때 알리스는 처음으로 아빠와 함께 유아 테니스 교실에 갔다. 남편이 테니스를 치는 동안 알리스는 다른 아이들과 함께 여자 코치에게 테니스를 배웠다. 코치가 아이들에게 이름을 물었다. 자스민… 레아… 쥘… 알렉시… 조르단… "네 이름은 뭐지? ― 브리콜라주*예요. ― 브리콜라주? 진짜? 그건 이름이 아닌데… ― 맞아요! 제 이름은 브리콜라주예요." 알리스는 전혀 당황하지 않고 눈으로 아빠를 찾았다. 코치는 더 물어보지 않았다. 세상에는 정말 이상한 부모들이 많다. 예전에 클럽메드에서 일할 때 이름이 롤렉스인 아이를 본 적이 있다. 어떤 해에는 땅콩도 있었다. 그래도 여자애인데 브리콜라주라니! 게다가 성이 샤르팡티에인데! 브리콜라주 샤르팡티에**??? 아무튼 자기 마음이니까. "브리콜라주가 운동신경이 아주 뛰어난데요!" 강습이 끝난 후 코치가 남편에게 알리스를 칭찬했다. 남편은 무슨 소린가 하고 코치를 멍하니 쳐다봤다. 알리스가 곁눈으로 아빠를 슬쩍 봤다. 남편은 테니스 라켓과 전동 드릴을 한꺼번에 삼킨 사람처럼 서 있었다. 집에 돌아와서 남

---

* 브리콜라주는 '집수리'라는 뜻이다.
** 샤르팡티에는 '목수'라는 뜻이다.

편이 그 얘기를 했을 때 내 몸이 얼어붙는 것 같았다. 우리 딸이 조금 이상했다. 땅 밑에서 어둡고 차가운 기운이 스멀스멀 올라오는 것 같았다. "그게 아니라니까. 벌써 운동신경이 얼마나 좋은지 몰라. 어린이용 라켓을 들고 있는 알리스를 당신이 봤어야 하는데." 남편은 뭐가 문제냐며 어깨를 으쓱했다. 두 달 후 문손잡이를 사러 집수리용품점 미스터 브리콜라주에 가서야 알리스가 왜 그랬는지 깨달았다. 몇 주 전부터 새로 이사 온 집 인테리어를 하느라 그곳에 자주 갔었는데 점원들이 나를 샤르팡티에 부인이라고 부르는 것을 보고 알리스는 남자 이름을 갖고 싶었던 것이었다.

"무슨 일로 오신 거죠?" 소아정신과 의사가 깍지 낀 손을 턱에 괴고 물었다.

벌써 20분째 의사에게 트리스탕과 알리스와 미스터 브리콜라주에 대해 말하고 있었는데… 듣고 있지 않았단 말인가?

"전화로 말씀드렸듯이 저희가 걱정이 돼서요."

의사는 미소를 지었다. 하지만 눈은 웃지 않아 시선이 차가웠다. 그는 잘생긴 편이었다. 수염만 없다면 더 근사해 보일 거라는 생각이 들었다. 왜 '저희'라고 했을까? 나 혼자 왔는데. 나는 갈수록 혼자가 되었다. 사실이었다.

"저희 딸이 네 살인데 자기가 남자라고 생각해요."

"네."

"남자가 되고 싶어 해요. 어떻게 해야 할지 모르겠어요."

"왜 뭘 하시려는 거죠?"

"그게…" 나는 시선을 떨구었다.

"아이가 스스로 남자라고 말한 건가요? 아니면 어머니께서 아이가 소년이 되고 싶어 한다고 말하는 건가요?

"저는…" 말이 잘 나오지 않았다.

"혹시 어머니께서 아이가 아들이었으면 하고 바라는 건 아닌가요?"

나는 또 죄인이 되었다. 정신과 의사들은 항상 엄마들을 변명하게 만든다. 항상 엄마들만! 말이 쉽게 나오지 않았다.

"사실… 딸이 남자가 되고 싶어 해요. 원피스나 치마라면 질색을 해요. 입으면 예뻐서 자주 사 주는데 절대안 입어요… 알리스를 봐주는 사람이 있는데 한번은 손톱에 매니큐어를 발라 주려고 했더니 알리스가 소리를 지르고 펄쩍펄쩍 뛰었대요. 매니큐어 병까지 엎어 버리고요. 그분이 아들만 셋이라 알리스를 딸처럼 생각해서 예쁘게 해 주려고 한 건데. 그리고 욕조에서 남자처럼 서서 소변보는 연습을 해요. 선물 받은 공주 인형은 다 어디다 치워 버리는지 곰 인형만 가지고 놀고요. 유치원에서는 남자애들하고만 놀아요. 실은 남자애들하고 놀고 싶어 하는데 남자애들이 잘 끼워 주질 않아요. 축구를 해도 패스도 안 해 주고. 그래서 알리스가 화를 많이 냈어요."

"이해합니다."

나는 웃었다.

"알리스가 화를 내는 것이 이해가 됩니다. 아무런 문제가 없어 보이…"

"자신을 지칭할 때 남성형을 써서 말해요. '나는 잘생겼어요', '나는 강해요' 이렇게 말한다니까요. 자기가 남자라며…"

"아이들은 4, 5세가 되기 전까지는 성을 일치시켜 말하지 못합니다. 남성과 여성을 잘 구별하지 못하기 때문이죠. 자연스러운 겁니다."

"지난 일요일에 남편 직장 동료들이 점심을 먹으러 집에 왔어요. 한 남자 동료가 몸을 숙여 알리스 뺨에 뽀

254

뽀를 하고는 '예쁘구나'라고 칭찬을 했는데, 이 말을 듣고 알리스가 아저씨 앞에 똑바로 서서 팔을 뻗고는 '나는 씩씩해요'라고 말을 고쳐 주는 거예요."

"말하지 않았습니까. 성을 일치시키지…"

알리스를 비난하는 기분이 들었지만 나는 멈추지 않았다.

"그래서 남편 동료가 '그렇게 말하면 안 되고 너는 여자아이니까 예쁘다고 해야지'라고 친절하게 가르쳐 주었어요. 그러니까 알리스가 어쨌는지 아세요? 발을 쾅쾅 구르고 머리를 좌우로 마구 흔들면서 화를 내는 거예요. 알리스가 말을 듣지 않으니까 남편 동료가 다시 설명했어요. '나는 씩씩한 남자고 너는 작고 예쁜 여자야!'라고 말예요. 그러니까 알리스가 '나도 남자예요!'라고 소리를 질렀어요."

"알리스 말이 맞습니다."

"네?"

"알리스가 한 말이 맞습니다. 알리스는 남자아이를 따라 하고 있어요."

"…"

"알리스에게 오빠에 대해 말하셨죠? 알리스가 오빠가 죽은 걸 알고 있습니까?"

오빠라는 말이 나를 얼어붙게 했다. 알리스는 네 살이고 트리스탕은 신생아인데…

"네. 알리스가 태어나자마자 말해 줬어요."

"왜죠?"

"선생님 동료분이… 여자 선생님인데 그렇게 해 보라고 했어요."

의사는 내 목소리에서 자신감을 느꼈을 것이다. 내 말을 뒷받침해 주는 보증인이 있다는 것에 힘이 났다. 나에게도 권위가 생겼다.

"출산 후에 우울증 같은 것을 앓았어요. 정말 두려웠어요. 알리스가 트리스탕처럼 죽지 않을까, 넘어지지 않을까, 내가 실수를 하지는 않을까, 너무 두려웠어요. 내가 너무 무서워하니까 병원 심리상담사가 알리스에게 엄마가 왜 무서워하는지 설명해 보라고 조언을 하더라고요. 아이들도 다 이해하니까 얘기할 수 있잖아요. 그렇죠? 그래서 알리스에게 얘기했어요. 어느 날 알리스를 품에 안고 차분하게 말해 줬어요. '엄마가 늘 허둥대고 걱정만 한다고 생각하지? 알리스가 태어나기 전에 오빠가 있었는데 하늘나라로 갔어. 그래서 엄마와 아빠가 슬퍼하는 거야. 엄마는…'"

의사가 턱을 움찔하더니 신경질적으로 노트에 끄

적이다가 연필심을 지우개에 콕콕 찍었다. 지우개는 이미 벌집처럼 구멍이 숭숭 나 있었다.

"'… 엄마는 네 오빠를 무척 사랑했고 또 네가 태어나서 너무 행복했어…' 선생님 동료가 저에게…"

"제 동료가 아닙니다! 저는 의사지 심리상담가가 아니에요. 그때 알리스가 몇 살이었죠?"

"어… 태어난 지 얼마 안 되었어요. 한 보름, 3주 정도…"

의사가 한숨을 내쉬었다.

"제가 잘못한 건가요? 알리스가 알아듣지 못했을까요?"

이제는 코를 훌쩍였다.

"아닙니다. 정반대입니다. 다 알아들었을 겁니다. 알리스가 아주 영리한 아이 같아 보여요. 엄마가 아들을 잃어서 매우 불행하다는 것을 이해했을 겁니다."

"무슨 뜻이죠?"

생각을 제대로 할 수가 없었다. 상반되는 지시가 사람을 미치게 할 수 있다는 것을 어디서 읽은 적이 있다. 알리스에게 말한 게 잘한 일일까? 아니면 하지 말았어야 했나? 의학계에서는 뭐라고 하지? 뭐가 정답이야? 내가 잘못한 건가?

"제가 잘못했다는 뜻인가요? 엄마 아빠가 오빠를 못 잊고 있다고 알리스가 생각하는 건가요? 그런가요? 그래서 알리스가 선머슴처럼 된 건가요?"

의사는 지우개와 연필을 내려놓고 피식 웃었다.

"선머슴이요? 무슨 뜻이죠?"

그가 증오스러웠다. 한마디 할 때마다 일일이 설명해 줘야 한단 말인가? 그렇게 흔한 표현조차도? 저 수염도 프로이트처럼 보이려고 길렀을 것이다. 의사가 거만한 말투로 계속 말했다.

"선계집애라고는 하지 않죠. 그거 아셨어요? 대부분의 남자들은 여자가 되기를 꿈꾸지 않습니다. 반대로 여자들은… 선머슴은 남자가 될 자유가 없는 여자입니다. 여자는 자유가 없어서 고통을 겪는 거죠. 그런 고통을 느낀 적 없었습니까?"

의사는 나를 뚫어져라 쳐다봤다. 내 얼굴이 달아올랐다. 나는 안절부절못했다.

"하지만 우리에게 선택권이 있나요? 우리가…"

의사가 내 말을 끊었다.

"알리스의 경우는 좀 복잡합니다. 단순히 남자가 되고 싶어 하는 것을 넘어서 특정 남자가 되고 싶어 합니다. 설익은 남자가 아니라 있어야 할 것이 없는 남자라고 하는 것이 맞을 것 같습니다."

눈물이 고였다. 마스카라를 발라서 눈물이 흘러내리면 안 되는데… 언제 어디서나 외모에 신경 써야 하는데…

"알리스는 엄마 아빠 품에 트리스탕을 다시 안겨 주고 싶은 거죠. 그것이 이유입니다. 다른 게 아니라."

"왜요?"

의사는 눈썹을 씰룩하더니 일어나서 나를 문까지 배웅했다.

"그럼, 수요일 오후 4시에 알리스와 함께 뵙겠습니다."

알리스는 병원에 가기 싫지만 엄마가 원한다면 가겠다고 했다. 상담을 하면 엄마에게 도움이 되는지를 상냥하게 묻는 듯한 눈빛이었다. 어제 나는 알리스가 안 예쁘다며 실내화에 붙어 있는 리본을 뜯어냈을 때 고래고래 소리를 질렀다. 밤새 바느질해서 다시 붙였지만 아침 내내 알리스는 양말만 신고 집안을 돌아다녔다. 무슨 바람이 불었는지 알리스는 의사에게 왼손을 내밀었고 의사는 오른손으로 알리스의 손을 잡았다.

"왼손잡이구나! 나도 왼손잡이야. 하지만 악수는 오른손으로 해야 하는 거야. 나처럼. 관례이기 때문이지. 관례를 따르면 모두 만족하고 문제가 생기지 않아. 그래야 편하거든. 하지만 걱정 마. 그래도 우리는 계속 왼손잡이니까. 자신을 부정해서는 안 돼. 우리 한번 오른손으로 악수해 볼까?"

알리스는 깔깔거리면서 권총을 꺼내듯 오른손을 여러 번 내밀었다. 의사도 웃었다.

"오늘 여기 왜 왔는지 아니?" 의사의 질문에 알리스가 고개를 가로저었다.

"엄마가 걱정을 하고 있어. 엄마가 그러는데 네가 남자가 되고 싶어 한다고. 사실이니?"

"네!"

"왜지?"

알리스가 나를 쳐다봤다.

"엄마에게 물어보지 않아도 돼. 왜 남자가 되고 싶은지 나에게 대답해 주지 않겠니?"

알리스는 턱을 들고 어깨를 귀에 닿도록 쭉 올리더니 한숨을 쉬면서 떨어뜨렸다.

"왜냐면… 그러고 싶으니까요."

"바로 그거야, 알리스! 네 말이 맞아. 너는 살아 있으니까!"

　의사의 말이 재밌었는지 알리스가 웃음을 터뜨렸다. 그러고는 의자에서 일어나 양팔을 벌려 비행기를 만들어 진료실을 날아다녔다.

　"나는 살아 있다! 나는 살아 있다!" 알리스가 노래를 부르며 돌아다니다가 내게로 와서 내 무릎을 세게 껴안았다.

　저녁에 거실에서 남편과 술잔을 기울이며 오늘 병원에서 있었던 일을 얘기했다. 남편은 의사가 바보같이 말장난만 한다고 짜증을 냈다. 그때 알리스가 남편의 면도기를 들고 거실로 나왔다. 아빠가 하는 것을 봤는지 면도기로 뺨을 쓸어내렸다. 나는 소리를 지르려다가 꾹 참았다. 남편은 늘 면도기를 세면대에 아무렇게나 놔뒀다. 조심성이 없고 미리 생각하는 법이 없었다. 생각은 언제나 내 몫이었다. 알리스를 다치게 하고 생명을 위협할 수 있는 것을 제거하는 일도, 알리스를 이롭게 하고 행복하게 하는 것과 우리 가족의 삶을 풍요롭게 하는 방법을 생각하는 일도 모두 내 몫이었다. 너무 힘들고 지쳤다. "내가 무슨 말을 할 수 있겠어?" 회사 서류를 뒤적이며 남편이 한 말이었다.

---

* '그리고 싶으니까'의 'envie'라는 단어를 띄어서 'en vie'라고 하면 '살아 있다'가 된다.

한 달에 두 번 알리스를 데리고 B박사를 보러 갔다. 알리스가 상담을 받는 동안, 나는 두 사람의 웃음소리가 들리는 대기실에서 기다렸다. 알리스는 가끔 그림을 그리기도 했는데 한번은 가족을 동물로 표현한 그림을 그려서 자랑스럽게 내 앞에 내민 적이 있었다. 가늘고 기다란 타원이 눈에 들어왔다. 타원을 따라 짧은 선들이 그어져 있었다. "발이 여러개 달린 지네야.— 생각 잘했네. 엄마들은 맨날 뛰어다니잖아." 나는 억지 미소를 지었다. 아빠는 코끼리였다. 땅에 끌릴 정도로 코를 비정상적으로 길게 그렸다. 남편이 봤다면 아주 좋아했을 것이다. 알리스 자신은 새끼 코끼리였다. 덩치가 작은 코끼리지만 손가락만 튕겨도 지네 소굴 전체를 지옥 불로 날려 버릴 수 있을 것이다. 아프리카 초원에 코끼리 가족 주위로 도토리 머리를 한 나무들이 당당하게 서 있고 나무들 옆에는 빨간 모자를 쓴 남근 모양의 버섯들이 있었다. B박사는 이가 다 보이도록 크게 웃었다. 다시 보니 지네가 여자의 음부처럼 보였다. 털이 무성한 생기 없는 음부였다. 나는 내 초상화를 들고 바보처럼 서 있었다.

알리스가 다니는 새 유치원은 집 바로 옆에 있었다. 루앙 근교에 있는 시골 마을 캉텔루에 새로 집을 사서 이사를 갔다. 까다로운 번역을 하느라 집중할 때를 제외하고, 집에 있으면 유치원 종소리가 들렸다. 종소리가 들리면 나는 재빨리 2층에 있는 알리스 방으로 올라가 운동장에서 놀고 있는 알리스를 찾았다. 행여 알리스가 나를 볼까 봐 커튼 뒤에 서서 조심했다. 자기를 감시하고 있다고 생각하면 안 되니까. 알리스는 항상 남자아이들 사이에 있었다. 입학 초기에는 운동장 한쪽에서 남자애들을 관찰하며 게임 분위기를 파악하다가 드디어 어느 날 게임에 들어가서 자리 하나를 꿰찼다. 처음에 남자애들은 자신들의 눈을 믿지 못하는 눈치였다. 새로 들어온 여자애가 축구를 한다고? 말도 안 돼! 줄넘기를 하고 있던 여자아이들도 놀라기는 마찬가지였다. 창가에 서 있는 내 심장도 쿵쾅쿵쾅 뛰었다. 나는 알리스가 거부당할까 봐 두려우면서도 한편으로는 거부당하기를 바랐다. 하지만 이제는 캉텔루 유치원의 최고 골키퍼가 되었다. 나는 알리스가 장갑을 낀 손으로 신중하게 슛을 막는 것을 구경했다. 알리스는 여름에도 축구 장갑을 잊지 않고 항상 챙겼다. "알리스! 알리스! 우리 집에 가서 과자 먹자." 같은 팀 남자애들이 소리를 질렀다. 가끔 알리스는 축구를 하는 대신 케빈과 단둘이 머리가 닿을 정도로 붙어서 얘기를 할 때도 있었다. 케빈은 우리 집 길 끝에 있는 뒤랑 자동차 정비소 집 아들이다. 갈색 머리에 검은 눈을 가진 귀여운 아이였다. 알리스는 케빈과 함께 운동장 한가운데 있는 페인트칠이 된 오두막 안으로 들어갔다. 놀이 시간 내내 그곳에 있어서 나는 두 사람을 보지 못했다. "그 오두막에는 뭐가 있어? 놀거리가 있어? — 아뇨. 아무것도 없어요. 그냥 오두막이에요. — 그럼 케빈이랑 뭐 했어? — 음… 사랑이요." 아무것도 모르는 순진한 아이의 입에서 나온 말이 나를 안심시켰다. 그래서 그 말이 숨기고 있는 공포를 알아채지 못했다.

케빈은 알리스에게 팔찌, 분홍색 진주 목걸이 그리고 머리를 묶으라고 형형색색의 머리 끈을 선물했다. 케빈의 엄마는 교문 앞에서 아이가 나오기를 기다리다가 나를 보고는 다 알고 있다는 듯 웃으면서 눈인사를 했다. 다정한 연인 같은 두 아이가 너무 귀여웠다. 알리스는 어색한 미소를 지으며 선물을 받아 들고 집으로 가져와 나에게 줬다. 장신구는 여자들이 하는 것이지 축구 선수가 하는 것이 아니니까. 번쩍거리고 뛸 때 성가시니까. 내가 해 보라고 몇 번 말해 봤지만 한 번도 들은 적이 없었다. 케빈 생각해서 한 번 정도 할 법도 한데 말이다.

5월 초부터 연말에 있을 학예회 준비가 시작되었다. 학부모들은 안내장을 받았다.

<유치원생 안내장>

학예회 의상: 여학생 - 찰스턴 드레스, 헤어밴드, 긴 진주 목걸이. 남학생 - 검정 양복, 복고풍 조끼, 흰 셔츠.

기타: 의상을 제작할 학부모께서는 산체스 부인에게 연락하시기 바랍니다.

주소: 레글리즈 광장 5번지.

안내장에는 공연의 컨셉인 1920년대 분위기를 보여주는 의상 스케치들도 있었다. 그다음 주 수요일 알리스에게 산체스 부인을 보러 가자고 했다. "이 안내장 가져가서 산체스 부인에게 보여 줘야겠다." 하지만 알리스는 팜파스 초원의 가우초들이 말 위에 앉아 있는 것처럼 모과나무 가지에 앉아서 꼼짝하지 않았다. "알리스! 빨리 가자. 사람들이 많을까 봐 걱정돼." (단언컨대 나밖에 없을 것이다. 여기 다른 엄마들은 모두 바느질을 할 줄 안다.) "필요 없어요." 알리스 뒤에 앉아 있는 충직한 곰 인형 마르코 역시 같은 생각인지 자그만 갈색 눈동자로 나를 조용히 쳐다봤다. "치수를 재려면 너도 가야 해." 알리스는 발꿈치로 모과나무를 찬 후 몸을 앞으로 숙이고 출발했다. 마르코는 알리스를 꼭 붙잡았다. 알리스의 대답이 나뭇잎 바람을 타고 내게 도착했다. "드레스 만들지 않아도 돼요." 나는 한숨을 내쉬고 거리로 난 창문을 닫았다. "알리스, 네가 드레스를 입기 싫어하는 것은 알지만 이번에는 의무적으로 입어야 해. 공연 의상이잖아. ― 안 입을 거야!" 빨간 순무를 먹으라고 할 때처럼 알리스는 입을 삐죽거렸다. "여자들은 모두 같은 옷을 입어야 해. 알겠어? 발레잖아. 연습 벌써 시작하지 않았어? ― 시작했어요. 하지만 드레스를 입고 하지 않아요. ― 드레스는 공연 날 입는 거야." 반응이 없었다. "그럼, 우리 이렇게 하자. 일단 산체스 부인에게 가서 드레스를 만들고 다음은 그때 가서 생각하는 거야." 거짓말이었다. (이미 결정되었다.) "안 입을 거예요!" 사실이었다. (역시 결정되었다.)

　·B박사에게 전화를 했다. 알리스가 상담에 가지 않은 지 6개월이 되었다. "네. 이해합니다. 알리스는 아무 문제 없습니다." 남편이 3개월 예정으로 일본에 출장 중이라 나는 불안과 죄책감을 토로할 사람이 없었다. "연극이라고 말하세요. 놀이라고요. 그래서 변장을 하는 거라고요. 알리스가 좋아하잖아요. 변장하고 연기하

는 거요. — 저도 그렇게 얘기했어요!" 부아가 치밀었다. 이 작자는 다 이해하는 것처럼 말하지만 실은 아무것도 이해하지 못했다. "그렇다면 개인이 아니라 단체의 관점에서 설명을 하면 어떨까요. 알리스는 공연의 성공이라는 공동의 목표를 위해 참여하는 것이죠. 축구팀처럼 말입니다. 모든 선수가 같은 유니폼을 입고 있잖아요." 선생님, 훌륭한 비유입니다만 그리고 고맙지만 이미 그렇게 말했습니다! 그러면 축구 유니폼을 입으면 되지 않냐고 알리스가 되물었었다. 의사는 더 좋은 생각이 없나? 더 확실하게 지시해 줄 수는 없나? 문법의 문제가 아니라 정체성의 문제라는 것이 확실해지지 않았나? "그런 식으로 되지 않습니다. 옷이 여성성을 결정하지 않아요. 드레스를 입는다고 여자가 되는 것은 아니라는 뜻입니다." 전화기 옆에 있는 거울에 수화기를 들고 있는 내 모습이 비쳤다. 후줄근한 추리닝을 입고 있는 낯선 사람이었다. 남편이 출장을 간 후로 같은 옷만 입었다. 아침에 일어나자마자 추리닝을 집어 들었고, 외출했다 집에 돌아와서도 추리닝으로 갈아입었다. "알겠어요. 알겠다고요. 그런데 내가 어떻게 해야 하냐고요? 어떻게요!" 내 슬픔은 누가 달래줄 것이며, 내 가슴을 짓누르고 있는 이 돌덩이는 누가 치워 줄 것이며, 세상이 정한 틀에 맞지 않아서, 아무것도 할 줄 몰라서(어떻게 옷을 만들고, 어떻게 여자가 되고, 어떻게 사랑받는지 몰라서) 두려움에 떨고 있는 나를 누가 위로해 줄 거냐고? 누가 나를 보살펴 주며 누가 나를 꼭 껴안고 사랑한다고 말해 줄 거냐고? "더 노력해 보세요." 더 이상 어찌해 볼 수 없어서 전화를 끊으려고 했다. "아니면… — 네? — 아니면 그냥 내버려 두세요."

여자들은 무대 왼쪽에서, 남자들은 무대 오른쪽에서 입장했다. 경쾌한 재즈 트럼펫 음악과 함께 무용이 시작되었다. 교사는 무대 막 뒤에 숨어서 객석에 있는 엄마를 찾느라 안무를 잊어버린 아이들을 위해 온몸을 비비 꼬며 동작을 알려 주고 있었다. 아이들은 두 줄로 마주 보고 서서 서로 다가갔다가 멀어지고 손을 잡았다가 밀어냈다. 팔을 흔들고 안짱다리로 걷고 또 두 손을 무릎에 대고 부산하게 교차했다. 남학생들은 담배를 피우는 시늉을 하고 포마드를 바른 머리를 넘기고 재킷의 깃을 잡았다. 여학생들은 치맛자락에 술이 달린 드레스를 입고 입술에 립스틱을 바르고 깃털이 달린 헤어밴드를 했다. 하이힐을 신은 아이들도 있었다. (물론 여섯 살 아이 사이즈의 하이힐이었다.) 진주 목걸이를 입에 물고 애교를 부리는 동작은 무척 귀여웠다.

나는 나비였었다. 여자 나비였나? 나도 여섯 살 때 루앙에 있는 유치원 운동장에서 춤을 췄다. 그런데 춤을 추다가 내 더듬이와 친구 자닌의 더듬이가 얽혔고 그걸 보고 사람들이 웃음을 터뜨렸다. 땀이 났다. 이마에서 수치심이 흘러내렸다. "드레스 입히는 것을 잊으셨나 봐요?" 옆에 앉아 있는 학부모가 내 귀에 대고 속삭였다. 나를 나무라는 건지 이해한다는 건지 애매했다. 가슴이 벌렁거리고 눈물이 터질 것 같았다. "아뇨! 제 아이가 입고 싶지 않대요." 나는 뉴스를 전달하듯 담담하게 말했다. 이 말은 빠른 속도로 강당 전체로 퍼져 나갔다. 벌써 사람들의 시선이 내게 꽂히기 시작했다. 아이가 옷을 입고 싶어 하지 않았다고? 두고두고 사람들의 입에서 회자될 세기의 답이군. 엄마가 여섯 살짜리 하나 못 휘어잡고 휘둘리다니. 집에서는 어떨지 안 봐도 눈에 훤하네! 아빠가 집을 자주 비운다는데, 그래서 그럴 거야.

사람들의 수군거리는 소리가 재즈 트럼펫 음악에 맞춰 울려 퍼졌다. 하지만 아무것도 들리거나 보이지 않았다. 내 두 눈은 알리스에게 고정되어 있었다. 알리스는 질서정연하게 동작을 수행했다. 박자를 제대로 맞추고 리드미컬하게 팔을 펴고 줄을 바꿀 때 미소

를 지으며, 경쾌하고 우아하고 여유롭게 그리고 너무
나 자연스럽게 찰스턴을 추었다. 더 이상 부끄럽지 않
았다. 앨리스가 너무 자랑스러워 얼이 나갈 정도였다.
하지만 포마드를 머리에 바른 케빈은 그렇게 생각하지
않는 것 같았다. 체크무늬 멜빵바지를 입고 찍찍이 운
동화를 신은 댄스 파트너와 춤을 추는 것이 우스꽝스
러운 것인지 아니면 근사한 것인지 아직 결정을 내리
지 못한 얼굴이었다. 그 아이도 나처럼 질려 있었다. 무
대 아래 앉아 있는 뒤랑 자동차 정비소의 레지스 뒤랑
사장님의 얼굴 역시 굳어 있었다. 기분이 몹시 상한 모
양이었다. 케빈의 아빠는 카메라를 껐다.

몇 달 후 연말에 산타클로스 할아버지가 유치원생
들에게 선물을 나눠 주었다. 여자들은 장난감 살림살
이(분홍색 빗자루, 분홍색 양동이, 분홍색 대걸레, 분홍
색 쓰레받기, 분홍색 청소솔이 들어 있는)가 담긴 수레
를 받았고 남자들은 레고를 선물 받았다. "지금까지 선
물에 불만을 터뜨린 아이는 없었어요." 보통 여자아이
들은 소꿉놀이를 할 수 있어서 살림살이 선물을 좋아
하는데 앨리스가 싫어해서 놀랐다며 내게 전화를 해
왔다. "걱정할 일이 아닌 것 같은데. 그런데 왜 다 분홍
색이야? 그것도 편견 아냐?" 남편은 이렇게 말하고 도

코로 날아가 버렸다. 그날 저녁 알리스와 함께 목욕을
했다. 알리스는 양동이를 모자처럼 머리에 썼다. 양동
이 손잡이가 턱 아래로 내려왔다. 알리스가 청소솔로
나한테 물을 뿌리며 장난을 했다. "케빈한테 레고 같이
가지고 놀자고 하면 되잖아." 알리스는 관심 없다는 듯
입을 삐죽거렸다. "이제 케빈하고 말 안 해요! — 그래?
케빈이 네 남자 친구 아니었어? — 이제 아니에요. —
왜? — 케빈이 샤를렌이 더 좋대요. 나보다 옷을 더 예
쁘게 입는다고 그랬어요. 쳇…" 알리스는 쓰레받기로 양
동이를 툭툭 쳤다. 내가 웃음을 터뜨리자 알리스도 나
를 따라 웃었다. 비누 거품 아래로 보이는 알리스의 건
강한 몸은 눈이 부셨다.

어느 여름 일요일, 나는 2층 창문에서 정원에 있는
알리스와 남편을 내려다보고 있었다. 두 사람은 수영
장가에 있었는데 며칠 전부터 남편이 알리스에게 수영
을 가르치고 싶어 했다. 하지만 알리스는 튜브를 끼지
않고 물에 들어가는 것을 아직 무서워했다. 남편이 같
이 물에 들어가자고 했지만 알리스는 발이 닿지 않는
다고 거부했다. 남편이 겁쟁이라고 놀려 댔다. 알리스
는 자신을 붙잡으려는 아빠를 피해 소리를 지르며 수
영장 주위를 뛰어다녔다. "싫어! 싫어! 싫어! 수영하기

싫어!" 남편이 알리스를 번쩍 들어 올렸다. 알리스가 버둥거렸다. 아이의 다리가 남편의 가슴을 마구 때렸다. "싫어!" 알리스가 얼마나 몸부림을 쳤는지 수영복 팬티가 엉덩이 반이나 내려갔다. "아빠, 싫어! 내려줘! ─ 정말 겁쟁이군!" 남편은 알리스를 물속으로 던졌다.

나는 뛰어서 계단을 내려갔다. 남편이 내 딸을 쓰레기 더미처럼, 고깃덩이처럼, 시체처럼 물속으로 던져버렸다. "알리스는 안 돼! 알리스는 안 돼!" 내가 소리를 질렀다. "내가 바로 들어가서 알리스를 잡았잖아!" 내가 지르는 소리에 남편이 말했다. 남편이 알리스를 안고 물 밖으로 나와서 잔디에 내려놓았다. 알리스는 아무 말 못 하고 울기만 했다. "내가 다이빙해서 붙잡았잖아! 아이가 놀라서 그런 거야. 놀라서 삐친 거라고. 알리스! 너 화났어? 정말 무서웠어? 아빠가 옆에 있잖아. 아빠가 옆에 있으면 아무 걱정하지 않아도 돼."

"아까 알리스는 안 된다고 했잖아. 알리스는 안 된다니 무슨 소리야? 말 안 할 거야? 당신도 화났어? 모전여전이군. 아니, 오늘 도대체 왜 그래? 그날이야?"

사랑의 끝은 잘 보이지 않는다. 하지만 가끔은 보일

때가 있다. 심지어 며칠이었는지 날짜까지 기억할 때가 있다.

젖은 머리, 맨얼굴. 목욕탕 거울에 비친 내 모습은 점점 더 아버지를 닮아갔다. 내가 여기서 뭘 하고 있는 거지? 우리는 여기서 뭘 하고 있는 거지? 남편은 잠깐 머무를 뿐이고 우리는 여기서 숨을 쉴 수가 없잖아.

욕조에서 물을 첨벙거리며 놀고 있는 알리스에게 물었다. "알리스! 우리 파리에 가서 살까? — 아니요! 근데 파리가 어디예요?"

나는 유네스코에 통역직을 지원해서 일하게 되었다. 캉텔루 유치원 축구팀은 최고의 골키퍼를 잃었고 파리 14구의 작은 초등학교는 새 골키퍼를 얻었다. 시장의 법칙이었다. "너는 왜 여자아이들하고 안 놀아?" 내가 알리스에게 물었다. (파리에 가면 알리스의 성향이 바뀔 것이라 생각한 건가?) "가끔 놀아요. 근데 여자애들은 짜증이 나요. 맨날 '이제 너랑 친구 안 해!' 그래요. 이유도 말 안 해 줘요. 남자애들은 한 번 친구 하면 계속 친구 하는데. 싸우지도 않고."

항상 그런 것은 아니다. 이듬해 여름, 이혼이 확정되었다. *사랑의 작은 배가 현실이라는 파도에 부딪혀 부서졌다.* 번역을 끝낸 소설에 나오는 마야콥스키의 시구다.

부모님도 이혼을 했다. 아버지는 은퇴 후 자동차 클럽에 자주 나갔는데 거기서 우연히 옛 환자를 만났고 두 사람은 클럽 모임과 강연회 등에 참가하면서 가까워졌다. 이름은 엘자이고 미혼이며 1978년 열일곱 살 때 거식증 치료를 위해 처음으로 아버지의 병원을 찾았고 그때부터 아버지를 좋아했다고 한다. 아버지가 엘자의 옛 진료 기록을 찾았는데 아버지 덕분에 엘자가 거식증에서 벗어날 수 있었다. 한마디로 아버지가 그녀의 목숨을 구해 준 것이다. 엘자는 지금도 날씬하고 예뻤다. 그리고… "지금 머릿속으로 계산하고 있지? 스물아홉 살 차이야. 차이가 많이 나지. 나도 알아. 하지만 사랑을 하면 나이가 눈에 안 들어오잖니. 회원들과 같이 여행하고 그러면서 가까워졌어… 엘자가 임신을 했다. — 엄마는요? — 네 엄마는 임신을 안 했지. 하하하! 미안하다. 농담이 심했나? 네 엄마는… 네 엄마는 아무 말 없어. 사람을 만났다고 했더니 그러냐 그러더라. 어쩌

274

겠니. 네 엄마가 뭐라고 할 입장도 아니고."

사람을 만났다... 아버지는 **다른** 사람을 만났다고 해
야 했다. 아니면 엄마는 한 번도 사람인 적이 없었다는
말인가?

엄마는 전남편의 새여자가 어리다는 사실에 마음
을 썼지만 생각보다는 괜찮아했다. (엘자는 나보다도
세 살이나 어렸다.) "네 아빠가 코를 얼마나 심하게 고
는지 아니? 오래전부터 각방을 썼어. 기쁜 마음으로 넘
길게. 고마워할 일이 아닐걸? 사샤 기트리가 뭐라고 했
는지 아니? 기트리의 부인 이본느가 기트리의 친구와
결혼하겠다고 이혼을 요구했을 때 기트리가 뭐라고 했
는지 아니? '가장 사악한 방법으로 복수해 주겠어. 그
자식에게 이본느를 넘겨주는 거야!'" 하지만 엄마는 엘
자가 임신했다는 소식에는 무너졌다. 얼굴에 고통이
추억처럼 스쳐 갔다. "그 나이에! 기가 막혀서! 학교 앞
에서 아이를 기다리고 있으면 할아버지의 할아버지가
온 줄 알겠다. 아니, 애가 학교 갈 때까지 살 수나 있을
지 모르겠다!" 엄마는 잠시 아무 말 없더니 물었다. "아
들이야, 딸이야? 아니?" 나는 머리를 가로저었다. "아직
모를 거예요. 5개월은 되어야 알 수 있잖아요..." 엄마는
쓸데없는 질문을 했다는 듯 손을 내젓고는 자리에서

일어나 혈압약을 가지러 갔다. 물끄러미 벽을 쳐다보며 약을 삼키는 엄마의 뒷모습이 쓸쓸해 보였다. "아들이든 딸이든 무슨 상관이겠니. 딸이면 또 낳겠지."

파리 생활은 물가도 비싸고 힘들었지만 외롭지는 않았다. 크리스티앙은 도쿄에 정착했고 알리스는 방학 때 아빠를 보러 갔다. 공항에서 알리스는 나와 포옹하고 나면 뒤도 돌아보지 않고 승무원의 손을 잡고 들어가 버렸다. 축구공이 담긴 배낭을 메고(도쿄에서 아빠와 축구를 할 것이다) 곰 인형을 팔에 낀 채 승무원의 손을 잡고 세관을 통과하는 아이를, 나는 통제선 밖에서 쳐다봤다. 알리스는 씩씩하게 걸었다. 발걸음을 뗄 때마다 금빛 갈래머리가 털썩거렸다. 아이가 떠나고 며칠간 죽은 사람처럼 지냈다. 살 이유가 없었다. 알리스 베개에 코를 박고 잠만 잤다. 그러다 어느 날 이불을 박차고 일어났다. 내 안에 있던 엄마가 사라진 나는 저녁이 되면 데이트 사이트 '미틱'에서 살다시피 했다. 나는 상대방이 멋진 어깨를 가졌는지 기를 쓰고 알아내려 했다. 생상스 수영장에서 처음 경험한 욕망이라는 것을 되살리고 싶었기 때문이다. 그 욕망은 아이가 장난감에 싫증 내듯 시들해지는 그런 것이 아니었다. 하지만 남자들에게 상체나 등을 찍은 사진을 보내 달라고 감히 요구하지 못했다. 반면 남자들은 내 가슴이 보이는 사진을 보내 달라는 데 주저하지 않았다. 침대에서 순종적이라고 해서 실제 삶에서도 순종적인 것은 아니라는 것을 이해하는 남자를 가끔 보기도 하지만 그런 남자는 아주 드물다. 갈수록 시를 번역할 기회가 많아졌다. *never give all the heart*, 절대 마음을 다 주지 마라. 또 유네스코의 의뢰로 젠더학을 연구하는 교수의 보고서도 번역했다. (이전에는 젠더학이 무엇인지 몰랐다.) 페미니즘과 종교의 관계가 주연구 분야인 그 교수가 제기한 수많은 질문에 두려움을 느꼈다. 나는 오래전에 교회와 멀어졌지만 그 질문들은 내 삶을 무겁게 되돌아보게 했다. 보고서에는 출애굽기에 나오는 애굽의 신생아 살해에 대한 엘렌 식수의 문장이 인용되어 있었다. '사내아이면 죽이고 여자아이면 살려 두라.' (다른 방식으로 여자아이를 죽이라는 뜻이다.)

기차를 타고 루앙역에 도착해서 택시로 르동 병원으로 향했다. 전날 엘자가 출산을 했다. 병실에는 엘자 혼자 있었다. 얼굴이 창백하고 많이 지쳐 보였다. 아기는 엄마 침대 옆에 있는 작은 요람에서 새근새근 자고

있고 침대맡 탁자에는 마개를 딴 샴페인 한 병과 유리
잔 두 개가 놓여 있었다. "아기 깨우지 말아요." 내가 아
기를 보려고 요람 쪽으로 가려 하자 엘자가 작은 소리
로 나를 막았다. "방금 젖을 먹였어요. 조금 이따 봐요.
아기가 로랑스 닮았다고 마티유가 그랬어요. 태어났을
때 모습이 아주 판박이라고요. 아들이기는 하지만." 하
얀 포대기에 싸인 아기의 손목에 아당*이라고 적힌 파
란색 플라스틱 팔찌가 채워져 있었다. 키 50센티미터,
체중 3.5킬로그램, 내 딸보다 열 살이나 어린 나의 남동
생이었다. "이름을 장 마티유라고 짓지 않았네요?" 내
질문에 엘자가 눈을 크게 뜨고 웃었다. "장 마티유? 세
상에! 너무 촌스러워요. 죽어도 그런 이름은 안 되죠!
— 내가 아들이었으면 그 이름을 지어 줄 생각이었대
요. — 알아요. 마티유한테 들었어요. 아들이 아니어서
얼마나 다행이에요! — 그래요. 다행이에요." 엘자가 또
웃었다. 이번에는 소리를 내지 않았다. "큰일 날 뻔했
네요... 아당은 어때요? 마음에 들어요? — 좋은 이름이
에요. 약간 무겁기는 하지만. 인류의 첫 남자잖아요. 중
요한 사람이죠. 좋은 이름이에요." 침묵이 흘렀다. 회색
빛 하늘 위로 새들이 날아갔다. 남동생이 있었으면 어

---

* 아담의 불어명.

땠을까 생각한 적이 있었다. 남동생이 있었으면 어땠을까? 모르겠다. 지금 남동생이 내 아들일 수도 있었다. 내 아들… "맞아요. 이름이 약간 무겁죠? 하지만 마티유가 아들을 낳았다고 정말 좋아했어요. 얼마나 좋아했는지 모를 거예요."

새들이 앉아 쉬고 있는 굴뚝엔 벌써 연기가 피어오르고 있었다. 가을이었다.

흰 가운을 입은 여자가 병실로 들어왔다. 뒤베크 선생이었다. "제 딸이에요!" 엘자가 웃으며 뒤베크 선생에게 나를 소개했다. 의사가 눈으로 아는 사이라고 말하는 것 같았다. "저… 저기… 복도에 있을게요. 일 보세요." 나는 대기실로 가서 아이들을 위해 놓아둔 장난감 블록 사이에 앉았다. 사람들이 꽃다발을 들고 지나가고 신생아들이 우는 소리가 들렸다. 알리스가 도쿄에 잘 도착했다고 크리스티앙이 문자를 보내왔다. 운동화 끈을 다시 묶으려고 몸을 숙였다. 아니면 주저앉으면서 무릎을 구부렸나? 트리스탕이 니트 모자를 쓰고 대기실로 들어왔다. 블록을 가지고 놀고 싶은 모양이다. **안돼, 아가야. 지금은 안 돼. 제발…** 그래도 나는 트리스탕을 안아 주려고 눈을 감았다. 트리스탕이 사라졌다. 뒤베크 선생이라니… 어떻게 그럴 수 있지?

"물론 마티유도 알고 있어요. 뒤베크 선생님이 아당을 받았어요. 마티유도 분만실에 있었어요! 뭐라고요? 알코올 중독자? 무슨 소리예요? 뒤베크 선생님은 알코올 중독자가 아니에요. 선생님에게 오래전부터 진료를 받았어요. 얼마나 프로페셔널하고 좋으신 분인데. 누가 그렇게 말했어요? 중상모략이에요. 샤를 게리? 들어본 적 없는데.. 벌써 가게요? 아당이 곧 일어날 텐데 보고 가지 그래요? 마티유도 올 때 됐어요. 갑자기 왜 그래요?"

나는 도망치다시피 병실을 나와 비상계단으로 내려갔다. 한 계단 한 계단 내려갈 때마다 아버지가 엘자에게 내 얘기를 하지 않았다는 것이 점점 더 확실해졌다. 다 소용없다. 다 필요 없다. 다시 보지 말고 다시 오지 말자. 아무것도 묻지 말고 설명하지 말자. 놀라지 말고 고통받지 말자. 절대 관심을 끌려고 하지 말자.

파리로 가는 기차는 3시간 후에 있었다. 엄마에게 전화를 해서 가엘과 트리스탕을 보러 가자고 할까? 만성절이기도 하고... 나는 사이버카페로 갔다. 루앙 지역의 미틱은 어떤지 궁금했다. 알리바바의 동굴이나 알라딘의 램프 같은 것을 발견할 수도 있지 않을까?

열차 안에서 한 남자가 나를 지나쳐 갔다. "다니엘?" 남자가 뒤를 돌아봤다. "로랑스..." 남자의 얼굴이 붉어졌다. 나를 보고 반가워하는 것이 느껴져 감동을 받았다. "옆에 앉아도 돼? 정말 오랜만이야…" 다니엘은 아동 법원 판사가 되었고 여전히 파리에 살고 있지만 연로한 부모님을 뵙기 위해 자주 루앙에 왔다. 두 번 이혼했고 지금은 최근 법정에서 만난 심리학자와 살고 있다. 아이는 없다. 자신의 아이는 없지만 온통 아이들 생각뿐이다. 단순히 직업이 아니라 자신에게 주어진 사명이라고 생각하고 열과 성을 다해 일하고 있다. 다니엘은 신나서 자신이 하는 일을 자세하게 설명했다. 그리고 오늘 우연히 나를 만난 것을 진심으로 좋아하는 것 같았다. 머리는 많이 빠졌지만 선한 눈은 여전했다. 나는 그가 하는 얘기를 열심히 들었다. 내가 잘하는 일이기도 했다. "로랑스, 어떻게 지냈어? ― 나? 별것 없어. 그래도 애가 둘 있어. 아들 하나, 딸 하나." 이렇게 대답한 것은 처음이었다. "대단한데! 완벽한 조합이잖아. 이름이 뭐야? 사진 있어? ― 그런데 법정에서 만났다고? 특이한데. 낭만적이기도 하고. 얘기 좀 해 봐." (*나는 경박한 질문으로 다니엘의 질문을 피했다.*) "특이하지 않아. 오히려 평범한 얘기야. 판사들은 항상 심리학자들의 의견을 청취하거든. 아동 재판일 경우에는 더욱 그렇지. 아이가 사실을 말하는지 아니면 부모가 시켜서 말한 것인지 판단할 때 결정적인 역할을 해. 또 트라우마나 방임, 학대, 성폭력 등을 파악하는 데도 필수적이고. — 그런 일이 자주 일어나? — 상상할 수 없을 정도로 자주 일어나지. 네 방에 '가족에게 저주를!'이라는 문구가 붙어 있었지? 그때는 놀랐는데, 네 말이 맞았어." 주저했지만 나도 말하고 싶어졌다. 덤덤하게 입을 뗐다. 나도 그랬어. 어렸을 때 나도… 그 단어를 입에 올릴 수는 없었지만 어쨌든 얘기를 했다. "몰랐어." 다니엘이 당황했다. 정의의 수호자로서 제 역할을 다하지 못한 것에 부끄러워하는 것 같기도 했다. 나는 여자를 보호하지 못한 것에 대해 다니엘처럼 책임감을 느끼는 남자를 보면 감동을 받았다. "네가 모르는 게 당연하지. 심각한 거 아냐. 보다시피 나는 괜찮아." 다니엘은 내가 정말 괜찮은지 확인하려는 듯 나를 조용히 바라봤다.

"또 만나자! 전화할 거지?" 사람들로 북적이는 플랫폼 끝에서 다니엘이 내게 명함을 건넸다. 나는 고개를 끄덕였다. 우리는 인사를 하고 헤어졌다. 다니엘이 대합실 안으로 들어가 바삐 움직이는 사람들 사이로 사라졌다. 집에 돌아와 명함을 찾아봤지만 어디에도 보이지 않았다.

주말이면 알리스 반 친구들이 집에 놀러 와 자고 갔다. 처음에는 여자애들도 왔지만 알리스가 패션쇼를 하는 것도 머리에 반짝이를 붙이는 것도 남자애들 흉보는 것도 좋아하지 않아 언제부턴가 발길이 끊어졌다. 3학년 학생들이 단체로 수영장에 간 적이 있었다. 내가 가방에 챙겨 줬는데도 알리스는 수영복 상의를 입지 않고 수영을 했다. 여학생들은 부끄러워했고 남학생들은 이상하게 생각했다. 여자가 비키니 상의를 입지 않은 것은 매우 도발적인 행위다. 선생님이 일단 현장에서 상황을 정리하고 저녁에 내게 전화해서 다음에는 꼭 원피스 수영복을 입히라고 부탁했다. 나는 그렇게 하겠다고 했다. 두려움이 다시 엄습했다. 알리스가 내 품으로 뛰어 들어왔다. 수영복 상의를 입지 않은 것이 왜 문제가 되는지 이해할 수 없다고 했다. "엄마, 이거 봐요." 알리스가 가슴을 쫙 펴며 말했다. "나도 남자랑 똑같아요. 남자애들처럼 가슴이 납작하잖아요." 알리스 말이 옳지만 나는 알리스가 자신이 옳다는 사실을 모르기를 바랐고 규칙을 따랐으면 했다. 그건 그렇고 전남편 덕분에 알리스는 수영을 아주 잘했다. 자유형에서는 알리스가 최강자였다. 4학년 아이들도 이겼다고 알리스가 자랑스럽게 말했다. 여자아이들이 물러난 자리에 바로 남자아이들이 모여들었다. 집에서 게임을 할 수 없는 아이들, 축구를 좋아하는 아이들, 알리스를 좋아하는 아이들, 이 세 부류의 아이들이 우리 집을 찾았다. 보통 세 부류가 섞여 왔다. 혼자 있을 때 알리스는 나무 블록을 가지고 놀았다. 성을 쌓고 '공격!' 이라고 외치며 플레이모빌 병사들을 성벽으로 던졌다. 방에서 일하고 있으면 알리스가 군함과 병사들에 대해 이야기하는 소리가 들렸다. 여러 인물을 다른 목소리로 연기했다. 모두 거친 남자 목소리였다. "공격 실시! ─ 네! 알겠습니다, 대령님!" 알리스가 명령하고 알리스가 대답했다. 전쟁놀이가 싫증 나면 구슬치기를 하자고 나를 불렀다. 그러면 나는 하던 일도 멈추고 달려갔다. 오래전 남학생 운동장에서 남학생들이 구슬치기하는 것을 보면서 목말라 했던 욕망을 달래기 위해서였다. 알리스의 구슬 컬렉션은 화려했다. 우리 둘은 가구들 다리 사이로 쇠구슬, 왕구슬, 작은 구슬, 유리구슬을 치고 튕기고 굴렸다. "이것은 고양이 눈깔이에요. 어제 폴 뵈셰에게 땄어요. 화가 많이 났는지 나한테 여자들은 구슬치기하면 안 된다고 그러더라고요. 말도 안 되죠? 심지어 **구슬**과 **여자**는 말도 비슷하잖아요.* 하여튼

---

* 구슬(bille), 여자(fille) 철자와 발음이 유사하다.

개는 바보예요. 아! 이 구슬 봐요. 드래곤볼이에요. 근사하죠!" 황금알, 부엉이, 달마티안, 거미도 있었다. 알리스는 이 구슬들을 예쁘디예쁜 작은 손안에 넣고 보석이라도 되는 듯 조심스럽게 굴리다가 갑자기 땅바닥으로 던져 사방으로 튕겨 나가게 했다. 저녁에는 내가 알리스에게 『해리포터』를 읽어 주거나 『이상한 나라의 앨리스』 이야기를 들려주었다. 알리스가 『이상한 나라의 앨리스』를 잠자코 듣고 있는 이유는 주인공 이름이 자신의 이름과 같고 또 앨리스가 망설이지 않고 흰 토끼를 따라나서는, 두려움을 모르는 아이였기 때문이다. 알리스는 도서관에서 '럭키 루크' 시리즈도 빌렸다. 어느 날 엄마가 내가 어린 시절 읽었던 만화 『베카신』을 루앙에서 가져왔다. 알리스는 착하게 몇 장 뒤적이더니 고개를 숙이고 그림을 자세하게 봤다. "할머니! 엄마! 베카신이 입이 없어요!" 엄마와 나는 책을 들여다봤다. 정말이었다. 코 밑으로 아무것도 없었다. 그것을 여태 몰랐다. "그래서 이름이 베카신인가 봐요.* 베카신은 벙어리예요!" 알리스는 이렇게 말하고 침대 밑으로 책을 던져 버렸다.

---

* 만화 주인공의 이름 베카신(bécassine)은 도요새라는 뜻이다. 도요새 종류 중에 벙어리 도요새(lymnocryptes minimus)가 있다.

앙투안은 알리스의 가장 친한 친구다. 앙투안에게
는 형 하나와 고양이 두 마리가 있다. 주말에 우리 집에
자주 놀러 와 자고 갔는데 일요일 오후에 앙투안의 부
모가 와서 데려갔다. 앙투안의 아빠는 교수이고 엄마
는 여성 인권 변호사였다. 앙투안의 엄마에게 끔찍한
성폭력과 가정 폭력은 일상이었다. 여자들이 자신을
죽이려고 한 남자들에게, 자신의 인생을 빼앗은 남자
들에게 다시 돌아가는 일이 많다고 했다. 나는 고개를
끄덕였다. (어쩌면 그자들이 여자들이 아는 유일한 삶
의 방식이었는지도 모른다.) "그래서 저희는 앙투안이
알리스와 친하게 지내서 다행이라고 생각해요. 사내아
이들은 아주 어려서 마초가 되죠. 칼과 총을 가지고 놀
고 게임은 또 얼마나 폭력적인지! 여덟 살이 되면 게임
보이에서 적을 죽여 점수를 얻고 열 살이 되면 포르노
사이트에 접속해요. 슬픈 현실이 아닐 수 없죠. 그래서
우리는 아예 게임보이를 몰수했어요. 상대방을 존중하
는 태도는 어렸을 때부터 배워야 하거든요. 이성을 잘
대하고 경청하고 평화를 지향하는 태도도 마찬가지고
요. 그것이 저의 신념이에요. 그래서 앙투안과 알리스
가 친하게 지내는 게 얼마나 다행인지 몰라요. 앙투안
이 맨날 알리스 집에 가자고 조르는 거 아세요? 알리스

를 너무 좋아해요. 저희는…" 그 순간 알리스가 방에서 뛰어나와 거실로 들어왔다. 앙투안이 뒤따랐다. 따다다 다다! 따다다다다! 윗옷을 벗고 머리에 띠를 두른 앙투안이 장난감 기관총을 난사했다. 장을 보러 같이 갔다가 내가 사 준 총이었다. 게임을 하면서 하루를 보내느니 총놀이를 하는 것이 나을 것 같았고 또 알리스가 졸라서 사 줄 수밖에 없었다. 운동하는 셈 치고 말이다. 그런데 앙투안의 부모가 너무 놀라고 당황한 것 같아 나는 거짓말을 했다. "죄송해요. 아버지가… 그러니까 알리스 할아버지가… 크리스마스 선물로… 저희 아버지는 정말 못 말리는 분이에요." 이해를 구하기 위해 나는 팔을 흔들며 한마디 덧붙였다. "항상 아들을 원하셨거든요."

아버지는 드디어 소원을 성취했고 나는 더 이상 아이를 가질 수 없게 됐다.

가끔 견딜 수 없을 정도로 불안해지면 알리스에게 엄마가 선물한 원피스들을 억지로 입혀 보기도 했다. 특히 내가 어렸으면 정말 입고 싶었을 연노랑색 원피스를 입히려고 무지 애를 썼다. 치맛단에 프릴이 달리고 옷깃이 꽃잎 모양으로 된 아주 예쁜 옷이었다. 알리스는 코를 찡그리며 거부하다가 투덜투덜하면서 마지못해 입었다. "엄마가 사진 찍고 나면 바로 벗을 거예

요!" 갑자기 알리스가 빙그르 돌았다. 팔과 허리가 우아
하게 돌아가고 치맛단과 긴 머리가 아름답게 부풀었
다. 우아함과 힘이 동시에 느껴지는, 나에게는 허락되
지 않았던 눈부시도록 아름다운 모습이었다. "엄마! 사
진 찍을 거예요, 말 거예요?"

나는 서둘렀다. 시간이 없었다. "발레를 배워 보지
않을래? 네가 춤에 재능이 있는 것 같아. 확실해. 엄마
도 춤을 잘 췄어. 발레를 정말 좋아했거든. 발레하고 싶
은 마음 없어?" 알리스는 대답 대신 양쪽 볼을 부풀리
고는 벌써 원피스를 벗기 시작했다. "엄마! 구슬치기할
까요? ― 그래! 그러자."

엄마를 생각해서 할 수 없이 원피스를 입고 패션쇼
를 한 사진들은 오래된 앨범 속에 남게 되겠지. 그리고
나는 생각날 때마다 가끔 사진들을 들춰 볼 것이다.

알리스와 교외선 전철을 탔다. 전동차가 생 미셸 역
을 출발하기를 가만히 기다리는데, 한 펑크족이 입마
개를 한 사납게 생긴 핏불을 데리고 승강장으로 들어
오는 것이 보였다. "엄마! 엄마! 개가 이상해! 빨개!" 알리
스가 놀라서 소리를 질렀다. 보지 않았으면 했는데 보
고 말았다. 핏불이 발정이 났다. 펑크족이 목줄을 거세
게 잡아당겼지만 다부지고 불그레한 개의 성기는 끄떡

도 하지 않았다. 나는 당황해서 맞은편에 앉아 있는 남자를 쳐다봤다. 당황한 부모들이 서로에게 보내는 연대의 시선이나 재밌어하는 웃음을 기대했지만 내가 맞추고 있는 눈은, 아니 맞추는 데 실패한 눈은 알리스를 향해 있었다. 그 시선은 내가 살면서 한 번도 본 적이 없는(아니, 한 번 본 적이 있는) 가장 비열한 인간의 욕망을 담고 있었다. 몸에서 힘이 빠져나갔다. 실제로 일어나고 있는 일인가? 아니면 나를 파괴했던 동결된 기억일 뿐인가? 확신이 서지 않았다. 늙고 노골적인 얼굴과 내 딸에게 고정된 역겨운 두 눈에서 생생한 사악함, 인간에 대한 무관심, 아이들에 대한 모욕이 흘러내렸다. 또 그 두 눈은 폭력성, 지배욕, 발정이라는 동물적 음탕함, 철저한 악의를 품고 있었다. 마치 영화관에 있는 것처럼, 현실이 아닌 줄 알면서도 스크린 속 악의 얼굴에 완전히 집어삼켜져 버린 것 같았다. 남자는 자신의 몸 어디에서 그같이 사악한 표현을 찾아내 밖으로 끌어내는 것일까? 나는 간신히 알리스의 손을 잡고 내쪽으로 잡아당겼다. "일어나! 우리 다음 역에서 내리자." 알리스가 통로로 나오면서 남자의 무릎을 건드렸다. 사과의 표시로 알리스는 남자에게 미소를 지었다. 내 가슴이 철렁 내려앉았다.

집에 돌아와서 알리스에게 설명을 하려는데 어디서부터 시작해야 할지 망설여졌다. 먼저, 사람들을 조심해야 한다고 했다. 특히 길에서 사람들을… 알리스가 내 말을 가로챘다. "할아버지와 할머니들을 조심하라고요? ― 그래, 물론 할아버지와 할머니들을 조심해야지. 하지만 남자들도 조심해야 해. 사내아이들도. **조심하라는 것**은 **경계해야** 한다는 뜻이야. 남자들이 가끔 여자들에게 못된 짓을 하거든. ― 나도 알아. 여자애들을 붙잡으려고 하거든요." 알리스는 '우리를 붙잡으려고 한다'고 말하지 않았다. 자신을 여자아이로 생각하지 않는다는 뜻이었다. 고통스러웠다. "그래. 어느 누구에게도 붙잡힐 이유가 없어. 네 몸은 너의 것이야. 누구도 특별한 이유 없이 네 몸을 만지게 해서는 안 돼. 무슨 말인지 알겠어? ― 네! 내 몸은 나의 것…" 알리스는 생각에 잠겨서 이 말을 반복했다. "항상 주의해야 해. 주위에 누가 있는지 말이야. 뒤에 사람이 있는지, 누가 너를 쳐다보고 있지 않은지, 따라오지는 않는지 경계해야 해. 항상! 그렇다고 눈에 띄게 하면 안 되고 ― 인디언들처럼 말이죠?" 알리스는 그렇게 말하고 카펫 위에 바짝 엎드렸다. 나는 오래전 아버지가 언니와 나에게 가르쳐 주었던 호신술도 알리스에게 알려 주었다. "이상한 사람이 너를 따라오는 것 같으면 열쇠를 손가락 사이에 넣어. 호신용 너클처럼 말이야. 엄지손가락은 밖으로 빼고. 공격을 당하면 주저하지 말고 얼굴이나 눈을 겨냥해서 팍!" 알리스가 입술을 삐죽거리고 얼굴을 찡그렸다.

그 주 일요일 책상에 앉아 일하고 있는데 알리스가 앙투안에게 하는 소리가 들렸다. "먼저 어깨를 딱 잡고 가랑이 사이를 무릎으로 있는 힘껏 차는 거야. 그렇게 하면 빠져나갈 수 있어. 네 몸은 네 것이야. 알겠어?"

가끔 알리스를 데리고 루앙에 가서 부모님을 뵈었다. 알리스는 특히 할머니를 좋아해서 루앙에 가는 것을 좋아했다. 토요일은 할머니 댁에서 자고 일요일에 할아버지를 보러 갔다. 엘자는 알리스가 아당 삼촌을 보러 왔다며 재밌어했다. 나도 처음에는 농담으로 알리스에게 체호프 희곡에서처럼 작은 삼촌이라고 부르라고 했다. 하지만 나는 '삼촌'이라는 말을 증오했다.* 그래서 아무도 모르게 그 말을 버리고 대신 '동생'이라는 말을 내 안에 간직하기로 했다. '아들'이란 말을 그렇게 했듯이.

얼마 안 있으면 아당이 걷고 옹알이를 할 것이다.

---

* 할아버지의 남자형제는 'grand-oncle', 우리 말로 '큰 삼촌'이라고 한다.

아버지는, 나의 아버지는, 아당의 아버지는, 우리의 아버지는 카펫에 누워(일어서기가 쉽지 않을 텐데) 아당과 함께 서킷 24를 가지고 놀았다. 리모컨으로 레이스카를 움직이자 요란한 소리가 났고 아당이 좋아했다. 알리스는 귀를 막았다. (알리스가 차를 좋아하지 않는 것 같아 마음이 놓였다.) 하지만 아이들은 아주 좋아했다. (내 마음이 날아갈 것 같았다.) 어렸을 때 인형을 가지고 놀라고 좀 더 부추겨야 했을까? 점심 식사를 할때 아버지가 라디오를 켰다. 〈천 프랑 퀴즈쇼〉가 나왔다. 뤼시앙 죄네스는 이제 이 세상 사람이 아닌데 퀴즈쇼는 아직도 하고 있다니! 뉴스 시간에는 카이로 타흐리르 광장에서 일어났던 여기자 강간 사건과 관련해 두 패널이 격렬한 토론을 벌였다. 한 패널이 프랑스에서도 똑같은 일이 벌어지고 있는데 왜 아랍 국가들만 낙인을 찍고 있느냐고 분노했다. '프랑스에서 6분마다 여자 한 명이 강간을 당한다는 사실을 아십니까?' "저런, 불쌍해서 어쩐다!" 아버지의 반응에 모두 웃음을 터뜨렸다. "당신은 어쩜 그렇게 변하질 않아요!" 엘자가 아버지를 그윽하게 바라보며 편을 들었다.

알리스가 열세 살이 되었다. 중학교에 들어갔다. 초

등학교 친구들이 거의 그대로 같은 중학교로 진학했지만 남학생과 여학생의 위치가 바뀌었다. 운동장은 남학생들 차지가 되었고 학생 수도 남학생이 훨씬 많아졌다. 쉬는 시간만 되면 남학생들은 운동장으로 우르르 몰려 나가 축구를 했다. 그 때문에 알리스가 축구에 끼는 것이 쉽지 않았다. 남학생들도 알리스가 축구를 잘한다는 것을 알았지만, 미안하다고 말하며 끼워 주지 않았다. 가끔 수업 시작종을 1분 남겨 놓고 경기에 들어가기도 했는데 너무 짧았다. 게다가 앙투안마저 이사를 가자 알리스는 어쩔 수 없이 롤러스케이트를 타는 여자애들과 어울리게 되었다. 학교가 끝나면 여자애들은 두 팔을 휘두르며 롤러스케이트를 타고 학교 앞 대로를 활보했다.

아빠를 보러 도쿄로 떠나기 며칠 전(남편은 여전히 도쿄에 살고 있다) 알리스는 여전사 지나처럼 앞머리를 자르기로 결정했다. 괴물과 신神 그리고 죽음과 싸우는 〈여전사 지나〉는 알리스가 좋아하는 티브이 프로그램이었다. 〈유물 사냥꾼〉의 여자 주인공이며 고고학자인 시드니 폭스 사이에서 잠시 망설이기는 했지만 그래도 힘이 센 여전사 지나를 더 좋아했다. 물론 시드니도 무술 실력이 뛰어나고 조수인 나이젤의 사랑을 받는 멋있는 여자였다. 아침 일찍 알리스는 부엌 가위를 들고 거울도 보지 않은 채 더듬더듬 앞머리를 자른 후 내 방으로 뛰어 들어왔다. 내 반응을 보고 걱정하기는 했지만 결과에 만족한 듯했다. "너무 흉해!" 너무 흉해서 그렇게 말하지 않을 수 없었다. 알리스는 양팔을 벌리고 오뚝이처럼 왔다 갔다 하면서 우스꽝스러운 얼굴을 했다. 내 마음에 들지 않았다. 전혀. "이도 저도 아니잖아!" 하지만 알리스는 내 말을 칭찬으로 생각했다.

"유일한 해결책은 짧게 커트하는 겁니다." 남자 미용사의 진단에 알리스는 이가 다 보이도록 활짝 웃었다. "흉하지 않을까요?" 나는 반대했다. 열세 살짜리 아이가 짧게 커트를 하면 남자아이처럼 보일 것이 뻔했다. 반면 알리스의 눈은 반짝반짝 빛났다. "아뇨! 그렇지 않습니다. 얼굴 모양에 맞게 머리를 자르는 것이 제 전문입니다. 그렇게 해서 아름다움을 창조하는 거죠. 보시죠!" 미용사가 알리스가 앉은 의자를 내 앞으로 돌렸다. "가장 중요한 것은 균형입니다. 누구나 얼굴에 남성적인 부분과 여성적인 부분이 있습니다. 알리스의 경우는 여기 그리고 여기가 남성적입니다." 미용사가 코와 턱을 가리켰다. "반면 눈과 입은 여성적이죠. 강조하고 싶은 부분을 선택하면 됩니다." 나는 미용사를 쳐다봤다. 그가 여성적인 면을 강조하고 싶은 것이 확실했다. 반면 다시 의자를 돌린 알리스는 거울을 보면서 턱을 들고 근사하게 커크 더글라스 흉내를 냈다.

알리스의 머리칼이 바닥에 떨어지자마자 나는 자리에서 벌떡 일어섰다. "좀 돌아다니다 올게요." 이리저리 정처 없이 걷고 있는데 휴대 전화가 울렸다. 엄마가 음성 메시지를 보냈다. 떨리는 목소리였다. "오늘이… 생일이구나. 네 생각 많이 했어. 소중한 내 딸아 너를 힘껏 껴안아 주고 싶구나. 사랑한다." 나는 길 한가운데 멈춰 섰다. 오늘이라는 것을 깜박했다. 트리스탕이 태어난 날과 트리스탕이 죽은 날을 기억하는 사람은 이제 이 세상에 두 사람밖에 없었다. 이 세상에서 오로지 두 사람. 크리스티앙도 있지만 더 이상 내게 신경을 쓰지 않았다. 평소에는 엄마 역시 마찬가지였지만, 오늘만은 달랐다. 엄마의 따뜻한 말이 내 고통을 덜어 주었다. 하루도 얼굴과 같아서 균형이 중요하다. 알리스가 머리를 자르기로 결정한 날도 오늘이다. 오늘이 무슨 날인지 알리스도 알고 있는 걸까?

"이거 받으세요. 간직하고 싶어 하실 것 같아서요." 미용사가 봉투를 내밀었다. 열린 봉투 틈으로 리본에 묶인 금발 머리카락이 보였다. 나는 더듬거리며 고맙다고 했다. 다정한 남자였다. 알리스를 제대로 보려고 약간 뒤에서 걸었다. 시원한 목덜미, 균형 잡힌 어깨, 경쾌하게 흔들리는 팔, 내 앞에서 걷고 있는 알리스는 눈부셨다. 커트 머리는 알리스를 더 성숙하게 보이게 했다. 갑자기 열여섯 청년이 하늘에서 뚝 떨어져 내 앞에 서 있는 것 같았다.

며칠 뒤 토요일 정오쯤, 우편물을 챙겨 아파트 안으로 들어가고 있었다. 식탁에 누군가 앉아 있었다. 등을 보이고 있었는데, 금방 일어났는지 짧은 머리는 헝클어져 있고 흰 러닝셔츠를 입고 있었다. 나는 너무 놀라 들고 있던 우편물을 떨어뜨리고 말았다. 누구지? 심장이 쿵쾅거렸다. 어둑한 복도에서 우편물을 다시 주우려고 몸을 낮췄다. "굿모닝, 엄마!" 알리스가 뒤돌아보지 않은 채로 인사했다. "그래. 오늘 늦게 일어났구나."

크리스티앙이 도쿄에서 비난이 가득 담긴 메일을 보내왔다. 알리스가 초경을 시작했는데 자기가 약국에 가서 생리대를 사야 했다는 것이었다. '내가 일본어로 생리대가 뭔지 어떻게 알겠어? 엄마라면 미리 생각을 했어야지…' 말이 나온 김에 전남편은 민감한 문제를 건드렸다. '당신, 엄마 역할을 제대로 하고 있는 거야? 당신 딸 좀 봐.' 그가 **당신** 딸이라고 썼다. '누가 여자라 그러겠어? 몸매에 신경을 써야지. 근육이 너무 많잖아. 옷도 아무렇게나 입고. 머리는 또 그게 뭐야? 나 속상하라고 일부러 그런 거야?' 메일에 화가 났지만 사실 틀린 말도 아니었다. 내가 너무 신경을 쓰지 않았다. 나는 형편없는 엄마였다.

알리스는 선물을 한가득 들고 일본에서 돌아왔다. 꽃무늬 기모노, 큐빅 머리핀, 근사한 자개 상자에 들어 있는 '마이 퍼스트 메이크업 팔레트'. "이거 다 엄마 가져!" 알리스는 친구 케빈이 준 장신구를 내게 내밀었던 것처럼 메이크업 팔레트를 내게 내밀었다. "아냐, 알리스. 아빠가 준 선물이잖아. 기모노를 입고 머리핀을 한 다음에 사진을 찍어서 아빠에게 보내자. 아빠가 좋아할 거야." 알리스는 내키지 않았는지 한숨을 쉬고는 선물을 가지고 방으로 들어가며 한마디 했다. "휴우! 살기 힘드네!"

그날부터 나는 알리스를 가만 놔두지 않았다. 지금까지 내가 너무 응석을 받아줬다. 이제 사춘기니까 전략을 바꾸고 기대 수준을 높여야 했다. 지금까지는 선머슴이었지만 앞으로는 성숙한 여인으로 거듭날 것이다. 이것이 나의 목표였다.

알리스에게 스타킹과 굽이 있는 부츠를 사 줬다. 새 끼 기린처럼 휘청거리며 걷는 모습이 벌써 머리에 그려졌다. 알리스는 굽이 있는 신발을 신은 적이 없었다. 운동화밖에 신지 않았다. 나는 열네 살 때, 물론 스웨이드 단화를 좋아하기는 했지만, 그때 벌써 굽이 약간 있는 발레리나 슈즈를 신었었다. 옷도 새로 사 줬다. 너무 자주 입어 올이 풀리기 시작한 축구 유니폼은 모두 자선 단체에 기증하고 알리스를 데리고 가서 치마와 원피스를 샀다. 일주일에 최소 한 번이라도 입지 않으면 화를 냈다. "미스 프랑스 같잖아요!" 짜증을 내기는 했지만 놀랍게도 알리스는 순순히 말을 들었다. 나는 용기를 얻어 수분크림, 리본 머리핀, 데오도란트, 아나이스 아나이스 향수도 사 주었다. 그리고 자주 예쁘다고 말해 주었다. 사실이기도 했다. 생일파티에 초대되었을 때는 마스카라를 하라고 권했고 바르는 방법도 알려 주었다. 너무 티 나지 않게, 자연스럽게 바르려면 어떻게 해야 하는지, 눈은 어떻게 떠야 하는지, 그런 것들이었다. 마스카라를 바르니 알리스의 눈이 더 예뻐졌다. 아이도 마스카라를 바른 자신의 눈이 얼마나 예쁜지 알았으면 했다. 앙투안의 가족은 외국으로 이사를 갔다. 좋은 소식이었다. 여자애들이 다시 집에 오기 시작했기 때문이다. 아이들은 수첩에 하트를 그려 넣고 BFF를 약속했다. 베스트 프렌드 포에버. 또 남자애들 이야기를 하며 낄낄거렸다. 어떤 뚱뚱한 남자애가 뽀뽀해 주면 5유로를 주겠다고 했다고 비명을 지르며 웃어 댔다. 이런 소리를 듣는 것이 나는 너무 좋았다. 중학교 4학년이 되자 알리스는 귀를 뚫겠다고 했다. 나는 귀를 뚫은 적이 없었다. 알리스는 실버 링을 골랐다. 간결하고 우아한 것이었다. 열다섯 생일에는 친구들이 핑크색 매니큐어, 가죽 팔찌, 머리끈 등을 선물했다. 모두들 예쁘다고 소리를 질렀다. 뮤지컬 영화〈로슈포르의 아가씨들〉을 보면서는 거기에 나오는 노래를 다같이 따라 했다. 나는 이제야 숨을 편히 쉴 수가 있었다. 나 역시 모범을 보이려고 옷에 신경 썼다. 일요일에도 더 이상 파자마만 입고 집안을 돌아다니지 않았다. 마침내 알리스를 보다 여성적으로 만들려는 나의 노력이 결실을 보기 시작했다. 체육 과목 성적이 나를 약간 좌절시키기는 했지만. '100점. 럭비에서 놀라운 운동 능력을 보여 주었음!' 외할아버지의 피를 물려받아서겠지? 틀림없다. "엄마가 학교 다닐 때는 여자들은 럭비를 하지 않았어. 너무 과격하고... — 나는 좋아해요!" 알리스의 허벅지가 럭비 선수처럼 되지 않는 이상 그냥 놔두기로 했다. 다행히 코를 한 대 얻어맞고 오더니 럭비에 대한 열정이 좀 수그러들기는 했다. 나는 뛸 듯이 기뻤다.

하루는 저녁에 내가 비디오 클럽에서 아무 생각 없이 빌린 영화를 알리스와 보고 있었다. 어느 순간 갑자기 정사 장면이 시작되었다. 나는 정신없이 리모컨을 찾았지만 어디 있는지 보이지 않아 손으로 알리스의 눈을 가렸다. "엄마, 그만 해요." 알리스의 목소리는 차분했다. "나도 다 알아요. 이제 여자가 오랄을 할 거예요. 내 말 맞죠?" 오랄? 나는 숨이 턱 막혔다. 알리스가 열다섯이 되면 성교육을 해야겠다고 생각했는데 이미 늦은 것 같아 보였다. 앙투안의 아빠는 아이들이 총을 가지고 노는 것은 질색했지만 가족들이 사용하는 컴퓨터에서 포르노를 보는 것은 아무렇지 않았나 보다. "그래서 많이 봤어? — 아니! **징그러워요!** — 그것은 실제가 아니야!" 나는 걱정이 돼서 진정한 사랑의 경이로움에 대한 찬양을 늘어놨다. 누군가를 정말 사랑하면 여자와 남자는 섹스를 통해서, 아니 육체적인 결합을 통해서 궁극적으로 하나가 되는 거야. 남자와 여자가… 그것은 마치… 알리스가 수긍할 만한 로맨틱한 비유가 뭐가 있을까 머리를 쥐어짰다. "엄마! 됐어요. 엄마의 **러브**

스토리는 사양하겠어요."

다니엘이 메신저로 메시지를 보냈다. 페이스북에서 나를 찾아내고 말았다. 프로필 사진이 예쁘다고 했다. 그리고 자기를 다시 만나고 싶어 하지 않는다는 것은 눈치챘지만 제안할 것이 있다고 했다. 기차에서 우리가 나눈 이야기에 관한 것이고 거절해도 된다고 했다. (아니, 거절할 수 없었다.) 법원과 같이 일하고 있는 정신 의학 협회에서 근친상간을 주제로 국제 학술 대회를 개최하는데 내가 증언 형식으로 발표해 줄 수 있는지 물었다. 학술적이 아니라 감성적으로 접근하는 것이 새로운 접근법이 될 수 있을 것 같아 기획했고, 쉽지 않은 일이겠지만 그래도 말을 하는 것 자체가 나에게도 유익할 수 있다고 했다. "니스에서 열려. 수영복도 가져오도록 해." 바다에서 수영을 한다는 것이 실현이 가능한 간단한 욕망처럼 느껴졌다. 이런 생각을 한다는 자체가 고통스러웠다.

엄마는 합창 연습하는 날과 겹치지만 않는다면 내가 니스에 있는 동안 알리스를 챙겨주겠다고 했다. 어느 날 자신이 멋진 콘트랄토 목소리를 가졌다는 것을 발견한 엄마는 합창단과 함께 프랑스 전역 순회 콘서

트를 준비하고 있었다. "니스는 뭐하러 가는데? 일 때문이니?" 엄마가 전화로 물었다. "아네요. 근친상간에 관한 학술 대회가 있어요. — 근친상간 학술 대회? 통역하는 거니? — 아니, 발표자로 가요." 빈 공간이 들릴 듯 말 듯한 소음으로 채워졌다. "그게 너하고 무슨 상관인데?"

"감사합니다. 매우 흥미로운 발표였습니다. 아직도 바퀴벌레, 개미, 거미 같은 벌레들이 우글거리는 악몽을 꾼다고 말씀하셨는데 벌레와 근친상간이 철자 순서만 바뀐, 같은 단어라는 것을 알고 계셨습니까?[*] 학술 대회 말미에 한 정신분석학자가 내 발표에 대해 평가를 했다. 여기서도 억지 말장난은 여전했다. 그는 자신 있게 자신의 분석을 발전시켰지만 무엇을 말하고 싶은지 나는 알 수가 없었다. 어쨌든 내 발표가 흥미로웠다고 하니 나는 미소를 지어 보였다. 다니엘이 옳았다. 말을 하고 나니 기분이 좋아졌다. 이럴 줄 알았으면 진작 상담을 받을 걸 그랬나 생각했다. 그런데 정말 도움을 받을 수 있었을까? 오늘은 다니엘이 토론을 주도해서 내가 말하는 데 도움이 되었지만 모르는 사람에게 내 얘기를 하는 나를 상상하기 힘들었다. 더러운 빨래는

---

* 벌레는 'insecte 앵섹트', 근친상간은 'inceste 앵세스트'이다.

집에서 빨아야 하지 않는가. 청중들 사이에서 미소를 띠고 나를 보고 있는 다니엘이 내 눈에 들어왔다. 어쩌면 우리는 결국 같이 자고 말 것 같다는 생각이 들었다.

알리스는 머리를 다시 길렀다. 커트 머리를 유지하려면 미용실에 자주 가야 하는데 알리스는 미용실에 가는 것을 죽기보다 싫어했고 게다가 바지를 입고 나가면 사람들이 자꾸 '젊은이'라고 불러 짜증이 난다고 했다. 나도 알리스와 같이 있으면 '아드님이 잘생겼네요'라는 소리를 자주 들었다. 알리스는 머리가 얼마나 자랐는지 매일 확인했다. 들쭉날쭉 자라서 머리 모양이 엉망이었고 아침마다 거울 앞에서 머리핀과 씨름하는 것이 일이었다. 엄마도 알리스의 변화를 알아차리고 말했다. "내가 그랬지? 선머슴 같을 때가 있는데 다지나간다고. 네 언니도 그랬어."

나의 승리는 소박했지만 압도적이었다. 어찌나 안도했는지 알리스가 남자애들과 팔씨름을 해도, 투포환에서 100점을 맞아도, 말끝마다 '존나'라고 해도 아무 말 하지 않았다. 처음에는 뭐가 좋다는 얘기인 줄 알았다. 여자의 입에서 나오니 재밌기는 했다. 상스럽지만 재밌는 것은 사실이었다. "진짜 걱정은 이제부터야. 사춘기가 지나면 남자애들보다 여자애들이 더 골칫거리거든." 옛날에 아버지가 왜 그렇게 걱정을 했는지 이해가 가기 시작했다. "나랑 산부인과에 같이 가 볼래?" 내 말에 알리스는 머리를 가로저으며 자신이 가고 싶을 때 알아서 갈 것이라고 했다. 어떻게 해야 하는지 잘 알고 있고 자신은 '찐따'가 아니라고 했다.

알리스에게 남자 친구가 생겼다. 아파트 앞에서 두 사람이 키스하고 있는 것을 봤다. 나는 뛸 듯이 기뻤다. 나의 질문 공세에도 알리스는 입을 다물었다. 튀니지 출신이고 테니스 클럽에서 만났다는 정보를 겨우 얻어 내는 데 만족해야 했다. 하지만 몇 주 후 알리스가 남자 친구를 차 버렸다. 자기와 같이 있지 않을 때 무엇을 했는지 끊임없이 물어봐서 짜증이 났고 테니스 시합을 하면 매번 지는 것을 잘 받아들이지 못했다고 했다. '존나 마초' 알리스는 그렇게 결론지었다.

알리스는 자신의 열여섯 생일 파티를 집에서 대대적으로 열었다. 나는 집을 비워 주려고 자정에 시작하는 영화를 보러 나갔다. "술은 안 돼! — 물론이죠!" 알리스는 내가 빌려준 분홍색이 가미된 하얀 원피스에 굽이 있는 샌들을 신었다. 다리가 가젤처럼 늘씬하고 탄탄했다. 가슴이 벅찰 정도로 아름다웠다. 그 나이 때 나는 내 다리를 돋보이게 하지 못했다. 근사한 내 다리 덕을 봤어야 했는데 안타깝게도 그러지 못했다. 영화를 보고 집으로 돌아왔다. 열린 창문을 통해 음악 소리가 크게 퍼져 나왔다. 이웃들이 화가 났을 게 분명했다. 로비에서 윗옷을 입지 않은 청년이 계단을 뛰어 내려오다가 나와 부딪힐 뻔했다. "안녕하세요!" 밝은 목소리에서 보드카 내음이 실려 왔다. 열여덟, 많으면 스물 정도돼 보이는 잘생긴 청년이었다. 같은 날 한 건물에서 파티가 두 개나 있었다니 재밌는 우연이라고 생각했다. 하지만 그 청년이 우리 집에서 나왔다는 것을 깨닫고는 집 안으로 들어갈 용기가 나지 않았다. 나는 아래층 층계참에 그냥 서 있었다. 소심해서인지 아니면 당황해서인지 몸이 움직이질 않았다. 기분이 좋기도 하고 나쁘기도 했다. "이름은 코랑텡이고 기타리스트예요." 알리스가 말해 주었다. 욕실에서 화장을 지우고 있는데 거울이 말을 걸어왔다. "네 딸이 다 컸어!"

고등학교 2학년이 되자 알리스는 여성과 여성주의에 대한 연구 과제를 준비하기 시작했다. "정말 화나는 게 뭔지 알아요? 여자들은 시대를 막론하고 언제 어디서나 공포 속에 살아야 했다는 거예요. 물론 프랑스 여자들은, 예를 들어 인도 여자들보다 두려움이 덜하겠지만 어쨌든 의식을 하든 못하든 모두 두려움 속에서 살고 있어요. 남자들을 두려워하는 거죠." 나는 야채를 다듬다가 칼을 내려놓고 손을 씻었다. "네 말이 맞아. 하지만 남자들도 두려워하며 살고 있어. 그렇게 남자와 여자를 꼭 대립시켜야 할까? 나는… — 전혀 상관없는 얘기예요, 엄마! 우리는 남성들이 지배하는 세상에 살고 있어요. 물론 두려움을 느끼는 남자들도 있겠죠. 그래서요? 우리가 그 남자들을 위해, 눈물이라도 흘려야 하나요? 여자는 어렸을 때부터 끊임없이 위협을 느끼며 살고 있어요. 엄마도 내가 어렸을 때 호신술을 가르쳐 줬잖아요. 기억나요? 턱! 팍!" 알리스가 무릎으로 남자의 급소를 차는 시늉을 했다. "엄마가 나를 걱정해서 알려 준 거잖아요. 모든 여자들이 두려움 속에 살고 있기 때문이에요. 그게 이유예요. 너무 일상적이고 너무 내재화되어 있어서 두려움 속에 살고 있다는 것조차 의식하지 못하고 살아요. 위협받는 여자라는 말은 동어반복이라고요! — 나도 동의해. 하지만 남자들도 두려움이 있어. 기대에 미치지 못할까 봐, 잘하지 못할까봐, 성공하지 못할까 봐, 실패할까 봐 말이야. 안 그래? 너도 알다시피 요즘 여자들이 너무…" 알리스가 갑자기 일어서서 다 깐 감자를 물에 담그고 감자 칼을 손에 든 채 떨리는 목소리로 내게 말했다. "엄마, 남자와 여자의 차이는 말이죠, 남자는 명예를 잃을까 봐 두려워하지만 여자는 목숨을 잃을까 봐 두려워한다는 거예요. 웃음거리가 되었다고 죽지는 않아요. 하지만 폭력으로는 죽어요. — 알아." 나도 일어나서 알리스를 안았다. "엄마…" 알리스가 다정하게 나를 불렀다. 딸이 어렸을 때는 내가 번쩍 들어 올릴 수 있었다. 깃털처럼 가벼운 아이의 몸뚱이가 나를 행복하게 했다. 내가 얼마나 강한 존재였던가! 하지만 지금은 알리스를 들 수 없다. 더는 알리스 발을 내 발 위에 올려놓고 아파트를 성큼성큼 걸어 다닐 수도 없다. 핸드폰이 울렸다. 알리스는 빠른 걸음으로 부엌을 나가며 전화를 받았다. "여보세요." 전화를 받는 목소리가 부드러웠다. 나는 식탁을 차리며 흥얼거렸다. 알리스가 너무 급진적이고 비타협적이지만 같이 얘기를 하고 나면 기분이 좋아졌다. 여자 대 여자로 이야기를 할 수 있어서 좋았다.

"엄마! 바빠요?" 알리스가 내 방에 들어왔다. "아니. 내 딸을 위해서라면 절대 바쁘지 않지." 나는 돌아보지도 않고 컴퓨터에 눈을 고정시킨 채 말했다. 알리스가 내 뒤에 서서 내 정수리를 가볍게 두드렸다. "오늘 저녁에 외출하려고요." 알리스는 다른 할 말이 있어 보였다.
나는 15분 전부터 문장 하나를 썼다 지웠다 하며 씨름
을 하는 중이었다. "주말에 집에서 안 자고… 밖에서 자
고 올 수도 있어요."

나는 손을 멈추고 의자를 돌려 알리스를 올려다봤
다. "뭐라고?" 알리스가 내 침대에 걸터앉았다. "이자벨
집에 가는 거니?" 이자벨은 알리스와 같은 학교에 다
니는 동급생인데 에트르타에 별장이 있어서 알리스가
그 집에 여러 번 간 적이 있었다. "아니. 이자벨이 아니
고 엄마가 모르는 친구예요. ─ 주말에 놀러 간다는 얘
기를 지금 하는 거야?" 알리스는 대답 대신 장난스럽
게 웃었다. 아니, 장난스럽다기보다는 반항기가 느껴지
는 웃음이었다. 그것이 더 정확한 단어이고 적절한 번
역일 것이다. 매력적인 발랄함 속에 반항기가 숨어 있
는, 짓궂고 약간은 건방진 웃음이라고 할까. "그럼 언제
말해야 되는데요?" 알리스는 침대에 누워 팔을 머리 위
로 쭉 뻗었다. 아기가 잘 때 편하게 취하는 자세인데 알
리스는 지금도 곧잘 그렇게 누웠다. "글쎄… 나도 모르
겠는걸. 네가 뭘 숨기고 있는 것 같은데. 무슨 일이 있는
게 분명해. ─ 그럴 수도…" 이제는 두 다리를 하늘로 들
어 올리고 어깨 서기 자세를 취했다. "그래?" 알리스는

알 듯 말 듯한 미소를 지었다. "잠깐! 내가 맞춰볼게. 너… 좋아하는 사람 생겼지?" 알리스가 행복한 꼭두각시 인형처럼 손과 발을 파닥거렸다. 동시에 내 머리는 심장 박동에 맞춰 마구 돌아갔다. (드디어 때가 온 거야. 피임약은 복용하고 있나? 내가 제대로 설명은 해 줬나? 간염 예방주사는? 작년에 사 두었던 콘돔 유통기한이 어떻게 되더라? 한 달 후에 프랑스어 대입 시험이 있는데…) 알리스는 일어나서 대답은 하지 않고 또 장난스러운 미소만 지어 보였다. "남자 친구가 생겼고 그 남자 친구 집에서 자고 오겠다는 거지? 그렇지?" 알리스의 입이 들썩했다. 눈가에는 어두운 그림자가 날아가는 새처럼 스쳐 지나갔다. "얘기해 봐. 어서!" 딸에게 손을 내밀었다. 알리스가 내 손을 잡았다. "남자 친구 이름이 뭐야?" 알리스는 내 손목을 붙잡고 얼마 전부터 툭 튀어나온 핏줄을 문질렀다. 그렇게 한참 고개를 숙이고 있더니 얼굴을 들어 나를 쳐다봤다. "엄마… — 그래. 나 여깄어." 알리스가 웃었다. 알리스가 웃으면 얼굴에서 빛이 났다. 달리 표현할 방법이 없다. 태양이었다. "사실은…" 목소리가 입술에 붙어 밖으로 나오지 못하는 것 같았다. 알리스가 손등으로 나를 툭 쳤다. 그리고 얼굴이 환해졌다. "여자 친구예요."

ÉPILOGUE

너는 큰 충격을 받았지만 충격을 받았다고 말할 수가 없었어. 프랑스 고전 수업 시간에 배웠던 말의 의미 그대로 벼락을 맞았는데 말이야. 너를 충격에 빠뜨린 것은 일이 발생하는 방식이었어. 일은 사슬처럼 연쇄적으로 발생했는데 그 사슬에서 네 자신이 약한 고리나 못이 빠져 버린 경첩처럼 느껴졌던 거야. 그런데 트리스탕의 의료기록에서 '충격사'라는 말을 본 후부터 너는 '충격'이라는 단어를 절대 사용하지 않았지. 충격사의 이미지가 네 머리를 떠나지 않아. 글자 그대로의 상황이 머리에 그려졌거든. 신생아가 너무 놀라서 심장이 멈춘다. 숨을 쉬는 순간 놀라서 죽는다... 저주를 품고 있는 단어가 있어. 그것이 무슨 의미인지 너는 잘 알 거야. 너는 너무 놀라 숨을 쉴 수조차 없었어. 너는 시간이라는 바위를 등에 지고 산비탈을 올라가지만 바위는 항상 굴러떨어졌어. 이해하려고 애썼지만 이해하지 못했어. 그런데 무엇을 이해해야 하는 거지? 너는 낯선 땅에 있고, 그 땅에서 쓰는 언어를 몰랐어. 그래서 어떻게 해석을 해야 할지 알 수 없었던 거야. 너 자신과 또 네가 알고 있는 것으로부터 너무 멀리 있었기 때문이지. 어쩌면 너의 오만이 너를 힘들게 했는지도 몰라. 너는 실물 수업에서 아무것도 배우지 못했고, 삶은 너 없이 흘러가 저만치 가 버리고, 너는 한 번도 스스로 결정을 내린 적이 없었지. 컴퓨터 모니터에 보이는 아라베스크 문양에 너는 어지럼증을 느꼈어. 이유는 알 수 없지만 어린 시절 기억 하나가 떠올랐거든. 언니와 함께 쓰던 방에서 창문을 열면 안마당이 보였는데 그곳에는 토끼장이 열 개 정도 있었어. 루앙에 말이야! 그래! 루앙 시내 한복판에 토끼장이 있었다니까! 아침 일찍 비둘기가 울기 전에 비좁은 토끼장 안에서 토끼들이 소란스러운 소리를 냈어. 그런데 안마당으로 가는 문이 잠겨있어서 너는 토끼들에게 먹이를 줄 수가 없었어. 또 오랫동안 토끼를 가지고 무얼 하느냐고 한 번도 묻지 않았지. 스튜를 만든다는 말을 들을까 봐 무서웠던 거야. 그런데 어느 날 갑자기 토끼들이 모두 사라져 버렸어. 토끼장도 깨끗이 치워졌고 소리도 나지 않았지. 아무것도 없었어. 그래서 네가 아빠에게 물었지. 아빠가 답해 줬어. 네 아빠는 모르는 게 없잖아. 토끼들은 건물 1층에 있는 의학 연구소 소유이고 임신 진단용으로 쓰였다고 했어. 임신 여부를 확인하기 위해 토끼 허리에 사람의 소변을 투여하면, 임신일 경우 소변에 들

313

어 있는 임신 호르몬이 토끼의 난소를 커지게 해. 그렇게 임신 여부를 확인하는 거야. 정확히 말하면 암토끼의 난소지. 이제는 암토끼라는 말은 잘 쓰지 않지만. 그렇다면 토끼의 난소가 커졌는지는 어떻게 알 수 있을까? 당연히 토끼를 죽여서지 바보야. 갑자기 배가 갈라진 채 죽어 있는 암토끼들이 네 가슴을 갈기갈기 찢고 피범벅이 된 토끼들이 네가 숨을 못 쉴 때까지 너를 쫓아다녔어. 엄마에게도 물었어. 엄마도 토끼 때문에 나를 임신한 줄 알았어? 엄마는 질문을 잘못 들었는지 아니면 이해를 못 했는지 '네가 내 토끼지'라며 건성으로 대답했어. 너는 절대 아이를 갖지 않겠다고 속으로 다짐했지. 그런데 이 기억이 왜 지금 떠오르는 걸까? 너는 더 이상 집중하기 힘들어 머리를 식히려고 컴퓨터를 껐어. 속도 안 좋았고. 벌어진 문틈 사이로 외출할 준비를 마친 앨리스가 얼굴을 내밀었어. "엄마? — 응? — 나도 엄마 사랑해."

앨리스가 동성 결혼 합법화를 촉구하는 시위에 참여하고 울면서 집에 돌아온 적이 있었어. 너는 무척 당황했었지. 한 노인이 앨리스를 잡년이라고 부르며 침을 뱉었다는 거야. 앨리스는 너무 놀라서 재킷에 묻은 침이 흘러내리는 것을 쳐다보고만 있었다고 했어. "우

314

리 할아버지일 수도 있었어요." 열일곱 여자아이가 감내하기에는 너무 큰 고통이라 네 눈에서 눈물이 왈칵 쏟아졌지. 알리스를 데리고 아빠의 76세 생신을 축하하러 루앙에 갔을 때, 기차 안에서 알리스에게 마스카라를 발라 보라고 하면서 할아버지에게 그 사건을 말하지 않는 것이 좋을 것 같다고 했어. 알리스 얼굴이 어두워졌어. 그래서 할아버지가 이해하지 못할 것이라고 서둘러 덧붙였지.(그럼 너는? 너는 이해하는 거야?) 네 아버지는 아당에게 촛불을 붙게 하고는 전날 동성 결혼 합법화 시위 때문에 아들을 축구 클럽에 데려가지 못했다고 불만을 터뜨렸어. "호모들 때문에 진절머리가 나!" 너는 알리스를 쳐다봤어. 잠시 망설이는 것 같더니 아무 말 하지 않아서 안도했어. 너는 아무도 모르기를, 알리스가 아무에게도 말하지 않기를 바랐어. 말하지 않으면 존재하지 않는 것이 되니까. 너도 경험했잖아. 기억을 잘라 내는 것이지만 구원 같은 망각이기도 해. 너는 그렇게 생각했어. 엄마가 미용실에서『파리마치Paris Match』잡지를 뒤적이다가 '우리도 이혼하고 싶다'라고 쓰인 플래카드를 들고 있는 알리스를 발견했어. 하지만 알리스가 아니라고 말할 수가 없었어. 사진에 찍힌 알리스가 쓰고 있는 빨간 모자가 바로 할머니가 짜 준 것이었거든. 플래카드도 너에게서 빌린 검정 절연 테이프로 만든 것이었고. 걱정이 되기는 했지만 문구가 너무 재밌어서 너는 웃음을 터뜨렸어. 그런데 엄마가 깜짝 놀랄 말을 하는 거야. "언제 그랬냐는 듯이 금방 지나갈 거야. 나도 여자랑 그런 적이 있었어. 열일곱 살 때 폴레트라는 친구하고 말이야. 그 나이 때는 원하는 것이 뭔지 정확히 모르잖아. 이것저것 해 보고, 그러다가 마는 거야."

그날 너는 알리스와 마주 앉아서 얘기를 나누었지. 말을 꺼낸 것을 후회했지만 되돌릴 수는 없었어. 너무 두려워서 어쩔 수가 없었어… 그래! 기억이 나. 잠깐! 여기서부터는 내가 얘기할게. 알리스가 다시 태어난 날 무슨 일이 있었는지 내가 말해 줄게.

그날 알리스는 거실 소파에 앉아 문자를 보내고 있었다. 나는 맞은편에서 문자를 보내고 있는 알리스를 물끄러미 쳐다봤다. 금발 머리를 허리까지 길게 기르고 '작은 귀염둥이'라고 적혀 있는 티셔츠를 입고 있는, 얼마 전 열여덟 살이 된 알리스는 눈부시게 아름다웠다. "있잖아, 알리스… 가끔 나 때문은 아닐까 그런 생각을 해. ─ 뭘요?" 알리스는 고개도 들지 않고 계속 문자를 보내면서 성의 없이 대답했다. 나는 목을 한 번 가다듬고 다시 말했다. "응. 엄마가… 엄마가 충분히 노력을 했나 해서. 엄마로서 딸에게 가르쳐 줘야 할 것들에 대해 소홀하지 않았나, 가르치고 끌어 주면서 좀 더 여자답게 키워야 하지 않았나 해서…" '여자답게'라는 말에 알리스가 고개를 들었다. 어둡지만 명료한 아이의 시선이 나를 뚫고 지나갔다. "엄마, 왜 그런 말을 해요? ― 아니… 엄마는… 화장을 안 해도, 아무런 치장을 하지 않아도 이렇게 예쁜 네 모습을 보면 엄마가 네 어린 시절에 뭔가 잘못하지 않았나 그런 생각이 들어서. 내가 너에게 뭘 해 줬어야 하는데 하지 않아서 이렇게 되지 않았나… 이 모든 것이 내 탓인 것 같아." 알리스가 몸을 세워 바로 앉더니 나를 똑바로 쳐다봤다. 눈 한 번 깜박이지 않고 매섭게 봤다. 아이의 파란 눈동자에 내 모습이 볼록하게 맺혔다. "엄마 탓? 엄마가 뭘 잘못했어요? 탓이라뇨? 무슨 죄라도 지었어요? 뭐라도 훔쳤어요? 누굴 죽였어요? ― 내가 무슨 말 하는지 알잖니…" 나는 딸의 시선을 피했다. 부끄러워 말이 제대로 나오지 않았다. 하지만 다시 고개를 들어 알리스를 봤을 때 딸은 이미 나를 용서했다. 알리스의 눈은 조건 없는 사랑으로 가득했고, 그 눈이 나를 용서했다. "예를 들어, 트리스탕

말이야. 너한테 트리스탕 얘기를 하지 말았어야 했어. 너는 트리스탕을 대신하고 싶었던 거야. 충분히 사랑을 받고 있다고 느끼지 못했기 때문에. 그래서… ─ 그래서 내가 레즈비언이 되었다는 거예요? 그래서 엄마 탓이라고 하는 거예요?" 레즈비언이라는 단어가 내 숨을 턱 막히게 했다. 다른 말들도 참기 힘들었다. 레즈, 부치, 심지어 동성애자란 말조차 듣는 것도 입으로 내뱉는 것도 괴로웠다. 애를 써도 익숙해지지 않았다. "엄마! 두 가지만 말할게요. (알리스가 엄마라고 했을 때 기쁨이 샘솟았다. 언제나 그랬다.) 첫째, 엄마가 잘 몰라서 그래요. 만약 트리스탕이 죽지 않았다면 내가 이성애자가 될 수도 있었겠죠. 아닐 수도 있고요. 아니면 아예 존재하지 않았을 수도 있어요. 물론 존재할 수도 있고요. 말했잖아요. 성적 지향은 선택하는 것도 결심하는 것도 아니라고요. 이해하겠어요? 이것 때문에, 저것 때문에, 나 때문에, 너 때문에, 이런 말 소용 없어요. 그냥 사실인 거예요. 그 이상도 그 이하도 아니에요. ─ 그래. 나도 알아. 그래도 어떤 계기가 있지 않았나 싶어서. 안타까워서…" 알리스의 얼굴이 굳어졌다. "안타깝다고요? 엄마, 도대체 왜 그래요? 뭐가 문제예요? ─ 가끔 너무 걱정이 돼. 그래서 혹시… 앞으로 남자는 절대 좋아하지

318

않을 거니? 불가능한 거야?" 알리스는 어깨를 으쓱했
다. 이런 대화가 짜증나기 시작한 모양이었다. "몰라요.
남자를 만날 수도 있죠. 불가능이란 것은 없으니까. 내
눈에 잘생겨 보이는 남자들도 있어요. 하지만… 사람을
사랑하는 거잖아요. 그 사람이 남자일 수도 있고 여자
일 수도 있고. 우리는 사람을 사랑하는 것이지 물건이
나 특정 성을 사랑하는 것이 아니에요. 그래서 이론적
으로는 내가 남자를 좋아할 수도 있지만… 난 소피를 사
랑해요. 엄마도 알잖아요. 소피와 잘 지내고 있어요. 우
리는 서로 사랑하고 있어요."

거기서 멈췄어야 했다. 거기서 입을 다물어야 했다.
하지만 오래되고 케케묵고 뿌리 깊고 우글거리는 벌레
들처럼 게걸스러운 공포에서 벗어나야 할 것만 같았
다. 나를 붙잡고 있는 수많은 흙 묻은 손들이 나의 등을
떠밀었다. "그러면 남자와는 절대 성관계를 갖지 않겠
다는 거야?" 나는 계속 말했지만, 사실 그건 절규에 가
까웠다. 알리스가 특유의 비웃는 듯한 얼굴로 크게 웃
었다. 그 웃음소리에 나는 더 대담해졌다. "한번 시도라
도 해 보지 않겠니? 어떤지 보려고 말이야. 응?" 나를
쳐다보는 알리스의 눈길은 다정했지만 왠지 나를 한심
하게 생각하는 것 같았다. 알리스가 기지개를 켰다. "그

럼 엄마는 여자와 관계를 **시도**해 본 적이 있어요? 어떤지 보려고요?" 나는 하늘을 보고 고개를 가로저었다. 말도 안 돼. 나는 난처함을 숨기려고, 어쩌면 알리스가 불편할까 봐 그냥 웃었다. "거봐요. 엄마에게는 누구도 한번 **시도**해보라고 말하는 사람이 없는데 왜 나는 그런 소리를 들어야 하는 거죠?"

뭐라고 답할 수 있겠는가? 거실 탁자 위에 있는 담배를 집으려다가 라이터를 떨어뜨렸다. 나는 바닥에 떨어진 라이터를 향해 손을 뻗었다. 그 순간 창문으로 햇살이 환하게 들어왔다. 천사가 들어왔다. 소파 끝에 트리스탕이 앉아 있었다. 아무도 모르게 트리스탕이 나와 알리스를 감싸 안았다. 그리고 나타났을 때처럼 조용히 떠났다. 문자를 다 보냈는지 알리스가 다시 나를 쳐다봤다. 뭔가를 곰곰이 생각하는 것 같았다. 맑고 아름답고 오염되지 않은 순수한 힘을 가진 얼굴이었다. 누군가에게 해를 입히거나 파괴하고 증오하는 것이 태생적으로 불가능한, 장난기 가득한 얼굴이었다.

"있잖아요, 엄마…" 알리스의 목소리가 야무졌다. 재밌게도 나에게 뭔가 가르쳐 주고 싶어 하는 목소리였다. "엄마, 여자도 좋아요. 아니…" 뭔가 떠올랐는지 알리스가 미소를 지었다. "여자는 경이로운 존재예요."

거대한 탑을 무너뜨리는 데 한 문장이면 족할 때가 있다. 두려움의 망루와 수치의 성벽과 우리가 죄수이면서 간수였던 탑이 한순간에 무너지면서 사방으로 햇빛이 들어왔다. 총안銃眼도 사라졌다. 한 문장이면 족했다. 매서운 공기가 폐부로 들어와 살갗을 할퀴지만 금방 회복된다. 햇빛은 강렬하지만 눈은 부시지 않다. 한 문장이면 족하다. 한 문장도 아니고 한 단어, 완성되지 않은 문장을 완성시켜 줄 형용사 하나면 된다. 빠져 있었던, 그래서 꼭 필요했던 사소한 단어. 그것을 알리스가 와서 채워 넣었다. 알리스가 나타나 아무 일도 아닌 것처럼 그 단어를 제자리에 채워 넣자 갑자기 새로운 세상이 열리고 말에서 새로운 의미가 피어났다. 그 안으로 들어가면 경이로운 나라였다. 이제 해야 할 일은 한 가지. 활짝 핀 문장을 잡아 조심스럽게 따서 소중하게 지키고 암호를 잘 새겼다가 옆사람에게 전달하고 절대 잊지 않는 것. 나는 그 일을 해냈다.

"사랑하는 내 딸, 네 말이 맞아. 여자는 경이로운 존재야."

여자의 이야기는 그렇게 시작되어야 한다

정한샘 (리브레리아Q)

"딸입니다."

말로 시작되었어. 빛이 그랬던 것처럼. 어둠이 그랬던 것처럼.

날이 차가워지면 몸이 기억하는 어떤 이야기가 나를 찾아온다. '몸은 고통보다 쾌락을 더 잘 기억하기에' 그날의 고통은 빠르게 잊혔고 여자는 딸을 키우며 지나간 여자를 부정하려 했다. 여자의 딸은 여자처럼 살게 되지 않을 것이었다. 어떤 두려움과 수치도 겪게 되지 않을 것이었다. 태어나는 그 순간부터 여자를 따라다니는 단어이자 평생을 떨쳐내기 위해 싸워 온 단어이며 사는 동안 내내 함께할 단어이겠지만 딸에게는 물려주고 싶지 않은 단어. 딸로 태어나 여자로 살다가 다시 딸을 낳은 여자는 이 책의 첫 문장을 만나고 나서야 잊고 있던 기억을 떠올린다. 나의 시작도 말이었을 것이라는.

"딸입니다." 모든 여자는 딸이었고 모든 딸은 여자였다. 어떻게 저 말을 잊고 살았을까.

카미유 로랑스의 글을 읽으며 자주 텍스트 안으로 침범하고 싶은 충동을 느꼈다. 알려주고 싶었다. 안돼, 거긴 위험해. 그 말은 옳지 않아. 그 길로 가지 마. 그 사람은 좋은 사람이 아니야. 하지만 여자의 말은 여자에게 항상 늦게 도착한다. 일어나야 하는 일은 일어나야만 하고, 그 일이 일어나야 다른 여자들에게 알려진다. 겪은 여자가 존재해야만 비로소 다른 여자를 구할 수 있다. 우리는 얼마나 많은 여자들의 이야기를 전해 들으며 스스로 조심하는 삶을 살아왔나.

이 글 또한 그렇게 우리에게 도착한 여자의 이야기이다. 또 다른 딸이자 또 한 번의 실패였던 수많은 '너'와 '나'의 이야기이다. 딸이기 때문에 인도나 중국에서 태어났다면 죽임을 당했을 거라던 여자의 삶은 프랑스

엿기 때문에 다르게 펼쳐졌을까? 그곳에도 있고 이곳에도 있는, 여자이기에 말하지 못했던 이야기들을 카미유 로랑스는 모두 글로 옮겨 두었다. 말하지 않아야하는 존재로 양육되며 욕망은 감추어야 하는 것이고 성폭력은 숨겨야 하는 것이라는 걸 몸으로 배우면서 자라난 여자의 이야기. '너'의 이야기에서 '나'의 이야기로, 다시 '아이'의 것이 된 이야기를 우리는 한 발짝 떨어져서 읽는다. 본다. 공감한다. 글에서 맡을 수 있는 비릿한 냄새로 어떤 경험을 떠올린다. 분노한다. 깊숙이 들어간다. 그렇게 들어간 곳의 마지막에서 우리는 한 단어를 발견하게 되는데, 우리가 또 다른 딸이자 또 한 번의 실패로서의 '여자'가 아닌, 놀랍고 신비로운 존재임을 알려 주는 단어이다. 두려움과 수치심의 탑을 깨버리고, 마주한 기억이 고통이 되지 않게 해 주는 단어. 그 단어가 여자의 딸에게서 나온 것이 놀랍지 않다. 딸은 여자이고, 여자는 딸에서 시작되니까. 어떤 세계는 이렇게 무심하게 한 단어로 인해 열려 버리기도 한다.

포장하지 않고, 돌려 말하지 않는 날카로운 글에 베이는 것은 나의 마음이 아니다. 지나간 수치와, 입막음 당했던 경험들이다. 그것들이 베어져 나간 자리에 숨기지 않고, 감추지 않고, 말하는 나를 넣는다. 마치 처음 말할 수 있게 된 것처럼. 말로 시작되었기에 말로 이야기한다. 카미유 로랑스는 여자의 이야기는 그렇게 시작되어야 함을 알게 해 주었다.

그러므로 더 많은 여자가 자신의 모든 생을 말해야 하고, 기록해야 한다. 오랜 죽음의 역사를 건너 살아남은 여자들은 모두 경이로운 존재임을 알려야 한다. 그렇게 당신과 나의 '더러운 빨래'는 집 밖으로 나와야 한다.

옮긴이 **임명주**

한국외국어대학교 통역대학원 한불과를 졸업했다. 옮긴 책으로 마리 다리외세크 『여기 있어 황홀하다』, 폴 모랑 『밤을 열다』, 피에르 미송 『아들 랭보』, 도미니크 포르티에 『종이로 만든 마을』 등이 있다. 현재 출판 기획 및 번역 네트워크 '사이에'에서 활동하고 있다.

여자
카미유 로랑스

1판 1쇄 2023년 12월 15일

지은이	카미유 로랑스
옮긴이	임명주
펴낸이	신승엽
편집	신승엽, 김시은
사진•디자인	신승엽

펴낸곳	1984Books (일구팔사북스)
주소	전북 익산시 창인동 1가 115-12
전자우편	1984books.on@gmail.com
대표전화	010.3099.5973
팩스	0303.3447.5973
SNS	www.instagram.com/livingin1984

ISBN	ISBN 979-11-90533-41-6 (03860)

1984BOOKS

상처 받지 않는 나
나의 길을 걷는 나

The Joy of True Meditation
Words of Encouragement
for Tired Minds and Wild Hearts by Jeff Foster

The Joy Of True Meditation

상처 받지 않는 나
나의 길을 걷는 나

공감하며 천천히 간다는 것

제프 포스터 지음
하창수 옮김

굿모닝미디어

자신만의 방식으로 살았던,

아버지께

일러두기

이 책은 2020년 12월 초판 출간한 《명상의 기쁨》(THE JOY OF TRUE MEDITATION)을 영한 판으로 개정한 것이다. 독자는 제프 포스터의 주옥 같은 원문을 통해 명상과 수행, 치유의 깊은 의미를 함께 엿볼 수 있다.

차례

BY KELLY BOYS

Life has a simple and fiercely kind invitation for us: to be *as we are* the in the face of ***what is***.

And yet, here we still are. Asleep, awake, leaning in, leaning out, encountering this present moment.

Just as we are.

True meditation is vividly relational. It is an ultimate encounter with what is real: with a clear, direct seeing of truth in any form in our lives. This clear seeing of what is present—be it an emotion, a thought, a misperception, a moment of joy, or the deepest essence of things—is a relational, intimate gesture. This gesture invites us to embody a warm,

사랑의 들녘으로 초대하며

켈리 보이즈

인생은 우리에게 우송된 무척이나 친절한 초대장입니다. 거기엔 '**있는 그대로**as we are'* 살아가면 돼, 이런 내용이 간략하게 적혀 있죠.

보세요, 우리는 여전히 '**여기**' 있잖아요. 잠들어 있건 깨어 있건 '**지금 이 순간**'에 있습니다. 우리는 지금 이 순간이라는 것에 깊이 개입되어 있거나 막 **빠져**나오고, 마주치거나 돌아서고 있습니다.

있는 그대로, 말이죠.

---

* '있는 그대로' : 이 책 저자의 핵심 개념이다. 이 말은 불교 교리의 '제법실상(諸法實相)'이란 말과 일맥상통하는 것으로, 그 뜻은 모든 현상의 있는 그대로의 참 모습, 모든 현상의 본성, 자신이 본래부터 지니고 있는, 천연 그대로의 심성 등을 담고 있다.

holding presence, an unflinching capacity to fundamentally welcome and be all of the beautiful muck and mess of the human life. It is deeply intimate and leaves nothing out. It forsakes nothing, and includes everything. *The moment itself contains within it the seeds of all we need to meet the moment.*

As we meet and welcome whatever comes, feeling our breath, bodies, the pulsing existence at our core, we *become* welcoming itself. We discover, as we *lean in*, that this welcoming presence is essential to who we are.

The clear seeing that comes from this kind of radical welcoming presence can usher in with it compassion, ease, shocking insight, laughter, loss of a sense of self and prior orientations, and relief. Deep relief—from the game, trap or prison of our minds. As we lean in to our breath, feelings, emotions, sensations, and thoughts, we discover things aren't as we thought they were. The fear is less scary than it seems, the anger less threatening. Our disowned, unwanted, unloved parts begin to come home, to be just as they are in a space that does not refuse them. We offer them a place in our heart, mind, and being that is free from the violence of

'진짜 명상'은 생생한 관계에 있으며, **진짜**와의 궁극적인 만남입니다. 진짜 명상은 우리 인생에 존재하는 온갖 형태의 **진리**를 명료하게 바라보게 하고, 에두름 없이 직시하게 합니다. 감정, 생각, 오해, 기쁨의 순간, 혹은 사물의 가장 깊은 본질 등 지금 이 순간에 존재하는 것들을 명확히 바라보는 것 — 여기에 '은밀한 관계의 몸짓'이라는 이름을 붙여보죠. 이 몸짓은 우리를 안온하게 유지해주고, 우리를 누구한테나 환영받는 존재로 만들어주고, 아름다울 수 있는 인생으로 이끌어줍니다. 그리고 그 어떤 것도 배제하지 않고, 모든 것을 끌어안습니다. **그 순간과의 만남에 필요한 모든 씨앗이 '순간' 자체에 모두 담겨 있기 때문이지요.**

우리가 내쉬고 들이쉬는 호흡, 신체의 각 부위, 가슴 한가운데에서 맥박을 치고 있는 존재 — 그게 무엇이든, 외면하지 않고 기꺼이 만나고 받아들일 때, 우리는 받아들이는 그 자체가 됩니다. 이렇게 적극적으로 받아들이는 태도를 통해 '있는 그대로'의 우리를 알게 됩니다.

이런 전폭적인 받아들임의 태도로부터 명료한 시각을 얻게 되죠. 이것을 통해 우리는 많은 것들을 잃거나 갖게 될 것입니다. 연민과 편안함이 생겨나고, 놀라운 통찰력이 일어나고, 웃음이 터지고, 자아감 상실이 뒤따를지도 모릅니다. 이제껏 중요하게 여겼던 지향들이 사라지고, 깊은 안도감이 밀려들 수도 있지요. 우리의 정신이 벌여온 게임, 우리의 정신이 빠져

self-refusal. ***Even self-refusal is welcomed***; in fact, all inner violence and struggle, in the act of being welcomed as is, now encounters the true meaning of nonviolence. As we come home to ourselves in this way, we begin to rest.

This book is a relational gesture, a vulnerable sharing, a hand held out on the path, a strong treatise on the power of our very presence, breath, and the simplicity of being ***all of who we are*** in the face of all that each moment brings. Jeff weaves us into and out of every corner the mind creates to defend against the simplicity of this moment, displaying the tapestry in all its fullness so we're sure to remember that life is so much wilder and more free than we could ever have imagined.

These thoughtfully and bravely written pages include many invitations: to our aloneness, to our freedom, to our deep rest which we may have so long held at bay. His words beckon us to find a home within ourselves, to fall in love with our minds and bodies for perhaps the very first time.

The prose is fierce, wild, passionate, poetic, unapologetic. Jeff's gentle words undo the stigma of trauma and provide breathing space to what we have made so ***wrong*** and ***bad***

있던 함정, 혹은 우리의 정신이 갇혀 있던 감옥으로부터 빠져 나온—불안이 완전히 사라져버린 그곳! 우리 자신의 호흡, 느낌, 감정, 감각, 생각에 기댈 때, 우리는 세상의 모든 것들이 그러리라고 여겨왔던 것들과 같지 않다는 사실을 발견하게 됩니다. 두려워하던 것도 생각만큼 두려워할 게 아니고, 분노 또한 금방 뭔가 터져버릴 것처럼 급박한 게 아니란 사실도 알게 되죠.

이쯤 되면 그동안 우리가 내던져 버렸던 것, 원치 않았던 것, 사랑하지 않았던 것들이 '집'으로 돌아오기 시작합니다. (실은 우리 안에 있는데도 불구하고) 그것들은 마치 어떤 공간에 유폐되어 있던 것처럼 거부당해 왔지요. 우리는 그것들을 **자기 거부**self-refusal라는 폭력으로부터 구해내 우리의 마음, 우리의 정신, 우리의 존재 안에 자리를 마련해줍니다. (이렇게 되면 우리는) 자기거부조차 기꺼이 받아들이게 되죠. 사실, 우리 내면에서 일어나는 모든 폭력과 투쟁을 '있는 그대로' 받아들이는 것—이것이야말로 진정한 비폭력입니다. 이런 방식으로 우리가 우리 자신의 '집'으로 돌아오게 될 때, 휴식이 시작됩니다.

이 책은 우리가 마주치는 매 순간마다 **있는 그대로의 우리가 된다는 것**, 존재와 호흡의 힘에 관해 서술한 한 편의 명작입니다. 이 책은 그 자체로 관계의 몸짓이며, 공유이자 실체와 만나는 길입니다. 제프 포스터는 우리가 마주치는 순간들이 **'단순함**simplicity'이라는 영어 단어의 의미처럼 정말이지 단순하

within ourselves. He is agnostic in his fascination: he leaves nothing out. The sweat, tears, blood, shame, the dark impulses, the power and joy. All are included.

Hidden in each of this book's vignettes is a constant reminder of the fierceness and totality of the moment as an invitation to presence, to breath, back home.

Jeff's invitations are manifold and pay homage to the pulsing, alive heart, and to the vital, inspired breath. By being who he is: a poet, lover, and madman in the best sense of the word, Jeff offers words of encouragement whispered into our tired ears and minds, meant for our dazzled, wild hearts to receive.

고 간단한 것임을 알려주기 위해 마음의 구석구석으로 우리를 흘려보냅니다. 거기에 충만해 있는 무늬들을 통해 우리는 삶이 우리가 상상한 것보다 훨씬 순수하며 자유롭다는 사실을 확연히 기억하게 되죠.

제프 포스터의 사려 깊은 글에는 많은 초대장이 담겨 있습니다. 고독으로 가는, 자유를 향한, 깊은 휴식을 위한 거죠. 저자가 일러주는 말들은 우리 안에 마련된 집을 찾도록 손짓하고, 우리의 몸, 우리의 마음과 사랑에 빠져보라고 유혹합니다. 이런 사랑은 태어나 아직 한 번도 경험해본 적이 없는 것일지도 모르지요.

제프 포스터의 문장들은 사납고 거칠며, 열정적이고 시적이며, 당당합니다. 하지만 상처 입은 우리의 마음을 달래고, 우리가 우리 자신에게 저질렀던 잘못과 망가진 행위로부터 숨통을 틔워 줄 때의 문장은 온화합니다. 그는 매력적인 불가지론자不可知論者, agnostic*입니다. 그는 아무것도 흩어놓지 않습니다. 땀도, 눈물도, 피도, 부끄러움도, 괜한 충격도, 힘도, 기쁨도. 그 모든 것들이 한 데 그러모아져 있습니다.

이 책에는 존재로, 호흡으로, **귀가**의 여정으로 나아가는 매 순간의 맹렬한 기운을, 그 모든 순간을 끊임없이 일깨워주는

---

* 사물의 본질이나 궁극적 실재의 참모습은 사람의 경험으로는 결코 인식할 수 없다는 이론을 추구하는 철학자.

짤막한 일화들이 숨어 있습니다.

제프 포스터가 우리에게 건네주는 초대장은 살아 펄떡이는 심장과 활력 넘치고 영감 어린 호흡에 대한 경의로 가득합니다. 그는 지친 우리의 귓속에, 태생적으로 받아들이는 데 익숙하지 않고 거칠기만 한 우리의 마음에 속삭입니다. 격려의 말들을, 나긋나긋하게.

Some say the world

is a vale of tears,

I say it is

a place of soul-making.

—John Keats

누군가는 세상을

눈물이 흐르는 계곡이라 하지만

나는 말하네, 세상은

영혼을 빚어내는 골짜기라고.

— 존 키츠

THE DISCOVERY OF TRUE MEDITATION

I'd like to share with you a little of my story. It is a story that begins with death and ends with life and tells of the discovery of *true meditation*: not through books, spiritual teachers or meditation classes, but through death and rebirth, through venturing into the darkness of myself, through coming a hair's breadth from suicide and self-destruction, through breaking through the veil of dualistic mind to an inextinguishable inner Light. A Light that had been there all along. The Light of meditation. The Light of Oneness. The Light of my true self.

Mine is a story perhaps not dissimilar from your own. I believe we are all ultimately on the same journey back home… to the present moment. To the here and now.

'있는 그대로' 살아가면 돼
THE DISCOVERY OF TRUE MEDITATION

내 이야기를 공유하고 싶다. 죽음으로 시작해 삶으로 돌아오는, 진짜 명상을 발견해낸 이야기. 책이니 영적 스승이니 명상 교실이 아니라 죽음과 재탄생을 통해 실현되는 발견. 어둠에 싸인 나 자신을 향한 모험, 자살과 자멸 사이 실낱같은 틈바구니를 빠져나가 마음을 겹겹이 둘러싼 베일을 걷어내 꺼지지 않는 내면의 빛을 찾아내는 것. 빛은 존재하지 않다가 어느 순간 갑자기 생겨나는 것이 아니라 언제나 거기에 존재한다. 명상이라는 빛. **일체**Oneness라는 빛. 나의 진정한 '자아'라는 빛.

내 이야기는 아마도 당신의 이야기와 다르지 않을 것이다. 우리 모두는 결국 집으로, 이 순간으로, **지금**now **이곳**here으로, 돌아가는 여정에 있다고 나는 믿는다.

내가 기억할 수 있는 최초의 지점으로 돌아가면, 매우 잘못된 뭔가가 내 안에 있었던 것 같다. 나의 내면은 구역질이 나

From as early as I can remember, I believed that there was something profoundly *wrong* with me. I felt sick and broken and ugly inside; unworthy of love, a mistake of a human being; damaged beyond redemption, beyond hope. The terror of abandonment, and with it the terror of death itself, lurked deep within my bones and made me afraid and ashamed to live. I walked through the streets hunched over, hiding my face. I would never make eye contact with anyone for more than an instant; I was convinced they would flee in disgust if they saw into me.

I was exhausted all the time, profoundly tired on a very deep soul level. Entire school holidays I would spend hiding in my bedroom, numbing myself with computer games, movies and food, and generally longing for *a different life*. I ached and had tensions all over my body, which I saw as an enemy and was repulsed by.

Sometimes I didn't even know whether I was alive or dead. My identity was a giant question mark to me, and that disturbed me to my core.

As I got older, an urge to die grew within me. I fantasised often about killing myself or destroying the world or both.

고, 비통하고, 추악했다. 사랑은 무가치했고, 인간에게는 실망만 가득했으며, 상처는 치유할 수 없었고, 희망 따위는 멀고도 먼 일이었다. 포기에 대한 공포가, 그와 함께 죽음의 공포가 뼛속 깊은 곳에 숨어 나를 두려움에 떨게 하였고, 살아있음을 수치스럽게 만들었다. 나는 고개를 숙이고 어깨를 잔뜩 웅크린 채 걸었다. 누구와도, 잠깐이라도, 눈을 마주치지 않으려 애썼다. 그들이 내 눈을 본다면 역겨워 달아나버릴 거라고 나는 확신했다.

나는 늘 지쳐 있었다. 영혼 깊숙한 곳까지 완전히 피곤에 절었다. 방학 때는 종일 침실에서 벗어나지 않았다. 컴퓨터 게임을 하고, 영화를 보고, 목구멍 너머로 꾸역꾸역 음식을 밀어넣으며 나 자신을 마비시켰다. 다른 삶을 꿈꾸었지만 어떤 시도도 하지 못했다. 온몸이 아팠고, 스트레스로 꽉 차 있었다. 그것은 나를 함락시키려는 적이었고, 물러날 기미를 보이지 않았다.

나는 살아있는 것인지 죽은 것인지조차 제대로 알 수 없었다. 나의 정체성은 거대한 의문부호가 되어, 중심을 뿌리째 흔들고 있을 뿐이었다.

나이가 들어가면서 죽음에 대한 충동이 내 안에서 자라났다. 나는 자주 나 자신을 죽이거나 세상을 파괴하려는 환각에 사로잡히곤 했다. 때로는 둘 모두가 한꺼번에 일어났다. 내 안

An ancient grief and rage boiled inside, yet I numbed it and put on a brave face. I excelled academically and was often top of the class at school. At eighteen, I was accepted into Cambridge University, a great honour for the family. I pretended to be happy, fulfilled, untroubled, easy-going, the archetypal "good boy". I gave no indication to the world as to the depths of my despair.

In my quiet moments during the day and in nightmares while sleeping I heard monsters moaning from deep within, terrible cries of forgotten selves I had buried in the blackness, abandoned parts of the psyche calling for love and help and attention from the Underworld.

I had given up on all my hopes and dreams. From an early age I had wanted to tell stories, make movies, inspire people, maybe even change the world, but I was petrified of failure and rejection, and dreaded my shameful insides being seen, and so I blocked off these risky creative passions. I lived outside of my body and outside of the present moment and in the fantasy world of the time-bound conceptual mind, in daydreams and nightmares, in convoluted philosophies and distant worlds, in pasts and futures, and always, always in re-

에서 들끓던 오래 묵은 슬픔과 분노를 짐짓 억누른 채 용맹한 표정을 짓기도 했다. 학교 성적은 나쁘지 않았고, 종종 1등을 하기도 했다. 열여덟 살 때, 케임브리지대학에 입학해 가족에겐 엄청난 자부심을 느끼게 해주었다. 나는 행복한 척했고, 원만한 성격에 아무런 문제가 없는 전형적인 '착한 아들'로 위장했다. 나는 내가 빠져들어 있던 절망의 깊은 수렁을 단 한 자락도 보여주지 않았다.

한낮에도 고요한 순간이 찾아오면 악몽에 시달리던 밤과 똑같았다. 내면 깊숙한 곳에 숨어 있던 괴물들의 신음이, 망각의 어둠 속에 갇혀 있던 온갖 자아自我들의 끔찍한 비명이, 지하세계에 버려진 채 애타게 사랑과 도움과 구원을 갈망하던 혼령들의 울부짖음이 들려왔다.

희망을 모두 버렸고, 꿈을 모두 접었다. 어릴 때부터 원했던 것들—누군가에게 이야기를 들려주고, 영화를 만들고, 영감을 주고, 잘하면 세상을 바꿀 수도 있을 거라는 바람들은 실패하고 거부당할 거란 두려움으로 변해버렸다. 들여다보기 창피한 내면은 위험에 당당히 맞서려던 모든 창조적 열정을 막아버렸다.

나는 내 몸을 떠난 곳, '지금 이 순간'이 아닌 곳에서만 살고 있었다. '지금 이 순간'을 벗어난 환각 속 관념의 세계에, 백일몽과 한밤의 악몽들 속에, 무슨 말인지 이해할 수 없는 난해

gret and anticipation. I was homeless, divided from my true sanctuary and place of refuge. I had become separated from God, alienated from the Life Source, wrenched from the Divine Mother.

I ached with a cosmic loneliness I could not find a way to extinguish.

Later in my life, I came to the point of suicide. It seemed like the only solution to my impossible problem of living. I was exhausted beyond my ability to tolerate and I'd had enough of pretending, trying to 'fit in', living in a world that couldn't see me or didn't want me as I was. Something in me just wanted to rest from the exhausting project called "being a person in the world".

Of course, I didn't really want to die. Secretly, *I wanted so badly to live*. I just didn't know how. Nobody had ever shown me.

I believed physical death was the only way forwards.

I fell into a great darkness.

한 철학 속에, '지금 이곳'과 가능하면 멀리 떨어진 곳에, 온갖 과거와 미래에 나는 살고 있었다. 늘, 항상, 언제나, 후회와 공허한 기대 안에 살고 있을 뿐이었다. 나는 진정한 성지sanctuary, 안식의 거처를 잃어버린 노숙자였다. 나는 가장 소중한 존재와 결별한, 생명의 근원으로부터 분리된, 신성한 보호자에게서 버림받은 짐승이 되어 있었다.

나는 어떻게 해결해야 하는지를 도무지 알 수 없는 거대한 고독의 늪에 빠진 채 숨 쉬는 것조차 힘들어했다.

결국, 자살밖에는 길이 없었다. 그것만이 삶에서 맞닥뜨리는, 풀 길이 없는 문제를 풀어내는 유일한 방법처럼 보였다. 뭔가를 견뎌낼 힘이 내게는 남아 있지 않았다. 있는 그대로의 나를 볼 수도 없었고, 나를 원하지도 않는 세상에서 살아가는 것이 지겨웠다. 적당히 맞추어 사는 것도, 그런 척 위장하는 것도 지긋지긋했다. 내 안의 무언가가 절실히 원한 것은 "세상 사람이 되는 것"이라는 맥빠진 프로젝트에서 벗어나는 일이었다.

물론, 내가 진정으로 원한 것은 죽음이 아니었다. **어떻게든, 속으로는 살아있고 싶었다.** 하지만 방법을 알 수 없었다. 그런 것이 있는지, 있다면 무엇인지, 알려주는 이가 없었다.

나는 육체적인 죽음만이 내가 할 수 있는 유일한 방법이라고 믿지 않을 도리가 없었다.

나는 거대한 어둠 속으로 빠져들어 갔다.

* * *

And then, one ordinary day, all my defences against life, all my resistance to being alive, all my conditioned protection against the pain and pleasure of raw experience, started to break down.

All the repressed unconscious material, all the thoughts and feelings and desires I had held down in order to appear 'normal' and 'civilised' started leaking, then pouring, then gushing into conscious awareness. Pandora's Box had broken open inside of me. I could no longer run from the darkness within, no longer push life away and seek refuge in the conceptual mind; there was no longer any safe haven to be found there. I was being called to *face life*. The joy, the terror, the rage, searing feelings of abandonment suppressed since childhood, waves of unspeakable grief— I could no longer escape them now. Raw trauma had been unleashed inside, everything held-back was now rushing into me, like an unstoppable torrent of *life*! I thought I was going to die, convinced that I would not be able to tolerate the intensity of it all for another moment.

* * *

그러던 어느 날, 삶에 대한 나의 모든 방어막과 어떻게든 살아남아야 한다는 의지들이, 간신히 고통에 저항하고 있던 정신과, 힘겹지만 이 또한 경험이라며 애써 가졌던 위안들이, 일시에 무너져 내리기 시작했다.

'정상적'이고 '고상한' 척 위장하느라 잠재의식 속에 짓눌려 있던 생각과 감정과 욕구들이 일제히 비어져 나오기 시작해 마침내 의식 밖으로 흘러넘쳤다. 판도라의 상자*가 내 안에서 폭발하듯 열렸다. 나는 더 이상 어둠으로부터 달아날 수도, 삶을 밀어낼 수도, **정신**mind이라는 관념의 세계에 놓인 안식처도 찾을 수 없었다. 안락한 천국 같은 것은 더 이상 존재하지 않았다. 나는 꺼져가는 생명과 맞닥뜨린 것이다. 기쁨과 두려움, 분노, 어릴 때부터 나를 억눌렀던 포기에 대한 혹독한 감정들, 말로 할 수 없을 만큼 거세었던 슬픔의 파도들 ― 이제 나는 그것들로부터 더는 달아날 수 없었다. 생생한 트라우마가 내면을 휘저었고, 모든 억압이 밀려 들어왔다. 곤두박질치는 삶의 급류가 거칠게 밀어닥쳤다! 나는 생각했다. 그리고 확

---

* Pandora's Box. 그리스 신화에서 신들의 왕 제우스가 희망과 함께 온갖 재앙들을 담아 절대 열어보지 말라고 판도라에게 주었던 상자. 판도라는 호기심에 열었다가 재앙들이 쏟아져 나오는 것을 보고 황급히 닫았지만 '희망'만이 상자 안에 갇힌다.

But I did not die. In fact, I was beginning to heal. The old, unhappy 'me' was beginning to break down. My no to life was burning up and my true self was coming alive. Something deep inside me was starting to say *yes*—*yes* to being alive, *yes* to not knowing, *yes* to the joy and the sorrow of existence, *yes* to the mess of being an imperfect human being, *yes* to the darkness and the light, yes to all of it!

Over the next weeks and months, I came out of my mind and into the heart. I touched Presence, the Now, a profound Oneness with all things. I breathed. I could feel my heart again. I could feel the Sun on my face. Hear new sounds. Taste my food. See new horizons, new possibilities. Feel new sensations stirring in my body. I felt like a baby, experiencing the world for the first time. This sense of *being alive* was so intense sometimes, I thought it would kill or damage or at least overwhelm me, or perhaps send me spiralling into a void I would never escape from.

But feelings are always safe. It is our defences that hurt so much.

I will say that again. *Our feelings are safe, no matter how intense they are*. It is our *tensing-up* around our human feelings, our rejection and refusal of them, our unconscious ef-

신했다. 죽게 될 거라고. 죽음의 가루들로 촘촘히 채워진 공간을 어떤 식으로든 빠져나올 수 없다는 것을.

하지만 나는 죽지 못했다. 죽기는커녕 치유가 시작되었다. 오랜 시간 불행에 빠져 있던 나를 깨부수기 시작한 것이다. 삶에 대한 철저한 회의가 스러지고, 진정한 자아가 되살아나고 있었다. 내면 깊숙한 곳에 자리하고 있던 뭔가가 "그래, 그래"라고 말하기 시작하고, 살아야겠다고 외치기 시작하고, 무지했다는 사실을 인정하기 시작하고, 존재의 기쁨과 슬픔을 받아들이기 시작하고, 불완전한 인간이 만들어내는 엉망진창인 인생에 더 이상 고개를 돌리지 않기 시작하고, 어두움에도 빛에도 그 어떤 것에도 "예스"라고 말하며 고개를 끄덕이기 시작한 것이다!

그 후 몇 주가 흐르고 몇 달이 지나는 동안, 나는 정신으로부터 빠져나와 심장heart으로 들어갔다. 나는 **현재**presence라는, **지금**now이라는 시간과 온전히 살을 맞대었고, 세상 모든 것들과 내가 동떨어져 존재하지 않는다는 깊은 **일체감**Oneness을 느꼈다. 나는 숨을 쉬고 있었다. 심장의 고동을 다시 느낄 수 있었다. 얼굴을 향해 쏟아지는 태양, 귓속으로 밀려드는 소리들이 느껴졌다. 혀끝에 닿는 음식들이 새로웠다. 새로운 지평이, 새로운 가능성이 보였다. 내 몸 안에서 요동치는 감각들은 예전의 것이 아니었다. 처음으로 세상을 경험하는 어린아이가

forts to destroy and annihilate and purify them inside of us, our shaming of our vulnerable inner life and the smothering of the inner child, which causes so much pain and suffering. Not the feelings themselves.

Instinctively, I began to **breathe through** all my 'unbearable' feelings, thoughts, desires. One moment at a time, I was able to bear these 'monsters', survive them, tolerate them, allow them, even make friends with them. And when I couldn't allow them, when the resistance felt too huge, when the inner rage felt volcanic, when grief came in waves and seemed like it could tear me apart, I felt something bigger bearing these energies, holding them, allowing them, something ancient and strong and infinite and eternal and loving and wholly unknowable to the mind. *Even when the moment seemed unbearable, I could always bear it. Something inside me was indestructible. It could not be killed. It was soft, vulnerable, radically open and receptive, but it was also stronger and harder and more valuable than the most precious diamond, and brighter than a billion suns.* I was beginning to discover my true nature; who I really was, before I had been taught to distrust myself, before the selfhatred and fearful conditioning, before the Fall. I was discovering my true

된 것 같았다. 때로는 살아있다는 이 감각이 너무도 강렬해서 나를 죽이거나 해를 입힐지도 모른다는, 적어도 나를 완강하게 지배해버릴지 모른다는 생각이 들 정도였다. 어쩌면 공허의 소용돌이 속으로 빠져들지도 모른다는 걱정이 들었다.

그러나 감각, 즉 느낀다는 것은 결코 우리를 해치지 않는다. 우리를 해치는 것은 경계심이다. 그 사실을 나는 다시금 상기했다.

우리의 감각은, 아무리 농밀하다 해도, 우리를 해치지 않는다. 감각들을 둘러싸고 있는 긴장감과 거부감이, 우리의 내면에 깃든 감각들을 파괴하고 몰아내고 뜯어고치려 애쓰는 무의식적인 행위가, 여릿여릿하고 천진난만한 내면을 수치스러워하며 질식시키려는 것이야말로 우리에게 고통을 가져다주고 아픔을 안겨주는 주역이다. 느끼는 것, 감각하는 것, 그 자체는 우리에게 어떤 해도 끼치지 않는다.

본능적으로 나는 온갖 '견디기 힘든' **느낌들**feelings, 생각들, 욕구들로부터 숨을 쉬기 시작했다. 그러던 어느 순간, 이 같은 '괴물들'의 힘을 견뎌낼 수 있었고, 이겨낼 수도 있었다. 심지어 그들을 받아들여 친구가 될 수도 있을 것 같았다.

내가 그들을 받아들이는 게 불가능할 것 같다는 생각이 들 때, 저항감이 너무 거대하다고 느꼈을 때, 내면의 분노가 화산처럼 느껴졌을 때, 슬픔이 파도에 휩싸여 나를 갈가리 찢어내는 것 같았을 때조차, 나는 그들을 버텨내는 뭔가 더 큰 에너지를 느꼈다. 그들을 붙들어두고 그들을 기꺼이 받아들이는

identity as Presence-Awareness itself. As the Light that never goes out. As the Love that never dies. The great inextinguishable Fire within.

At the core of my separation-shame-abandonmentdeath wound, new hope was born. At the heart of duality, nonduality. In the midst of darkness, in the belly of the beast, new life. A resurrection. A forgiveness, a second chance. A new beginning.

Some days I quaked and convulsed with fear, all the fear I'd never really let myself feel, I let it move through me finally, instead of pushing it away. Some days I raged at the sky and the oceans and mountains, spoke all the words of the inner child who'd never had a voice before, words that weren't "nice" or "spiritual" or "kind", but raw and feral and wild and authentic and thrilling to speak. Oh, to hear myself speak my own, authentic words at last! I wept every day for about a year, wept out all the tears I'd never been able to weep as a child, all the tears I had stifled so as not to upset or anger or alienate anyone around me. I laughed like a baby sometimes, giggled until I could hardly breathe, often for no reason at all. Some days I felt ecstatic joy and terrible despair *in the*

무한하고 영원하며 사랑으로 가득한 힘, 무엇인지 알 수는 없지만 분명히 존재하는 어떤 힘이 마음 안으로 스며드는 것을 느꼈다.

그런 순간은 견딜 수 없는 것 같았으나 그때마다 견뎌낼 수 있었다. 내 안의 무언가는 결코 부서질 수도 죽일 수 있는 것도 아니었다. 그것은 부드러웠고, 원래 열려 있어 잘 받아들였다. 그러면서도 그것은 세상에서 가장 비싼 다이아몬드보다 강하고 단단하고 값졌으며, 수십억 개의 태양보다 밝게 빛났다.

나는 진정으로 타고난 나의 **본성**nature을 발견하기 시작했다. 나 자신을 불신하게 만들기 전의, 모멸과 공포로 짓눌려 있기 전의, 나락으로 떨어지기 전의 '진짜 나'를 찾기 시작한 것이다. **지금-이곳**에 존재하는 나, 나의 **진짜 정체**true identity를 찾아가기 시작했다. 결코 멸하지 않는 **사랑**, 내 안에 깃든 꺼지지 않는 거대한 **불길**을.

나의 분열과 수치심, 포기와 죽음의 한 가운데에서 새로운 희망이 태어났다. **이원성**duality에서 **둘로 갈라질 수 없는 존재** nonduality가, 새 생명이 탄생한 것이다. 용서가, 제2의 기회가, 새로운 시작이 열린 것이다.

때로는 두려움이 밀려들어 질식할 것 같은 날들이 있었다. 이전에 경험해보지 못한 공포가 밀려들기도 했다. 그때 나는

very same moment. I was a glorious mess! A wild, inconsistent, unpredictable and uncontrollable mess! There was so much room in me now. So much life. So much space. Sometimes I thought I was going mad, with all this freed-up energy moving inside. Some days I thought about checking myself into a mental hospital. But maybe we have to go 'insane' to heal. Maybe 'normality' or 'conformity' was the disease I'd been suffering from my whole life. Maybe the straitjacket of 'adaptation' was finally burning up in a fever of healing. And I was learning to trust myself again. Learning to stay close to my own experience, without judging it, without trying to fix it, without trying even to be free from it.

I was learning ***true meditation*** from the fiercest meditation teacher of all. Life itself.

I survived the death-rebirth process, began to be able to tolerate previously intolerable thoughts and feelings. And I gained new strength, found new courage, touched inner resources I never knew I had.

I started to fall in love with life again on this strange planet called Earth. All of life, the joy and the sorrow too, the bore-

그것들을 밀쳐내는 대신 나를 통과해 지나가도록 내버려 두었다. 어떤 날은 청명한 하늘, 드넓은 바다, 높다란 산에 분노가 치밀었다. 그럴 때면 이전에는 들어본 적이 없는 내 안의 어린 아이, **내면 아이**inner child가 하듯 "보기 좋아요"라거나 "가슴이 따뜻해져요"라거나 "편안해요" 같은 말들이 들려왔다. 그런 것들은 나로서는 해볼 수 없었던 말이었다. 뭔가 낯설고, 음산하고, 심장이 오글거리는, 하려고 들면 저절로 입이 닫혀버리는, 그런 말들이었다.

그런데! 그런 말이 내 안에서, 하려고 하면 저절로 입이 닫히던 그 말들이 생생하게 들려온 것이다! 거의 일 년 내내, 하루도 빠짐없이 내 눈에서는 눈물이 흘러내렸다. 어린아이가 아니면 울 수 없는 울음이었다. 사람들로부터 나 자신을 고립시켜 왔던 역겨움과 분노가 씻겨나갔다.

이따금 아이처럼 웃음을 터뜨리고, 기침이 날 정도로 키득거렸다. 대부분은 이유를 알 수 없었다. 그냥 웃음이 났다. 어떤 날은 더할 수 없는 희열과 끔찍한 절망이 한 치의 어긋남도 없이 동시에 일어났다.

나는 그것을 **황홀한 혼란**이라 불렀다! 날것 그대로의 혼란, 변덕스럽기 그지없는 혼란, 전혀 통제되지 않는 혼란! 이제 내 안에는 너무도 많은 공간이 생겨났다. 너무도 많은 삶이 유유자적 드나들며 쉬다 떠나는 드넓은 공간. 가끔은 내가 미쳐가고 있다는 생각이 들곤 했다. 내 안으로 밀려드는 에너지를 제어할 수 없었다. 그런 날은 정신과 상담을 받아봐야 하는 게

dom and the confusion, the disappointment and the doubt and the longing and the loneliness. All was sacred now. All was beloved and fascinating to me, like it had been when I was very young. I no longer wanted to be free from my feelings, *I wanted to feel them all, experience them all, taste them all. I was no longer afraid of my thoughts, I wanted to think up entire universes, create entire galaxies of imagination*. I was an artist again, as I had been when I was very young, in love with all of creation, seeing life through new eyes, eyes full of innocence and wonder. I was a vast ocean of Consciousness, learning to love all of the waves of thought, feeling, sensation...

I wanted to be broken and whole at the same time. I wanted the positive *and* the negative of existence too. I wanted the bliss but also the heartache. I wanted the expansion but I also wanted the contraction. I wanted the "up" but I also wanted the "down" of life. I wanted desire and lack of desire. I wanted feeling and I wanted to feel the absence of feeling too. I was hungry for all polarities of being. The yin and the yang. The comedy and the tragedy. The agony and the ecstasy. The storm and the sunshine. The flaws and the imperfections and the unbearable perfection of it all; I wanted

아닐까, 하고 생각했다. '정신이상'이라면 치료를 해야 할 테지만, 내 경험에 따르면 '정상'이나 '순종'이 오히려 질병일 수도 있었다. '적응'이 나를 옥죄는 구속복이라는 사실을 인식하는 순간, 정신병원으로 향하던 내 발길이 멈춰 섰다. 나는 다시금 나 자신을 믿어보기로 했다. 판단을 던져버리고, 고치려 들지 않고, 자꾸만 벗어나려 하지 않고, 내가 겪었던 사실을 향해 더 가까이 다가가자고 생각한 것이다.

나는 **진짜 명상**을 배워나가기 시작했다. 가장 혹독하게 명상을 가르치는, **삶**이라는 선생으로부터.

죽음과 재탄생의 과정에서 살아 돌아온 후, 나는 버텨내기 힘들 만큼 몰아치던 이전의 생각과 느낌들을 견뎌내기 시작했다. 내게는 새로운 힘이 생겨나고, 새로운 용기가 찾아졌다. 그리고 한 번도 인식해본 적이 없던 내면의 **질료**resource들과 교감하기 시작했다.

나는 지구라 불리는 이 낯선 행성에서 다시금 삶과 사랑에 빠지기 시작한 것이다. 삶을 이루는 모든 것들, 기쁨과 슬픔, 권태와 혼란, 실망과 의심과 그리움, 외로움과 사랑에 빠져들어 갔다. 그 모든 것들이 내게는 귀하고 성스러웠다. 모든 것이 사랑스러웠고, 나를 매혹시켰다. 아주 어렸을 때로 돌아간 것 같았다. 내가 받는 느낌들로부터 더 이상 달아나기를 원하

all of myself, the mess and the miracle, the dirt and the stars.
I wanted wholeness. Yes, not happiness but *wholeness*, a gift
far greater than the mind's limited notion of happiness.

지 않았고, 오히려 그 모든 것들을 느끼고 싶어 했다.

깊이 경험하고, 맛보고 싶었다. 내가 일으키는 생각들이 더 이상 두렵지 않았다. 오히려 우주를 상상하고, 은하계는 대체 어떤 모습을 하고 있는지 그 전체적인 모습을 그려내고 싶었다.

나는 무엇이든 그리려 했던 아주 어렸을 때의 그 '화가'로 돌아가 천진과 경이로 가득한 새로운 눈으로 삶을 보고 싶었다. **의식**Consciousness이라는 광대무변한 바다가 되고 싶었다. 생각, 느낌, 감각의 물결들 모두를 사랑하는 법을….

나는 세밀하게 나뉘면서도 온전하게 전체를 이루는, 긍정과 부정이 공존하는, 가슴 벅찬 축복과 가슴 찢어지는 상심을 동시에 원했다. 넓혀지기를 원했지만, 동시에 한없이 작아지는 것 역시 바랐다. '위로 치솟는' 삶을 바랐지만 '아래로 곤두박질치는' 삶 또한 바랐다. 욕망도 원했지만 욕망의 소진 역시 원했으며, 온전한 느낌을 바랐지만 느낌이 완전히 사라져 버린 상태 또한 바랐다. 내가 만나고 싶었던 것은 존재의 양극성, 존재의 이쪽 끝과 저쪽 끝 모두였다. 동양에서 말하는 음陰과 양陽, 희극과 비극, 고통과 황홀, 폭풍우와 햇볕, 봐줄 것 하나 없는 결함투성이의 존재와 더할 수 없이 완벽한 존재 —— 내가 바라는 것은 그 모두였다.

나는 나 자신을 이루는 모든 것을 원했다. 온통 뒤죽박죽 섞인 혼돈과 그것들이 말끔하게 정리된 기적을, 한없이 작은 먼

* * *

Day by day, moment by moment, breath by breath, I began to show myself to others. Let them see me. All of me.

I started to speak my truth. Shaking, sweating, heart pounding, dry mouth sometimes, nauseated sometimes, deeply embarrassed and ashamed to speak my truth, but I spoke it. The raw, wild, messy, inconvenient truth of myself.

Some 'friends' disappeared. Some stayed. New friends, new family, arrived, a new tribe that wanted the new me in all of my divine mess. They wanted me to say the wrong thing, make mistakes, show awkward feelings, speak inconvenient words, and they wanted to try and love me for it.

Somewhere along the line I found the courage to start writing about my 'awakening'. My dance with death and surren-

지와 거대한 별을 동시에 원했다. 내가 원하는 것은 어떤 것도 배제되지 않은 **모든 것** — 행복이 아니라 **전체**wholeness였다. 행복이란 '행복한 마음'이라는, 마음의 한 부분일 뿐이었다. 내가 원하는 것은 그것과 비교할 수 없는, 훨씬 더 큰 무엇이었다.

* * *

하루하루, 순간순간, 시시각각, 나는 나 자신을 남들에게 드러내기 시작했다. 그들에게 나의 모든 것을 보여주는 데 주저하지 않았다.

나는 말을 할 때도 사실을 감추지 않았다. 떨리고, 땀이 흐르고, 가슴이 쿵쾅거리며 뛰었다. 때로는 입술이 바짝 말랐고, 속이 매스꺼웠으며, 사실을 그대로 말한다는 것이 너무도 어색하고 쑥스러웠다. 하지만 나는 있는 그대로를, 사실을, 어느 하나 감추지 않고 말했다. 포장도 과장도 하지 않은, 거칠고 엉망진창인, 나 자신의 불편한 진실을.

몇몇 '친구'들은 나를 떠났다. 몇몇은 여전히 '친구'로 남았다. 그리고 새로운 친구들이, 새로운 가족이, 새로운 '부족민'이 생겨났다. 그들은 내가 **신성한 혼란**divine mess 안에서 새로워지기를 바랐다. 그들은 내가 잘못을 토로하기를, 실수를 저지르고 부끄러운 감정들을 드러내기를, 불편한 말들을 감추지

der to life and loss of 'the old me'. My pathless path to where I had always been. Word by word, line by line, paragraph by paragraph, I started to tell my deepest spiritual truth. I felt fear and trembling doing it at first—after all, I was not a writer, and often had no idea what I was writing or how to put words to this pre-verbal experience of love for all creation, but something deeper was guiding me, some benevolent and ancient force, giving me language, putting words to silence, pulling me onwards. A blog was published, then a book, then one day I found myself in front of a small group of people in someone's living room, talking about what I'd discovered: Presence. Deep Acceptance. This non-dual reality, this loving field where every thought and feeling is no less than divine. Where even our urge to die contains intelligence, conscious-ness, life. *Me, who'd been the most frightened person on Earth, sharing with others from the depths of my heart! How unexpected!* Soon I was talking to thousands of people all over the world in meetings and retreats, in one-to-ones and even online broadcasts, never knowing what I'd say, but trusting this inner voice anyway; never knowing what to teach or how to help, but allowing this ancient teaching to flow through the open and transparent channel of myself. Without a plan, without a clue about what I was doing, the

않기를, 그 모든 것들을 통해 나를 시험하고 사랑하게 되기를 원했다.

그러는 사이 나는 용기를 내어 내가 '깨우친 것'에 대해 글을 쓰고 있는 나를 발견했다. 나는 죽음과 함께 춤을 추었고, 삶에 기꺼이 굴복했으며, '오래전의 나'는 사라지고 없었다. 나는 길이 없었던 곳에 길을 만들어냈다. 그곳은, 늘, 내가 꼼짝하지 않고 있던 거기였다. 한 단어 한 단어, 한 줄 한 줄, 한 문단 한 문단, 나는 내 영혼의 가장 깊은 곳에 숨어 있던 진실을 끄집어내 옮겨놓기 시작했다. 처음엔 두렵고 떨렸다.

작가가 아니었으므로, 무엇을 어떻게 써야 하는지 알지 못했다. 글을 쓴다는 것에 관한 한 나는 아직 말을 배우지 못한 어린아이에 불과했다. 하지만 뭔지 알 수 없는 것이 나를 이끌었다. 자비롭고도 아주 오래된 힘이 내게 언어를 가져다주었다. 침묵의 공간에 단어들을 내려주었고, 멈추지 말고 나아가도록 등을 떠밀어주었다. 블로그에 썼던 글들이 편집자의 눈에 띄었고, 한 권의 책이 되어 나왔다.

그리고 어느 날 나는 어떤 사람의 거실에 서 있었다. 그리 많지 않은 사람들 앞에서 나는 내가 **발견**한 것들에 대해 얘기하고 있었다. **존재함**에 대해. **깊이 받아들임**에 대해. 생각하는 모든 것과 감각하는 것이 신성하게 존재하는 사랑의 공간, **비이원성의 실재**non-dual reality 그 자체에 대해. 죽음으로 곤두박질치는 곳에서도 지성과 의식과 삶은 존재한다는 것에 대해.

path unfolded in front of me, step by step, moment by moment, and the role of 'teacher' was born — although I have never really seen myself as a teacher, more like a friend and ally. Someone who's not trying to fix or heal you. Someone who just wants to meet you as you are. Someone who's here to remind you of something you've always known.

I find myself writing these words to you now, dear reader, a transmission directly from my heart to yours. What an epic journey it has been, ***back to the utter simplicity of this moment, back to the Garden of Eden***, to this unique instant of life, the place we inhabited before we innocently stepped away into the sorrows of time. Through the detritus of myself, through the sewage of the Underworld, through the gateway of terror and ego-death, and back into the eternal Now. The more I have learned to befriend, embrace and soothe my own sorrow, bliss, loneliness, anger, fears, my weird desires and wild uncontrollable urges, learned to love all the crazy voices in my head (without confusing them with reality), the more I have been able to accept and not fear them in you (and therefore be able to be present with you, and not try to fix you, but love you instead, exactly as you are). Your longings are my own. Your terrors have moved through me too. Your bliss

내가 이 행성에서 만난 가장 놀라운 사람은 나 자신이었습니다. 그는 그의 가슴 깊은 곳을 다른 사람들과 공유하고 있더군요. 상상조차 할 수 없던 일이었습니다!

오래지 않아 나는 점점 많은 사람들과 얘기를 나누게 되었다. 여러 회합을 통해, 수도원의 피정지避靜地와 개인면담에서, 온라인 방송으로도 내 얘기를 공유하였다. 속내를 드러내게 될 거라고는 결코 생각해본 적이 없었지만 나는 내면에서 울려 나오는 소리를 믿었다. 가르침의 내용도 도움의 방법도 알지 못했지만 나 자신과 연결된 투명한 수로를 따라 흘러들던 그 오래된 방식의 가르침 그대로 움직여갔다. 무엇을 어떻게 하겠다는 계획이 세워져 있던 것도 아니고, 힌트나 실마리 같은 것도 없었지만, 걸음을 뗄 때마다 매 순간 내 앞에서 길이 열렸다. 마치 '선생'이라는 역할이 태생적으로 주어진 것 같았다. 친구나 협력자라면 모를까, 나 자신이 선생이 되리라고는 생각해 본 적이 없었다.

누군가를 바꾸거나 치료하려 하지 않는 사람, 존재하는 그 모습 그대로를 만나고자 하는 사람, 늘 알고 있었던 그것이 무엇이었는지 다시금 상기시켜주는 사람—선생이란 그런 사람이었다.

지금 나는 내 글을 읽고 있을 당신에게 이 말들을, 내 가슴에서 당신의 가슴으로 곧바로 옮겨놓는다. 이 환상적인 여정은 오래전부터 계속돼왔지만, 언제나 **지금 이 순간의 더할 수**

and your despair move me deeply; they are so familiar here. Your burning questions are so recognizable and honest. Your doubts and uncertainties shine with life.

I have found a great compassion for humanity by meeting my own pain. I have found a great compassion for others by first finding compassion for myself.

Throughout all of my struggles, I had never been alone, for a single moment. There was never anything wrong with me, and there is never anything wrong with you. We are not born into sin, only a forgetting. We are taught to hate ourselves. We can un-learn this selfaggression. We can un-forget. We can remember what we always knew. We can heal from the most profound self-loathing and fear of living. We can recover from even the most horrific depression. At the very heart of our hopelessness, there is new hope, rooted not in the mind and its images, but in the reality of Presence itself.

The healing journey is not about "getting rid" of the unwanted and "negative" material within us, purging it until we reached a perfect and utopic "healed state". No. That is the mind's version of healing. Healing is not a destination. True healing involves *drenching that very same 'unwanted'*

없는 **단순성**으로 돌아가는 일이다. 최초의 인간이 살던 곳으로 돌아가더라도 거기서 만나는 것은 **삶의 오직 하나뿐인 이 순간**이다. 비극의 시간 속으로 속절없이 걸어 들어가기 전에 우리가 살았던 곳 — 이 황홀한 여정의 종착지는 바로 그곳이다. 내 안에 쌓인 쓰레기들을 통해, 지하세계의 오물들을 통해, 주관적 자아 정체성의 완전한 상실이라는 '**에고 죽음**Ego-death'의 문을 통해, 만고불멸萬古不滅의 **지금**으로 되돌아가는 것이다.

친구가 되는 법을 배우면 배울수록, 내 안의 슬픔과 더없는 행복과 고독과 분노와 두려움과 기묘한 욕망과 통제할 수 없는 거친 강박을 껴안고 다독일수록, 내 머릿속에서 울리는 광기의 소리들을 사랑하게 될수록, 누군가에게도 똑같이 들어 있는 그 많은 것들을 두려움 없이 받아들일 수 있게 된다. (나는 나만 홀로 존재하는 것이 아니라 그들과 함께 존재하기 때문이다. 그래서 누군가를 고치려 하지 않고, 있는 그대로의 그들을 사랑하게 되는 것이다.) 그들이 갈망하는 것은 내가 갈망하는 것과 다르지 않으며, 그들의 두려움은 나에게도 고스란히 전해져온다. 그들이 느끼는 더할 수 없는 행복이, 깊은 절망이, 결국은 나를 움직인다. **지금-이곳**이란 시·공은 나의 것만도 아니고 그들의 것만도 아닌 우리의 것이다.

"정말 그럴까?"라고 당신은 생각한다. 당신이 의문을 갖는 건 당연한 일이다. 정직하기 때문에 생긴 것이기도 하다. 당신의 의심과 찜찜함은 결국 당신의 삶을 빛나게 할 것이다. 이것에 대해 나는 다음과 같이 말했다.

material within us with love, presence and understanding. It involves penetrating our deepest shadows, our physical and emotional pains, those regions we have withdrawn from in fear and in loathing, with a *merciful and compassionate awareness*. Re-inhabiting those disavowed, rejected, forgotten and frightened regions, those abandoned realms of the body and mind, with curious attention in the present moment. *For what we attend to, we can love*.

What we see as 'wrong' within us, our fear, our doubt, our loneliness, is just a part of us calling for our tender attention, like a baby crying for her mother — then screaming, then wailing, until she receives what she wants. Love. It is *love* — kind, mindful, nonjudgemental, warm and curious awareness — that truly heals even our deepest wounds. Throughout this book I invite you in so many ways, through words and through the silences between them, back to this tenderness, back to this gentle and non-shaming way of meeting ourselves, back to this radical self-love, a self-love that is synonymous with meditation.

We are all new to meditation if truth be told, because meditation just means looking with fresh eyes, being aware and

나는 나 자신의 고통과 마주함으로써 인간애라는 위대한 연민을 발견했고, 나의 힘으로 맨 처음 발견한 그 연민을 통해 타인을 위해서라는 또 하나의 위대한 연민을 발견해냈습니다.

많은 것들과 사투를 벌이는 동안 나는 내가 혼자가 아니라는 사실을 절실히 깨달았다. 한순간도 예외는 없었다. 오직 내게만 안 좋은 일이 닥치는 법은 없다는 것 ─ 이는 당신에게만 안 좋은 일이 닥치는 법 또한 없다는 것을 의미한다. 이보다 더 중요한 것은 우리 중 누구도 **죄를 안고 태어난 사람은 없다**는 사실이다. 단지 이 사실을 잊고 있을 뿐이다.

우리는 우리 자신을 사랑하는 것이 아니라 증오하도록 강요받아왔다. 자신을 향한 이런 식의 공격성은 우리가 배울 수도 없고 배워서도 안 되는 것이다. 잊었던 것들을 다시 기억해내야 한다. 우리는 언제나 알고 있었고, 언제나 알고 있었던 그 사실을 되살려낼 수 있다. 극심한 자기혐오를, 삶에 대한 공포를 치유할 수 있다. 가장 두려운 우울조차도 우리는 극복해낼 수 있다. 희망이라곤 보이지 않을 것 같은 저 아득한 심연에도 희망이 있다. 희망은 존재하는 것이 아니라 생겨나는 것이다. 정해진 숫자의 희망이 하나씩 하나씩 써서 없어지는 것이 아니라, 언제 어디서든 필요한 곳에 필요한 양만큼 생겨나고 태어나는 것이 희망이다. 그래서 새로운 희망이라는 말이 가능한 것이다. 그것은 우리의 생각, 우리의 상상에 뿌리내려 있는 것이 아니다. 희망이란 당장 만질 수 있고 냄새 맡을 수 있는,

awake to **what is**, flushing our embodied experience with attention, and this can only **ever** happen in the newness of the present moment. ***You can drop into this space of meditation wherever you are and whatever you are doing.*** On the bus or train, or resting cross-legged and eyes-closed in your living room, walking through the forest or through a shopping centre, or sitting on a park bench or in a doctor's waiting room. You can do it alone or you can do it with others. Every moment of your life, there is always the wonderful possibility to slow down, breathe deeply, and get curious about where you are. To begin again, to see life through the eyes of **not knowing**. To stop thinking about your life in the abstract, to stop seeking some other state or experience or feeling, to stop running towards another moment, and really fully experience ***this unique instant of existence***.

Let us journey together now, back into the richness of ordinary life. Step by step, breath by breath, heartbeat by heartbeat, through our joy and our gladness, through our aches and pains, depressions and longings and ecstasies, through our deepest wounds, through the cracks in the heart, leaving behind all ideas of how we 'should' be, letting go of other people's guidebooks and self-help books and holy books,

현실이라는 이름으로 살아 있는 **지금**Presence, 바로 그것이다.

　치유의 여정은 우리가 원치 않는 것, 우리 안에 있는 '부정적인' 요소를 '제거'하는 것이 아니다. 치유의 여정은 그것들을 몰아낸 뒤에 어떤 완전하고 무결하게 '치유된 상태'에 도달하는 것이 아니다. 전혀 아니다. 그런 건 치유healing라는 관념에 불과하다. 치유는 종착역이 아니다.

　진짜 '힐링'은 우리 안에 있는 '원치 않는' 요소를 사랑하고 그것의 존재를 인정하며 온전히 이해하는 행위를 포함한다.

　치유는 우리 안의 가장 깊은 어둠에 닿는 일을 포함한다. 고통스런 감정들, 두려움과 증오와 맞닥뜨렸을 때 뒷걸음질 치지 않고 자비와 연민으로 감싸 안는 것을 포함한다. 우리가 도망쳐 나왔던 거부와 거절과 망각과 경악이라는 공간으로 다시 들어가 방치한 채 버려두었던 육체와 정신을 지금 이 순간의 놀라운 집중력으로 낱낱이 살펴보는 것 ─ 이것이 치유의 여정이다. **안으로 들어가야만 볼 수 있고, 들어가야만 사랑할 수 있다.**

　우리 내면의 두려움, 의심, 외로움은 '잘못된' 무엇처럼 보이지만 어린아이가 엄마를 찾으며 울음을 터뜨리듯 부드러운 관심을 끌어내기 위한 것이다. 때때로 그것은 비명을 지르기도 하고, 몸부림치기도 한다. 원하는 걸 얻어낼 때까지 그것은 계속된다. 원하는 것은 사랑이다. 사랑 ─ 다정하고, 늘 마음

incinerating our second-hand, inherited maps of reality, and lovingly illuminating *our own first-hand, real-time, authentic experience* in the fire of present awareness.

This is true meditation, the kind of meditation that can save your life:

Pure fascination with this moment, exactly as it is.

을 챙기는, 판단하지 않고, 따뜻하고, 때로는 기이하기까지 한 것 — 그것이야말로 우리 안의 가장 깊은 곳의 상처들까지 진정으로 치유해낼 수 있다.

이 책에서 나는 여러 가지 방법들을 동원해 당신을 초대할 것이다. 대부분은 문장으로 되어 있지만, 문장과 문장 사이의 행간에 깃든 침묵이 당신에게 가 닿을 수도 있다. 우리 자신과의 만남은 부드럽고 온화하다. 극단적인 자기애自己愛라고 할 수 있을 만큼 어색함이나 부끄러움 같은 것은 전혀 느낄 수 없을 것이다. 이때의 자기애self-love는 명상과 동의어이다.

명상이란 신선하고 새로운 안목으로 바라보는 것, **깨어 있는 의식으로 뭔가를 인식하는 것**, 굳어버린 경험을 세심하게 다듬어 빛이 나도록 하는 것이다. 명상은 지금 이 순간에 발생하는 일이며, '지금 이 순간'은 이전에는 없었던, 전혀 새로운 시간이다. **당신이 어디에 있든, 무엇을 하고 있든, 당신은 명상이라는 이 공간으로 들어올 수가 있다.**

버스나 기차를 타고 이동 중이든, 거실에서 가부좌를 한 채 눈을 감고 있든, 숲을 걷고 있거나 슈퍼마켓에서 쇼핑을 하고 있든, 공원의 벤치에 앉아 있거나 병원 대기실에서 진료를 기다리고 있든, 명상으로 들어가는 데는 아무런 상관이 없다. 혼자 할 수도 있고, 누군가와 함께할 수도 있다. 삶의 매 순간, 언제나, 경이로운 가능성을 향해 깊이 숨을 내쉬고 들이쉬며 느긋하게 걸어 내려가 당신이 있는 그곳을 신비로운 공간

으로 만들어내는 것이다. 다시 시작하기, 지식을 탐구하는 것과는 다른 눈을 통해 삶을 바라보기, 당신의 삶에 대해 추상적이고 관념적으로 사고하는 일을 멈추는 것, 뭔가 다른 상태나 경험이나 느낌을 찾으려는 행위를 중단하는 것, 다른 순간으로 달려가는 것을 그만두는 것, 지금 이 순간이라는 **존재의 유일무이한 시공**unique instant of existence을 진실로 온전히 경험하는 것 — 명상이란 바로 이것을 말한다.

지금부터, 일상의 삶이 얼마나 풍요로운지, 이 여정을 당신과 함께 떠나려 한다. 한 걸음 한 걸음, 한 호흡 한 호흡, 우리의 즐거움과 기쁨, 아픔과 힘겨움, 우울과 그리움과 희열, 아주 깊은 곳에 자리한 상처들, 마음에 새겨진 균열들을 통해 나아갈 것이다. 우리에게 '일어날 수밖에 없었던' 모든 생각들을 가만히 내려놓도록 하자. 다른 사람들이 알려준 가이드북들, 자기계발 책들, 신성한 책들도 잠시 덮어두자. 누군가로부터 전해 들은 것, 현실이라는 지도에 그려진 것은 옆으로 밀쳐두도록 하자.

우리 자신이 직접 경험한 것을, 지금 이 순간을, 지금 이 순간에 대한 자각의 불길 안에서만 온전히 경험한 것을 사랑으로 빛나게 하자.

이것이 '진짜' 명상, 당신의 삶을 살려낼 수 있는 명상이다. **지금 이 순간과 함께 순정한 매혹**pure fascination **속으로 빠져드**

는 것, 지금 이 순간 그 자체가 되는 것 ─ 이것이 진정한 명상
이다.

If we will be quiet and ready enough,
we shall find compensation
in every disappointment.

- Henry David Thoreau

우리가 만약 침잠에 이른다면,

충분히 그럴 준비가 되어 있다면,

불만이 생겨날 때마다 우리는

왜 그럴 수밖에 없었는지를

알게 될 것이다.

— 헨리 데이비드 소로

1

THE MIRACLE OF BREATHING

In any moment of our lives, we can become aware of our breath. It is our most wonderful anchor to Now.

Wherever we are, whatever time it is, whatever is happening in the external world, we can become curious about the breath's deep mystery, we can touch its life-giving rising and its falling too, its ascent and its descent. We can come out of our minds, drop out of the thought-constructed narrative of past and future, and touch the freshness and creativity of a single breathing moment.

Just for a moment, be present with the breath as it rises and falls, surges and descends at its own pace. As you read these words, attend to the sensations in your belly and chest, without trying to control or change them, and without try-

1

호흡이라는 기적
The Miracle of Breathing

살다 보면 어느 순간, 우리는 호흡이란 것을 자각하게 된다. 이것은 **지금**Now이라는 바다의 한 지점에 닻을 내리는 가장 멋진 순간이다.

우리가 어디에 있든, 언제가 되든, 우리 밖의 세상에 무슨 일이 일어나고 있든, 우리는 호흡이 가져다주는 강렬한 신비에 호기심을 갖게 된다. 오르다 내려가고 상승하다 잦아지는 그 숨이 우리를 살아 있게 한다는 사실 말이다. 우리가 호흡을 인지하는 것은 지금 이 순간 호흡하고 있다는 생각에, 예전에도 숨을 쉬었고 앞으로도 숨을 쉴 거라는 당연함으로부터 생겨난 것이지만, 숨을 한 번 내쉬고 들이쉬는 그 순간의 순정함과 창조적 행위는 들이쉬고 내쉬는 숨 자체를 인지하는 데서 생겨난다. 이것은 마치 호흡을 손으로 만져보는 것과 같다.

아주 잠깐이라도, 오르고 내리는 숨을, 상승하다가 잦아지는

ing to breathe in any kind of special way. Notice the rising and falling sensations, that very familiar wave-like ascent and descent of the chest and belly that has been with you, so close and so familiar, since you were a child. Where do you feel the rising and falling sensations the most strongly? Can you spend a few precious moments following them with your attention, *up and down, up and down?*

Let the breath be as it is. Rising and falling, rising and falling, like a wave in the ocean. Don't try to alter the breath. If the breath is shallow, let it be shallow. If it is deep, let it be deep right now. If it feels tight and restricted, or smooth and spacious, just be with that too. Don't try to make the breath into something that it's not. Don't compare today's breath with yesterday's or tomorrow's. Be with the breath as it is, in this moment, at this hour, on this day.

Just let the breath be natural. Let the body breathe itself. Soften any sense of holding around the breath, let it rise and fall in its own way, at its own pace.

See! For a moment, as you *pay attention to what's here* (and don't pay attention to what's not here) you are not caught up in the thought-constructed story of your life! For a moment,

호흡의 **속도**pace를 느껴보라. 지금 이 글을 읽는 동안 당신의 배와 가슴에서 일어나는 현상에 동참해보라. 호흡을 조절하거나 통제하지도 말고, 어떤 특별한 방식으로 숨을 쉬려 하지 말고. 오르고 내리는 감각을, 물결이 치듯 가슴이 올라갔다가 내려가는 것과 매우 유사한 그 움직임을 느껴보라. 그것은 아이 때부터 지금껏 당신과 함께 해왔고, 너무나도 친밀하고 친숙하다. 당신이 이런 식의 오르내림을, 상승하고 잦아지는 감각을, 가장 강렬하게 느껴본 것은 언제 어디서였는가? 이전에도 당신은 이처럼 일어나는 **상승과 하강**을 생생하게 지켜본 적이 있었던가?

 호흡을 있는 그대로 놓아두라. 오르고, 내리고, 오르고 내리도록 내버려 두라. 그것은 바다에 이는 물결과도 같다. 호흡을 바꾸려 하지 말라. 호흡이 얕다면 얕은 그대로 두라. 깊이 호흡하고 있다면, 깊이 호흡이 되도록 놔두라. 긴장되거나 뭔가 억압된 느낌이 들더라도, 부드럽거나 드넓게 펼쳐져 있는 것 같은 느낌이더라도, 그렇게 놓아두라. 지금의 숨을 바꾸려 하지 말라. 오늘의 호흡을 이전의 호흡, 이후의 호흡과 비교하지 말라. 있는 그대로의 숨, 이 순간의 숨, 지금 이 시간의 숨, 오늘의 숨으로 호흡하라.

 자연스럽게 호흡이 이루어지도록 놓아두라. 몸이 호흡 자체가 되도록 내버려 두라. 호흡을 둘러싸고 있는 감각들이 부드럽게 풀려나가도록 하라. 호흡 자체의 방식으로, 호흡 자체의

you have dropped out of the mind, the complex and dramatic narrative called 'me and my life', and into the living body. You have left the known world of habit and conditioning, and descended into the Unknown, into a great living Mystery.

And if you lose yourself again in the madness of the world, you can always ask the breath for help.

You can invoke the great and timeless question, "Breathing, how are you doing, right now?"

You can touch the mysterious 'Breathing One' inside with the greatest tenderness and fascination.

And notice, ultimately you are not doing the breathing: *you are being breathed*.

속도로, 오르고 내리도록 가만히 놓아두라.

그러고는 지켜보라! 그렇게, **여기 무엇이 있는지**에 (또한 무엇이 없는지에) **집중**하는 동안, 당신은 당신의 생각이 만들어낸 인생 스토리에 엮이지 않게 된다! 그러는 동안 당신은 생각으로부터, '나와 나의 삶'이라 불리는 복잡하고 드라마틱한 이야기로부터 빠져나와 살아있는 육체 속으로 미끄러져 들어간다. 습관과 통제에 따라 익숙한 세계에 머물던 당신은 **미지의 세계**로, 생생하게 살아있는 거대한 **신비** 속으로 빠져들어 가는 것이다.

만약 또다시 세상의 광란에 휘말려 당신 자신을 잃게 된다면, 호흡에게 도움을 요청하라. 도와달라고. 그러면 호흡이 당신을 도울 것이다.

당신은 광대무변하며 시간의 제약을 받지 않는 질문을 던질 수 있다. 그것은 반가운 인사와 같다. "호흡아, 잘 있었니? 넌 언제나 거기 있었구나."

당신은 신비로 가득한, 끊김이 없이 '일체가 된 호흡Breathing One'을 만져볼 수 있다. 너무도 부드럽고 매혹적인.

그리고 인지하라. 궁극적으로는 당신이 호흡을 행하는 게 아니라는 것을. **숨 쉬는 존재 자체가 바로 당신**이라는 것을. 당신과 호흡이 하나라는 사실을.

2

HOW TRUE HEALING HAPPENS

In childhood, many of us learned that certain feeling states, sensations in the body, urges and impulses within us, thoughts, desires and wants, were ***not okay*** to experience, let alone express. We were taught to fear and reject parts of ourselves, see them as 'dark' or 'negative' or 'dirty' or 'sick' or even 'sinful'. We were taught to distrust ourselves, distrust ***the present moment***. We were made to believe that we were separate from all things, divided from the Whole. We were made to eat from the tree of knowledge of good and evil, digest dualistic conditioning from the world around us, swallow second-hand ideas and concepts of how we 'should' be. This was our innocent Fall from Grace. It wasn't our fault. We didn't know any better.

Hiding our true feelings, repressing our authentic selves

2

진정한 치유는 어떻게 일어나는가
How True Healing Happens

어린아이 때, 우리는 자신에게 일어나는 어떤 느낌의 상태들, 몸에서 일어나는 감각들, 내면에서 느끼는 억압과 자극, 생각, 욕망, 바람 등에 대해 솔직한 의견을 드러내기는커녕 그것들을 좋지 않은 것으로 받아들였다. 우리는 우리 자신의 일부임에도 불구하고 그것들에 대해 두려움을 갖고 거부하도록 학습된 것이다.

그래서 그것들을 어둡거나 부정적인 것으로, 심지어 더럽고 병적인 것으로 치부하거나 죄악시하기까지 했다. 우리는 우리 자신을, '지금 이 순간'을 불신하도록 배워왔다. 우리는 만물과 분리되어 있으며, **온전한 전체**Whole로부터 따로 떨어진 존재라고 믿어왔다. 우리는 (신이 따먹지 말라고 금한) 선악을 구별해주는 나무의 열매를 따 먹은 존재가 됐고, 그래서 우리를 둘러싼 세계와 분리된 채, 어떻게 '살아야 하는지'에 대해 주입된 사상과 관념을 바탕으로 살아가야 하는 존재가 된 것이다. 우리는 아무런 죄도 없이 **원죄를 짊어진 자**가 되어버렸고, 아무런 잘

and creating a conceptual 'me', an image, a *persona* (mask) or character to win love and approval, and becoming something we were not—this became a matter of necessity, survival. Yes, *in order to survive, in order to win love*, we brilliantly and creatively did all we could to push down, suppress, numb or destroy the unwanted, 'dangerous, threatening, unsafe' energies inside us, de-pressing our true selves and creating a role called "me" to please the world, to avoid punishment or ridicule or neglect, to win attention and praise, to keep our primary relationships intact. We became performers, doing anything we could to distract others from our 'dark' insides. We pretended to be strong when we felt weak, up when we felt down, confident when we felt scared, controlled and cautious when we only longed to express our silliness and spontaneity and creativity. To the extent that we suppressed our true selves, we were all de-pressed, split and traumatised by our childhoods.

We abandoned ourselves for love, in our innocence. And to this day we may still feel like there is *something wrong with us*, deep down.

As Jesus said in the Gospel of Thomas:

못도 저지르지 않았지만, 빠져나가는 방법을 알지 못했다.

진짜 느낌을 숨기는 것을 통해, 주된 자아의식을 억누르고 관념적인 '나'를 만들어내는 것을 통해, 우리는 우리가 아닌 뭔가가 되어 갔다. 그런 '나'는 하나의 이미지, 가면과 다름없는 **페르소나***, 사랑을 쟁취하고 인정받는 캐릭터에 불과했다. 이것은 필요를 충족하는 문제, 생존의 문제가 되어버렸다. 그랬다. **살아남기 위해, 사랑을 쟁취하기 위해,** 우리는 우리가 밀어내고 숨기고 입을 다물 수 있는 모든 것들을 영리하게 창조적으로 해왔으며, 우리에게 내재한 원치 않고 위험하고 위협적이고 안전하지 못한 에너지들을 파괴했다. 우리의 진짜 자아들을 억누르고, 세상이 만족해하는 '나'를 만들어 그 역할에 충실했다. 벌을 피하기 위해, 이상한 취급을 받지 않기 위해, 무시당하지 않기 위해, 주목을 받고 칭찬을 얻어내기 위해, 우리가 맺은 관계들에 한 치의 손상도 입히지 않기 위해, 우리는 그렇게 연기자가 되었다.

우리의 '어두운' 내면을 들키지 않기 위해. 나약해질 때면 강한 척했고, 어깨가 처질 때면 목에 힘을 주어 어깨를 끌어올렸고, 두려움이 느껴지면 자신감 넘치는 모습으로 위장했다. 실수를 저질렀을 때는 당황함을 감추고 스스로 제어하려고만 했다. 그렇게 최대한 자연스럽고 매우 창조적인 행위처럼 보이

---

* persona. 다른 사람들의 눈에 비치는, 실제 성격과는 다른, 한 개인의 모습.

"If you do not bring forth what is within you, what you do not bring forth will destroy you."

He was perfectly describing the experience of trauma. Jesus also said:

"If you bring forth what is within you, what you bring forth will save you."

Through this 'bringing forth', flushing our wounds with loving awareness, which is the essence of true meditation, even the deepest inner pain and trauma can be transmuted into medicine.

We can take the risk of seeing ourselves, and being seen in return. Losing the image. Coming out of hiding. The suppressed chaos, the mess, the 'victim' part of us, the lost child, can now come back into the present moment, and this time, instead of receiving shame and judgement and ridicule and attack, *that very same material receives love, and breath, and understanding, and welcoming, and attention, and curiosity.* All the life-giving power trapped inside these suppressed emotions can pour back into our bodies, all the creativity of the anger, the sorrow, the guilt, the fear and

도록 연기에 몰입한 것이다.

어린아이 때부터 시작된 이 '진짜 자아 억누르기'는 우리를 깊은 우울의 늪으로, 분열의 늪으로, 헤어날 수 없는 트라우마의 늪으로 빠져들게 했다.

트라우마로 인해 우리는 순순히 사랑을 버렸다. 그래서 지금도 여전히 **우리 안에, 깊은 곳에, 뭔가 문제가 있다**고 느낄지도 모른다.

《도마의 복음서Gospel of Thomas》에서 예수는 말했다.

"너희가 너희 안에 있는 것을 감추기만 한다면,
그 감춘 것이 너희를 파괴할 것이다." *

예수의 이 말만큼 트라우마를 완벽하게 묘사한 것은 없다. 같은 뜻의 말을 예수는 다음과 같이 반복했다.

"너희가 만약 너희 안에 있는 것을 꺼내 놓는다면,
그 꺼내 놓은 것이 너희를 살릴 것이다." **

'꺼내 놓는다'는 것은 우리가 가진 상처들을 밝혀내어 사랑으로 감싸 안는 것을 말한다. 이것이 명상의 핵심이다. 이것은

---

* "If you do not bring forth what is within you, what you do not bring forth will destroy you."《도마의 복음서》말씀 70.

**"If you bring forth what is within you, what you bring forth will save you." 《도마의 복음서》말씀 70.

the joy can now energise us, inspire us, make us feel whole and powerful and alive again. The energies that previously threatened to destroy us — our anger, our fear, our grief, our deepest and strangest and most creative desires — can now become our greatest teachers, friends and guides, and sources of nourishment and inspiration.

In the midst of the crisis of healing, in any moment, we can leave the story and return to simplicity, the ever-present field of meditation. We can feel our feet on the ground. We can breathe. We can let old and powerful energies move through us, like the ancient sky allowing a storm. We can begin, moment by moment, to trust the body and its mysteries. We can remember our Divine Capacity — how much life we can hold, painful and pleasurable, violent and gentle, positive and negative, sacred and profane. *All* thoughts and feelings have a home in us. *All* parts of our humanity are lovable, sacred, natural.

We can hold it *all*, from the greatest joy to the deepest despair. Like a mother holding her new-born. Like the Earth, like the ground, holding you now, as you read these very words in this very ordinary book, on this very ordinary day,

내면의 가장 깊은 곳에 숨어 있는 고통과 트라우마를 치유의 과정으로 끌어내어 씻어 준다.

　우리 자신을 명확히 바라보고, 그런 자신을 되비쳐보는 위험은 우리가 감수해야 할 일이다. 그렇게 우리가 조작해낸 이미지를 버리고, 숨겨둔 것을 까발리는 것이다. 그러면 우리를 억압하던 혼란과 혼돈, 그로 인해 '희생되었던' 우리의 일부들, 잃어버린 내면의 아이가 지금 이 순간으로 되돌아올 것이다. 그리고 이번에는 **수치심을 느끼고, 판단하고, 조롱하고, 공격적이던 것 대신에 사랑하고, 호흡하고, 이해하고, 기꺼이 받아들이며, 관심과 호기심을 회복하게 될 것이다.** 억압된 감정 안에 인질처럼 잡혀 있던 삶의 모든 힘들이 우리의 몸 안으로 되돌아오고, 분노와 슬픔과 죄의식과 두려움이 즐거움과 마찬가지로 엄청난 창조력을 가지고 있음을 자각하게 될 것이다. 그것들이 우리에게 에너지를 주고, 온전하고 강력하며 활력 넘치는 느낌들을 되돌려줄 것이다. 우리를 파괴하려 위협하던 이전의 에너지들 — 분노, 두려움, 비애, 이상하리만큼 강하고 깊었던 창조적 욕망들 — 이 우리의 가장 위대한 스승이고, 친구이자 안내자이고, 또한 우리를 키우고 우리에게 영감을 불러일으키는 원천이 될 것이다.

　어느 순간, 치유의 한가운데에서 우리는 만들어진 이야기를 떠나 영원히 지금만이 지속되는 명상의 들녘, 아무런 꾸밈도

in this miraculous Now, in this present scene of this precious, unique and unrepeatable life you have been given.

Right now, what can you see? What can you hear? What can you feel? *Pay attention, just for a moment*. Are you feeling peaceful? Tense? Tired? Expansive? *Don't think. Look*. Is there a sense of struggle in you? Anticipation? Do you feel empty? Full? Is there an excitement, a sadness, a sense of loneliness, anxiety, joy? Is your mind calm or busy? What's it like to sit on this chair, to lie on this bed, to stand where you stand, to breathe as you breathe? Is your breathing fast or slow, shallow or deep?

Whatever is alive here, just for a moment, can you bless it with your undivided attention? Can you be here with this anxiety, without trying to fix it? Can you stay with this emptiness, without trying to fill it? Can you flush this loneliness, this joy, this doubt with non-judgemental attention? Can you behold this present moment as an artist would behold his subject, as a lover would behold her beloved? Not as something to change or mend, but as something whole and fascinating in itself? And if you can't be here, if you can't find a place of allowing, can you be with that *feeling*— of

없는 **순수의 상태**simplicity로 돌아가게 될 것이다. 비로소 우리의 두 발이 땅에 닿고, 숨을 호흡하게 될 것이다. 폭풍이 불어와도 막지 않는 하늘처럼, 오랜 시간을 이어온 강력한 에너지들이 우리를 통과해가도록 놓아둘 것이다. 우리는 매 순간 다시 시작할 것이다. 몸을 신뢰하며, 그 몸이 지닌 신비가 작동하는 것을 느끼게 될 것이다. 우리는 우리의 **신성한 능력**Divine Capacity을 기억하게 될 것이다. 우리는 고통과 즐거움, 가혹함과 부드러움, 긍정과 부정, 신성과 신성모독이 삶에 어우러져 있다는 사실을 기억하게 될 것이다. 모든 생각과 감각들이 우리 안에 집처럼 깃들어 있다는 사실을 기억하게 될 것이다. 우리를 이루는 모든 것들이 참으로 사랑스럽고 성스러우며, 그 어떤 가공도 첨가되지 않은, 자연 그대로라는 사실을 기억하게 될 것이다.

우리는 가장 큰 기쁨에서 가장 깊은 절망까지, 그 모두를 가지게 될 것이다. 아기를 출산한 엄마처럼, 우리가 살고 있는 이 행성처럼, 대지처럼, 당신은 당신의 지금 이 순간을 모두 가지게 될 것이다. 기적 같은 현재를, 값지고 유일무이하며 다시 반복되지 않는, 당신에게 주어진 삶을 살게 될 것이다.

지금 이 순간, 당신은 무엇을 볼 수 있는가? 무엇을 들을 수 있는가? 무엇을 느낄 수 있는가? **집중하라!** 뒤로 미루지 말라! 평화로운가? 긴장되는가? 피로한가? 환히 열려 있는 느낌인

restlessness or resistance or frustration or refusal — just for a moment, without trying to fix it, or heal it, or transcend it, or make it go away...?

가? **생각하려 들지 말라.** 그냥 보라. 당신 안에서 뭔가 다툼을 벌이고 있는가? 뭔가 기대가 되는가? 텅 빈 것 같은가? 가득 차 있는 듯한가? 흥분되는가? 슬픈가? 외로운가? 걱정이 이는가? 기쁨이 밀려드는가? 고요한가? 조급한가? 의자에 앉아 있는 듯한가? 침대에 누워 있는 느낌과 같은가? 서 있다면 서 있는 느낌이 확연히 드는가? 숨을 쉬고 있다면 숨을 쉬고 있다는 느낌이 확연히 드는가? 호흡이 빨라지거나 느려지는가? 얕아지거나 깊어지는가?

지금 이곳에 살아있는 것이 무엇이든, 아주 잠깐이라도, 당신의 전적인 관심으로 그것을 축복할 수 있는가? 지금 이곳에 근심이 있다면, 그것을 없애려 들지 말라. 텅 빈 듯한 공허가 느껴진다면, 그곳을 뭔가로 채우려 들지 말라. 외로움이 밀려든다면, 기쁨이 인다면, 의심이 든다면, 그것들을 판단하려 들지 말고 그대로 받아들이도록 하라.

화가가 자신에게 보이는 것을 그대로 그려내듯, 연인이 사랑하는 사람과 사랑을 나누듯, 지금 이 순간을 온전히 가지도록 하라. 바꾸려 하거나 고치려 하지 말고, 전체를 온통 끌어안아 그 속으로 빠져들어 가라. 당신이 만약 여기에 있을 수 없다면, 이곳에 있는 것을 허락할 수 없다면, 당신은 이런 감정을 느끼려 해도 느낄 수 없을 것이다.

하지만 당신은 지금 이 순간 이곳에 있다─그런데도 받아들이지 않는다면, 그것은 쉼 없이 저항하고 거절하고 분열되

는 것과 마찬가지다. 단 한순간이라도 고쳐보겠다는 생각, 치유하겠다는 생각, 초월하려는 생각, 멀리 떠나보내야겠다는 생각을 하지 말라.

3

FROM DEPRESSED TO DEEP REST

We simply long to stop performing and be authentic again. We long to wake up from the performance of separation, take off our costumes and make-up and tear up the script forced upon us by our family and our culture and simply *be*. When we repress our *true* feelings, desires, urges, longings, banishing them into the unconscious, living as a mask in this world, playing a cartoon version of ourselves, we become depressed, lethargic, numb and even suicidal.

The experience of *depression* is not a mistake, then, but deeply intelligent. It is a wake-up call. Depression is an ancient, yet highly misunderstood, invitation back to deep rest, slowness, presence, truth. It is a call to come out of the mind and its fears and anxieties and resentments, and back into the living body and its senses and its spontaneity. *It is a call*

3

우울에서 깊은 휴식으로
From Depressed to Deep Rest

우리가 바라는 것은 그리 거창한 것이 아니다. 그만 연기를 끝내고 온전한 자신으로 다시 돌아가는 것이다. 우리가 갈망하는 것은 우리 자신과 분리되려 애쓰는 연기자의 삶에서 깨어나는 것, 우리 몸에 걸쳐진 가짜 옷을 벗어버리는 것, 우리의 가족과 문화가 구성해놓은 대본을 찢어버리는 것―그리하여 **진짜 나**로 살아가는 것뿐이다. 우리가 진정한 느낌, 욕망, 충동, 갈망을 억누르고, 무의식으로 추방하고, 가면을 쓴 채 이세상을 살아간다면, 우리가 우울증에 시달리고, 무기력에 빠지고, 말문이 닫히고, 그러다 자살 충동에 휘말리는 것은 당연한 일이다.

우울증을 겪는 것은 잘못이 아니다. 오히려 잘못과는 정반대로, 매우 현명한 일이다. 우울증은 모닝콜과 같다. 우울증은 오래도록 오해받고 있는 티켓이다.

그 티켓에는 우울에 빠진 우리가 돌아가야 할 목적지가 적

to 'kill' the false self, the character we've been playing and be exactly what we are. To let go of the image. To stop running from the living moment. To touch into our wounds and traumas with great gentleness. To mindfully drench our intimate, first-hand experience with loving attention. To awaken to our brilliant rage, our awesome grief and our astonishing hidden terrors. To walk our path, to forge ahead with courage. To speak our unique truth out loud. To stop de-pressing the wildness and creativity inside. To come out of hiding and allow ourselves to be seen. To die to the false, and awaken to the real.

I did not need to destroy my body or kill my mind. I needed to kill my image of 'self', to stop confusing a picture of 'me' with who I really was. I needed to commit the compassionate spiritual 'suicide' of ***falling in love with the present moment***. This is the great paradox of awakening. We must 'die' in order to really live. We must 'kill' (let go of) everything we are not, in order to flourish as who we really are. We must die to the false notion that we are not One with the stars, the moon, the migrating swallows at daybreak, the wild lavender and heather and rose of the mountains.

혀 있다. 깊은 휴식, 느림, 현존現存, 진실 ─ 이곳에는 살아 숨 쉬는 육체, 감각, 자연스러움이 있다. 이곳으로 돌려보내기 위해 우울증은 정신과 공포, 걱정과 후회로부터 우리를 깨운다. **우울증이 보내는 신호는 거짓 자아를 죽이고, 우리가 연기해 온 캐릭터를 '죽이고' 본연의 우리로(있는 그대로를) '살라고' 요청한다.** 만들어진 이미지를 놓아버리는 곳, 살아 숨 쉬는 지금 이 순간으로부터 더 이상 도망치지 않는 곳, 우리의 상처와 트라우마를 가장 부드러운 손길로 어루만지는 곳, 사랑 어린 관심으로 우리 자신과 가장 친근하며 우리가 직접 경험한 것 속으로 온 마음을 다해 빠져들어 가는 곳, 우리의 눈부신 분노와 멋진 슬픔과 꼭꼭 숨겨놓은 두려움을 드러내는 곳, 우리의 길을 걷고 겁 없이 앞을 향해 성큼성큼 나아가는 곳, 유일무이한 진실을 큰소리로 외치는 곳, 내면의 야생과 창조의 힘을 억누르지 않는 곳, 있는 그대로의 우리 자신을 숨기지 않고 따르는 곳, 거짓을 죽이고 현실을 일깨우는 곳 ─ 우울증이 우리를 최종적으로 이끌어가는 종착지다.

더 이상 나는 내 육체와 정신을 파괴할 필요가 없었다. 내가 죽여야 할 것은 '자아'라는 조작된 이미지였다. 내가 멈추어야 할 일은 '나'라고 찍힌 사진을 '진짜 나'라고 여기는 짓이었다. **내게 필요한 것은 지금 이 순간과 사랑에 빠지는 것** ─ 연민 어린 '영적 자살'을 결행하는 것이었다. 이것은 자각이라는 엄청난 역설great paradox이었다. 우리는 우리의 진짜 삶을 위해, '있

는 그대로'의 진짜 우리로 성장하기 위해, 우리가 아닌 모든 것을 '죽여야'(그냥 가도록 내버려 두어야) 한다. 우리는 별과 달, 새벽에 이동하는 제비들과 들녘의 야생화와 하나가 아니라는, 우리와 따로 떨어져 존재한다는 잘못된 인식을 죽여야 한다.

4

STOP WAITING FOR ABUNDANCE

When you were young, you loved to dream and let go of dreams. You dwelled in the Now.

As you got older, you started to take your dreams, endpoints and goals way too seriously, and your happiness became bound up with the future, and destinations became more important than the journey itself.

You simply forgot how precious it was to be alive, each and every moment.

Dream about what you want, of course. Have a vision for an extraordinary future, of course. *But learn to let your dreams go, too*, let them float off into the river of life, and then bring your attention back to the place where all dreams

4

풍요해지기를 기다리지 말라
Stop Waiting for Abundance

당신도 어렸을 때는 꿈 꾸기 좋아하고, 꿈이 흘러가는 대로 놓아두었다. 당신은 그렇게 지금이라는 시간을 살았다.

나이가 들어가면서 당신에게 꿈은 도달해야 할 지점이 되고, 성취해야 할 심각한 목표가 되어, 꿈은 '꾸는' 것이 아니라 '가지는' 것이 되기 시작했다. 당신의 행복은 지금이 아니라 미래와 연결되고, 중요한 것은 여정 자체가 아니라 목적지가 되어갔다.

당신은 살아있다는 사실이 얼마나 값진 것인지를 매번, 매 순간, 빠르게 잊어갔다.

물론, 당신이 원하는 것은 당신의 꿈이다. 특별한 미래에 대해 비전을 갖는 것, 당연한 일이다. 그러나 **당신의 꿈들이 자연스럽게 흘러가도록 놔두는 것**, 삶이라는 강을 따라 흘러가도록 놓아두는 것, 모든 꿈들이 시작되고 끝나며 태어나고 죽는 그곳으로 당신의 관심을 돌려보내야 한다는 것, 그곳이 **지금**

begin and end, are born and die: the present moment. Don't use a dream or a hope as an excuse to disconnect from where you are, because where you are is way too valuable.

Learn to love the place where you are. Lean into the in-between moments. Embrace the ordinary steps on the path. The moments of 'nothing'. The seemingly inconsequential instants of life. The uneventful moments, the ones where nothing seems to be happening at all. Learn to love that nothing, the delicious sense of waiting, yearning, longing, seeking and anticipating 'the next thing'. Learn to dance and breathe in the space between the wanting and the getting, the dreaming and the fulfilment of dreams. ***Learn to love not having what you want right now***. Learn to appreciate the movie scenes in-between the dramatic ones. The tremendous sense of potential there, the beauty and fullness of the space, the delicious sense of absence, the pregnant and fertile void, the ***something*** of the nothing.

Realise that 'lack' is only space, resisted. And even an 'incomplete' feeling, a feeling of emptiness, is so complete, a welcome visitor in the heart. Breathe into the belly, the chest, the tired head. Drench a sense of 'lack' with curious aware-

이 순간present moment이라는 사실 ─ 이것을 알아야 한다. 꿈이나 희망을 당신이 두 발을 딛고 있는 그곳에서 달아나기 위한 변명거리로 삼지 말라. 지금 당신이 있는 그곳이 너무도 소중하고 귀하기 때문이다.

당신이 있는 그곳을 사랑하라. 당신이 마주하는 순간과 순간에서 배우도록 하라. 그 길 위에 놓이는 일상의 걸음들을 끌어안으라. 그 순간들은 '텅 비어 있는' 것처럼 보일 것이다. 얼핏 삶과 아무런 관련이 없는 것처럼 보일 것이다. 특별한 것도 없고, 아무 일도 일어나지 않는 것처럼 보일 것이다. 그 '아무것 없는 것'을, '이제 나타나게 될 것'을 기다리고 그리워하고 찾고 갈망하는 그 미묘한 감각을 사랑하라. 기다림과 성취, 꿈과 꿈의 충족 사이에 놓인 그 공간에서 춤추고 숨 쉬는 법을 배우라. **지금 당장 원하는 것을 갖지 않는 것을 사랑하라.** 드라마틱한 장면과 장면 사이의 공간에 감사해야 할 어떤 것이 있는지를 깨달으라. 거기에 놓인 엄청난 잠재력에, 그 공간의 아름다움과 충만함에, 결핍의 오묘함에, 충만한 공허에, 텅 비어있다는 것 자체에.

'결핍'만이 공간을 만들어낼 수 있다는 사실을 인식하라. '불완전한' 느낌, 텅 빈 것 같은 느낌조차도 마음의 집을 찾아온 소중한 방문객이다. 가슴으로, 배로, 지친 머리로 숨을 들여보내라. '결핍'이라는 감각을 이제껏 가져보지 못한 **인식**awareness

ness. Infuse the body and its heaviness with light, saturate it with attention, fill it with love. Feel the weight and fullness of the torso, the shoulders, the neck, the legs, the entire body, abundant with sensation and the stillness between sensation.

Because sometimes, even the 'not getting' can be so very *full*.

Behold, your abundant life!

들로 채우라. 몸으로 빛이 스며들게 하고, 관심과 사랑으로 그곳을 채우도록 하라. 당신의 몸통, 어깨, 목, 다리, 당신의 온몸이 묵직해지고 충만해졌다는 것을 느껴보라. 감각이 풍성해질수록 그 감각이 정적에 휩싸인 듯 고요해지는 것을 느껴보라.

잊지 말라. **'얻지 못함'조차 너무나도 큰 '얻음'**이라는 것을. 보라, 당신의 풍성한 삶을!

5

STOP TRYING TO FIX ME.
LOVE ME INSTEAD

"Please, don't try to fix me. I am not broken. I have not asked for your solutions.

When you try to fix me, you unintentionally activate deep feelings of unworthiness, shame, failure, even suicidal self-doubt within me. I can't help it. I feel like I have to change to please you, transform myself just to take away your anxiety, mend myself to end your resistance to the way I am. And I know I can't do that, not on your urgent timeline anyway. You put me in an impossible bind when you try to fix me. I feel so powerless.

I know your intentions are loving! I know you really want to help. You want to serve. You want to take away people's pain when you see it. You want to uplift, awaken, caretake,

5

'나'를 고치려 들지 말고, 사랑하라
Stop Trying to Fix Me. Love Me Instead

"제발, 나를 고치려 들지 마십시오. 나는 고장 난 게 아닙니다. 당신에게 고쳐 달라고 청하지도 않았습니다.

당신이 나를 고치려 들 때, 당신은 무심코 무가치함, 수치스러움, 열패감, 심지어 내 안에 있는 자살 충동을 유발하는 자기회의自己懷疑 self-doubt까지 들추어내 활성화시킵니다. 나로선 어쩔 도리가 없습니다. 당신을 만족시키기 위해 내가 바뀌어야만 한다는, 당신의 걱정을 덜어주기 위해 나 자신을 변화시켜야만 한다는, 지금의 나를 밀쳐내는 당신을 위해 나 자신을 고쳐야 한다는 느낌에 휩싸이고 말죠. 하지만 나는 압니다. 그렇게 할 수 없다는 것을. 당신의 시간표에 나를 맞출 수는 없다는 것을. 나를 고치려 든다는 건, 나를 억지로 붙들어 매려는 것입니다. 그럴 때 나는 한없이 무기력해집니다.

당신의 의도가 사랑이라는 걸 압니다! 당신이 진정으로 나를 도우려 한다는 것도 압니다. 당신이 나를 위해 그런다는 걸

educate, inspire. You truly believe that you are a positive, compassionate, unselfish, nice, good, kind, pure, spiritual person. But I want you to know, honestly, friend, I actually feel deeply *unloved* when you try to 'love' me in this old way. It feels like you're trying to relieve your own tension when you attempt to fix me. I feel treated like a broken object that needs mending.

Under the guise of you being 'kind' and 'helpful' and 'spiritual', I feel suffocated, smothered, rejected, shamed, and completely unloved when you try to fix me. I feel abandoned in your love. Do you get that? I feel like you don't actually care about me, even though on the surface it sure looks like you care. But deep down it feels like you are holding an *image* of how I should be. *Your image. Not mine*. It looks like your love but it feels like your violence. Do you understand?

As soon as you stop trying to 'help' me, you are of the greatest help to me! I stop trying to change to please you! I feel safe, respected, seen, honoured for what I am. I can fall back into my own subjective power. I can trust myself again, the way you are trusting me. I can relax deeply.

압니다. 당신의 눈에는 고통당하는 사람들이 보이고, 당신은 그 사람들이 고통에서 벗어나기를 원합니다. 당신은 희망을 주고 싶고, 깨어나게 하고 싶고, 보살펴주고 싶고, 가르쳐주고 싶고, 영감을 부여하고 싶어 하죠.

당신은 당신이 긍정적이고, 연민으로 가득하며 이타적이고, 다정하고, 선하고, 친절하며 순수하고, 영적으로 충만한 존재라는 믿음을 의심해본 적이 없습니다.

그러나 내가 당신에게 원하는 것은, 진정으로, 친구를 알아달라는 겁니다. 당신이 오랫동안 지켜온, 나를 '사랑'하는 그 방식은 나를 '사랑하지 않는 것'으로 느껴지게 만듭니다. 나를 뜯어고치려 들 때의 당신은 무척이나 여유롭게 보여서 마치 수리가 필요한 고장 난 기계를 대하는 것 같습니다.

'친절하고, 도움을 아끼지 않고, 영적으로 충만하다'는 미명 아래 당신이 나를 고치려 하는 순간, 당신의 모습은 나의 숨통을 조이고, 옴짝하지 못하게 만들고, 꺼려지고, 수치심을 자극하는, 사랑과는 완전히 다른 모습으로 바뀌어 버립니다. 저는 그만 당신의 사랑을 포기하고 싶어집니다. 무슨 느낌인지 아시나요? 내게 드는 느낌은 당신이 진정으로 나를 위하는 게 아니라는 것입니다. 당신이 아무리 나를 위하는 것처럼 보여도 어쩔 수 없습니다.

당신의 깊은 곳에는 **나**의 사진 한 장이, **내가 어떻게 되어야만 할 어떤 인간의 모습**이 자리하고 있습니다. 하지만 그건 내

Without your pressure, your demand for me to abandon myself and be different, healed, transformed, enlightened, awakened, mended, 'better', I can better see myself. I can discover my own inner resources. I can touch my own powerful presence. I feel safe enough to allow and express my true feelings, thoughts, desires, hold my own perceptions. I no longer feel smothered, a victim, a little child to your expert adult. The courageous warrior in me rises. I breathe more deeply. I feel my feet on the ground. Loving attention drenches my experience, even the uncomfortable parts. My senses feel less dull. Healing energies emerge from deep within. I feel light, free, liberated from your disapproval. I feel respected, not shamed. Seen as a living thing, not able to be compared with an image.

You help me so much when you stop trying to help me, friend! I need my *own* answers, my *own* truth, not yours. I want a friend, present and real, someone to hold me as I break and heal, not an expert or a saviour or someone trying to stop me going through my process.

And do you see, when you are trying to save me, you are actually abandoning yourself? You are running from your

가 아닙니다. **그건 당신이 만들어낸 이미지일 뿐입니다.** 내 것이 아닙니다. 당신의 그 사랑은 폭력과 다르지 않습니다. 내 말을 이해할 수 있나요?

당신이 나를 '도우려 하는 것'을 멈추는 순간, 당신은 내게 가장 훌륭한 도우미가 될 것입니다! 그때 나 역시 어떻게든 당신을 기쁘게 하기 위해 나를 변화시키려는 시도를 멈추게 될 겁니다. 그때 나는 '있는 그대로'의 나를 편안히 느끼고, 존중하고, 감추지 않고, 자랑스러워할 것입니다. 그때 나는 내 고유의 능력을 발휘하는 삶으로 돌아갈 수 있게 될 것입니다. 당신이 나를 믿어주는 그것과 다르지 않은, 나 자신에 대한 믿음을 복원하게 될 겁니다. 그리고 그때 나는 긴장으로부터 완전히 풀려나게 될 것입니다.

당신이 가하는 압박이 없다면, 나 자신을 포기하고 다른 존재가 되라는 당신의 요청이 사라진다면, 치유를 통해 '더 나은 존재'로 바뀌어야 한다는 가르침이 멈춘다면, 나는 나 자신을 '더 나은 방식'으로 바라볼 수 있게 될 것입니다. 그때 나는 나만의 자질들을 발견하게 될 것입니다. 그때 나는 내가 활력 넘치는 존재라는 사실을 알게 될 것입니다. 긴장감에 사로잡힌 채 나의 진짜 감각들을 따르지도 못하고 표현하지도 못하는 상태에서 벗어날 것입니다. 내가 무엇을 생각하고 어떤 욕구를 가지고 있는지를 정확히 알게 될 것입니다. 그때 비로

own discomfort, your own unlived potential, and focussing on mine? I become your ultimate distraction. I don't want to be that for you anymore…"

Let's stop trying to fix or save each other. Let's love each other instead. Bow to each other. Bless each other. Hold each other. As we are. As we actually, actually, actually are.

소 나는 내 자신의 **통찰력**perception을 가지게 될 것입니다. 억압당하는 느낌, 희생당하는 느낌, 노련한 어른들 앞에서 언제까지나 미숙한 어린아이로 남겨질 듯한 느낌을 더 이상 받지 않게 될 것입니다. 내 안의 용맹한 전사가 깨어날 것입니다. 더 깊이 호흡하게 될 것입니다. 비로소 나의 두 발이 견고하게 딛고 있는 땅을 느끼게 될 것입니다. 내게 일어나는 일들 하나하나, 내가 겪는 일들 하나하나를 사랑이 가득한 눈으로 바라보게 될 것입니다. 나를 불쾌하게 만드는 것들조차 나는 사랑으로 대하게 될 것입니다. 내 감각들은 둔감한 상태에서 벗어나게 될 것이고, 치유의 에너지가 내면 깊은 곳에서 샘솟을 것입니다. 당신이 나를 못마땅하게 생각하는 것 또한 더 이상 나를 억압하지 않을 것입니다. 나는 나를 존중할 것이고, 더 이상 수치스러워하지 않을 것입니다. 만들어진 이미지란, 한낱 죽은 존재라는 사실이 밝혀질 것입니다. 생생히 살아있는 존재가 된 나로 인해서 말이지요.

당신이 나를 친구로 여긴다면, 나를 도와주려는 것을 멈추는 일이 진정으로 나를 도와주는 것입니다! 내게 필요한 것은 당신의 것이 아니라 나에게 맞는 답, 내가 가진 진실입니다. 나는 친구를, 지금 이 순간을, 진정한 것을, 부서지고 치유되는 나를 묵묵히 지켜봐 주는 누군가를 원합니다. 전문가를 원하는 것이 아닙니다. 구원자를 원하는 것도 아닙니다. 내가 지나가고 있는 통로를 가로막는 누군가를 원하는 것이 아닙니다.

당신이 나를 구하려 할 때, 당신은 당신 자신을 내던지게 된다는 것을 아십니까? 당신은 나를 구하기 위해 내게 집중하게 되고, 불만이 생기더라도 직시하지 못합니다. 나는 결국 당신의 내면을 분열시키는 존재가 되고 맙니다. 나는 더 이상 당신에게 그런 존재가 되고 싶지 않습니다…."

우리, 서로를 고치거나 구하려는 시도를 더 이상 하지 말자. 대신 서로를 사랑하자. 서로에게 인사를 건네자. 서로에게 축복을 빌어주자. 있는 그대로의 우리, 실제로의 우리, 사실상의 우리, 현실에 존재하는 우리로 살아가자.

6

IF YOU ARE FEELING SAD…

If you are feeling sad, you are not in a 'low vibration'. You are not sick or broken or unenlightened or far from healing. You are not 'trapped in your ego' or stuck in the 'separate self'. You are not being negative, and you don't need to be fixed, and sadness is not a mistake, because it's life moving in you, and life can't be a mistake, ever.

You are just feeling sad, that's all.

It's a feeling state playing out on the vibrantly alive movie screen of presence, that's all.

It's not a problem that requires a solution or a Band-Aid. It's a sacred and precious part of you longing for love, acceptance, embrace, rest.

6

당신이 만약 슬픔을 느낀다면…
If You Are Feeling Sad...

당신이 만약 슬픔을 느끼고 있다면, 당신은 미진동微振動, 즉 '낮은 단계의 떨림low vibration'으로부터 격상된 상태에 있는 것이다. 당신은 아픈 것도, 고장 난 것도, 편견에 찬 것도, 치유로부터 멀리 떨어져 있는 것도 아니다. 당신은 '자아라는 덫'에 채인 것도 아니고, '분리된 자아'에 엮인 것도 아니다. 당신은 부정적인 존재도 아니고, 수리가 필요한 상태도 아니다. 슬픔은 잘못이 아니다. 그것은 당신 안에서 삶이 움직이고 있다는 것을 말한다. 삶이 어떻게 잘못일 수 있는가? 그렇게 말하거나 생각하는 것이 잘못이다.

지금 슬픔을 느끼고 있는 당신은, 완벽하게 온전하다.

진동이 일어나고 있는 상태, 그 떨림을 느끼고 있는 상태는 지금 상영되고 있는 영화를 지금 관람하고 있다는 것을 말하며, 그것은 완벽하게 온전하다.

슬픔이 느껴지는 것은 해결책이 필요한 상황도, 구급대원을 불러야 할 문제적 상황도 아니다. 그것은 당신이 사랑과 수용

You've been blessed by sadness today; you've been chosen as her home; don't run away from such a truly precious visitor.

과 포옹과 휴식을 그리워하고 있다는 신성하고 값진 신호이다.

당신은 오늘 슬픔으로 축복받은 것이다. 당신은 슬픔의 집으로 초대되어 가고 있는 것이다. 당신을 초대한 참으로 값진 주인의 손길을 뿌리치지 말라.

7

RELAX, YOU ARE NOT THE DOER

What is stress? Stress is the tension between this moment and your mental image of how this moment **should** be. Stress is your narrow focus on a mental list of 'future things to do', the imaginary pressure of 'all the things that haven't been done yet', 'all the other things I should be doing now', 'all the wonderful things I'm missing out on'.

Stress always involves past-and-future-thinking, a forgetting of your true Ground and your only place of power: This moment, here, now, today.

When your focus shifts from what is not present, to what is present, from 'lack' to what is abundantly here; when, instead of trying to complete a list of ten thousand things, you simply do the **next** thing, the one thing that presents itself

7

느긋해지기
− '행동하는 자'라는 강박에서 벗어나라
Relax, You Are Not the Doer

스트레스란 무엇일까? 스트레스는 지금 이 순간과 지금 이 순간이 어떻게 되어야 하는지에 대한 당신의 **심적 이미지**mental image 사이의 긴장, 그 '밀고 당김'을 가리킨다. 스트레스는 당신이 '미래에 해야 할 일'이라고 관념적으로 만들어놓은 리스트에 갇힌 채 '아직은 해서는 안 되는 일들'과 '지금 해야만 할 일들'과 '놓치고 있는 멋진 일들'에 대해 정신적으로 받는 압박이다.

스트레스에는 늘 '과거와 미래에 대한 생각'이 포함된다. 이로 인해 당신은 당신의 두 발이 딛고 있는 진정한 토대Ground, 당신의 힘과 능력이 유일무이하게 실재하는 곳 —지금 이 순간, 지금 이곳, 오늘이라는 시간을 망각한다.

당신의 집중력이 지금이 아닌 것에서 지금이라는 것으로 옮겨질 때, 지금이 '결핍된 공간'으로부터 지금이 풍성하게 존재하는 '이곳'으로 옮겨질 때, 리스트에 적힌 수십 가지 목록들을 실행하려고 버둥거리는 대신에 그저 다음 것을 행할 때, 지

now, *this thing here*, with your full attention and passion and presence, lists get completed effortlessly, and in some deeper sense, tasks do themselves.

Relax. You are not the doer.

금 주어진 그것을 행할 때, 이곳에서 할 그 일을 행할 때, 당신은 당신의 관심과 열정과 존재의 가치를 온전히 쏟아낼 수 있다. 그때 당신은 어렵지 않게 일을 처리할 수 있다. 감각이 절대치까지 살아있기 때문이다. 그때 일이 처리되는 것은 마치 저절로 이루어지는 것과 같다.

느긋해지도록 하라. 당신은 당장 뭔가를 해야 하는 '행동 강박자'가 아니다.

8

THE RUPTURE AND THE REPAIR

When our plans and dreams fall apart, what doesn't fall apart?

First there is the rupture. The status quo is shattered. The old safety is gone. Old wounds are triggered, the pain body resurfaces, buried trauma erupts from the depths of the unconscious. You feel disoriented, groundless, homeless, not knowing where to turn. An old world has crumbled, a new world has not yet formed.

You encounter the strange space of Now, pure presence, raw, unprotected by old dreams, nothing to cling to. Even your outdated concepts of God crumble here.

And then you remember to breathe.

8

파열과 수리
The Rupture and the Repair

우리의 꿈과 계획들이 무너진다면, 그때 무너지지 않는 것은 무엇인가?

먼저 파열이 일어난다. 현재의 상황들이 낱낱이 흩어진다. 오래 묵은 안정은 사라진다. 오래 묵은 상처가 방아쇠를 당기고, 고통스런 육신이 다시 부각되고, 무의식의 심연에 묻어둔 트라우마가 표면에 떠오른다. 오래 묵은 안정은 사라진다. 당신은 방향감각을 상실한, 땅이 꺼져버린, 집을 잃은, 가야 할 곳을 알지 못하는 느낌에 휩싸인다. 구세계가 허물어졌는데, 신세계는 아직 만들어지지 않았다.

당신은 야생 그대로의, 옛꿈들에 의해 보호받지 못하는, 집착할 것이 없는 **지금**Now이라는 낯선 공간, 순수한 **현존**現存이라는 낯선 실체와 마주한다. 이곳에는 당신의 그 '신이라는 철 지난 개념'조차 허물어지고 없다.

이때 당신은 내쉬고 들이쉬는 호흡을 기억하게 될 것이다.

당신은 지금 이 순간이라는 안전지대로 돌아간다. 거기서

And you return to the safety of the present moment, and you feel your feet on the ground again, and you feel the weight of the body again, and you *observe* the madness of the mind rather than losing yourself in it. You watch your thoughts spinning out of control, but you, as awareness, are not spinning out of control with them. The world may feel out of control but you are not. *You are not the ever-changing mind, but the unchanging observer of it, and this realisation changes everything.*

And you feel what you feel now. Afraid. Angry. Numb. Sad. Lonely. Unsafe. Whatever. You commit to feeling it fully today, to not running away. A feeling is just a feeling, a flowing energy and not a solid fact, and presence can hold it as it flows. You wail, you weep, you scream, but you are repairing. You have broken to heal, ruptured to mend. Old energies have emerged only to be blessed with love, acceptance, tenderness, today; and there is only today.

You only ever have to deal with life a moment at a time. Please do not forget this.

You can't go back to the way things were. You can't un-

당신은 당신의 두 발이 딛고 있는 땅을, 당신의 몸이 지닌 무게를 다시 느끼게 된다. 그리고 광기에 휩싸인 당신의 마음을 살펴보게 된다. 명심하라, 그것은 당신 자신을 잃는 것이 아니라, 당신 자신을 확인하는 일이다. 당신은 통제할 수 없을 만큼 마구 휘돌고 있는 당신의 생각들을 지켜보게 된다. 그러나 이 사실을 아는 한 그것은 통제할 수 없는 것이 아니다. 단지 그 상황이 통제할 수 없는 것처럼 보일 뿐, 당신은 그 상황을 온전히 통제하고 있다.

절대 변하지 않는 것은 당신의 마음이 아니라 그것을 관찰하는 당신이다. 당신의 마음은 항상 바뀐다. 하지만 그것을 지켜보는 당신은 결코 바뀌지 않는다. 이러한 인식이 모든 것을 변화시킨다.

이제 당신은 지금now을 느끼고 있다는 사실을 느끼게 된다. 두려움을, 분노를, 무감각을, 슬픔을, 외로움을, 불안을─ 그 어떤 것이든 바로 그것을. 오늘을 온전히 느끼도록 허용하라. 도망치지 말라. 느낌은 그냥 느낌이다. 별다른 게 있을 수 없다. 에너지의 흐름이다. 옴짝달싹 못하는 '팩트'가 아니다. **현존**이, 지금 있음이, 흘러가는 그것을 흘러가도록 놓아두는 것─이것이 느낌이다. 당신은 몸부림치고, 흐느껴 울고, 비명을 지른다. 그리고 당신은 수리되어간다. 당신은 치유하기 위해 부러진 것이고, 수리되기 위해 파열이 일어난 것이다. 오직 사랑으로, 받아들임으로, 친절로 축복받기 위해 오래 묵은 에

see what you have seen. But you can be present, right now. And you can take each step consciously now, not automatically, habitually, but mindfully, with care. Finding gratitude for each extra moment you are alive. Thanking the air, the rain, the vastness of the sky. Thanking the feet and the legs and the spine as they keep you standing. Thanking the arms for all they hold and carry. Thanking the heart for what it endures, day by day. Thanking the shoulders, the brain, the lungs, the muscles, all the internal organs, full of unspeakable mysteries.

Staying close to yourself now, as your old world falls apart, walking this new and unknown path with trust and courage, slowly, mindfully, with care. Stepping into your new life, one step at a time, repairing your world with each step, becoming familiar with the moments.

너지들이 드러난 것이다. 거기에는 단지 **오늘 이 순간**only today 만 있다.

당신과 관련된 삶은 지금 이 순간의 삶밖에 없다. 과거의 삶도 미래의 삶도 아닌, 오늘의 삶이 당신의 삶이다—부디 이 사실을 잊지 말라.

당신은 무언가가 있었던 그때로 되돌아갈 수 없다. 당신은 당신이 본 것을 보이지 않게 할 수 없다. 당신은 현재에, 지금 이 순간에 존재할 수밖에 없다. 당신의 발걸음을 의식할 수 있는 곳은 지금 이 순간에 있다.

당신이 살아있는 매 순간순간에 감사하라. 공기와 비, 드넓은 하늘에 감사하라. 당신을 지탱하는 발과 다리, 척추에 감사하라. 뭔가를 쥐고 옮길 수 있는 팔에 감사하라. 날마다, 쉼 없이 뛰는 심장에 감사하라. 당신의 어깨, 머리, 폐와 근육에, 당신의 몸속 장기들에, 말로 다 할 수 없는 그들의 신비로움에 감사하라.

당신의 구세계가 허물어질 때, 당신은 알려지지 않은 길, 새로운 길을 걷게 될 것이다. 지금과 가장 가까운 곳에서, 믿음과 용기를 가지고, 천천히, 조심스럽게, 그리고 신중하게. 당신은 새로운 삶으로 한 걸음씩 나아갈 것이고, 걸음을 옮길 때마다 당신의 세계가 치유될 것이고, 매 순간들과 친밀해질 것이다.

9

YOUR OTHER HALF

"I can't live without you".

"You complete me".

"Without you, I'm nothing".

"Never leave me".

They sold you a beautiful lie about love. Nobody is coming to save you, you see. No prince on horseback. No Juliet. No "One Special Person". No surrogate mother. No messiah, no saviour, no God who will take away all your doubts, your pain, your feelings of emptiness, that sense of separation and abandonment that's been lodged in your guts since you were young. Nobody will be able to feel and integrate and metabolise your feelings for you. Nobody can do living and dying for you. Nobody has the power to permanently distract you from your inner journey. Nobody can own you or be owned

9

당신의 나머지 반쪽이라는 신화
Your Other Half

"난 당신 없이 살 수 없어."

"당신은 나를 완성시키는 존재야."

"당신이 없다면, 난 빈 껍데기일 뿐이야."

"제발 날 떠나지 마."

그들은 당신에게 사랑에 관한 아름다운 거짓말을 팔았다. 당신은 알고 있다. 아무도 당신을 구하러 오지 않는다는 것을. 백마를 타고 오는 왕자는 없다. 줄리엣 같은 연인도. "어떤 특별한 존재"란 존재하지 않는다. 나를 대신해 줄 사람은 없다. 당신의 모든 의심과 고통과 공허를, 어릴 때부터 줄곧 당신의 내면 깊은 곳에서 싹튼 분열과 포기를 한 방에 날려버릴 메시아, 구세주, 신은 없다. 당신의 느낌들을 고스란히 느껴주고, 그러모아 주고, 활성화시켜 주는 존재 따위는 없다. 당신을 위해 살아주고 죽어줄 수 있는 존재는 없다. 당신이 떠나는 내면으로의 여정을 당신에게서 영원히 떼어놓을 수 있을 만큼 힘

by you. Nobody can complete you. Nobody is coming to save you. This is terrible, wonderful news.

Your other half, your completion, your salvation, your ultimate purpose in this life, is not outside of you, you see, but ***deep within you***. It lives as your very own warm presence, burns like the Sun within.

So many people are looking for love, or they are trying to hold onto a love that seems to be slipping through their fingers. Or they feel they have lost love, and they are trying to get love back, running from uncomfortable feelings of withdrawal, numbing themselves with more dreams, running further and further from themselves, in pursuit of something they will never reach, still dreaming of that "One Special Person" who will complete them, provide them with a lifetime of psychological security, be the perfect mother or father they never had on Earth.

Of course, that's not love. That's fear, an urgent flight from aloneness.

We just never learned how to be alone.

을 가진 존재 따위는 없다. 당신을 소유할 수 있는 존재도, 당신에 의해 소유당하는 존재도 없다. 그 누구도 당신을 완전하게 만들 수 없다. 그 누구도 당신을 구원하러 오지 않는다. 이것은 끔찍하도록 멋진 뉴스다.

당신의 나머지 반쪽, 당신을 완성시켜 주는 자, 당신을 구원하는 자, 이번 생에서 당신의 궁극적 목적을 달성시켜 주는 자—그런 존재는 당신 바깥에 있지 않다. 당신은 알고 있다. **당신의 내면 저 깊은 곳에** 존재하고 있다는 사실을. 당신 자신의 온기로 가득한 지금 이 순간의 내면에 태양처럼 뜨겁게 살아있다는 사실을.

너무도 많은 사람들이 사랑을 찾는다. 혹은 자꾸만 손가락 사이로 빠져나가는 것 같은 사랑을 부여잡으려 애쓴다. 그들은 사랑을 잃어버린 느낌에 휩싸이고, 그 사랑을 돌아오게 하려 애쓴다. 이때 그들은 포기하려는 불편한 감정들을 밀어내고 더 많은 꿈들을 그러모아 일련번호를 매기면서 그들 자신과는 점점 더 멀어진다. 거머쥘 수 없는 뭔가를 추구하고, 그것들을 완성시켜 줄 "어떤 특별한 존재"를 꿈꾸고, 그 존재가 심리적 안정이란 것을 평생 가져다주기를 갈구하고, 지구라는 행성에 한 번도 존재한 적 없는 완벽한 부모가 되기를 갈망한다.
그것은, 당연히, 사랑이 아니다. 그것은 고독이 몸서리치도록 싫어서 황급히 떠난 자가 겪는 공포다.

If you can find or lose it, if you can be 'in' it or 'out' of it, if it can be given to you or taken away, if you have to fight for it, beg for it, manipulate yourself or others to get it, if you feel you have to become worthy of it, deserve it, win it, hold onto it, even **understand** it, then it's the mind's version of love. It is the lie, not the reality.

If you love, you are present. That's it. Love is simple and kind and effortless. If you love someone, you are present with them. As present with them as you are with yourself. As present as the Sun in the sky, despite the clouds, the storms, the ever-changing weather.

Do not confuse love with desire, then. Desire comes and goes. It burns brightly, or the flame extinguishes. But desire is not consistent, like love

Do not confuse love with attraction. Attraction is beautiful, but it ebbs and flows, rises and falls like the ocean waves. It changes with the seasons, days, hours, moments. It is not ever-present, like love.

Do not confuse love with warm, pleasant feelings, chemi-

우리는 한 번도 혼자가 되는 법을 배운 적이 없다.

당신이 만약 사랑을 발견하거나 잃어버릴 수 있다면, 당신이 만약 그 '안' 혹은 '밖'에 존재할 수 있다면, 사랑이 만약 당신에게 주어지거나 빼앗을 수 있는 것이라면, 당신이 만약 사랑과 싸워야만 한다면, 구걸해서라도 그것을 얻어 보라. 그걸 얻을 수 있다면 당신 자신이나 남들을 구워삶으라. 그것이 그토록 가치 있는 것이라고 느껴진다면, 가져보라. 쟁취해보라. 꽉 붙들어보라. 이해하려고도 해보라. 그러면 알게 될 것이다. 그것이 당신의 마음이 만들어낸 사랑의 버전version이란 것을. 그것은 거짓말이다. 진실이 아니다.

당신이 만약 사랑한다면, 당신은 지금 이 순간에 존재하고 있다. 바로 이것이다. 사랑은 단순하고 친절하다. 얻기 위해 노력이 필요한 것이 아니다. 당신이 만약 누군가를 사랑한다면, 당신은 그 누군가와 지금 이 순간에 존재하고 있다. 당신이 지금 이 순간 그 누군가와 함께 있다는 것은 당신이 당신 자신과 함께 있는 것과 같다. 지금 이 순간, 하늘에는 태양이 떠 있다. 구름이 덮이고, 폭풍이 불고, 끊임없이 날씨가 변한다 해도, 태양은 늘 그곳에 떠 있지 않은가.

사랑을 욕망과 혼동하지 말라. 욕망은 오기도 하고 떠나기도 한다. 그것은 밝게 빛나기도 하고, 화염을 끄며 사라지기도

cal feelings, limerent feelings of being "in love". Pleasurable feelings turn to painful ones so quickly. Love is not pleasure nor pain, it is not ecstasy nor hurt; it is the field that endures, even as the bliss fades into despair. It is the space for *all* feelings.

Do not confuse love with the urgency to possess someone or be possessed. Love is not infatuation. Love is not obsessive nor compulsive. Love does not cling. Love does not own anything; it is weightless, transparent, formless and clear. Love does not say "I need you for my happiness, my contentment, my life". No, love is synonymous with freedom, with a wide open heart, with the willingness to feel every feeling, think every thought.

If you look to another for happiness, you will always depend on them, always be afraid of losing them, and anxiety and resentment will rumble underneath your 'love'. You will adapt yourself to please them, numb your most uncomfortable thoughts and feelings, close your eyes to the truth and live in fantasy and hope. You will make yourself unhappy in order to win their love, keep them, make them stay interested. You will make yourself unhappy trying to make them

한다. 욕망은 영원히 지속되지 않는다. 사랑은 다르다.

사랑과 매혹을 혼동하지 말라. 매혹은 아름답다. 하지만 밀물과 썰물처럼 밀려왔다가 쓸려가고, 바다에 이는 파도처럼 올라가면 다시 내려간다. 매혹은 계절마다, 하루마다, 매시간마다, 매 순간마다 변한다. 영원히 지금 이 순간에 머물지 않는다. 사랑은 다르다.

사랑을 따뜻함과 혼동하지 말라. '사랑 안에 있는' 따뜻한 느낌, 즐거운 느낌, 화학작용이 일어나는 듯한 느낌, 가로등이 환히 비추는 것 같은 느낌과 기분을 좋게 만드는 느낌들은 생각한 것보다 빠르게 고통스런 느낌으로 돌아선다. 사랑은 즐거움도 고통도 아니다. 사랑은 절정도 아니고, 몰락도 아니다. 그것은 인내의 들녘이다. 축복이 절망으로 빨려 들어갈 때조차 그렇다. 사랑은 모든 감정들이 거주하는, 모든 느낌들을 위해 제공된, 거대한 우주다.

누군가를 소유하거나 누군가에 의해 소유당하는 절박한 상황과 사랑을 혼동하지 말라. 사랑은 '사랑의 열병'이 아니다. 사랑은 강박하지도 강요하지도 않는다. 사랑은 붙들어 매지 않는다. 사랑은 그 어떤 것도 소유하지 않는다. 사랑은 무게도 없고, 맑고 투명하여 형태도 없다. 사랑은 "당신이 필요합니다. 당신이 있어야 내가 행복하고, 만족하고, 살아갈 수 있습니다."

happy... or forcing yourself to be happy instead. That is not love, it is an addiction, addiction to a person and an idea. It is fear masquerading as 'romance'. It is the lie.

But underneath every addiction is the longing for home, for Mother in the deepest sense of the word.

Find the deepest sense of home within yourself, then. And in that place of presence, spend time with others who nourish you, who help you feel alive, who empathise with you and can validate your precious feelings. When you are not trying to win love, when you are not running from your own uncomfortable feelings, you can afford to truly love and be loved.

Invite others into your love field; let them stay, let them leave, bow to their path and walk your own with courage. But do not for a moment buy into the lie that salvation lies anywhere except at the very heart of your exquisite presence, the place where there's nobody to be saved and nobody to do the saving. The place of true meditation. The place where you touch life, and are touched in return, moment by moment...

For you are The One, your own greatest lover, partner,

같은 말을 하지 않는다. 기억하라. 사랑은 자유와 동의어다. 사랑은 드넓게 열린 가슴, 모든 느낌들을 느끼고, 모든 생각들을 생각하려는 의지와 동의어다.

당신이 만약 행복해지기 위해 누군가를 찾고 있다면, 당신은 늘 그 사람들에게 의지하게 되고, 그들을 잃을까 두려워할 것이다. 걱정과 후회가 당신의 '사랑' 아래에서 신음을 낼 것이다. 당신은 그들이 즐겁도록 당신 자신을 그들에게 적응시키고, 불편한 생각과 느낌들의 입을 틀어막을 것이다. 진실을 향한 눈이 감길 것이고, 환상과 희망 안에서 살아가게 될 것이다. 당신은 그들의 사랑을 얻기 위해, 그들을 지키기 위해, 그들의 흥미를 떨어뜨리지 않도록 하기 위해 당신 자신을 불행하게 만들 것이다. 그들을 행복하게 하려고 당신이 불행해지는 것, 그것이 못마땅해 당신 자신을 억지로 행복으로 욱여넣는 것 ─이것은 사랑이 아니다. 이것은 중독이다. 어떤 한 사람에게, 어떤 한 생각에 중독되는 것이다. 이것은 두려움을 '로맨스'로 위장한, 거짓말이다.

모든 중독 아래에는 갈망이 있다. 돌아가고픈 **집**home, 가서 말없이 안기고 싶은 **어머니**에 대한 그리움.

당신의 내면 깊은 곳에 자리하고 있는 집을 찾도록 하라.

'지금 이 순간'이라는 시공간 안에서 당신에게 힘을 불어넣어 주는 사람, 당신을 살아있게 하는 사람, 당신과 공감하는 사람, 당신의 귀중한 느낌들을 기꺼이 인정해주는 사람들과

friend, guru and Mother. And so you can say to yourself, every morning when you wake, and every night before you sleep, and upon every in-breath and out-breath:

"I can't live without myself".

"I complete myself, in every moment".

"Without myself, I'm nothing".

"Where I begin, life begins…"

시간을 보내도록 하라. 당신이 만약 사랑을 쟁취하려 들지 않는다면, 당신이 만약 당신 자신의 불편한 느낌들로부터 도망치지 않는다면, 당신은 진정한 사랑을 얻게 될 것이고, 진정으로 사랑받게 될 것이다.

당신이 가진 사랑의 들녘으로 사람들을 초대하라. 그곳으로 와서 머물게 하라. 그곳에서 떠나고 싶어 한다면 기꺼이 떠나게 하라. 그들이 떠날 때 잘 가라고 인사하고 당신 자신의 걸음을 용감하게 떼어놓으라. 아주 잠깐 동안이라도 거짓을 용납하지 말라. 당신의 두 발이 딛고 있는 '지금'이라는 신비로운 시공간이 아닌, 다른 어딘가에 구원이 존재한다는 거짓말을 받아들이지 말라. 구원자는 그곳에 있지 않다. 구원을 행하는 자는 거기에 있지 않다. 당신을 구원하는 자는 지금 이 순간 당신이 있는 곳—바로 거기에 있다. 이것이 진짜 명상true meditation이 존재하는 곳이다. 매 순간순간 당신이 삶과 살을 부비고, 삶이 당신과 살을 부비는 그곳 말이다.

당신이 바로 그 사람, 그 **한 사람**The One이다. 당신을 가장 사랑하는 사람, 당신의 파트너, 당신의 친구, 당신의 영적 스승, **당신의 성모**聖母**는 바로 당신이다.** 매일 아침 침대에서 일어날 때에, 매일 밤 잠자리에 들기 전에, 숨을 들이쉬고 내쉴 때마다 당신 자신에게 이렇게 말하라.

"나 자신이 없으면 나는 살 수가 없다."

"나는 나 자신을 완성한다. 매 순간순간."

"내가 없으면, 나는 아무것도 아니다."

"내가 뭔가를 시작하는 그곳에서 삶이 시작된다."

10

THE SILENCE BETWEEN US

In some Native American cultures, it's considered polite to wait up to several minutes before responding to a question or taking one's turn in a conversation. Replying too soon is considered rude, because it shows that you obviously haven't truly *listened* to the other person.

Many of us in the modern world would find even a few moments of such silence in a conversation awkward, uncomfortable, even embarrassing. Sometimes we speak not because we have anything important or authentic or heartfelt to say, not because we even *want* to talk really, but because we feel we *have* to. We feel uncomfortable, nervous, anxious about *not talking*. We speak in order to avoid the void, silence the silence, distract from the extraordinary absence at the heart of life. We speak in order to run from ourselves and each

10

우리들 사이에 존재하는 침묵의 의미
The Silence Between Us

북미원주민의 인디언 문화에서는, 질문에 대답하거나 대화에서 자기 차례가 돌아왔을 때 잠깐 동안 말없이 기다리는 것을 정중한 예의로 받아들인다. 질문을 받자마자 대답하거나 누군가의 얘기가 끝나자마자 곧바로 말하는 것은 무례한 태도로 여겨진다. 상대방의 얘기에 진심으로 귀 기울이지 않은 것으로 간주하기 때문이다.

현대를 살아가는 사람들 대다수는 대화 사이에 이런 식의 침묵이 생기면 단 몇 초라도 어색해하고, 불편해하고, 심지어 당황하기까지 한다. 우리는 중요하지도 않고 꼭 필요한 것도 아닌 상황에서, 혹은 말을 해야겠다는 절실한 생각이 들지 않을 때도, 입을 다물고 싶을 때조차도, 말해야만 할 것 같은 기분에 휩싸여 말을 주절주절 늘어놓는다. 말하지 않고 있으면 불편하고, 신경 쓰이고, 불안해진다. 우리가 주절주절 떠들어대는 것은 공허감을 모면하려고 침묵을 침묵시키려는 데서 비롯된다. 우리가 입을 다물지 못하는 것은 삶의 중심에 '매우 특별한

other.

Slow down, friend. Get out of your head and into your body. Take a few moments to just feel your feelings in a conversation. Let yourself feel awkward and uncomfortable, vulnerable and a little shaky in the silence if you must. It's ***just a feeling***, it won't hurt you, you can bear it, and the silence will hold it anyway. Take the risk of the other person sensing your feelings of awkwardness, or thinking that you're boring or strange or have nothing to say. Hey, at least you are real! At least you aren't hiding behind a wall of words. At least you are trying to connect in a deeper way. At least you have the courage to feel awkward and not distract yourself from that, ***not abandon yourself when you need yourself the most***.

Bring some space into your conversations today. Listen. Wait. Listen some more. Lean into the awkwardness. Respond from the heart, not the mind and its fears. Let your conversations breathe a little. Know that the other person is probably feeling as awkward and unprepared as you are, deep down.

Our deepest connections are always made in silence. Witness a mother rocking her baby to sleep, two old friends or

텅 빈 공간'을 마련해둘 여유를 갖지 못하기 때문이다. 우리는 우리 자신으로부터 달아나기 위해 말을 멈추지 않는다.

속도를 높이려 들지 말라. 천천히 내려가자. 머리에서 빠져나와 몸으로 들어가자. 대화를 나눌 때, 당신에게 일어나는 느낌들feelings을 감각하기 위한 시간을 갖도록 하라. 어색하면 어색한 대로, 불편하면 불편한 대로, 섬약해지면 섬약한 대로, 불안하면 불안한 그대로를 침묵 속에서 느껴보라. 입을 다물어야만 느낄 수 있다. 이것은 단지 하나의 느낌일 뿐이다. 당신을 해치지 않는다. 당신은 견딜 수 있다. 그리고 침묵은 어떻게든 그 느낌을 굳게 지켜 줄 것이다. 상대가 당신의 그 어색한 느낌을 감지할 수도 있겠지만, 그 정도의 위험은 감수하라. 상대는 당신이 지루해한다거나 이상하게 느껴지거나 할 얘기가 전혀 없다고 생각할지도 모른다. 그 역시 감수하라. 친구여, 적어도 당신은 '리얼'하다! 적어도 당신은 말의 벽에 몸을 숨기는 짓은 하지 않는다. 적어도 당신은 상대와 더 깊이 연결되는 방법을 찾고 있는 것이다. 적어도 당신은 어색한 느낌을 받아들일 용기가 있고, 그것을 통해 당신 자신과 당신을 떼어놓지 않게 된다.

가장 당신다운 것을 필요로 할 때 당신은 당신 자신을 포기하지 않는 것이다.

오늘 당신의 대화에 얼마만큼의 여지를, 공간을 가지고 오

lovers passing time in a cafe, or a simple silent walk in nature, just you and the forest at dawn. Words are not necessary for us to feel each other, know each other, understand life and each other very deeply indeed.

Maybe, with all our clever words, we're all just trying to find our own sweet way back to that exquisite silence, the silence we came from, the silence to which we shall all return.

라. 상대의 말에 귀를 기울여라. 기다리라. 조금 더 들으라. 당신 자신을 어색한 느낌에 기대고 있으라. 가슴으로부터 응답하라. (뭔가 말을 해야 하지 않을까 하는) 생각이나 불안이 아니라, 가슴에 응답하라. 당신의 대화에 얼마만큼의 호흡을 가지라. 상대 역시 당신과 마찬가지로 어색해하고 준비가 덜 되어 있다는 느낌을 받고 있다. 그 사실을 인지하라. 느긋해지라.

우리가 가장 깊이 연결되는 것은 언제나 침묵에 의해서이다. 엄마가 아이를 재우기 위해 가만가만 흔들 때를 생각해보라. 오랜 친구 둘이, 혹은 연인 둘이 카페에서 시간을 보내는 장면을 생각해보라. 자연 속을 아무 말 없이 걸어가는 장면을, 먼동이 터오는 숲을 걸어가는 당신을 상상해보라. 우리가 서로를 느끼고 아는 데 필요한 것은, 서로의 삶 저 깊은 곳에 다다르게 하는 것은 언어가 아니다.

어쩌면, 침묵은 우리가 가진 가장 지혜로운 언어일는지 모른다. 이 특별한 침묵으로 돌아가는 것이야말로 우리 자신을 찾아내는 가장 매력적인 방법이다. 우리가 떠나왔고, 돌아가야 할 그곳 — 거기에 침묵이란 언어가 있다.

THE BEST SELF-HELP ADVICE

There is no self to help. The best self-help advice of all.

When you try to 'help' the 'self' you reinforce an illusion: That there is a broken self today, an incomplete self that is 'less than' a future self.

And you strengthen identification with a mindmade entity called 'me'. An image. A mirage.

You forget your nature as Presence itself.

When you give up trying to help a self, you sink into an unconditional embrace: The embrace that is Life Itself. Where all your imperfections, your doubts, sorrows, joys and fears, your longings and your ecstasies, even your imagination of 'self', and your frustrated attempts to 'fix' it, or 'help'

11

스스로를 돕는 최고의 조언
The Best Self-Help Advice

자신을 도와주는 것은 따로 없다. 스스로를 돕는 가장 훌륭한 조언이다.

당신이 '당신 자신'을 '도우려' 할 때, 당신은 환각을 강화하게 된다. 거기엔 부서진 **오늘**의 당신 자신이 있다. 완전하지 못한 당신 자신 말이다. **내일**의 당신 자신보다도 못난.

그리고 당신은 '나'라고 불리는, 마음이 만들어낸 인격체를, 이미지를, 신기루를, 강화한다.

당신은 이때 **존재함**Presence 그 자체인 당신의 **본성**nature을 잊어버린다.

당신이 <u>스스로를 돕겠다</u>는 시도를 포기할 때, 당신은 누구도 막을 수 없는 껴안음의 세계로 빨려 들어간다. 포옹의 세계, 껴안음의 세계는 **삶 그 자체**Life Itself다. 당신의 불완전함, 당신의 의심과 슬픔, 기쁨과 두려움, 동경과 절정, 심지어 '당신 자신'이라고 설정한 이미지, '고쳐 보겠다'는 모든 시도, 미래의 완전함에 도달하기 위해 당신 자신을 '도우려는' 시도들까

it reach a future perfection, are 100% embraced. Already.

No self to save. No self to fix. No self to enlighten. No self to lose. No self to transcend. Just an exquisite moment. An unlimited divine perfection, shimmering through this human imperfection. Shining through the self-help, its success and its failure too, its longing and its frustration, its exhaustion and its surrender.

So help yourself, friend, by ending the exhausting search for a better self... and simply relaxing into this unique Now.

지—그 모든 것들을 이 껴안음의 세계는 100% 포옹한다. 이미 껴안고 있다.

자신을 구원해주는 것은 따로 존재하지 않는다. 자신을 고쳐주는 것은 따로 존재하지 않는다. 자신을 밝혀주는 것은 따로 존재하지 않는다. 자신을 잃어버리도록 하는 것도, 자신을 초월하게 만드는 것도 따로 존재하지 않는다. 지금이라는, 기이하도록 특별한 순간뿐이다. 인간의 불완전함을 뚫고 비쳐드는, 영원토록 신성한 완전함. 스스로를 돕는 것을 통해 밝게 빛나는, 성공과 실패, 갈망과 좌절, 탈진과 항복까지 껴안으며 밝게 빛나는.

자, 이제 당신 자신을, 스스로를, 돕도록 하라. 더 나은 자신을 위해 힘을 몽땅 쏟아버리는 것을 멈추는 것, 오직 하나뿐인 지금 이 순간Now으로 천천히 빨려들어 가는 것―이것이 바로 **스스로를 돕는 것**self-help이다.

12

ON BEAUTY

Beauty isn't there in **what** you see. It's there in **how** you see.

There is a vast field of loving possibility where your presence meets the presence of the 'other'.

Yet there are not two presences, only one, just as fire never truly divides.

Beauty is not contained, see, but spills out through every crack and crevice in reality, gushing like an unstoppable river.

There are no others here; you are only meeting yourself.

See beautifully, then, see through the innocent eyes of awareness, and the world around you is suddenly beautiful. Your seeing changes everything. And leaves everything perfectly unchanged.

12

아름다움에 대하여
On Beauty

아름다움은 **당신이 보는 것**what you see에 있지 않다. 그것은 **당신이 보는 방법**how you see 안에 있다.

당신의 현재가 '다른 누군가'의 현재와 만나는 그곳 ─ 거기에는 사랑의 가능성이라는 광활한 들판이 펼쳐져 있다.

하지만 거기에 있는 현재는 두 개가 아니다. 단 한 개뿐이다. 타오르는 불길이 둘로 나누어질 수 없듯이.

기억하라. 아름다움은 어떤 것 안에 포함된 것이 아니란 사실을. 그것은 현실의 틈 사이로, 크레바스 사이로 흘러나온다는 사실을. 멈추지 않은 채 끊임없이 흐르는 강물처럼.

이곳엔 다른 누구도 없다. 당신이 만나는 것은 오직 당신 자신뿐이다.

아름답게 보라. 순수한 인식의 눈을 통해 보라. 그러면 당신을 둘러싸고 있는 세계가 갑자기 아름다워질 것이다. 어떻게 보는가에 따라 모든 것이 변한다. 시각이 바뀌지 않는다면 아무것도 바꿀 수 없다.

13

EVEN WHEN WE CANNOT HOLD OURSELVES

I was speaking with a young man about letting go of his ideas about the future, his images of how his life 'should' be, and embracing himself as he actually was, *feeling* his pain instead of running from it, living in the present, not in false hope.

He said, "Well Jeff, if there's only this moment, only now, and that's all there is… then I'm going to kill myself".

For a moment, he had lost all hope. Suicide seemed like the logical solution.

I stayed present. Listened. Validated his pain. Entered his world.

Discovering presence can be a shock to the system, can begin to reorganise the entire psyche, release deeply buried

13

우리가 우리 자신을 붙들어 둘 수 없을 때
Even When We Cannot Hold Ourselves

나는 한 청년과 미래에 대한 자신의 생각, 자신의 삶이 '이러이러해야 한다'고 만들어놓은 이미지를 그냥 놓아버리는 문제에 대해 얘기를 나누고 있었다. 또한 '있는 그대로'의 자신을 받아들이고, 문제로부터 도망치는 대신에 고통의 **감정**feeling을 그대로 느끼는 것, 거짓 희망이 아닌 지금 이 순간을 살아가는 것에 대해 이야기하고 있었다.

그는 말했다. "제프, 만약 이 순간밖에 없다면, **지금**now이란 것밖에 없다면, 그것뿐이라면… 나는 자살해버릴 겁니다."

당시에 그는 희망이라곤 없었다. 자살은 가장 논리적인 선택인 듯 보였다.

나는 현재에 머물러 있었다. 그의 말에 귀를 기울였다. 그의 고통을 인정했다. 그의 세계로 들어갔다.

현재를 발견하는 것은 시스템을 뒤집는 것이 될 수도 있다. 정신체계 전체를 재구성할 수도 있고, 깊이 감추어져 있던 느낌과 압박과 갈망과 두려움을 되살리는 것이 될 수도 있다. 나

feelings, urges, longings, fears. I understand that. I've been through it.

"Yes, it is *scary* to lose all your hope."

"I'm terrified."

"Where is that fear? Can you describe it to me? Can you feel it in your body now?"

"Yes. It's burning... Fiery... Here... in my chest."

"Would you be willing to stay right there for a moment, feel that power in your chest?"

Silence.

"It's hot... and I feel like... I feel like I want to **kill** someone. You know, I feel so **pissed** at you now. You've taken away everything from me, all my hope..."

I stayed present.

"I understand. Yes. So where do you feel that anger?"

"Here, in my belly, my throat, my chest..."

"What does it feel like, again?"

"It's like... Power. Like a volcano. Like... I could destroy the whole Universe."

"Yes. Yes. It's huge. You're feeling your own power. You don't have to deny it any more, or act on it, just feel it now, for a moment here; let's let it burn, honour it together".

"Wow. It's a lot."

는 그를 이해했다. 나 역시 경험한 것이었다.

"그래요, 당신의 희망을 깡그리 앗아가는 건 무서운 일이죠."

"나는 두렵습니다."

"그 두려움은 어디에 있죠? 그게 어디에 있는지 나한테 말해 줄 수 있어요? 지금 당신의 몸 안에 있다는 걸 느낄 수 있나요?"

"물론이죠. 맹렬하게… 타고 있어요… 여기… 내 가슴에서요."

"잠깐 동안 그 상태로 그냥 놔둬 볼래요? 당신의 가슴에 있는 그 힘을 느껴보세요."

침묵이 지나갔다.

"뜨거워요… 마치… 마치 누군가를 죽이고 싶다는 생각이 드는 것처럼요. 선생님께도, 지금 선생님께도 짜증이 나요. 선생님이 나의 모든 걸, 희망을 모두 빼앗아 가버렸으니까요…"

나는 현재에 머물러 있었다.

"이해합니다. 그럼, 그 화가 느껴지는 곳이 어디인가요?"

"여기요. 배, 목, 가슴…"

"거기에서 느껴지는 것을 비유한다면요?"

"그건… 에너지 같은… 화산과 같아요… 마치… 온 우주를 파괴할 수도 있을 것 같아요."

"그래요. 맞아요. 거대하죠. 그것은 당신의 힘, 당신의 에너지입니다. 당신은 지금 당신의 에너지를 느끼고 있는 겁니다. 그것을 더 이상 부정할 필요가 없어요. 그걸 그냥 느끼세요.

"It's yours. Just allow it. Allow those sensations in your belly, heart, throat. Breathe into them, through them..."

"I want to scream."

"Do it!"

"I.... I.... I hate life!"

"Louder!"

"I HATE LIFE! I HATE EVERYONE! I HATE MY PARENTS!"

"Yes! What else do you hate?"

"I HATE *YOU*, JEFF!"

Our eyes meet. A recognition. Love. Presence. ***Total acceptance***.

He bursts into tears, slumps in his chair, his body relaxes, he breathes deeply again.

His grief and rage had been met, for the first time ever I think, with love, understanding, acceptance. Something had been released, some tension, some trauma, something bound-up, something old. Something seemingly unlovable had been loved for the first time. Some new neural pathway had been forged. Something unconscious had come into conscious awareness, this open meditative space, and received kind attention and blessings. ***The seeker had received what it had***

지금 그걸 느끼세요. 지금 이곳, 이 순간에. 그것이 불타오르도록 놔두세요. 그리고 동시에 존중하세요."

"그냥 놓아두라고요?"

"그냥 놔두세요. 당신 거니까요. 그냥 허락하세요. 당신의 배, 가슴, 목에서 일어나는 감각들을 받아들이세요. 그리고 호흡하세요. 숨을 들이쉬고 내쉬세요. 당신의 호흡과 그것들이 함께합니다."

"소리를 지르고 싶어요."

"그럼 그렇게 하세요!"

"나는… 나는… 살고 싶지 않다!"

"더 크게!"

"나는 사는 게 싫어! 사람들이 모두 싫어! 아빠 엄마, 다 싫다고!"

"그래요! 또 싫은 거 없어요?"

"당신, 제프, 당신도 싫어!"

우리의 두 눈이 서로 마주쳤다. 인식, 사랑, 존재 — 온전한 수용이 일어났다.

그는 울음을 터뜨리기 시작했다. 의자 깊숙이 앉아 있었고, 온몸이 이완되었다. 그리고 깊은 호흡이 되살아났다.

그의 슬픔과 분노가 한 곳에서, 사랑과 이해로, 서로를 받아들이며 만났다. 이제껏 해보지 못한 경험인 듯 보였다. 뭔가가 풀려나고 있었다. 긴장이, 트라우마가, 결박당해 있던 것들이, 오랫동안 묵혀둔 뭔가가 모습을 드러냈다. 사랑할 수 없을 것

always been seeking.

"My God. My God. For the first time in my life, Jeff, honestly, for the first time, I feel... *alive*. I feel like... *myself.*"

It's amazing, the power of *just staying present*. Listening to what emerges. Doing less and trusting more. Allowing the other person to **go through what they have to go through**, without trying to fix or save them. Making it safe for them to be fully themselves, fully alive and fully messy, to express what they have to express, to feel as bad or as good as they need to feel.

Through the hate, to the love. Through thegrief, to the joy. Taking away the false hope, and perhaps leaving them with the dawn of a new hope. Trusting their individual process. Trusting in their ability to withstand powerful thoughts and feelings. Trusting this vast field of meditation, the benevolent field that holds us all, always, even when we cannot hold ourselves.

같던 뭔가를 처음으로 사랑하게 되었다. 뇌에 새로운 신경회로가 생겨났다. 무의식에 잠겨 있던 뭔가가 의식의 세계, 열린 명상의 공간으로 쑥 들어와 따뜻한 관심과 축복을 받았다. 구도자가 줄곧 찾아 헤맸던 그것이 쓰윽 나타나 구도자를 받아들인 것이다.

"이런, 이런 세상에! 이런 건 처음이에요, 제프. 정말이지, 이런 건 처음이에요. 느껴져요… **살아있다**는 것을요. 내 자신이… 느껴져요."

신기한 일이다. 단지 지금 이 순간에 머무는 것만으로도 생겨나는 힘. 들려오는 소리에 귀를 기울이는 것. 행위를 줄이고 믿음을 늘리는 것. 고치려고도 구하려고도 하지 말고 **상대가 통과해나가는 것을 그저 통과해나가도록 허용하는 것**. 그들을 온전히 그들 자신이 되도록, 온전히 살아있도록, 온전히 혼란에 빠지도록 편안히 놓아두는 것. 표현해야만 하는 것을 표현하게 하고, 나쁜 것이든 좋은 것이든 그들이 느낄 필요가 있는 그대로를 느끼도록 하는 것.

증오를 통과해 사랑에 이르는 것. 슬픔을 통과해 기쁨에 이르는 것. 거짓 희망을 버림으로써 새로운 희망의 새벽에 닿는 것. 사람들 개개인의 과정을 믿어주는 것. 강력한 생각과 느낌들을 견지하는 그들의 능력을 믿어주는 것. 이 드넓은 명상의 평원, 언제나, 우리 자신을 붙들어둘 수 없을 때조차 우리를 붙들어주는, 사랑으로 가득한 들녘을 믿어주는 것.

THE GRACE OF DISAPPOINTMENT

If you run from disappointment, you run from life itself.

Disappointment can soften the mind and open the heart. If you let it.

Don't be afraid.

When our hopes, dreams and expectations shatter, it can hurt like hell. When life doesn't turn out the way we'd hoped, disappointment can burn hot inside. The invitation? **Turn towards the burning place**. Actually feel the pain, instead of numbing it or running towards some new dream. It's more painful to run away, in the end. The pain of self-abandonment is the worst pain of all.

Break the addiction to 'the next experience'. Bring curious attention to that which you call 'disappointment'. Contact the fluttery sensations in the belly, the constricted feeling in

14

실망이라는 은총
The Grace of Disappointment

당신이 만약 실망감으로부터 달아난다면, 당신은 삶 자체로부터 도망치는 것이다.

실망은 마음을 부드럽게 만들어 줄 수 있고, 가슴을 열어 줄 수도 있다. 당신이 그것을 허용한다면.

두려워하지 말라.

우리의 희망, 꿈, 기대가 흩어질 때, 그 자체로 지옥 같은 경험일 수 있다. 삶이 우리가 희망하는 방향으로 나아가지 않을 때, 실망은 내면을 온통 태워버릴 수도 있다. 이때 필요한 것은? 바로 '초대'이다. **불타오르는 그곳으로 방향을 잡는 것이다.** 고통을 생생하게 느껴보라. 아무 소리도 하지 못한 채 가만히 있거나 새로운 꿈으로 달려가지 말고. 도망치는 것은, 결국 더 큰 고통을 가져온다. 자포자기의 고통은 가장 큰 고통이다.

'다음에 하게 될 경험'에 대한 탐닉을 깨라. 당신이 '실망'이라 부르는 그것에 특별한 관심을 쏟아보라. 복부에 느껴지는

the heart area, the lump in the throat, the fogginess in the head. Stay present with what's alive. Be with what's screaming for attention. Do not refuse the Now.

Turn towards this burning moment; this is true meditation. Breathe into the uncomfortable place. Don't abandon yourself now for a new imagined future. Don't leave yourself for the world of thought. Find your home in *what is*.

Let the mind chatter away today, but don't take it as reality. Disappointment is bringing you closer to yourself. To your breath. To the weight of your body upon the Earth. To the sounds of the afternoon. To the evening's song. To the sense of being alive. To a deep surrender to the imperfection of this human experience.

You've been lost in your head, friend. Return to your heart now. Soften into the moment. Weep out the old dreams. Return Home.

This moment is as it is. This moment as it is.

Let all expectations melt. Into silence. Into a new beginning.

Disappointment is the gateway.

펄떡이는 감각들, 가슴 언저리에서 일어나는 조이는 것 같은 감각들, 목구멍을 막는 덩어리, 머릿속을 채우고 있는 안개를 마주하라. 살아있는 것들과 함께하라. 관심을 기울이라고 소리 지르는 것들과 함께하라. **지금 이 순간**을 거부하지 말라.

불타오르는 이 순간으로 향하라. 이것이 진짜 명상true meditation이다. 불편한 곳으로 숨을 불어 넣으라. 지금 이 순간에 놓인 당신 자신을 버리고 새롭게 상상한 미래로 당신을 대체하지 말라. 당신 자신을 생각의 세계로 떠나보내지 말라. 당신의 **집**home을, 있는 그대로의 집을 찾으라.

오늘, 마음이 흩어지면 흩어지는 그대로 두라. 그러나 그것을 현실로 받아들이지 말라. 그것을 수습해놓는 것이 현실이 아니다. 실망은 당신 자신에게 더 가까이 가도록 한다. 당신의 호흡으로. 지구라는 행성에 놓인 당신의 몸, 그 몸의 무게로. 오후의 소리들로. 저녁의 노래들로. 살아있다는 감각으로. 인간의 경험이 얼마나 불완전한 것인지를 온전하게 받아들이는 그곳으로.

친구여, 당신은 당신의 머릿속에서 길을 잃었다. 이제 당신의 가슴으로 돌아오라. 이 순간으로 젖어 들라. 오래된 꿈들은 힘껏 울어 눈물로 씻어내 버리도록 하라. 집으로 돌아오라.

이 순간이 그때이다. 이 순간이, 바로, 그때이다.

모든 기대가 녹아 사라지도록 내버려 두라. 침묵 속에서. 새로운 시작 속에서.

실망은 **입구**gateway다.

15

I BREATHE WITH YOU

Do not look for love; do not wait for it; do not expect it on-demand. You will always feel incomplete, and the fear of 'loss of love' will rumble under your days.

Love is not a subscription service. Love is not a reward for good behaviour. Love is not something you 'deserve' or do not. It is your birthright; so find it within your own heart.

When you notice attention going outwards, when you notice the mind seeking, striving, manipulating, trying to understand, clinging, holding, ***stop***. Invite attention closer. Thank the mind for its hard work, and move attention to the sensations of your feet on the ground, the feel of the weight of your body as it is pulled towards the Earth. To the breath, so dependable, so ancient, rising and falling, rising and falling, like a wave in the vastness of your being.

15

나는 당신과 함께 호흡한다
I Breathe With You

사랑을 찾지 말라. 기다리지도 말라. 주문한 대로 배달이 될 거라 기대하지 말라. 당신은 늘 불완전함을 느낄 것이다. '사랑을 잃을 것'이라는 두려움이 하루도 거르지 않고 당신 주위를 어슬렁거리며 돌아다닐 것이다. 사랑은 온라인 서비스가 아니다.

사랑은 좋은 행동을 하면 보상으로 주어지는 것도 아니다. 사랑은 당신이 '존중하는' 뭔가가 아니다. 그렇게 하지도 말라. 사랑은 당신이 가지고 태어난 것이다. 그러니 당신의 가슴에서 그것을 찾으라.

당신의 관심이 바깥을 향할 때, 당신의 눈길이 마음을 찾고, 갈망하고, 조종하고, 이해하려 애쓰고, 매달리고, 붙잡으려 할 때, 멈춰라. 관심attention을 더 가까이로 초대하라. 힘든 일을 해준 마음에 감사하라. 그리고 당신의 두 발이 딛고 있는 땅에 대한 느낌, 그곳으로 관심을 이동시키라. 지구를 향해 끌어 당겨지는 당신의 몸, 그 무게에 대한 느낌으로 관심을 옮기도록

Invite attention to wash down through the throat, the chest, into the pit of the stomach; let it infiltrate the raw, tingly, fluttery, flickering, dynamically alive sensations there. Let attention drench your sorrow, your loneliness, that sense of abandonment you've been running from, pretending it wasn't really there. For a moment, provide a sanctuary for these ancient ones, these beautiful fragments of a great puzzle you started long ago, before the Big Bang, before time itself. Let this present scene of the movie of your life be sanctified with attention, with this kindly awareness called love. This is prayer.

I am here. I am here. And it's okay. Even though it doesn't feel okay, it's okay. My sadness is intelligent. My fear is ancient, and sacred, and worthy. My longing burns with life. Even my doubts are my kin. Nothing is wrong here; all is held in love.

Life is so short, yet love is infinite, and bountiful, and ever-present, and closer than the next breath. So do not look for love; do not wait for it; do not expect it on-demand. But know it. Know its presence, the intimacy of it. Feel it whispering in your ear...

하라. 호흡에 관심을 쏟으라. 오래도록 신뢰를 쌓아온, 오르고 내리는, 당신의 존재가 광활하게 펼쳐져 대양의 파도처럼 올라갔다가 내려오는─호흡에.

목을 통해, 가슴을 통해 씻겨 내려가 마침내 위장 속으로 빨려가도록 관심과 주의를 초대하라. 당신이 초대한 관심과 주의가 생생하고, 따끔거리고, 퍼덕거리고, 불안정하고, 역동적으로 살아있는 감각에 스며들도록 하라. 관심과 주의가 당신의 슬픔, 당신의 외로움, 당신이 도망쳐온 포기의 느낌에 흠뻑 젖어 들도록 내버려 두라. 잠깐 동안, 이 오래 묵은 것들에게, 우주가 탄생하기 전, 시간이란 것이 있기 전, 그 오래전 당신이 맞추기 시작했던 거대한 퍼즐의 아름다운 조각들에게 성스러운 공간을 제공하라. 당신의 삶이 담긴 영화에서 지금 이 순간의 장면이 관심 깊게, 사랑이라 불리는 인식으로 온화하게 정화되도록 놓아두라. 이것이 기도이다.

나는 여기에 있습니다. 나는 이곳에 있습니다. 그리고 아무 문제가 없습니다. 문제가 있다는 느낌이 드는 것조차, 문제 될 게 없습니다. 나의 슬픔은 명징합니다. 나의 두려움은 아주 오래되었고, 신성하며, 값진 것입니다. 나의 갈망은 삶과 함께 불타오릅니다. 나의 의심조차 나의 피붙이입니다. 여기 이곳에서 잘못된 것은 전혀 없습니다. 모든 것이 사랑 안에 놓여 있습니다.

삶은 너무도 짧다. 그러나 사랑은 영원하다. 너그럽고, 늘 존재하며, 곧 이어질 호흡보다 더 가까이에 있다. 그러니 사랑을

I breathe with you, my love. Every inhale, every exhale, and the spaces in-between. When you are on your knees, exhausted by life's chaos and uncertainty, I kneel with you. When you are exalted, held up high by this fickle world, I rejoice with you. When you feel lost, and you cannot go on, I have already found you. Here. Here, always here. I am so very near. I laugh with you, cry with you, bleed with you; your blood is mine. Your voice is my voice, your silence my silence, and I would go to the ends of the Earth to find you, to fight for you, to bring you home.

You cannot escape love; that is why you cannot grasp it.

And so if I had a prayer, it would already be answered; the prayer and the resolution as One; the gift given long ago.

찾지 말라. 기다리지 말라. 주문하면 배달되어 오는 것이라고 기대하지 말라. 하지만 알고 있으라. 지금 이 순간의 사랑을, 그 사랑의 친밀함을, 알라. 당신의 귀에 속삭여지는 사랑을 느껴보라.

나는 당신과 함께 사랑을 호흡합니다. 모든 들이쉬는 숨과 내쉬는 숨, 그리고 그 사이의 공간. 당신이 무릎을 꿇을 때, 혼란하고 불확실한 삶으로 지칠 때, 나는 당신과 함께 무릎을 꿇습니다. 당신이 더없이 즐거워질 때, 이 변덕스런 세계에 의해 높이 찬양될 때, 나는 당신과 함께 기쁨에 들뜹니다. 당신이 상실감에 사로잡힐 때, 그래서 계속 나아갈 수 없을 때, 나는 이미 그런 당신을 알고 있습니다. 여기, 이곳, 늘 여기 이곳에 있으니까요. 나는 너무나도 가까운 곳에 있습니다. 나는 당신과 함께 웃고, 당신과 함께 울며, 당신과 함께 피 흘립니다. 당신의 피는 나의 것입니다. 당신의 목소리는 나의 목소리이고, 당신의 침묵은 나의 침묵입니다. 나는 당신을 찾고자 한다면 지구 끝까지 갈 것입니다. 당신을 위해서 싸우고, 당신을 집으로 데려올 것입니다.

당신은 사랑을 벗어날 수 없다. 당신은 사랑을 움켜쥔 채 그것을 옴짝달싹 못하게 할 수 없기 때문이다.

내가 만약 기도를 올렸다면, 나는 이미 응답을 받은 것이다. 기도와 응답은 하나다. 이미 오래전에 주어진 선물이다.

THE BEAUTY OF YOUR NUMBNESS

Many people share with me that they feel numb, discon-nected, stuck, blocked, frozen, dissociated. Like they cannot feel anything at all.

Being *aware* of your disconnection, your dissociation, your alienation from feeling, is a massive step on the pathless path of healing. Ironically, you have to be very sensitive, awake and alive, to actually notice your numbness in the first place.

"I'm numb" is, on closer inspection, a story, a narrative, an interpretation by thought, a photograph in the mind, and not the actual reality. Come closer to the body. Where is the numbness in your body, right now (and there is only now)? Are there some parts that feel more numb than others? Notice that there must be areas that feel more alive for other areas to feel numb by contrast. Bring the warmth of your loving

16

'옴짝달싹 못하는 것'의 아름다움
The Beauty of Your Numbness

많은 사람들이 그들 자신이 느끼는 망연자실, 단절감, 갇히
거나 차단당한 기분, 얼어붙는 것 같은 느낌, 분리에 따른 불
안 등을 내게 얘기한다. 그들은 마치 아무것도 느낄 수 없는
것 같다고 말한다.

당신이 뭔가를 느끼는 것으로부터 단절되고, 분리되고, 격리
되어 있다는 사실을 인식하는 것은 치유라는 **'길 없는 길**pathless
path**'**을 향해 큰 보폭으로 내딛는 걸음이다. 이상하게 생각할는
지 모르겠지만, 당신이 맨 처음 해야 할 일은 옴짝달싹하지 못
하고 있는 당신을 명확히 인식하기 위해 예민한 감각으로 깨
어 있고 살아있어야 한다는 것이다.

"나는 옴짝달싹하지 못하고 있다"라는 것은, 꼼꼼하게 살펴
보면, 생각이 만들어낸 하나의 이야기, 하나의 해석에 지나지
않는다. 마음이 찍은 사진에 불과한 그것은, 진실로, 실재가 아

and curious attention to a 'numb' place. Now, drop the word 'numb' (it's a very loaded, judgemental label) and directly feel the raw physical sensations — or lack of sensations — there, moment by moment, without trying to 'feel less numb'. Dignify this area with curiosity and breath and the warmth of your loving attention. Go slow. Be patient. Bless whatever you find, and bless whatever you don't find.

Perhaps a 'numb' place is just a place that longs for your love, your curiosity, your non-judgemental presence. Perhaps it is a place in the body that's starved of attention and oxygen. Instead of trying to fix it, to make it 'come alive', can you slow down, and actually infuse it with your awareness? So you are *no longer numb to your numbness*, no longer disconnected from your disconnection, no longer dissociated from your dissociation. This is a massive step.

In the warmth of the sun's love, even the iciest of places can thaw. The way out of numbness is through.

And remember, if you are connected with your numbness, if you are aware of the empty place inside of you, if you can begin to lean into it, make room for it, give it attention, and

니다.

몸과 더 가까이 가보라. 당신 몸 안의 어디가 옴짝달싹하지 못하고 있는가? 바로 지금, 지금 이 순간, '아무것도 하지 못하는 곳'이 어디인가? 다른 곳보다 더 옴짝달싹 못한다고 느껴지는 부분이 있는가?

옴짝달싹 못하겠다고 느껴지는 영역과 달리 살아있다는 느낌의 영역은 어디인지를 점검해보라. '옴짝달싹 못하는' 그곳에 당신의 따뜻한 사랑과 특별한 관심을 부여해보라. 자, 이제 '옴짝달싹 못하다numb'라는 (무거운, 한낱 판단에 의해 생겨났을 뿐인) 단어를 염두에 두지 말고, 몸이 감각하는 생생한 느낌을—혹은 상실된 느낌을—느껴보라. '꼼짝하지 못하겠다는 느낌'을 떨쳐내려 하지 말고, 매 순간순간을 느껴보라. 이 영역을 유심히, 당신의 사랑과 관심으로 존중하며 지켜보라. 천천히 호흡하며 내려가라. 조급하지 않게, 느긋하게, 그곳으로 가보라. 당신이 찾아낸다면 그게 무엇이든 축복할 일이다. 당신이 아무것도 찾아내지 못한다 해도 축복할 일이다.

당신을 '옴짝달싹하지 못하게 한다는' 그곳은 어쩌면 당신의 사랑이, 무엇인지 알고 싶은 당신의 호기심이, **판단에 의존하지 않고 직접 느끼는 당신의 현재**non-judgemental presence가 갈망하는 바로 그곳일지 모른다. 어쩌면 그곳은 산소가 모자란 것처럼 관심이 결핍된 몸의 어딘가일지도 모른다.

그렇다면 그곳을 고치려 들 것이 아니라, '살아오게' 하기 위

breath, and compassion, and your precious time, *you are not numb at all*.

해 그곳으로 천천히 내려가 산소를 불어넣듯 당신의 관심을 불어넣는 것이 맞지 않을까?

그렇게 한다면 당신은 더 이상 옴짝하지 못하는 상태에 있지 않고, 단절에서 단절되지 않고, 분리에서 분리되지 않을 것이다. 이것은 엄청난 발전이다.

햇볕과도 같은 사랑의 따뜻함이라면, 세상에서 가장 차가운 곳도 녹아내릴 것이다. 꼼짝하지 못하는 것으로부터, 쓰윽, 길이 나타날 것이다.

잊지 말라. 당신이 만약 '옴짝달싹 못하겠다'는 느낌과 관련 있고, 당신 내면의 빈 곳을 알고 있다면, 그 안으로 스며들어 거기에 기댈 수 있는 공간을 만들고, 그것에 관심을 기울이고, 호흡과 연민과 귀중한 시간을 줄 수 있다면, **옴짝달싹 못하는 일은 당신에게 더 이상 일어나지 않을 것이다.**

17

WHY YOU HAVEN'T HEALED YET

Are you wondering why, after all these years, you haven't healed, awakened, transformed? Why your pain, confusion, doubts, sorrows, your deep longings and yearnings for home, are **still here**? Why, **by now**, your pain has not gone?

"I should have found the answers by now. By now, my sorrow should have disappeared. By now, I should be free from shame and fear. By now, I should be feeling more peaceful, clear, relaxed, awakened. By now, joy should be permanent, my natural state. By now I should be finished with suffering, done with doubt. By now I should be healed. What is wrong with me?"

Friend, **by now** is the biggest lie of all! There is no such thing as **by now**. There cannot be a **by now**.

17

당신이 치유되지 않았던 이유
Why You Haven't Healed Yet

수년 동안 당신이 바라던 치유도, 깨달음도, 변화도 일어나지 않은 이유가 궁금한가? 당신의 고통, 혼란, 의심, 슬픔, 집home에 대한 진한 그리움과 갈망들이 왜 여전히 지금도 계속될까? 지금도 여전히 당신의 고통이 사라지지 않는 이유는 무엇일까?

"지금쯤 나는 답을 찾았어야 합니다. 지금쯤은, 나의 슬픔이 사라졌어야 합니다. 지금쯤은, 나는 수치와 두려움으로부터 벗어났어야 합니다. 지금쯤은, 훨씬 평화롭고 명료하고 느긋하고 각성된 상태를 느껴야만 합니다. 지금쯤은, 기쁨이 영원히 지속되며, 그것이 나의 자연스러운 상태가 되어 있어야 합니다. 지금쯤은 고통이 끝나야 하고, 더 이상 의심하지 않아야 합니다. 지금쯤은, 치유가 되어 있어야 합니다. 그런데 왜 그렇지 않은 겁니까? 뭐가 잘못된 건가요?"

Think about it. There is only Now. Only this moment. No *by*.

Instead of clinging to ideas of how we should be *by now*, can we instead bow to what is actually here, honour our present experience, see its sacredness and its intelligence, celebrate *the way we are today*, even if we feel sad, even if we experience doubt, or anger, or fear, or loneliness? Then, we may experience a total paradigm shift...

From:

"Pain, sadness, anger, fear, why are you still here?
I wanted you to be gone by now!"

To:

"Ohhh! You are here! Yes! What an honour to meet you, here! You are life, too; a sacred wave of consciousness! There is no mind-made story that says you shouldn't be here! No demand for you to have disappeared 'by now'! You are not 'still' here, of course; there is no time. You are here, now, in this moment, only! Still here! I am still here, and we can be still, here! And in the stillness, in this oceanic field of Presence, we can truly meet..."

A thought or feeling does not arise to be healed, friend; it

친구여, '지금쯤'이라는 것은 모든 거짓말 가운데 가장 끔찍한 거짓말이다! '지금쯤' 같은 그런 건 없다. '지금쯤'이란 건 있을 수 없다.

생각해보라. 존재하는 것은 지금뿐이다. 단지 이 순간뿐. '쯤'이 아니다.

지금쯤은 어떻게 되어 있어야 한다는 식의 생각에 매달리지 말고, 지금 이곳에 실제로 존재하는 것에 인사를 보낼 수 있는가? 지금 이 순간 우리가 경험하는 것을 존중할 수 있는가? 그것의 신성함과 비밀스러움을 바라보고, **오늘 우리가 가고 있는 길**을 찬양할 수 있는가? 비록 슬픔이 느껴지더라도, 비록 의심과 분노와 두려움과 외로움을 경험하고 있더라도. 그렇게 할 수 있다면, 우리는 **인식체계의 총체적 변환**total paradigm shift을 경험할 수 있을지도 모른다.

지금 이곳에 두 통의 편지가 있다. 어떤 편지가 진짜 우리가 쓴 편지일까?

편지 1:

"고통, 슬픔, 분노, 공포야, 너희들 왜 아직 여기에 있는 거니? 지금쯤이면 너희들이 떠났기를 바랐는데!"

편지 2:

"하하하! 너희들 여기 있구나! 그래, 만나서 영광이야, 지금 여기서 말이야! 너희들 또한 살아있구나. 의식의 신성한 파도로! 너희들이 여기에 있지 않아야 한다고 말하는 건, 마음이 만들어낸 스토리에 불과해! 그런 건 없어! '지금쯤'이면 너희

arises to be held, lightly, in the loving arms of present aware-ness.

The bad news is that you will never get there. And that's also the best news of all. For you are here, always. You are always, already here. You will always be here, because here is there. Here is your home and your sanctuary. This is true healing: the surrender into Presence, the sense of being held by something infinitely greater than yourself. No time re-quired.

This is the great paradox of healing:

You are always healing (in time)

and

you are already healed (in the timelessness of Now).

들이 사라지고 없겠지 따위를 요구하지 않아! 너희들은 지금 이곳에 '여전히' 있는 것이 아니야. 당연히 있는 거지. '쯤'이니 '여전히'니 하는 시간은 없어. 존재하는 시간은 지금 이 순간 뿐이야. 그러니 너희들은 지금 이곳에만, 지금 이 순간에만, 있는 거야. 바로 이곳에! 나는 바로 이곳에 있고, 우리가 존재할 수 있는 곳도 바로 이곳이지! 바로 이 고요함 속에서, 대양과도 같은 현재 안에서, 우리는 진정으로 만날 수 있어!"

친구여, 생각이나 느낌은 치유되기 위해 일어나는 것이 아니다. 그것은 일어나기 위해, 지금 이 순간을 자각해 사랑으로 가득한 두 팔에 안기기 위해, 가볍게, 떠오르는 것이다.

하지만 '해로운 소식'이 당신에게 전해진다. 당신은 절대로 해내지 못할 것이라고. 하지만 그것은 무엇보다 '좋은 뉴스'다. 당신은 지금 **이곳**here에 있다. 언제나 그랬고, 언제나 그럴 것이다. 당신은 늘 이곳에 있을 것이다. 이곳에 있다는 것은 당신이 해낼 수 있다는 것을 뜻한다. 이곳이 당신의 집이고, 당신의 **성소**聖所다. 이것이 진정한 치유다. 현재로 빨려드는 것, 당신 자신보다 무한히 큰 뭔가에 의해 들어 올려지는 느낌. 지금 이 순간 외에 다른 시간이 필요하지 않다.

이것이 치유에 관한 위대한 역설great paradox이다.

당신은 언제나 치유되고 있는 중입니다 (살아있는 동안).

그리고

당신은 이미 치유되었습니다 (지금이라는 영원 속에서).

18

WHEN A FRIEND WANTS TO DIE

When a friend feels 'done' with this life, when their world no longer makes sense, your simple listening can be the greatest medicine of all.

Cry with them. Wonder with them. Be silent with them. Be certain or uncertain with them. Witness them as they are today. Look into their eyes. Tell them you love them, and you would love for them to stay around. Validate their feelings, however painful. Help them feel acknowledged in this world. Saturate their experience with listening.

They are going through a crisis of identity; this is not the end, this is not the final scene, only a cry for support, a heart dialling another heart. Don't offer clever answers now. Offer yourself. Don't preach and teach and sermonise. Don't judge them, or make them feel wrong for thinking their thoughts

18

친구가 죽기를 원할 때
When a Friend Wants to Die

친구가 만약 이번 생이 '다 끝났다'는 느낌을 받고 있다면, 세상을 더는 이해 가능한 것으로 받아들이지 못한다면, 그들의 말에 가만히 귀를 기울여주는 것이 가장 효과적인 약이다.

그들과 함께 울라. **경이감**Wonder을 그들과 함께하라. 그들과 함께 침묵에 잠기고, 명확한 것이든 명확하지 않은 것이든 그들과 함께 나눠 가지라. 오늘의 그들로 그들을 지켜보고, 그들의 눈으로 바라보라. 그들에게 사랑한다고 말해주라. 당신의 사랑이 그들을 떠나지 않도록 만들 것이다. 그들이 아무리 고통을 겪고 있다 하더라도, 그들이 느끼는 감정들을 인정해주라. 그들이 이 세상에서 인정받고 있다고 느낄 수 있도록 도와주라. 그들이 겪은 것들로 당신의 귀를 채우라.

그들은 정체성의 위기를 통과해 가고 있는 중이다. 이것은 끝이 아니다. 이것은 마지막 장면이 아니다. 단지 지원을 요청하는 것일 뿐, 다른 누군가에게 전화를 걸고 있는 것이다. 영리한 답변 같은 것은 생각하지 말라. 당신 자신으로 충분하다.

or desiring what they desire. Embrace them. So they do not feel alone. So they can touch upon their own courage. Their capacity to withstand painful feelings and go on. As the sky withstands the fiercest storms, and goes on.

When a friend feels 'done' with this life, when their world no longer makes sense, love them even more! Bow to their honesty, their courage in telling the truth; and celebrate the vast intelligence in them that's finally 'done' with all the pretending and the lies. Fierce patience is required here: a new friend is being born; the old one was too small. It's painful and scary to shed skin, but it's ultimately more painful to live in old skin.

The ground is sacred now because you are present with your friend as they touch into their sacred depths and cry out to the gods, "I am done with this life!"

Hopelessness is a crucible; there is always new hope in Presence.

설교하려고도, 가르치려고도, 충고하려고도 하지 말라. 그들을 판단하지 말라. 그들에게 자신들의 생각이 잘못되었다고, 자신들의 갈망이 잘못된 것이라는 느낌을 줄 뿐이다. 그들을 껴안으라. 그때 그들은 혼자라는 느낌에서 벗어난다. 그때 그들은 그들이 지닌 용기와 닿을 수 있다. 그때 고통스런 느낌들과 마주하고 견뎌내는 그들의 능력이 발휘된다. 하늘을 보라. 하늘은 언제나 가장 맹렬한 돌풍과 마주하고 견뎌낸다.

친구가 만약 이번 생이 '다 끝났다'는 느낌을 받고 있다면, 세상을 더는 이해 가능한 것으로 받아들이지 못한다면, 그들을 더욱 사랑하라! 그들의 정직함에, 진실을 말하고 있는 그들의 용기에 경의를 표하라! 모든 위선과 거짓말과 함께 마침내 '종료된' 그들의 드넓은 지성을 축하하라.

지금 이곳에 필요한 것은 맹렬한 견딤이다. 새로운 친구가 태어나고 있다. 허물을 벗는다는 것은 고통스럽고 무서운 일이지만, 죽은 허물 안에서 살아가는 것은 더 고통스럽고 끔찍한 일이다.

지금 두 발을 딛고 있는 땅이 신성한 것은 당신이 당신의 친구와 함께하기 때문이다. 그들이 밑바닥까지 닿아 있기 때문이고, 그곳이 신성한 심연이기 때문이다. 그곳에서 그들이 "나는 이제 이 거짓 삶을 끝내렵니다!" 하고 신에게 외치고 있기 때문이다.

희망이 없다는 것은 끔찍한 일이다. 그러나 **현재**Presence에는 늘 새로운 희망이 있다.

19

WE ALL HAVE TENDER PLACES

It's easy to say "I love you". It's easy to talk about love, and presence, and awareness, and a deep acceptance of what is. It's easy to teach, to say things that sound true, and good, and spiritual.

But they are just words. There is a world before words.

When anger surges, as it will, can you stay close, and not numb it, or lash out? When fear bursts in the body, can you breathe into it, and not fuse with it, or run away into stories, but stay right in the middle? When you feel hurt, rejected, unloved, abandoned, can you make room for that feeling, welcome it in the body, bow to its intensity, its fire, its presence, and not attack, or act out, or call people names? Can you commit to not abandoning yourself now that you need your own love the most?

It's easy to talk about love. It's easy to teach and preach.

19

우리는 모두 부드러운 곳에 있다
We All Have Tender Places

"난 널 사랑해"라고 말하는 건 어려운 일이 아니다. 사랑에 대해, 현재에 대해, 인식에 대해, 그리고 뭔가를 깊이 받아들이는 것에 관해 얘기하는 건 쉽다. 가르치는 것도, 뭔가가 참되고 훌륭하고 영적이라고 말하는 건 쉽다.

그러나 그런 건 그저 말에 불과하다. 말 이전에 한 **세계**world 가 있다.

분노가 밀려들 때, 그때에도 당신은 떠나지 않고 그걸 끌어안을 수 있는가? 옴짝달싹하지 못하는 상태에 빠지지 않을 수 있는가? 분노를 그대로 폭발시킬 수 있는가? 두려움이 온몸에서 일어날 때, 당신은 그 안으로 호흡을 불어넣고 그것과 함께할 수 있는가? 마음이 지어낸 이야기들로 달아나면서도 두려움 한가운데에 머물 수 있는가? 당신이 상처받았다는 느낌이 들 때, 거부당하고 사랑받지 못하고 버림받은 느낌이 들 때, 당신은 그 느낌을 온전히 감각하고 온전히 받아들이는 **공간** room을 만들어낼 수 있는가? 그 강렬한 불길이 이는 현재에 경

Until our old wounds are opened. Until life doesn't go our way. What triggers you is inviting you to a deeper self-love. Can you see?

There is no shame in this: **We all have tender places**.

182 19. WE ALL HAVE TENDER PLACES

의를 표할 수 있는가? 그 느낌을 없애려 들지 않고, 온전히 실행할 수 있는가? 당신이 당신 자신의 사랑을 가장 필요로 하는 지금, 당신 자신을 포기하지 않는 것에 온 힘을 다할 수 있는가?

사랑을 말하는 것은 어렵지 않은 일이다. 가르치고 설교하는 것도 어려운 일이 아니다. 옛 상처들이 터져 나오기 전까지는. 인생이 뜻대로 풀리지 않는 일이 일어나기 전까지는. 당신이 방아쇠를 당기는 것이 당신을 더 깊은 자기애self-love로 초대한다. 당신이 알아야 하는 것은 이것이다.

여기에는 부끄러워할 것이 없다. 우리는 모두 온화하고 부드러운 곳places을 가지고 있다.

20

RELATIONSHIP YOGA

The healthiest relationships are the honest ones, the ones grounded in Presence, not fantasy, false promises or unconscious hope. Where two souls can share their authentic, real-time, embodied selves with each other, reveal their deepest truths — raw, messy, unresolved, unfinished and rough at the edges — and continually let go of their preconceived, conditioned ideas about how they 'should' be. The relationship is continually renewed in the crucible of intimacy. There may be ruptures, misunderstandings, intense feelings of doubt, anger, fear, anxiety and groundlessness along the way, yes, of course, but there is a mutual willingness to face this mess as it arises. To be vulnerable. To say "I hurt, I am in pain", and not blame the other for that pain. To say "I need some support" but not demand it of the other. To share desires and hopes and longings and dreams and not command that the

관계라는 요가
Relationship Yoga

가슴 깊은 곳에서 맺어지는 관계들이 가장 정직한 관계이고, 그 관계들은 판타지나 거짓 약속이나 무의식적인 희망이 아니라 **현재**Presence에 뿌리를 두고 있다.

두 사람의 영혼이 온전하고, 동시에 실시간으로, 서로 본연의 모습 그대로를 공유하는 곳에서 그들의 가장 깊은 진실이—날것 그대로, 혼란스럽고, 풀리지 않은, 끝나지 않은, 거칠어진 그대로—드러난다. 그리고 거기에서 그들은 이렇게 저렇게 '되어야만 한다'고 미리 설정한, 조건화된 생각들을 놔줄 수 있다.

관계는 친밀감이라는 '혹독한 시련의 장' 안에서 계속 새로워진다. 거기에서 붕괴가 일어날 수도 있고, 오해가 일어날 수도 있다. 의식과 분노와 두려움과 걱정에 대한 느낌들이 강렬해질 수도 있다. 도중에 **토대가 사라진 것**groundlessness 같은 느낌이 일어날 수도 있다. 당연하다.

그러나 거기에는 동시에 이런 혼란들을 기꺼이 맞서려는 상

other should see things in the same way. To receive their 'no' and their 'yes' too, even if it hurts. To stay in the crucible of transformation; to look with wide open eyes together at the present rupture, not turning away, or clinging to 'the way it used to be' or following other people's ideas about how things 'should' be. To let second-hand concepts of happiness burn up. To sit together sometimes in the rubble of shattered dreams and expectations, plans and hopes, and work towards finding a place of reconnection, repair and reconstruction. This is the courageous and often intense work of relationship.

To connect, even if we have to begin by admitting present feelings of disconnection. This is a relationship that is alive. A relationship that makes space for our deepest longings, fears, pains, yet does not expect the other to resolve these, to fix us or to take the hurt away. A relationship that asks the other to be a witness and a midwife for our own healing. And offers that same gift in return.

To inspire each other to find our own happiness. Even if that means letting go of or 'breaking up' the relationship in its current form. Love holds the other lightly, it does not cling or attempt to control. It only wants the best for the oth-

호 간의 의지 또한 존재한다. 신체적으로나 정신적으로 유약하다는 것. "나는 상처를 입었어, 난 고통 속에 있어."라고 말하는 것, 그러면서도 그 고통을 상대의 탓으로 돌리지 않는 것, "난 뭔가 도움이 필요해." 하고 말하면서도 상대에게 그것을 요구하지 않는 것. 욕망과 희망과 그리움과 꿈을 공유하면서도 상대에게 자신과 똑같은 방식으로 보라고 명령하지 않는 것. '노'든 '예스'든 상대를 그대로 받아들이는 것, 그렇게 함으로써 설사 상처를 입더라도 기꺼이 받아들이는 것. 탈바꿈이라는 혹독한 시련의 장에서 도망치지 않는 것. 현재의 붕괴를 드넓게 열린 눈으로 함께 바라보는 것, '늘 그래왔던 익숙한 방식'을 고집하지 않고 '이렇게 저렇게 되어야 한다'고 사람들이 설정해놓은 생각들에 따라가지 않는 것. 행복에 대해 누군가가 정해놓은 개념들을 태워버리는 것. 때로는 흩어져버린 꿈과 기대와 계획과 희망의 잔해들 속에 함께 앉아 있는 것, 그리고 다시 연결되고 바로잡고 재건할 곳을 찾아내기 위해 함께 나서는 것 — 이것이 용기로 가득한 관계이며, 관계를 견실하게 만들어내는 일이다.

연결은, 단절되어 있다는 지금의 느낌을 그대로 받아들임으로써 시작된다. 이것이 살아있는 관계이다. 우리의 가장 깊은 곳에 존재하는 갈망과 두려움과 상처를 위해 그것들이 머물 수 있는 공간을 만들어주는 관계는 상대가 그것들을 해결하거나 우리를 고쳐주거나 상처를 없애주기를 바라지 않는다. 상

er, only wants them to step into their power, live their fullest life, find their deepest joy, follow their original path, learn to love their bodies and their own deepest feelings and desires, and find new ways to take care of themselves.

'I love you, and I want you to flourish.'

Relationship can be the ultimate yoga, yes, an everdeepening adventure and rediscovery of ourselves and each other, rediscovering ourselves in the mirror of each other, a continual letting-go and a meeting, a dance of aloneness and togetherness, not losing ourselves in either extreme but resting and playing somewhere in the middle. Sometimes coming together, sometimes moving apart. Closeness and space. Intimacy with other, intimacy with self. Breathing in, breathing out. Morning and evening. Birth, and death.

Relationship is not a place we reach, a point of arrival, a destination; it is alive, and forever a point of departure, a beginning, each day. We can only start together, here, and there is joy in that beginning. There is excitement in the not knowing. There is life in the continual death of expectations. Staying close to a healthy fear of loss. Staying near to the

대에게 목격자가 되어 달라고, 우리 자신의 치유를 위한 산파가 되어 달라고 청하는 관계이다. 그리고 같은 선물을 주고받는 관계이다.

우리 자신의 행복을 찾도록 서로에게 영감을 준다는 것은 그냥 내버려 두는 것이 될 수도 있고, 지금의 상태에서 관계가 '무너지는' 것이 될 수도 있다. 사랑은 상대를 그저 가볍게 잡아주는 것이다. 매달리거나 조종하려 들지 않는 것이 사랑이다. 사랑은 그저 상대가 최선의 상태가 되기를 원하는 것이다. 서로의 힘이 발현되고, 충만한 삶을 살고, 가장 진한 기쁨을 발견하고, 본연의 길을 가고, 서로의 몸과 그들만의 깊은 느낌과 욕구를 사랑하도록 배우고, 그들 자신을 돌보는 새로운 방법을 찾는 것이다.

'나는 당신을 사랑합니다. 그리고 나는 당신이 더욱 빛나기를 바랍니다.'

관계는 궁극의 요가가 될 수 있다. 그렇다. 관계의 요가는 영원히 깊어지는 모험, 우리 자신과 서로의 재발견, 우리 자신이 서로를 바라보는 거울이 되는 것, 놓아줌과 만남의 연속, 홀로됨과 함께함의 춤이다.

관계의 요가는 극단의 둘로 나누어지더라도 우리 자신을 잃지 않는 것, 그러면서 그 한가운데에서 휴식하고 즐기는 것이다. 때로는 함께하고, 때로는 각자가 행한다. 더없이 밀착되기도 하고, 충분한 간격을 두기도 한다. 상대에게 친밀하기도 하

groundlessness of things without losing ourselves in that groundlessness. Finding safety in the uncertainty. Breathing in, and breathing out.

To see another's exquisitely delicate heart and to let your own soft heart be seen.

In the seeing, there can be healing, transformation, great beauty. We can be therapeutic vessels for our brothers and sisters. We can bring each other medicine, encouragement and great companionship on this sometimes lonely path of coming alive before we die.

And maybe it takes a lifetime to discover: The One you always longed for was actually deep inside of you from the beginning. And to have that One reflected by another — a partner, a friend, a lover, a therapist, or an animal, a tree, a mountain, the moon or the Vastness of the Cosmos — even if it's only for a moment...

...well, then you will know heaven on earth.

고, 자신에게 친밀하기도 한다. 들이쉬는 숨, 내쉬는 숨. 아침과 저녁. 탄생, 그리고 죽음.

관계는 우리가 다다르는 곳, 도착지점, 목적지가 아니다. 그것은 살아있는 영원한 출발점, 매일매일의 시작이다. 우리는 함께, 여기서, 출발할 수 있을 뿐이다. 여기에는 시작하는 즐거움이 존재한다. 아직 알지 못하는 것에 흥분이 일고, 기대하는 것들을 지속적으로 버리는 것에 삶이 있다. 상실이라는 건강한 두려움을 향해 가까이 다가가는 것, 토대를 잃은 것들 속에서 자신을 잃지 않고 그 '토대 잃음groundlessness'에게로 가까이 다가가 머무는 것, 불확실성 안에서 안락함을 찾아내는 것, 숨을 들이쉬고 내쉬는 것 — 이것이 관계이다.

다른 사람의 특별하고 섬세한 마음을 보는 것, 그리고 당신 자신의 부드러운 마음이 보이도록 하는 것.

보는 것에 치유와 변화와 위대한 아름다움이 있을 수 있다. 우리는 우리의 형제와 자매들에게 치유의 피를 수혈할 수 있다. 죽음이 찾아오기 전 때때로 맞이하게 되는 이 외로운 행로에 우리는 서로에게 격려와 참된 우정을 생생하게 안겨줄 수 있다.

그리고 그것을 발견하는 데에는 평생이 걸릴 수도 있다. 당신이 늘 갈망했던 것, 바로 그 자체일 뿐 다른 것일 수 없는 일자—者, The One — 그것은 처음부터 당신의 내면 깊숙한 곳에 있었다는 사실을. 그리고 그것은 다른 무언가에 투영되었다는

사실을. 파트너로, 친구와 연인으로, 치료사로, 혹은 동물과 나무와 산과 달, 우주의 광대함으로. 잠깐이라도…

　… 하지만, 당신은 알게 될 것이다. 천국은 지상에 존재한다는 것을.

WHEN WE PUSH FEELINGS AWAY

In meditation, when a wave of feeling comes to visit — a grief, a fear, an unexpected anger or melancholy — can you stay present with that wave, breathe into it, let go of trying to 'let go' of it, and simply let it be, let it live, let it express itself right now within you? Can you notice the impulse in you to resist it, refuse it, distract yourself from it and move away from your experience? Don't judge or shame yourself for that impulse either, for wanting to have a different experience than you're having — it's an old habit, this urge to discon- nect, this impulse to flee, this addiction to 'elsewhere'.

But see, today, if you can stay very close to 'what is', see if you can actually connect with the visiting feeling, gently lean in to your experience as it happens. Instead of shutting down, moving away, denying the energy in the body, can you

21

우리가 느낌들을 밀쳐낼 때
When We Push Feelings Away

명상을 하면서 슬픔이나 두려움, 예기치 못한 분노나 우울한 느낌이 파도처럼 밀려들 때, 당신은 그 파도와 함께 현재에 머무를 수 있을까? 당신은 그 느낌들 안에서 호흡하고, 그 느낌들을 '흘러가도록' 놔줄 수 있을까? 그 느낌들을 있는 그대로, 살아있는 그대로 놔줄 수 있을까? 그 느낌들이 지금 이 순간에 고스란히 표현되도록 어떤 개입도 하지 않고 내버려 둘 수 있을까? 당신 안에서 일어나는 그 느낌들에 대한 저항과 거부를, 그 느낌들과 당신을 분리시키고 당신의 경험으로부터 도망치려는 충동을, 당신은 인지할 수 있는가?

이제껏 당신이 해온 것과 다른 경험을 하고 싶다면, 그런 충동에 대해 당신 자신을 판단하거나 수치스러워하지 말라. 판단하고 수치스러워하는 것은 오랜 습관에 불과하며, 단절을 강요하고, 도망을 자극하는, 지금 이곳이 아닌 '다른 어느 곳'에 중독된 것이다.

gently open up to it? Can you flush it with curious attention? Let it move in you? Stay present throughout its life cycle, as it is born, expresses what it has to express, and falls back into Presence, its oceanic home?

All feelings are only looking for a home in you. Unfinished, stuck feelings, energies that have been resisted, pushed away, denied, banished, do not actually disappear. They live on in the darkness of the Unconscious, homeless and hungry for love, pulling the strings in our relationships, our bodies, our work in the world, getting in the way of our joy. Screaming for attention, deep down in the Underworld, they sap and drain our vitality and self-expression, cause us to become re-active, compulsive and obsessive, depressed and anxious, and ultimately affect our physical health... all in their attempts to get us to listen.

Until one day, deep in meditation, perhaps, we remember, all feelings are sacred and have a right to exist in us, even the messiest and most inconvenient and painful ones. And we remember to turn towards our feelings instead of running away. To soften into them. To make room for them instead of numbing them out or ignoring them.

오늘을, 지금 이 순간을, 보라. '있는 그대로'와 가장 가까이 머물기를 원한다면, 당신을 찾아온 느낌과 실제로 연결될 수 있는지를 보라. 그것이 일어나는 그대로, 당신의 경험 안으로 부드럽게 스며들도록 하라. 문을 닫아걸지 말고, 달아나지 말고, 당신의 몸 안에 깃든 에너지를 부정하지 말고, 그것을 향해 부드럽게 문을 열라. 그렇게 할 수 있는가? 오묘한 관심으로 그것이 빛을 발하도록 할 수 있는가? 그것이 당신 안으로 들어올 수 있도록 가만히 놔줄 수 있는가? 그것이 살아있는 동안 현재에 머물러 있도록 하라. 태어난 그대로, 그것을 표현해야 하는 그대로 표현되게 하라. 그리고 드넓은 바다와도 같은 **집**home ─ **지금 이 순간**Presence으로 돌아오게 하라.

모든 느낌들은 오직 당신 안에 있는 집을 찾는 것이다. 끝나지 않은, 고립된 느낌들, 저항에 부딪힌 에너지들, 밀쳐내고, 부정당하고, 거세된 에너지들은 실제로는 사라지지 않는다. 그것들은 **무의식**Unconscious이라는 어둠 속에서 살고 있다. 집도 없이, 사랑에 주린 채로, 우리의 관계와 몸과 세상의 일들에 연결된 줄을 끌어당기고, 우리의 즐거움과 어떻게든 닿으려 애쓰면서 말이다. 깊디깊은 지하세계에서 관심을 끌기 위한 비명은 우리의 생명력과 자기표현을 물에 젖은 솜처럼 무력화시킨다. 우리의 관심을 돌리고, 강압하고, 억제하고, 우울과 근심에 빠뜨리고, 결국은 육체적인 건강에까지 영향을 미친다. 그들의 모든 시도는 우리에게 귀를 기울이도록 만든다.

The hungry ghosts, these lost children, now fed with our love, our warm attention, our curiosity and Presence, now given a holding environment within us, can finally come to rest. They no longer need to pull the strings in our lives. They now have the warmth and empathy they always longed for.

So much of our precious life force, our prana, our sacred energy, is spent on this Sisyphean task of pushing our feelings away, trying to make them go 'somewhere else'. But where would they go? There is only you. When you push them away, you only push them further into yourself.

So much creativity is released, so much relief is felt, when we break this age-old pattern of selfabandonment and repression, go beyond our fearful conditioning, and try something totally new: staying close to feelings, as they emerge in the freshness of the living moment, waving to us, calling to us, seeking their true home in our heart of hearts.

어느 날, 명상에 깊이 잠긴 채로 우리는 기억할지 모른다. 모든 느낌들이 신성하다는 것을. 모든 느낌들이 우리 안에 존재할 권리가 있다는 것을. 가장 혼란스럽고, 가장 불편하며, 가장 고통스런 것이라 하더라도. 그리고 우리는 도망치는 대신에 우리의 느낌들을 향해 몸을 돌려야 한다는 사실을 기억하게 될 것이다. 그들 안으로 부드럽게 스며들어 가야 한다는 것. 그들에게 반응하지 않거나 무시하지 않고 그들을 위해 **방**room을 마련해놓아야 한다는 것.

우리의 사랑과 따뜻한 관심, 호기심, 그리고 현재라는 시간을 먹고 자라난 굶주린 영혼들, 이 길 잃은 아이들은 우리 안의 안온하게 마련된 집에서 마침내 휴식을 취하게 될 것이다. 그들은 더 이상 우리의 생명줄을 잡아 끌어당길 필요가 없다. 그들은 이제 늘 갈망했던 온기를, 공감을 가지게 된 것이다.

풍부하게 존재하는 값진 생명력, **프라나**prana,* 우리의 신성한 에너지는 우리의 느낌들을 밀어내는, 우리의 느낌들을 '다른 어딘가로' 떠나보내려는, 끝없이 반복되는 시시포스**의 허망한 형벌에 의해 빠져나간다. 하지만 그들이 가는 곳은 어디일까? 거기엔 당신뿐이다. 당신이 그들을 밀어낼 때, 당신은 그들을 당신 자신 속으로 더 멀리 밀어 넣을 뿐이다.

---

* 힌두 철학에서 모든 생명체를 존재하게 하는 힘.
**그리스 신화에 나오는 코린트의 왕으로, 제우스를 속인 죄로 지옥에 떨어져 바위를 산 위로 밀어 올리는 벌을 받았다. 그가 밀어 올리는 바위는 산 꼭대기에 이르면 다시 아래로 굴러떨어지기 때문에 그는 영원히 이 일을 되풀이하였다.

우리가 해묵은 자포자기와 억압의 패턴을 부숴버릴 때, 너무도 많은 창조력이 드러나고, 너무도 많은 안도의 느낌이 일어난다. 두려움에 사로잡히는 패턴에서 벗어나 완전히 새로운 뭔가를 시도해보라. 우리가 감지하는 느낌들은 살아 숨 쉬는 지금 이 순간의 신선함 속에서 일어난다. 그 느낌들에 가까이 다가가라. 그들은 우리를 향해 파도처럼 다가오고, 우리를 부르고, 우리들 마음의 한복판에 존재하는 진짜 집을 찾고 있다.

22

YOUR GREAT PROTECTOR

Anger is life, a powerful expression of the vital life force that infuses and flows through and animates all things, and must be honoured as such.

Of course, we don't want to be ruled by our anger! We don't want anger to speak for us, put words in our mouths or control our bodies and behaviours. We want to have space around our anger, be able to use it consciously, as a tool, when necessary and appropriate and kind. We don't want to be consumed by it, identified with it, blocked by it, or lose ourselves to it. We want a healthy — and even loving — relationship with this most powerful and fiery of friends.

When we try to be 'spiritual' and suppress our anger, when we push it deep down into our bodies and into the waiting room of the unconscious, it festers there and wreaks havoc

22

당신의 위대한 보호자
Your Great Protector

분노는 곧 삶이다. 그것은 살아있음을 드러내는 강력한 표현으로, 만물에 영향을 미치고, 만물에 흘러들며, 만물을 움직이게 한다. 그 자체로 존중되어야 할 감정이다.

물론, 우리는 분노에 지배당하기를 원하지 않는다! 우리는 분노에 찬 발언을 늘어놓고 싶다거나 그런 말들을 입에 담고 싶어 하지도 않는다. 분노에 몸과 행동이 조종당하기를 원치 않는다. 우리는 우리의 분노에 공간을 부여해주고 또렷하게 의식하면서 그것을 사용할 수 있기를, 말하자면 도구로 사용할 수 있기를 원한다. 필요한 분노, 적절한 분노, 부드러운 분노로 말이다. 우리는 분노에 의해 진이 빠지고, 분노하는 사람으로 정체성이 만들어지고, 분노에 의해 고립당하고, 분노에 휘말려 자신을 완전히 잃어버리는 걸 바라지 않는다. 우리는 이 강력하고 맹렬한 친구와 건강한──나아가 사랑으로 충만한──관계를 맺기를 바란다.

with our immune systems. We no longer 'have' anger. Anger 'has' us. Anger is no longer a feeling that comes and goes. We *are* angry now; anger is in our bones, we are identified with it. We find ourselves perhaps exploding in aggression and rage in our search for relief from the pressure within. Or maybe we become passive-aggressive, simmering quietly with resentment and hostility towards the world and others — the neighbours, politicians, family members, our partners. We find other unconscious ways to express or deflect from the anger: lying, blaming, sarcasm, complaining, or simply giving others 'the silent treatment'. All ways to avoid ourselves. We are still angry inside. Even if we think we are "spiritual" and "beyond anger".

The anger never really goes away, you see, it just finds new and creative ways to move.

There is a healthy, sacred middle between numbing our anger on the one hand, and habitually acting it out and hurting others on the other hand. Between *repression*, pushing the anger down, and unconscious, reactive *expression*, pushing the anger out in search of relief.

In the middle, which is the sacred realm of meditation,

우리가 분노를 압도하려 할 때, 우리가 분노를 우리의 몸 안저 깊은 무의식의 대기실로 밀어 넣으려 할 때, 분노는 그곳에서 더욱 기승을 부리다가 마침내 면역체계에까지 대혼란을 일으킨다. 우리는 더 이상 분노를 '가지지' 못한다. 분노가 우리를 '가져버리기' 때문이다. 분노는 더 이상 찾아오거나 떠나가는 느낌이 되지 못한다.

지금 이 순간 우리는 분노다. 분노는 우리의 뼈에, 살에, 세포에 고스란히 존재한다. 분노가 우리의 정체성이다. 우리의 내면에 가해지는 압박을 풀어내기 위해서는 공격성과 격분에 휩싸인 우리 자신을 살펴보아야 한다. 그렇지 않으면 우리는 세상과 타인들—이웃, 정치가, 가족, 배우자—에 대한 원망과 적대감을 은밀하게 터뜨리는 **수동적 공격성향**passive-aggressive*을 가질 수도 있다.

우리는 분노를 표현하거나 방향을 돌리는 다른 종류의 무의식적인 방법을 찾아낸다. 거짓말하기, 비난하기, 빈정대기, 불평하기, 혹은 그저 상대를 '묵살해 버리기' 같은. 이 모든 방법들이 우리 자신으로부터 고개를 돌리는 것이다. 그래 봐야 우리의 내면에는 여전히 분노가 존재한다. 우리가 아무리 '영적'이라고 생각하고, '분노를 넘어섰다'고 생각해봐야 소용이

---

* '수동공격'은 소극적이고 간접적인 방법으로 자신의 불만이나 분노를 전달하는 것으로, 주로 상대가 너무 강하거나 그 사람과의 관계가 나빠지는 것을 원하지 않을 때, 혹은 자신이 피해를 보지 않기 위해 상대의 기분을 거슬리게 하는 방식으로 분노를 표현하는 경우를 가리킨다.

we can breathe, and we can begin to actually feel our anger deep inside our bodies. We can come out of our minds — out of the drama in the head, the blame and the attack on others and the revenge fantasies — and go right into our own bellies, chests, throats, solar plexus, head. Go right to the core of the aliveness, to the raw fiery sensations of the present moment. The intense, pulsating, throbbing, shuddering, fluttering, tickly, hot, fizzing sensations!

And we can inhale and exhale into them, bring our warm presence there, let them move in us, bless the wonderful uncontrollable mess of our bodies. We can drench 'the angry child' inside with the love he or she so desperately needs.

We can slow down and **respond** lovingly to our anger instead of unconsciously **reacting** to it.

And underneath the anger, if we slow down, and breathe, and pay attention, we may simply find a vulnerable, fragile human heart. A sadness. A disappointment. An uncertainty. A tenderness that longs to be seen, embraced, welcomed. A sense of rejection. A feeling of being unheard. A need that is asking to be met.

Anger was the protection. Not a mistake, but a protection.

없다.

분노는 사라지는 것이 아니다. 명심하라. 그것을 작동시키는 새롭고 창의적인 방식들을 찾아내야 한다.

한편으로는 분노에 옴짝달싹하지 못하고, 다른 한편으로는 습관적으로 폭발시켜 타인에게 상처를 입히는, 이 둘 사이에는 건강하고 신성한 중간이 있다. 분노를 아래로 밀어내는 억압, 그리고 위안을 찾기 위해 분노를 밖으로 밀어내는 무의식적이고 반작용에 가까운 표현의 중간지대.

이 중간지대에 명상의 신성한 왕국이 있다. 여기서 우리는 숨을 내쉬고 들이쉴 수 있다. 우리가 우리 몸 깊은 곳에 있는 분노를 비로소 느낄 수 있는 곳은 이곳이다. 우리는 우리의 온갖 생각들 — 머릿속의 드라마, 타인에 대한 비난과 공격, 복수극 판타지 — 로부터 빠져나와 우리 자신의 뱃속, 가슴, 목, 명치, 머리로 곧장 들어간다. 살아있음의 중심으로 들어가라. 지금 이 순간의 생생한 불길 같은 감각들로 들어가라. 강렬한, 맥박처럼 뛰는, 고동치는, 몸서리치는, 펄떡이는, 간질거리는, 뜨거운, 빠르게 내달리는 감각들로! 이때 우리는 그 느낌들 속으로 숨을 불어넣고 내쉴 수 있으며, 우리의 온기 가득한 현재를 거기로 보낼 수 있으며, 그들을 우리 안으로 이동하게 놓아둘 수 있으며, 우리의 몸 안에서 일어나는 놀라운 통제 불능의 혼돈을 축복할 수 있다. 우리는 그 '**분노의 아이**angry child'가 그토록 절실히 갈망한 사랑을, 비로소, 그 아이에게 마음껏 줄

And we can thank anger for serving its purpose. For trying to keep us safe against the 'others'. For guarding our soft fleshy sensitive frightened heart. For trying to help us get our needs met. For trying to get others to listen.

Underneath the adult persona, see: an innocent child inside, calling, begging, screaming, raging for attention:

"Hear me. See me. Love me. Protect me. I am not a mistake..."

Follow the roar of anger to its vulnerable, spiritual core.

Fall in love with your great Protector.

수 있다.

우리는 분노에 무의식적으로 **반응**reacting하는 대신에 우리의 분노에게로 천천히 내려가 사랑스럽게 **응답**respond할 수 있다.

현재라는 곳에서 우리는 우리의 분노에 책임질 수 있다. 다른 어떤 곳으로 분노를 내보내는 대신, 타인을 비난하고 잘못을 폭로하고 함부로 대하는 대신, 그들에게 책임을 전가하는 대신, 우리가 책임을 지는 것이다.

우리는 "그래, 내 안에 지금 분노가 들끓어!"라고 말할 수 있다. 분노가 우리 안으로 이동하는 그 강렬한 느낌을 존중할 수 있다. 그것이 우리의 실수나 실패가 아님을, 우리가 '영적으로 덜 개발되었다는' 표시가 아님을, 자연스럽고 건강하고 성스러운 것임을 우리는 알 수 있다.

분노 속으로 우리가 만약 천천히 내려가고, 호흡하고, 의식을 집중한다면, 우리는 곧 부서질 것처럼 연약한 인간의 마음을 발견할 수 있다. 슬픔. 실망. 불확실함. 그리움. 거부감. 무감각. 결핍.

분노는 보호의 수단이었다. 실수가 아니라, 보호의 방책이었다.

우리는 그 목적을 수행해준 분노에 감사할 수 있다. '타인들'로부터 우리를 안전하게 지켜준 것에 대해. 우리의 매끄럽고 통통하고 민감하고 겁먹은 **심장**heart을 보호해준 것에 대해. 우

리의 요구를 들어주려고 애쓴 데 대해. 다른 사람들이 들어주도록 애써준 것에 대해.

성숙한 존재라는 가면, 그 아래에 무엇이 있는지를 보라. 거기에는 순정한 아이가 있다. 관심을 가져달라며 부르고, 떼를 쓰고, 비명을 지르고, 분노를 터뜨리는.

"내 말 좀 들어주세요. 나를 좀 봐주세요. 나에게 사랑을 주세요. 나를 지켜주세요. 나는 잘못이 아니에요…."

그 연약한, **신령한 가슴**spiritual core에서 울려 나오는 분노의 함성을 따르라.

당신의 위대한 **보호자[분노]**를 사랑하라.

23

STAND STRONG LIKE A ROCK!

Don't focus on what's 'wrong' with the world. When you fight against a broken world, when you live in resistance and inner violence, you contribute to the outer violence you see.

See the world as it is, the way an artist would look at a face, with all its flaws, imperfections, ridges, bumps, crevices and creases. See the light and the dark, the love and the flight from love, the kindness and its forgetting. See it all in fascination. Love the world now for how it appears. Hold the world in your loving arms. She is young, and making mistakes, and learning.

And from this place of love, re-enter the world. Stand strong like a rock, illuminating the world with your powerful presence. Speak up for those without a voice. Amplify messages of understanding and compassion. Spread the truth.

23

바위처럼 당당하게 서라!
Stand Strong Like a Rock!

세상과 '잘못' 관련된 것이 무엇일까 따위에 집중하지 말라. 당신이 망가진 세상과 맞서 싸울 때, 당신이 저항과 내면의 폭력에 갇힌 채 살아갈 때, 당신은 당신이 보고 있는 외부의 폭력에 협력하게 된다.

있는 그대로의 세상을 보라. 화가가 얼굴을 보듯이. 얼굴 안의 결함들, 완벽하지 않은 요소들, 튀어나온 것과 푹 꺼진 것, 패어나간 것과 쭈글쭈글한 것들을 있는 그대로 묘사하듯이. 빛과 빛이 사라진 어둠을, 사랑과 사랑의 상실을, 온화함과 온화함의 망각을 보라. 당신을 매료시킨 그 모든 것을 샅샅이 보라. 지금 이 순간의 세상을 사랑하라. 그것이 나타나고 있는 그것을. 당신의 사랑이 가득한 두 팔로 세상을 껴안으라. 세상은 언제나 젊고, 실수하고, 배우는 중이다.

이곳 사랑의 거처로부터 세상으로 다시 들어가라. 바위처럼 강하게 우뚝하게 서라. 당신의 힘이 넘치는 현재로 세상을 비

Fight *for* what you know and love, not *against* what you oppose and reject.

Your attention is your greatest blessing, so bless the world you are birthing now with your loving attention; do not energise a dying world with your intolerance.

Gather together with your brothers and sisters. Discover your true family, beyond colour, race, religion, belief. Unite in the name of love.

Now you are not attacking the world but fighting alongside her, and all her angels fight with you.

추라. 언어로만 말해주는 것이 아니다. 말없이도 들려줄 수 있다. 이해와 공감의 메시지를 증폭시키라. 진실을 퍼트리라.

당신이 알고 있는 것을 위해, 당신이 사랑하는 것을 위해 싸우라. 당신이 반대하고 거부하는 것과 싸우지 말라.

당신이 관심과 주의를 기울이는 것은 당신이 가진 가장 위대한 축복이며 선물이다. 지금 이 순간, 당신은 태어나고 있는 것이다. 사랑으로 가득한 당신의 관심과 주의를 가진 채로. 이곳이 세상이다. 이 세상을 축복하라.

당신의 형제자매들과 함께하라. 당신의 진정한 가족을 찾으라. 피부색, 인종, 종교, 신념을 초월한. 사랑이라는 이름으로 함께하라.

이제 당신은 세상을 공격하지 않는다. 다만 세상과 함께 싸운다. 세상의 모든 천사들과 당신이 함께 싸워나간다.

24

WHEN LOVE CRACKS YOU OPEN

Love does not always feel safe because love is pure potential and pure presence and in pure presence every feeling and impulse is welcome, however gentle, however painful, however inconvenient, however fierce.

So when you let someone matter to you and you let yourself matter to someone and you are not ruled by fear your heart will have no choice but to crack to the hugeness of love and you will not be able to control the results and that's why the ego cannot love.

Safe, unsafe. Happy, sad. Certain, uncertain. Afraid, fearless. Fragile, powerful. Worthy, worthless, and everything in between. There is so much life now trying to fill you up, and you can barely contain it all. You are full of life, penetrated by life, pregnant with life.

24

사랑이 당신을 갈라놓을 때
When Love Cracks You Open

사랑이 늘 당신에게 편안한 느낌만을 주지는 않는다. 사랑은 순수한 가능성의 존재이며, 오로지 현재에만 존재하기 때문이다. 오직 현재에서만이 모든 느낌과 충동을 맞이한다. 온화한 것이든 고통스러운 것이든. 너무도 불편하고 가혹한 것이든.

그래서 당신이 누군가의 문제를 받아들이고 당신의 문제가 누군가에게 받아들여질 때, 당신이 두려움에 지배당하지 않는다면 당신의 마음은 선택의 여지가 없을 것이다. 다만 사랑의 광대무변함에 의해 갈라질 뿐이다. 당신은 어떤 방식으로든 결과를 통제할 수 없을 것이다. 그것이 바로 자아ego가 사랑할 수 없는 이유이다.

안심과 불안. 행복과 슬픔. 확실과 불확실. 두려움과 두려움 없음. 연약함과 강함. 가치와 가치 없음. 그 '사이'에 존재하는 모든 것. 지금 당신을 가득 채우려는 삶life이 너무 많다. 그러나 당신은 그 모든 것을 거의 가질 수 없다. 당신은 삶으로 가득

They lied to you about love, you see, they said it was always supposed to feel good and warm and happy, they said it was something you'd be given, something you'd have to earn, or deserve, they said it was all butterflies and angels and light, but really it was always you, naked, raw and alive, cracked, whole, vulnerable, shaky but real, inhaling a cosmos, exhaling euphoria and the darkness and the grief and the joy of humanity and sometimes not knowing what the hell you're doing or how you're still alive.

Good. **Breathe**. All is unfolding beautifully, here. Love is not only gain, it is also loss. The beloveds will die and the loved ones will vanish, but love will not. She will simply make you rise, you see, and fall again, and wonder again if you will ever rise. She will open you and close you and break you and humble you and laugh at your childhood fantasies of love.

But it is all natural, and it is all *for* you. You will come full circle before long, back to yourself, the Origin. You were only ever seeking your own Heart, and its multitude of reflections.

Love is here. Love is always here. Somewhere between the euphoria and the darkness she found you. And the very

차 있고, 삶에 의해 깊이 스며들며, 삶과 함께 잉태된다.

사랑에 대해 그들이 당신을 속였다는 것을 알라. 그들은 언제나 좋은, 온화한, 행복한 느낌을 가지고 될 거라고 말해왔다. 그들은 당신에게 주어질 무언가가, 당신이 얻거나 지녀야 할 무언가가 있다고 말해왔다. 그들은 그것이 나비와 천사와 빛이라고 말해왔다.

그러나 실제로 그것은 언제나 당신에게 벌거벗은, 생생한, 살아있는, 갈라진, 온전한, 연약한, 흔들리는 것이었다. 그러나 그것이 진짜였다. 우주를 들이쉬고 인간의 희열과 어둠과 슬픔과 즐거움을 내쉬는 숨이었다. 때로는 도무지 알지 못했다. 당신이 지옥의 삶을 살고 있다는 것을. 하지만 어떻게 여전히 살아있는지를.

좋다. **호흡하라**Breathe. 이곳에서 모든 것은 아름답게 펼쳐져 있다. 사랑은 얻어지기만 하는 것이 아니다. 잃어지기도 하는 것이다. 사랑받는 것들은 죽을 것이고, 사랑하는 것들은 사라질 것이다. 그러나 사랑은 죽지도 사라지지도 않는다. 사랑은 그저 당신을 일어서게 하고, 보도록 하고, 다시 나락으로 떨어지게 하고, 다시 경이로움에 빠뜨린다. 당신이 일어설 때면 언제나. 사랑은 당신을 열고, 당신을 닫는다. 당신을 부러뜨리고, 당신을 비참하게 만들고, 어린 시절 당신이 가졌던 사랑에 대한 판타지들을 조롱한다.

그러나 그것은 모두 자연스런 일이다. 그리고 그것은 모두 당신을 위한 일이다. 당신은 오래지 않아 완벽한 원으로 그려

ground you stand on is blessed, and you are safe once more.

So cry, laugh, shake, vomit, doubt the ground; you will never be abandoned by the Heart.

져 당신 자신에게로, **근원**Origin으로 돌아갈 것이다. 당신은 오직 당신 자신의 **마음**Heart을 찾고 있었을 뿐이다. 온갖 것들이 투영된 거울을.

사랑은 **여기**here에 있다. 사랑은 늘 여기에 있었다. 희열과 어둠 사이의 어딘가. 사랑이 당신을 발견했던 곳. 당신이 서 있는 바로 그 땅은 축복받았다. 그리고 당신은 다시 한번 편안하다.

그러니 울고, 웃고, 흔들리고, 토하고, 당신이 선 그 땅을 의심하라. 아무리 그렇게 해도 당신이 당신의 그 마음에 의해 버려지는 일은 결코 없을 것이다.

25

NO LONGER A BEGGAR

Everyone in your life is loving you right now, to the best of their ability. Their hearts are as closed or as open as they can possibly be right now, given their traumas, their beliefs, their willingness to look at themselves, the unbearable feelings they are repressing in their unconscious, the ways in which they are running from themselves.

Everyone is dealing with sorrows, fears and joys you may never know. Seeking love in their own way. Battling with monsters in the underworld you may never witness.

When you're trying to get love from others, it really matters how open or closed their hearts are today. You go to war with them, trying to crack them open, trying to unlock their love.

When you're not seeking love, but instead knowing love as your own true nature, feeling the source of love in your own

25

더 이상 구걸하지 말라
No Longer a Beggar

당신의 삶에서 모든 사람이 지금 이 순간 당신을, 최선을 다해 사랑하고 있다. 지금 이 순간, 그들의 가슴은 닫혀 있기도 하고 열려 있기도 하다. 그 어떤 것도 가능하다. 그들의 트라우마, 신념, 그들 자신을 응시하려는 의지, 무의식 속에서 억누르고 있는 참을 수 없는 감정, 스스로 도망치는 방식에 따라 양상은 달라진다.

사람은 누구나 당신이 결코 알 수 없는 슬픔, 공포, 즐거움과 거래하고 있다. 그들만의 방식으로 사랑을 찾고, 당신이 결코 목격한 적이 없는 지하세계의 괴물과 사투를 벌이고 있다.

당신이 타인들로부터 사랑을 얻으려 애쓸 때, 오늘 그들의 가슴이 얼마나 열려 있는지 혹은 닫혀 있는지가 정말로 중요하다. 당신은 그들과 함께 전투에 참여한다. 그들을 열어놓으려 애쓰고, 그들의 사랑이 잠겨 있지 않도록 하면서.

당신이 사랑을 구하지 않고, 사랑을 당신 자신의 진정한 본성으로 알고, 당신 자신의 빛나는 가슴으로 사랑의 근원을 느

brilliant heart, you are free, and the battle for love ends.

You can now let others love you in their own unique way. However 'limited' that may seem to the mind.

Because through the eyes of abundance, even limited love is a blessing. An open heart is a miracle, yes, but a closed heart is also to be honoured.

So you can let others love you as much as they are able to, today.

You are no longer a beggar for love.

For you know the true source of love. ***You***.

끼면, 당신은 자유가 되고, 사랑을 쟁취하려는 전투는 끝난다.

당신은 이제 다른 사람들이 그들만의 방식으로 당신을 사랑하도록 허용하게 된다. 머릿속으로는 '제한적'이라는 생각이 들지도 모르지만, 문제 될 게 없다.

활짝 열린 눈으로 보면, 제한된 사랑 또한 축복이기 때문이다. 열린 마음이란 그런 것이다. 기적이다. 하지만 닫힌 마음 또한 존중받아야 할 것이다.

이제, 당신은 사람들이 당신을 사랑하도록, 그들이 할 수 있는 만큼 사랑하도록, 놓아둘 수 있게 되었다.

당신은 더 이상 사랑을 구걸하지 않는다.

당신은 사랑의 진정한 원천이 무엇인지를, 그것이 바로 **당신**이라는 사실을 알았기 때문이다.

26

TODAY, BE WILD

There must be people who go mad or take their own lives because there is so much life inside of them and they feel unable to express it or even access it.

You are not *sick* if sexual urges towards man, woman or beast move through you. Let them move through. They won't control you when you **breathe through them.** No need to 'get rid' of them, and no need to act on them either in your search for relief. They are just pictures moving through the mind, images on the great movie screen of awareness, and the more you *allow* them, the less of a problem they are. Stop judging yourself, and no need to judge yourself for judging yourself. The mind is pure creativity, and we have little power to control our thoughts. Our power actually lies in our ability to **lovingly embrace** all that passes through the theatre of the mind, to make space for the mind's "sound and fury", to

26

오늘, 난폭한 당신을 제어하지 말라
Today, Be Wild

미쳐버리거나 자신의 삶을 망가뜨리는 사람들이 있는 건 당연하다. 그들 내면에 너무도 많은 삶이 있는데 도저히 표현할수 없거나, 심지어 거기에 접근할 수조차 없다고 느끼기 때문이다.

남자나 여자, 혹은 동물에 대한 성적 충동이 당신에게 일어난다면, 당신은 **병든** 것이 아니다. 그들을 **지나가도록** 내버려두라. 당신이 호흡하듯 그들을 **들이쉬고 내쉰다면** 그들은 당신을 조종하지 못할 것이다. 그들을 '제거'할 필요도 없고, 해결책을 구하기 위해 그들에게 행동을 취할 필요도 없다.

그들은 단지 **생각**mind을 통과해가는 그림들, **인식**awareness의 거대한 스크린 위에 떠오른 이미지일 뿐이다. 당신이 그들을 허용하면 할수록, 문제가 되는 상황은 그만큼 줄어든다. 당신 자신에 대한 판단을 중지하라. 당신 자신을 판단하기 위해 당신 자신을 판단할 필요는 없다. 생각은 순수한 창의성이며, 우리에겐 우리의 생각을 통제할 힘이 거의 없다. 우리의 힘은 실

know that ultimately it all "signifies nothing".

Let the mind be the mind, and know that *you are not the mind*.

You are not *damaged* if thoughts of death come to visit. Bless them and let them pass, for they always pass and they are only thoughts, voices, vivid pictures.

You are not crazy if intense feelings of joy or sorrow, terror or rage surge through you unexpectedly, and sometimes all at the same time. Be the courageous space for these feelings, not their slave.

You are not *disturbed* if disturbing images play out on the movie screen of Awareness, because *you are the unchanging screen* and not the ever-changing pictures.

Make room in yourself for the light and the darkness, the weird and the strange and the erotic and the taboo and the unique and the inconvenient. Repress nothing and deny nothing and then none of it will control or frighten you. You will see: *all thoughts are your children too*.

Radical self-love is the deepest kind of joy there is; the permission to be wild, free, alive within.

And know there is nothing *wrong* with you, ever.

제로 생각이라는 극장을 통과해가는 모든 것들을 **사랑스럽게 껴안을** 수 있는 능력, 마음의 '음향과 분노sound and fury'*에 자리를 만들어주는 능력, 그 모든 것이 궁극적으로는 '아무런 의미가 없다'는 것을 알게 되는 능력에 있다.

생각을 그냥 생각이 되도록 내버려 두라. 그리고 **당신은 생각mind이 아니라는 사실**을 알라.

죽음에 관한 생각들이 당신을 방문한다 해도 당신은 손상을 입지 않는다. 그들을 축복하고, 그들이 지나가도록 내버려 두라. 그들은 언제나 지나가기 때문이다. 그들은 단지 생각들, 소리들, 생생하지만 한낱 그림이나 영상일 뿐이기 때문이다.

즐거움이나 슬픔, 두려움, 분노라는 느낌들이 예기치 못한 상황에서 당신을 휘저으며 지나가고 있다 해도 당신은 미치지 않는다. 때로는 그 느낌들이 한꺼번에 밀려들기도 할 것이다. 그때 그 느낌들에 용감하게 자리를 내어주라. 당신은 절대 그들의 노예가 아니다.

혼란스런 이미지들이 자각과 **인식**Awareness의 스크린 위에 상영되고 있다 해도 당신은 혼란스러워지지 않는다. 당신은 도무지 변할 줄 모르는 그림이나 영상이 아니라, 스크린이기 때문이다. 스크린은 절대 변하지 않는다. 다만 그림이나 영상이 그 위로 스쳐 지나갈 뿐이다.

---

* 노벨문학상을 수상한 미국의 소설가 윌리엄 포크너(William Faulkner)의 장편소설(1929) 제목이기도 한 이 말은, "의미 없는 소음"을 의미한다.

당신 자신 안에 **방**room을 마련하라. 빛과 어둠을 위한 방. 이상한 것, 괴상한 것, 에로틱한 것, 금기와 기이한 것, 불편한 것들을 위한 방. 어떤 것도 억누르지 말라. 아무것도 부정하지 말라. 그들 가운데 당신을 조종하거나 겁에 떨게 만드는 것은 단 하나도 없다. 당신은 보게 될 것이다. 모든 **생각들이 당신의 아이들이라는 사실을.**

급진적인 **자기사랑**self-love은 존재하는 가장 심오한 즐거움이다. 그 존재 안에서 난폭해지는 것을 허용하라. 자유로워지고, 살아있도록 하라.

그리고 알라. 당신에게 그 어떤 것도 잘못되지 않는다는 사실, 영원히 그럴 것이라는 사실을.

THE DOORWAY OF THE SACRED

Moment by moment in the great expanse of meditation we can begin to bear the unbearable, tolerate the intolerable, breathe through the deepest pain. Mindfully, slowly, we can flush the horror with light, drench the darkest regions with kindness, illuminate the Underworld, where the fearful and feral creatures dwell.

A wound is a portal. It will not kill you when you turn towards it. I have known horrors within myself that have pushed me to the edge of sanity, the edge of mortality. I have touched into grief so unbearable it felt like my heart couldn't hold one more second of it. I have felt rage so volcanic it could destroy or create an entire Cosmos.

But, moment by moment, I was able to bear the unbear-able, accept the unacceptable, fall in love with the inner

27

시련의 불로부터 황금을!
The Doorway of the Sacred

매 순간마다 우리는 거대한 명상의 평원에서 견딜 수 없는 것을 견디고, 참아낼 수 없는 것을 참고, 가장 깊은 고통으로 숨을 내쉬고 그곳으로부터 숨을 끌어올려 들이쉴 수 있다. 마음 가득, 천천히, 우리는 빛으로 두려움을 씻어낼 수 있고, 가장 어두운 곳을 온화함으로 적실 수 있고, 무섭고 끔찍한 짐승들로 우글거리는 지하세계를 환하게 비출 수 있다.

상처는 입구다. 당신이 그곳을 향할 때, 그것은 당신을 죽이지 않을 것이다. 나는 내 안에 깃들어 있던 두려움들을 알고 있다. 그것들은 나를 온전한 정신의 가장자리로, 죽음의 가장자리로 밀어냈었다. 나는 너무나도 견디기 힘든 슬픔에 닿아 있었다. 내 가슴은 단 일 초도 그 슬픔을 쥐고 있을 수가 없었다. 나는 화산이 폭발하는 듯한 격분에 휩싸여 있었다. 그 분노의 폭발력은 온 우주를 파괴할 수도, 태어나게도 할 수 있을 것 같았다.

그러나, 매 순간순간, 나는 견딜 수 없는 것을 견딜 수 있었

'enemy'. An enemy that turned out to be an innocent inner child, screaming and raging for my love. My own flesh and blood. Not an enemy or alien, but *a part of myself*. This understanding changed my life forever.

At the core of my deepest trauma I saw my own kind face, smiling back at me. I found power and courage I never knew I had. I found the ultimate safety. I found God herself. She had used my deepest wounds (her own wounds) to call me back to myself (herself), and restore me to wholeness. No more separation.

Your trauma is a black hole. It will suck the life out of you and everyone around you if you try to run from it. But trauma can also be a quasar, an astonishing dynamo of new life, fuelled by the blackness, emitting more light than twenty galaxies.

Out of the darkness, light! Out of the pain, joy!

Out of the alchemical fire, gold!

고, 받아들일 수 없는 것을 받아들일 수 있었고, 내면의 '적'과 사랑에 빠질 수 있었다. 그 적이 나의 사랑을 갈구하며 내지르는 분노의 비명을 들었을 때, 나는 그것이 순진무구한 **내면의 아이**inner child라는 것을 알았다. 나의 살이며 피라는 것을. 적도 이방인도 아니라는 것을. **나 자신의 일부**라는 것을. 이러한 이해는 내 삶을 완전히 바꾸어놓았다.

나의 가장 깊은 트라우마의 한가운데에서 나는 나를 돌아보며 미소 짓는, 온화한 내 얼굴을 보았다. 나는 내가 가졌다는 것을 까맣게 알지 못했던 힘과 용기를 발견했다. 나는 더할 수 없는 안전함을 발견했다. 나는 신을, 그녀*를, 발견했다. 그녀는 나의 가장 깊은 상처들을 (그녀 자신의 상처들을) 사용해 나 자신을 (그녀 자신을) 불러냈고, 나를 흠 하나 없는 완전한 존재로 회복시켰다. 더 이상 분열은 없었다.

당신의 트라우마는 블랙홀이다. 만약 당신이 그곳으로 도망치려 한다면, 그것은 당신으로부터 삶을 빨아들일 것이고, 당신 주위의 모든 사람을 빨아들일 것이다. 하지만 트라우마는 퀘이사quasar**일 수도 있다. 암흑을 연료로 삼아 스무 개의 은하보다 더 많은 빛을 발산하는, 새로운 생명의 놀라운 발전기!

어둠에서 빛을! 고통에서 기쁨을! 시련의 불로부터 황금을!

---

* 저자는 신(God)을 여성형인 herself와 she로 표현한다.
**한 전파를 내는 성운(星雲)으로, 은하 중심핵의 폭발에 의해 생긴 천체. 여기서는 '새로운 탄생'을 상징하는 것으로 사용된다.

THE WILD BUDDHA

There is a wild Buddha in all of us and she will not be tamed. The more you try to suppress her, the louder she gets. The more you try to shame her, try to make her feel crazy, 'irrational' or 'overly emotional', the angrier and more powerful she gets. The more you run from her, the more she runs after you. She will not be defeated with clever words and sophisticated philosophies. She will not be silenced; you will not be able to escape her, for you are only trying to escape yourself.

We all must eventually turn to face the Wild One inside, become curious about our natural feelings, urges and impulses, both pleasurable and painful, both gentle and intense, give them the gift of our mindful attention and breath, give them our love and understanding, give them a permanent home in ourselves, a place to roam freely. When we befriend

야생의 붓다
The Wild Buddha

우리 모두에게는 **야생의 붓다**wild Buddha가 있다. 그녀*는 길들여지지 않는다. 당신이 그녀를 억압하려 하면 할수록, 그녀는 더욱 크게 울려 나온다. 당신이 그녀를 수치스러워하면 할수록, 그건 그녀를 더욱 미치도록 만드는 것이다. 그럴수록 그녀는 '비이성적'이거나 '과잉 감정'의 느낌을 받게 될 것이고, 더 크게 분노하고, 힘 또한 더욱 커질 것이다. 당신이 그녀로부터 도망치려 하면 할수록, 그녀는 당신을 더욱 맹렬하게 뒤쫓을 것이다. 그녀는 영리한 말들, 궤변처럼 늘어놓는 철학에 당하지 않을 것이다. 그녀는 침묵에 빠지지 않을 것이다. 당신은 그녀로부터 달아날 수 없을 것이다. 당신은 그저 당신 자신으로부터 달아나려 애쓸 뿐이기 때문이다.

우리 모두는 결국 내면의 **야생적 존재**Wild One와 마주하고,

---

* 저자는 '깨달은 자'를 일컫는 붓다(부처)를 빗대어 인간이 가질 수 있는 모든 고뇌를 생생하게 겪으면서도 그것을 통해 깨달음에 이르는 '야생의 붓다(wild Buddha)'를 상정하고, 거기에 여성형 대명사를 사용하고 있다.

our own wildness, we can befriend it in others. When we no longer fear our feelings, we will no longer — in vain — try to control the feelings of others, and we will have much compassion for our wild playmates. We will sob, scream, moan, sigh, laugh hysterically, tremble, feel fear, anger, profound sorrow, ecstatic joy, deep and powerful desires and longings together, and we will finally celebrate all of these as expressions of the Divine.

The Buddha sobbed like a baby sometimes, felt righteous anger at the injustice and abuse in the world, feared death but stood fearlessly at the heart of that fear. Here was the source of the Buddha's power — an infinite and unbreakable love for the wildness inside.

우리의 자연스런 느낌들, 강요와 충동, 즐거움과 고통, 이완과 긴장에 호기심을 가져야 한다. 그들에게 마음 가득한 관심과 호흡을 선물하고, 우리의 사랑과 이해를 선물하고, 우리 자신 안에 영원히 존재하는 집―자유롭게 돌아다니는 공간을 선물해야 한다. 우리가 우리의 야생을 친구로 맞이할 때, 우리는 타인의 내면에 존재하는 그들의 야생과 친구가 될 수 있다.

우리가 더 이상 우리의 느낌들을 두려워하지 않게 될 때, 우리는 더 이상 다른 사람들의 감정을 헛되이 조종하려 들지 않으며, 우리의 야생의 놀이 친구를 위해 더 많은 공감과 연민을 가지게 될 것이다. 우리는 흐느낄 것이고, 비명을 지르고 신음할 것이고, 한숨 쉬고 미친 듯 웃음을 터뜨릴 것이고, 무서워 떨 것이고, 두려움과 분노를 느낄 것이고, 깊디깊은 슬픔에 빠질 것이고, 황홀한 즐거움에 빠질 것이고, 깊고 강렬한 욕망과 그리움을 가지게 될 것이다. 그리고 우리는 마침내 이들 모두를 **신성**Divine의 드러남으로 축복하게 될 것이다.

붓다는 때로 아이처럼 흐느꼈다. 붓다는 정의롭지 못하고 온갖 학대로 얼룩진 세상에 정당한 분노를 터뜨렸고, 죽음을 두려워했으나 두려움을 떨쳐낸 채 두려움의 한가운데에 서 있었다. 지금 **이곳**은 붓다가 가진 힘의 원천―내면의 야생을 향해 멈추지 않는, 결코 부러지지 않는 사랑이다.

29

SOOTHE THE FIRE

One of the greatest of all misunderstandings is that we "shouldn't be upset".

There is a beautifully narcissistic inner one who feels hurt, angry, scared, disgusted sometimes. Who feels unloved, unseen and neglected. And when we silence this inner one, repress and suffocate it, it boils with fiery rage from deep within the unconscious. It is innocent and only raging for loving attention — but we are not taught this. We are taught to fear our rage, hide it from ourselves, and from the world, in our quest to be *nice and good and happy… and very spiritual*.

It is this very *suppression* and *rejection* of our deepest feelings that creates all suffering and violence in the world, not the feelings themselves, which are natural and harmless energies that just want to move in us to completion, and leave us in peace.

불길을 달래다

Soothe the Fire

가장 크게 오해하는 것 가운데 하나는 "절대 화를 내서는 안 된다."는 것이다.

상처 입은 느낌, 분노와 두려움, 때로는 혐오감 같은 걸 느끼는, 우아하게 **자기 도취**narcissistic에 빠진 **내면의 존재**inner one가 있다. 그는 사랑받지 못하는, 투명인간 취급받는 느낌을 가진 사람이다. 우리가 내면의 존재에 입을 꾹 닫고 있을 때, 억압하고 숨통을 조일 때, 그것은 무의식의 깊은 어둠 속에서 불길처럼 타오르는 분노에 휩싸인다. 그것은 순수해서 사랑 어린 관심을 갈망할 뿐이다. 하지만 우리는 이런 걸 배운 적이 없다. 우리는 분노를 두려워하고, 우리 자신과 세상으로부터 분노를 숨기는 법을 배웠다. 그리고 친절하고, 선하고, 행복해지라고… 마침내 영적인 존재가 되라고 배웠다.

세상의 모든 고통과 폭력을 만들어내는 우리의 가장 깊은 느낌들은 바로 그와 같은 억압과 거부다. 그것들에 대해 느끼는 것이 고통과 폭력을 만들어내는 것이 아니다. 그런 느낌들

In its quest to be heard, in its attempt to attract our attention, the rage of the forgotten little one inside begins to drain us of our life energy, leaving us depressed, lethargic, exhausted, making us want to hide from life. The repressed rage feeds our addictions and compulsions. It generates stress, chronic pain and tension in the body, feeds disease and even generates suicidal and homicidal urges, which we in turn repress, deny or try to silence, all in our quest to maintain an acceptable picture of 'self'.

We cannot destroy or cut out this inner one. He is only crying out for the love he never received in childhood. The more we try to destroy him, the more he tries to destroy us. What we fear and fight in ourselves will only grow in power.

Great healing can happen when we let go of our mind-made ideals, and turn to face our living truth.

We admit that we are not full of "love and light and bliss" as we had pretended to be — but we are full of struggle today. This admission is like a death for the ego, a terrible defeat for the forces of fear and repression... but an absolute relief for our authentic selves.

We invite all the buried rage up into consciousness, so we can finally meet it. We connect with the furious inner one,

은 자연스럽고 해가 없는 에너지다. 그저 우리 안에서 완성되기 위해 움직이기를, 평화롭게 우리에게 머물기를 원하는 것일 뿐이다.

우리의 관심을 끌려는 시도에서 잊혀진, 내면에 있는 작은 존재가 분노를 터뜨리며 우리의 삶의 에너지를 빼내기 시작하고, 우리를 억압과 무기력과 탈진에 빠뜨리고, 삶으로부터 숨고 싶게 만든다. 억압된 분노는 우리의 중독 증세와 충동에 먹이를 준다. 그것은 스트레스와 만성 통증과 과민증세를 키우고, 병을 키우고, 심지어 자살과 살해 충동까지 부추긴다. 결국 우리는 다시 '자아'를 유지하기 위해 모든 것을 억압하고, 부정하고, 입을 다물려 한다.

우리는 이 내면의 존재를 파괴하거나 걷어낼 수 없다. 그는 단지 어릴 적에 한 번도 받아본 적 없는 사랑을 달라며 보채고 있을 뿐이다. 우리가 그를 파괴하면 할수록, 그는 우리를 더 깊이 파괴하려 한다. 우리가 우리 자신을 두려워하고 투쟁의 대상으로 삼는 것은 그저 힘을 키울 뿐이다.

위대한 치유는 우리의 마음이 만들어낸 이상들을 흘러가도록 내버려 두고, 그런 다음 우리의 살아있는 진실을 향해 정면으로 마주할 때 일어난다.

우리는 '사랑과 빛과 더없는 행복'으로 가득 채워져 있지 않다는 것을 인정해버린다. 늘 그렇게 인정해왔기 때문이다. 대신에 우리는 오늘 투쟁으로 가득 차 있다. 이런 식의 인정은

hold him in our arms at last, let him exist, and live, and express in safe ways. Ask him what he needs, deep down. Does he feel unloved, disappointed, sad, forgotten? Does he feel neglected, abused, abandoned, unsafe? What vulnerability was the rage trying to bring our attention to? Let us shower this precious little one inside with fascinated attention, and give him a home and a voice. So he no longer controls us. So we can finally be his parent, not his slave.

When we befriend our anger, when we breathe into it, when we soothe it with a kind awareness, there can be great joy, the joy of true intimacy with ourselves. And we may discover a peace that is not the opposite of anger, but is right there at its core. The peace that comes from holding ourselves close, and celebrating all that we are, celebrating the great power of anger which rises intelligently to protect us from harm, perceived or actual.

Anger is not bad, wrong or a sign of our weakness or failure. It is a precious orphan child knocking on the door of the Present Moment, longing to be let in.

자아를 위한 죽음, 두려움과 억압의 힘에 눌려 비참하게 패배를 당하는 것과 같다. 우리의 진짜 자아를 위한 완벽한 위안임에도 불구하고.

우리는 매장되어 있는 분노를 모두 꺼내어 **의식**consciousness으로 초대함으로써, 마침내 그 분노와 마주할 수 있다. 우리는 분노에 찬 내면의 존재와 연결되고, 마침내 그를 우리의 두 팔로 부여안고, 그를 존재하게 하고, 살아있도록 놓아둔다. 그에게 물어보라. 무엇을 필요로 하는지. 깊이 내려가라. 그는 사랑받지 못하고, 실망하고, 슬프고, 망각된 존재의 느낌을 받는가? 그는 외면당하고, 학대받고, 구제 불능으로 여겨지고, 안전하지 못한 느낌을 받는가? 분노한다는 것은 우리의 관심을 불러오려 애쓰는, 우리의 연약함이 행하는 몸짓이 아닐까?

우리의 더할 수 없는 매력적인 관심과 주의를 이 귀한 어린 존재(분노)에게 소낙비처럼 퍼부어주라. 그에게 집을, 목소리를 주라. 그렇게 한다면 그는 더 이상 우리를 조종하지 않을 것이고, 우리는 마침내 그의 노예가 아니라 부모가 될 수 있을 것이다.

우리가 우리의 분노와 친구가 될 때, 그 안으로 숨을 불어넣을 때, 온화한 **인식**awareness으로 분노를 진정시킬 때, 큰 기쁨이, 진정한 친밀함의 기쁨이 우리 자신과 함께한다. 그리고 우리는 평화를 발견할 수도 있다. 그것은 분노의 반대편이 아니라 한가운데에 자리한다. 평화는 우리 자신을 부여잡고 있는 아주 가까운 곳에서 생겨난다. 분노의 거대한 힘은 해롭다고

알고 있거나 실제로 해로운 것들로부터 우리를 지혜롭게 보호해준다. 그 힘을 기꺼이 환영하고 축복하는 곳에 평화가 있다.

분노는 나쁜 것도, 잘못된 것도, 우리가 연약하거나 실패한 존재라는 것을 상징하는 것도 아니다. 그것은 지금 이 순간의 문을 두드리는 귀중한 고아다. 그 문으로 들어갈 수 있기를 기다리고 있었던.

30

ON BEING SLOW AND EMPATHIC IN
A FAST WORLD

Sometimes I look around this world and a great and ancient sadness moves through me. Everything and everyone moves so damn *fast* here. I feel like an alien, often. A slow, mindful, present alien. I watch people rushing from experience to experience, barely stopping to contemplate the miracle of their existence, hardly ever taking time to let the wonder in. Going for days and days without ever feeling their feelings. Running from themselves addictively, towards imaginary futures. So mesmerised by the *there* that they forget the miracle of *here*. So identified with the doing that the most precious thing is lost. *The simple feeling of being alive*.

Comfortable. Popular. Fabulous and successful, perhaps. On the path towards a better and exciting tomorrow, per-

30

빠르게 달려가는 세상 속에서
공감하며 천천히 간다는 것
On Being Slow and Empathic in a Fast World

때로 이 세상을 둘러보고 있으면 거대하고 오래된 슬픔이 나를 통과해 지나간다. 이곳의 모든 것, 모든 사람들이 참 더럽게도 **빨리** 움직인다. 종종 나는 외계인이 된 느낌이 들곤 한다. 느릿느릿한, 행동에 옮기기 전 오래오래 지켜보는, 지금 이 순간의 외계인. 나는 이 경험에서 저 경험으로 내달리는 사람들을 지켜본다. 무슨 기적들을 완수하려는 건지 거의 멈추는 법이 없는, 경이로움이 자신에게로 흘러들길 기다릴 시간조차 없는 그들을. 매일매일을 그렇게 보내는 그들은 자신이 감각하는 느낌들을 느낌으로 받아들이지 못한다. 스스로에게서 뛰쳐나가 이미지로 만들어진 미래를 향해 달려가는 것에 중독되어 있다. 그래서 **이곳**here의 기적을 잊어버린 채 **저곳**there에 완전히 넋을 빼놓았고, 가장 값진 것을 잃어버렸다. **살아있는 존재에 대한 단순한 느낌을.**

편하고, 인기 있는, 만들어진 성공 신화 ── 아마도 그걸 향해

haps. Yet so afraid to slow down, to rest deeply, to stop and invite in whatever lurks in the depths of the unconscious. The repressed terrors. The anxieties. Unmetabolised childhood yearnings. Unlived lives, unfulfilled potentials, unspoken truths. In love with the light yet afraid to touch the darkness. Forgetting the natural joy of being, the inner child that was squashed so we could become 'grown ups'. Neglecting the playfulness which had to be numbed in order to 'fit in'. And now, content with surface pleasures. Success. Popularity. Looks. Achievements. The things that matter but don't truly matter in the end. Satisfied with a limited, conditional version of happiness. The kind you can post on Instagram. The kind that you can buy and sell. The kind that has an opposite and can crumble so quickly. The kind that looks good.

It's sad to see our great potential forgotten. Nothing 'wrong' with any of this unconscious activity, of course. I certainly do not sit in judgement over my fellow humans. I have been completely unconscious in my time. I love our vulnerable humanity, and understand the mechanism of running, and we are all only doing our best, given our conditioning and our inherited and conditioned fear of ourselves. I used to run. But I had to break down. For the love I sought could never

가고 있을 것이다. 더 나은, 신나는 내일을 향해 달려가고 있는 중일 것이다. 천천히 내려가는 것에 대한 두려움, 깊이 휴식하는 것에 대한 두려움, 달려가던 걸음을 멈추고 무의식 깊은 곳에 웅크리고 있는 것들 속으로 초대되어 가는 것에 대한 두려움. 억압된 공포들. 근심들. 꽁꽁 얼어붙은 어린 시절의 동경들. 살아있지 않은 삶, 채워지지 않은 잠재력, 입 밖에 내지 못하는 진실들. 빛을 갈망하지만 어둠에 닿기를 두려워하는 마음. 존재의 자연스런 기쁨을 잊은, '성장'할 수 있었으나 짓눌렸던 **내면의 아이**inner child. '고쳐지기' 위해 입을 다물어 재미를 잃은 아이. 그리고 이제, 표면적인 쾌락으로 만족한다.

성공. 인기. 외모. 성취. 중요한 것들이지만 결국에는 중요하지 않은 것들이다. 제한된 만족, 특정한 조건에서만 가능한 행복. 돈이 있어야만 가능한, 건강해야만 가능한, 누가 쳐다봐줘야만 가능한. 돈이 사라지면 사라지는, 건강이 사라지면 사라지는, 누군가의 시선이 사라지면 함께 사라지는. 인스타그램 같은. 사고파는 거래와 같은. 상대가 존재해야만 가능한, 상대가 사라지면 홀연히 사라져버리는. 침대에서조차 화장을 지울 수 없는. 불안으로 유지되는, 불안하게 이어지는, 안쓰러운 쾌락.

우리가 잊어버린 거대한 잠재력을 확인하는 것은 슬픈 일이다. 이 무의식적 행위는, 물론, 전혀 '잘못'된 일이 아니다. 나

be found in the future. It was always here, buried in my own Heart, much closer than breathing.

I only wish that everyone could truly find the courage to stop. Rest. Break, if they need to. Cry, if they need to. And finally *feel*: the abandonment, the grief, the shame that was unconsciously running the show. Finally stop pretending. Finally sacrifice the addictive surfaces for the living truth — the scary, disorienting, thrilling, embarrassing, awkward, groundless truth.

There is no shame in breaking and in breathing through the mess.

To be slow and empathic in a fast world, it is a challenge for sure. To be sensitive in a world that has gone mad with goals and results, insane with surfaces and statistics. To be a lover in a world that has reduced love to a commodity. To be awake in a world that tries to numb you and then tries to sell you medications and cures and distractions for your numbness.

Yet you cannot be numbed. You know your path now, and you cannot turn back. And your sensitivity is a great gift to this fast world. You can teach the world how to slow down,

는 내 친구들을 함부로 판단하지 않는다. 나는 내 시간 안에서 완전히 무의식적으로 존재했다. 나는 우리의 상처 입기 쉬운 인간성을 사랑하고, 내달리기만 하는 메커니즘을 이해한다. 우리 모두는 최선을 다하고 있다. 우리는 주어진 조건 대로, 우리 자신을 두려워하도록 길들였다. 나 역시 내달리기만 했다. 그러나 나는 고장이 나야만 했다. 내가 찾아 헤맸던 사랑을 미래에서 찾을 수는 없는 일이었다. 그것은 언제나 지금 이곳에 있었으므로. 호흡보다 더 가까운 곳에, 나의 가슴에 묻힌 채로.

나는 단지 바랐을 뿐이다. 사람들이 내달리는 걸음을 용감하게 멈출 수 있기를. 휴식하라. 필요하다면 잠깐만이라도 멈추라. 필요하다면 울어라. 그러면 마침내 **느낄** 것이다. 포기, 비애, 수치심은 무의식적으로 상영되는 동영상이었다는 것을. '척하는' 것을, 위장하는 짓을, 멈추라. 살아있는 진실을 위해 중독에 빠진 표면적인 것들을 희생시켜라. 겁주고, 왜곡하고, 자극하고, 황당하고, 비겁하고, 근거 없는 사실들을.

멈추는 것, 고장 나는 것은 부끄러운 일이 아니다. 혼란 속을 통과하며 호흡하는 것 또한 마찬가지다.

빠르게 내달리는 세상에 공감하며 느려지는 것은 분명 하나의 도전이다. 목표와 결과에 혈안이 된 세상, 표면적인 것들과 통계수치에 온통 정신이 팔린 세상을 예민한 감수성으로 느낀다는 것. 상품을 사랑하느라 사람에 대한 사랑이 줄어든 세상

how to behold the beauty in the ordinary and the mundane, how to be comfortable with space and silence and not knowing, how to breathe…

에서 사랑의 존재가 된다는 것. 당신을 옴짝달싹 못하게 만들고는 옴짝달싹 못하는 당신을 치료해주겠다며 약을 팔아대는 세상에서 깨어 있는 존재가 된다는 것 – 이것은 쉽지 않은, 그러나 해야 하는 도전이다.

당신은 옴짝달싹하지 못하는 존재일 수 없다. 당신은, 지금 이 순간, 당신의 길을 알고 있다. 당신은 되돌아설 수 없다. 당신에게 주어진 감성은 빠르게 내달리는 이 세상에 커다란 선물이다. 당신은 세상에게 가르쳐 줄 수 있다. 천천히 내려가는 법을, 평범한 일상에서 아름다움을 가질 수 있는 법을, 공간을 확보하고 침묵을 지키며 편안해지는 법을, 호흡하는 법을….

31

WALKING WITH JOY

Sometimes you become so mesmerised by the goal, the destination, the future, the 'place you should be', that you forget the present ground, the place where you stand, the place from which you will take the next step, the place where life always is.

You forget that you are breathing now, that the journey is made only of breaths, fleeting instants, moments that cannot be repeated. You forget your own presence, so solid, so trustworthy, so constant amidst the constant change of the journey. The destination has become more important than presence, and you have become lost in time.

Joy is not a place you reach. Joy will not appear magically on the completion of your journey. Joy lives only in presence. Joy has a home called Now.

Joy is there in the sense of being alive, the belly rising and

31

즐겁게 걷기
Walking with Joy

때로 당신은 목표, 목적지, 미래, '당신이 있어야만 한다는 곳'에 완전히 매료돼 지금 두 발을 딛고 있는 땅, 당신이 서 있는 곳, 다음 걸음을 떼게 될 곳, 삶이 늘 존재하는 곳을 잊곤 한다.

당신은 지금 이 순간, 당신이 호흡하고 있다는 것을, 삶의 **여정**journey이 호흡들로 이루어지고, 반복될 수 없는 순간순간들로 이루어진다는 사실을 잊는다. 당신은 당신 자신의 현재를 잊는다. 아주 견고하고, 무척이나 믿을 만한, 여정의 끊임없는 변화 속에서도 변함이 없는 당신의 현재를. 미래에 닿게 될 목적지가 현재보다 더 중요했던 당신은 그렇게 시간 속에서 길을 잃어왔다.

즐거움은 당신이 도달할 곳이 아니다. 즐거움은 당신의 여정이 완성되는 곳에 마법처럼 나타나는 무엇이 아니다. 그것은 단지 지금 이 순간에만 존재한다. 즐거움은 **지금**Now이라 불리는 집을 가지고 있다.

falling, the pounding of the heart, the surprising sounds of the afternoon. Joy is there in every step taken or not taken. Whether you are lost, or far from your destination, or unsure about your next step, joy is there, walking with you, breathing down your neck, willing you on.

즐거움은 살아있다는 느낌 안에 존재한다. 부풀었다가 가라 앉는 복부, 심장의 뜀박질, 오후의 저 놀라운 소음들 속에 있다. 즐거움은 발을 떼거나 떼지 않거나 모든 걸음 속에 있다. 당신이 길을 잃었든, 목적지로부터 멀리 떨어져 있든, 혹은 다음 걸음에 대해 확신이 서지 않든, 즐거움은 당신과 함께 걷고, 당신의 목덜미를 타고 내려가 올라오는 숨과 함께, 당신이 있는 '곳' ― '여기'에 있다.

LOVE'S ADVENTURE

We long for love as much as we fear it. We yearn to be seen as much as we bolt at the possibility of being seen. We hunger for the deep embrace of intimacy, tender eyes that gaze upon us with understanding and empathy, as much as we try to avoid that very gaze. It's too risky. Too exposing. Nowhere to hide. *To be seen is to die*.

A battle rages in us. The unloved one longing to hide, and the one who longs for the thrill and risk and adventure of loving.

Unconsciously, we are attracted to or repelled by those who treat us, speak to us, hold us the way our parents did or did not. We are drawn to those who can heal us, and sometimes drawn to those who cannot. We think we are falling in love with a person, and sometimes we are just falling in love with

32

사랑의 모험
Love's Adventure

우리는 사랑을 두려워하는 만큼이나 사랑을 갈망한다. 우리는 드러내지 않으려고 하는 만큼이나 드러나기를 갈망한다. 우리는 친밀하고 깊은 포옹, 이해와 공감으로 바라봐주는 온화한 시선을 피하려 애쓰는 만큼 그 시선에 주려 있다. 너무 드러나 있다. 어디 숨을 곳이 없다. **드러나는 건 죽는 것이다.**

우리 안에서 전투가 격렬하게 일어난다. 사랑받지 못하는 존재는 숨을 곳을 찾지만, 그는 사랑의 흥분과 위험과 모험을 갈망한다.

무의식적으로 우리는 우리를 대하고, 우리에게 말을 걸고, 우리의 부모들이 했던 혹은 하지 않았던 방식으로 우리를 다루는 사람에게 빠져든다. 혹은 그 사람으로부터 버림받았다는 느낌에 휩싸인다. 우리는 우리를 치유할 수 있는 사람들에게 끌리지만, 때로는 그럴 수 없는 사람들에게 끌리기도 한다. 우리는 어떤 사람과 사랑에 빠졌다고 생각하지만, 때로는 그 사

our own image of them, which has nothing to do with them at all.

We love and we lose our images of love. We rise and we fall. Our hearts soar and our hearts break into a million pieces. We seek security and find insecurity and we find security in that. We seek freedom and find the prison of our own programming and lose hope and then regain it.

Sometimes it takes courage to leave a relationship. Sometimes it takes courage to stay. Sometimes it takes courage to do nothing, today. Sometimes it takes courage to admit how much pain you are in. Sometimes it takes courage to admit how happy you are.

Sometimes you take a step without knowing why, and everything only becomes clear in hindsight. You can't get it wrong anyway. ***Take the step, or do not***, love whispers.

We lose ourselves and we find ourselves. We give more than we can take, exhausting ourselves in the name of "love". Or we run as fast as we can, exhausting ourselves in our flight from "love".

"Will somebody see me. Listen. Hold me. Let me break..."

람과 아무 관련도 없는, 그저 우리가 만든 그 사람의 이미지와 사랑에 빠질 수도 있다.

우리는 우리가 만든 이미지를 사랑하기도 하고 잃기도 한다. 우리는 일어나고 넘어진다. 우리의 마음은 높이 솟구치기도 하고 수만 갈래로 찢어지기도 한다. 우리는 안전을 추구하고 불안감을 발견하고, 그 안에서 안전함을 찾는다. 우리는 자유를 찾기도 하고, 우리 자신이 설정한 감옥을 찾기도 한다. 희망을 잃기도 하고, 그러다 다시 얻기도 한다.

때때로 관계를 끊으려면 용기가 필요하다. 때때로 눌어붙어 있으려면 용기가 필요하다. 때때로 아무것도 하지 않으려면 용기가 필요하다. 때때로 당신이 얼마나 많은 고통을 겪고 있는지 인정하려면 용기가 필요하다. 때때로 당신이 얼마나 행복한지 인정하려면 용기가 필요하다.

때로는 이유를 알지 못한 채 걸음을 떼고, 모든 것이 뒤늦게야 명확해지기도 한다. 어쨌든 당신은 잘못된 것이 아니다. 사랑이 당신의 귀에 속삭일 것이다. **"걸음을 떼세요. 그러지 않아도 괜찮아요."**라고.

우리는 우리 자신을 잃고, 우리 자신을 발견한다. 우리는 우리가 가질 수 있는 것보다 더 많이 준다. '사랑'이라는 이름 안에서 우리는 우리 자신을 완전히 소모한다. 어쩌면 우리는 우

And the drama of love plays out. And as the play goes on we learn more about ourselves. We begin to see our blind spots. Our unconscious patterns come into the light of awareness. We realise our assumptions. Our childhood fantasies start to crumble. Pain that we never wanted to feel, we suddenly feel. Grief. Anger. Feelings of rejection, abandonment, shame. We want to run, go back into the old addictions, the old comfort, and for whatever reason, we don't. We get curious. We start looking and stop thinking so much. We begin to relate to ourselves. Treat ourselves like the greatest lovers that we are. The most fascinating and beloved creatures.

With each day, we begin meeting ourselves more deeply. Discovering who we really are. What we feel, and what we don't. What we want and what we don't. Learning to say 'yes' when we mean yes and 'no' when we mean no and if that hurts someone, giving them back their responsibility to heal. Learning that love is not all butterflies and roses and positive feelings. It is work, too. It is mess. It is pain and the courage to breathe through that pain into joy and expansiveness. Love asks us to become more and more real, more and more human, more and more conscious, less and less perfect. More self-aware and willing to feel. And to feel more. And to feel more. And more. And to let our hearts break sometimes. To

리가 달릴 수 있는 것 이상으로 빠르게 내달린다. '사랑'으로부터 날아올라 우리 자신을 완전히 소모한다.

"누군가 나를 보게 되겠죠. 귀를 기울여요. 나를 잡아요. 내가 깨지도록 놓아두세요…."

그리고 사랑의 드라마는 막이 내린다. 하지만 연극이 계속될 때 우리는 우리 자신에 대해 더 많은 것을 배우게 된다. 우리는 우리가 보지 못한 지점들을 보기 시작한다. 우리가 무의식적으로 행했던 패턴들은 **인식**awareness의 빛 안으로 들어온다. 우리는 추정한 것들을 알아차리게 된다. 우리의 어린 시절 판타지들이 무너지기 시작한다. 우리가 결코 느끼고 싶지 않았던, 느닷없이 느끼기 시작한 고통. 슬픔. 거부와 포기와 부끄러움에 대한 느낌들.

우리는 내달리고 싶고, 오래전부터 이어져 온 중독으로 되돌아가고 싶고, 오래전의 안락으로 되돌아가고 싶어질 것이다. 하지만 어떤 이유로든, 우리는 그러지 않는다. 우리는 호기심에 사로잡힌다. 우리는 보기 시작하고, 너무 많이 생각하는 것을 멈춘다. 우리는 우리 자신과 관계를 맺기 시작한다.

우리 자신을 정말 좋은 연인처럼 대하라. 가장 매력적이고, 가장 사랑스런 생명으로.

매일매일, 우리는 우리 자신과 더욱 깊이 만나기 시작한다. 있는 그대로의 우리 자신에 대한 발견. 우리가 느끼는 것과 느끼지 못하는 것. 우리가 원하는 것과 원치 않는 것. '예스'라고 느낄 때 '예스'라고 말하고, '노'라고 느낄 때 '노'라고 말하

not know, sometimes. To be bored, sometimes. To be blissed-out, sometimes. To be full of life, sometimes. To sometimes not know what the next step is. And to then take it, or not.

Love is not a feeling, a state, or an experience. It's not a destination. It's this extraordinary Light that shines from within. It's this radiant Knowing that never leaves. It's the Joy of being alive.

We can know it together. We can know it alone. We can remind each other of it. We can forget, too. We can trigger each other and help each other to become curious about those triggers. We can do that work, or not.

We can meet in love's fire. Walk together, or not. Share our hearts. Step back. Step towards. Or stay where we are. Learn to love the dance of it, the spontaneity, the adventure, the mystery, the immediacy and the intimacy of it and the running too. Learn to unlearn what we know and embrace the unknowing as new knowing. And get more and more content with the unresolvability of it all. More and more happy with the unhappy one, certain about the uncertainty, so secure in the insecurity. More and more blissed-out at our lack of bliss. More and more curious about what's here Now. Less and less

는 것. 사랑이 모두 나비가 아니라는 것, 모두 장미가 아니라는 것, 모두 긍정적인 느낌이 아니라는 것에 대한 배움. 사랑은 우리가 하는 일이기도 하고, 혼란이기도 하다.

고통을 통과해 즐거움 속으로 숨을 불어넣는 것은 고통스럽고도 용기 있는 일이다. 사랑은 우리가 더욱 진짜가 되기를, 더욱 인간이 되기를, 더욱 의식하기를, 그리고 덜 완벽하기를 요구한다. 더 큰 자각과 기꺼이 느끼기를. 그리고 더 많이 느끼기를. 그리고 더욱더 많이 느끼기를. 그리고 더 많이. 그리고 우리의 가슴들이 때로는 부서지게 그냥 놔두기를. 때로는 알려고 하지 않기를. 때로는 지루해하기를. 때로는 더없는 황홀에 빠지기를. 때로는 삶으로 가득 채워지기를. 때로는 다음 걸음이 무엇인지 모르기를. 그리고 그런 다음 내딛기를. 혹은, 그러고도 내딛지 말기를.

사랑은 느낌이 아니다. 상태도, 경험도 아니다. 성취해야 할 목적도, 다다라야 할 목적지도 아니다. 그것은 우리 안에서 비쳐 나오는 특별한 **빛**이다. 사랑은 결코 떠나지 않는, 빛나는 **앎**이다. 그것은 생생히 살아 존재하는 **기쁨**이다.

우리는 사랑을 함께 알 수 있다. 우리는 사랑을 홀로 알 수 있다. 우리는 서로에게서 사랑을 떠올릴 수 있다. 우리는 또한 잊을 수도 있다. 우리는 서로에게 뭔가를 일으키는 동기가 될 수 있고, 서로가 그렇다는 것을 호기심 어린 눈으로 바라볼 수 있도록 서로를 도울 수 있다. 우리는 그 일을 할 수 있다. 혹은,

solid, more and more playful. Less a seeker of love, more a giver of it, and a finder of it, and a wild Presence that invites others into the same joy.

This is Love's Adventure, in each and every moment of our lives.

하지 않을 수도 있다.

우리는 사랑의 불길에서 만날 수 있다. 함께 걸으라. 혹은, 걷지 않아도 좋다. 우리의 가슴을 공유하라. 같은 방향으로 발길을 떼도록 하라. 혹은, 우리가 있는 그곳에 머물라. 사랑의 춤, 사랑의 자연스러움과 모험과 신비와 속도, 사랑의 친밀함에 빠져드는 법을 배우라.

우리가 알고 있는 것을 잊는 법을 배우고, 알지 못한 것을 새로운 앎으로 받아들이는 법을 배우라.

그리고 결코 소멸되지 않는다는 사랑의 속성을 더없이 즐겨라. 행복하지 않은 사람과 함께하여 더 행복해지고, 불확실함을 통해 확실함에 이르고, 불안으로부터 안정을 얻도록 하라. 행복에 대한 결핍이 더 큰 행복을 가져다준다는 사실을 알라.

지금 이곳에 대해 더 큰 호기심을 가지도록 하라. 덜 경직되고, 더 많이 농담을 던지라.

사랑을 쫓는 자가 되기보다는 사랑을 주는 자가 되고, 사랑을 발견하는 자가 되고, 야생 그대로 살아있는 지금 이 순간으로 타인들을 초대해 당신이 가진 기쁨을 똑같이 나누도록 하라.

이것이 사랑의 모험이다. 삶의 매 순간마다 펼쳐지는.

33

THE SWEETNESS OF THE HEART'S REOPENING

Sweetheart, I know your heart feels closed right now.

You feel lonely, disconnected, separate, like you're not part of this world, and the things that brought you joy yesterday seem so far away today. I want you to know you are still precious, still an astonishing movement of creation, still fascinating and beautiful as you are, even with your closed and aching heart.

Bring your attention to the here-and-now; past and future are not your true home, my love. Become curious about your body. Feel its weight, its warmth. Do some parts of your body feel tight, pressured, heavy? Is there a deadness, a constricted feeling somewhere? Do some regions feel expansive, spacious, light, tingly? Is there a hollow feeling in the belly? A tightness in the throat? A constricted feeling between the

33

가슴이 다시 열릴 때의 달콤함
The Sweetness of the Heart's Reopening

사랑하는 사람끼리 부르는 애칭을 써볼까요. '자기야'라고. 나는 알 수 있어요. 당신의 마음이 지금 이 순간 가까이에 있다는 걸요. 그걸 당신이 느끼고 있다는 걸 말이죠.

당신은 외롭다고, 연결이 끊어져 있다고, 분리되어 있다고 느낍니다. 당신은 이 세상의 일원이 아닌 것처럼 느낍니다. 지난날 당신의 즐거움들이 오늘은 너무 멀리 있다고 느끼는 거죠. 나는 당신이 알았으면 좋겠어요. 당신은 여전히 값진 존재이고, 여전히 창조의 놀라운 움직임 안에 있으며, 늘 그렇듯 여전히 매력적이고 아름답다는 걸요. 당신의 가슴이 닫혀 있고, 극심한 고통에 싸여 있더라도 그건 변하지 않아요.

당신의 관심과 주의를 지금, 여기로 가져오세요. 과거와 미래는 당신의 진짜 집이 아니에요, 나의 사랑. 당신의 몸을 호기심 어린 눈으로 바라보세요. 몸의 무게와 온기를 느껴보세요. 당신 몸의 어떤 부위는 딱딱하고, 눌린 것 같고, 무겁죠?

eyes? Is the jaw tense or relaxed? What is the quality of your breathing in this moment? What sounds do you hear around you now? What is the loudest sound you can hear? What is the closest sound, and the furthest sound? Can you become curious about this moment, this present scene in the movie of your life, see it the way a child would? Can you witness it, without judging it or trying to change it? Can this moment be the way it is, and if it can't, can that be allowed, too? Can even your resistance to this moment be allowed, your non-acceptance, your "no", your refusal of what is? Can *everything* be given a place, here? The sorrow, the loneliness, the exhaustion, the heaviness and frustration, even the despair? Can it all be held in the moment, the way a mother holds her precious new-born?

> *Can it be okay*
> *for you to*
> *not be okay, now?*

Perhaps there is no mistake, my dear. Perhaps nothing is going wrong. Perhaps the story the mind has constructed about life is just that, a story, and you are here, whole, prior to all stories. Perhaps you are not supposed to know, ever,

어딘가 무감각하고, 거북하게 느껴지는 곳이 있나요? 어떤 부위는 팽창하는 것 같고, 텅 빈 것 같고, 가볍게 느껴지고, 따끔거리지요? 뱃속은 빈 공간처럼 느껴지지 않나요? 목은 꽉 막힌 것 같고요. 두 눈 사이가 꽉 조이는 것 같진 않나요? 턱은 바짝 당겨진 것 같나요, 아니면 축 늘어진 것 같나요? 지금 이 순간 호흡은 어때요? 무슨 소리가 지금 당신 주위에서 들리나요? 가장 크게 들리는 소리는 어떤 소리죠? 가장 가까운 소리는요? 가장 먼 소리는요?

지금 이 순간, 당신의 삶이라는 영화에서 현재 상영되고 있는 장면을 호기심 어린 눈으로 지켜보실래요? 아이처럼 보이나요? 그 아이가 누구인지 판단하지 말고, 장면을 바꾸려고 하지 말고, 그냥 지켜볼 수 있겠어요? 이 순간을 있는 그대로 놓아둬 보세요. 그냥 흘러가도록 놓아둘 수 있죠? 이 순간에 저항한다면, 이 순간이 받아들여지지 않는다면, '노'라고 하고 싶다면, 거부하려 한다면, 괜찮아요. 그냥 그렇게 되도록 놓아두세요. 모든 것을 여기에다 그냥 두세요. 슬픔도, 외로움도, 탈진도, 무거움도, 좌절도, 절망까지도. 지금 이 순간 그 모든 걸 안아 줄 수 있나요? 엄마가 소중한 새 아이를 품에 안고 있는 것처럼요.

괜찮을까요.
모든 게 당신을 위한 거예요.
지금은 괜찮지 않아요?

and perhaps the heart *has* to close sometimes, to protect itself, to rest and to rejuvenate, and for you to eventually know the sweetness of its reopening.

Perhaps you are more *alive* than you ever thought possible.

실수도, 잘못도 없어요. 내가 사랑하는 당신, 잘못되어 가는 것은 없어요. 그런 건 마음이 만들어낸 이야기일 뿐입니다. 삶에 대해 이러쿵저러쿵 만들어놓은 이야기. 당신은 여기 있어요. 온전한 존재로. 모든 이야기를 넘어선 존재로. 어쩌면 당신은 모를 수도 있어요. 영원히 모를 수도 있죠. 때로는 가슴을 닫고 있어야 할지도 몰라요. 스스로 보호하려는 거죠. 휴식을 취하고, 활기를 되찾으려고 그럴 수도 있어요. 결국 당신은 알게 되죠. 가슴이 다시 열릴 때의 그 달콤함을. 어쩌면 그때, 당신은 상상할 수 없을 정도로 활기찬 **생명력**을 가지게 될지도 모르죠.

34

YOUR WILD VOICE

The truth will always come out.

You can try to suppress truth, you can threaten, punish, enslave, crucify those who dare speak it, you can run from it, try to numb it, silence it, smother it, shame it, ridicule it, throw all manner of lies and manipulations and half-truths at it.

But in the end, truth will always win. Because truth is life.

And it takes courage to speak truth. You may risk losing your livelihood, your relationships, your reputation, your worldly possessions, your friends, your family, even your life. You may be quaking as you speak it, dripping with sweat, nauseous and drymouthed and on the verge of fleeing.

But in the end you cannot hold it back. It is more powerful than you. It will outlast you and outlive you. You were born from it and will return to it. It speaks through you; you are

34

당신이 가진 야생의 목소리
Your Wild Voice

진실은 언제나 드러난다.

당신은 진실을 억누를 수도 있다. 당신은 진실을 말하는 자들을 위협할 수도, 벌할 수도, 노예로 만들 수도, 처형할 수도 있다. 당신은 진실로부터 달아날 수도, 진실을 옴짝달싹 못하게 할 수도, 침묵시킬 수도, 질식시킬 수도, 모욕할 수도, 우스꽝스럽게 만들 수도 있다. 당신은 진실을 거짓말이라고, 조작된 것이라고, 반쯤만 사실이라고 왜곡할 수도 있다.

그러나 결국, 진실은 언제나 이긴다. 진실이 곧 삶이기 때문이다.

진실을 말하는 데는 용기가 따른다. 당신은 생계를 잃을 수도 있고, 당신의 관계와 명성과 직장을, 친구와 가족을, 심지어 생명까지 잃을 위험도 있다. 진실을 말할 때, 당신은 두려움에 떨 수도 있고, 땀에 흠뻑 젖을 수도 있고, 욕지기를 느낄 수도 있고, 입이 바짝 타들어 갈 수도 있고, 도망치고 싶은 욕구를 느낄 수도 있다.

a vessel for truth. And when you know truth and declare it to the Universe and to all who will listen, you may feel the doubt and the guilt and the shame of it too, the terror of abandonment, old thoughts warning you to shut the hell up.

But you will feel so alive. So on your path. So aligned with your calling. So willing to face the consequences, moment by moment, breath by breath. And those who want your truth will gather around you, and you will know your true family.

There is no greater power on Earth, no more potent agent for change, and no more thrilling experience, than you, wild and alive with your truth.

그러나 결국 당신은 진실을 억누를 수 없다. 진실은 당신보다 더 강력한 힘을 가지고 있다. 그것은 당신보다 더 오래 버티고, 당신보다 더 오래 살 것이다. 당신은 거기서 태어났고, 그곳으로 되돌아간다. 진실은 당신을 통해 말하는 것이다. 당신은 진실을 담는 그릇이다. 당신이 진실을 알고 그것을 온 우주에, 귀 기울인 사람들 모두에게 알릴 때, 당신은 의심과 죄의식과 수치심을 느낄 수도 있다. 포기하고 싶은 두려움, 입을 닥치라는 케케묵은 경고에 무릎이 덜덜 떨릴 수도 있다.

그러나 당신은 살아있음을 느낄 것이다. 당신의 길 위에 서 있음을 느낄 것이고, 당신이 해야 할 일을 하고 있음을 느낄 것이다. 결과에 고개를 돌리지 않을 것이고, 매 순간, 숨을 들이쉬고 내쉴 때마다 정면을 응시할 것이다. 그리고 당신의 진실을 바라는 사람들이 당신의 주위로 모여들 것이고, 당신은 당신의 진정한 가족들을 알게 될 것이다.

지상에서 당신보다 더 큰 힘은 없다. 당신을 바꿔놓을 잠재력을 가진 존재 따위는 없다. 당신보다 더 가슴 뛰는 경험은 없다.

당신의 진실과 함께하는, 야생의 생명력을 지닌 존재는 당신 외엔 없다.

35

LOVE'S DEEPER COMMITMENT

Let's not commit right now to a future together, my love. The future is so unknown, and we are so fluid and alive and ever-changing, and tired of pretending that we know.

Let's commit to *Presence*. Let's commit to meeting, in the fire of today. To *knowing* each other and letting ourselves be known. To *walking* this path of healing, wherever it may take us.

To *telling the truth to ourselves and to each other*.

Our thoughts and feelings are ever-changing within us, and uncontrollable, like a wild ocean of love. Our desires wax and wane; our dreams are born and die in every moment. Let's not commit to a form of love, today. The forms are always shifting, like the tides. We do not need the old security now. Let's make a deeper commitment; one that cannot be

35

사랑의 깊은 헌신
Love's Deeper Commitment

지금 당장 미래를 약속하지 말아요, 우리. 미래는 전혀 알지 못하는 것, 우리는 그냥 흘러가고, 살아있고, 끊임없이 변하고, 아는 척하는 것에 신물이 나 있죠.

그냥 현재를 약속하기로 해요. 만남을 약속해요. 오늘의 불길 속에서의 만남. 서로를 알아가고, 알게 되도록 우리 자신을 놓아두는 거죠. 치유의 이 길을 걸어요. 우리를 데려가는 곳이 어디이든.

우리 자신에게, 서로에게, 진실을 말할 것 ─ 이것만 약속하기로 해요.

우리의 생각과 느낌들은 우리 안에서 끊임없이 변해요. 통제할 수 없어요. 마치 사랑의 거친 바다처럼. 우리의 욕망은 치솟다가 스러지죠. 우리의 꿈들은 매 순간 태어나고 또 죽어가죠. 오늘, 사랑의 모습을 약속하지 말아요, 우리. 모습들은 늘 바뀌잖아요, 밀물과 썰물처럼. 우리에겐 이제 케케묵은 안

broken or lost. ***To love itself***. To presence. To meeting in the hereand- now. To bringing and showing all of ourselves. To telling the truth, today; knowing that our truth may change tomorrow. To listening to each other. To bowing before each other's experience, even if our hearts are broken and tender, even if we trigger the deepest pain in each other, the most profound disappointment, the strongest urges and longings.

Let us commit to meeting our own pain. Loving each other takes courage! Yes! For love is a field, not a form. Let us commit to the field, remember the field in every moment of our precious days on this Earth, devote ourselves to the field, the eternal Now.

In ten years' time, we may still be together. We may have children. We may live together, or live apart. We may never see each other again. This may be our last day. If we are honest, ***we really do not know***; not knowing is our Home. When our eyes are open, when we are awake, we live very close to life, very close to death, very close to insecurity, very close to loss. But this is where we find such great aliveness — on the edge of things. Where everything is always new. Where we are constantly surprised by ourselves, and each other.

락함 같은 건 필요치 않아요. 더 깊은 약속, 헌신을 만들기로 해요. 깨질 수도, 잃을 수도 없는 것을요. **사랑 그 자체를**. 현재를 살아가는 그것. 지금 여기에서의 만남. 우리 자신의 모든 것들을 불러오고 보여주는 것. 진실을 말하는 것, 말이죠. 우리의 진실이 내일 바뀔 수도 있다는 사실을 아는 것. 서로의 말에 귀를 기울이는 것.

서로의 경험에 고개를 숙이기로 해요. 설령 우리의 가슴이 깨지고, 서로에게 가장 깊은 아픔과 더할 수 없는 실망, 더할 수 없는 강요, 강력한 욕구와 갈망을 유발할 때조차 거기에 귀를 기울이고, 고개를 숙이겠다는 것 ─ 이것이 약속이고 헌신이라는 것.

우리 자신의 고통과 만나는 것에 헌신하기로 해요, 우리. 서로를 사랑한다는 건 용기를 주는 거잖아요! 그래요! 사랑은 드넓은 평원이지요. 어떤 형태가 아니죠. 우리, 그런 평원에 헌신하기로 해요. 이 지상의 값진 나날들, 그 매 순간들에 사랑의 평원이 존재함을 기억해요. 그 평원에, 영원한 **지금**Now에 우리 자신을 바치기로 해요.

십 년이 지났을 때, 우린 여전히 함께할 수도 있겠죠. 아이들이 있을지도 모르죠. 함께 살 수도 있고, 떨어져 지낼 수도 있겠죠. 서로를 다시는 보지 않을 수도 있겠죠. 오늘이 우리의 마지막 날일 수도 있겠죠. 우리가 만약 정직하다면, **우리는 정말로 모를 수도 있어요.** 모른다는 것이 우리의 **집**Home이니까

We may be friends, or lovers, or strangers, or family, or we may remain undefined, beyond narrative, our love unable to be captured in words. Here at the edge of the known, on the line that once divided sanity from madness, and doubt from certainty, we play, we dance, we drink tea, we touch each other, we cry, we laugh, we meet. We sacrifice comfort and predictability. But what we gain is astonishing: ***This tremendous sense of being alive***. No longer numb to the mysteries of love, the mysteries of our bodies. A little raw, perhaps. A little shaky. Maybe a little disoriented, but perhaps this is the price of being totally free. Maybe an old part of us still seeks mommy or daddy, that Magic Person who will never leave, give us all the answers and take away the terrible loneliness repressed in our guts. Loving that frightened part too; bowing to that part too, but no longer being controlled by it.

And they will ask: ***What about your future? Why are you afraid of commitment? Why do you run from security? Comfort? Future? Convention? The Known?*** They will say you are crazy, or you don't understand love, or you are lost, or you are unloving and selfish, and you will smile, and understand their fear, for their fear was once yours, and you cannot abandon your path now. And nobody has to walk with you. Ever.

요. 우리가 눈을 뜨고 있을 때, 우리가 깨어 있을 때, 우리는 삶과 가장 가까이에 있고, 죽음과 가장 가까이에 있고, 불안정과 가장 가까이에 있고, 상실과 가장 가까이에 있어요. 그러나 이곳은 만물의 가장자리 ─ 진실로 위대한 살아있음을 발견하는 곳입니다. 모든 것이 늘 새로운 곳. 우리 자신에 의해, 그리고 서로에 의해, 끊임없이 경이로움에 휩싸이는 그곳입니다.

우리는 친구가 될 수도 있고, 연인이 될 수도 있고, 낯선 사이가 될 수도 있고, 가족이 될 수도 있습니다. 혹은 불확실한 상태로 남아 있을 수도 있죠. 설명할 수 없는 어떤 상태. 언어에 담아놓을 수 없는 어떤 상태. 이곳은 앎의 가장자리 ─ 분별과 광기가, 의심과 명확함이 나뉘는 선 ─ 거기서 우리는 춤추고, 차를 마시고, 서로를 만지고, 울고, 웃고, 만납니다. 이곳에서 우리는 안락과 가능한 예측들을 희생시킵니다. 그러나 우리는 놀라움을 얻지요. **살아있다는 이 가슴 떨리는 감각.** 더 이상 사랑의 신비에, 육체의 신비에 옴짝달싹 못하는 일은 없습니다.

아마 야생적인 것이 더 많아지고, 불안하게 흔들리는 것도 더 많아지겠지요. 어쩌면 더 많이 방향을 잃을지도 모릅니다. 그러나 이것은 완전한 자유의 존재가 되는 대가이지요. 우리 내면의 길들여진 아이들은 엄마와 아빠를 찾고, 그 마법의 존재가 우리에게 모든 답을 줄 것이라고, 우리 안에 켜켜이 쌓인 끔찍한 외로움을 걷어갈 것이라고 믿을 겁니다. 그렇게 겁에

At some point, only Truth will satisfy. A living Truth, re-newing itself each and every moment, the wild Truth of the heart.

When Love and Truth are One, when the Commitment is deeply rooted in the breath, we can finally face each other without resentment, and explode into the most melancholy sunsets, held in the most profound joy.

Walking alone, together, alone.

질린 아이들 — 그런 부분들 — 역시 사랑하고 고개를 숙이기로 해요. 하지만 우린 더 이상 그들에 의해 조종당하지는 않을 겁니다.

그리고 그들은 물을 겁니다. **당신의 미래는 어때? 당신이 헌신을 두려워하는 이유가 뭐지? 당신은 왜 안락함으로부터 도망을 쳐? 편안함, 미래, 관습, 앎으로부터 도망치는 이유가 뭐지?** 그들은 당신이 미쳤다고 말하겠죠. 혹은 당신이 사랑을 이해하지 못한다고, 당신은 길을 잃었다고, 당신은 사랑도 모르는 이기적 존재라고 말하겠죠. 그러면 당신은 미소 지을 겁니다. 그들의 두려움을 이해하니까요. 그들의 두려움은 한때는 당신의 두려움이기도 했으니까요. 당신은 이제 당신의 길을 포기할 수 없습니다. 그리고 아무도 당신과 함께 걸을 필요가 없습니다. 영원히 그럴지도 모르죠.

어느 시점에서는 **진실**Truth만이 만족할 것입니다. 매 순간 스스로를 새롭게 하는, 살아있는 진실. 심장에서 고동치는 야생의 진실.

사랑과 **진실**이 하나가 될 때, **헌신**이 호흡 속 깊은 곳에 뿌리내릴 때, 우리는 마침내 분노가 사라진 얼굴로 서로를 마주보고, 가장 고독한 일몰 속으로 폭발하듯 스며들고, 가장 진한 즐거움에 닿을 수 있을 것입니다.

우리 함께, 홀로 걸어요. 홀로, 함께 걸어가요.

36

LONELINESS CONTAINS ITS OWN CURE

The more you surrender into presence, that existential freedom which is your birthright and your true home, and the more you relax out of the mind and its infinitely complex conditioning, and the more you shed those roles and activities you habitually use to escape yourself, the more you will encounter the raw longings, anxieties and insecurities you were always running from.

You were always seeking security in an inherently insecure cosmos.

The less identified with the narrative you become, the more groundless and homeless you may begin to feel. But this is not a bad thing. Groundlessness is the way, the truth, the life; it is how pure freedom can be intimately known. As the Buddha taught, there is no ground anywhere to be found. Nothing to hold onto. No home. No rest for the seeker. *Ex-*

36

외로움에는 외로움의 치유가
함께 담겨 있다
Loneliness Contains its Own Cure

당신이 현재에 투항할수록, 끝없이 반복되는 복잡한 조건에서 더 많은 여유를 갖게 될 것이다. 현재란 당신의 타고난 권리와 당신의 진정한 집인 **실존적 자유**existential freedom이기 때문이다. 당신이 자신으로부터 도망치기 위해 습관적으로 사용하는 역할과 행동은 더 많이 없어질 것이고, 야생의 갈망들과 더 많이 마주할 것이다.

당신은 항상 안정을 좇아왔다. 태생적으로 불안정한 이 우주에서.

당신이 등장하는 만들어진 이야기와 당신을 동일시하는 태도를 줄이면 줄일수록, 토대를 잃고 집을 잃은 듯한 느낌이 시작될지 모른다. 그러나 이것이 나쁜 것은 아니다. 토대를 잃는다는 것이 길이고, 진실이고, 삶이다. 그것은 순정한 자유가 자신의 존재를 친밀하게 알려오는 것이다. 붓다가 알려주었듯, 어디에서도 찾을 수 없는 것이 바로 토대고 근거다. 붙들고 의지할 곳이란 없다. 집은 없다. 좇는 자에게 휴식은 없다. 지금

cept here in presence. ***Except*** in the breath. ***Except*** in this field of true acceptance. The mind is no ground for you.

There is a profound loneliness and sense of loss inherent in the experience of freedom. It is the loneliness of pure meditation, the loss of a solid world; it is the loneliness of distant planets spinning in infinite night. It is the loneliness of forever being at the point of pure creation. It is the loneliness of leaving the known world and confronting the precious passing moments. It is the loneliness that exists at the core of every being, the loneliness that is the realisation, "I am living and I am dying and I cannot resolve this Mystery for myself, and nobody can resolve it for me, and nobody can breathe for me, love for me, die for me…"

This is a sacred loneliness, a holy sense of loss that is not bad, or wrong, or dangerous, or sinful or shameful, or a sign that you are broken or damaged or incomplete in some way; it is actually a nourishing, comforting, restful, life-giving energy, a misunderstood doorway to peace, to self-love, to contentment and joy. It is a loneliness that never leaves, that is not dependent on how many people surround you or how 'popular' you are or how many 'fans' you have, a loneliness that is actually built-in to Being itself, that calls you home

이곳을 제외하고는. 내쉬고 들이쉬는 호흡 외에는. 진정으로 받아들이는 이 평원을 제외하고는 없다. 마음은 당신을 위한 토대가 아니다.

자유에 대한 경험 안에서는 태어나면서부터 가진 깊고 짙은 외로움과 상실감이 존재한다. 그것은 순정한 명상의 외로움, 견고한 세계의 상실이다. 그것은 끝없이 이어지는 밤을 돌고 도는 저 먼 행성들의 외로움이다. 그것은 순정한 창조의 정점에 선 영원한 외로움이다. 그것은 앎의 세계를 떠나, 스쳐 지나가는 소중한 순간들과 마주하는 외로움이다. 그것은 모든 존재의 한가운데에 존재하는 외로움, "나는 살아있고, 나는 죽어가고, 나는 홀로 이 신비를 풀어낼 수 없으며, 누구도 나를 위해 해결해 줄 수 없고, 누구도 나를 위해 대신 숨을 쉬어 줄 수 없고, 사랑해 줄 수 없고, 날 위해 대신 죽어 줄 수 없다…"는 것을 자각하는 외로움이다.

이것은 나쁘지 않은, 잘못된 것이 아닌, 위험하지도 않은, 죄악이거나 부끄러운 것이 아닌, 신성한 외로움, 성스러운 감성이다. 이것은 당신이 부러졌다거나 병에 걸렸다거나 어떤 식으로든 불완전하다는 것을 상징하는 것도 아니다. 실제로 이것은 영양을 공급하고, 위로하고, 휴식을 주는, 생명의 에너지를 제공하고, 오해의 문이 평화와 자신에 대한 사랑과 만족과 즐거움을 향해 열리는 통로다. 이것은 얼마나 많은 사람이 당신을 둘러싸고 있느냐는 것과는 아무 상관이 없는 것이다. 이

moment by moment. Back here. To the body. To the earth. To the day as it unfolds. To the wonder of things. To the achingly green *green* of the grass in springtime. To the impossibly blue *blue* of the summer sky. To the mindstopping awe of creation. To the beauty you cannot begin to put into words, the beauty that only exists for a moment, the beauty that you cannot grasp.

Out of the mind and into this presence! To this intimacy with life. This is a loneliness that does not separate you or isolate you, but actually connects you profoundly with all things. It is a healthy loneliness, and it takes courage and strength to stay near to it and not run away into habitual distractions.

It is the kind of loneliness that everyone on the path of true meditation must confront in the end.

And so when you stop fleeing to your addictions designed to help you 'escape' from loneliness, and instead become intimate with this loneliness, nurture it, hold it close, breathe lovingly into it, understand it, converse with it, invite it in, paint it and sing it and dance it, you then understand the loneliness of every human heart, the unresolvable longing for God and rest and love and safety at the core of everyone's being, and your heart cracks open with compassion, ***and you***

것은 당신이 얼마나 '유명'하든, 얼마나 많은 '추종자'들을 데리고 있든, **존재함**Being 자체에 내장된 외로움이다. 이것은 당신을 매 순간순간 집으로 호출한다.

이곳으로 돌아오라back here. 몸으로. 지구로. 묶이지 않는 그대로인 오늘로. 만물의 경이로움으로. 봄날의 가슴 저미도록 푸르고 푸른 풀밭으로. 믿을 수 없이 푸르고 푸른 여름날의 하늘로. 마음을 끊어낸 창조의 진실로. 당신이 말로 옮겨놓을 수 없는 아름다움, 오직 지금 이 순간만 존재하는 아름다움, 당신이 거머쥘 수 없는 아름다움으로.

마음을 떠나 현재로! 삶과 함께하는 이 친밀함으로. 이것은 당신과 분리되거나 당신을 고립시키지 않는, 만물과 당신을 깊이 있게, 진정으로 연결하는, 외로움이다. 이것은 건강한 외로움이다. 이것은 자신과 가까이에 머물도록, 집중하지 못하게 만드는 습관에 빠지지 않도록, 용기를 주고 힘을 준다.

이것은 진짜 명상true meditation**의 길을 가는 모든 사람이 결국은 마주해야만 하는 외로움이다.**

외로움으로부터 '도망'치는 데에 도움을 주도록 설계된 당신의 온갖 중독증을 끊어낼 때, 당신은 이 외로움과 친밀해지고, 외로움을 보살피고, 외로움과 더 가까워지고, 외로움 안으로 사랑의 숨을 불어넣고, 외로움과 대화하고, 외로움을 당신 안으로 초대하고, 외로움에 대해 그림을 그리고, 외로움을 노래하고, 외로움을 춤추게 될 것이다.

그때 당신은 모든 인간의 가슴에 존재하는 외로움을 이해하

are not lonely anymore. You come out of the story of separa-
tion, the great movie called "I Have Been Abandoned", and
you connect very deeply with the exquisite soft and friendly
loneliness of being that is pure freedom.

You meet "the lonely one" inside and you love it so it is no
longer lonely.

You touch life at the point of creation.

Loneliness contains its own cure. Dive in.

게 될 것이고, 모든 이의 존재의 중심에 놓인 신과 휴식과 사랑과 안정감에 대한 풀리지 않는 갈망을 이해하게 될 것이다. 그때 당신의 가슴은 연민으로 열릴 것이고, **당신은 더 이상 외롭지 않을 것이다.** 당신은 분리와 분열의 스토리, "**나는 포기한 존재야**I Have Been Abandoned"라는 제목의 블록버스터 영화로부터 빠져나와 오묘하도록 부드럽고 친근한 외로움, 순정한 자유라는 존재의 외로움과 깊고 진하게 연결될 것이다.

당신은 내면의 '외로운 존재'와 만나고, 그것을 사랑하고, 더는 외롭지 않을 것이다.

당신은 창조의 정점에서 삶에 닿을 것이다.

외로움은 그 자체로 치유를 포함하고 있다. 그 물속으로 뛰어들라.

37

LETTER TO VINCENT VAN GOGH

I should have liked to have met you, Vincent. To have stood there with you on that threshold where formless becomes form, to have held you there on that dizzying precipice where we enter life and are entered in return, no protection, no answers. The field all true artists know, fear, are attracted to, flee then return to in the end because they have no other choice but to *participate*. The field where self and world and other dissolve and there are only sunflowers of brilliant yellow and eternities of dancing wheat and shimmering skies bursting with stars and roaring seas crazy with blue and white and every shade of green and nowhere to call home except there in the seeing itself. A world on the edge of tears, on the edge of stars, nobody to understand except the one who stops trying.

37

빈센트 반 고흐에게 보내는 편지
Letter to Vincent Van Gogh

당신과 만날 수 있었다면 좋았을 텐데요, 빈센트. 형태 없는 것이 형태가 되어 가는 경계에서 당신과 함께 서 있을 텐데 말이죠. 우리가 삶으로 들어가고, 이미 차례로 들어갔던, 보호자도 없고 대답도 없는 그 아찔한 벼랑 끝 말입니다. 모든 예술가들이 알고 있는 평원, 두려워하고, 매력에 사로잡히고, 달아나다 결국은 되돌아가는 그곳. 그들에겐 그곳으로 가는 수밖에 달리 선택이 없죠. 자아와 세계와 다른 모든 것들이 와해되어 버리는 평원, 타는 듯한 샛노란 해바라기들만이 있는, 끝도 없이 춤추는 밀밭, 일렁이는 하늘, 별들이 폭발하고 바다가 미친 듯 출렁이는, 푸르고 흰, 초록빛 그늘로 뒤덮인, 본다는 것 그 자체 안에 들어 있는 것을 제외하고는 어디에도 집이라 부를 만한 게 없는 그곳. 눈물의 가장자리에, 별들의 가장자리에 놓인 세상은 무엇이든 하려는 것을 멈춘 자만이 이해할 수 있지요.

The seeing. The seeing! A hair's breadth from madness, a hair's breadth from ecstasy! I should have liked to have held you there, my friend. Reminded you that you were safe. That your loneliness was sacred and your despair was not shameful and even your darkest secrets, urges and fantasies were not mistakes, not damn mistakes or signs of your failure or evidence of your sickness or proof that you weren't meant for this world. No, your human flaws were nothing less than art, *the art of the future* as you called it, where the peasant is king and the most ordinary moment has vastness in it. The future art of seeing every damn shade of our imperfect humanity as an expression of divinity, the same divinity that animated those wheat fields you disappeared into for days on end, painting, always painting, forever painting. Your *feelings* were sunflowers too, you see, your joy and your pain were as great and alive as those starry skies and seas all bursting with colour and light and shocking movement, and all the strange sensations surging through your body, all the traumas you were never quite able to touch, they were beautiful, too, Vincent, and safe. To me, anyway. And to many others who walk this strange path of awakening. You had a family you never met. I wish we had met.

본다는 것. 아, 본다는 것! 광기와 머리카락 하나만큼의 차이, 황홀경과 머리카락 한 올만큼의 간격! 빈센트, 당신이 거기에 있었으면 좋았을 텐데요. 당신이 안전하다는 것을 떠올릴 수 있었다면. 당신의 외로움이 신성했고, 당신의 절망이 부끄러운 것이 아니었음을, 당신의 가장 어두운 비밀과 억압과 판타지가 실수가 아니었음을, 당신의 실패도 당신이 병들었다는 증거도 아니었음을, 당신이 이 세상에 아무런 의미 없는 존재가 아니었음을 알았더라면.

그럴 리가 없죠. 당신의 인간적 결함은 당신의 예술에 비한다면, 당신이 미래라고 불렀던 그 예술에 비한다면 정말 아무것도 아니었지요. 당신의 그림들 안에서는 가난한 소작농들이 왕이었고, 가장 평범한 순간들이 가장 광대했지요. '미래의 예술'이란 것에 무엇이 있었던가요. 신성을 드러내기 위해 펼쳐놓은 빌어먹을 불완전한 인간성 외에.

당신이 살아 숨 쉬다가 사라져버린 그 밀밭의 신성함, 그것은 그려지고, 다시 그려지고, 영원히 그려집니다. 당신이 느꼈던 그 느낌들이 해바라기들 안에 살아있습니다. 당신의 기쁨, 당신의 고통이 별들 반짝이는 밤하늘만큼이나 크고 생생하게 살아있습니다. 모든 색, 모든 빛, 모든 꿈틀거리는 움직임, 몸을 뚫고 솟아오르는 모든 낯선 감각들이, 당신이 결코 닿을 수 없었던 모든 트라우마가 진정 아름다웠습니다, 빈센트.

그리고 참으로 편안하였습니다, 빈센트. 당신으로 인해 저도 그러합니다. 이 깨달음의 낯선 길을 가고 있는 다른 많은 사람

In a wheat field in Auvers one cool summer evening you lost all hope or perhaps you intuited a hope so vast and unreachable that it finally broke your spirit and you shot yourself through the chest with a revolver and two days later in a little attic room, your heart stopped and you became infinite. Or the infinite took you back, back to your beloved wheat fields but now inseparable from them, back to light, back to mother, back Home, and you found the deepest kind of rest you had never fully known in your short life.

In that tiny room they surrounded you with sunflowers and yellow dahlias and your last paintings, and they wept and remembered, and no church could have contained you anyway.

You were 37 then.

Oh, I don't think you were mad. I think you were too alive for this world. You were moved to tears by haystacks and potato eaters, prostitutes and tree roots. I think you saw too deeply and felt too keenly and found no home here because you were constantly torn asunder by the twin pulls of heaven and earth. And I think nobody had ever taught you how to hold yourself in-between the way you held the ever-shifting sunlight over those haystacks.

도 그러합니다. 당신에게는 당신이 만나지 못했던 가족이 있습니다. 우리가 만났었기를, 나는 바랍니다.

어느 여름밤, 오베르Auvers*의 밀밭에서 당신은 모든 희망을 잃었지요. 어쩌면 희망이 얼마나 광대하고 닿을 수 없는 것인지 직감했을지도 모르죠. 그것이 당신의 영혼을 부러뜨리고, 그 이틀 뒤 조그마한 다락방에서 당신의 가슴을 권총으로 쏘게 만들고, 당신의 심장을 멈추게 하고, 영면에 들게 할 것이란 사실을 말이죠. 어쩌면 그 영면이 당신을 되돌아가게 했을지도 모릅니다. 당신이 사랑했던, 이제는 당신과 떼어놓을 수 없는 그 밀밭으로, 어머니에게로, 집Home으로. 그리고 당신은 발견했지요. 당신의 짧은 삶에서는 완전히 알지 못했던, 가장 깊은 휴식을.

그 자그마한 공간에 해바라기와 노랑 달리아, 당신의 마지막 그림을 든 사람들이 당신을 둘러쌌습니다. 그들은 흐느끼며 기억했습니다. 교회의 그림자는 어디에도 보이지 않았습니다.

당신은 그때 서른일곱 살이었지요.

아, 나는 당신이 광인이었다고 생각하지 않습니다. 나는 당신이 이 세상을 생명력 넘치는 존재로 살았다고 생각합니다. 당신은 건초더미들과 감자 먹는 사람들, 창녀들과 나무뿌리들

---

* 프랑스 파리 근교에 있는 곳으로, 빈센트 반 고흐의 기념관(고흐 하우스)이 있다.

Oh. I just would have liked to have known you, my friend. That's all.

Thank you for your courage. Thank you for helping us see.

Thank you for the sunflowers, the irises, the wheat fields, the almond tree, the starry nights.

에 감동해 눈물을 흘렸지요. 당신이 너무 깊게 보고, 너무 예민하게 느꼈으며, 이곳에서 집을 발견하지 못했음을 나는 압니다. 당신은 천국과 지상이라는 쌍둥이가 서로 끌어당기는 통에 끊임없이 찢기기만 했으니까요.

그리고 나는 생각합니다. 그 누구도 당신에게 가르쳐주지 않았다고요. 건초더미들 위로 모습을 뒤바꾸며 쉼 없이 비쳐들던 햇볕을 당신이 보듬어 쓸어안는 법을.

아, 당신이 그걸 알았으면 얼마나 좋았을까요, 빈센트, 나의 친구. 그것이 처음이자 마지막인, 단 하나뿐인 전부니까요.

당신의 용기에 감사드립니다. 우리가 볼 수 있도록 도와준 당신에게 감사드립니다.

해바라기들, 붓꽃들, 일렁이는 밀밭들, 아몬드 나무들, 별들 반짝이는 밤하늘을 보여주어서.

38

THE STILLNESS IN THE CHAOS

Your legs ache. You've been on your feet all day. You're in a long line waiting for the ticket machine. They've just announced your train is delayed. You feel the frustration mounting. Impatience, annoyance, despair.

Resistance to the moment, to the way things are.

Suddenly, you remember, you are breathing. And it is Now. And you only ever have to face a single Now. And you feel your tired feet rather than thinking about them. You give them a little attention, which is love. And you feel the frustration in your chest and belly rather than trying to delete these innocent sensations.

And you feel the weight of your body, the way it gently rests in gravity, supported by the sacred earth.

And you feel your belly expand, slowly, rising on the in-breath. Falling on the exhale. And all the sounds around

38

혼돈 속의 고요
The Stillness in the Chaos

당신의 다리가 아픔을 호소한다. 당신은 온종일 걸어 다녔다. 당신은 승차권 자동발매기 앞에서 길게 늘어선 줄에 한참이나 서 있었다. 당신이 타야 할 기차가 연착된다는 안내방송이 막 들려왔다. 당신은 불만이 치솟는 느낌을 받는다. 조급증, 짜증, 체념과 절망이 차례로 찾아든다.

지금 이 순간에, 현재의 상황에 저항한다.

갑자기, 당신은 기억한다. 당신이 호흡하고 있음을. 그리고 지금이라는 시간을. 당신이 할 일은 존재하는 전부인 **지금**Now 과 정면으로 마주하는 것이다. 당신은 거기에 대해 생각하는 것보다 지친 발을 느낀다. 당신은 그 두 발에 관심과 주의를 좀 더 기울인다. 그것이 사랑이다. 당신은 당신의 가슴에, 배에 치미는 불만을 느낀다. 이 순수한 감각들을 제거하려 애쓰지 않고.

당신은 당신의 체중을 느낀다. 이것이 중력 안에서 여유롭게 휴식을 취하는 방식이다. 신성한 지구가 당신을 지지하고

you are now innocent; you are a soft microphone. And the thoughts whirring around in your head, they are just little birds, singing their songs, flapping away.

And it's all okay. It's all okay. It's all present. It's all okay.

Even though it's not okay, it's *okay*.

It's okay that life is like *this*, right now.

And you find gratitude again. You are alive, you have been given a day. A day to live. A day to breathe, and taste human experience, taste the joy and sorrow of it, taste train stations and ticket machines and the bliss and the boredom of it all, the frustration and the rush and the whirr of it, the silliness and the crash and the pull and the chaos of it.

You are already surrendered. And you find yourself on the train home, trusting some unfathomably ancient schedule.

받쳐주는 중력.

당신은 천천히 숨을 들이쉴 때 당신의 배가 천천히 팽창하는 것을 느낀다. 숨을 내쉴 때 슬그머니 가라앉는 것을 느낀다. 그리고 당신을 둘러싼 모든 소리가 이제 어떤 악의도 품고 있지 않다는 것을 느낀다. 당신은 매끄러운 증폭기다. 당신의 머릿속을 휘도는 생각들, 그것들은 자그마한 새들이다. 자기네들의 노래를 지저귀는, 파닥파닥 날개를 치며 날아가는.

모든 것이 제대로 돌아간다. 모든 것이 평화롭다. 모든 것이 현재에, 문제없이 존재한다.

문제가 있어도 상관없다. 그것조차 괜찮다.

삶이란 이런 것, 지금 이 순간의 삶은, 모두 괜찮다.

당신은 새삼 고맙다는 사실을 발견한다. 당신은 살아있다. 당신에게 주어진 하루 안에서. 살아있는 하루. 호흡하는 하루. 인간적 경험을 음미하고, 기쁨과 슬픔을 음미하고, 기차역을 음미하고, 승차권 자동발매기를 음미하는 하루. 그 모든 것에 축복과 권태가 교차하고, 불만과 밀려드는 인파와 휘도는 생각들의 하루. 바보가 된 기분과 부딪침과 끌어당김과 혼돈의 하루.

당신은 이미 내려놓았다. 당신은 집으로 가는 열차에서 당신 자신을 발견한다. 헤아릴 수 없이 오래 묵은 시간표, 그 안의 당신을.

THE PATH OF THE BROKEN HEART

"Clear up your vibration and you'll stop attracting bad things to yourself".

"If you have fears, if you are in resistance, if you have anger, doubts and shame, then you must be in your ego, and totally unenlightened".

"If you think there's a problem with someone's words or actions, you are always the one who's confused".

"Everything is just your projection. Everything is in your mind. Everything is unreal".

"You attracted your pain because you desired and deserved it".

"You are too attached to the body. Go beyond the body. It's not who you are."

"The past is an illusion. Let it go immediately!"

39

깨진 가슴의 행로
The Path of the Broken Heart

"당신에게 일어나는 진동을 제거하라. 그러면 당신은 나쁜 것들이 당신 자신에게로 끌려 들어가는 것을 막게 될 것이다."

"당신이 두려움을 가지고 있다면, 당신이 저항하고 있다면, 당신이 분노와 의심과 수치심을 갖고 있다면, 그때 당신은 당신의 편견으로 가득 찬 에고ego 안에 있다는 것이다."

"당신이 만약 누군가의 말이나 행동에 문제가 있다고 생각한다면, 언제나 혼란에 빠지는 건 당신이다."

"모든 것은 당신이 투영된 것일 뿐이다. 모든 것은 당신의 마음 안에 있다. 모든 것은 실재가 아니다."

"당신이 당신의 고통을 끌어들였다. 당신이 그걸 욕망했고, 값지게 생각했기 때문이다."

"당신은 육체에 너무나 매어 있다. 육체를 넘어서라. 그건 당신이 아니다."

"과거는 환각이다. 당장 떠나보내라!"

No, it's not *always* your projection. Sometimes you are seeing very clearly indeed.

No, everything isn't always "only in your mind". Sometimes you need to trust your gut instinct more, not less.

No, your doubts and fears are not a sign of your lack of spiritual evolution.

No, you do not attract abuse through a faulty 'vibrational frequency'.

No, you do not deserve to be violated in any way, in the name of truth, in the name of God, in the name of love, or in any other name. Your boundaries deserve to be respected, your 'yes' *and* your 'no' equally.

No, it's not okay for spiritual teachers to shame people "for their own good" (to shock them into awakening, to enlighten them, to help them drop their "ego").

I cannot support any spirituality that dismisses our tender, vulnerable, fragile humanity, that shames us for our precious human thoughts and feelings, that divides self from no self, sacred from human, holy from profane, absolute from relative, heaven from earth, duality from nonduality.

I once saw a popular spiritual teacher addressing a recently bereaved woman. He said, "Your heartbreak is totally unreal and only the activity of the separate self. You are pure Aware-

이런 말들에 넘어가지 말라. 아니다, 그것이 늘 당신의 투영은 아니다. 때로 당신은 너무나도 명확하게 보고 있다.

절대 아니다, 모든 것이 언제나 "당신의 마음 안에만" 있지 않다. 때로 당신은 당신의 몸을, 당신의 직관을 믿을 필요가 있다.

저 말들에 속지 말라. 결코 아니다, 당신이 가진 의심과 두려움은 영적으로 진화되지 못했음을 상징하는 것이 결코 아니다.

당신이 당신을 학대하는 것은 당신의 잘못된 '진동 주파수' 때문이 아니다. 주파수 따위는 없다.

그렇다. 당신은 어떤 식으로든, 진리의 이름으로, 신의 이름으로, 사랑의 이름으로, 그 어떤 이름으로도 유린당해서는 안 된다. 당신이라는 영역은 존중받아야 할 가치가 있다. 당신의 '예스'와 당신의 '노'는 똑같이 존중되어야 한다.

보라. 영적 스승들은 사람들에게 수치심을 불어넣으며 "당신들 자신의 선善"이라는 용어를 사용한다. 그것을 통해 사람들을 깨닫게 하고, 깨우치게 하고, '에고'를 떼어내도록 도와준다고 하지만, 수치심의 가치를 모르기 때문이다. 수치심을 버리면 수치심의 가치도 잃는 것이다. 수치심을 통해 수치심을 극복해내는 기회를 잃는 것이다.

나는 우리의 부드럽고, 연약하며, 부서지기 쉬운 인간성을 묵살하는 영성은 지지하지 않는다. 우리의 값진 인간적 생각들과 느낌들을 수치로 여기는 영성, 자아와 무자아無自我, 인간

ness, and nothing more. Your son, and his death, are just a convincing illusion of mind. One day the separate self will vanish, along with all suffering."

And in that moment, I saw a deep sickness and inhumanity at the heart of contemporary spirituality. The invalidation of trauma, the false promises, the power games, the suppression of the divine feminine.

And I vowed to bow to that broken heart as if it were God Herself.

Until the end of time.

과 신성, 성스러움과 불경함, 상대성과 절대성, 천상과 지상, **이원성과 비이원성**duality from nonduality을 구분하는 영성을 지지하지 않는다.

언젠가 나는 인기 있는 영적 스승이 막 남편과 자식을 잃은 여성에게 얘기하는 걸 본 적이 있다. 그는 "당신의 상심은 모두 실재하는 게 아닙니다. 단지 분리된 자아의 행위일 뿐입니다. 당신이란 존재는 순정한 **인식**Awareness일 뿐, 그 어떤 것도 아닙니다. 당신의 아들과 남편의 죽음은 한낱 마음이 만들어낸 환각에 불과합니다. 또렷하지만 환각입니다. 어느 날 분리된 자아는 사라질 것입니다. 모든 고통과 함께." 하고 말했다.

그 순간, 나는 우리 시대의 영성이 가진 깊은 병을, 비인간성을 보았다. 트라우마에 대한 소홀한 대처, 거짓 약속들, 권력 게임, 신성한 여성성에 대한 억압들을 목격했다.

그리고 나는 맹세했다. 상처 입은 가슴, 깨진 가슴에 고개를 숙이겠다고. 그것이 곧 **신, 그녀 자신**Herself인 것처럼.

언제나, 언제까지나.

A WILD DEVOTION TO A BURNING WORLD

We are the vessels, my love, the containers, the formless and the form. Galaxies birth themselves in our giant bellies! We are filled with the roar of lions, unfulfilled ancestral longings, mothers, sons, the living, the dead, the cries of a world yet unborn.

Our bodies intertwined now, sticky, sweaty, merging with the earth, penetrated by the earth, carbon, hydrogen, oxygen, the present moment collapsing into itself, space becoming infinite time, strange beasts fighting bloody limbs flying tearing shredding spraying spewing rupturing, nature devouring itself, death as life.

I am you and you are I, eternal.

We are the ones with hearts of thunder still, limbs of light-

불타는 세상에 야생의 기도를
A Wild Devotion to a Burning World

우리는 사랑을 담아내는 그릇입니다. 형태가 있는 것도, 형태가 없는 것도 담아내지요. 우리의 거대한 뱃속에서 스스로 태어난 은하들! 우리는 사자들의 포효로 채워져 있기도 하고, 이루지 못한 오랜 선조들의 갈망, 어머니들, 아들들, 살아가는 사람들, 죽은 사람들, 아직 태어나지 않은 세상의 온갖 울음들로 채워져 있지요.

우리의 몸은 지금이라는 시간에 밀접하게 얽혀 있습니다. 단단하고, 축축하고, 땅과 일체가 되고, 땅에 의해 관통된, 탄소와 수소와 산소로 이루어진, 그 자체로 무너지는 현재라는 순간, 무한한 시간이 되어 가는 공간, 피로 얼룩진 팔다리로 사투를 벌이고, 날고 찢기고 뜯기고 물보라를 일으키고 토해내고 파열되는 기이한 짐승들이 살아가는, 스스로를 게걸스럽게 먹어치우는 본성이 존재하는, 삶과 같은 죽음이 펼쳐지는 ─ 지금, 말이죠.

나는 당신이고, 당신은 나입니다. 영원히 그러합니다.

ning. We will not settle for easy answers. We will stay close to the throb and pulse of life, the pounding and the shaking of it, the thunder and the light. We will break ourselves daily on the altar of experience, broken to pieces for love, broken and penetrated and broken over and over again relentlessly, ceaselessly, caught up in this erotic union until exhaustion, until the climax of more opening, always opening, nonstop entering and being entered, flooding and being flooded, with such power, with such pleasure, pain, bliss, melancholy, in an ecstatic dance of nearness and separation, love and longing, shadow and sun.

Prior to our clever philosophies, prior to the machines, prior to the Earth itself, let us meet here, in utter bewilderment that we exist, that we exist at all.

Yes, my love, they can shame us, call us uncivilised, lock us up, but they cannot take away our wildness, cannot break our devotion to a burning world!

우리는 천둥의 심장을 가진 존재, 우리의 사지에선 빛줄기가 쏟아져 나옵니다. 우리는 쉬운 답들에 안주하지 않을 겁니다. 우리는 고동치는 삶, 쿵쿵 뛰어오르고 격렬하게 흔들리는 삶, 천둥과 빛의 삶 가까이에 머물 것입니다. 우리는 경험이라는 제단에서 매일매일 우리 자신을 부러뜨릴 겁니다. 사랑을 위해 산산조각이 나고, 깨지고 뚫리고 다시 부서질 겁니다. 가차 없이, 쉼 없이. 탈진할 때까지 이 에로틱한 결합을 멈추지 않을 것입니다. 다시 열리는, 언제나 열리는, 절정의 순간까지. 멈추지 않고 들어가고 통과하고 흘러가고 흘러들 것입니다. 놀라운 힘으로, 놀라운 즐거움과 고통과 행복과 외로움으로. 결합과 분리의, 사랑과 갈망의, 태양과 그림자의 황홀한 춤에 빠져들 겁니다.

우리의 똑똑한 철학자들에 앞서, 온갖 기계들보다 먼저, 지구라는 행성에 앞서, 우리를 **이곳**here과 만나도록 놓아두십시오. 우리가 존재하는, 우리가 존재할 수밖에 없는, 순정한 혼돈인 이곳과.

누군가는 우리를 수치스러워할 수도 있겠죠. 그래요, 그럴 수도 있겠죠. 우리를 미개인이라 부르며 손가락질하고, 가두려 할지도 모릅니다. 그러나 누구도 우리의 **야생성**wildness을 빼앗을 수도, 저 불길처럼 타오르는 세상을 향한 우리의 기도를 막을 수도 없습니다.

HOW TO MEET FEAR

I was speaking with a young man who was plagued by fear. He felt stuck in his life, creatively blocked, held back by inner demons. He dreamed of writing a book, sharing his truth and his art with the world. But every time he contemplated taking the next step on the sacred path of his heart, his whole body would seizeup, and his mind would go crazy with fear and shame. So many images and voices in his head, warning him to give up, imagining what would go wrong, and how people would respond negatively to his art. He would be rejected, judged and ridiculed, and that would be too much to bear. It became overwhelming for him to even think about doing what he loved. So he hid from life and his calling, unable to leave his house sometimes, paralysed and sad.

I asked him if he would be willing to take a step with me

41

두려움과 만나는 법
How to Meet Fear

나는 두려움에 시달리고 있던 한 청년과 이야기를 나눈 적이 있다. 그는 자신의 삶에 갇혀 있고, 창의성은 꽉 막히고, 내면의 악마들에게 억눌려 있다고 느꼈다. 그는 책을 쓰려는 꿈을 가졌고, 글을 통해 자신이 생각하는 진실을 나누고 자신의 예술을 세상과 공유하고 싶어 했다. 하지만 매번 자신의 가슴이 지시하는 숭고한 길로 다음 걸음을 뗄 생각을 할 때마다 그의 온몸은 경직되어 갔다. 그리고 그의 정신은 두려움과 부끄러움으로 미칠 지경이 되었다. 그의 머릿속에 들어 있는 너무나 많은 이미지와 목소리는 그에게 포기하라는 경고를 보내고, 무엇이 잘못될지를 상상하게 했다. 게다가 사람들이 그의 예술에 대해 어떤 부정적 반응을 보일 것인지에 대한 생각들로 가득할 뿐이었다. 그는 거부당하고 비판당하고 조롱당하는 그런 것들을 견뎌낼 수 없을 거라는 생각이 들었다. 그는 자신이 사랑한 것을 행하는 데 대해 생각하는 것에조차 짓눌려 있었다. 결국 그는 삶으로부터, 자신의 소명으로부터 몸을 숨겼

into his deepest fear.

He said yes, he was willing.

I invited him to bring awareness to all the voices and images in his head, to be the space in which all this mind-activity could arise. He didn't need to get rid of the voices, or silence them, just see them as old voices from childhood, shaming and fearful voices that were actually only trying to "protect" him, keep him small and safe. (Ultimately they were not even 'his' thoughts and voices, they were voices his father and mother heard, and their parents, and their parents. Ancestral voices, not even his own). As an adult, Now, in the safety of Presence, with me, he could hear these voices, see these scary images, and not take them as the Truth, just creative displays of mind.

He could say, "Thank you, mind, for your suggestions, your imagined futures, your fears. But I will not be your slave any longer."

I asked him to turn his attention now to his body. What sensations wanted to be met? Where did this 'fear' live? He spoke of a profound heaviness in his belly and chest, a sense of contraction and pressure that had been with him for as long as he could remember. I invited him to be fully present with those sensations that he named 'fear', without trying to

다. 때로는 외출조차 할 수 없었고, 몸은 경직되고, 슬픔이 그를 휩쌌다.

나는 그에게 그의 가장 깊은 곳에 놓인 두려움 안으로 나와 함께 한 걸음 더 나아갈 수 있는지를 물었다.

그는 "예스"라고, 기꺼이 그러겠다고, 대답했다.

나는 그에게 그의 머릿속에 들어 있는 모든 이미지와 목소리들을 인식하도록 주문하고, 그 모든 생각이 활발하게 일어날 수 있는 공간으로 그를 초대했다. 그는 목소리들을 제거하거나 침묵시킬 필요도 없었다. 다만 어린 시절부터 이어져 온 오래된, 창피스럽고 두려움에 찌든 목소리들을 그대로 지켜보기만 하면 되었다. 그 목소리들은 사실 그를 '보호'하려 애썼고, 그를 안전하게 지켜주려 애쓰는 것일 뿐이었다. (궁극적으로 그것들은 '그의' 생각도 목소리도 아니었다. 그것들은 그의 부모, 부모의 부모가 들은 목소리였다. 그것들은 그의 목소리가 아니라 선조의 목소리였다.) 그리고 그는 달라졌다. 그는 성인으로서, **지금**Now, 나와 함께 안전한 **현재**Presence에서 이 목소리들을 들을 수 있었고, 이 겁에 질린 이미지들을 볼 수 있었다. 그리고 그것들을 **진실**Truth이라고 받아들일 수 없었다. 그것은 그저 마음이 창작해낸 전시물일 뿐이었다.

그가 말했다. "고마워, 마음아, 네가 보여준 것들, 이미지로 만들어진 너의 미래들, 너의 두려움들. 하지만 이제 난 더 이상 너의 노예가 아니야." 비로소 그는 그렇게 말할 수 있었다.

fix or heal them, or make them go away. I invited him to give them space, allow them to live; to breathe into them, flush them through with oxygen, bless them with loving attention.

He told me that, as he gave loving attention to them, the sensations began to intensify and move. The energy was going upwards in his body.

"The energy is coming into my throat, into my head..."

"Good, just allow that. Allow the energy to move. It's safe..."

"It's all over me now... Ugh.... It's throughout my whole body, the fear, it's like a virus spreading..."

"Okay, yes! Yes. Stay with it. Breathe into it all. It just wants to move, to be met. Trust this..."

"No! I can't take it anymore! This fear.... it's going to kill me. It's going to..."

"John, are you still alive, now? Right now?

I could see him come out of his mind, out of his scary thought-constructed future, and back into the safety of his body, the safety of the Now that we shared together.

"Yes. I'm here."

"Then it hasn't killed you yet. Are you alive Now?"

"Yes."

"Yes... Now... Now... Now... You're still here with me...

나는 그에게 지금의 그의 관심과 주의를 그의 몸으로 돌리라고 요청했다. 어떤 감각들을 만나고 싶었나요? 이 '두려움'은 어디에 살았습니까? 그는 자신의 복부와 가슴에 굉장한 무거움이 있다고, 수축과 압박감이 자신이 기억하는 한 가장 긴 시간 동안 느껴진다고 말했다. 나는 그에게 그런 감각들과 함께 현재에 충분히 머물러 있도록 주문했다. 그 감각들에 그는 '두려움'이라는 이름을 붙였고, 그는 그것들을 고치려 하거나 치유하거나 멀리 떠나보내려는 어떤 시도도 하지 않았다. 나는 그에게 그것들을 위해 공간을 내어주고, 그들이 살아있도록 허락하라고 주문했다. 그리고 그들 속에서 호흡하기를, 그들에게 산소를 공급해주기를, 그들을 사랑 가득한 관심으로 축복하기를 요청했다.

그가 그들에게 사랑이 가득한 관심을 주면서 내게 말했다. 감각들이 격렬해져 움직이기 시작했다고. 에너지가 그의 몸 안에서 솟아오르고 있다고.

"에너지가 밀려오고 있어요. 목 안으로, 머릿속으로…."

"좋아요. 그냥 따라가세요. 에너지가 움직이도록 내버려 두세요. 괜찮아요…."

"지금 모든 것이 나를 덮치고 있어요… 어… 내 몸에 완전히 퍼져버렸어요. 두려움이, 마치 바이러스처럼 퍼져…."

"좋아요, 괜찮아요! 괜찮아요. 그걸 그냥 두세요. 그 모든 것 안에서 호흡하세요. 그건 그저 움직이길 원할 뿐입니다. 만나기를 원하는 것일 뿐입니다. 신뢰를 잃지 마세요…"

You're still alive..."

I could see him starting to think about his fear again...

"I hate it. I HATE IT! I'M GOING TO......"

"Yes! And you're still here, Now. I'm here with you John. We are here. Just allow..."

And suddenly, all his resistance to the fear fell away. He stopped thinking about the future and dropped deeply into his body, and into Trust. The fear was still present and alive in him, but now he was bigger than it. He was not in the fear, it was in him. He was holding the fear — it was not holding him any longer.

He was the space for fear.

"See, you're allowing all this fear, and you're still alive, and breathing! This is your power, your ability to be present with fear, to hold it, make room for it..."

"I'm still here. It didn't kill me. I thought I was going to die."

"How do you feel now, John??"

"Shaky... warm... tingly... alive..."

He had found the courage to face the Unbearable within him. And he had been able to bear it, beautifully, effortlessly.

"Yes. Now you know. You know how to meet fear. Stare it in the face. Be present with it. Trust it. Let it move in you to

"안 돼! 더 이상 두고 볼 수가 없어요! 이 두려움이⋯ 나를 죽일 거예요. 나를⋯."

"존, 여전히 살아있죠? 지금 말이에요. 지금 이 순간에."

나는 그가 마음으로부터, 생각이 만들어낸 겁에 잔뜩 질린 미래로부터 빠져나왔다는 걸 알 수 있었다. 그리고 그의 몸속 안전한 곳으로, 우리가 공유했던 지금이라는 안전지대로 돌아갔다는 것을 알 수 있었다.

"있어요. 전 여기, 이곳에, 있어요."

"그것이 당신을 아직 죽인 게 아니죠? 지금, 지금 이 순간에, 당신은 살아있죠?"

"네, 그래요."

"그래요⋯ 지금⋯ 현재⋯ 지금 이 순간⋯ 당신은 나와 함께 여기에 여전히 있습니다⋯ 당신은 여전히 살아있어요⋯."

그가 자신의 두려움에 대해 또다시 생각하기 시작했다.

"그게 싫어요. **싫다고요! 다시 또⋯ .**"

"좋아요! 그래요! 당신은 지금 여기에 여전히 있어요. 나도 당신과 함께 여기에 있어요. 우린 여기에 있어요. 그저 놓아두세요⋯ 허락하세요⋯."

그 순간 갑자기, 두려움에 맞서던 그의 모든 저항이 떨어져 나갔다. 그는 미래에 대해 생각을 멈추었고, 그의 몸 깊은 곳, **신뢰**Trust 속으로 빠져들어 갔다. 두려움은 여전히 현재에 있었고, 그의 안에 살아있었다. 하지만 이제 그는 두려움보다 더 커져 있었다. 그는 두려움 안에 있지 않았다. 두려움은 그의

completion. Fear is *safe*. Your body knows what to do. Fear can't hurt you, John. It can be intense, uncomfortable, scary, of course, but it can't hurt Who You Truly Are."

"Yes. Yes. I can feel my whole body now, it's warm and shaky and vibrating with life. I've never felt this way before..."

I received an email from John a month or so later. He had started work on his book. He had even started a blog, begun to share some of his words with others. Yes, sometimes the old fears would come up — voices in the head and uncomfortable sensations in the body — but now he was willing and able to be *present* with these frightened parts of himself as they arose. And he was able to *keep writing* through the fear. The fear did not have to block him or hold him back from his calling. Fear could be an ally on his hero's journey, not his enemy any longer, but something he could meet and be curious about and drench with playful awareness when it came to visit. The fearful little boy inside him was not a mistake, a disease, or a problem to be fixed, but something to be loved, embraced, blessed, even celebrated, when he came to visit.

John had turned to meet his deepest fear, confronted the

안에 있었다. 그는 두려움을 장악했다─두려움은 더 이상 그를 장악할 수 없었다.

그는 두려움을 위해 마련된 공간이었다.

"봐요. 당신은 이 모든 두려움을 허용했어요. 그렇지만 당신은 여전히 살아 숨 쉬고 있어요! 이것이 당신의 힘, 두려움과 함께 존재하고, 두려움을 장악하고, 두려움을 위한 공간을 마련해주는 당신의 능력입니다."

"신기하네요. 난 여전히 여기에 있어요. 두려움이 나를 죽이지 못했어요. 난 내가 죽을 거라고 생각했어요."

"지금은 어떤 느낌이 들어요, 존?"

"불안하고… 따뜻하고… 얼얼하고… 살아있는…"

그는 **견딜 수 없는 것**과 정면으로 마주하는 용기를 자신 안에서 발견했다. 그리고 그는 그것을 견뎌낼 수 있었다. 아름답게, 별달리 애를 쓰지 않고도.

"그래요. 이제 당신은 알게 됐어요. 두려움과 만나는 법을요. 두려움을 정면으로 응시하는 법. 두려움과 함께 현재에 존재하는 법. 두려움을 신뢰하는 법. 두려움을 당신 안으로 이동시키는 법. 두려움은 안전해요. 당신의 몸은 무엇을 해야 하는지를 압니다. 두려움은 당신을 해칠 수 없어요, 존. 두려움은 당신을 긴장시키고, 불편하게 하고, 겁을 주죠. 당연한 일입니다. 그러나 두려움은 **진짜 당신**을 해치지 못해요. 해칠 수가 없어요."

"그래요, 맞아요. 난 이제 내 몸 전체를 느낄 수 있어요. 따뜻하고, 흔들리고, 삶으로 떨리는. 전에는 이런 식의 느낌을 받은

Dark Thing he imagined would destroy him... and instead, it had brought new life, new creativity.

적이 없어요…."

나는 한 달쯤 지난 뒤 존으로부터 이메일을 받았다. 그는 자신의 책을 집필하기 시작했다고 전했다. 블로그도 시작했고, 자신이 쓴 몇 가지 글을 다른 사람들과 공유하기 시작했다는 것도 알려왔다. 반가운 일이었다.

때때로 오래 묵은 두려움들이 머릿속에 목소리로 울리거나 몸에 불편한 감각들로 떠올라오긴 했지만, 이제 그는 그런 것들이 나타날 때 자신의 일부로 받아들여 달아나지 않고 기꺼이 현재에 함께할 수 있게 된 것이다. 그리고 그는 두려움을 통해 글쓰기를 계속해나갈 수 있었다. 두려움은 그를 막아설 필요가 없었고, 그의 소명으로 달아나게 할 필요도 없었다. 그의 부름으로 그를 붙잡을 필요도 없었다. 두려움은 그의 용감한 여정에 더 이상 적이 아니라 하나의 동맹이 되어줄 수 있었다. 두려움이 찾아들 때 그는 그것을 기꺼이 맞아들일 수 있었다. 그의 내면에 있던 두려움에 가득 찬 어린 소년은 잘못도, 병도, 고쳐야 할 골칫거리도 아니었다. 그는 사랑받고, 포옹받고, 축복받아야 할 존재였다. 두려움이란 이름을 가진 소년의 방문은 이제 두려운 일이 아니라 축하할 일이었다.

존은 자신의 가장 깊은 두려움과 만나기 위해 몸을 돌렸고, 자신을 파괴할 거라고 상상한 어둠의 존재에 맞섰다. 대신에 그것은 그에게 새로운 생명과 새로운 창조의 힘을 가져왔다.

42

THE BELOVED

I must confess something. I am a murderer.

Wait, hold on. Do not be shocked. I am only telling you something you already knew way before your parents were born.

I am a murderer. I am a saint. I am a prostitute. I am a thief. I am the homeless man rummaging through the trash cans by the gas station you pass every night on the way home from work. I am a vandal. I am an artist. I am a wild lover. I am all the oceans. I am creation and destruction. I am the galaxies and the stars.

I am a giraffe. I am Mickey Mouse. I am the starving child on the TV with those hollow, staring eyes you cannot look into for long before your heart starts breaking. I am everything that moves you and everything that leaves you stone cold. I am American Idol. I am Mozart's Magic Flute. I am as

42

연인
The Beloved

고백할 것이 있습니다. 사실, 나는 살인자입니다.

잠깐만요, 기다려주세요. 너무 놀라지 마세요. 난 그저 당신에게 뭔가를, 당신의 부모들이 태어나기도 전에 당신이 이미 알고 있었던 뭔가를 말하고 있는 겁니다.

나는 살인자입니다. 나는 성자입니다. 나는 창녀입니다. 나는 도둑입니다. 나는 당신이 일을 마치고 집으로 돌아가며 매일 밤 지나쳤던 주유소 곁 쓰레기통을 뒤지던 노숙자입니다. 나는 공공기물을 괜히 부수고 다니던 못된 놈입니다. 나는 예술가입니다. 나는 야생의 연인입니다. 나는 세상의 모든 바다입니다. 나는 창조이고 파괴입니다. 나는 은하이며 그 은하의 별들입니다.

나는 기린입니다. 나는 미키 마우스입니다. 나는 텔레비전에 빠진 퀭한 눈을 가진 아이입니다. 나는 당신이 가슴을 아파하기 시작하면서 오랫동안 피해온, 당신의 눈을 응시하고 있던 그 아이입니다. 나는 당신을 움직이는 모든 것, 당신이 돌처럼

vast as a Universe. I am tinier than the tiniest sub-subatomic particle. I am silent, yet I am as loud as seven thousand apocalypses.

I take all forms, yet I cling to no particular form.

I do not say "I am form". I do not say "I am not form".

I do not say "I exist". I do not say "I do not exist".

I do not call myself God, consciousness, awareness, presence, spirit... or even Life.

I have no name for myself. I am anonymous.

Yet all names are my own.

Humans fight and kill and die over the names they gave me.

They form religions, dogmas, systems of thought. They claim I am on their "side" (I take no sides). They say I belong to them (I belong to nobody and everybody). They try to figure me out. They even claim to be me, know me, channel me. Some of them claim to have found The One Path that leads to me. They always have, they always will.

They do not know. Their minds are way too limited.

Yet 'mind' is one of my many ingenious appearances.

I appear as everything, yet when you stop and look for me,

차갑게 떠난 모든 것입니다. 나는 오디션 프로그램에 출연해 인기를 얻은 아이돌입니다. 나는 모차르트의 마술피리입니다. 나는 우주만큼 드넓습니다. 나는 가장 작은 원자의 입자보다 더 작습니다. 나는 침묵하지만, 나는 7천 번의 대종말이 찾아든 것만큼이나 시끄럽습니다.

나는 모든 형태를 가지고 있지만, 단 하나의 특정한 형태를 고집하지 않습니다. 나는 "나는 형태로 존재한다."라고 말하지 않습니다. 나는 "나는 형태 없이 존재한다."라고도 말하지 않습니다.

나는 "나는 존재한다."라고 말하지 않습니다. 나는 "나는 존재하지 않는다."라고도 말하지 않습니다.

나는 나 자신을 신, 의식, 인식, 현재, 영혼… 심지어 삶이라고 부르지도 않습니다. 나는 어떤 이름도 갖고 있지 않습니다. 내게는 이름이 없습니다. 그러나 모든 이름이 나의 것입니다.

인간들은 나에게 준 이름을 내건 채 싸우고, 죽이고, 죽습니다. 그들은 종교라는 **형태**를 만듭니다. 그들은 도그마*를 만들고, 생각의 체계란 것을 만듭니다. 그들은 내가 자신들의 '편'이라고 주장합니다. (나는 어떤 편도 취하지 않습니다.) 그들은 내가 그들에 속한다고 말합니다. (나는 누구에게도 속하지 않으니

---

* dogma. 독단적인 신조나 학설.

you cannot find me. I play in the cosmic hide and seek. I sometimes appear when you stop looking altogether.

I am these words, and all the spaces between them. I am the silence at the end of the sentences... and the expectation at their beginning. I am the black and the white of it, and every shade of grey, and every colour too. I am the understanding and the lack of understanding. I am the similarity and the contrast. I am the separation and the unspeakable unity.

I am the eyes moving across this page and the page moving across these eyes. I am the seeing and all that is seen. I do not divide myself between subject and object. Separation is not my religion. I know nothing of 'I', yet I speak of 'I' for the simple joy of it.

I am male and I am female. I am East and West. I am inside and outside. I speak every language fluently. I am all that is, all that has been, and all that will ever be. I am now, and never now. I cannot be reduced to anything. Eternities pass in the space of a breath. Aeons are my lifeblood.

I am breathing you now.

I am the in-breath and the out-breath of you. I am every sacred, intimate breath.

I am every one of your thoughts arising and dissolving in

다. 나는 모두에게 속합니다.) 그들은 나를 형상화하려 애씁니다. 심지어 그들은 자신들이 나라고 주장하고, 나를 안다고 주장하고, 나를 세상에 내보낸다고 주장합니다. 그들 중 몇몇은 나에게로 이어지는 **하나의 길**One Path을 발견했다고 주장합니다. 그들은 언제나 그렇게 해왔고, 앞으로 늘 그럴 겁니다.

그들은 알지 못합니다. 그들의 마음은 한계가 너무도 분명합니다.

그런데 말이죠, '마음'이란 건 나의 수많은 기발하고 독창적인 모습들 중 하나입니다.

나는 모든 것으로 나타나지만, 당신이 찾으려 해도 나를 찾을 수 없을 겁니다. 나는 우주에서 숨바꼭질합니다. 나는 때로 나타나곤 합니다. 당신이 보는 것을 완전히 멈출 때 말이죠.

나는 이 말들입니다. 그리고 말과 말 사이의 모든 행간입니다. 나는 모든 문장이 끝나는 곳에 있는 침묵, 첫 문장이 시작되기 전의 기대이고 예상입니다. 나는 검은색입니다. 나는 흰색입니다. 그리고 회색빛 그림자입니다. 또한 모든 색이기도 합니다. 나는 이해이고, 이해의 결핍입니다. 나는 같음이고, 다름입니다. 나는 분리이고, 말로 표현할 수 없을 만큼 완전한 결합입니다.

나는 이 페이지를 가로질러 움직이는 눈이고, 이 눈이 움직여가는 페이지입니다. 나는 보는 것이고, 보여지는 모든 것입니다. 나는 나 자신을 주체와 객체로 나누지 못합니다. 분리는 저의 종교가 아닙니다. 나는 '**나**'의 그 어떤 것도 알지 못하니

the vastness.

I am every feeling surging like a comet through the universal body.

I am sorrow. I am anger. I am fire. I am water.

I am always here, whether I am recognised or not.

I am the "Am" even when the I is not.

I am nothing and everything, nobody and everybody.

I am the murderer. The murderer says "I am".

I am the saint. The saint says "I am".

I am the prostitute. The prostitute says "I am".

I am the child. The child says "I am".

I am the scientist. The scientist says "I am".

I am the dying man. The dying man says "I am".

The story of "I" is always different, yes. That is my creativity.

But "Am" is always the same. AM. OM. That is my unchanging nature.

Do not seek me. Do not look for me in time. Do not be proud that you have found me. I am not your trophy. I am not food for your hungry spiritual ego. Simply admit that I am already here. Admit that I have always been here. And live your life as a constant remembrance of me. Devote your-

다. 그러나 나는 '**나**'를 즐거이 말합니다.

나는 남성이고, 여성입니다. 나는 동쪽이고, 서쪽입니다. 나는 안쪽이고, 바깥쪽입니다. 나는 모든 언어를 유창하게 말합니다. 나는 모든 현재형, 모든 완료형, 모든 미래형입니다. 지금 존재하는 모든 것, 존재해왔던 모든 것, 존재할 모든 것입니다. 나는 지금이고, 지금이 아닙니다. 나는 어떤 것에도 몰아넣어질 수 없습니다. 영원은 숨을 한번 내쉬고 들이쉬는 그 공간을 지나갑니다. 억겁은 나의 혈액입니다.

나는 지금 당신을 호흡합니다.

나는 당신을 들이쉬는 숨이고, 당신을 내쉬는 숨입니다. 나는 모든 신성하고, 친밀한 호흡입니다.

나는 광대무변한 공간 속으로 떠오르고 스러지는 당신의 생각들 모두입니다.

나는 우주 어딘가에서 혜성이 나타나듯 훅 밀려드는 모든 감각, 모든 느낌입니다.

나는 슬픔입니다. 나는 분노입니다. 나는 불입니다. 나는 물입니다.

나는 언제나 여기에 있습니다. 내가 인식이 되든, 안 되든.

나는 "존재"합니다. 내가 아닐 때조차도.

나는 아무것도 아니고, 모든 것입니다. 나는 누구도 아니며, 모두입니다.

나는 살인자입니다. 살인자가 말합니다. "나는 존재합니다."

self to the joy of being me. Let your life be your love song to me. Let your actions and words express me, bring me into form.

I am your deepest wisdom. I am closer than your most profound aloneness.

I have never abandoned you, I will never abandon you, I do not know abandonment.

I will be here when you take your final breath.

You are my beloved child.

I was there at your birth, holding you.

Do you remember?

나는 성자입니다. 성자가 말합니다. "나는 존재합니다."

나는 창녀입니다. 창녀가 말합니다. "나는 존재합니다."

나는 아이입니다. 아이가 말합니다. "나는 존재합니다."

나는 과학자입니다. 과학자가 말합니다. "나는 존재합니다."

나는 죽어가는 사람입니다. 죽어가는 사람이 말합니다. "나는 존재합니다."

'나'의 이야기는 언제나 다릅니다. 그렇습니다. 이것이 나의 창조력입니다.

그러나 '**존재함**Am'은 언제나 같습니다. 존재, 존재함. 이것은 나의 변하지 않는 속성입니다.

나를 찾지 마십시오. 살아가는 동안 나를 찾지 마십시오. 당신이 나를 발견했다고 자랑스러워하지 마십시오. 나는 당신의 트로피가 아닙니다. 나는 당신의 굶주린 영적 자아를 채워 줄 음식이 아닙니다. 그저 내가 이미 여기에 있다는 것을 인정하십시오. 내가 언제나 여기에 있어 왔다는 것을 인정하십시오. 그리고 나를 기억하며 당신의 삶을 사십시오. 내 존재함의 즐거움을 간직한 채 당신 자신에 헌신하십시오. 당신의 삶이 나에게 당신의 사랑 노래가 되게 하십시오. 당신의 행동과 말이 나를 표현하도록 놓아두십시오.

나는 당신의 가장 심오한 지혜입니다. 나는 당신의 가장 깊은 외로움보다 더 가까이에 있습니다.

나는 결코 당신을 포기한 적이 없고, 나는 결코 당신을 포기하지 않을 것입니다. 나는 포기를 알지 못합니다.

나는 당신이 당신의 마지막 숨을 거둘 때 여기에 있을 겁니다.

당신은 내가 사랑하는 아이입니다.

나는 당신이 태어날 때 거기에 있었고, 당신을 안고 있었습니다.

기억하시나요?

43

EXODUS

Would you look? And if you looked, would you even see?

An old man and a boy, the sea, a weathered cafe, all doilies and yellowing flyers for tribute acts on the promenade, the music faded now but still the lingering promise of something good. Toasted cheese sandwiches, coffee rings on Formica, bits of crisps under table legs, all the faces that silently watch for hours.

A crumb hangs on the old man's lower lip, a speck of saliva on his chin. Waiting to fall, both.

The old man is watching the boy, squinting as if he sees something buried deep in him. The boy is gazing out of the window, watching a bird peck at a blue carrier bag in the sand, its handles tied in a knot. I think a record by Cliff Richard is playing. I can't be sure. It is all soft treble and tin now, disappearing into the static and bass of the ocean. May-

43

위대한 탈출
Exodus

봐줄래요? 당신이 만약 본다면, 보이나요?

한 노인과 한 소년, 바다, 비바람에 삭은 카페, 바닥에 깔린 깔개들, 산책로에 붙여진 누렇게 바랜 광고물들, 잠겨 들 듯 흐릿한 음악, 그래도 여전히 잘돼 갈 거라며 달랑달랑 매달린 약속. 포마이카 탁자 위에 놓인 구운 치즈샌드위치와 고리 모양의 커피 케이크, 탁자 다리에 붙은 빵 부스러기들, 몇 시간째 묵묵히 지켜보고 있는 침묵에 빠진 얼굴들.

빵 부스러기 하나가 노인의 아래쪽 입술에 붙어 있고, 그의 턱에는 침방울 하나가 매달려 있다. 둘 다, 떨어지기를 기다리는 듯하다.

노인이 소년을 본다. 깊이 파묻힌 걸 찾아내듯 골똘히 보고 있어서 눈이 마치 사팔뜨기가 된 것 같다. 소년은 창밖을, 모래사장 위에 놓인 푸른색 새장 안의 새가 먹이를 쪼아대는 걸 응시하고 있다. 새장 손잡이에 노끈이 묶여 있다. 나는 클리프 리처드Cliff Richard*의 음반을 생각한다. 장담은 할 수 없다. 부드

be it's **Congratulations**.

I think I am the boy, and I think you are the old man. I think we had that last day together.

The sun shifts out of view behind clouds heavy with evening. A shadow swoops along the promenade like the Angel of Death in that bible movie we watched together when I was young enough to believe that we could part great waters and the first born would be saved, and you kept getting up to make me sweet milky tea. These things I won't forget although you have forgotten. I get a shiver that's somewhere between cold, dehydration and low blood sugar. It's been a long day shifting from cafe to cafe, listening to you yawn and complain about cafes and dry cakes and the length of days.

"Why don't you put your jacket on, dad. It's getting chilly."

"I didn't bring my jacket."

"It's on your chair. Behind you."

He twists in his seat, touches the scrunched hood hanging over the chair's back.

"Not mine, son."

Wait.

"Ah. So it is."

It always is.

He folds himself into the jacket. God, he's so small now.

러운 고음이, 잡음처럼 낮게 깔린 파도 소리에 잦아든다. 아마도 〈콘그래출레이션스Congratulations〉라는 노래일 것이다.

나는 내가 소년이라고 생각한다. 그리고 나는 당신이 노인이라고 생각한다. 나는 우리의 마지막 날을 함께하고 있다고 생각한다.

태양은 저녁과 함께 구름 뒤편으로 무겁게 자취를 감춘다. 내가 어렸을 때 함께 보았던 기독교 영화 속 죽음의 천사처럼 산책로를 따라 그림자가 쓰윽 밀려든다. 그때 나는 내가 본 것을 그대로 믿을 만큼 어렸다. 우리의 믿음은 거대한 물길을 가를 수 있고, 맏아들인 나는 구원을 받게 되리라 생각했다. 당신은 내게 우유가 들어간 달콤한 차를 만들어주기 위해 언제든 벌떡 일어났다. 이런 것들을 당신은 비록 잊었지만, 나는 그렇지 않았다. 나는 춥고 목이 마르고 혈당이 떨어진 상태로 와들와들 떨고 있는 상태를 알아차렸다. 카페에 대해, 건조한 케이크에 대해, 긴 하루에 대해 늘어놓는 당신의 불평과 당신의 긴 하품 소리를 들으며, 카페에서 카페로 이동한 긴 하루였다.

"윗도리를 입지 그래요. 쌀쌀하잖아요."

"윗도리를 갖고 오지 않았어."

"의자에 걸쳐져 있잖아요. 뒤편에요."

아버지는 의자 뒤편을 살핀다. 그러고는 의자 등받이에 걸

---

* 1940년 인도에서 태어난 영국의 가수로, 비틀즈가 나타나기 전 1960년대에 영국은 물론 미국을 포함해 전 세계적으로 엄청난 인기를 얻으며 2억5천만 장의 음반을 판매했다.

Dad, shrinking. You never expect dads to shrink, just jackets.

Time passes. Yawning. I don't know if it's silence or just the absence of words. Or perhaps we are waiting for something yet to be named.

Two seagulls attack a tuna baguette in the sand.

Suddenly, without warning. "You know, son, you're a good boy."

He reaches over. He never reaches over. I'm a good boy, he says. He touches my left hand. It feels hard, dry, like something eroded over billions of years, closer now to its essence. So many liver spots, unexplored crevices, ridges as deep as all that is unspoken in him, things in his heart he could never share.

"We are on different paths, son. That's okay. You're a good boy."

He squeezes. For a moment I can hardly breathe.

We are on different paths, and it's okay, and I'm a good boy.

Seagulls fighting over the tuna baguette, its contents exploding now, tearing into lettuce, mashed tuna, flashes of white, yellow, red, frenzied bird eyes.

"Yes, dad. It's okay."

"What's that, son?"

쳐져 있는 구겨진 후드재킷을 만진다.

"내 것이 아니야, 아들."

나는 기다린다.

"아, 맞구나."

늘 그렇다.

아버지는 재킷 안으로 몸을 구겨 넣는다. 세상에! 아버지의 몸은 이제 너무 자그맣다. 아버지가 몸을 웅크린다. 당신은 아버지들이 몸을 웅크리는, 마치 재킷처럼 오그라든 아버지들을 짐작하지 못할 것이다.

시간이 흐른다. 하품이 난다. 나는 모른다. 그것이 침묵인지, 그저 말이 사라진 것인지. 침묵도, 말이 사라진 것도 아니라면, 다른 이름이 붙여질 것이다.

갈매기 두 마리가 모래사장 위의 참치 바게트를 향해 날아든다.

갑자기, 사전경고도 없이 날아든다. "그거 아니, 아들? 네가 선한 아이란 거."

아버지가 손을 뻗는다. 아버지는 결코 손을 뻗은 적이 없었다. 내가 선한 아이라고, 아버지가 말한다. 아버지는 내 왼손을 만진다. 딱딱하고, 메마르게 느껴진다. 수십 억 년 동안 풍화되고 침식된 뭔가에 닿은 느낌이다. 그런데 그것이 지금 더욱 가까이에, 그 진수에 닿은 것 같다. 너무 많아진 검버섯, 발견되지 않은 균열들, 아버지의 가슴 안에 쌓인 채로 말해지지 않은 모든 것들만큼이나 깊게 패인 주름들. 아버지가 결코 공유할

"I said, it's okay that we're on different paths."

"Huh? Oh. Yes, yes."

He looks away. The seagulls give up, flap to the place along the promenade where the light moved.

He wipes his mouth with the side of his hand and gravity takes the crumbs.

He yawns.

"Funny-looking birds, aren't they?"

"Yeah, dad. They're funny, those birds."

'Congratulations, and celebrations, when I tell everyone that you're in love with me. Congratulations, and jubilations, I want the world to know I'm happy as can be.' The kind of song they play in places like this, this time of year, on days like this one.

We are like kings, I think.

수 없었던 가슴 안의 것들.

"우린 다른 길 위에 있단다, 아들. 그래도 괜찮아. 넌 선한 아이야."

아버지가 꽉 쥐었다. 잠시 동안, 나는 거의 숨을 쉴 수가 없다.

우리는 다른 길 위에 있다. 그래도 괜찮다. 그리고 나는 선한 아이다.

갈매기들이 서로 차지하려고 싸우던 참치 바게트는, 이제, 내용물들을 드러낸 채 해체되어 있다. 상추와 으깬 참치, 미친 듯 희번덕이는 희고 노랗고 빨간 새들의 눈알.

"그래요, 아버지. 괜찮아요."

"뭐라고, 아들?"

"괜찮다고 말했어요. 아버지와 내가 다른 길 위에 있어도."

"응, 그래. 그래, 괜찮지."

아버지가 눈길을 돌린다. 갈매기들은 포기한다. 날개를 퍼덕거리며 빛이 이동하는 산책로를 따라 날아간다.

아버지는 손등으로 입술을 닦고, 지구의 중력이 아버지의 입술에서 떨어지는 부스러기들을 받아들인다.

아버지가 하품을 한다.

"재밌게 생긴 놈들이지? 저 새들 말이야."

"네, 아버지. 재밌게 생겼어요. 저 새들."

'축하해요, 축하해요. 당신이 나와 사랑에 빠졌다고, 내가 모든 사람에게 말했을 때, 그들이 말하더라고요. 축하해요, 기뻐

해요. 난 세상 사람들 모두 내가 정말 행복하다는 걸 알았으면 좋겠어요.'

흘러나오는 노래가 오늘 이런 곳에, 오늘처럼, 그때처럼, 바로 지금을 노래하는 것처럼 들려왔다.

나는 생각한다. 우리가 가장 귀한 존재라고.

There is no language of the holy
The sacred lies in the ordinary
　　　— Deng Ming-Dao

성스런 언어란 달리 존재하지 않는다.

신성은 늘 그러한 일상에 존재할 뿐.

─덩 밍다오鄧明道*

―――――

* 1954년 미국에서 태어난 중국계 작가이며 화가, 철학자, 무술인이다. 저서
로《도인》,《마음의 눈을 밝혀주는 도 365일》등이 있다.

명상, 세상에서 가장 즐거운 여행

명상은 물론, 종교니 신비니 하는 단어들과 그다지 친하게 지내지 않았던 내가 갑자기 이런 것들에 관심을 가진 건 20세기 말, 1999년이 거의 다 지나가던 어느 날이었다. 당시 네 권이나 되는 긴 장편소설을 끝내고 몸 상태가 엉망이 되어 있었는데, 절친한 소설가 선배가 소개한 어느 '용한' 약사와 가깝게 지내면서 건강도 회복하고 덤으로 명상과 관련된 책자도 이것저것 소개를 받아 읽게 된 것이다. 당시 큰 감동을 준 책들 중 하나는 로렌스 레산Lawrence LeShan의 《명상이란 무엇인가》라는, 일종의 개론서였다. 미국의 정신과의사인 저자는 원제 'How to meditate'가 가리키듯 200쪽 정도의 길지 않은 책 안에 세상에 존재하는 모든 '명상법'을 깔끔하게 정리해놓았다. 이 책의 말미에는 "1999년 12월 13일 밤"이라는 일자와 함께 다음과 같은 메모가 적혀 있다.

"하나 이상의 것을 아는 일은 불가능하다.
 하나 이상의 것은 존재하지 않기 때문이다."

　명상을 어느 정도 접해본 사람이라면 이 말이 '일체감
Oneness'에 대한 얘기란 걸 금방 알 것이다. 하나 됨, 일체, 유일
성, 조화… 등으로 번역될 수 있는 Oneness는 갈등과 분열의
반대편에 존재하는 것이 아니라 갈등과 분열을 끌어안는 개념
이다. 종교적 통합, 혹은 유일신으로 대변되는 특정종교와도
궤를 달리하는 이것은, 'The Essential Oneness of Mankind', 근
원적으로 하나인 인류를 의미하는 것에 가깝다. 유일한 신이
나 신의 유일성을 넘어선 곳, 개별적 존재로서의 독립성을 유
지하면서도 그 개별적 존재들이 '인류'를 형성하는 곳—여기
에 닿고, 여기서 다시 시작하는 개념이 Oneness이다.

　이후 20여 년 동안 여러 명상서적들을 읽고 더러 우리말로
옮기고, 실제 '수련'이라 이름 붙일 만한 것들을 익히면서 늘
뇌리를 떠나지 않았던 것 또한 Oneness였다. 그리고 지난여
름, 제프 포스터의 이 책, 《명상의 기쁨》이 내게로 왔고, 다시
한 번 Oneness를 오롯하게 실감했다. 그러나 제프 포스터가
실감시켜준 그것은 기존의 '명상'이 함유하고 있던, 혹은 어쩔
수 없이 동의어로 사용되던 '신비로운 무엇'과 일정 부분 거리
를 두고 있다. 제프 포스터는 책의 제목에 아예 '진짜 명상real
meditation'이라고 못을 박고 있는데, 명상이란 단어에 깃든 모든

신비주의적 색채를 지워낸다. 그에게 명상은 말 그대로 '깊이 생각하는 것'이고, 깊이 생각함을 통해 '생각이 만들어낸 가짜 이미지'를 버리고 우리가 가진 모든 부정적인 감정 — 화, 불안, 걱정, 절망적 감정 — 들을 숨기거나 버리지 않고 직시하며 껴안는, 가장 인간적인, 그래서 마음먹기에 따라 어떤 것보다 쉽고 간편하며 순도 높은 가치를 가진, '진짜' 명상이다.

제프 포스터의 명상에 '진짜'라는 수식어가 붙을 수 있었던 것은, 실제로 그가 화, 불안, 걱정, 절망적 감정들로 인해 죽음 직전에까지 이르렀었다는 사실 때문이다. 스스로 목숨을 끊는 것만이 유일한 해결책이라고 확신했을 때 그에게 찾아온 놀라운 자각 — 모든 부정적 감정들을 있는 그대로 받아들이는 것 — 은 결국 그를 살려냈다. 그리고 그를 살려낸 그것은 그와 똑같은 상황에 처한 누군가를 살려낼 것이다. 그 누군가가 우리 자신일 수도 있음은 자명하다. 그래서 그는 이렇게 말할 수 있었다.

"당신의 분노, 의심, 슬픔, 공포는 '잘못된' 것도, '나쁜' 것도, '덜 성숙해서 생겨난'도 아니다. 그것들은 '생명력이 덜한' 것도, '부정적인' 것도, '영적이지 않은' 것도 아니다. 이런 말들은 모두 머릿속에서 만들어진 상표 딱지, 생각이 만들어낸 판단에 불과하다. 가슴은 알고 있다. 그런 식의 상표 딱지도 판단도 없다는 것을. 이런 모든 관념적인 허울, 이런 모든 느낌들이 있기 전에 우리는 따스함, 받아들임, 공감, 산소, 호기심 가득한 관심에 대한 그리움을 잃어버렸다. 그런 에너지를 상실해버린 것이다."

"두려움은 사랑의 반대편에 있지 않다. 그건 마치 파도가 바다의 '반대편'에 존재하지 않는 것과 같다. 두려움은 의식의 완전한 표현이다. 축복과 기쁨과 경이로움으로 춤추는, 바다처럼 드넓은 의식. 두려움은 잔뜩 웅크린 사랑, 팽팽하게 긴장한 사랑, 사랑이 비집고 들어갈 틈도 없는, 감금당한 사랑이다. 사랑의 '반대편'에 두려움이 있는 것이 아니다."

"사랑과 두려움이 둘이 아니라는 것을 이해할 때 당신의 삶이 바뀔 것이다. 그리고 내면의 적, 내면의 폭력이 막을 내리기 시작할 것이다."

제프 포스터를 '진짜' 명상으로 이끈 것은 명상의 선생이 아니라 제프 포스터 그 자신이었다. 그를 평화로 이끈 것은 신비로운 아우라를 지닌 영적 스승이 아니라, 불안과 분노에 휩싸여 절망에 빠진 그 자신이었다. 우리를 '명상의 즐거움'으로 이끌어 가는 존재가 다른 누구도 아닌 우리 자신이라는 사실만큼 믿음직한 일은 달리 있을 수 없다. 명상이 왜 '세상에서 가장 즐거운 여행'인지를, Oneness의 '진짜' 의미를 알려준 제프 포스터는, 우리 자신이 곧 명상의 선생이며 영적 스승이라는 사실을 경험적으로 설파해준다.

신비로운 기적 같은 건 없다. 있다면, 화나고, 두렵고, 절망스런 우리의 삶 자체가 신비로운 기적이다. 우리는 날마다 기적 같은 나날들을 살아가는 것이다. 화·두려움·절망적 감정을 외면하지 않는 삶, 화·두려움·절망적 감정을 모른 척하지 않는 삶, 화·두려움·절망적 감정을 없는 척하지 않는 삶, 화·두려움·절망적 감정을 있는 그대로 받아들이는 삶 — 이것이 우리의 일상이자 기적이다. 이것이 제프 포스터가 말하는 '진짜' 명상이다.

상처 받지 않는 나
나의 길을 걷는 나
THE JOY OF TRUE MEDITATION

1판 1쇄 인쇄 2023년 12월 26일
1판 1쇄 발행 2024년 1월 5일

지은이 제프 포스터
옮긴이 하창수
펴낸곳 굿모닝미디어
펴낸이 이병우

출판등록 2023년 3월 29일 등록번호 제2023-000045호
주소 수원시 팔달구 덕영대로697번길 17, 205-1호(그린프라자)
전화 02) 3141-8609
팩스 02) 6442-6185
전자우편 goodmanpb@naver.com

ISBN 979-11-981417-3-6 03180

• 책값은 뒤표지에 있습니다.
• 잘못된 책은 구입하신 서점에서 바꾸어 드립니다.